韩国当代短篇小说选

朴光海 编
范柳 译

SHORT STORIES 2010-2020

김경욱　김채원
김종욱　강영숙
김동리　김세희
김이환　이제하
구효서　오현종
윤대녕　정용준
최은미　이영훈
이장욱　기준영
박찬순　이동욱
김 숨　김미월
김연수　김덕희
이기호　최진영
윤성희　김도연

KOREA FOUNDATION
한국국제교류재단

中国社会科学出版社

图书在版编目(CIP)数据

韩国当代短篇小说选/朴光海编;范柳译. —北京:中国社会科学出版社,2023.12
ISBN 978-7-5227-2792-9

Ⅰ.①韩… Ⅱ.①朴…②范… Ⅲ.①短篇小说—小说集—韩国—现代 Ⅳ.①I312.645

中国国家版本馆 CIP 数据核字(2023)第 235607 号

出 版 人	赵剑英
责任编辑	陈肖静
责任校对	刘 娟
责任印制	戴 宽

出　　版	中国社会科学出版社
社　　址	北京鼓楼西大街甲 158 号
邮　　编	100720
网　　址	http://www.csspw.cn
发 行 部	010-84083685
门 市 部	010-84029450
经　　销	新华书店及其他书店

印　　刷	北京明恒达印务有限公司
装　　订	廊坊市广阳区广增装订厂
版　　次	2023 年 12 月第 1 版
印　　次	2023 年 12 月第 1 次印刷

开　　本	710×1000　1/16
印　　张	30.25
插　　页	2
字　　数	439 千字
定　　价	169.00 元

凡购买中国社会科学出版社图书,如有质量问题请与本社营销中心联系调换
电话:010-84083683
版权所有　侵权必究

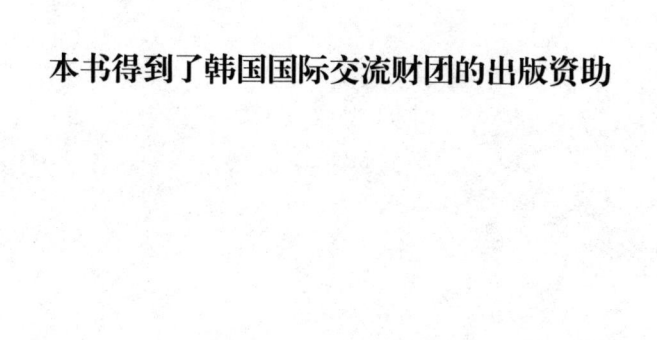

本书得到了韩国国际交流财团的出版资助

目　录

序一　韩国特殊性与普遍性的宝库 ……………………（1）
序二　文学是一种有效的交流方式 ……………………（1）

拐角 ……………………………………………………（1）
你的蜕变 ………………………………………………（15）
椅子 ……………………………………………………（36）
谁杀了她的猫？ ………………………………………（49）
花样年华 ………………………………………………（65）
危险的阅读 ……………………………………………（87）
夜航 ……………………………………………………（101）
四月的"咪"，七月的"嗦" ……………………………（115）
眩晕 ……………………………………………………（129）
窗外的冬天 ……………………………………………（146）
没治 ……………………………………………………（168）
药的历史 ………………………………………………（182）
密茶苑时代 ……………………………………………（196）
骨灰的庆典 ……………………………………………（215）
面条 ……………………………………………………（229）
西山那边 ………………………………………………（246）
破户 ……………………………………………………（264）

4号登机口 …………………………………… (282)
街头魔术师 …………………………………… (299)
宣陵漫步 ……………………………………… (318)
大家都喜欢少女时代 ………………………… (339)
广场酒店 ……………………………………… (357)
一半以上的春夫 ……………………………… (373)
旅人在路上从不停歇 ………………………… (391)
老鼠的诞生 …………………………………… (417)
崔美珍去哪儿了? …………………………… (431)
当镰刀像狗一样叫 …………………………… (445)

序一　韩国特殊性与普遍性的宝库

韩国国际交流财团为了向世界传播韩国的文化和艺术，用英文版、中文版等多种语言发行了韩国文化艺术季刊《Koreana（高丽亚那）》。中文版于1992年中韩建交的第二年，即1993年开始出版发行，至今已有30年的历史，为促进中韩关系的发展，起到了桥梁作用。

其间，《高丽亚那》每期企划特辑，以具有韩国特色的内容为主题，如2002年世界杯、2004年光州双年展等在韩国举办的国际活动，韩国人的价值、对生与死的认识等韩国人的价值观，以及非军事武装区（DMZ）、济州岛、海印寺、奎章阁等具有韩国特色的地区文化，以及韩国饮食、音乐、艺术、文学、服饰、时尚、电影、民俗游戏、家具和建筑以及陶瓷等，介绍当代韩国的各种文化。除了特辑以外，还有各种固定专栏，介绍韩国传统与现代文化与艺术的方方面面，以及韩国的一些日常文化。而最后的栏目介绍的是作家的文学世界，以及该作家的代表作品。

《高丽亚那》中文版的合作单位——中国社会科学院信息情报研究院为纪念中韩建交30周年和《高丽亚那》中文版创刊30周年，提议从最近10年间收录在《高丽亚那》的短篇小说中，选出一些发行《韩国当代短篇小说选》，韩国国际交流财团接受提议，经双方协商，最终选出27篇集结成册。

此次小说选集中收录作品包括已故作家金东里在内，还有中坚作家尹大宁、具孝书、李祭夏等作家，但如金利圽、李暎勋、金钟沃、李章旭、奇俊英等大部分都是最近获得年轻作家奖的作家，是今后引领韩国文坛的新一代领跑者，是值得瞩目的文学家。

特别是获得第三届年轻作家奖的李暎勋小说《大家都喜欢少女时代》，是以代表"韩流"的少女组合"少女时代"为背景素材的故事，金美月的《广场酒店》是以代表首尔的重要场所，即可以俯瞰示威和集会中心的市政厅广场的"广场酒店"为素材，很好地展现了当代韩国的独特面貌，虽然是文学作品，但是通过纪录式的述说，提高了中国读者理解韩国的水平。

郑容俊《宣陵散步》这部小说不仅获得了年轻作家奖，还获得了黄顺元文学奖。内容中作为题目的"宣陵"虽然是列入世界文化遗产的朝鲜王朝的王陵，但在这部小说中只是散步场所之一，通过自闭症患者和照顾他的兼职生"我"的沟通，以理解对方的意义为主题。金息的《面条》也是想要与对方沟通，这种情怀是各国读者都能感同身受的主题。27篇小说各有特色，都是可以引起各国读者共鸣的作品，就请读者细细地品味了。

此小说选集的发行将直接帮助中国读者理解韩国，进而为增进中韩交流做出贡献。感谢为发行此选集而做出不懈努力的中国社会科学院、韩国国际交流财团、编者、译者和出版社。特别是"文学翻译"被评为是无法用人工智能翻译替代的领域，最新作品中新词汇和新概念没有翻译的先例，可以说翻译难度极高，译者对这种难译的韩国独立文化词汇，进行可读性极高的翻译。对此，谨藉此机会向付出辛劳的译者致以最高的敬意与谢意。

希望今后在韩国国际交流财团的大力支持和中国社会科学院信息情报研究院的共同努力下，《高丽亚那》能够持续发展，希望《高丽亚那》中介绍的韩国文化、艺术和小说作品为增进中韩相互理解做出巨大贡献。希望此小说选集对韩国小说感兴趣的中国读者有所帮助。

《高丽亚那》中文版主编　孙志凤

2023年中秋节于首尔

序二　文学是一种有效的交流方式

韩国文学是世界文学的重要组成部分，而中国目前翻译出版的韩国当代短篇小说数量相对不足。为弥补这一缺憾，经过多次与韩方沟通与协商，编者将韩国文化艺术类季刊杂志《高丽亚那》2010年至今收录的27篇短篇小说集结成册。

本书收录的作品大多获得过重要文学奖项，其作家均为韩国当代文学的中坚力量，可以说，本书所选作品具有较强的代表性与可读性。同时，所选作品发表时间为1955—2020年，时间跨度较长，涵盖主题多元，写作手法也较为多样，能够较为立体地展现韩国当代短篇小说的现状与发展趋势。通过阅读本书，读者能够宏观认识和整体把握韩国当代短篇小说作品，同时也可以在作品中了解和认识韩国社会、韩国人的日常以及韩国人的思维方式。

从主题和内容层面来看，本书所收录的小说大体呈现出了如下几方面特点：

第一，对于个体的深入反思与对于社会的执着介入。对于前者，本书所选作品主要涵盖两方面内容，即对人性本质的探索和对个体与他人间关系的思考。例如，在《一半以上的春夫》中，作家李章旭描述了"我"在旅行中与日本人高桥春夫相识的经历。春夫曾对"我"说，"一半以上的春夫是有些不同的春夫"。这既是春夫对"我"此前根据国家与民族评判个人的委婉批评，也包含作者对个体内在差异性的思考。而在《老鼠的诞生》中，捕鼠"专家"们不仅一只老鼠都没有抓到，还挥舞着工具把家里搞得一团糟，这让妻子感慨"他们还不如老鼠"。作家金息借此表达了对于人性与兽性的深刻反思。在《你的蜕变》中，作者通过"我"与"你"的对话，探讨躯体与个体意识之间的关系，以科幻的笔法向读者提出极具现实意义的问题。

除了对于个体本身的探索外，本书所选篇目也涵盖对个体与他人关系的思考。其中，不少篇目都以家庭关系为背景展开。从《西山那边》中金采原作家记述的姊妹感情，到《4号登机口》中奇俊英作家勾勒的兄妹之情，再到《破户》《拐角》等文中表现的大家族关系，都展现了家人间衍生出的复杂情感。同时，爱情主题也并未被忽视。《四月的"咪"，七月的"嗦"》中，姨妈的愿望是在临死前看到自己一生所爱的人，虽然无法见到郑吉成导演，却见到了与他长相酷似、举止相仿的他的儿子，这让姨妈确信自己"爱了一个值得爱的人"。《药的历史》中，传统医学系男生燮一直为生病的女主人公开方抓药，但直到最后女主人公也并没有好起来。二人交往许久，关系却定格在恋人未满的状态，始终未能牵手的二人间存在着"永远无法缩短的距离"。《夜航》中不仅展现了"我"与妻子间的相处方式，也从"我"的视角记述了男人与女友因阶层差异而未能收获结果的爱情。《椅子》《花样年华》等篇目中，则描绘了男女主人公间未能说出口的爱情。而在家庭与爱情这类常见话题之外，个体与其他社会构成者间的关系同样被深入探讨。《崔美珍去哪了》中，"作家李起昊"几经周折从一位青年手中买到了自己的书，却致使对方向自己道歉，也让自己感受到了愧疚。作者在文章的结尾写道："越是害怕受人羞辱，越容易感受到羞辱，并把羞辱带给别人。真是有点悲惨和惭愧。"展现出作者对现代社会中个体与他人间关系的思考。

第二，对于社会现实的密切关注与深刻反省。本书中许多作家都以历史与时政事件为背景进行写作，例如：《密茶苑时代》记述了朝鲜战争时期，文人们所经历的悲欢离合与他们之间的同志情谊；《旅人在路上从不停歇》以南北分裂为背景进行写作，文中的妻子因为回不去故乡而度过了没有根的一生；《广场酒店》中也多次提到了光州

序二　文学是一种有效的交流方式

事件、卢武铉自杀、龙山惨案等，将"我"与妻子的爱情故事置于韩国现代社会政治状况的大背景下；《大家都喜欢少女时代》则在二十国集团峰会召开的背景下展开叙事，通过主人公的尴尬经历传达出作者对于个人与社会关系的思考。此外，一些作品通过对人与文字、文学间关系的探讨，从微观层面考察了人与社会的关系。在《当镰刀像狗一样叫》中，主人公不认识字，却也因此得到其他读书人梦寐以求的珍贵机会，帮助主人完成抄书的任务。文章围绕"写作的私心"展开讨论，暗含作者对于写作的本质、文字对于人的意义和文字带给人的危险与价值等方面的思考。《危险的阅读》则以身为"阅读治疗师"的"我"为主人公，对阅读的意义进行深入剖析。

　　第三，对于社会弱势群体的关注，呼唤人与人间的交流与沟通。《宣陵漫步》记叙了"我"照顾自闭症患者韩斗云的一天。在这一天中，"我"逐渐了解了自闭症这一疾病，也逐渐找到了与自闭症患者进行沟通的方法。在发生一系列误会与冲突，"我"濒临崩溃时，韩斗云却用特殊的方式对"我"表示了感谢，二人之间实现了有效的沟通。《街头魔术师》中，主人公男雨也同样患有自闭障碍，因不堪同学的孤立而跳楼自杀。作家金钟沃从男雨同班同学熙秀的视角还原整个事件，讨论"善"与"恶"之间的关系与评判标准，表达出对"让世人彼此相爱的魔术"和"让世人用最真切的声音呼唤彼此的魔术"的渴求，呼吁人们要与人沟通，向他人伸出援手。

　　第四，对于女性及其生活状况的关注。在《谁杀了她的猫》中，曾遭到父亲经济剥削的圣姬悉心照料被丈夫家暴的熙淑，这分经历让都曾饱受男人折磨的两个女人在短短几天时间里产生了惺惺相惜的姐妹情谊。《眩晕》中，作家金世喜讲述了未婚同居女孩媛熙面对现实时体会到的迷失与挫败；而作家金息则在《面条》中，展现了一个无儿无女的女性在绝望与伤痛中任劳任怨的一生。女性的故事在文学作品中被细致地描绘，传递出作家们对于女性问题的深切追问。

　　《没治》中，姜英淑作家展现了无法挣脱的命运。而我们也应该

· 3 ·

看到，韩国文学在正视伤痛之外，也并不忽视对于希望的探寻。我们可以在《骨灰的庆典》一文中，看到作者对于蕴藏在平凡生活中的美好的追求，亦可从《窗外的冬天》里，看到作者为在悲伤之上追逐希望而全力以赴。"恨"的美学是韩国文学的重要特征，但我们却可以从中感受到人们对于遗憾、矛盾与各类问题的正视，以及为此而做出的全部努力。

中韩两国同处儒家文化圈，儒家思想所强调的责任意识使作家们不约而同地将目光移向对于个体生命的反思和对于社会现实的探讨。作家们始终紧紧扎根于现实的土壤，将现实生活中难以用语言表述的一切用精准的文字细细描绘，也将不容忽视，却又常被忽视或是佯装忽视的问题毫不留情地抛向读者，通过这种方式将每个时期本民族最深刻的精神特质浇铸于文学作品之中。从这个角度来看，文学因其能够直抵本质而可以被称为最有效、最有力的交流方式之一。

在这一交流过程中，文学翻译承担着重要的纽带作用。在归化与异化之间寻找最为恰当的平衡点，既忠实于原作，最大限度还原原作意蕴，又充分照顾读者的感受，妥善处理不同文化间的差异，如此方能真正带领读者走进原作现场，为两国人民在文学作品中实现有效交流提供入口。这便是本书译者范柳博士在翻译过程中始终追求的目标，也欢迎读者批评指正。

我们也衷心希望，本书能够成为中国读者感受韩国文学魅力，认识真实韩国社会的通道之一。这条通道所通向的终点便是两国民众虽有不同，却足以互相理解的悲欢喜乐。读者们在阅读本书时，如果能在作家们的反思与追问中，在深切共情所带来的震颤与温暖中，走向自己的内心，或许便能够收获对于自身生活的某种启发，或是体会到自身与世界的紧密联结。

以文学推动两国人民实现更深刻的沟通与交流，便是本书翻译与出版的核心意义所在。

在本书的编辑出版过程中，我们得到了中国社会科学院信息情报研究院、韩国国际交流财团、《高丽亚那》编辑部、中国社会科学出版社赵剑英社长、陈肖静编辑和夏侠主任的大力支持。在此，谨向所有对本书编辑出版给予支持与帮助的领导、老师、编辑及同事致以诚挚的谢意！

编者、译者

2023 年 2 月于北京

拐　角

尹成姬

1

　　去参加大舅八旬寿宴那天，亲戚们不断地说我气色比以前好了，每次我都会回答说，我从去年新年就下决心戒了烟，一直坚持到现在。没有人跟我问起妈妈。如果舅舅们问妈妈过得怎么样，我可能会这么回答："她过得很好，好像年轻了十岁，法令纹都没了，这样下去，估计要比继父都年轻了。"妈妈让我跟舅舅们说她得了流感，不过我没说。本来，妈妈是舅舅们非常疼爱的小妹，不过现在他们却没法跟我开口问起妈妈。因为是舅舅们掀翻了桌子，海鲜汤溅得到处都是。继父擦了一天壁纸，还在网上问如何去除粘在壁纸上的泡菜汤。有人回答说，重新刷一遍墙。更搞笑的回答是：用相框遮住。可笑吧？我还真考虑过是不是要用相框去遮，感觉看上去可能会不错。继父笑了，妈妈没笑，我笑了。虽然这也不是什么好笑的事，不过我还是笑了。后来，壁纸上的菜汤都擦干净了，不过我还是买了十个相框送给他们。妈妈和继父说没什么可以放进去的照片，于是他们就开始去旅行。在景点照的照片多了起来，他们就开始收集漂亮的相框……最后，客厅挂满了相框。舅舅们肯定不知道，因为他们掀翻了饭桌，妈妈和继父一个月里有十多天都在外面旅行。所以，舅舅们见到我，除了说我气色好，也没什么别的话说。坐在旁边的舅妈们也都接着问起来："有什么好事吗？气色真好。"长得越来越像舅舅们的表哥表姐们、嫂子和姐夫们也都跟着问："挺好的？气色不错啊。"然后，我就会再重复一遍同样的话："嗯，挺好，从去年开始把烟戒了。"站在洗手间的镜子前，我仔细看了半天自己的脸。气色一点都不好。

我和尚贤哥坐在一桌，他盛了满满一盘排骨过来。尚贤哥是三舅家的小儿子，听说他辞了年薪七千万韩元的工作，回到乡下养鲻鱼。我虽然有点好奇鲻鱼长什么样，但没问。他就着排骨喝了一瓶烧酒，盘子里只剩下了骨头。我吃了一些三文鱼沙拉。听到大家都说我气色好，我都不想吃肉了。"你知道第一个劝我喝酒的人是谁吗？"我问表哥。"谁？"他问。我指了指他。"我？不记得了。"说着，他站了起来。大概是我10岁或11岁的时候，不记得是在哪儿了，不过我清楚地记得是表哥让我喝的啤酒。我喝一口，他就往我嘴里塞一个花生。不一会儿，尚贤哥又拿了些生拌牛肉回来。我们就着牛肉，一起喝了一瓶烧酒。"来我家玩吧！鲻鱼可比三文鱼好吃，我让你吃个够。"尚贤哥递给我一张名片。我把名片放进手机壳里。

四舅是一名小学校长，他起身唱了一首歌——《当我们年轻时，麦姬》。还没唱完，大舅就哭了。"我得早点死才能见到我的儿子啊。"三十多年了，大舅一喝醉就会这样，所以也没人去劝他。大表哥27岁的时候，和朋友们去海边玩儿，掉到海里没了。我有一张大表哥的照片。初二时，妈妈出了一次车祸，腿和髋部骨折。她住的医院离大舅家很近，正好当时表哥夫妻两人和大舅分了家，大舅家有空房间，所以，在妈妈出院之前，我就暂时住在那。不想去学校的日子里，我就藏在死去的大表哥房里睡上一整天，睡醒之后就去翻书桌的抽屉，照片就是那时偷的。大表哥站在石头上，胳膊抱在胸前，头发短短的，像个军人似的。照片是从石头下面朝上照的，所以腿看起来很长。拍照人的手指也照了进去，这根手指比表哥的脸更能吸引我，我常仔细端详着看。它纤细修长，一定是个女人的手指。表哥去世的时候她哭了吗？来参加葬礼了吗？这些都是我出生之前的事了。

回家前，我递给大舅一个信封。"你哪有钱啊。"大舅摆了摆手。

"是我妈让我给您的。"我把信封对折一下，塞进大舅的西服口袋。大表哥死得早，二表哥秀贤就成了家里的长子，我和他握了握手。"我走了，哥。""怎么不叫小舅啊？"秀贤哥开玩笑说。我出生的时候，他已经是个小伙子了，也不知为什么，我总以为他是妈妈的弟弟。我叫他小舅，他就会答应道"什么事？"每次亲戚们都会咯咯地笑，我那时并不知道他们为什么笑。他们觉得这样逗我很有意思，所以谁都不告诉是怎么回事。后来，在外公的葬礼上，我才知道秀贤哥不是小舅，而是表哥，而且是排行最大的表哥。"你怎么连这都看不出来？名字上也能看出来啊。"其他表哥表姐们都笑话我，说我傻。我哭了，反正那天是个可以哭的日子。"把烟戒了就对了，再见。"十三个表哥表姐，还有嫂子和姐夫们都一一拍拍我的肩膀，这样说道。戒烟居然成了我这辈子做得最正确的一件事，想到这里，不禁觉得自己有些可怜，仿佛是个生来就从没被表扬过的孩子。所以，等到公交车来了，我并没有上车，而是一直在车站坐着。我想感受一下寒冷，想哭，想思念，想睡去，想走掉，想离开……我想了一堆用"想"开头的词。阿嚏，我打了一声喷嚏。当第七辆公交车来的时候，我嘴里嘟囔着"想上车、想上车"，然后就上了车。

2

回家一看，赵正躺在床上睡觉。也不知他把地暖温度调到了多高，家里热得很。我用脚碰了一下他的腿，"好久不见啊"。他没起来。妈妈再婚后，我说要搬出来住，最高兴的就是他。说什么"以后和爸妈吵完架就不用在网吧消磨时间了"，还把我的玄关门锁换成了密码锁，说是独立纪念。他把密码设置成自己生日，每次来都要强调一遍说，自己为了买这个密码锁，甚至去做了兼职。我把地暖温度调低，打开窗户通风。一个背蓝色背包的孩子蹲在路中间，不知在看什么。一辆轿车在孩子前面停下来，直到孩子起身，车都没动，也没按喇叭。司机一定是个好人，我想。车牌号1732，我打算把它当作本周的幸运数字，买彩票时一定把1、7、3、2这四个数加进去。阿嚏！我打了个喷嚏。"感冒了？"赵问。我把窗户关上。阿嚏！又是一个喷嚏。"没有，没事儿。你什么时候醒的？"我回过头，他还躺在床上。"没睡着，我听到你来了。"他闭着眼睛说。本来，赵总来我这，就像他自己家一样。可从去年夏天开始，他再也没来过。虽然他说除非我买空调，要不就不来，实际上这并不是真正的原因。他有女朋友了，为了请女朋友吃饭、喝咖啡，为了和女朋友周末一起看电影，他需要钱。所以，他每天清晨六点就到父母的店里上班，煎南瓜饼、辣椒饼、绿豆饼、苏子叶饼、泡菜饼和小肉饼。他煎出来的这些饼被装进箱子，寄往全国各地。工作、恋爱、睡觉，工作、恋爱、睡觉。夏天和秋天就这么过去，冬天也过了一半。我并不难过，因为他谈恋爱以后，我终于能把最后这个学期好好读完，一次课都没旷。"去哪了？"他问。我告诉他我去了大舅的八旬寿宴。"是自助餐吗？肯定好吃。我连饭都没吃，在这等你，你居然去吃自助餐。"他还是闭着眼睛，嘟囔道："有排骨吧？还有寿司，有烤大虾吗？"我用被子把他的脸蒙上："闭嘴！"结果他说："你要是给我煮方便面，我就把嘴闭上。"

我打开冰箱找鸡蛋，结果发现有吃剩的炒鱼饼，就把鱼饼放进开水里，和方便面一起煮了。"吃面！"我放好桌子。桌子上印着躺在自家屋顶上的史努比，雪花落在它身上。一个人吃饭的时候，我总是边吃边数桌上的雪花，这样就不会积食。本来，我想买一张印有施罗德弹钢琴图样的桌子，但是没买到。我把煮拉面的锅往史努比的红房子上一放，他就从床上起来了。他好像好久没理发了，头发都垂到了肩膀。"你往面里放什么了？"他一边嘟囔着抱怨，一边把炒鱼饼里的胡萝卜挑出来。"有点吃剩的小菜，我就放了进去。你不是喜欢吃炒鱼饼么？"他说："我喜欢吃鱼饼，也喜欢吃方便面，但不喜欢吃放了剩鱼饼的方便面。"不过，他还是吃得挺香。看他吃，我肚子也饿了。"我就吃一口哈！"我夹了一大口，塞了一嘴。吃完一口又想吃一口，于是就又夹了一口。他指着就剩下汤的锅说："我就没看见几根面条！"我往剩下的汤里加点水，又煮了一袋面，只放了一半调料。他吃面，我在旁边看，看着看着，又抢着吃了一口。"自己在自助餐吃那么多，回来还跟我抢，真没良心。"他发牢骚说。吃完面，我从抽屉里拿出一张对折的纸。"今天只能算一次。"他说。不过我还是画了两笔。这样，又写完一个"正"字，一共十九个"正"字、九十五次了。我们约好，如果我给他煮完一百次面，他就会给我买一个礼物。"还吃吗？"他把被子一蒙，又躺下了。我懒得洗碗，就把桌子推到了角落里。

我靠床坐着，接着玩昨天玩的游戏。已经两天了，我还没打过第二十五关，进不了下一关。"炎！"他叫我。我回过头，他把自己枕着的枕头抽出来给我："垫这个坐，腰疼。这一关，你别想得太复杂就能过。"说完，他又闭上眼睛。因为只有一个枕头，如果赵来这睡，我就得把毛巾卷一下当枕头。赵呼噜打得很厉害，可奇怪的是，他枕着我的枕头就不会打呼噜。我把手机画面转过来，倒着看了很久，还是不知道怎么过关。过了一会儿，我忽然想起来，这家伙不管发生什么事，一向不会把枕头让给我的。我把手指放在他鼻子上："睡了？哪儿不舒服么？"我感觉到他故意屏住了呼吸。玩完游戏，我上网看了一下实时热搜榜。"赵，A跟一个比自己小两岁的男人一起外出。"他喜欢歌手A，大概在三年前，他还一个人在平安夜去了A的演唱会。我当时真的特别感谢他没让我和他一起去。"嗯。"他回答。"赵，在便利店偷面包的高中生自杀了，因为便利店老板说，除非按照面包价格的一百倍赔偿，否则就报警。""嗯。""赵，小偷偷保险柜，逃跑时却被保险柜压死了，好笑吧？""嗯。""可那个保险柜里一分钱都没有，更好笑吧？""不好笑。""赵，一个恐怖分子做了个炸弹寄出去，可是邮票没贴够，邮包被退回来，结果他居然不知道是自己寄的那个邮包，打开时把自己炸死了。好笑吧？"他什么话没说。"赵，睡着了？"他说："没有。那个报道很奇怪，哪个恐怖分子会在寄炸弹时写自己的真实地址啊？"听他一说，感觉这的确是个奇怪的报道。"奇怪，奇怪。"他嘟囔道。"'奇怪'这个词真是越说越觉得奇怪。"我说。我在检索窗里输入"奇怪的事"，然后进了几个博客，很多人写的都是一些不怎么奇怪的事。

太阳落山了，天黑下来。我懒得起来，就没开灯。我搜到一首名为《奇怪的事》的歌，听了一遍，听完又听了一遍。刚听完，床头的闹钟响了。闹钟是高二的时候，因为总是迟到，班主任给买的。有八个经常迟到的同学收到了闹钟，可这八个同学还是照样迟到。赵起身用手掌往闹钟上一拍，闹铃就停了。收到没过两年，闹钟就坏了。不过那时我也高中毕业，早上没必要起那么早了。坏掉的闹钟时不时响起，每次都会让我想起一些忘掉的事，所以它还挺有用的。当我忘记锅里还煮着东西的时候，差点错过妈妈生日的时候，一定要看的电视节目要开播的时候。说起来，这才是件奇怪的事。我正要想今天有没有忘记什么事，赵从床上起来。"干吗？要给我开灯吗？"他把灯打开，"不是，回家"。说完又把灯关了。"卑鄙的家伙。"我站起来，把他关掉的灯打开。他在穿鞋，我本想给他后背一下，想想还是算了。不管怎样，这家伙去年中秋还给妈妈送了一箱煎饼礼盒呢。妈妈说不知道今年春节会不会送，看上去还挺期待的。"我送你。"我拿起扔在地板上的夹克。夹克热乎乎的。他说："不用。""我闲着无聊。"我光着脚穿上运动鞋。

巷子又窄又黑，得走十多分钟才能到公交车站。所以当时来看房子时，房东跟我说这里租金便宜。这个小区真奇怪，怎么家家户户都挂着门牌？我们边走边把那些门牌上的名字都读了个遍。赵说，每次来我家的时候都会故意绕着走最远的路，因为那条路上有一家门牌上写着跟他自己一样的名字。在岔路口，我跟着他往右边的巷子走去。走着走着，就觉得脚有点凉了。走了半天，他用手指了一下那个写着自己名字的门牌。"这是我家，怎么样？"我看见屋顶上有个红色的橡胶盆。"那是干什么用的？"他想了好一会，然后说："我夏天在那儿洗澡。""真好啊！二十多岁就买房子了！"我拍了拍他的肩膀。

一到车站，赵要乘的公交车就来了。他没上车，我们坐在车站的椅子上看人们的鞋子。三双皮鞋、五双运动鞋、四双靴子，竟然还有一双拖鞋。大冬天穿个拖鞋，看着都觉得冷，想到这才发现自己屁股也很凉。又来了一辆车，车稍稍开过车站一点后停了下来。赵慢悠悠地朝汽车走去。"赵！"看着他的背影，我不觉地叫了一声。"干吗？"他回过头来。车没等他，开走了。"去喝一杯？"我说。他笑了。

我们点了两杯啤酒、一只炸鸡。去年春天我和他一起来过这家店，当时他一个人吃了两只炸鸡。店里赠送糖球大小的爆米花给顾客们下酒，他只挑绿色的吃。爆米花里还有黄色的、橙色的、红色的，我们叫它信号灯。我拿了一个红色的放在嘴里，然后喝一口啤酒。爆米花在嘴里融化，发出清脆的啪啪声。炸鸡还没上，赵就喝完了一杯啤酒。"服务员！"他朝收银台喊了一声。服务生一来，他拿起啤酒杯晃了一下。不一会儿，服务生把炸鸡和啤酒端了过来。我把杯里的酒喝完，把杯子递给服务生。"这家店用的油好像挺干净，好吃。"赵说他现在一闻就知道油新不新鲜。"行家啊！"我让他参加那档"寻找烹饪大师"的节目，要是胜出了，没准儿他父母的店就出名了。

我们俩很默契地一人吃了一个鸡腿，一杯接一杯地喝。这时，两个穿校服的女生在我们旁边桌上坐下。"来一只香辣酱炸鸡、两杯五百毫升的啤酒。"服务生也没要她们出示身份证，就把啤酒端了过来。她俩使劲儿碰了一下杯，酒差点洒出来。一个女生只吃红色的爆米花，另一个只吃绿色的。"老板，樱桃爆米花不能只挑红色的和绿色的上吗？"店老板从厨房探出头来，冷冷地说："不行。"她俩很快就喝完一杯，然后又点了一杯。赵低头小声对我说："她们还没成年吧？"我说："这爆米花叫樱桃爆米花，不叫信号灯。还樱桃？一点都不像樱桃。""管它叫什么樱桃还是信号灯，把酒卖给未成年人是要吊销营业执照的。"本想问问赵还记不记得我们第一次喝酒是什么时候，想想又没说。那是在他父母的店里，当然，我们是在打烊后偷偷溜进去喝的。一个女生好像听到了我们说的话，瞪了我一眼："别操心了，我们不是高中生。"

原来她们俩是高中同学，高中毕业后有时会相约穿着校服来喝酒，说什么穿校服喝酒更好喝。听完，赵给她们道了歉。她们俩一眨眼功夫就喝完五杯啤酒，吃完一只炸鸡，然后起身走了。"她俩不是要穿着这身衣服喝到第五家吧？"赵笑了笑："怎么会还想穿校服呢？""是啊。"他好像突然想起什么，扑哧一声笑了。"我真不想上学，你能不能问我一下为什么？"他说。"为什么不想上学？"我问。"一定要有理由吗？"他突然发着火回答，声音特别大，其他桌上的客人都往我们这边看过来。我们捂着嘴，低声笑起来。这是我们俩高中时常玩的游戏。"我现在不想吃午饭，你能不能问我一下为什么？""为什么不想吃饭？"然后他就会很生气地说："一定要有理由吗？"我们把这个游戏叫作"模仿查理·布朗和他的朋友们"。

我们是高一时在"花生"社团的活动上认识的。招募会员的社团公告上印着查理·布朗和史努比，我们以为是个漫画社团，结果一去才发现是一个读《花生》原版漫画的英语学习小组。赵常常向二年级学哥学姐们问一些类似于为什么史努比整天坐在屋顶上却没有得痔疮的问题。六个月后，我们被那个社团开除了。那六个月让我们成了好朋友，让我们学会了查理·布朗和他的朋友们说话时的语气，我们经常像漫画里的人物那样说话。比如，如果在食堂见面，就会说："我的餐盘离我有六十厘米，但有时我会觉得它好像离我有九十厘米。""我们也穿上校服喝酒啊？"赵说道。校服还在吗？就算有，我们都胖了，估计不合身了吧？"我最不想再穿一次的衣服就是校服和军装。""对，还有军装。"他把胳膊抱在胸前，一副若有所思的样子。过了好一会，他说："那我们穿上军装去喝酒啊？"我拿一个红色的樱桃爆米花朝他脸上砸过去。"疯子。"红色的樱桃爆米花砸到他脸上后掉进他的啤酒杯。"穿军装，但不许说军队里的事，怎么样？谁说军队的事谁就买单。"他喝了一口啤酒。听他这么说，我觉得似乎也不错。因为我对打赌的事都很有把握。"干脆赌一个月的酒钱，怎么样？""好！"他一口答应。"打赌从来不输。"我甚至在一份投给游戏公司的简历上这样写过。本以为能通过材料审核那关，结果根本没人联系我。

3

穿军装之前,我闻了闻。去年参加完预备军训练,没洗就塞进衣柜里了,还好没什么汗味,不过我还是喷了许多芳香剂。走到玄关才想起钱包还在夹克兜里。反正我都会赢,要不要回去拿呢?我犹豫了一下。因为觉得解开军靴的鞋带很麻烦,就爬着进屋把夹在书里的私房钱装在钱包里,还把夹在钱包里的照片拿出来放到军装左胸前的兜里。我用手掌拍了一下左胸口,突然又想起另外一张照片,就是藏在我周岁照后面那张过世的表哥的照片。我翻开相册,找出那张照片,把刚才放在胸前的照片拿出来,把过世的表哥的照片放进去,又用手掌拍了两下左胸口。

走到公交车站,赵还没有来。我给他发信息说"到了",他回信息说"马上"。然后真的是"马上",他坐的出租车停在我面前。平时赶不上末班车,他舍不得花钱坐出租车,总是走回家,今天竟然坐着出租车来。"你煎肉饼煎得肚子都成肉饼了!"我指着他的肚子开玩笑说。"我今天是个胖子,昨天也是,可能以后我一直都会是个胖子。"他说。我笑了。史努比说的话里面我们最喜欢的一句是:我今天是只狗,昨天也是,可能以后我一直都会是只狗。有一段时间,这句话还成了高二(3)班的流行语:我今天是倒数第一,昨天也是,可能以后我一直都会是倒数第一。

赵说一起去咖啡厅喝咖啡。他说坐出租车过来的路上发现街上到处都是咖啡厅,可是从没见过两个穿军装的男人坐着喝咖啡。听他这么一说,我发现好像真的在电视剧里也没见过。"那我们就去喝杯咖啡?"咖啡厅不用到处去找,坐在车站往四周看一下就能发现五六家。他点了一杯美式咖啡,我看了半天菜单,然后点了一杯焦糖玛奇朵。他笑了,那一定是嘲笑。我们并排坐在窗边的位置。焦糖玛奇朵非常甜,为什么穿上军装就想吃甜的呢?我满脑子都是这些无聊的问题。窗外,一对情侣穿着同款不同色的羽绒夹克,站在人行道前等着变灯。

信号灯一变成绿色，男人就松开女人的手往对面跑。一辆送外卖的摩托车闯红灯穿过马路。一个戴塑框眼镜的男人把烟头丢到花坛里。一对穿登山服的老爷爷老奶奶在路边小吃摊买鱼饼串吃。"十。"这时，一直呆呆地望着窗外的赵说，"到现在为止，已经过去十个戴红围巾的了"。我用勺子搅了一下杯底的咖啡。"知道你那杯咖啡有多少卡路里吗？相当于一碗米饭。"他对我说道。我跟他说明天会去运动，叫他别担心。我们喝酒的时候能聊一个晚上，现在喝咖啡却没什么话说。所以，我们就一直看着窗外。"看到穿短裤的我们就走吧。"他说。突然，一个背着大背包的女人停在路中间，陆续有人停下来和她搭话，甚至还有外国人停下来跟她搭讪。"她在干吗？""你好奇就去问问。""我不去。"他站起身。"干吗？你去问？""不是，我去洗手间。"他去卫生间的功夫，围在那个女人周围的人三三两两地散去。他回来时，她也走了。"啊？怎么回事？"他问，我没回答。穿短裤的人当然没有出现，现在咖啡厅里就剩下我们两个了。服务生拿着垃圾袋走了出去。"我们去喝一杯吧。"他站起身。"谁让你这大冬天的非要找穿短裤的？"我埋怨道。他指了指正在打扫卫生的服务生——他穿着短裤。

一出来发觉特别冷，不由地打起哆嗦。本来在咖啡厅喝咖啡的时候想吃辣味海螺和啤酒，一到外面就想喝点热呼呼的汤了。赵指了一下路对面一家挂着一串串红色灯饰的酒屋，左右看了看，就跑了过去。我掏出手机，把他闯红灯横穿马路的背影拍了下来。我等到绿灯的时候才慢慢地走过人行横道。"要是穿着军装被车撞了该多可怜啊！"我对在对面等我的赵说。他讽刺我说："像你这么守法的人真是难得。"一推开酒屋的门，服务生们大声喊道："欢迎光临！"声音太大，吓我一大跳。菜单特别厚，又让我吃了一惊。菜单有二十多页，从第一页看到最后一页，没有一样是我想吃的。菜品照片好像都是做完好几个小时之后才照的。我问什么菜卖得好，服务生建议我们点辣贻贝汤和软骨。"那就点两个菜吧，再来一瓶烧酒。"软骨很辣，辣贻贝汤更辣，真是名副其实。赵咯吱咯吱地嚼着白送的胡萝卜小菜，说现在不喜欢吃辣的，也不喜欢吃辣的时候又流汗又流眼泪。我给他点了个鸡蛋卷。我们碰一下杯，我干一杯烧酒，喝一勺贻贝汤，吃点软骨。他喝一杯酒，吃一口鸡蛋卷。

我们很快就喝完一瓶，然后又点了一瓶。我嚼着软骨，突然开始好奇软骨是猪身上的什么部位。赵说他不知道软骨是猪的什么部位，但软骨本来叫咯吱骨。我嚼着软骨，琢磨着是不是能嚼出"咯吱咯吱"声。好像有，又好像没有。我们又喝完一瓶烧酒。软骨都被我吃了。"刚才你说的那个被自己寄的包裹炸死的恐怖分子，我觉得他也够可怜的。"赵喝醉了，说："我给提出分手的女朋友寄过一次礼物，是件格子衬衫。结果，几天后我收到一个包裹，打开一看，是和我寄的那件一模一样的衬衫。"他以为是女朋友寄来的，要和他重归于好，因为他女朋友以前常说希望能穿上一模一样的情侣衫去旅行。可是一穿，发现特别小，连胳膊都伸不进去，这才知道是不久前自己寄出去的那个包裹，他把收件人和寄件人的地址写反了。"被自己做的炸弹炸死了，真够蠢的。"说完，他干了一杯酒，又连着喝了几口贻贝汤。"辣，真辣，烟味也辣，寒风也辣。"他嘟囔着说："女朋友不接电话，也够辣。"我给他倒了一杯酒："干杯。"他没跟我碰杯。

赵打了个呵欠。他喝酒时常常会犯困，然后在别人都醉了的时候，闹着要换个地方再喝一杯。"今天要是下雪就好了。"我往窗外看去，可除了室内景象的倒影，什么都看不见。都凌晨了，还不断有客人进来，服务生们的招呼声依然那么洪亮。进来的客人们头发没湿，看来是没下雪，天气预报说有暴雪的。我看着一直点头打瞌睡的赵，喝了一杯烧酒，把他吃剩的鸡蛋卷也都吃了。"赵，下周我给你介绍个对象？"他点点头。"赵，咱们去旅行啊？非洲？要是觉得太远，去近一点的泰国也行。"他又点点头。"赵，你可不能比我先出人头地啊。"他点点头。"赵，我下个月生日，给我买个礼物吧，我看上了一块手表。"他点点头。在他打瞌睡的时候逗他很有意思，我掏出手机，打开视频录制模式。"赵，以后在我们家睡一晚上要交三万韩元住宿费。"他点点头。"赵，你喜欢我，对吧？"他点点头。他打着瞌睡，我一直拍。"赵，你幸福吗？"他点点头。拍到这，我把录像关了。我等他醒来，等着等着，自己也睡着了。我梦见妈妈和爸爸一起去现场看喜剧节目，妈妈已经怀孕八个月了，笑得都不知道肚子在疼，后来才发现是阵痛，妈妈抓住爸爸的手。在梦里，我也没见到爸爸的脸，只见到了手。我在电视台出生的事上了当天晚上的九点新闻。"炎，你领到第一个月工资后，给我买身西装吧。"我隐约听赵说道。我好不容易才忍住没点头。"炎，我到你家去一起住不行吗？"我摇摇头。听到他咯咯地笑，我睁开了眼睛。他付的咖啡钱，所以我就付了酒钱。不过，这家伙怎么没说军队的事呢？以前可是一喝醉就说的啊。

我们从酒馆出来。"回家么？"他看了看手表，"再有一个小时就有首班车了，总不能一天打两次出租车吧"。从这里坐出租车到他家也就起步价，他还这么说。我们走了一会，他看看天空说："好像要下雪。"好像真的下雪了，不过没走几步，雪就停了。他又往回走，因为就刚才那个地方下雪。仔细一看，原来是屋顶的雪被风吹下来了。我们静静地站在雪中。"赵，雪是堆起来的？一片片的？还是一层层的？"他把手伸向天空，"说什么呢，那不都一样么？"我跟赵坦白说，自己从没堆过雪人。他说，因为父母做生意很忙，他总要帮忙照顾弟弟妹妹，所以常常堆雪人。雪好像都吹没了，不再飘了。

赵又走了起来，我跟在他后面。他走到一个小区的大门前停下来，"你大清早在小区里散过步么？也不错。"我们在小区里走，边走边数一共有几家亮着灯，结果只有两家。"凌晨四点半就起床，家里应该有奶奶在吧。"他听了我的话，说不一定。为什么觉得是起得早啊？没准儿是睡得晚呢？小区游乐场还有一些积雪，他伸手摸了摸，雪冻得硬邦邦的，抠不动，堆不了雪人。我们在秋千上坐了一会儿，觉得屁股很凉，就站起来。有人在停车场入口堆了一个雪人，他看到后就跑了过去。雪人的眼睛和嘴巴都画好了，却没有鼻子。我翻了一下衣袋，找出一个一百块的硬币，用它做了个鼻子，可并不好看，所以又把硬币放回衣袋。我扯下一个军装扣子，用它做了个鼻子，这下连鼻孔都有了。他让我站到雪人旁边，然后给我拍了张照片，边照边说：

"这个雪人的鼻子是你做的,所以它就算你做的了,这叫画龙点睛。"我把那张放在口袋里的表哥照片拿出来给他看,他走上铺有地砖的步道,做了一个跟表哥一样的姿势。我蹲下来给他拍照,故意把他的腿拉得长一些,还把自己的手指也拍进去一点。他看看我给他拍的照片,又看看表哥的照片,然后问我:"这是谁啊?"我告诉他这是我们家最聪明的人。"多大?""27。""和我们同岁?"他问道。真是个傻瓜,黑白照片里的表哥怎么可能跟我们同岁呢。"不是,照这张照片时27岁。"听罢,他拿着照片走到路灯下,站在那里看了很久。远远地看着他的样子,我不由得流下了眼泪。这让我觉得自己很丢人,就踢了一脚雪人。雪人冻了又化,化了又冻,很结实,没被踢坏。他走过来,把照片又放回我左胸前的口袋,还拍了两下。停车场出来一辆车,一定是这个小区里上班最早的人。保安看到我们以后,问我们在干什么。我们说去参加预备军训练,然后就飞快地跑出小区。

公交车站里一个人都没有。我们坐在车站的椅子上,看清洁工们把垃圾袋装上垃圾车。这不像是一天的开始,倒像是又过完了一天。清晨到底是一天的开始还是结束?我问他,日落和日出之间,到底属于哪里?他把胳膊抱在胸前,想了好久,回答道:"什么哪里啊?既是昨天,又是今天啊。所以,这个时候的酒才最好喝啊。"垃圾车轰隆隆地从我们面前驶过。"那个……"他小心翼翼地开口说,"我可能要在爸妈的店里干下去了,不是打零工,好像接手他们的店也不错"。我想象着赵穿围裙的样子,围裙上印着"幸福煎饼"的字样,那是一家二十五年来从未歇过业的老店。"天天做煎饼,做着做着,我就会像我爸妈一样老去。"他叹了一口气。我回答说:"那也不错,等到你八十大寿的时候,我会给你唱一首歌。我妈妈八十大寿、继父八十大寿、你八十大寿时,我都会唱,我要给所有人唱这首歌。"我哼起了那首《当我们年轻时,麦姬》。还没唱完,公交车就来了,他站起身。"赵,去我们家吃点方便面不?我给你煮。"他想了想,然后说:"不用了。"接着就头也不回地上了车。我坐在车站里,继续哼完那首歌。

我在巷子里转了一圈又一圈,去找那个写着赵名字的门牌。好困,我打了一个哈欠。要是能下几天雪就好了，要是雪一层一层地堆积起来就好了，那样，就不知道哪些雪是昨天下的，哪些是今天下的，哪些是明天下的了。我想我不会在积雪上留下自己的脚印。我会踩着别人的脚印度过这个冬天。我终于找到了那个写着赵名字的门牌。抬起头，我看到那个红色的橡胶盆，太阳从那里升起。

你的蜕变

金利奂

  <u>你</u> 严格的材料审查让我费了好长时间才进入这座建筑。受特别法的保护就是不一样,这里的确不同于其他地方。我的心情很平静。其实刚接到你邮件的时候,我都没想到自己会来找你。我没有勇气走进研究所。在接待室等待的时候,我甚至希望拿不到临时出入证,这样我就不必见你。坦率地说,是这样的。一个穿着白大褂的男人走过来,向我伸出手:"让您久等了。"他胸前的工作牌上写着"接待"两个字。我和他握手——这是一个很普通的人,没有三头六臂。乍看时以为他的眼珠是浅褐色的,而这只是接待室里过度明亮的灯光造成的错觉,再细看发现其实就是正常的黑色。不对,当今社会,"普通"或者"正常"这样的词还能用吗?

  在通往实验室的途中所看到的一切,我不想去说。因为我不想让在这座建筑里生活的其他人也来消耗我的心思。在实验室的中央,有一个小泳池。它不是长方形,而是半球形,看起来就像一个掘地挖成的巨碗。泳池上面盖着厚厚的玻璃,周围摆满了有规律地发出嘀嘀声的机器。你,就在泳池里。让实验室如此明亮的并非灯光,而是泳池中你和其他人身上所发出的亮光。

四臂人　"请您沿线标走，不要踩其他地方，地板上刚刚喷洒了消毒水。"

一个长了四只胳膊的保洁员提醒我们。

第一个征兆　"没人喜欢亲热后哭的男人吧？"那天，你哭了。看着你马上就要开始流泪的脸，我心里嘀咕着：正担心你这家伙要是哭唧唧的可怎么办呢。而后，你转过脸去擦干了泪水。现在，虽然事情已经过去了很久，我还在努力寻找第一个征兆。比如说，那些自杀的人在企图自杀之前不是会在日常生活中留下一些暗示吗？你虽然不是自杀，但事情发展到这个地步，一定是有明确缘由的——不是你胡乱拼凑的那些苍白的解释，而是真正的缘由。所以，我反复琢磨着你流泪的那一瞬间。

"开心得掉眼泪吗？"

我说了一句提前想好的笑话，却没收到预期的效果。我感觉还得再哄哄你，就把你紧紧抱过来说："哭什么啊？搞得我怪不是滋味的。以后我还想和你一直在一起呢，你每次都要哭吗？"你这才停止哭泣。在后来的日子里，每当我们在一起，你总会重复同样的问题：

"你为什么喜欢我？"

问题中隐含的实际意思是：我长得丑，身上也没有肌肉，你为什么喜欢我？这时我都会反问你：

"我为什么不能喜欢你呢？"

你说喜欢我细长的眼睛和高高的鼻子，喜欢我光滑黝黑的皮肤和宽阔的肩膀，还有那没有赘肉的腰身和长腿。你说厌恶自己的身体——那不断运动减肥也无法瘦掉的肚子、窄肩膀、大屁股、又短又弯的腿。我并不讨厌你。你拥有报酬丰厚的职业，我虽然没有你赚得多，工作却也稳定。我们的关系不是很酷吗？我不是没听懂你的问题。也许你想说，凡是"同志"都特别注重外表，只希望同那些身姿矫健的男人在一起。但是，我们的关系和其他"同志"是不同的。现在看来，我是因为你和其他"同志"不同而喜欢你，你却厌恶这种不同。或许当时我该跟你解释：我也在用自己的方式执着地爱着你，这就足够了。但是，我并没有积极地说服你。看来我虽然担心哭泣的你，却没有真正地关注你哭泣的缘由。我怀疑问题是不是就出在这里。

<u>第一个确切征兆</u>　"那个技术如果应用于实际临床治疗，将带来巨大变化。"这是我记忆中的第一个确切征兆。你指着电视画面，主持人正在播报一则有关新移植手术的新闻：该技术能够人工合成部分人体器官，无副作用，这将给众多等待器官捐赠的患者带来巨大希望。你又补充说："移植手术中存在几大难题：可移植部位的提供和接受，还有排异反应……"你说使用这种经过基因处理的身体器官能解决一系列复杂问题，从而使更多类型的移植手术成为可能。这是一则好消息，我却只是觉得资料画面让人恶心——电视荧屏里，背上长出人耳朵的猪哼哼叫着四处跑。电视里说这是通过转基因技术使猪身上长出了人耳朵，这对耳朵将被移植到人的身上。但在我眼里，这只在实验室一角的猪圈里吃食的猪，不过是长了人耳朵的怪物而已。我无法掩饰这种本能的厌恶："多恶心，你看这干吗？""人类的身体都很恶心。"你回答说。"以前，我见过一个在交通事故中失去耳朵的人，他用长头发遮住耳部。对他们来说，这难道不是个大好消息吗？"

"你觉得那个人会要长在猪身上的耳朵吗？"

"当然啊！没有人会把耳朵痛快地移植给他。而且，这对耳朵还没有副作用！"

要有供体，才能接受移植。人造身体器官会让无数焦灼等待器官配型成功的患者重获新生。但拥有健全耳朵的我们，为什么要因为听到这个消息而欢喜呢？我瞄了一眼你的耳朵，这样想着。

新闻一结束，我马上调台看棒球比赛，你从电视机前走开。现在回想起来，你给我解释新闻时的表情和声音都充满了异乎寻常的兴奋。过了很久以后我才意识到这一点。

<u>纪录片</u>　这是第二个与电视相关的记忆。你出神地看着有线电视

的纪录片频道。碰巧和你一起看电视的我不禁吃惊地问："这，这是什么啊？"我用手揉搓着起了鸡皮疙瘩的胳膊。这是一部英国纪录片，一个男人正在咨询医生。男人说："医生，我想切除双腿。"

切除双腿？

你解释说：

"他是一个想要切除身体某一部分的人。"

把好好的腿切除？为什么？变态吗？医生就像已经猜到了我的疑问一样解释说："开始我也很吃惊。"是的，有一种综合症患者，他们在看到损坏身体的行为或者被损坏的身体时，会感到很兴奋。但是，这个男人和他们不一样。他要损坏自己的身体并不是为了追求快感，而只是因为他从小就觉得自己的双腿——准确地说是双膝以下的部分——不是自己的身体。他觉得自己双膝以下的部分就像瘤子或肿块一样，是不应该在身体里存在的东西。男人指着自己的双腿宣称："这不是我的身体。"

"这是跟变性人相似的概念。"

你突然插了一句。我的视线从电视转向你。我也知道变性人，就是那些通过手术由男人变成女人，或者由女人变成男人的人。

"对，变性人感觉意识中的自己和身体表现出的性别不一致，因此通过手术来转变成自己想要的性别。他们不是为了感受快感而做手术。这个男人也一样，他只是认为完整的身体应该是没有双腿的。"

那个英国男人叫P。听说，虽然没有精确的统计数据，据推算，像P这样苦恼的人仅在英国就超过几千名。但是，这种将完好的身体部位切除的手术在法律上是不允许的，所以P要想拥有理想中的身体，还有艰难的路要走。时隔几年之后，P最终切除了双腿。这是因为有限允许针对像P这样的人进行手术的法律得以通过，少数国家已经为该类人群建立了结合了研究所和医院功能的特殊设施。再过一段时间，将有几万人在这样的设施里接受手术，成功实现意识中的身体和实际身体的统一。其中，也包括你。

没用的家具 "第一次坐轮椅那天,别提有多兴奋了。"P 说。他从小就没有把双腿当作过自己身体的一部分。最近,他终于成功切除了双腿。现在,虽然要坐轮椅生活,但他看上去非常开心。记者问:

"那切掉的双腿呢?"

"应该被需要的人拿去了吧。"

P 就像扔掉没用的家具一样回答道。

名人 "正颚手术就是……"邻桌的两个女人正聊在兴头上。我们在咖啡厅喝咖啡闲谈,其他客人也是如此。"把上下颚骨都取下来后重新组对,解决突嘴或下巴前突的问题,让嘴部收回去,同时整个面部也会变小。我的一个朋友就是做正颚手术把嘴收回去的。不过嘴虽然收回去了,颧骨却看起来又突出来了。所以啊,要考虑到面部整体效果,做全脸整形。我有一个师妹就是因为整形手术做得好,实现了人生逆转。""我也想整一下呢。""我也是啊。"我回头瞥了一眼,她们都拥有无可挑剔的漂亮脸蛋儿,却还说着这样的话。

"我得整哪里才能实现人生逆转呢?"你说。

我本来要回答说你没有必要整形,但你并不是在向我提问,不过是想通过提问来给自己的话开个头而已。接下来,你说出了长而复杂的愿望。你想要垫高鼻梁,缩小鼻翼。颧骨还可以,四方形的下巴看来得削一削。脸整体都挺大的,头也大,额头和后脑勺都大,简直就是蜡笔小新。如果有缩小头颅的手术就好了。要是肩膀再宽一些该多好,肩为什么这么窄呢?脖子和四肢也短,真不知腿为什么这么短。有一种使腿变长的手术,把腿骨切下来后加长,能增高 5 厘米左右。还想减掉肚子和腰上的赘肉。吸脂虽然挺好,但听说最近可以利用超声波去脂。超声波可以穿透腹腰皮肤,使脂肪自行分解后通过尿液排出。

"这样都整完之后,你还剩下什么?"

"如果有下辈子,我希望自己是乔什·哈奈特。"这也不是回答,只是你自己想说的话,"人类一直都在追求美。希腊神话中的诸神和 21 世纪的名人是一样的,他们都是因为美才成了人们永远憧憬和羡慕的对象。这也是我的愿望"。

"可名人们并不会永远活着啊。"

"可他们的形象是永恒的,就像玛丽莲·梦露、詹姆斯·迪恩、希斯·莱杰。也不仅仅局限于演员和歌手,比如肯尼迪或者切·格瓦拉。"

你爱美,所以也很关注俊男美女。演员、歌手、模特、运动员抑或是长相平平却身材健美的人——比如"暖男"们,你在公共浴池或淋浴间偷偷看到的肌肉男们,还有色情片演员……你喜欢谈论他们。邻桌的女人又说:"正颚手术真的很危险,手术途中还可能有生命危险。你还记得吗?以前有个艺人在做正颚手术时差点儿死了。"

我对你说:"即便有生命危险,你也想要拥有艺人般的身体吗?"

"不是艺人,是名人——Celebrity。最近没人说'艺人'这个词儿。"

"Celebrity 不是搜外国演员不雅照的时候用的词吗?"

我说完,你笑了。

掷铁饼者 我站在《掷铁饼者》雕像前。和你分手大概一年后,我一个人去看希腊雕塑展。据说,在古代奥运竞技中,选手们都是裸体参加比赛。我眼前这尊雕塑的模特在当时应该可以直接在赛场看到。他手拿铁饼站在赛场中央,全身赤裸,肌肉发达,拥有神一般完美的身躯。为了看得更清楚,我伸直了脖子——当时赛场上的希腊人应该也都会这样做吧。雕塑家意图让观众观看他时的情景再次展现出来,这在欣赏这座雕像的我的视线中得到了回应。受这么多人注视的心情是怎样的?想到这儿,你在我的脑海中浮现出来。也许你就是想成为众人仰慕的对象,如同这个希腊掷铁饼者或者 21 世纪的乔什·哈奈特一样,成为那些充满欲望的眼睛所瞩目的美男子。

"大家好!在今天的《大千世界》中…… 我们将去一个明星脸整形沙龙看看。看,这些把脸整成权相佑的男会员们和把脸整成金喜善的女会员们正在共同演绎《悲伤恋歌》。哇!他们真的和权相佑和金喜善一模一样啊!观众朋友们,您能将这些整成权相佑和金喜善的会员们分辨出来吗？我真的不知道谁是谁了。"

<u>肉毒杆菌</u>　本来，亚当S研究所研究移植手术是为了防止衰老，通过用人工脏器自由替代身体里的老化器官来实现延长人类寿命的目的。我虽然对医学一无所知，但随着年龄的增长而老化的不仅是脏器，不是还有大脑吗？难道他们已经在研究把大脑也以旧换新的方法吗？而且，寿命延长技术和整形手术热潮的结合本身就看起来有些奇怪，因为这是两个完全不同的欲望在一个奇怪领域的碰撞。

你却说这是理所当然的。

"整形手术起源于人类对年轻和美的追求。比如，注射肉毒杆菌原本是为了缓解肌肉的过度收缩，它被用于除皱是最近的事情。而在它被应用于整形手术之后，该类手术数量每年都翻倍增长。想象一下，移植手术市场如果以每年翻倍的速度增长，那么短短几年以后，人们对于那些现在被认为非同寻常的事情的看法会完全改变。"

"但移植手术和注射肉毒杆菌不一样啊！"

"我说过这种观念会转变的！"

你把一堆从论坛拿回来的小册子摆出来，都是些我看不太懂的英文书。论坛由一个即将揭牌的研究所举办，许多人慕名而来，你也是其中一个。让猪背上长出人耳朵的技术现在已经相当成熟，一部分马上就将投入使用。问题是，最快引进该技术的国家是你我所生活的国家。

"我国的整形手术市场相当庞大，你去狎鸥亭看看，那里每隔两座楼就有一个整形医院。这个论坛我差点没参加上。幸亏提前登记的人可以先入场，我才勉强进去。"

登记？难道你想在这个研究所接受整形手术？在没和我商量的情况下？

"如果要推行人体改造术，还有一些伦理上的问题需要解决，比如人体实验到底可以做到哪种程度的问题。听说相关法律正在修订中。"

"难道没有人主张应该重视内在美而不是外表吗？"

"如果你也见到这个女人，肯定不会这样想了。"

小册子的封面上有一张美女照片，本来以为是安杰丽娜·朱莉，仔细一看却不是。人们叫她"夏娃A"，这比她的原名有名得多。夏娃A小时候，脸被狗咬了，鼻子和嘴唇全被咬坏。本以为从此就得这样面目全非地活在世上的她，在接受了移植手术之后重新拥有了完整的脸。不，应该说术后的脸已经不能用"完整"来形容，而是"完美"。她比安杰利娜·朱莉更漂亮。"可以进行这样的整形手术？让人面容全改，却毫无副作用？"

"她也来参加论坛了，我亲眼见到的。你不知道夏娃A吗？她可是一时间风靡互联网的人物。你不关注整形手术，看来是不知道了。"

那天晚上，我一直都在上网查找有关那个研究所的信息，海量的报道着实让我震惊。其中，还有报道说论坛还有一万余名看客慕名而来，导致现场嘈杂混乱。你的确是几百个获准入场人员中的一个。研究所已经完成对两名受试者亚当S和夏娃A的器官移植手术实验，成功地实现了对他们的人体改造，正在等待新的受试者。

你说："被选上的人简直就是李素妍。"

"李素妍是谁啊？"

"我国首位女宇航员啊，你怎么什么都不知道啊？"

"<u>完成人体改造的足球队员即将举办职业联赛，预计将遭宗教团体强烈反对</u>" "我想称之为运动革命。"足球协会会长说："从最初完成人体改造的亚当S到今天，15年过去了，人体改造已经不再是稀奇陌生的事情。现在，美国的四腿球员职业足球联赛备受欢迎，日本也出现了六臂职业摔跤运动员……"

"<u>人体改造术医院——统称'亚当S研究所'成立，政府提供技术发展基金</u>" 申请手术人员已突破5000人，专家预测人体改造热潮将在一段时间内持续……

<u>弗兰肯斯坦</u> 研究所里，我们和一位美籍医生握手。这个看起来

很普通的外国大叔，被你称为天才医生，因为他是人体改造术领域的奠基人。你本来英语就很好，我的水平只限于简单的口语听说。你和医生的交谈中有许多医学用语，我基本上听不懂。在这种封闭式的研究所里是难以奢求有人给翻译的，满研究所都是外国人，只有少数几个获准出入的韩国人。你已经和这里的医生们都比较熟悉了，而我与他们都是初次谋面。对于他们来说，我只是你的"亲密朋友"。这让我觉得自己反倒成了局外人，想来就生气。

而接下来听到的话简直把我吓晕了。

"受试者的胳膊"，医生对我说，"受试者想要对发育不良的左臂进行改造手术，你觉得怎么样？"

我不知道你的左胳膊比右胳膊短3厘米，左手比右手小。这在双臂X光片中可以看得很清楚。我简直不敢相信，我怎么会没发现呢？胳膊不同于腿，很难发现哪边长哪边短。如果是我自己的左胳膊比右胳膊短几厘米，我会知道吗？但是一只手比另一只手小却是可以觉察到的。我上百次地抓过你的手，你的手也曾抚摸我的身体数百次，但我却没有发现。这到底为什么？

"我生下来就这样。左胳膊比右胳膊短，两只胳膊的劲儿都小。我觉得丢人，就没跟你说。"

丢人？哪里丢人？我本想反问你，这让没发现这个事实的我多么难堪，你先开了口：

"你也同意我做手术吧？"

"要把左胳膊切除，然后安个新的吗？"

"那倒不是，是通过移植骨骼和肌肉来调节臂长，然后再把神经连上。还行吧？"

我没回答。

"怎么了？因为钱吗？我的钱已经足够了，不会跟你要的。"

"现在是钱的问题吗？"

医生似乎看出我们争吵的原因，插了句："您放心，我们不会把受试者变成弗兰肯斯坦的。"

你和医生都笑了起来。这实在令我难以接受，不知道是该哭还是该笑。

"弗兰肯斯坦不是怪物。"另外一个男人不知什么时候走进办公室，这个外国中年男子对我们说："小说《弗兰肯斯坦》中的弗兰肯斯坦不是怪物，而是创造出怪物的博士。这是一个很多人都搞错的常识。"

他是你和医生的熟人，你们三人针对你的手臂手术问题交换意见。我退后一步，看着眼前的场景。我已经记不起他的名字，但却知道他的绰号。虽然那时不是，但现在他却是全世界都知晓的名人。他就是亚当S——那个因为在右臂下方又安了一只胳膊而声名大振的人。

烦恼 我们把家搬到研究所附近。因为法律规定受试者的居住地必须在研究所附近。我们突然地卖掉了房子，搬了家。可笑的是，我反倒成了受益者。研究所在我单位附近，这缩短了我在上下班路上的时间。你却离单位更远，而且一旦开始手术，又要长时间请假，所以正在考虑是不是干脆就辞职。我劝你不要那样做。我们的生活正在向另一个方向发展，对此，我做出决死抵抗。手术不做不行吗？谁会在乎你胳膊长短？身为"同志"的我不是都没发现吗？你却态度坚决。我们之间的关系每况日下，搬过来的行李都无人整理，堆在一边。

不知从什么时候开始，你已经变成了一个无法沟通的人。

"我最终决定做腿部改造术了。"

这是你单方面发出的通告。不是胳膊么？怎么又变成腿了？我只觉得荒唐，一时间哑口无言。但是，要吵就得开口：

"不是胳膊么？怎么突然又是腿了？"

"我要把腿加长，我想变高。医生说连接手指神经比较困难，现在改造手和胳膊还为时过早。"

"那不做不就完了？"

"做完以后，我就会和你一样高。"

你笑着让我和你一起去研究所商定住院日程。我正要大喊一声，突然打进来的电话中断了我们的谈话。你接起电话后就变了脸：

"我对你们的话不感兴趣……已经说过不想听……有没有副作用

关你们什么事？要手术的人是我……我不信教！不信！你们怎么会知道长得丑的烦恼？"

你挂断电话，拔了电话线。

"我们都有手机，不需要固定电话吧？宗教团体对移植手术很感兴趣，说什么把人作为受试者的实验违背教义。他们原来就打手机的，这回怎么连我们家电话号码都知道了？反正，我们以后别接电话了！"

在那一瞬间，我模糊地意识到我们之间的关系正在走向无法挽回的终结。但是，我还是不明白我们从哪里开始出了问题，是谁的责任。我只是呆呆地看着你的左手。

秘密 这是我们刚开始同居时的事。当我看到你藏在笔记本电脑里的秘密时，你惊惶得什么话都说不出来。自己隐藏起来的东西被别人发现，是十分尴尬的事情，哪怕是"同志"。抑或正因为是"同志"才更觉尴尬。我硬是推开不想给我看的你，点击了播放。我很想知道你喜欢什么样的片子。你追求美丽的躯体，所以我以为你会喜欢容貌俊朗、身体健美的年轻男性们出演的片子。然而事实却绝非如此。大部分片子都是性虐片，残酷的性虐。原来这才是你惊慌失措的原因。我虽然感到震惊，却没有表露出来，假装很愉快的样子逗你说："你喜欢施虐，还是受虐？说吧！我陪你尝试一次！"

你脸红了。我央求你说想要一起看看这些片子，你这才慢吞吞地坐在我身边，打开一个文件。你说这个还比较轻微，我看了也不会受刺激。我装作很坦然，就像背着父母聚在朋友家看毛片的中学生一样，假装兴奋地嘿嘿笑着。但那些被你称为"轻微"的片子，却让我难以接受。通过折磨和羞辱他人来获得快感？你也热衷于这种方式的快感？我实在难以理解。

"可能我的性取向不像你那样明确。"

我觉得怪异的片子，你却从中感到兴奋，看来这让你感到不好意思。

"'不明确'是什么意思？你想变成女人吗？'男同志'女性化很

普遍，我不是也有像女人的地方吗？"

"我觉得自己既不是男人，也不是女人。但这并不代表我想成为双性人或者想成为中性。我也不知道。有时觉得可能变成女人会很有意思，但这并不代表我讨厌做男人。"

看片时，我跟你说如果想要尝试一下就告诉我，我会配合你。我觉得轻松处理尴尬状况是对"同志"的照顾。你摇摇头说自己不想尝试，只不过喜欢看一看而已。后来，你把电脑里的片子都删掉了。虽然那之后我再也没有翻过你的电脑，你还是不再把自己秘密藏在那里了。

<u>腿</u>　如你所料，在腿部改造术基本收尾的时候，人们对移植手术的认识已经改变了许多。不再有人往家里打抗议电话了。有一天，固定电话铃响了，不过打电话的不是宗教团体，而是你。还在研究所里的你，声音听起来无比兴奋、充满自信。你甚至还自己定了探望时间，让我到时自己去找你。你以前是一个十分腼腆的人，从不主动约人。现在，你在挂电话时说："一定要准时来噢，小心不来我收拾你。你会大吃一惊的！说不定你都认不出我来啦！"我的确大吃一惊：病房里站着一个比我个子还高的男人。你站起来抱了我一下，然后又坐回轮椅。在医生卷起你的病服查看两边大腿的手术伤口时，你给我解释说：

"这可是一个大手术，换了肌肉和骨骼，重新搭建了神经，有几根血管是用塑料做的人工血管。腿变长以后，为了调整比例，对臀部、腰、脊柱都做了手术。不过都做完了，现在只要再做一些物理治疗，就能走了。"

这不是我想要听的解释。你不是说会和我的个子差不多吗？可现在你比我还高。

"既然决定增高了，我就多增了一些。现在我也高于韩国男人的平均身高了，甚至比你还高。"

"手术都结束了，不过完全恢复还需要两年左右的时间。"

医生说。看着医生的脸，我想到的不是他的名字，而是弗兰肯斯坦。现在，他掌握了惊人的医学技术，受到各界高度评价，已然是一个经常在新闻报道中出现的有名人士。虽然我看他很面熟，但实际上也不过只见了两次面而已。

"手术不是都结束了吗？"

"他自己希望再做一些其他手术，所以还要住院一段时间，等各方面都恢复好再出院，之后便可以定期来院治疗。"

"我想一直住到手部移植手术结束，中间再把其他部位也整一整。"你说。

其他手术？其他部位？啊，千万不要整脸啊。

"以后你还会来看我吧？"

我一时无言以对。这时，医生跟你讲了几条注意事项后便离开了病房。你又从轮椅上站起来，抱着我说："我得换一下病服，你帮我一下。"你的头本来在我鼻子下方，现在已经在我头上了。

裤子一脱，术后的双腿就全露了出来。虽然看着还处处是伤疤的腿有些害怕，心中仍然生出想要摸一下的冲动。因为你的肌肉的确不同于从前，粗壮坚实的大腿一看就觉得充满力量。我的眼睛被你的下肢吸引，这时，你指着自己胯间调侃道："你是不是在想，整什么腿啊，怎么不把这里先整整？"

我笑了，不是因为你的笑话有趣，而是因为你看起来很开心。我很久没见过你如此开心了。原来整形手术并不一无是处啊，我这样想着。

不过如此 然而，你的手术带来了不良后果。但这次的原因不在于你，而在于我。在你长期住院这段时间，我无法忍受孤独，也没能把持住自己，最终还是变心了。我时常出入"同志吧"，和在那里认识的男人们过夜。我很痛苦，最后打电话向你坦白。出乎意料的是，受伤的人却是我。

"我现在身体不好，以后再说吧。"

你的回答让我感觉你并不很在乎我的不忠，心思全都在自己的手术日程上。我对你的态度感到十分失望。真是可笑。本来是我做了对不起你的事，最终反倒变成了你惹我生气。我们决定暂不联络，等调整好心情后再通电话。

但结果是我们互相都没有再联系。

从那以后，我每天都去"同志吧"喝酒，和一些素昧平生的男人睡觉。其间有过这样一件事：有一天，我一到酒吧，就发现换了调酒师，酒吧氛围也变了。这个面容清秀的调酒师不知为什么赤裸着肌肉发达的上身，向客人们卖酒。客人中女人更多，本想找个清静地方喝酒的我莫名地坏了心情。调酒师的身体在眼前来回晃动，很养眼，特别是那胳膊修长光滑，肌肉也恰到好处。

"看来你没少锻炼啊。"

听了我的话，调酒师微微一笑。

"能摸一下么？"

调酒师又笑了，但那是为了掩饰为难的假笑。

"您要摸哪里呢？"

我用手指了一下他的胳膊。

"不能白摸的哦。"

调酒师想这样开个玩笑就算了，我用鼻子狠哼了一声，意在让他听见。就你还装什么啊。当发现我已经把气氛搞得大家都不自在，我更得寸进尺了。

"不就摸一下么，怎么了？你不喜欢'同志'碰你？那就别在这地方卖酒啊。"

一直陪着笑的调酒师伸过胳膊假惺惺地说："这是免费的，以后常来哦！"我一把抓住他的左胳膊，粗壮的肱二头肌似乎对此很反感，微微一颤。那厚实的肌肉一动，的确挺迷人的。

"也不过如此么。"

结账时，我对调酒师说："也没什么了不起的，干吗那么装蒜？"

<u>科学</u>　想你。想你的身体，特别是你的味道。第一次抱你的时候，

你身上散发着融合了许多美妙气味的清新体香,它不同于香水和汗味。当我把这告诉你时,你兴奋地说:"听说,人通常对拥有不同免疫系统的人产生好感。两个拥有不同免疫系统的人结合,他们生出的小孩就会继承父母双方的免疫系统,所以更加健康。进化决定了人类的喜好。你喜欢我,也是因为我的免疫系统,是免疫系统让我们相爱。"

然而,我对科学毫无兴趣,知道这些有什么用?你留下体香后走了,我只能把鼻子贴在被子上使劲儿闻。

"首例人体结合术成功:一对恋人通过脑、脏器、骨盆结合术合二为一。" "我们希望永远都不分开,所以做了这样的选择。"两个人解释说。"我们都像爱自己一样爱对方,虽然我们生为两个人,但我们却想作为一个人死去。"两个人正在街道办事处申请将身份证也合二为一……

戒指 每当夜不成眠,我就会想起我们的过去。一起走过的岁月,一起做过的事情:同居、争吵、欢喜、忧伤。还有求婚。是我拿着对戒向你求婚并提议同居。后来你总是取笑我:买什么对戒啊?这么幼稚。但我坚信爱情越幼稚越好。当我抓住你的左手要给你戴戒指的时候,你吓了一跳。我当时还以为你是因为害羞才那样。现在回想起你左手被抓住时的反应,我才发现你当时惊慌的真正原因。

灵堂照 "电影演员 Q 先生今日在家中离世,作为演技派演员,他生前很有名气。而他闻名于世的另一个原因是他准备了 20 张面孔,在每部作品中,他会根据所扮演的角色做面孔移植。葬礼上,这 20 张面孔的照片都将被摆上灵堂……"

"将罪犯和监狱相连接的法案正在制定中" 据悉,为防止重刑犯越狱,允许将罪犯身体与监狱相连接的法律正在推进当中,这将在各界引发争议……

怪物 走在路上,行人看起来似乎都是些怪物。就像胡乱搅在一起的蛋白质块，一块纠缠着一块。照镜子时会觉得自己的身体很恶心。皮肤、毛发、血管，我身体里那些理所当然的组成部分，看起来都恶心。从开裂的皮肉间突出来的眼球能够自由转动，还能保持湿润圆滑，淤积在里面的液体会顺着皮肤淌下来，真是说不出来有多恶心。

你是谁? "你是……"你来单位找我时，我这样问。你的脸上洋溢着胜利者的微笑："是我啊，老朋友。"你没说是我"同志"，因为单位同事们都在看。而且，现在你既不是我的"同志"，也不是朋友。我们已经分手了。

其间，我们偶有联系。你在研究所里找了住处，把行李都搬了过去。我们为一些小事互发过几次邮件，但来家里搬东西的是搬家公司，不是你。后来，这种联系也日渐稀了。两年对于我来说，很漫长。

而你似乎不这么想。

"认不出了吧？"

不是我认不出，而是你已经变成了另外一个人。如果连声音也变了，那就真看不出来了。看来手术很成功。你拉着我的胳膊说出去说话——那只左手，是我过去未曾摸过的。

"我们还没有彻底分手哦。"

我们放下从自动售货机买的咖啡后坐下来，你说。是的，家里还有你的行李、我们一起存的定期，最重要的是我们还没有卖掉合买的房子。

"不是这些，是感情。"

"什么感情？"

我下意识地大声反问道。可能是我的语气令你不悦，你不再说话。我们都沉默了一会儿。久别重逢的旧爱之间，交谈是不可能顺畅的。

"以前在街道办事处工作时"，我开了口，"很多人来换领身份证，其中偶尔就会有一些容貌大不相符的女人。当我惊讶地反复和身份证对照时，她们会大大方方地笑着说'变了很多吧？'我想起了那时候"。

"我也得换身份证，我还有很多东西要给你看，我们回家吧！"

但我还在上班。

"我先回去等你。"

你在家里边整理东西边等我。那天晚上，我们在卧室里的再会着实不同寻常。你完全变了。你的脸太美了，我现在终于知道你曾经想拥有怎样的面容，想成为何种被憧憬的对象。你既像一个唯美的模特，又像一个粗犷的运动员。在你的脸上，我能模糊地瞥到我的影子，但你比我漂亮得多。你太帅了，就像戴了一副逼真的假面。

"再给你看看别的。"

你把衣服脱了，只穿着内衣在我面前坐下。你伸展双肩，似乎有意让我慢慢地仔细观察你的身体。

"都换了。"

衣服里面藏着完美的身体。坚实的后背、肩膀、胸肌，毫无赘肉的腹腰和纤细的双腿。最令我惊讶的是你白皙无暇的光滑肌肤，似黄金，如大理石。在你面前，我的手显得粗糙斑驳。我用手抚摸着你，"不完美才完美"之类的话在你面前毫无意义。

我抓住你的手，那是一双敦厚的大手，一双你曾经多么渴望拥有的完美的手。

"怎么样？"

为什么问我这个？难道你的容貌会因为我的评价有所改变吗？莫非你是为了报复我丢下你去找别人，才去做了人体改造？然而，你那充满自信的表情说明事实并非如此。你不过是需要一个观众，来对你的蜕变奉上赞誉之辞。

在脱下内衣之前，你说：

"看了可别吃惊啊！"

"吃什么惊啊？不就是我以前天天都看的东西么。"

"不，是你没见过的东西。"

你脱内衣的动作依然熟悉，因为那是同居时我每天都看的动作。

而你的身体却不一样了，你双腿之间的东西确实是我未曾见过的——那是女人的一部分。

"这是我想要的身体。"

你说："我好不容易才使自己接受在男人的身体上长出女人的东西。我也害怕，怕自己会后悔。但我现在觉得女人的东西更好，虽然刚开始看着有些恐怖……"

"我也害怕。"

我从未亲眼见过女人的东西，你说你见过。在还不太知道自己的性取向之前，你和女人发生过几次关系。但我没有。你说："我并不像你那样拥有明确的性取向，我也在苦恼自己是不是双性恋。实际上，我是想同时拥有两个性别。我现在才知道，这是我真正想要的东西。"

"我在努力理解你，但我的努力却让你离我越来越远。"

听了我的话，你摇摇头：

"怎么这样说话呢？难不成你最近在写诗？别废话了，这是我们最后一次，当时不是约好了分手也要最后一次在一起么？"

"什么时候？"

"我们开始同居时就约好的啊，还是你先提的呢，可不是我说的。"

我到底什么时候？

我们互相看着对方，和以前没什么区别，却也不同。你还是像以前那样抱着我，但手已不再是从前的手，胳膊也不再是从前的胳膊。闭上眼睛，我能感受到和从前一样的你，睁开眼却是一张陌生的面孔。我的动作笨拙而不自然，你抱怨说别紧张，就像从前一样自然一点。

泪水从我的眼睛里流了下来。

"那么开心么？"

你开玩笑说。我止不住泪水，就转过身去擦拭。你说：

"我可不喜欢亲热之后哭的男人哦。"

我很生气。为什么我要经历这样的事情？你终于得到了你想要的，但那不是我想要的。我不知道自己感受到的是什么，也不知道刚才到底做了什么。我很迷茫。穿衣服时,我看到你脱在地上的衣物。都是些好衣服。想到这些东西是用来遮挡你美丽的身体的,又觉得它们好可怜。

你还是没穿衣服,躺在那里炫耀你的身体。

"研究所研发了一种新药,怎么说呢?这种药品属于一种防腐剂,它能更加安全地保存从身体上摘除的器官,比冷冻要好得多。比如,如果把切除的胳膊泡在里面,以后想要的时候还能再接上。不得了吧?我摘除的东西也没扔,保存起来,以后想要的时候可以再接上。你觉得呢?再接上吗?"

现在,你说什么我都不想去管,我只是在努力地停止哭泣。你哄我说:

"在研究所的那段日子,我在想我们到底谁先伤害了谁。想来想去,还是我不对。虽然变心的人是你,但是让你孤独的人是我。手术也是,你并不同意,都是我一意孤行。但就算知道是这样的结局,我也不会放弃手术的。所以,事情最终还是会变成这个样子。"

听到这里,我的泪水止住了。你现在似乎已经看出来,我们之间彻底结束了。你慢慢地穿好衣服后,从兜里掏出戒指放在床上,向我告别:"手换了,戒指也不合适了。"

拥有完美身体的你,走向充满整形人的喧闹世界。

<u>"男性芭比娃娃搜集狂,把身体换成芭比娃娃"</u> "<u>国家动物园决定雇佣人脑海豚身整形人代替天然海豚进行表演</u>" 据悉,这是继黑熊表演和大象表演之后,有关方面为保护动物而采取的又一举措……

冰箱 "我想让消费者知道,我们公司的产品是最出色的。"R冰箱公司总经理说:"我的大脑移植在冷藏室后面,声音通过门上的按键发出。通过体验身为冰箱的生活,我发现我们公司的冰箱最好。首先是它的节电功能明显优于同类产品……"

亚当S "亚当S很聪明，为了使人体改造法案得以通过，他十分讲究策略。一开始，他在右臂下方又接上一只胳膊，当时人们都觉得他是个魔鬼怪物。现在他却成了人体改造的先驱。为证明人体改造有用，他做了很多了不起的事情。他在工厂上班时，上访谈节目称自己很幸福，还给大家秀出自己用三只胳膊调鸡尾酒的样子。最重要的是他比其他工人拿的工资更多。多一只手，当然能干更多的活，所以经济上他能过得更丰裕。在资本主义社会，没什么能比这更有说服力了，这和夏娃A只把脸整漂亮完全是两码事。就是因为亚当S，现在人们对人体改造的看法彻底改变了。最近在欧洲流行换眼球，人们为自己准备几个不同颜色的备用眼球，根据心情随时替换。我有个朋友还又接了一条腿呢……"

蜕变 几年后，我收到一封你发来的问候邮件，了解到了你的近况。分手后，拥有全新身体的你做了很多事情。有过像样的男友，也和奇怪的男人交往过。放纵过，被抛弃过，也抛弃过别人。这样的生活被你称为还算充实。问题出在后来，你没钱了。研究所医生向你推荐新的人体实验，承诺提供巨额补偿。即便不是钱的问题，你也觉得这个实验很有意思，所以参加了。其中包括一项问卷调查，就是让自己身边的人来看一下实验结果，然后谈谈感想。原来，这是一封求助邮件。

我大概能猜出你没打电话给我的原因。

你在邮件中说自己"放弃了身体"，但是"感觉更好"。没有其他解释。放弃身体是什么状态需要我去亲眼确认和接受。这也是问卷调查的一部分。

然后，走进实验室的我就看到了放弃身体的你。除你以外，还有二十几个放弃身体的人在泳池里。如果没有接待员的解说，这光景的确令人难以置信。泳池里，数十个装有20升左右发光液体的塑料袋子搅在一起，就像一个容器里装满了一堆蠕动着的肉虫。接待员说在这些绝对不会破的薄袋子里封存着有机物，袋子就像细胞膜一样吸入氧气和营养，排出代谢废物。人们处于液体状态，装在里面。可以说，这些人都是非常巨大的细胞。"里面的液体会产生微弱的电流，由此实现感知和思维，感受外界刺激，与外界交流。"人的脑细胞通过电流来实现思维，同样，这里的液体也通过非常微量的电流进行思维活动。这是在检验没有消化器官、没有骨骼、也没有肌肉的身体能否作为独立个体生活下去，能否在没有身体的状态下保持自我意识。这，当然也是那个弗兰肯斯坦医生的又一发明。

塑料袋里面的液体是透明的，但每当电流通过时都会发光。

"受试者们大多都在感受着人类所追求的终极快感。不吃不睡，整日都沉浸在这种感觉中。为防止受到外部冲击，我们加盖了钢化玻璃来保护他们。上面有一些小孔，您可以通过这些孔来触摸一下您的朋友。"接待员带我走近泳池边，他通过旁边的电脑确定了你的位置，然后告诉我小孔左边的那团东西就是你。

我戴上接待员给我的手套，把手伸进小孔触摸你。你清凉而柔软。我一碰到你，你似乎轻轻颤了一下。我也不十分确定。

"他能感受到我摸他么？"

"能，但和我们用皮肤感受到的刺激是不一样的。"

接待员从兜里掏出调查问卷，准备开始和我谈话。回答完问题之后，你我将会得到很大一笔钱。我想问你到底发生了什么事。我想知道为什么一个追求完美身体的人会放弃自己的身体，为什么变成了一个无法和我交流的身体。我想告诉接待员，我在努力理解你，但我的努力却让你离我越来越远。

但是，我怕说出这些话，会招来奇怪的责备。

"您也想变成这样么？不吃不睡，什么都不用担心，永远感受终极快感。您不羡慕他们么？"我问。

"我没有任何想法。"接待员答道。

四臂保洁员　"还要再待下去吗？"四臂保洁员对我们大声说："我还得再洒一次消毒液，现在洒吗？你们如果一直在这里，那我就明天再洒吧。"

椅　子

崔真英

过去的那段时光里，我做了很多家具。

做餐桌的时候最开心。虽然想象摆在上面的食物或坐在对面的人的时候也很开心，但最开心的还是不去想它的功能或用途，只去想象它在清晨孤独地等待黎明的时候。

有订单的话，我还做床和书架，也做桌子和搁板。

我做过两把椅子。第一把是15年前做的。昨天，我做完了第二把椅子。两把椅子都是单人椅。我没打算卖，也没打算用。

我要讲讲往日的故事。

讲讲那段日子里陆陆续续发生的事情，有的已经成为过往，有的则被遗留下来。讲讲那段日子过去以后留下的那把椅子。

我15岁那年的1月，父亲回国了，他在中东工作了7年。母亲把父亲定期寄来的钱攒起来，买了一套公寓，用自己的工资解决家里的日常开销。母亲生下我以后的第二年就开始在汽车站售票处工作。那时，我们家离外婆家有步行10分钟左右的距离，我是外婆一手拉扯大的。

外婆这辈子活了九十五年六个月零十二天，15年前离开了人世。在外婆九十五年六个月零十二天的生命里，我和外婆每天都见面的时间有二十九年十一个月。不对，再算一下。姨妈生孩子的时候，外婆去姨妈家待了3年左右。我20岁出头的时候，在麟蹄第二步兵师服了差不多3年兵役。就算把这些日子都去掉，我和外婆每天都能见面的日子也有20多年。虽然不住在一起，却每天见面说说话，哪怕只有简短的几句。到现在为止，在我的人生中，这样的人只有外婆一个。

过了94岁以后，外婆的身体突然衰弱起来。虽然没有出现痴呆症状，也没什么重病，但消化和呼吸功能大不如前，吃饭和排便都很困难。外婆在去世前的那段时间住在养老院。在那里，她总是说"我不冷，我没病，我的身体我知道，我还行，不需要"。她拒绝打针吃药，不接受别人的善意，这让儿女们很为难。人们说"上岁数的人都这样固执"，我却认为外婆的态度是明确的，或者说是挑剔的。那时的外婆的确不冷，没病，身体还行，不需要打针吃药。不行的不是外婆，而是留在这世上的人们，是那些要留下来送走外婆，然后自己也会在某一天死去的人们，是那些非要判断逐渐老去的外婆"不行了"的子孙们。

住进养老院三四个月以后的某一天，外婆一边吃着我打包带去的金黄色南瓜粥，一边劝我找一个宗教信仰坚持信下去。她说，这样的话，就算到了要死的那一天，应该也不会那么害怕了。我想起年轻时的外婆，想起眼睛里闪烁着明亮的光，用清脆的声音说"我相信钱"的外婆。那时，外婆出摊卖热狗和鱼饼，我每天放学后都去那儿吃热狗，拿零花钱。她算十二根鱼饼、六个鱼脯和五根热狗的价钱比计算器都快。

"现在睡醒了就害怕，要睡着的时候更害怕，这辈子怎么就没信点什么呢。"

"外婆有什么可怕的啊？"

"想起以前做错的事就害怕。"

"外婆把我和哥哥养大了啊。"

"因为你们是我闺女生的啊。"

"外婆把两个孩子抚养成人了哦。"

"哪是我养的，是你们自己长大的哦。"

"外婆养大了两个生命，不对，外婆有六个孩子，所以，六个加我们两个，再加上舅舅和姨妈的孩子们，外婆养大了十多个孩子啊。我觉得多大的错这功劳也能抵了吧。"

"我没能好好养自己的孩子，忙着赚钱，没空管他们，识了点字就让他们去干活了，只让舅舅们读书，你妈很怨我。"

"我知道，这个我来还，因为外婆养了我。"

外婆连少半碗南瓜粥都没吃完。

"外婆不是不相信有天堂或者极乐世界吗？"

"不是不信，是不知道啊。"

"一般人就算不知道也信，可外婆做不到。"

"都不知道，怎么信啊？"

"所以啊，对外婆来说，是没有天堂和极乐世界的，所以也就没有地狱和三恶道，没有当然就绝对不可能去，所以外婆不要怕。"

外婆笑着说这话有道理，接着又喃喃地说，就算这样，死还是一件很可怕的事，活了这么大岁数居然还害怕死，真是白活了一辈子。

"要是这些都没有，那后面等着我的是什么呢？"

这个问题让我很难过。我想跟外婆说一定要健健康康地活到100岁，但是100岁以后呢？况且，距离100岁也没剩几年了，总有一天会死的，那个悲伤和痛苦的日子一定会来。我连"永远健健康康"之类的话都说不出口。外婆已经很健康长寿了，我不能奢求更多。

"就是睡觉呗，外婆。"

外婆需要一个答案。所以，我这个既没死过，也不知死是什么，也没有活得很精彩的人必须给出一个答案。

"外婆会梦见自己开始新的生活，就算不是在天堂或极乐世界里，也一定是在一个美好的世界里。"

外婆悲伤地看着我。就这样，我们每天都在做着准备。

回国不到一个星期，父亲又开始上班了。他对于母亲来说就像一个客人，对于我来说则像一个老师。3月里的一个深夜，迟来的寒潮还未过去，父亲醉醺醺地回到家，瘫坐在客厅里，大声呼唤家里的人。我被吵醒，以为是在做梦，因为从没经历过这样的事。我把房门打开一点，偷偷往客厅里看。

父亲像一只幼小的动物一样蠕动着，不停地用手掌抹脸。母亲来到客厅，站在父亲身旁。她一声不吭地站在那里，不知道接下来该做什么，也许这样的事情对她来说也很陌生吧。父亲伸出手来拉母亲，母亲蹲了下来。父亲想抱母亲，却被母亲推开。父亲一边哭，一边生气地自言自语："这是我家，房子是我赚钱买的，可你们为什么让我活得这么难？为了守住这个家，我一直努力工作，到头来真不知道都守了些什么，难道是为了让你们这么对我吗？"父亲重复着这几句话，不停地想要抱住母亲，却都被母亲推开。我知道应该把门关上，却一直偷偷地看了下去。我的心脏跳得很快，感觉他们不像是我的父母，简直成了电视剧里的人。父亲开始不停地叹息，母亲关掉客厅的灯走进卧室。父亲在地上躺下，我静静地关上门，躺了下来，翻来覆去地睡不着，后来总算睡着了，却睡得很不踏实。我被冻醒，窗外有点亮了。我打开房门，父亲躺在客厅里，像一堆脱下来扔在地板上的衣服。卧室的门关着，客厅在一片沉寂而冰冷的铁青色中迎来黎明。从那以后，这种冰冷沉寂的铁青色便成了我们家的底色。不管父亲喝没喝醉，都睡在客厅里，母亲则睡在卧室里。而我，会在睡不着的夜晚，把门打开一条缝，像做什么坏事一样，偷偷往外看。

那时候，我总是被一种挫败感压抑着，这种感觉现在也困扰着我，只不过现在我已经大概知道这是一种自卑感。那时候，我还不知道这种情绪叫什么名字，只是觉得龌龊、苦恼、愤怒，还有些害怕。因为不知道是什么而害怕，又因为害怕，总是有一种犯错误的感觉，感觉自己好像正在被世界强行抹去，也有可能是我自己想把自己——一个瘦小沉默的孩子——从这个世界上抹去。

那是一个风已不再寒冷的春日，我一整天都在教室的角落里窝着，不时看看窗外。班里的同学们那天特别吵闹。我就像一根草、一块石子一样静静地待着，可就算静静地待着，还是觉得很压抑。放学了，我去外婆的路边摊吃热狗，外婆问我要不要零花钱，我摇摇头。一群穿着和我一样的校服的学生朝小摊涌过来。

我没跟外婆说一声就离开了小摊，骑车奔向与家相反的方向。看到汽车站，我拐了个弯，经过市场，穿过铁桥洞，到了火车站。这条路是个环线，一直走的话，最后就会到家。我拐了好几个弯，却还是回家的路，我使劲蹬车，想逃离回家的路，却怎么都做不到。忽然间，我想起了锡宇。他是我的小学同学，我们一直到初中一年级都很要好，可是就在二年级开学前，他搬到邻近社区去了。我找到公用电话，往锡宇家打电话。幸好是锡宇接的，我劈头就说要去找他玩，他用不太乐意的声音说"好"。

我骑着自行车在国道上飞奔，不觉间天就黑了。我又骑了好久，只见前边不远处点缀着一片犹如满天星花一般的灯光。我停下自行车，一只脚踩在脚踏上，另一只脚踩着地，朝那片灯光望了很久，然后调转了车把。我着了魔似地打电话说要去玩，但即便在说要去的那一刻，我都没想到自己真的会去。因为我并不知道锡宇家在哪里，锡宇也没问我是否知道。无论怎么蹬自行车，都看不到熟悉的风景，我开始不安起来。这时，路牌上出现了我生活的社区的名字。我发誓再也不联系锡宇了。

到了家附近，我看了看表，快午夜12点了。头一次这么晚还不回家。虽然担心会被父母骂，也不知道找什么借口，但还是不想回家。我沿着河边朝市区骑去。商店大都打烊了，街上又黑又冷清，几乎没什么人和车，很适合骑自行车。

我慢慢地在老城区漆黑的店铺之间穿过，连只流浪猫都看不到。这时，一个矮个子女孩突然从一栋楼的门口蹿出来。那栋楼有许多卖被子的店铺。她四下打量，我停下了自行车。

是素珍，她和我在同一所中学上学，但我们并不熟，一句话都没说过。不过，我知道她，但不确定她知不知道我。她躲进两栋楼之间，我推着自行车慢慢朝她那边走去，离她越近越能闻到一股烟味。要是平时，我肯定会装作不认识走过去，不，我可能根本就不会推着自行车走到她那里去。我在素珍躲藏的地方站住了，大概是那天骑车走过的路和在我身体里短暂停留的小小自由让我停下了脚步。素珍看到我，吓得把烟扔在地上。"对不起，没想到会吓着你。"我不由自主地说。素珍示意我别出声，捡起掉在地上的烟，又叼在嘴里。我握着自行车把手静静地站着。素珍带着一种疑惑的表情看了我一会儿，然后从烟盒里拿出一支烟递过来。我接过烟，却没想好要不要抽，只好用食指和中指夹着。

"你怎么在这儿？这么晚了。"素珍小声问道。

"就是……转转。"我也小声回答。

"你家离这儿不是挺远的吗？"

我吓了一跳。她居然知道我住在哪。我点点头，用拿着烟的手抹了一下鼻子。

"那儿是你家？"我用眼睛瞥了一下素珍刚才走出的楼，问道。她点点头，用手指了指顶层。素珍抽烟的时候，我一直在离她差不多远的地方紧握自行车把手站着。

"你有硬币吗？"素珍问道。我从口袋里掏出硬币给她看。她说不远的地方有自助咖啡机，不如一起去喝咖啡。她走在前面，我跟在后面，没多久就到了。我们买了两杯牛奶咖啡，又朝不远处的木椅走去。我们并排坐着喝牛奶咖啡，她又抽了一支烟。

"这个时候是不是最好？"素珍说。我不明白是什么意思，她说"好"，应该就是好的意思吧。

见我什么都不说，她接着说道："这个时候呀，风、天气、温度，还有气味都很好，就是太短了。难道是因为短才觉得更好吗？可老是在好的时候考试。"

我点点头，不过我其实并没有想过喜欢什么季节之类的问题。我似乎只见过写下来的"这个时候"，看它被写下来时没觉得什么，现在听到这个说法，发现它确实挺美的。

喝完咖啡，我们一起走到素珍家门口，她进门之前说道："快回家吧，你看起来有点累。"

我点点头。素珍推开玻璃门，走进楼里。我透过褐色的玻璃看着她一步一步爬楼梯上楼的背影，我的心脏跳得厉害，我还以为是咖啡的缘故，因为那是我第一次喝咖啡。我把手伸进口袋里摸摸素珍给的烟有没有断，然后骑上车，可马上就又下来了。我推着车走在路上，希望天不要亮。

我放弃了自退伍后准备了三年的警察公务员考试。父母劝我再考一次，但我没有信心，也不想当警察。我把书都扔了，开始找工作，结果就在近郊的一个木材厂干起了运输配送。我那时迷上了木材的气味，经过很长一段时间的考虑，我问老板，要是想学做家具的话到哪儿学，怎么学。老板给我介绍了一位认识的工坊木匠，我便成了木匠的助手。

真好，触摸和处理木材，默默地、专心地把它做成一件东西，这个过程真好。我想成为一个匠人，想听到人们叫我匠人。木匠问我有没有最先想做的东西，我说我得做一个棺材，外婆的棺材。我那时每天都担心外婆去世，每当想到外婆，必然就会想到死亡，这让我很痛苦。不能和外婆永远在一起吗？为什么不能永远在一起呢？

木匠答应我说会帮我，会帮我弄些好的木材来。

外婆很开心，她说躺在我做的棺材里好像就不会害怕了，还说我做的棺材应该能带她去一个好地方。

来吊唁的人都说是喜丧，说老人走得非常安详，没什么牵挂，子孙们真有福气。又说就算是秋天，像这样晴朗的日子也是少见。老人专门挑了一个不冷不热、不刮风不下雨的日子离开，免得让活着的人受苦。这些话像轮唱曲一样没完没了地在殡仪馆回旋飘荡着，我却听不下去。

几个姨妈和舅舅没怎么哭，他们有很长时间来准备外婆的去世，在那样长的时间里似乎已经把他们的负罪感、怨恨和悲伤渐渐放下了。他们的眼泪和笑容都像溪水一样清澈透明。我哭得很厉害，但我要招呼客人，所以不能放声痛哭，只能无声地流泪和擤鼻涕。当哭得头疼和浑身无力的时候，我就到殡仪馆门口透透气，呆呆地盯着电子屏幕。屏幕上"罗裕子"三个字发着蓝光，这是外婆的名字。外婆活着的时候，我几乎没有想到过她的名字。我一遍遍地在心里默念"罗裕子，

罗裕子，罗裕子"。我也是有准备的，为了做好准备，甚至还做了棺材。虽然做了很多预想和练习，我依然难以接受现实。外婆临终前，我一直都在，大家哭的时候我一起哭，也在遗像前磕了头，但还是感觉这不是真的。真正的练习似乎才刚刚开始。

葬礼的第一天晚上，两年前分手的女友来吊唁。她静静地行礼，然后和我握手。我们的眼睛对视了一下。她好像哭过，眼角和鼻子周围都是红的。我和她一起度过了将近 7 年的时光，20 岁以后的大部分重要事件都是和她一起经历的。我还带她见过外婆，外婆喜欢她，说她眼睛漂亮，说话声音清亮。我原本以为交往了那么久，应该会和她继续交往更长时间，结果我们连分手都没说就分手了。她说不知道我心里的真实想法，要冷静一段时间。这便是结局，就像一首歌里唱的那样，谁都没想到我们会那么轻易分手。可是"轻易"这个形容词后面能不能跟"分手"这个动词啊？语法对吗？那是一段各种愚蠢的问题都静静腐烂在心里的日子。

我问她是怎么知道的。

"只是……听说的。"

我劝她吃点东西再走，她说不吃了。

"我以为你会很害怕"，走出殡仪馆的时候，她说，"因为我知道外婆对你意味着什么"。

她用韩语里男女之间表示亲密的词——"你"（tangsin）来称呼我。从恋爱到分手之后，她对我的称呼始终没有变。恋爱的时候，我却没发现这个字眼是如此温暖。我跟她说："真心感谢你能来。"

"和你在一起这么多年，感觉今天的你最真实。"

这是她对我的感谢的回应。最近，我也时常会思考她那句话的含义，思考真实和真心，思考我们在一起的时间，以及我们各自感受到的孤独。我们在分手边缘徘徊的那段时间里，她说过一句似乎是下了很大决心才说的话："你完全没有付出任何努力来让我们的关系变得更好，你什么都不管，只知道让一切都顺其自然。"我当时觉得这不过是她在没事找茬，后来才明白这可能是她最后的诉求，是她为了寻找一种方法来避免分手而向我发出的最后信号。如果当时我知道这是什么意思，我们应该不会那样稀里糊涂地分手。就算结局还是分手，我应该也会尽最大努力去争取。一个人来到我身边然后又离开，这并不是我能左右的，我却一直十分恐惧这个理所当然的事实。在每一个需要表达真心的瞬间，我都会先举起盾牌防御，根本不会作出努力去说"我爱你"或者"我不爱你"。那时的我不知道真心也是需要努力的，而且有时是需要付出最大努力的。当时的我，就是这样的一个人。

办完葬礼几天后，天气突然变了。冬天好像一下子从天上掉了下来，冷得我把塞在衣柜角落里还没洗的厚夹克和毛帽子都掏出来穿戴上。干完工坊的活，骑自行车经过火车站广场的时候，我"呃"地叫出声来，又向前骑了一会儿，才轻轻捏住闸，用一只脚踮着地回头张望。广场一角的吸烟区里，素珍正在抽烟。

15年前，凌晨一起喝完牛奶咖啡后的第二天，我在学校见到了她。我没有表现出很开心的样子和她问好，只是小心翼翼地用眼睛打了个招呼，她很自然地领会了我的眼神。一切到此为止，我们没能走得更近。所以，我会故意避开她，只要看到她，远远地就会转身离开。后来，有一天，我发现我不再从门缝里偷看客厅了。又有一天，我发现父亲和母亲锁上卧室门睡在一起了。不知从哪天开始，我睡觉时也锁上屋门。又不知从哪天开始，我还会锁上屋门，骑自行车去老城区狂奔，直到曙光洒落在街道上。

我没敢去素珍家门口，只是在她家附近徘徊，寻找烟味。想见和不想见在心里展开激烈的拉锯战。我们在漆黑的夜晚、无人的街边并肩坐着喝牛奶咖啡，第二天在学校见面时却回到原来的样子。我们的关系仅限于此，我惧怕面对这一点。这样的夜晚一直持续到初中毕业。换了高中校服以后，这些夜晚渐渐被我遗忘，却并没有完全消失。当我在深夜里骑自行车的时候，依然会想起素珍。

素珍掐掉烟，慢慢地走过站前广场。我一直看着她，希望她能先认出我，但她并没有。我叫了她的名字。我本来并不是那种先去和别人打招呼的人。如果对方先打招呼，我会回应。如果对方不打招呼直接走过去，我也会直接走过去。15岁时那样，30岁时还是那样。但如果想和素珍站在一起，我就得暂且丢下一些自己的坚持。

"你变化……"素珍盯着我的眼睛自言自语，"变化……好大啊"。

我摘下毛帽子。

"怎么说呢……你长大了啊，人长大了。"

"你也长大了。"

素珍的话里好像有特别的意思，但被我这么一重复，便成了一句理所当然的话。

"我当然也长了啊，我长了10多厘米呢。"素珍笑着回应我的话。

算起来我长得也有那么多。我说的不是身体，不是块头，而是感觉之类的东西……

素珍在离我一步远的地方看着我。我把手伸进口袋，摸到了硬币。我掏出来给她看，提议一起到车站里喝牛奶咖啡。她笑了。

素珍说她在大城市的酒店里工作，我说我是做家具的。过去发生了那么多事，但能跟她说的却只有"做家具"这一件。"你让我也拥有了喜欢的季节"，这样的话是不能跟她说的。素珍说她两三个月回一次老家。听到这句话，我想，现在不能再像平常一样经过火车站了。素珍从钱包里掏出名片递给我的时候，我看到了她的身份证。她和我的身份证号码前几位是一样的。我说我们的生日是同一天，然后拿出身份证给她看。素珍说她也和我一样，是在日出前出生的。我们出生的医院也是同一家。

"我们这是转了一圈以后重逢吗？"素珍说。我思考她这句话的意思。

"就是……我们在同一天、差不多同一时间、同一个地方出生，然后在15岁的一个凌晨偶然相遇。现在，我们30岁了，再一次偶遇……我就想这样折一下，每十五年折一下。"

她边说边做了一个折纸的动作。我琢磨着，这到底是不是偶然。不管那时还是现在，都是我先认出她，我先停下来、留下来，这可可以说是偶然吗？她说了几个当年和她一起玩的同学的名字，问我知不知道他们过得怎么样。我不认识和她要好的朋友，她应该也不了解和我要好的朋友和当年的我。也许我们的交集只有15岁的某个凌晨和30岁的某个夜晚。她也跟我要名片，我说没有。她说，如果要住酒店的话，可以和她联系。我并没跟她说，如果需要家具的话，就跟我联系。她说，计划三天后的晚上回去上班，我们可以在那之前见面，一起吃饭或喝酒都行。她说自己和当年的朋友们都断了联系，能这样见到我很开心，希望能常常互相问候一下。我感觉她说的不是真心话，都只是些客套话。

纸杯里的咖啡量太少，我也没什么话能和她说，感觉心里越来越空虚。我把她的名片揣进口袋，突然想起当年为了不把她给的烟弄断时的小心翼翼。我把那支烟放在抽屉深处珍藏了很久，后来却不记得它是什么时候、怎么消失的。

素珍不知道我的联系方式，要见面，就得我先联系她。我把她的名片掏出来看过几次，很快就记住了她的联系方式。

我算了一下我们还有几天过生日。

干完工坊里的活，我留下来画设计图纸。我想做一把靠背和扶手线条柔和、能完美贴合身体的单人椅。它不适合久坐，只适合坐下来休息一会儿，刚好是一杯咖啡变凉的功夫。它不适合下午或傍晚来坐，只适合凌晨的时候来坐。我没有想过把它做完后要怎么办。

画完图纸的那天晚上，我收到前女友的短信，她问我丧事都办完没有，心情怎么样。我这才想起外婆。葬礼前后的每一天我都在想念外婆，可是在站前广场看到素珍以后，我已经有一天多没有想念外婆了。这太神奇了，我无奈地笑了。我感觉自己的思想好像被按了暂停键。一股惭愧和自责涌上心头。可是……外婆现在不在了，我只能在记忆里见到她。虽然我们曾相互关心和安慰，但我们已是天人相隔。外婆不可能永远留在我身边。悼念是没有尽头的，我也许会偶尔忘记她，却不能将她完全从记忆中抹去。我给前女友回复了一条简短的信息：都办完了，谢谢。我一边回信息，一边想，刚分手时，我连安慰和关心的话都忍着不敢说，现在居然可以聊这些了，看来我已经适应了。

"是我误会你了，对不起，希望你一切都好。"她回复道。

我盯着信息看了好一会儿。

感觉我们之间此前都是分手前的练习，现在才是真正的分手。

我也回复她："希望你也一切都好。"

那是我第一次也是最后一次用"你（tangsin）"称呼她，希望她能感受到那个称呼的温暖。我又开始考虑椅子的事情。

外婆入殓之前，大姨把我单独叫到一边，说外婆在养老院的时候，我每天都去探望，每天都去和外婆牵着手聊天，做了儿女们都做不到的事，让我在外婆入殓的时候进去最后一次牵外婆的手，外婆一定也希望我这样做……

我犹豫了，我不想看外婆的尸体……不想去感受惨白冰冷的死亡。但是，我没能拒绝，还是进去牵了外婆的手。那一瞬间，我完全崩溃了，似乎明白了长辈们为什么让我进去。他们想让我面对现实，承认外婆确实死了，变成尸体了，让我承认这不是练习。我蹲坐在地上痛哭，大声叫喊，震得大家都堵上了耳朵。我可能还骂了人。我抓住一个人的腿在地上爬，砸地板，揪头发，撕衣服，想死的心都有。

出殡的时候，大家都痛哭起来，哭得比外婆去世时更伤心，哭得上气不接下气。我抹着泪水，却尽力把眼睛睁大，打起精神，想把这一切都看在眼里。我后悔入殓的时候像个疯子似地大闹。是我跟外婆说躺在我做的棺材里会很舒服，不会害怕，而我却那么大闹一通，外婆心里一定不舒服。最后一天了，我一定要让外婆看到一个值得信任的我，让她相信我说的有关死亡的话没有错，我不想让沉睡在美梦中的外婆被哭声吵醒。

在站前广场见到素珍后的第三天早上，我拿到了白桦木料。为外婆做棺材的时候，从画图纸到最后完工都得让木匠帮忙。这把椅子，就算要花费很长时间，我还是打算一个人做完。在工坊里完成自己的工作后，我按照图纸把木头锯开，用砂纸打磨，不觉间天就黑了。

素珍说过会在那天晚上走。

我在站前广场叫素珍的时候,她认出我的时候,她开心吗?我记不清了。我在她的眼里是什么样子呢?我的表情是怎么样的?过去的三天里,她是否对我联系她有过些许期待?

我草草地收拾好工坊,穿上外套,围上围巾,想要带上椅子图纸,却忍住了。

素珍说是偶然,我却不这样认为。

我骑上自行车,向车站飞奔。

我和素珍之间并没有因为我先认出她而发生了什么特别的事,但至少我拥有了喜欢的季节,自助咖啡机里的牛奶咖啡变得特别了,不久后我还会拥有一把椅子。如果当初我没先叫住素珍,这一切都不会发生。从15岁时的那个凌晨开始,仅仅因为素珍在那里便使我改变了方向,让我停下脚步,转身,走进明知没有出路的死胡同。这样的事对我来说并不常有。恋爱时的那些情话让我厌烦。爱情应该就在那里吧,可我有时候却要去证明它。怎么证明?我至今也不知道怎么证明。信神的人并不需要证明神的存在。

我坐在候车室的椅子上等素珍。

时间在流逝,广播在响,火车在到达、停留、离开。

两三个小时以后,素珍推开玻璃门走了进来。我从座位上站起身。这次,我们同时认出了对方。"你不会是在等我吧?"她先开口问我。"来送你。"我答道。"怎么没跟我联系啊?"她说。"要喝咖啡吗?"我问。她笑了。我们站在自助咖啡机前等咖啡。"来之前弄木头了吧?"她用手指弹了弹我的头发,问道:"用木头做什么了?"我告诉她在做椅子,在做一个虽然不舒服,但可以坐下来休息一小会儿的椅子。

距离素珍要坐的火车到站还有10分钟左右的时间。10分钟足以让咖啡变凉。我很清楚,我不能奢求更多。

谁杀了她的猫？

尹大宁

1

女人推开房产中介办公室的玻璃门走进来时，熙淑感觉浑身突然一颤。究竟是什么让她这么害怕呢？她百思不得其解。女人简直就像从一片烧焦的树林里走出来的人一样，满脸灰垢。

女人身穿一件艾草色风衣，戴着灰色围巾，耳边别着一个白色发卡。熙淑第一次见她大概是4个月前，想不起来当时她是不是也是这副模样。总之，熙淑过了好一会儿才把她认出来。去年12月初，女人通过熙淑经营的房产中介租了一套70多平方米的典租公寓。熙淑跟她问好，让她坐在椅子上。

"要不要来一杯速溶咖啡？"

女人原本抬头看着墙上的挂钟，这时转过头来看看熙淑，那双茫然迷离的眼睛让熙淑不禁身子一颤。

"速溶咖啡？没有别的吗？"

"有绿茶和薏米茶，不过是茶包。"

"哦，那算了。"

她在椅子上坐下，把包放在膝盖上，说道：

"我好像得把房子退了，想来想去，还是觉得不该搬来。"

熙淑听罢，思量片刻，冷静地说道：

"如果典租期没满就退租,搬家时得支付本应由房东支付的中介费,您知道吗?"

她没有回答,冷冰冰地坐在那里。

"我记得您搬来没几个月,是房子有什么问题吗?"

女人的眼睛这才隐约有了精神:

"问题?"

熙淑点点头。

"冬天的时候还不知道,天气一暖和,阳台的天花板就开始漏水,到楼上去说也没用。而且隔音太差,晚上总是不知从什么地方传来捣衣捶的敲打声,根本睡不好觉。隔壁家的孩子还一直扯着嗓子哭闹。"

熙淑猜测敲打声可能是因为女人有耳鸣症。

"还有别的问题吗?"

"我养的猫几天前死了。"

"……"

"那天晚上回到家时发现客厅里到处都是脚印,阳台窗户和厨房橱柜门也都敞开着,猫在冰箱里,已经死了。"

熙淑想起来她是一个人生活的,如果她说的是真的,那么只能说是有人故意杀了她的猫。那个人肯定知道她家玄关门锁的密码,那就应该是一个和她关系比较亲近的人。熙淑长吁一口气,说道:

"阳台顶棚漏水的事情该由房东们去解决,租户去说也没有用。至于猫死了这件事,我就不太清楚了。"

"是吧。"

"总之,您就是要退租,是吧?"

"您终于明白了,我希望您尽快帮我办,我想尽快离开这个穷山坡。"

"您白天在家吗?"

"我要到晚上9点左右才回家。"

她说她在地铁站附近开了一家小服装店,然后从手提包里拿出公寓楼门禁卡和房门卡,递给熙淑。她说房门锁密码不能告诉别人,虽然不知道这有什么区别。钥匙链上有两张卡，中间挂着一个鱼头模样的装饰。

女人离开中介办公室后，熙淑查了一下她在四个月前签的租房合同。她叫金圣姬，42岁，与熙淑同岁。

女人来的那天是4月初的一个星期六下午，整天都在刮风，下着细雨。熙淑打电话跟房东说明情况，房东说现在典租这房子让他很头疼，拜托熙淑趁这次机会把房子卖了。

2

熙淑去圣姬住的房子查看是两天以后了。她正要关门，一对看起来三十出头的新婚夫妇进来说要找个典租房子。不过，现在没有他们想要的户型。

"最近典租房很难找，特别是100平方米左右的，要不要考虑干脆买一套稍稍小一些的？典租金和买一套的价格差不太多。"

男的看了看女的，说道：

"这个……要不先看一下？"

熙淑跟圣姬联系，圣姬说服装店8点才能关门，让她先给他们看看房子。小两口虽然年轻，眼光却很好，也很挑剔。依次看过主卧、次卧、卫生间和阳台后，男的说：

"放洗衣机的阳台天花板漏水啊，您看，涂料起了很多皮，很难看。客厅好像改造过，吊顶的中间部分有些凹陷。窗框用的也是便宜材料，这样要保持室内温度就得花两倍的费用。"

站在一旁的女的也跟着说：

"客厅改造时没有动卫生间，厨房洗碗池好像也都得换。"

"这房子已经25年了，肯定要重新装修再住进来的。"

"那这房子多少钱啊？"

熙淑说完价钱，男的还了一个低得没谱的价。熙淑轻叹一口气，说道：

"那是典租价啊。"

"这房子被前面的楼挡着,视野也不好,山脚的公寓卖这个价钱挺贵的。"

"去年秋天比现在还贵两千万韩元呢,4—6月是淡季,售价有点低,夏天还会涨的。"

熙淑已经猜到他们应该不会买,虽然这是常有的事,不过可能也是因为还饿着肚子,她感到一阵莫名的疲倦。

把他们送走后,熙淑在房间里又待了一会。这才发现装饰柜上面的迷你组合音响一直放着调频广播,不知为什么刚才怎么没发现。熙淑慢慢地环顾着房子,突然感觉空气中透着一股凉气。就算是一个人住,一个女人住的房子居然能像个空仓库这般冷清。陈旧的电视机上面放着一顶冬天用的栗色毛帽子,客厅里除了一个单人沙发以外就没什么起眼的东西,甚至连一个再寻常不过的相框或日历都没有。主卧里只有一个简易衣柜斜倚在床边。

厨房里看不出一点做饭的痕迹。熙淑有些紧张,小心翼翼地打开冰箱门,只有几瓶烧酒和几罐啤酒摆在冰箱门里面的格子里,没有猫。对面放晾衣架的阳台上,花盆里的天竺葵和茉莉花都干了。熙淑临走前给花浇了水,把收音机关掉后又打开了。

晚上9点多,她正在一个人吃晚饭的时候,圣姬打电话问房子卖出去没有。熙淑回答说可能需要一些时日。正要挂断电话,圣姬突然问她在不在办公室。本来想说"没,办公室7点就关门",不过还是反问了一句"怎么了"。圣姬犹豫片刻,含糊地说道:

"没事,就是问一下。"

然后电话就啪地一声挂断了。

3

第二天,熙淑又去了一趟圣姬家,她自己也不知道为什么。看到小区花坛的樱花树上结满花苞,她的心不知何故感到一阵酸楚,真是个让人片刻都无法静下心来的季节。

熙淑先看了看阳台上的花，天竺葵和茉莉花才一天就变得水盈盈的，好像又活过来了。收音机依然开着，播放着电影《教会》中的双簧管主题音乐，她听了一会，又去看了看厨房和冰箱。还是没有做饭的痕迹，罐装啤酒空了两个。

熙淑好像突然想起来什么，走进卧室，打开迷你衣柜。还说是开服装店的，衣柜里的衣服却很少，样式也不多。衣柜底层搁板上堆着内衣和几个包。她拿出圣姬之前穿的那件艾草色风衣，在镜子前试穿了一下。看着无比陌生的自己，熙淑露出一丝苦笑，然后又把风衣挂回衣柜。来到客厅，她把单人沙发转向阳台，坐在上面凝视着外面，早春的寒风咆哮着。听说晚上会下雨。每到这个时间段，熙淑就想喝酒，不过她努力克制自己，因为喝完酒心情就会无比低落。

独自坐在别人的空房子里，去年春天发生的那件可怕的事情突然清晰地浮现在脑海里。当时，她带一个45岁左右的男人去看空房子，结果在毫无防备的情况下突然遭到侵犯，她感觉自己好像被卷入一股夹杂着尖尖的碎石子的污流中。事后，男人从钱包里掏出现金放在餐桌上，然后慌慌张张地跑了。熙淑痛恨自己拗不过那个男人的力气，那阵子她每天晚上要喝酒才能睡着。她习惯性地对自己重复说"不过是一场噩梦"，却不能将这件事从记忆中抹去。

从结婚初期开始，熙淑和丈夫的关系就不怎么好，一直凑合着过日子。也不知为什么，就是从那段时间开始，夫妻之间的摩擦也愈演愈烈。丈夫似乎从熙淑极力回避夫妻生活中感到了什么异样，对她横挑鼻子竖挑眼，甚至动起手来。上初一的女儿目睹这一情形后嚎啕大哭，说没法和爸妈一起生活，让他们把她送到外婆家住。

丈夫在一个培养歌手的经纪公司负责音响，因为要跟着演出，回家时间很不规律，经常半个月或一个月不回家也不联系。别说零用钱，连生活费都没有按时拿回来过，熙淑觉得这个丈夫还不如没有。也是出于这个原因，她开了这家以前从没想过的房产中介公司。总之，就是为了孩子，她才一直这样忍气吞声地过日子。现在，她把孩子送回娘家，就剩下自己在家，丈夫不知什么时候突然回来闹，搞得她每天都提心吊胆地熬着。每当这时，她就会感到很无助，发现其实特别需要孩子。

广播中开始播放天气预报，熙淑从沙发上站起身来。正好有人打电话要看房，她赶紧离开了圣姬家。她觉得好像忘了什么东西，却一时想不起来。关上玄关门走向电梯的刹那，她突然觉察到刚才好像在屋里听见了猫叫。

4

圣姬每隔三四天就给熙淑发信息或打电话来问房子大概什么时候能出手。其间有几拨人来看房，但都像最开始那对新婚夫妇一样找各种理由压低房价，然后再毫无意义地重复一句"典租不行吗？"这套公寓的房价在首尔属于最便宜的，又地处投资价值较小的山脚贫民区，房产中介很不好做。坊间流传着这样一句话：一旦住进这个小区，要是没有中彩票的运气，是肯定逃不出去的。住进这里的人大多是勉强维持生计的工薪家庭或者是精打细算的退休平民。除了空气好，不仅交通不便，学校也远远不如其他片区。

这天，小区里樱花烂漫，熙淑又独自来到圣姬家。她想去看看阳台上的花，又或许是想看看有没有猫，也有可能藏着点私心，想让自己在那个仓库般空旷的空间里独处一会儿。

一打开玄关门，熙淑发现地上摆着一双男人的皮鞋。她吓了一跳，想急忙转身出去，但坐在客厅沙发上的男人已经看到了她。如燃煤般堆积在心底的恐惧全都燃烧起来，她完全僵住了。坐在沙发上的白发男人看着她说：

"你是谁？圣姬应该不会在这个时候回来。"

他戴着墨镜，嗓子里发出沙哑的声音，一只手拄着拐杖，这让熙淑更加害怕。

"你没听见我问你是谁吗？"

男人用一种威胁的口吻逼问。熙淑不知所措，用颤抖的声音答道：

"我是房产中介，来看房子的。"

男人稍作思索：

"那就别管我，办你的事吧。不过，能先给我倒杯水吗？刚才就渴了，正好来了人。"

他压低声音又说：

"你也看到了，我眼睛不好，只能很模糊地看到一点点。"

那是怎么进来的呢？熙淑脱掉鞋子，小心地走向厨房，打开冰箱。里面没有矿泉水或饮用水，没办法，她只好用杯子接了点自来水给他端了过去。他没有接熙淑递过来的水，一动不动地在那儿坐了好一会儿。熙淑再次感到一股熟悉的寒气袭遍全身。

"喝自来水还不如喝酒呢，冰箱里应该有吧。"

不觉间，熙淑的身子开始发抖，她想尽快离开，却感觉自己正听他指使。

"你能站在那里待一会儿吗？站在那里听我说几句话。"

"……"

"我也有这房子的门钥匙，每个月的今天我都来拿生活费。住在这儿的是我女儿，不过我总是见不到她，因为她一个劲儿地躲我。我只能在这待一个小时，一个月就只能待一个小时，他妈的！"

熙淑拿着水杯，像个稻草人似地僵在那里。

"你也不用那么惊慌，像我们这样的父女关系也是有的。世上所有的父母心里都会觉得子女欠自己很多，我也一样，所以她总得给我贴补一下生活费吧，不是吗？况且我现在眼睛还这么不好。"

熙淑这才回过神来：

"您可真够可以的！"

他的眉毛像松毛虫一样动了动，

"怎么了？"

熙淑索性一股脑儿说道：

"您每个月像个要债的似地追着独居的女儿要钱，很开心吗？"

老人清清嗓子，回道：

"对我这个老头子来说，除了这件事也没什么能做的。"

熙淑又质问道：

"那猫也是您弄死的？"

他尖声问道：

"你说什么？猫？"

"对，是您把猫弄死后放进冰箱的吧？"

一阵死一般的沉寂过后，老人疯了似地狂笑道：

"活这么大岁数，真是什么新鲜事都见识了。你脑子有问题吧？我连一只苍蝇都拍不死，别说猫了。猫肯定在什么地方活着呢，你就别操心了，还是给我来杯酒吧。再跟我聊聊，就当积德了。"

"看来您还没待到一个小时啊。"

熙淑慌忙跑出来，感觉就像被侵犯了一样，一身冷汗，浑身发抖。回到办公室一看，袜子上还沾着黄色粉末，可能是松花粉飘进了圣姬家里。

那天晚上，圣姬没有提前联系就突然来到熙淑办公室。当时是7点左右，春雨淅淅沥沥下了一整天。她收起雨伞，走进办公室，瘫坐在椅子上。她掏出手绢擦手上的雨水，然后说道：

"这房子到底什么时候能卖出去啊？"

她看起来焦急不安。

"最近有的房子几个月都卖不出去，我看必须先解决一下阳台漏水的事，您明天就给房东打电话说一下，让房东解决吧。"

圣姬长叹一口气，回道：

"今天我父亲去过我家吧？"

"……"

"这老爷子脾气怪得很，他说什么了？您没事儿吧？"

熙淑没法说什么，岔开话题说道：

"您找到新住处了吗？"

"还没有，得等这个房子出手，再考虑找新房子吧。想着在我开的店附近租个单间,也不确定,房租总是涨,生意却不好。"

"怎么搬到这边来了呢?这里可是好进不好出的地界。"

"我是听一个熟人说的,这房子在山脚下,方便出去散步,空气也好,非常适合一个人静养,其实我身体不太好。"

熙淑觉得话说得差不多了,就开始整理桌面,准备下班。圣姬窝在椅子里静静地看着她,很快两个人的目光对在一起,"要不要一起吃晚饭?"两个人几乎同时说道。

5

她俩在小区商业街的一家烤肉店吃了五花肉。熙淑喝烧酒,圣姬喝啤酒。酒一下肚,圣姬的话就多了起来。她先说起想要搬去的地方。

"我呀,想去幸信那边住住。"

"幸信?是京畿道吗?在一山新城南边?"

"对,您知道京义中央线吧?从文山到砥平的?当然也路过幸信。"

"嗯,知道。"

"我觉得每到周末,从幸信坐京义中央线,去德沼或者两水里透透风肯定不错,再去乡下集市上吃点好吃的。都说砥平的马格利酒很有名,我也想去看看。而且看最近这形势,京义中央线好像会通到朝鲜呢。那就能去开城、新义州,还能去平壤吃冷面,多好。"

熙淑附和着笑了笑。

"幸信还好在有高铁,不管是釜山、木浦还是丽水,想去的话几个小时就到了。还能到海边,而且离金浦机场也近,您说是不是?"

"那边开服装店能行吗?"

"我在流动人口较多的花井站附近找店铺,从幸信坐社区摆渡车15分钟就到了。"

"听起来不错,交通好像也挺方便。"

"是吧?"

"搬到幸信以后,还要把房子钥匙给您父亲吗?"

圣姬听后，脸一下子怔住了，好像被人打了肚子一样皱起眉头。
"我好像有点多嘴啦。肉都烤焦了，边吃边说吧。"
熙淑举起酒杯跟圣姬碰杯。
"父亲眼睛要是没病，我不会这么束手无策。十年前他的青光眼开始越来越重，现在几乎看不见了。年轻时就放荡不羁，让妈妈操碎了心，这应该是对他的惩罚吧。"
"您没有别的兄弟姐妹吗？"
"母亲很久以前就得癌症去世了，我还有一个比我大五岁的哥哥，脾气秉性跟父亲差不多。父亲对他无可奈何，只能像个吸血鬼似地赖着我不放。父亲是公务员，退休后月月都领退休金。"
熙淑借着酒劲儿，问道：
"您没结婚吗？"
圣姬假装没听见，连着喝了几杯。熙淑突然担心圣姬这样喝酒受不了，觉得自己是不是又说了不该说的话。
"他呀"，圣姬顿了一下，然后又艰难地开了口：
"他五年前就没了。"
"……"
"说起来也算是客死他乡吧。从丽水南端的白也岛坐船一个小时左右，有一座叫狼岛的岛，他被发现死在那边的一个民宿里。"
熙淑有点头晕，她觉得可能是因为好久没喝酒的缘故。外面还在下雨，不时传来一阵阵风声。
"丈夫去世一年前，在一次交通事故中失去了一条腿，出院后有一段时间好像挺努力生活的。他出事前在一所中学做棒球教练，出事后就干不了了。然后就去朋友的手机卖场帮忙，但是不到两个月就说干不了了。之后，他就拖着残废的身子天天在外面逛，挂个拐杖，也不知去哪里逛，一天两天、三天四天，后来一个星期、一个月都不回家，打电话也不接。好像去过江陵、木浦、瑞山等地。后来才知道，他那时每天都吃迷幻药，最后基本上就等于是迷幻药中毒死的。"
熙淑不知道该怎么回应她，避开她的目光。

"我觉得他真没出息,世上比他痛苦的人有的是,人家都想尽办法活下去,你说是不是?"

熙淑点点头:

"是啊。"

"……"

"对不起,我不该这么说。"

"没事,这是事实啊。总之,从那以后,我也感到一种奇怪的负罪感,每天都很煎熬,早就心灰意冷了。"

又喝了一轮酒以后,这回圣姬问起熙淑来。

"太难为情,不知该怎么说。"

"不想说就别说了。"

"也不是,就是觉得活着很羞耻,很丢人,有时还很恐怖。"

熙淑随口把她的故事都讲了出来,不过去年发生在空房子里的事情,她还是没说出口。圣姬静静地听着,然后说道:

"您以前想当歌手,唱歌一定很好听。"

"结婚以后一次都没唱过,以后好像也没什么机会唱了。"

"为什么啊,有时间我们去练歌房吧。"

熙淑凄凉地笑了,就像一朵干枯的鸢尾花。

6

后来,大概过了十天,星期六下午 5 点左右,圣姬给熙淑发了一条短信:

"熙淑,晚上要是有时间的话,要不要到我这边来?店附近有一家我偶尔去的济州餐厅,咱们在那里一起吃晚饭吧。"

熙淑没有马上答复,因为她本打算这两天回娘家看看孩子。

"最近每到晚上,这边的樱花特别好看,下周花可能就都谢了。"

熙淑觉得好像不能再拖了,就回短信答应了。发完信息后,不知为什么觉得怪怪的,她都记不清上次晚上出去吃饭是什么时候了。

熙淑坐上公交车，又换乘地铁，到站后给圣姬打电话，圣姬让她从4号出口出来向前直走50米左右，星巴克旁边就是她的"天使无敌"服装店。因为是周末，街上从傍晚开始就人来人往。

"天使无敌"是个不足10平方米的小店，圣姬每周去东大门批发一次衣服，店里还卖一些进口杂货。

"最近这边开了一些高级餐厅和咖啡厅，服装生意越来越火，几乎每个街区都有一家服装店，店租也跟着涨了。"

她们俩关好店门，慢慢朝社区中心那边走去。几个年轻人正在搭篷子和舞台，搬来音响设备，可能正在准备街头演出。看到这情景，熙淑突然想起丈夫，瞬间呼吸都变得不顺畅起来。圣姬带她来到社区中心对面一家叫做"涉地可支①"的餐厅。她们在角落里面对面坐下，圣姬点完菜，生鱼片、海苔和用来做寿司的米饭很快就端了上来。圣姬在干海苔上放一勺饭，再放上一块蘸了酱汁的生鱼片，告诉熙淑就这样包着吃。她打开一瓶汉拿山烧酒，给熙淑倒上，一会儿功夫，烤鲅鱼、鲍鱼、海鞘生鱼片、炸海鲜和汤依次端上来。

"点这么多要花很多钱吧？"

圣姬鼓着嘴说道：

"不多，一个人才2万韩元，加上烧酒，两人大概5万韩元吧，跟吃五花肉差不多。"

熙淑这才觉得是不是有什么事：

"今天是什么日子吗？"

圣姬不好意思地笑了笑：

"您真聪明，其实今天是我生日，没人陪我吃饭，所以就跟您联系了。"

熙淑这才明白过来：

"那今晚我请您吃饭，您请我喝咖啡。"

---

① 位于济州岛东部海岸的一端。"涉地"是这一地区古代时的名称，"可支"是济州岛方言，意思是向外突出的地形。

"不用，上次您不是请我了嘛。"

熙淑趁这次见面，跟圣姬说起房子的事情。这段时间有些人看房，却没有人打算买。前两天，一个男人带老母亲来，儿子倒是看中了房子，但老母亲却不同意，说超市离得远、楼层高，自己一个人住可能会不方便，后来就没信儿了。还有一对四十多岁的夫妻，他们有三个孩子，说是这房子要重新装修才能住进来，装修至少需要2500万韩元，非要从房价中去掉一半的装修费。

圣姬都听完后，说道：

"顺其自然吧，反正这也不是我的房子，我也做不了主。"

平常不怎么喝烧酒的熙淑喝了几杯后，酒劲上来，只觉得浑身发热，不过好久没这样出来吃饭了，感觉挺放松的。

9点左右，她们走出餐厅时，街上回荡着歌声。走在拥挤的人群中，熙淑不知怎的心里不是滋味，总是忍不住看那些樱花，越看心里越难受。走进咖啡店之前，熙淑在花店买了一束玫瑰花和满天星送给圣姬。

坐在咖啡店里随便聊了一会，圣姬突然说道：

"您要是没什么事的话，一会去我家再喝一杯怎么样？地铁站附近有一家酒品百货，我们去那儿买瓶冰葡萄酒回去吧。"

熙淑说明天还要回娘家看看，小心地拒绝了圣姬。

"哦，是吗？那就下次吧。"

和刚才有点不同的是，随着时间的流逝，熙淑的心越来越沉重，越来越不安。外面传来的喧闹声让她更加不安。为了不让圣姬察觉，熙淑努力沉下心来，把续杯的咖啡都喝了，她想快点醒酒。一到10点，熙淑就催圣姬起身回去，因为心里着急，她说一起坐出租车，圣姬也同意了。

熙淑到家是在10点30分左右，丈夫一个人黑着脸坐在客厅沙发上喝酒。她随口问了一句，怎么回来之前都没打个电话。丈夫已经有些醉了，可能是还没洗漱，外出服也没脱，脚上发出很臭的味。他慢悠悠地问她去见谁了现在才回来。熙淑把包放在餐桌上，准备进里屋换衣服。

"我问你呢,你到底去见谁了,喝酒喝到现在才回来?"

熙淑转过身来答道:

"去见谁现在和你有什么关系?我也有工作,也和别人一样要见一些人。"

"我现在是在以丈夫的身份问你。"

熙淑瞬间感到一阵火气上来,根本不想跟他解释什么。

"你平时连个电话都不打,偶尔像住旅馆似地回来几趟,也算丈夫?也算孩子他爸?"

"所以,你是跟野男人喝完酒回来的?"

熙淑口中自然地发出一声叹息:

"你这老剧本我都听得腻烦了,能不能换换?"

他慢慢地从沙发上起来,朝熙淑走过来。熙淑吓得本能地一点点往后退,直到无法再退,她紧紧地闭上眼睛。只觉得不断有火球重重地掉到脸上,耳边传来熟悉的脏话。她浑身发颤、用双手捂住耳朵。这时突然有个想法闪过脑海,还不如去圣姬家呢。

7

第二天,熙淑给圣姬打电话问能不能去和她一起住几天,还请求圣姬不要问为什么。她丈夫要在家里躺三四天才会走,在丈夫走之前,她得找个地方待着。她实在不想回娘家,因为从镜子中看她左边颧骨都青了,肿得高高的。圣姬若有所思地沉默一会儿,然后跟她说可以随时过来。

熙淑早早下班,去超市买了一些东西,打算和圣姬一起吃晚饭。她买了鸡蛋、橙汁、豆腐、蘑菇、生菜、大酱、300克做汤用的猪肉,结完账后径直赶到圣姬家。因为怕丈夫打电话,把手机也关了。

到圣姬家以后,她先粗略地打扫一下,然后把篮子里的脏衣服放进洗衣机。打扫房间的时候又仔细看了看阳台仓库和衣柜里面,还是没看到猫。她煮了泡菜汤，做了蒸鸡蛋，调好大酱，洗了生菜，简单地摆上餐桌。过了一会儿，在阳台晾衣服的时候，圣姬回来了，她好像也去了超市，手里拎着塑料袋。

两个女人吃完晚饭后，煮了一壶菊花茶，然后在客厅地板上垫上坐垫，一边看电视一边喝罐装啤酒。圣姬什么也没问，但不时偷看熙淑脸上的淤青。电视里播放着农村独居老人的纪录片，老人和驴相依为命，不论是散步，去集市，还是去地里干活，总是和驴在一起。两个女人坐那里半天没说话，后来圣姬先开了口：

"跟这个和驴一起生活的老头比起来，我们两个是不是更好一点？"

熙淑没太明白，就没作答。是耳鸣吗？她似乎感觉耳边传来一阵太平箫的声音，中间还不时夹杂着捣衣捶击打的声音。她觉得自己的身体好像正在发烧，估计是要感冒。圣姬没注意到熙淑正在发烧，在一旁继续小声说道：

"现在也不知道那时是为什么，我曾经偶尔会自残，就觉得一切都是我的错，应该是有人把这种罪恶感深深埋在我心底了吧？您可千万不要那样。"

熙淑觉得头晕目眩，她想要问圣姬些什么，却怎么都张不开嘴。她靠在墙上闭上眼睛，发着烧，浑身发冷。

"我养过一只小猫，但有一天打开冰箱一看，发现它冷冷地躺在里面，已经死了。"

"……"

"猫难道会自己跑到冰箱里吗？"

也不知为什么，圣姬抽噎着哭起来。熙淑只觉耳朵嗡嗡作响，然后就斜着倒了下去。圣姬这才晃动她的身体，急切地问她没事吧，是哪里不舒服。圣姬把手放在熙淑额头上一摸，然后立即起身去抽屉里拿体温计。熙淑打着寒战，抖得厉害，她让圣姬拿被子，但圣姬好像没听明白。

"天啊，39度多！怎么办？"

圣姬慌忙先找出两片泰诺塞到熙淑嘴里，然后把毛巾打湿给她擦

额头和脸,但她看上去没那么容易退烧。圣姬贴着蜷缩在地板上发抖的熙淑耳边大声说道:

"我叫个出租车,您能去急诊吗?"

熙淑使劲摇头,她不想去急诊。圣姬拿出被子盖在熙淑身上。因为要先帮她退烧,圣姬定时给她量体温,不断用湿毛巾给她擦身体。恍恍惚惚中,熙淑想到了盘踞在自己内心深处的恐惧,越想抖得越厉害。她艰难地伸出手紧紧握住圣姬的手。

她在圣姬家整整躺了四天。这四天里,圣姬没上班,随时去药店买药,精心照料她。熙淑直到最后也不肯去医院,坚持在家里硬扛。她不想出门一步,虽然觉得对不起圣姬,但她极力安慰自己说以后报答就行。

8

熙淑病好后,她俩去樱花落尽的街头散步,两个人都是大白天关了店出去的。圣姬问要不要看一场电影,熙淑说只想在街上走走。两个女人去越南餐馆吃米线,坐在露天咖啡店里像老朋友一样静静地聊天。

"我们趁春天还没过去,坐京义中央线去一趟德沼或者杨平透透风怎么样?去那边的集市上买好吃的吃,还去砥平喝马格利酒。"

"好呀,不过干脆趁机再走远一点怎么样?"

"再远点?哪儿?那我们坐高铁去釜山或者丽水啊?"

"不,再远一点就好了。"

"那我们去金浦机场坐飞机去济州岛怎么样?我的里程攒得挺多的。"

熙淑看了看圣姬,说道:

"我嘛,要是能比那更远就好了,我想去一个去了就永远回不来的地方。"

说完,圣姬像一只小鸟一样点着头笑了。

花样年华

具孝书

他去光阳赏梅是 2 月的事了,大概是 2 月 15 号。

他以为,梅花在 2 月开。为什么这样以为呢?除了因为他是国语国文系毕业的——据说是国语教育系的,似乎也没什么别的解释了。

认识他的人都说,他常常引用一些古典文学作品里的内容。像什么《古文真宝》、全本《春香传》之类的,要么就是《洪吉童传》或者《梅泉野录》这些,很无聊。

这些作品就算不是国语国文系的,大家在准备大学入学考试时,也都应该听说过,在考语文时从题目中读到过一些,只不过是光知道名字,没有仔细读过而已。

可他说起来却头头是道,一副很懂的样子。也不能说是很懂,很多时候,他都是在别人不懂的时候表现出一副很明白的样子。

不过,他也都是一知半解。居然 2 月去看梅花。这其实和他是不是国文系并没什么关系。若说有关系,应该说也是和他的性格有关系,而不是专业。

可能他从一些书里看到梅树的花期是 2 月。但这说的应该是阴历吧。他的毕业论文也是古典文学方面的。

可他居然在阳历 2 月去光阳,不得不说这和他的专业就没什么关系了。把日子定在 15 号前后也是如此。因为没想好是月初去还是月末去,就不偏不倚定了个中间的日子。他就是这样的人。总之,直到来到光阳梅园之前,他都一直以为"梅花在 2 月开放"。

*

"我要去求礼。"

冷不丁蹦出一句,然后等对方回话,这就是他和别人通电话时的说话方式。

"来看我吗?"

接电话的是颂珠。金颂珠,35 岁,在求礼做临时代课教师,丈夫是那边农协银行的职员,有一个在上幼儿园的儿子。他和颂珠很少打电话,这通电话是他去光阳的前一天打的。

"嗯,算是吧。"

算是吧……他话里有话。他想,不然就说是去看梅花,因为他知道光阳离求礼不远。

他想去看的不是梅花,而是颂珠。梅花是个借口。他怕颂珠看穿他的心思,就先说了声"算是吧",再不行就借梅花说事。

"这是怎么了?巴赫大叔。"

"什么怎么了?"

"你可从来没说过要来啊。"

"你也没说让我来啊。"

"啊哈,所以才一直都没来吗?"

"是啊。"

"哦,原来如此。"

"对啊。"

"不过,这是刮的什么风啊,能把你吹来?"

这不是梅花盛开的季节嘛,春风呗。

他本来想这么说来着,不过索性改口说道:

"就是想去看看你,还需要什么别的理由吗?"

他试探着说。颂珠则爽快地问:

"大叔，你喜欢鸭汤吗？"

"汤当然喜欢了。"

"那肉呢？"

"要是韭菜放得多，肉也能都吃完。"

"这儿有一家很火的店，看来我得订一下了。"

就这样，没用提梅花，就能去求礼了，真是万幸。要是开始提梅花，什么求礼啊、光阳啊，可能都去不成了，这可是 2 月啊，差点就见不成颂珠了。

"可要多放些韭菜啊。"

他调侃道。

"哪家鸭汤店不放韭菜啊？不过，你一定要尝尝他家的拌水芹菜，保证吃一次就爱上！"

颂珠应和道。

*

颂珠 35 岁，他 39 岁。相差不过四岁，可颂珠从上大学时开始就叫他大叔。

他们系里叫他大叔的女生就她一个。为什么呢？大家都叫他哥哥或学长，只有颂珠总是叫他大叔。他高中时复读了一年，上大学后又服了兵役，复学晚了些，那也不过 25 岁，居然叫他大叔。

有什么关系呢？他还是非常喜欢颂珠。不过，"大叔"这个称呼就像一张黄牌警告，让他无法接近她。

上大学时，大家都是一起上课的同班同学，抬头不见低头见，有时会忘记彼此的年龄，一起嬉笑打闹。但是，每当听到"大叔"这个称呼，他就不禁心里一颤，就像被叫停了一样，僵在那里。

"大叔？我才 25 岁啊！"

大概在复学之后的两三个月吧，他好不容易才跟颂珠说了句话。真的很不容易，因为他一见到颂珠就会发抖。

"总不能叫你巴赫哥哥吧?叫巴赫学长也不太合适。"颂珠慢悠悠地说道,"巴赫先生最顺口了,可又不能叫你先生,这也比叫巴赫爷爷好多了,对吧?"

"一定得叫巴赫吗?"

"难不成要叫峰汉大叔吗?"

颂珠无情地说,他差点没哭出来。

"我是说一定要加'大叔'两个字吗?"

"我觉得这样叫很舒服啊。"

颂珠很漂亮,但对他却很无情,这让他很难过。他真想告诉她:"我觉得不舒服啊",可最终还是没说出口。

大家叫他巴赫,是因为一次作业。他没在作业文件上写名字就交了上去,老师当时对他还不太熟悉,就在课堂上问:

"附件'ㅂㅎ.hwp'是谁发的?文件名是ㅂㅎ点hwp!"

这时,有个学生开玩笑地喊了一句:

"巴赫?"

一阵哄笑过后,有个人在教室的一角悄悄地举起了手。是他。从那天起,颂珠开始叫他"巴赫大叔",后来就只叫他"大叔"了。

他觉得"巴赫"是个不错的外号。他自己也不喜欢"峰汉"这个名字,所以常常用开头的两个字母"ㅂㅎ"代替。巴赫,听起来似乎是个不错的名字,就是和"哥哥"一类的称呼放在一起很不顺口。更让他感到头疼的是,后来"巴赫"这两个字就像助推器一样从主火箭中分离出去,就剩下了"大叔"两个字,真是荒唐。

新学期一开学,班里的复学生又多了两个,"大叔"这个称呼给峰汉带来的困扰减少了一些。颂珠管另外两个复学生也叫"大叔",这可能是因为她对他感到了些许歉意吧。

*

"现在说说看吧。"

吃完鸭汤，颂珠问道。

"的确好吃，拌水芹菜。"

"不是这个。"

"不是这个？那是什么？"

"跑到求礼来的原因啊。"

"不是说了吗？因为想见你。"

"你让我相信你的话？"

"我的话不能信吗？"

"如果我说想你了……你会信吗？"

"真的吗？"

"你看……所以啊，还是赶快说吧。"

"赶快？"

"对，赶快。"

"赶快"这两个字让他一下子不知道该说什么好了。因为"赶快"的意思不是"快点说"，而是"直说吧，大叔！"

当然，他就是因为想念颂珠才去的，梅花只是一个以防万一的借口。不过，如果说是因想见颂珠而来，恐怕事情又回到原点，只会打嘴架。

现在，他们只能打嘴架，这让他很难过。其实，他并非不明白颂珠让他赶快说的意图。她并不是让他快点说，或是直说。她的意思其实是能不能再直接一点。"一点"很重要。他从上大学时就一直喜欢她，这是她早就知道的事情。她也知道，他现在依然喜欢她。

颂珠和他想法差不多。就算再多"一点"直接，他们俩的关系似乎也不会和之前有什么不同。他虽然还没结婚，可颂珠已经为人妻、为人母，还能怎么样呢？

颂珠虽然嘴上催他快点说，心里其实并没有想过要怎么样，不过是想听到他更明确一点的回答而已。人们其实都一样，不管以后会怎样，心里还是想听到真心话。况且，这也没什么不可以说的。

相比之下，他比颂珠更拘谨。明明是想去看她，却煞费苦心地为自己准备了一个借口，拿梅花当幌子。

"走吧。"

他先站起身。

"去哪儿？"

"我带你去个地方。"

"这就对了。"

他们开着车，沿着江边一路向南。现在，说是来看梅花似乎也未尝不可了。求礼也来了，颂珠也见了，也就不用拿梅花当借口了。

"天哪！那不是蟾津江吗？对吧？"

他朝窗外看着，突然吓了一跳，喊出声来。

"你不是来看蟾津江的？"

颂珠问道，像是在嗔怪他的装疯卖傻。

"要是来看蟾津江的，我还能吓一跳么？我头一次来这儿，可怎么感觉蟾津江这么熟悉呢？可能是因为诗人们写它写得太多了吧。现在亲眼一看，啊！这么美的地方，真是用一千首诗去描绘它都不多啊。我怎么才看到呢……"

"你那么会照相，居然头一次看到蟾津江？"

"我都是在影棚里拍些手表、宝石、电子产品什么的，为了糊口么。当然，蟾津江我也从照片上看过很多次。"

"不是来看蟾津江的，那去看什么？我们去哪儿？"

"最近还画画吗？"

他试着岔开话题。

"总有一天，我要为这蟾津江画一千幅画。一千幅太少了？那我也要画，一定要画。我为什么要在这儿和一个乡巴佬结婚？虽然现在丈夫和孩子拖得我什么都干不了，但总有一天……啊！乡下的日子可真不好过，首尔人是肯定想象不到的。你写诗吧，大叔？"

"没有诗，我一天都活不了。"

"噗……"

颂珠不可能不知道，上大学时大家就叫他"落榜诗人"。他时常写诗参加诗歌大赛，尝尽落榜的苦味。他总是说无诗不能活，并且为能够这样说而感到幸福。一直以来，和写诗相比，他更加热爱的似乎是对诗的单恋。

"有句诗是：'前身应是明月，几生修道梅花。'"

"我正在想你怎么还不提诗呢。"

"这是退溪一百多首咏梅诗中的一首。'前生曾是一轮明月的我，还要几辈子才能修成梅花呢……'啊……把自己比喻成明月已经让人肃然起敬了，可见梅花是多么难以企及的境界啊。怎么能不来看梅花呢？"

最终，他还是说出了梅花。

"你还是很喜欢背这些东西吗？"

颂珠的回应很平淡。

"退溪和官妓杜香之间的梅花情缘，你听了会心碎。"他说。

可颂珠却答道："背那么多有什么用，你得写啊。"他还以为颂珠会说：啊哈，原来你是来看梅花的呀！

*

到了青梅园门口，他才突然发现，原来沿着蟾津江一路过来，根本没看到梅花。

不可能只有这个梅园的梅花开了啊。开车过来的这一路都是空空的旷野，他居然没有意识到。这可能要怪蟾津江，更要怪美丽的颂珠。

梅园就是他们的目的地，不能再往前开了。他们停下车，一脸无奈地望向梅园的土丘和蟾津江，感到甚是荒唐。

"我知道了，现在。"

颂珠说。

"什么？"

他装糊涂。

"白跑了一趟吧？"

"申钦的诗里说'梅一生寒不卖香……'梅花不是在天冷的时候开吗？不是吗？"

"这句强调的是'香'，不是'寒'吧？"

"'不经一番寒彻骨，怎得梅花扑鼻香……'这句呢？"

他没说这是黄檗禅师的诗，因为他不太确定。

"这句的重点也不在'寒'，而在'香'。"

这颂珠也是了得：巴赫大叔，你不是说是来看梅花的，不是来看我的吗？

"那普雨禅师还能说谎吗？'腊雪满空来，寒梅花正开。片片片片片，散入梅花真不辨……'这几句呢？"

"说的是腊月吗？"

"对啊，腊月的雪就是腊雪，腊是腊月的腊。"

"不过，大……叔……"

"我怎么觉着在这种情况下'大叔'这个称呼很合适呢。"

"是吧？你也这么想的吧，大叔？"

"嗯，感觉有点丢人啊。"

"管他是申钦还是普雨，重要的是这里的梅花没有开。"

"是啊。"

"'雪中梅'不过是一种修辞手法罢了，梅花下个月才开呢。"

"是啊。"

*

有什么关系呢？本来从一开始梅花就只是个借口。他是因为想念颂珠才来的，现在颂珠也见到了，梅花就算在秋天开放也没什么大不了的了。

35岁的颂珠虽然已经有了孩子，但在他眼里还是那么漂亮。她说农村的日子不好过，可脸上连一道皱纹都没有，身上也看不出一丝赘肉，虽然他并不介意这些。眼前的她还是那么美丽，那么光彩照人。

他想起一次开学初的集体出游。大概是在阳平的一个杨树林吧，也可能是柳树林，河水缓缓地流淌着。

他现在已经完全想不起事情的前因后果了，当时太吃惊了，所以可能整个事情的原委都从他的记忆里完全蒸发掉了。烙印在他脑海里的，只剩下颂珠火热的舞姿。他还勉强记得地面上开满了一种一年生草本植物的小花，橘红色的，像罂粟花一样。

好像是玩游戏的时候颂珠输了，惩罚也像游戏一样无聊，罚她唱歌或者跳舞。本以为她会随便唱几句就完了，怎料她突然开始疯了似地扭动身体。

说她"疯了似地"虽然有点过分，不过他当时真以为她疯了。真是太不可思议了。他有一种被人背叛的感觉，实在看不下去了。

以前，每次看到颂珠，他都会在心里说：日本殖民统治时期的小学女教师一定就是她这个样子的……因为颂珠简直就跟过去老一辈的教师一模一样。他觉得她才是真正的国语教育系（对，是国语教育系）的学生。

代表小组发言的时候，她是那么温柔端庄，声音清亮。她说话时嘴巴微微张开，若隐若现地露出嘴里的粉红色，看上去就像含着一颗刚刚洗好的熟透的桃子。不管是牛仔裤还是裙子，都像是刚从衣柜里拿出来穿上一样整洁。即便是发生地震，颂珠似乎也不会跑。

原本是这样的颂珠，却站起身，晃晃悠悠地跳起了舞。她使劲儿地耸肩抖胸、扭腰晃屁股。围坐在那儿的同学们都疯狂地拍手叫好，颂珠出乎意料的举动让大家反响特别热烈。

当时，他感到的几乎是羞耻和侮辱。就像自己的女朋友穿着暴露的衣服在一群喝醉了的人面前跳起轻浮的舞蹈一样。可颂珠并不是他的女朋友，她的舞也并不轻浮，不过是一个从小就学画画、练跳舞的人做的一个非常自然的才艺展示。只有他一个人感到耻辱和无法接受。他很伤心，因为不能独自欣赏她的性感；他感到羞耻，因为自己无力阻挡其他男生贪婪的目光；他更感到挫败，因为这一切的状况完全不在他的掌控之内，哪怕是百分之一。

他就像被成百上千个人痛打了一顿,浑身难受。满身(应该是心里)的伤口像气球一样膨胀,似乎哪怕用指尖轻轻碰一下,他都会尖叫起来。可是,就算全身滚烫、都烧出了疹子,他也没有对颂珠感到失望,身体被无法抗拒的颂珠填满。在硬撑着站起来后,他发现自己的心里全部是她,自己的身体已经完全变成了颂珠的宿主。

其实,复学后一回到学校,他就预感到自己会变成这个样子。休了两年半的学,回到教室后看到的都是陌生的面孔。颂珠就在他们中间。一见颂珠,他马上就会患上一种突发性持续丧失斗志症——如果有这种病的话。

*

"俳句!"

他大喊了一声。他们正沿着青梅园里的小路往上走。

"你这思维还是这么跳跃。"

"诗就是需要跳跃的思维啊。"

"跟着你的思维走可要累死了呢。突然喊什么俳句啊……"

"你看那边。"

他手指的地方堆着许多大石头。梅花还没开,空荡荡的枝头下,堆着许多扁圆的天然石头。不是一两块,是好多块,多得数不清,梅园里到处都是。

"这哪是梅园,明明是石头园啊!"

"梅花凋零,黑色桌边小贝壳。"

他略带鼻音地吟诵着。

"俳句?"

"我不太记得作者是谁了,好像是与谢芜村吧?大概是看到嵌在黑色桌子上的贝壳,想起了梅花。"

"所以呢?"

"我当初也不明白他为什么这么说,不是让你看那儿嘛。"

颂珠一下子呆住了，沉默了许久。那许许多多的大石头上，满是凋零的梅花。

"天啊……"

"应该不是故意把梅树种在这种石头地里吧，一定是……"

"梅花落下来之后印到石头上的，日久天长就成了现在这样。你是要说这个吗？"

"蝉声似静幽，但可穿岩石。"

"这也是俳句吗？"

"这是松尾芭蕉写的。他太有名了，所以我知道，就是不知道引得对不对。"

两个人跳上石堆，走近一看，石头内侧的梅花反而印得更清楚。再往四周看一下，发现每块石头上都印满了梅花。

"太不可思议了……"

颂珠惊讶得张大了嘴巴，望向身边的他。那是一张让她多么思念的脸庞啊。

"我爱你很久了。"

"你也一直深藏在我心里，大叔。"

差一点就要上演这一幕了，因为他们从来没有这样凝望过彼此。只是这种对视太短暂，导致两个人看上去好像在努力回避对方的眼神。

*

他之所以能拿梅花当借口来求礼，其实是因为颂珠给他留了余地。虽然他有时给颂珠打电话，但大多数时候是颂珠先给他打电话。

"真不知道我为什么要这样生活。"

颂珠给他打电话，说自己在上完课回家的路上，突然想起了他。

"我在等红灯，歇一会儿，突然注意到我握着方向盘的手。"

她就这样聊起来。

"右手两个手指的指甲竟然还没剪。我今天早上剪的指甲，可无名指和小指却忘剪了。唉，真是！"

这时他只会说：

"村里的红绿灯时间应该不长吧，打电话没事儿吗？"

颂珠提高了嗓门儿说：

"现在已经把车停在路边了！真是的。"

他也知道，颂珠并不讨厌自己。从大学时开始到现在，一直都是。他们没能成为校园情侣或者恋人，也许是因为过于小心谨慎的性格、些许的戒备心理，和由此导致的错过时机、颂珠的结婚和远嫁穷乡，再后来就是"不合适的可能性"、首尔与求礼之间的距离，等等。而真正的缘由，他们自己也不知道，犹犹豫豫间就变成这样了。

学生时代的他还挺受欢迎的。在一次学术考察报告会上，他是发言人。他走上台时，坐在后面的女生们就像看到偶像歌手一样大声欢呼。还有一个女生因为他病倒了，一直缺课，是他亲自去那个女生的出租屋劝她回来上课。他拿着尤克里里（一种类似小吉他的四弦乐器，他会弹）为她弹了一首嘉年华组合的《鹅之梦》，第二天那个女生就回校上课了。

他一直都拿奖学金，成绩很好（他记忆力很强，这一点没人能比得上他，大家说他是引经据典的鬼才），在老师和学长面前也不卑不亢。最重要的是，他和当时刚刚通过韩国广播公司电视剧《求婚》出道的元彬长得有点儿像。"有点儿"是他自己傲慢的谦虚，别人都说"非常"像。

除非有什么特别的理由，否则颂珠是不可能讨厌他的。可问题就在于只要在颂珠面前，他就会变得丧失斗志，或者说是过度的斗志反倒让他乱了阵脚。

好像是在他复学后的第二次《古时调论》课上，轮到他发言，主题是肃宗英祖时期的著名歌者李世春。那时，他还不怎么熟悉班里的新面孔。

李世春是英祖时期的著名歌者……刚一开口，他的脑子里就一片空白……如果下节课再给我一次发言的机会……连这句话都没说完，他就犹犹豫豫地走下讲台，低着头赶紧回到座位上。都是因为颂珠。当时，他还不知道颂珠的名字。她就像一枝鲜艳的小红花，在教室中央静静地傲然绽放。

"傲然"这个词好像就应该用在这样的场景，这里没有性格傲慢的意思。她就是一个选了这门课的学生，静静地坐在那听课。她看上去娴静温和，深深地吸引了他。

如果说在他的 DNA 或者潜意识里有一个圆圈，那么颂珠就是可以正好完全填满那个圆圈的人，她一下子就走进去，印刻在那里。可以说，他完全被迷住了。或许是这个原因，他现在都忘不了李世春这个名字。在颂珠闪电般地突然闯进他心里的刹那，那个名字也在慌乱中一并闯进来。

这导致他把颂珠闺蜜的名字也记成了李世春，那个朋友的真名却被他忘得一干二净。

要是能有机会和颂珠一起喝杯啤酒，可就真是别无所求了。他常会陷入这样的遐想。每当这时，脑海里便会浮现出一个名字：李世春。其实她不叫李世春，不过是他把她记成了李世春而已。然后，他就对那个李世春说，今天去喝杯啤酒吧？我请客！

一想起颂珠，就会想起李世春。同样，李世春的身边也总会有她的好闺蜜颂珠，她们是一个宿舍的室友。他也住宿舍。下午 6 点左右，三个人在图书馆前会合，一起沿着长长的校园主干道朝校门走去。数不清的玫瑰在道路两旁怒放，仿佛从杯子里溢出来的红色泡沫糖浆。

傍晚的风清爽地吹着，学校前面的酒屋一家接一家地亮起灯。他们慢悠悠地走到美食街尽头的一家啤酒屋，点了扎啤和德式香肠。李世春的家乡在江陵，爸爸是中学国语老师。是爸爸让她报考的国语教育系。"妈妈开了一家钢琴补习班，她因为手指太短而没能成为一名钢琴家，这让妈妈现在想起来还会像小孩子一样哭泣。"李世春说。"手指短就不能弹钢琴吗？"他问。

他只能在和李世春的闲聊中得知颂珠的家乡是全州。就这样，主要是他和李世春在开心地聊。他疯狂地渴望了解颂珠，可颂珠却在酒吧里句句喊他大叔。

所以，李世春误会了。以为他喜欢的是自己。在知道他并不喜欢自己之后，她非常生气。为了表达诚挚的歉意和安慰，他给李世春唱了一首歌。但他唱的却是那首用尤克里里伴奏的《鹅之梦》，所有人都知道这首歌与那个长期旷课的女生、"出租屋慰问演出"之间的故事。

听完这首已经利用过一次的歌，李世春非常伤心，不再像以前那样和颂珠形影不离了。大概过了一个月左右，两个人又和好了。但他一直都感到很抱歉，倒不是对李世春，而是觉得对不起颂珠。

"你肯定不知道当时我有多害怕去宿舍食堂。"

他在一块星星点点地印着梅花的大石头上坐下，望着广阔的蟾津江白沙滩，说道。

"怎么会不知道，你在我身后的时候，我都能感觉得到。"

"你能感觉到我在你身后？"

"大叔，你从来都没有比我先到过食堂，不是吗？"

"你知道？"

"当然知道。"

他只能那么做。因为没办法接近颂珠，只能远远地兜圈子。通过李世春去接近她是他唯一的方法，可这李世春现在连看都不看他一眼。所以，他在食堂排队时，总是排在颂珠后面，大概隔十个人左右。

"我几乎没和你在一张桌上吃过饭。就算坐在一张桌子上，我们也都是坐在对角线的两头儿。那时学校宿舍食堂的餐桌都是坐十个人的吧。"

"能坐十二个人。"

"你也看到我吃饭的时候很尴尬、很不自在了吗？"

"看到了呀，因为我们坐在对角线两头啊。"

"因为坐在对角线的两头？"

"我们总是能坐在对角线的两头……"

颂珠稍稍停了一下。

"总是能坐在对角线的两头?"

"一个人很难做到吧?要不是两个人都有同样的心思,怎么总是能'坐在对角线的两头'呢?"

他突然感到有点儿冷,蜷了一下身子。能坐十二个人……颂珠记得更清楚。

他没敢去看颂珠吃饭,颂珠却看了他。他们虽然有"同样的心思",可他却胆怯得多。因为颂珠什么都知道,却仍然先去食堂,去接受他站在身后看着自己。

他把目光从蟾津江收回,偷偷地看了一眼颂珠的侧脸。为什么现在才说呢。他很想问,可又突然感到些许害怕。这时,颂珠突然开了口,吓了他一跳。

"那么害怕去食堂,那就别吃饭啊。"

听起来像是她在埋怨,他这才转过脸去正面看她。颂珠笑得像花一样灿烂。他也笑着说:

"是一定要去食堂,然后才感受到害怕!"

"一定要去?"

"嗯,一定要去。"

估计没有哪个学生像他那样顿顿都去宿舍食堂吃饭的。特别是早上,他一定要准时去食堂。清晨,离去上课的时间还早,住在宿舍的女生们刚刚醒来,迎着清寂的晨风,陆续来到食堂。通往食堂的路上每个季节绽放着不同的花:木兰、绣球、美人蕉和紫藤。女生们刚洗完的头发还没干,散发着洗发水的清香。在这样的早晨,去看刚刚洗漱完的颂珠那张盈盈的笑脸,实在是件让他很慌张害怕的事情。

那是一种他坚决不肯逃避的恐惧。那么多的清晨,吃了那么多次饭,他却每次都紧张得食不知味。这些,颂珠真的都知道吗?他很想问,可嘴里却蹦出一个非常荒唐的问题:

"李世春现在干什么呢?"

"李世春?"

"对,你的好朋友。"

"大……叔……"

"嗯?"

"是慧珍,李慧珍!"

他还是像以前一样,在害怕什么吗?他再次望向缓缓流淌的江水。

*

对,是李慧珍,不是李世春。颂珠说她在安城的一所高中上班。比颂珠晚两年结的婚,不过后来爱上了一个在一次教师培训期间认识的男人,几年前离了婚。

"现在呢?"

他问道。

"还在那所学校呢。"

"过得好吗?"

"怎么才算过得好呢?就那样呗。"

"就那样?"

"就那样一个人过,孩子放到娘家带。"

她很快就把婚离了,可那男的却一拖再拖,一直没离。

"应该就是不想家庭破裂吧。"颂珠说,"不是有那种就那么过的么,讨厌的催泪苦情族"。

"催泪苦情族。"

"那男的那样,她还是死也忘不了他,简直是催泪苦情族中的代表。现在还找各种借口偷偷见他。脸都瘦得皮包骨了,就算见到她,估计你也认不出来。可能她不觉得那种生活很累吧。"

"哦。李世……李慧珍。"

"不过,我倒是非常羡慕她是正式教师啊。代课老师真是恶心,临时工也没有这样的,你知道么?我们这种代课老师连人权都没有。"

"那么严重啊?"

"你知道我们天天都盼着那些女老师怀孕吗?她们休完产假回来,

我们就得老老实实地给人家让位。和相处得很好的孩子们分开已经不是一次两次的事了。我还开车往返庆尚道上过班呢。所以啊，总是忙忙活活的，连指甲都剪不好。真想把工作辞了，痛快地画点画什么的。有时晚上10点了，副校长还让我去见他。"

"你老公也上班赚钱，干吗非得上这个班，受这种人权歧视啊？"

"别提老公了，更闹心。他以为我是嫁不出去了，才找的他呢。就是个村里农协银行的科长，连方便面都得放上泡菜、鸡蛋、葱、海苔，煮好了给他端上去。卫生间里洗发水和护发素用完后的空瓶，要是我不收拾了扔掉，就会一直放在那儿。就这样，牙刷、香皂、毛巾都会无限增加。厕纸用完了，要换卷新的，连这种事最后都得我来做。他要是看到没有厕纸，就会抽几张面巾纸去上厕所，真是的。要是我，就直接换了。头发一大把一大把地掉，让他洗完澡把下水道的头发清理一下，他从来不干。拿出来穿的鞋子总是都脱在玄关，最后还得我去收拾。家里的移动手提电话用完就随便乱丢，也不充电，等嘀嘀响的时候，还得我去把它放回去充电……当初就应该参加正式教师资格考试，不再干家务，现在已经老了。"

"说那么多他的不是，可你看起来一点都没有不幸福。而且，你才35岁。"

"跟你这种不懂的人，说了也是白说。"

"你说的时候还笑呢。"

"我笑了？那也是气出来的苦笑。"

"梅花虽然没开，可你一笑，整个世界都亮了。"

"整个世界都亮了？那是因为蟾津江吧。总有一天我会画一千张蟾津江的画，我就为这股傲气活着呢。看着这流淌的江水，才能感到心里痛快些。真是一条美丽的江啊，真美。"

"那是因为你美。"他心里想。从大学时开始，颂珠的表情一般都是很阳光的。现在和以前一样。

"大叔，你一个人生活不孤单么？"颂珠问。

"就那样呗……"

"怎么样啊?"

"简直要孤单死了。"

"可看起来你一点也不孤单呀,看上去挺像个在自己的领域里有点名气的人,又傲慢又自私。"

"寂寞啊。"

"要和我谈恋爱么?你是单身,估计我不会像慧珍那样烦心的。"

他大声地笑了。过了一会儿,颂珠也跟着咯咯地笑起来。很快,两人都突然不笑了,好像觉察到了什么,互相望着对方。此刻,似乎任何藏在善或恶的伪装背后的渴望都完全无法再被隐瞒。

笑过之后的沉默无比锋利。

一、二……不过三秒的对视,是那天两个人第二次对彼此深深的凝望。这时,似乎不知从什么地方传来一朵梅花绽放的声音。

"是不是很神奇?"

他先收回目光,指着岩石上的梅花纹。

"这不是梅花是什么啊。"

颂珠回答道。

"是吧?就是梅花吧?"

"是梅花。"

"虽然我是2月来的,但我确实看到了梅花。"

"看到了。"

"无论什么时候来,我们都能看到梅花。"

"是这样的。"

"你说是就是。"

"当然。"

两个人就这样你一句我一句地说着。星星点点地嵌在花岗岩里的石英花纹怎么就成了梅花呢?两个人都在固执地坚持,谁都不想去说破它。冬日的冷风还在吹,江水依然缓缓地流淌。

*

他急急忙忙地返回了首尔，就因为颂珠的一句话。

他们站在最初见面的那家鸭汤店前道别，身后是一群一边剔牙一边走出店门的中年男子。颂珠挥了挥手。

"好好写诗。"

她站在车窗外说。

"好好画画，你一定做得到。"

他把头伸出来说。虽然有些舍不得离开，但两个人之间的道别听起来并没有那么惋惜和真诚。

真正留在他心里的，并不是颂珠的道别。

"我有件事想问你。"

而是颂珠的这句提问。

"什么？"

他反问道。颂珠没有说话，看了他一眼。那是一双充满调皮的眼睛。梅花开的时候，还能再来一趟吗。他想着。两个人慢慢地朝梅园门口走去。

"什么啊？"

他又问道。

"你为什么不回信呢？"

颂珠问。她说，她之前偶尔给他发过邮件，是用心写的邮件。颂珠说得很清楚，是用心写的，偶尔有时间就写。

"嗯……没收到啊，你发到哪儿了？"

"千里眼。我有时会读你在摄影杂志上写的文章，文章后面附的那个邮箱地址，我往那儿发的。"

啊，千里眼的邮箱已经很久没用了。他说，账号和密码太多，都混了，现在都用一个网站的，不过不是千里眼。他这才给颂珠一张他的名片。

"啊，是吗……原来是这样。"

"可是，是真的吗？"

他问。

"什么？"

"你说你给我发了邮件。"

颂珠没有回答。直到两个人走出梅园，上了大路，颂珠才说：

"嗯。"

她没说敬语"是"，说的是非敬语"嗯"。

也许留在他心里的那句话，就是颂珠的这个"嗯"吧。在回首尔的路上，他的心底一直回响着颂珠的那句"嗯"，"嗯"，"嗯"。

*

一到首尔，他迫不及待地打开电脑。他回想以前的账号和密码，试着在千里眼上登录了好几次，可全都失败了。不是因为时间太长，账号被自动注销了，就是因为他忘了密码。虽然账号在以前的杂志上很快就能找到。

他就这样过了两天。颂珠的"心"就这样被老旧的邮箱账户深深地锁住，不知不觉消失在宇宙空间的某个角落。

如果不是电子邮件，而是信件的话，就算读不到，也会在一个地方。就算是被火烧了，也会留下灰烬。可被删除的在线信息却不符合这种质量守恒定律，它会以一种可怕的形式完全消失。

从求礼回来后的第四天早上，他吃着烤面包片、煎鸡蛋，一边喝咖啡一边看电视。突然，他好像看到有一个单词正在慢慢地从屏幕下方闪过，越来越清晰——"爱尔兰"。

电视里正在播《走向世界》节目的爱尔兰篇。一遍遍地听到旁白里说"爱尔兰"，怎么就没马上反应过来那是一个国家的名字，要过一会儿才慢慢发现呢？

原来内心深处闪过的不是那个国家名，而是个电影片名。虽然拼写不同，但用韩语写出来都是爱尔兰。

大概就是在看完那部电影之后，他把密码设成了爱尔兰。

他嘴里叼着烤面包片，登录到千里眼邮箱。紧锁的大门终于打开，他差点儿把面包片弄掉到地上。颂珠发来的邮件总共有四十六封。它们一封封孤零零地到来，等那么久，终于要被解开魔法，从睡梦中醒来。

他的手颤抖着握紧鼠标，看着那些邮件标题："下雨了"，"今天生了两次气"，"蒸了土豆"，"没有咖啡了"，"好无聊"，"喝了两罐啤酒"，"大叔你死了吗"，"真讨厌夏天"，"煎了好多煎饼"……只要一点击，它们似乎马上就会睁开双眼。

他读着那些标题，逐个地，慢慢地，每个标题花了大概20秒。

花了好长时间都读完以后，他突然想起梅泉这个词。这个词说的不是有梅花的泉水，也不是泉水边的梅花，而是说梅花像泉水般涌现，或是梅花汇成泉水流淌。这46封邮件，就像梅花汇成泉水一样，不断地涌现出来，涓涓流淌。无数花瓣突然间迎面扑过来，差点让他像个脑中风患者一样晕厥过去。

这就是颂珠那份迟来的心意吧，漫长的等待让它更具弹性。这份心意看似遥远，实际上就像地下的水源，悄声无息地走近他。

他想起自己收藏的"鹤林玉露"文件，隐约记得里面有一首尼姑的悟道颂。他赶紧打开文件，找到那首诗。

尽日寻春不见春，

芒鞋踏遍陇头云。

归来笑撚梅花嗅，

春在枝头已十分。

他再回过头来看那些"邮件"，不慌不忙地点击"收件箱"菜单中的"全部"。瞬间，所有邮件标题前的方框都打了勾。

每次15封，一共三次，他删除了所有颂珠发来的邮件。

连最后一封也都删了。

*

在梅园的对视，短暂而深刻的两次凝望，已经足够他回味许多年，足以让他在今后的日子里幸福地想念她。他想。

"没收到邮件啊。"

他给颂珠打电话说。

"没收到？"

"好不容易才把密码想起来，进去一看，什么都没有！"

"什么都没有？"

"什么都没有。"

颂珠咯咯地笑了起来，笑了好久。

好像笑得眼泪都出来了。

"你可真有意思，大叔。"

颂珠打嗝般停下笑声，说道。

"我怎么了？"

"你信了？"

"当然信了啊。"

"那你肯定很开心了？"

"别再逗我啦。"

你怎么跟我一模一样呢，好伤心。他想说，可话到嘴边又咽了下去。因为他不想那样说，也没有那么伤心。他觉得，这样做是为了彼此的幸福生活，是为了热爱生活。

"不管怎样，你能给我打电话，我很开心。"

颂珠说。

"我也是。"

他说。

危险的阅读

金劲煜

今天，你很忙，忙得无暇给个人主页上的留言做一句回复。昨天，你也很忙，忙得来不及把早已过时的背景音乐更换一下。前天，你依然忙碌，忙得连一张新照片都没能上传。你的忙碌是从三天前开始的。三天前，中部地区发布了暴雨橙色预警，南部地区发布了暴雨红色预警。电闪雷鸣，大雨倾盆。雨季来了，你现在在哪里？在做什么？

难道是找到了新工作？那么一定是因为新环境让你应接不暇吧。还是取出存款去国外旅行了？该不是和前男友一起去的吧？连日的大雨不会让你那里受灾吧？是不是做面包时，不小心烫了手？你真的很忙吗？我就这样傻傻地猜想着你的近况，不觉间，大雨已经从窗缝灌进屋里，打湿了桌子上的书。其中，也包括你曾经借阅过的那本。

我打开书，想看看湿了多少，却发现了书里被雨水弄模糊了的红笔标记。那些借给你之前没有过的标记，一定是你画上去的。我并不是要责怪你。本来就是我要借给你这本书，也是我对你说可以在书上画线。你画的是这句：当你凝视深渊的时候，深渊也在凝视你。对，是尼采的书。看着书上这一抹模糊的标记，我突然觉得，与其说是我在凝视着这一抹标记，不如说是它在凝视着我。这就是你最后借阅的书。我要去掉"最后"两个字。因为只有那些懦弱的人在忙于安慰自己时,才会说"最后"。所以,这是我最后一次说"最后"。

看似会下个不停的倾盆大雨,到第二天晚上,也渐渐停歇了。而你,却依然忙碌,不见清闲。因为你的忙碌,我尝着刻骨之痛,也因为你的忙碌,我能拾得一丝安慰。也许,繁忙的生活会把你重新送回我身边。因为来找我的人,要么闲得悠然地玩味起对自己毫无用处的自责,要么忙得无暇从自我价值中品味满足。只要你回来,这段时间你对我的漠然不理,我都会无条件地理解。在借你这本书时,我不是告诉过你吗?1889年,尼采在都灵一下子抱紧被马夫鞭打的马脖子,高喊着:"我理解你。"我也一样,理解你的忙碌,甚至这抹红色标记。一切的一切,我都理解。因为,这也是我的职业。

"听说过音乐治疗师和艺术治疗师,却不知道还有图书治疗师。您一定读过很多书吧。"接过我名片的人,十之八九都是这种反应。对于这类肤浅的好奇,我的态度十分坚决:"不是图书治疗师,是阅读治疗师。"也有一些人会问:"最近有什么好看的书吗?"这时,我就会非常严肃地回答:"请您付钱以后再做咨询。"我,一个阅读治疗师,用书来为人们解决心理问题。就像医生给病人看病开处方一样,我先了解求访者的心理状态,然后给出劝读书目。一切药物,80%的疗效都是心理作用。若说心理作用,似乎不会有什么比书更有效了,而且几乎没有副作用。上瘾?那可是求之不得的事。

世上有两种人,不读书的人和不能读书的人。我的顾客主要是后者,他们或者虽然有读书的欲望,但心无余力,或者难以选择该从哪一本书开始读起。他们的问题,无非在于现代社会图书的种目繁多。如果你有心阅读,却在走进书店或图书馆后,被满架的图书压得喘不过气来,或者跟风读些别人都在读的书,却无法满足心中的饥渴,那么,到我这里来吧!来我这里寻求心灵的平静,获得崭新的人生吧!

"书真的有疗效吗?"你这样问我。我必须给你充分的信心,让你相信找对了地方。"在底比斯图书馆的入口处,刻着这样一行字——医治灵魂的良药。"我十分肯定地答道。你就像一个温顺的学生,慢吞吞地点点头，用小得几乎听不见的声音细细嘟囔了一句："对不起，我什么都不懂，不该这样瞎问。"你几乎马上就要哭出来。看来，和你的谈话不会那么容易。这就是与你的初识，没有任何特别的期待与心动。你就像一本孤独的书，在一个破旧书架的角落里，有一天被偶然发现。你从未被借阅过，没有人注意你的存在。当我问你为何而来时，你说："老师，我是个废物，只会吃闲饭。"

与求访者进行第一次谈话时，我都会让他们填写读书卡。也不是什么大不了的东西，不过是了解你读书爱好与习惯的基础资料。你可以把它看作在医院填写的就诊卡——那张记录你的血型、身高、体重、病史等内容的卡片。有些就诊卡的问题过于涉及个人隐私，时常会让人感到不舒服。前不久，我去牙科治疗龋齿，他们让我填护牙卡。我可以接受对睡觉时是否磨牙的提问，而当看到是否有口臭、口臭的严重程度这一问题时，我只能举双手投降。相比而言，我让求访者们填写的读书卡真的可以说是得体大方了。最近读过的书？让自己印象深刻的书？想推荐给最关心的人看的书？今后想要读的书？最好的问卷应该引导填写者写出实话，而不是正确答案。所以，应该首先突破填写者的心理防线。

我曾经同一些问题少年进行过谈话，他们因为犯罪而与社会隔绝。我发现，心理防线的天敌是好奇心。有一个一贯纵火焚烧高端进口汽车的少年，我和这个制造连环纵火案的少年犯谈了三次都没能让他开口说话。而不经意间提到的一本书，却让这个看似绝不会吐露心声的少年敞开了心扉。

这个曾经七次纵火的少年，默默地承受着罪恶的惩罚，万念俱灰，是什么让他的眼睛重新闪烁光芒？可能是非同寻常的书名，可能是书皮上让人联想起熊熊烈火的图案，也可能是作家为煽动自卫队组织武装政变而剖腹自杀的惊险生平。总之，就是一本书，摧毁了少年的心理防线。可以说，它就是一举让坚不可摧的特洛伊守兵溃不成军的木马。小说中，纵火犯放火焚烧了一座古庙，作者对纵火犯的内心世界进行了淋漓尽致的唯美描述。少年读完后，再也抑制不住心中的情感，尽情地挥洒、释放。在一个选择了另类死法的异国作家的小说中，少年发现了自己——那个从未展现给他人，一直被他极力否定的自己。"不被人理解已经成为我唯一的自豪。所以，那种要表达，使他人理解我所知道的事情的冲动从未光顾于我。我觉得命运没有赋予我任何能醒人耳目的东西。于是我的孤独越发膨胀，简直就像一头猪。"①

少年说，读到上面这段话时，感觉就像挤出伤口中的脓水一样痛，同时，他也感到了一种解脱。痛是怪兽盘踞在心灵深处的折磨，解脱是因为发现那怪兽不再存在。读书不能改变过去，却能让人正视过去。当少年发现这世界上有人和他有同样的想法，当他模糊地感受到被人理解的兴奋，那个被他无意间喂养多年的怪兽消失了踪迹。就这样，连续纵火犯又变成了和同龄人一样的平凡少年，而我，由此开始了阅读治疗师的新生活。

你告诉我曾经读过什么书，我就能告诉你你是谁。你阅读的书目就是你的自传，你灵魂的轨迹。对于经典教育著作《爱弥儿》的作者卢梭把亲骨肉送进孤儿院的流言，请你一笑而过，对于假如牛津大学教授刘易斯·卡罗尔不是一个独身主义者，能否为院长的小女儿写出《爱丽丝漫游奇境》的臆测，也请你尽快放弃。通过读书，你应该发现的，不是作者巧妙隐藏的个人经历，也不是看似冠冕堂皇的所谓寓意包装出来的意识形态，而是你自己。

我不是在强调自己职业的伟大。我丝毫没有跟你炫耀或者说些无聊笑话的想法。面无表情是我全部的财产，让我弄点搞笑的东西，实在是不太可能。② 在读书这件事情上，我不过是个引路人。无论在书中发现天堂，还是地狱，完全是读者自己的事。但是，你的阅读量实

---

① ［日］三岛由纪夫：《金阁寺》，页码略。页码是我故意略去的，如果你不赞成这用心良苦的不友好，请忽略后面所有脚注。临渴掘井，如果你想知道这段话的准确出处，自然会把这本书找出来，从头读下去，读到发现我引用的句子，读到最终确认书中是否真有这样的句子。这比起历尽辛苦地去寻找那些电影或者电视剧中作为背景出现的某个长椅或者小路、连地图上都没有标记的小岛或者溪流，简直就是易如反掌。真心希望读书能够让你获得自由。

② ［美］詹姆斯·M. 凯恩：《邮差总按两遍铃》。

在少得可怜，我无从把握你的喜好，甚至难以相信这是一个30岁成年人的阅读书目。① 可以说，你是一本完全不为读者考虑的书——没有前言，也没有目录。而当你说在区政府图书馆上班的时候，我感觉简直就像被人在背后捅了一刀。

我该让你读些什么呢？如果你是一个和中年男性有不正当关系的未成年人，我可以推荐你看弗拉基米尔·纳博科夫的《洛丽塔》。如果你因为暗恋他人而身心疲惫，我可以推荐你读哥伦比亚作家的小说，让你有一天闭上眼睛离开人世时，不会发出这样的感叹：我对死亡的唯一遗憾就是我不能为爱而死。② 如果你是早熟少女，对这个世界感到失望，随便写下"活着，不是因为生命有意义，而是因为自杀没有价值"的厌世箴言，我会劝你读读杰罗姆·大卫·塞林格的《麦田里的守望者》。

从很多方面看，你都是一本难以读懂的书。你不知道该如何表达自己的情感和想法，总是显得惶恐不安。你甚至似乎对自己毫不了解，更不知道自己到底想要什么。当我问你是喝茶还是喝咖啡时，你都要犹豫好一会儿，然后才说："您喝什么，我喝什么。"这才如释重负地安下心来。当问你看了我推荐的书以后有何感想时，你或是非常惊讶地呆呆看着我，或是稀里糊涂地应付一句："我能知道什么啊。"你到底要通过读书得到什么呢？你犹豫不决地问我："对不起，老师，我想知道，到底读什么书才能让我彻底和交往7年的男朋友分手？分手后也不会可怜兮兮地哭泣或者后悔？"

有很多一去不复返的东西，那些我们美其名曰"第一次"的东西都是如此。因此，所有的第一次都是"最后一次"，无一例外。那个在众多情妇之间游移的布拉格的医生，他的惊人情史让他能够承受生命的无法承受之轻。他说："只发生过一次的事，就是压根儿没有发

---

① 你填写的读书卡片主要内容如下：最近读过的书——《健康正确的瘦身秘籍》；印象深刻的书——《德米安》；想推荐给珍爱的人的书——《闭上眼睛时，最挂念的人总是你》，今后想要读的书——《爱上烘焙师的27个理由》。

② ［哥伦比亚］加夫列尔·加西亚·马尔克斯：《霍乱时期的爱情》。

生过的事……如果生命属于我们只有一次,我们当然也可以说根本没有过生命。"① 这时如果你已经想到了尼采,那么,你可以骄傲地认为自己是一个相当了不起的读者。如果能明白"永恒回归",那就更好了。世上的一切,其存在方式总是过去时。过去因为它不复存在而永远存在。所以,过去就是现在的未来。你会因为人生只有一次而无比灰心惘然吗?别担心,在无限的宇宙时空中,你的生命总会在某个地方某个时间被重复。

有一个成功的地产商,与妻子和两个孩子过着衣食无愁的生活。而这个地产商有一天突然失踪了,不是因为钱,也不是因为女人。受到委托的私人侦探根据他人提供的线索,终于找到了他。地产商向侦探诉说了其间的经历:一天,他出去吃饭,走到一座正在施工的楼前时,这座楼的钢架构正好掉在他面前。他这才发现,自己苦心经营的生活,可能会因为偶然落下的钢架构灰飞烟灭。大受打击的他,放弃一切,决然离开。他四处流浪,爱上另外一个女人并再婚,从此又过上了安稳的生活。他说自己对现在的生活很满意,希望侦探就当从没找到过自己。然而,在侦探看来,这个地产商的生活和从前并没有什么差别。②

如果想要成为一个明智的读者,就请你摒弃期待通过读书获得教益或启示的想法。作为读者,你需要的不是启蒙,而是共鸣。如果你深受强迫症或者创伤后应激障碍的折磨,那么可能会理解这个地产商。而你却对他表现出不满。甚至还一反常态,生气地说:"真可恶,怎么能一句话也不说就离开妻子?如果真心相爱,绝对不会这样什么也不说就走的。要是钢架构再掉下来,他是不是又要决然离开?他只不过是在给自己找一个借口离开而已。"你只关注地产商的突然离开。对他的谴责,表现出你对过往的执迷,隐藏着你对分别的恐惧。"你真想和男朋友分手吗?"你一时无言以对,满脸惆怅。你说是为和男

---

① [法]米兰·昆德拉:《不能承受的生命之轻》。
② 如果你想对这段故事做更多了解,请读达许·汉密特的《马耳他之鹰》。

朋友分手而来找我，看来并不是开玩笑。那么，你的问题就不在于你和男朋友的关系，而在于你是为和男朋友分手找到了我。你这本书开始变得有趣起来。不过，这只是我的职业使然。

初级读者们都喜欢将书中的主人公和作者看作同一个人。这种读书方式的弊端在于，读者会像一个看老师脸色的学生一样，碍于作者的威严，无法全身心地投入书中。这是作者的亲身经历吗？那是作者的想象吗？你也不例外，因为过分在意到底是不是作者的自传，最终不能从书中读出自己的感情。

你似乎觉得坚持自己的主张就是犯罪，总是把自己锁在洁白无瑕的谦虚里面。你的内心欲求因为难以用恰当的语句译出而日渐模糊，最终连其存在都受到怀疑。你需要一个参照物来充分折射被你压抑在心底的欲求。那将是一个让你能够还原本来的自己，让你珍爱自己的人物。经过了几本书的失败挫折以后，我推荐你读太宰治的《人间失格》，并苦口婆心地说："作者的写作意图或者实际生平都不重要，你要把这本书变成你自己的。这样吧，你就当作者已经死了。"你点着头说："1948年投河自尽了，还是结伴自杀，可怜的人啊。"不觉中，你早已把目光集中到作者生平上去了。

我把这本书当成了最后的救命稻草，而你的反应却异常强烈。"我过的是一种充满耻辱的生活"，当你读到这句时，一定会惊愕不已。怎么能如此明目张胆地把自己的内心世界展现出来？让你感到不舒服的，一定不是话的内容，而是如此直白和赤裸的形式。你一定也已经心生惭愧，仿佛偷窥了别人的私密行为一般。记不清是在忠武路站还是乙支路三街站了，等车的时候，你双脚踩在站台上的候车脚印上——就是那个倡导排队候车活动的标记。你因为自己的脚和站台候车脚印刚好吻合而吃惊，我却因为看到你过于破旧的鞋子而愕然。

不熟悉的东西，总会过度加重你的心理负担。你讨厌穿新鞋时的不自然，就坚持穿旧鞋子。即便发现相恋七年的男友给你的闺蜜发的短信："我跟她说周末出差，等我"，你仍然不能对过去的一切放手。对男友出轨的愤怒，也没能减轻你因为偷看他人手机而感到的罪恶。

你一定不敢重新交一个男朋友，因为那需要彼此小心翼翼地探查对方的过去，煞费苦心地适应对方的现在，迫不得已地一起面对共同的未来。这是一个漫长而恐怖的过程，你惧怕这样的重新再来。你没有胆量放弃现在的一切，没有勇气走向陌生。当平生第一次读到深深触动灵魂的句子，你的选择，只能是继续读下去。"对于我来说，所谓人的生活真是难以捉摸。"[①] 我也不知道。但可以确定的是，为了让新鞋出褶子，脚老在地上碾，并不是个好习惯。

不被轻易忘却的书，大抵开头都不寻常。生疏的文体、每页都有新的人物角色出现、执拗的描写，或许这些会让你把书合上。当疲于把握人名相似、关系复杂的家谱，或者厌倦了地理和民俗等场景描写的文辞冗赘，你或许会想知道它是否已经被拍成电影。因为，电影中出现的人物角色再多也不成问题。

你这本书，并不像阿尔贝·加缪的《局外人》一样，从第一句开始就那么扣人心弦。你这本书没有奢华的装帧，更没有刺激的插画，因而不那么咄咄逼人，你只是一本让人无所期待、随心翻阅的书。你完全不愿展现自我，致使我不知有多少次，险些合书弃读。然而，通过开头这道关口后，你那生疏的文体不再陌生，人物的性格也渐趋清晰，故事情节开始向核心部分展开。你不再是那本令读者不悦的书，"读我，别再犹豫，读我。"你细语呢喃。

我小心谨慎地认真读你。你家有四个孩子，最小的你出生时，前面已经有三个姐姐。对于一心想要个男孩传宗接代的父亲和奶奶来说，你是那么不受欢迎。母亲则把自己当成罪人，你的啼哭并不能换来她的乳汁，她把对你的置之不理当作赎罪。你刚刚蹒跚学步，就被送到外婆家。当一个孩子在口唇期就发现哭破嗓子也得不到自己想要的东西时，他将注定过上毁灭欲望的生活——别人的或者自己的。是毁灭世界，还是毁灭自己？在把自虐当作赎罪、对你漠不关心的母亲膝下孤独长大的你，自然是选择了后者。然而，《人间失格》中主人公的

---

① ［日］太宰治：《人间失格》。

自我毁灭并没有完全唤起你的共鸣。

　　求访者们对和自己酷似的书中人物，主要有两种反应：一种是新奇，就像孩子第一次看到镜中的自己；一种是不快，就像穿新衣服出门却撞见穿相同衣服的人。认同滋生自我怜悯，疏离导致自我否定。你不断否定自己，以此证明自己的不中用。也许，你潜在愤怒的对象并不是父亲，而是母亲。也可能是主人公的性别——是男性，而非女性——影响了你的全情投入。即便如此，你还是对主人公所经受的家庭不和表示感同身受。也许你想说："我在家里从来不笑，和我有血缘关系的一切，和我密切相关的一切，都让我觉得无比陌生。"①

　　我又推荐你读太宰治的另一部作品《斜阳》。同样免不了叮嘱一句："作者和主人公是两码事，记住了？""知道了。""至少在阅读的瞬间，作者是你自己，记住了吗？""记住了。"值得庆幸的是，这本书的主人公是女性。她出生在一个没落的贵族家庭，在经历了婚姻失败以后，爱上了一个有妻室的作家。她不愿像传统女性那样去把自己的不幸生活看作命运的安排，她积极追求新的伦理道德。你很喜欢这个主人公："我觉得和子真有勇气，她要生下心爱男人的孩子自己抚养，真了不起。如果是我，恐怕想都不敢想。"有点意思。你已经能够透过书中的人物来审视自己了，我现在有点开始期待和你的谈话了。

　　你被牺牲品这个概念深深吸引。你谴责上原的优柔寡断，因为他不敢承认自己所爱的女人和自己的孩子。你认为和子是旧道德观念的牺牲品。"私生子及其母亲。但我们准备和旧道德斗争到底，像太阳那样活下去。革命还没有进行，还需要更多的、可惜又珍贵的牺牲。今日世界最美丽的是牺牲者。"② 牺牲品不是因为有罪而被处死，而是因为被处死而有罪。迫害者们通过崇拜自己亲手处死的牺牲品，来掌控自身企图毁灭共同体的破坏本能。希腊人很早就提出"净化"的概念，这个有关欲望的神秘机制在阅读治疗中也同样适用。你应该已经

---

① ［法］安妮·埃尔诺:《位置》。
② ［日］太宰治:《斜阳》。

把自己当作旧习的牺牲品，试图为自己缀满自我否定的过去做一个补偿。你把自己不幸的过去献上陈规旧习的祭坛，以此摒弃惭愧和自责，收获道德优越感。至此，你才能够用肯定的眼光审视自己。在谈及和子下决心生下私生子自己抚养时，你还说道："我在《塔木德》中读过这样的话，如果所有人都同意处罚一个人，那么就把他放了，他一定是无辜的。"哇！你现在已经可以在谈论一本书时援引另外一本书了，你正在渐渐成为一个出色的读者。

我决定奖励你，但那只是对你认真阅读的奖励，别无他意。当我把皮鞋送给你时，你说："我让您觉得可怜了吗？"这并不是我所期待的反应。如果你开心地笑着问："您怎么知道我穿多大的鞋子？"我会这样回答："读你，是我的乐趣。"我也许会微笑着偷偷回想自己不顾换乘站中行人讶异的目光，在拥挤的站台上用卷尺测量候车脚印的尺寸。但实际上，我只能这样回答："我爱人只穿一次就扔进鞋柜了。扔了怪可惜的，只穿几次就丢在一边的鞋不知有多少了，她看到鞋店就挪不动步。"

随着谈话次数的增多，我感到了你的变化。你的脸上有了笑容，说话时不再避开我的视线，本来清一色的黑色衣着，如今也五彩缤纷了。当你穿着我送你的鞋子出现时，你再也不是那个初来找我的你。你是那么绚丽夺目，曾把减肥当作口头禅的你，现在却因那份丰满而更加光彩照人。现在，你的每一个句子都生机盎然，充满自信，美而文雅。你似乎也不想再把自己的美丽蜕变隐藏下去，你换了有拍照功能的最新型手机。"不久前开了个人主页，太冷清了。"你说已经上传了几张照片，还要把自己烘焙的面包拍下来上传。"你还会做面包？"我问。"几天前，我在西点培训班报了名，辞去了图书馆的工作，这次想好好学学。我希望有一天能用我自己的名字开一家面包店。"你红着脸说。

你还谈起了当时热播的电视剧："剧中主人公和我一样，没有苗条的身材，也没有雄厚的家庭背景，可她那么自信！那么坚强！我也想像她那样生活。她还是个烘焙师呢，她也30岁啊。还有她的名字，别提多特别了！"你兴奋得手舞足蹈，就像发现了自己的影子。不喜欢看电视剧的我，对你如此强烈的反应难以附和，也无从评判。当我说没看过那部剧时，你就像看外星人一样看着我："主人公名字很特别啊！"你感到十分失望，因为不能和我分享这部主人公名字特别、剧情十分有趣的电视剧，而我却感到不安。我感到不安的原因，在你说不再来的时候才明晰开来。我无法就这样让你离开，我还有许多书要推荐给你读，怎么能就这样结束呢？我这才刚要正式地去研读真实的你！"一起喝一杯吧！"我也不知为什么会这样说。

不知道是因为从傍晚就开始喝而有点醉了，还是因为想到这是和我的最后一次谈话，你把从没跟男朋友发生过关系的事情告诉了我。缺乏自信的女人在这个问题上大体有两种态度：一种是随便和男人们发生关系，以此来反复证明自己有多不起眼；另一种就是从不和任何男人发生关系，从而证明自己没用。那么你呢？和交往七年的男朋友迟迟不发生关系，是要证明什么呢？其实我更想知道的是，你到底为什么要把这件事情告诉我？这个句子实在费解，我十分困惑。"你爱他吗？""和他在一起很舒服，就像穿久了的鞋子。""你那双旧鞋子哪儿去了？"我真是不该问这个问题，一个阅读治疗师的阅读应该是分析，而不是感受。可不知从什么时候开始，我开始对你的私生活越来越好奇。"暂时放在鞋柜里了，还没想好怎么处理。留着吧，多累赘，扔了吧，又可惜。"你愣愣地看着我，球又传到我这儿来了，我最终还是没法说出"扔掉"这两个字，"哦……，今天的裙子和鞋很搭啊！"真的，新鞋非常适合你。"哎呀，这可怎么办，怎么这么晚了？"你看过手表后，吓了一跳。你说电视剧很快就要开演了，今天是大结局。"看重播不行吗？听说现在网上也能看重播的……"我慌忙地挤出这么一句。

当今社会，作者的影响力明显下降，读者的影响力却日趋强大。一本书的价值，已经不由作者的创作水平决定，而由读者的喜好做主。有人说，书中有无数空白需要读者去填补，在此之前，所有的书本质上来讲都不过是未完成的初稿。观众有时甚至还会左右一部人气热播剧的结局：你的喜好能让患有不治之症的女主人公起死回生，也能让因为命运捉弄而反目成仇的恋人重新牵手。

那天晚上，你所要的结局是什么？也许，你也可以断然离开，打个车赶回家去看男女主人公的最终命运。这对于你来说应该是个不错的结局，但在我看来，这样的结束难免太令人失望了。真没劲！还不如去看重播！正在读这篇东西的各位读者，应该也是这样想的吧。

有可能出现的另外一个结局，就是你接受了我的请求，和我一直喝下去。这也许是除了你以外所有人都期待的结局，说不定你也对此并不十分反感。有句话不是这样说的吗？一个人渴求不过是梦境，所有人渴求便会成真。更何况，我不仅是你的阅读治疗师，也是你的读者，所以我也有权利选择心仪的结局。就这样，那天晚上你没能看到电视剧。气氛大体上应该是愉快的，我们可能聊了一些比较轻松的酒桌上随便都会提到的话题。随着深夜的来临，你我都更加放松，直到没了分寸。再后来，你我都喝得烂醉——似乎没人会觉得这有什么奇怪的。然后，你我去了旅馆。

在这里，我们需要些细节。细节能激发读者的灵感，再荒诞无稽的故事，也可能因为细节的魔力，变得合乎情理。如果是大胆描写人的性欲的戴维·赫伯特·劳伦斯，会怎样写呢？从洗手间回来的你，在我的耳边轻轻吹风耳语道："老师，我想读你。"这样，你我从酒肆出来，走向旅馆。如果是硬汉欧内斯特·海明威呢？我们趔趄着走出酒肆，城市的夜晚像老鼠崽子一样喧闹而狡猾。我看着你尖尖的嘴唇，蓦然想到：没什么不可以的。然后就抓住你的手腕，大步流星地走向旅馆。如果是对人类复杂微妙的心理活动做深度挖掘的詹姆斯·乔伊斯，又将是怎样的方式？当第五辆出租车也拒载离去，我窥视着看似并不十分失望的你，猜想着也许你和我的想法是一样的。当第六辆出租车的司机也在我喊出你家地址后摇头离去，我终于心甘情愿地欣然接受这一切："休息一会儿再走吧？"然后就拉着沉默不答的你，举步朝向遍是旅馆的小巷子。为了不让躁动的心所感到的兴奋和罪恶露馅儿，我把你的手腕抓得更紧。

第二天早晨，当我在头痛和饥渴中醒来，你已不在身边。如果没有桌上那张纸条，我也许都会怀疑昨晚是否真的和你在一起。

您睡得很香，所以就没叫您。我现在好像能和男朋友分手了。感谢您这段日子的帮助，祝您身体健康。对了，您袜子破了个洞，我在门口的便利店买了一双回来，您换上吧。

你收拾了房间，没有留下一丝你的痕迹，就像你从来没有来过一样。只有褥子上那一抹红色印记让你无可奈何了吧。你说没和交往七年的男朋友发生过关系，看来是真的。

那天以后，我没能再见你。你就像一个终于把堆了很久的作业都做完的小孩子，出去尽情玩耍，不再露面。我非常想再见你一面，却无从联系。不知从什么时候开始，你的电话号码已经成了空号，可能是买了能照相的新手机后就换了号码。读书卡上本来就没有一栏让求访者填写地址和联系方式。对求访者的个人信息不做提问的读书卡不能为寻找你提供任何帮助。看来，除非你来找我，或者跟我联系，否则，我很难再见你。

幸亏有了互联网，让我能够了解一些你的近况。线索是你曾经告诉我，你开了个人主页。我就在那个提供个人主页服务的网站上注册了会员，在那个网站上，只要知道性别、年龄和名字，就可以找到想找的人。你那男性化的名字这次帮了大忙——和你同名的30岁女性个人主页只有两个。

你在努力地烘焙面包，从法棍面包和百吉饼这些熟悉的，到罗塞达、沙瓦琳等未曾听闻的。在你自己或者别人给照的相片中，你是那么自信，那么幸福，你还把日常生活中的感悟无所顾忌地写出来，这可是从前的你无法想象的。看来，你喜爱的电视剧让你的生活改变了许多。

比起当初那个作为求访者的你，我对现在的你似乎了解得更多。不用打电话，也不用见面，我就能知道你的一切：那天做了什么面包，心情怎样，见了什么人，去了哪里……只要你努力上传照片，我还能知晓你的衣着和表情。我又可以读你了，虽然不能像你喜爱的电视剧那样改变你的生活,但我已经很满足了。你仍然是我的书,所以,即便你忙着烘焙面包、看电视剧、见男朋友,也不要忘了上传照片,不要忘了写一些让人能够揣测你日常生活的文字,不要忘了更换背景音乐。就这样,非常想了解你近况的我开始惧怕一句话:

"该用户最近两星期没有更新。"

夜　航

李东昱

我在颠簸中醒来，

就像一个悬在空中的钢琴短音一样，

与一切都不连接。

飞机逐渐降低高度，舱内开始播放着陆前广播。我摘下眼罩，看到人们在灯光下忙碌着。机舱显示屏上，一架尾部连着虚线的小飞机快要抵达海岛。分发出入境登记卡的空姐经过我的座位，带来一股异国的香水味。我浅浅地呼出一口气。妻子倚着舷窗歪头睡着。窗外一片漆黑，好像贴了一层黑色的纸，什么也看不见。

我放下安在前排座位背后的小桌板，从口袋里掏出圆珠笔，在入境登记卡上写下妻子的姓名和出生日期，因为想不起来她的护照号码，我从手提包里拿出了她的护照。护照上的照片很陌生，是前几天在照相馆里新照的。她坐在椅子上，双手合拢放在身前，看着镜头。她跟着摄影师的指令，做出僵硬的表情。妻子习惯把两鬓的头发拢到耳后。她的耳朵比别人略长，而且有点尖，所以她总是用头发遮住耳朵。"一、二、三。"摄影师数到"三"，妻子僵硬的表情便留在了照片里。我伸出手，撩起妻子鬓角的头发，她那略长的耳朵从头发中间露了出来。

参加完同学会回来的妻子看起来闷闷不乐。我在客厅看书，她换完衣服以后，开始叠洗好的衣服。我眼睛没离开书，问她同学会感觉怎么样，她说挺好的。沉默片刻，她说起朋友的丈夫。中心意思是说，朋友的丈夫不久前卖股票赚了一大笔钱，是我年薪的两倍还多。

"头一次听说有人炒股赚钱啊。"我不冷不热地说。

"这很好笑吗？"

妻子走进厨房，戴上橡胶手套。水槽里堆满了我吃晚饭用过的碗碟。我拿着烟走到阳台，打开窗户，铁窗框发出刺耳的摩擦声。夜晚的空气让人心旷神怡。小区很安静，仿佛被装进了一个巨大的坛子。我打量着对面楼房的外墙，视线停留在一户亮着灯的人家。几天前，我就开始关注这户人家。他们打通了阳台，把客厅改造得很宽敞。灯可能是新装的，很亮，很显眼。每当我在阳台吸烟的时候，就会看到他家的灯光，明亮的灯光洒满宽敞的客厅。我常常伸出手去，像是在寻找明暗的界限一样，试着挥去那灯光的边缘。没想到打通阳台和客厅需要这么多钱。妻子看到报价后摇摇头。那是一个月前的事了。我回过头找烟灰缸。阳台上只有一些半死不活的绿植和杂物，的确很浪费空间，我怅然地估量了一下阳台的面积。水槽那边碗碟碰撞的声音持续了很长时间。我从花盆边抓起一撮沙子扔出窗外。

妻子几天前就想去旅行，应该是几年前就想去了。出发前，她花了很长时间挑选衣服，把拿出来的衣服都堆在地板上，一个劲儿地叹气。我把烟熄灭，在手机日程里写下"请假"两个字。

我开始在另一张入境卡上写我的名字，最后一笔写歪了。飞机开始向一边倾斜，我感觉胸口里似乎有一杯水在翻腾。地板上传来微弱的机械声，是起落架在动，两块本来贴在一起的冰冷金属分离开来。过了一会儿，我的身体感觉到轮子接触到了跑道。机身抖得更加厉害，本来静止的轮子开始飞速旋转，发出摩擦的声音，引擎的声音很大。窗外的风景终于回到水平状态，虽然只是颠簸了片刻，我却觉得似乎有一股巨大的力量在身后把我托起又放下。安全带指示灯还亮着，飞机沿着跑道缓缓滑行。从浅睡中醒来以后，我一直感受到强烈的尿意，肚子憋得难受。飞机停了下来，人们开始忙乱起来。

海关工作人员一脸严肃，他们逐个瞟一眼还没睡醒的乘客，然后在护照上盖章。排队等待的人们在轮到自己的时候把护照交给工作人员，露出友好的笑容。他们都想让人觉得自己是一个友好的游客，不过，有几个人却被警告不要笑。

洗手间的瓷砖上沾着不知是谁吐的口水和来历不明的污垢，隔间门上的油漆多处脱落，让人联想起很难看懂的抽象画。扇叶上沾满灰尘的排风扇转一会儿停一会儿。在盥洗台洗完手，我照了照镜子。镜子里是布满血丝的眼睛和翘起来的头发，怎么看也不像我。

空气中弥漫着一股陌生的香料味。经过自动门走进入境大厅的人们手里都拿着雨伞，水滴从伞尖滴落，在地上留下长长的水印。看不到打扫卫生的人。走出大楼，我伸出左臂看了看手表，才想起来还没有计算时差。雨在下，入境大厅外只有几盏亮度很低的路灯，雨声密集而猛烈。我把雨伞打开，举过头顶，发现里面有一条绿色的幼虫，很细，不仔细看都看不到。这才想起几天前出门回来的时候，曾把伞打开晾在公寓楼道里。幼虫好像一段线头一样一动不动。我把雨伞轱辘辘一转，幼虫就和伞的颜色混在一起。

路对面，一个貌似导游的男人高高地举着写有旅行社名字的牌子。妻子和我拖着行李箱走过去，散在四处的人们也朝导游的方向走。几辆巴士开过以后，我们过了马路。走路时溅起的雨水浸湿了裤子，袜子和皮鞋也湿了。导游和我们简单地问候一下以后，为我们打开面包车的车门。六个小时的飞行时间里，为了打发无聊的时间，我喝了不少红酒。飞机上的椅子和卫生间很窄小，发动机旁边的座位噪音也很大。车一走起来，我才感到脖颈又酸又疼，酒后的头痛一下子厉害起来。我把头靠在车窗上，想起装在行李箱最里面的头痛药。巨大的椰子树一列排开，裂开的树叶指着风的方向，像巨大的藤蔓一样摇摆着。一阵雨点落在面包车薄薄的棚顶上。我闭上眼睛，慢慢地深呼吸。头还在痛。那条幼虫是怎么进到雨伞里的呢？雨伞在后排座位上，关于那条幼虫的想法在我心里蠕动着。

酒店位于离机场四十分钟车程的地方。几个守在门口的门童熟练地接过行李。酒店大堂的侧面立着一个巨大的落地摆钟，像个透明的棺材。垂下的钟摆以固定的周期左右摆动着,我看着钟摆调了一下手表时间。已经是后半夜了,导游向我们简单介绍了第二天的行程和早餐时间。还有四个人和我们是一个团的,看起来像母子的一个老阿姨和一个男人,还有两个看起来二十多岁的女人。听导游介绍时,妻子和我站在最后面。导游说如果雨一直下,行程可能会有变动。我们在前台拿了门卡。擦得干干净净的大理石地面上方挂着吊灯,闪耀的灯光照着我们来到房间。我没洗漱,直接躺在了床上。妻子洗澡的声音和雨声交织在一起。枕头贴在脸上,很柔软,又有些陌生。

  第二天,雨还在下。妻子吃完早餐后说肚子不舒服,先回房间了。自助餐厅在户外,雨水顺着蓝色的凉棚沿倾泻下来。我把西红柿和夹着肉末的蛋卷装在盘子里,和咖啡一起端到桌上。客人大部分都是西方人,他们一走过,就会飘来一股刚喷过的止汗露味道。小鸟们一只接一只地飞过来,落在餐厅的地板上,蹬着小短腿蹦来蹦去。妻子回房间后,我又拜托服务员倒了一杯咖啡。昨晚刚和我们组成一个团的那对母子和两个女人坐在对面的两张桌子上就餐。咖啡杯没有花纹,很光滑。我用英语向倒咖啡的服务员要烟灰缸,她没听懂,我便从口袋里拿出烟,做了个把烟灰弹到桌子上的动作。服务员友善的眼神让我很满意。我又看看手表,点燃香烟。桌角飞来了一只长着荧光色羽毛的鸟,我对着鸟嘴弹了弹手指。雨没有要停的迹象,今天的行程推迟了。我们聚在大厅里,一番商议后,决定先去本来要在第二天去的购物中心。可能是因为吃不惯这里的食物,男人的母亲闹肚子,我们又等了将近一个小时。

  男人在一楼的休息室里望着花园。那些热带植物争相向左右伸展着茂盛的叶子,花瓣娇艳欲滴。

  "您来度蜜月?"男人递过打火机,问道。

  我把叼着的烟拿下来,摇摇头,递给他一根烟。

  "我不抽烟",男人摆摆手,不好意思地笑了,"我母亲偶尔抽烟,但她常常把打火机弄丢,所以我总是带着"。

  "看来您经常和母亲一起旅游啊?"我朝反方向吐着烟,问道。他点点头。鸟儿们顶着雨在酒店的庭院里飞来飞去。

"这雨没有停的意思啊！"我说道。

"听说，几年前这里爆发过海啸，受灾很严重。"男人说，"那天，几个有名的小岛都被水淹了，那些小岛上有海上国立公园和度假区，各种垃圾都涌向海边，楼房倒塌，树也被大风折断，很多人被海水卷走了。据说，那些陆地上找不到的尸体应该都已经沉到海底去了"。

说完，男人又回到最初那面无表情的样子。我又点燃一支烟，然后把打火机还给他。他伸手接过打火机。他的手背像日光灯一样苍白，鼻子左右的脸不对称，显得有些怪。他凝视某个地方的时候，脸上就会毫无表情，开口说话的时候才会露出表情。他比我高一拃，所以我们的眼睛没有对视过。

大海在风雨的击打下翻滚着，海面上空只有风雨和乌云，我想象着那些现在还沉在海底的白骨。

我们去了乳胶厂和珍珠加工销售作坊，都是一些专门以游客为对象的营业场所。营业员说这里的产品比韩国卖得便宜，而且质量也更好。和我们一起来的两个女人很积极地向那些营业员提问，反复掂量产品的优缺点，却都没有掏钱包花钱。男人的母亲走到哪里都两眼冒光，这时男人就会跟她耳语两句，然后摇头。去餐厅吃完饭后回酒店是那天的最后一项行程。沿着平缓的山脊绕过山脚，便看见长长的沿海公路一直延伸到远方，畅通无阻。从餐厅出来的时候，雨停了，阳光洒落在海面上，远海都能看得很清楚，船舶如同卫生纸碎片一般漂浮在海上。导游说，船上是一些潜水和海底漫步爱好者，这也是行程中所包含的项目之一。正值夏季，白昼很长。下山时车速快了起来，浓浓的大海味道扑面而来。

房间的阳台是朝向大海的，妻子一进房间就发出尖叫般的赞叹。昨天晚上到了以后没来得及看窗外。通向阳台的窗户是一块从地面顶到天花板的巨大玻璃，蓝色的海滨风光如同全景图片一般展现在眼前。我这才想起在前台拿钥匙时，服务员说了一句"Buena Vista"，房间的视野果然不错。橙色的窗帘犹如两个端庄的仆人一样固定在窗边，我解开系窗帘的绳子，调了一下窗帘之间的间距。

阳台上放着一个小凳，小凳两边各有一张摇椅。椅子古朴典雅，是那种巧妙地混合了深褐色和咖啡色的颜色。妻子坐在椅子上，像个孩子一样前后摇晃。我从房间里拿来烟灰缸，坐到另一张摇椅上。我们坐在摇椅上吸烟，大海就像一幅永远晾不干的水彩画。摇椅载着我们的身体摇晃着，柔和而平缓的曲线钻进我的身体，肚子正在愉快地消化着异国风味的食物。我把烟捻灭在烟灰缸里，闭上眼睛。钻进身体的曲线像蚊香一样画起了同心圆，我跟着那曲线，很快就来到同心圆的中心。一股股温暖的风从我的脸上拂过。

当我睁开眼睛时，妻子不见了，一只蜥蜴趴在她的椅子上。它有手掌那么大，头向上抬着，好像正在忍着咳嗽，和我在电视上见过的蜥蜴不一样。我动了动身子，它漫不经心地回头看看我。我迟疑了一下，结果，它先动了。它像被抽进吸尘器里的电线一样一下子钻到房间里去，动作之快令人惊奇。蜥蜴钻进床底下就不见了。我趴下来往床底看，里面黑乎乎的什么也看不见。我伸出手在地板上摸索着。据说蜥蜴在危急时刻会断尾逃生，我想象了一下爬虫类在手中蠕动的感觉。我没掏出来蜥蜴尾巴，却掏出了卫生纸团、用过的安全套、饼干袋。我把每根手指都捻了捻，想象着一条断了尾巴的蜥蜴。妻子裹着浴巾从浴室走出来。

"不洗吗？"妻子说。

我若无其事地走进浴室。浴帘搭在浴缸外面，地面很滑，整个浴室湿漉漉的。镜子上覆盖着一层水蒸气，我用手掌在镜子上转着圈擦了擦，然后盯着我擦出的那块镜子看了一阵子。我站在镜子前一件一件地脱掉衣服。蜥蜴钻到床底下去了。在覆盖着水蒸气的镜子一角，我画上了蜥蜴扁扁的脚。

早早地在酒店吃完晚饭以后，我和妻子出去散步。各种长着绚丽羽毛的鸟在椰子树周围飞来飞去，它们不怕人，好像想抓就能抓住。酒店游泳池旁，几个外国人正聚在那儿喝酒，看上去也就20岁出头。男人们拥有像阿贝克隆比＆费奇服装模特一样的完美身材，没有赘肉，只有结实的肌肉和适当晒黑的光滑皮肤。坐在沙滩椅上的女人们都穿着比基尼，我的眼睛正好和其中一个胸特别大的女人的眼睛对视。我刚要转过头去，那女人举着酒杯微笑着对我说：

"哈喽！"

"哈喽！"

感觉自己成了一只鹦鹉。妻子使劲儿捅了一下我的腰，径自朝前走去。

酒店和海滩之间就隔了一条马路。我和妻子把鞋子脱下来拎着走到海边。穿过一排椰子树，白色的沙滩便展现在眼前。沙子钻进脚趾缝里，有一种十指交叉的感觉。来海边欣赏晚霞的人很多，我们经过一对在沙滩巾上晒太阳的情侣，朝沙滩尽头走去。背包客们放下巨大的背包，望着正在西下的夕阳。大海、沙滩和人都被染成了相同的颜色。妻子开始脱衣服，她里面穿着天蓝色的比基尼，也不知是什么时候准备的。我跟着妻子走进海里，水是暖的。走了好长时间，水也不深，海水一直在腰间荡漾。远处的海面上，海鸥在正在作业的船舶上空盘旋。我们避开海底的小石子小心翼翼地走着。突然，我想起放在海边的东西，渐渐担心起来。已经走得挺远了，周围除了荡漾的微波，连个人影都没有。转眼间，妻子也不知去哪儿了。我回头看了看海边，妻子的衣服和我的包成了一个模糊的点。包里有护照和钱包。想到那些背包客寒酸的衣着和黑黑的脚，我开始后悔把导游一有空就让我们注意保管好私人物品的提醒当成了耳旁风，以为他只是为了逃避责任才那么说。得回去。我转过身向海滩走去，心里着急起来。本来平静的海水形成巨大的阻力挡在身前。右脚绊到一块挺大的石头，我栽进水里，海水灌到耳朵里，吓得我张开嘴，结果喝了一口海水，只觉得眼睛火辣辣的，鼻子发酸，口水流了出来。好像有人朝我们脱下的衣服那边走过去。我赶紧挪动脚步，海浪却执着地缠着我的腰。

有一次，在公共浴池，有个人曾经走到我身旁坐下来。当时是去外地出差，喝酒喝到很晚，喝完以后，我去了汗蒸房。浴池里一个人都没有，服务员穿着拖鞋进来给汤池换水。我坐在塑料椅上，用搓澡巾搓手臂和肋部。这时，门开了，一个男人走进来，他四下打量一番后，来到我旁边坐下。他打开淋浴器试了试水温，然后犹犹豫豫地好像要对我说什么。这让我有点不舒服，我站起身，朝挂着淋浴器的墙那边走去。一直到洗头的时候，我仍然觉得他好像还在看我的背影。

好不容易到了海边，脱下的衣服和包都原封不动地放在那里。而我气喘吁吁的样子很快就引起周围人的注意。绊到石头的大脚趾渗出了血，我用两手挤了挤血。伤口上还沾了沙子。妻子诧异地从海水里走出来。澡堂里的那个男人或许只是想对我说能不能互相搓背。

卫生间里漏水。我睁开眼睛坐起来，床头柜上的时钟告诉我现在是凌晨。冰冷的月光在地板上静静地等待着影子。这时，那声音又响了起来。肯定是滴水的声音，从半开着门的卫生间里面传来。那是一滴从不可知的"无"中诞生的水，每一次消失的瞬间，它都用冰冷的声音唤醒我沉睡的意识。两个水滴之间的间隔是九秒。我想给前台打电话，但看一眼时间以后还是躺下了。不知不觉间，我开始数在九秒钟的时间里发生的事。在这九秒钟里，妻子浅呼吸四次，海浪到达海边三次，我挠了两次脸颊，换了一次躺卧姿势。水管的阀门正好松了九秒。我换上衣服走出房间，走廊的一面是露天开放的，外面很黑，连一点模糊的轮廓都看不到。偶尔能听到风吹过树叶的声音，让人联想到成群结队的昆虫扇动着薄薄的翅膀迁徙。走廊又长又乱，电梯上贴着"修理中"的字条，楼梯墙面的留言板上有人用英语写了骂人的话。我把烟插在铺着沙子的烟灰缸里。

我向前台接待员报了房间号，告诉他自来水阀门好像松了。在前台后面趴着的接待员用熟练的英语说会去检查一下，但现在时间太晚了，要等到早上才能修。我看了看手表，再次为叫醒他道歉，他用一抹干练的微笑回应了我。突然，他的视线投向我的后背。我下意识地回头看了看，那个和母亲一起来旅游的男人正从大厅穿过。他穿着宽松的蓝色短裤和凉鞋，一只手里拎着装啤酒的纸袋。他停下来，回过头看着前台：

"这么晚了，您怎么在这？"

我也想这么问他。

他说睡不着，所以买了啤酒。

"一买就买多了，没什么事的话，要不要一起喝点？"他略带迟疑地说。

没有理由拒绝。就在我犹豫要不要跟接待员要个塑料袋的时候，他说："走吧。"然后就大步流星地走了。接待员还在微笑地看着我。

"Buena Vista。"接待员说。这句话在这里似乎就是一句普通的问候语。我快步追上男人，我们向海边走去。

大海就像巨大玻璃缸里的墨水。风不断变换着方向。我们坐在沙滩上，把啤酒放在两人中间。机场可能就在附近，飞机飞得很低，它们闪烁着微弱的灯光，消失在夜空中。

男人用手抓了一把沙子，撒在空中。细沙乘着风在空中飘了很久。

"您知道风暴什么时候来吗？"我问。

每年这个时候在海上形成的风暴，有的在到达陆地之前就会消失，有的受到风的影响会改变方向。

"运气好的话，也有可能绕过这座岛吧？"我说。

"有单凭运气就能办成的事吗？都是人们的幻想吧。"

他讥讽的语气让我一时语塞。

男人询问我的婚姻生活状态，我给他讲了恋爱时的事。他说他有女朋友。

"她的耳朵很好看。"他一边数沙粒一边说道。

"耳朵就是耳朵眼周围的肉和软骨，我却觉得它越看越神奇，尤其是耳垂，耳垂可能就是为了好看才长的。"

男人的耳朵上有一个耳洞，以前肯定戴过耳饰。

决定结婚后，男人正式去女朋友家登门拜访。他穿了时髦的西服和新买的皮鞋。鞋有点硬，从地铁口出来的时候，他的脚后跟就磨破了，后来走起路来都一瘸一拐。女朋友家离地铁站很远，在陡峭的上坡路尽头。她家周围的房子都有高高的围墙。井然有序的房子、高高的院墙和巨大的车库门让男人越走越胆怯。家家户户都有古朴的松树，松树的枝叶越过了高高的围墙。

路上只有他一个行人，再看不到其他人。太安静了，这样的整洁和幽静甚至让他觉得自己仿佛来到了一个现代建筑展的现场。而那些偶尔传来的鸟鸣声却是真实的。

他的手里拎着在附近超市买的果篮，透明塑料包装发出的沙沙声让他很心烦。他想给未来的岳父留下好印象，但并不知道自己买的果篮当天会受到什么样的待遇。站在让人联想到中世纪城门的大门前，整个市区尽收眼底，他调整呼吸，看着整个城市慢慢地融进傍晚的霞光里。他再次确认了门牌号，然后小心翼翼地按响门铃。

咔嚓——

听到大门锁打开的声音，他用手指推了推门。从大门到玄关，还得经过一段高高的大理石台阶。在玄关迎接他的是家里的保姆。换上拖鞋以后，一个笨拙的影子出现在他面前。抬头一看，一只大狗正机警地看着他，那是一只毛很长、体形很匀称的狗，好像在好莱坞电影中看到过，狗的品种似乎听说过，但他还是没记住。狗对他没有戒备之心，只是吭吭地闻了几下，点点头，好像在说："嗯，你是个陌生人！"然后就慢慢地向主人走去。

室内很暗。女朋友的父亲坐在桌子的一头，由于是背光，所以看不清他的表情。旁边是女朋友的母亲，她一动不动地坐着，耳朵下面垂着长长的、颇有形而上学之感的耳环。耳环在房间里的微弱光线下仍然闪烁着敏锐且性感的光。很长时间里，大家都沉默不语，凝重的空气压抑着胸口。他看到自己带来的果篮还在厨房的餐桌上放着，香蕉的一面已经黑了，上面还落着一只苍蝇。

"你说得很好，但有一些事是不能用你所说的真心来解决的。这一点大家都知道，但谁都不会直说，它其实是一个公开的秘密。如果只要祈祷就能实现一切，估计大家都不会工作了。你有你的盲信，但我更相信那些看得见摸得着的、更加明确的东西。"

他默默地看着面前的酒杯，把刚才听到的话又默念了一遍。酒杯上画着一只拥有柔美的颈部曲线的鹿。他拇指用力，拿起酒杯。

"而且，最重要的是"，女朋友的父亲给他的杯里倒上酒，像个高利贷商人一样说道，"通过努力来实现的东西是有限的。"

男人说完，像是征求我的同意一样看着我。他一不说话，海浪声听得就更真切了。天开始下雨，雨滴趁着薄雾落下来。我觉得有些凉，又喝了一口啤酒。他从包里掏出一把小雨伞，红色的雨伞。

"这伞是她送的"，他边说边打开雨伞，"下雨天，她总是帮我收雨伞。先开合几次，把水甩掉，再把伞骨整整齐齐收起来，把伞布展开按顺序一层层折好。在咖啡厅前、餐厅前、图书馆前、她的出租屋前，每当她帮我收伞的时候，我就像等待主人的小狗一样静静地站着。她收伞的样子有时甚至看起来很虔诚，时间似乎都慢了下来"。

我想起我那把爬进一只幼虫的雨伞，它还在面包车上。我又开始思考幼虫是怎么爬进伞里的。

"那天，我喝了很多酒。我想借着酒劲说点什么，但最后还是没有如愿，几乎是被她家里人赶出来的。出来以后，我漫无目的地走着，心里想，破罐子破摔吧。我到了一个陌生的地方，转过破旧的超市拐角，有一个人拉我胳膊，那股力量既温柔又哀切，我顺着她的牵引，把胳膊交给了她。

不知道您去没去过那种地方，我是第一次。经过狭窄的走廊，我们来到一个有 16—17 平方米的房间。天花板上亮着红色的灯，小冰箱、垃圾桶，家具只有一张床和一个旧书架。带我来的女人很快就端过来一盆水和毛巾。我按照吩咐乖乖脱了衣服。不知为什么，总觉得如果我表现出不好意思，女人会更尴尬。而且我也并不讨厌这样被人小心翼翼地触摸。在她端着脸盆出去的时候，我环顾了一下房间，发现书架上有一个看起来很便宜的洋娃娃和几张光盘。趁她没回来，我把一张光盘放进外套口袋。她走进房间，脱下长长的连衣裙，一下子就成了赤身裸体。"

男人稍作停顿，问我有没有烟。

我从口袋里掏出香烟和打火机。

"早上起来，我把衣服穿好，女人还在睡。可能是下了一整夜的雨，路旁的树上都挂着水滴。一坐上回家的公交车，我就闭上了眼睛。这时，一个男人上了车，就在公交车刚开出市区之前。他用眼睛扫了一下车里的空位，来到我身边坐下。他看起来很疲倦，身上穿着不适合冬天穿的薄夹克，还有一股酸酸的汗味。我转过头，用手略微挡住鼻子。男人很快就睡着了。公交车拐弯的时候，男人的腰碰到了我的胳膊肘。腰上的赘肉随着他的呼吸鼓起来又瘪下去，擦到我的胳膊肘，感觉就像装在塑料袋里的嫩豆腐。这让我想起刚才还睡在我身边的女人。我掏出外套里的光盘看了一下，是一个歌手的专辑，女朋友曾经说过很喜欢那个歌手。我把CD放在男人旁边的座位上，下了公交车。"

　　海浪的声音很有规律，暴风雨应该还在海的另一边。他一口喝光瓶里的啤酒。他把啤酒瓶举起来喝光最后一滴酒时，下巴和脖子清晰地露出来。他晃了一下空酒瓶，然后朝大海那边扔出去，瓶子在空中画出一条抛物线后落下去。大海就像一张厚厚的地毯。我用眼睛追寻着瓶子的轨迹，它会带着男人投掷的力量在大海的某个地方坠落。我的指尖在颤抖，还有点痒。落在海面上的瓶子会沉入海底，海水会流到瓶中，把瓶子灌满。灌进瓶里的海水也会沉下去。不同深度的海水含盐量和颜色不同，所以，酒瓶会把浅海的盐分和颜色带到深海去。

　　啤酒喝完了，男人站起身，说还要去买酒。我说跟着去，他没让，自己晃晃悠悠地朝一家亮着灯的店铺走去。我撑着那把红色的伞，在海边坐了很久。

　　行程的最后一天晚上，妻子想逛市区。我提醒她，导游说过夜晚逛街要小心，不过她已经在换衣服了。

　　我们乘坐酒店给叫的出租车去市区。闹市区也下雨了，很湿。开放型的酒吧大堂里，穿着热裤和吊带衫的女人们正缠在钢管上跳舞。独自坐在户外桌子上喝酒的男人都是上了年纪的白人。妻子说他们在等女人。这时，一个女人走过来，来到一个男人的桌边坐下。两人结束了某种协商后，一起从座位上站起来。其余人只能把羡慕的目光收起来，投到自己的酒杯里。一条被雨淋得湿漉漉的狗拖着瘦骨嶙峋的身体，消失在巷子里。

夜 航

　　这里曾经是一个战乱多发的国家，男孩们刚开始长喉结时就被拉到战场上。战事持续不断，男人们从战场回来没多久就要再去另一个战场，村子里只剩下老人和女人。不知从什么时候起，给男孩穿女装成了一种习俗，因为军人们不会把女孩带走。男孩们学会了像女人一样说话，举止也女里女气的。那时，保护生命比维护自尊心更重要。进城的男孩们几年后成了女人，城市里有很多这样的女人，听说大部分都在夜总会跳舞赚钱。

　　市区的酒店门前有很多三轮摩托车，后座罩着透明的塑料膜，还有红色的照明灯。妻子和我面对面坐在由货箱改造的后座上。经过繁华地段以后，车子快了起来，司机放着鲍勃·马利的《女人，不要哭泣》，妻子用脚打着拍子。雨水打在泛着红光的塑料膜上。路灯之间的间隔变远了，周围一片漆黑。雨不知什么时候停了，风吹来草的腥味。山坡越来越抖，发动机发出咔哒咔哒的声音。天空中升起一轮圆月，飘着又薄又白的云彩。三轮摩托车到达了酒店后门。高大的椰子树在风中无聊地摇晃着巨大的叶子，海浪声隐隐约约地传来，咸咸的海风从海边吹来。想去沙滩看看。我从钱包里拿出车钱，又单独给了一份小费来感谢司机给放的音乐。司机歪着头估量了一下钱数，微微一笑，黝黑的嘴唇间竟是一排又整齐又亮白的牙齿。妻子在旁边拽了拽我的衬衫。沿海公路的下面波涛汹涌，海风卷起海浪，吹过防波堤。司机转动车门上的把手，摇上车窗，然后瞟了我一眼，竖起大拇指。稀稀拉拉亮着路灯的沿岸公路上，三轮摩托车像萤火虫一样，亮着红色的尾灯在黑暗的坡路上渐渐远去。我双手合拢，念叨了几句，搓了搓手。

　　酒店里又黑又静。我们穿过花园，前往露天餐厅。因为看不见路，我们走得很小心。那是一种如同包裹在母胎中的无法抗拒的黑暗，黑得什么都看不见。如果静止不动，时间似乎也会停止。巨大的植物低头看着我们。我扫了一眼客房窗户，估摸着男人所住的房间。大部分客房都熄灯了。这时，一间客房的窗帘拉开了，周围一下子亮起来，妻子和我停下脚步。有影子了。妻子走在前面，我在后面看着她长长的影子。

前台没有人,我想问一下水管阀门修好没有。妻子诧异地抬头看着我。我笑了笑,向亮着灯的走廊那边走去,好像什么事都没发生过一样。

露台的屋檐正在滴水,水滴在大理石地面上发出最后的哀鸣,然后就消失了。而那哀鸣却从水滴中抽离出来,跟在我们身后,回荡在通往我们房间的走廊里。

四月的"咪",七月的"嗦"

金衍洙

那年春天,珍京决意去纽约留学的时候,甚至做好了和我分手的准备。她在拿到录取通知书以后才跟我说要去留学,我也无法挽留,只好说:"也好,你这么无知的人,一辈子都得不断学习才行。"我半真半假地开着玩笑,为她送别。然而,在珍京走进出境大厅的瞬间,我突然意识到,没有她,我的人生将毫无意义。即便如此,我还是撑了几个月。不过,在收到那封久违的邮件以后,我再也撑不住了。她在邮件里讲了很多有关各种韩国男人的故事,他们都是她在学校和社区里认识的。一个星期以后,当珍京回到法拉盛的出租屋,看到我坐在厨房饭桌边和出租屋的韩国阿姨聊着弹劾总统的事,她惊讶地大声尖叫起来。那是我所听到过的最幸福的尖叫。听着她的尖叫,我开始确信她会嫁给我。在纽约三个月,珍京从一个野心勃勃的冷血女汉子变成了一个多愁善感、渴望被拥抱的小女人。就这样,我人生中最美好的暑期休假开始了。我们租了一辆车,从纽约出发,马不停蹄,一路向南!向南!

我们能够去远在佛罗里达海滨小镇塞巴斯蒂安的帕姆姨妈家,可能是因为当时我们都有点不太正常吧。怎么说呢?就像陷入了某种恍惚的状态,充满了正能量,似乎能够接受这世上的任何东西。否则,我们肯定不会在那么短暂的假期里,租车开到佛罗里达去。两天里,除了晚上在汽车旅馆睡觉,我们几乎没休息,一直都在开车。我们走

95号高速公路，沿美国东海岸径直向南，开了20多个小时，我们也着实聊了很多。如果没有那20多个小时，恐怕也不会有现在的我们。开车的时候，我们居然有些庆幸帕姆姨妈是住在佛罗里达而不是住在离纽约很近的新泽西或马里兰。姨夫保罗听到我说，"开了两天就到了"，怀疑我是不是疯了。帕姆姨妈却开心地咯咯笑着说："他们俩现在爱得这么疯狂，聊着天都能开到巴塔哥尼亚去，佛罗里达算什么呀……"姨妈嗔怪保罗的不解风情。从韩国出发的前一天，妈妈说去美国一趟不容易，让我一定要去佛罗里达看看帕梅拉姨妈过得怎么样。当时我完全没想到真的会去看姨妈，还使劲地嘲笑妈妈："你以为美国是庆尚道吗？"结果被妈妈狠狠地数落了一顿。从美国回来以后的很长一段时间里，妈妈一见到我就会唠叨说："我也不指望什么佛罗里达，哪怕是庆尚道也行，让我也去旅旅游。"

  说起帕姆姨妈，她记仇的本事可一点都不比妈妈差。外公家有七个兄弟姐妹，帕姆姨妈最小。妈妈说，姨妈很古怪，本来明明叫车静信，上了女子高中以后，偏偏给自己起了个名字叫帕梅拉。妈妈是二姐，几乎就是姨妈的天敌。有一次，妈妈哑着舌头跟我说："金泳三初中时把'我的愿望是当总统'贴在桌子上，你姨妈呢，从初中开始愿望就是'嫁给美国佬'。"我说："不管怎样，姨妈也算是实现了自己的愿望啊。"妈妈回应道："就她的愿望实现了吗？金泳三也实现了，我也实现了！"我问起妈妈的愿望，她说是当贤妻良母。我当着妈妈的面怀疑说："我们非得承认妈妈实现了自己的愿望吗？"结果后背挨了妈妈一痛乱捶。看来，妈妈就算是贤妻良母，也是个下手很重的贤妻良母。

  住在帕姆姨妈家的两天里，我们喝了很多不同种类的葡萄酒。保罗有个地下酒窖，他在里面装上了制冷和换气设备，每年成箱地买葡萄酒，还说因为都是自己储备的，所以得在死之前都喝完。姨妈就反问他，难道是要喝酒喝到死吗？我怎么都觉得两个人说的没什么区别，可他们总是这样拌嘴。姨妈说："你们俩年轻，能喝多少就喝多少，都喝光了可就帮了我们的忙。"每天晚上，她都在桌子上摆满各种各样的葡萄酒,然后一瓶瓶地打开让我们品尝。保罗虽然嘴里嘟囔着说自己都没有喝的了,却总是按照姨妈的吩咐去酒窖拿酒,然后,尝一口之后便离开。开始,我以为他不过是为了让我们能在一起温馨地叙叙旧。可是,姨妈一瓶一瓶地开酒,说的却是一些以前从未对人说起的事情。虽然我们是第一次见姨妈,但她一点都不在意。她说,来美国之前演过电影,还说保罗得了胰腺癌,春天刚做过手术。这些事情我都是头一次听说。胰腺癌的事让我很震惊,不过,姨妈年轻时曾经是电影演员,这让我更意外。一问是什么电影,居然还是我也听说过的一位导演的作品,那导演四十出头就去世了,那部电影是他的最后一部作品。

"可是,我妈怎么没跟我说起过啊?"

"就算是现在,我出去的话,女人们都会斜眼瞪我,不管是年轻的还是年老的。女人们在一起,相互之间的排挤别提有多厉害了。你妈也是,从小就想方设法欺负我,幸好你不随你妈。"

"哇!简直不敢相信,姨妈以前居然是电影演员……嗯,这也没什么不可能的,不过,姨妈居然说幸好我不随我妈,看来我妈的拳头又该痒痒了。"

"看来你妈现在还动不动就挥拳头?"

早就知道外公家的人能说会道,但没想到姨妈居然这么幽默。姨妈这么爱说的人,却能不忘初中时的愿望,忍着想用韩语聊天的欲望,最终嫁给美国佬,真是可敬啊。后来,珍京一口咬定,当时给我写邮件大谈韩国男人,绝不是要让我嫉妒,只是因为想念那些能够和好朋友把外面发生的琐碎小事聊个不停的日子。但不管怎样,她说,一周后坐在出租屋餐桌边上的我深深撼动了她的心,看到我和姨妈争着说妈妈的不是以后,她就下定决心要嫁给我。她以为如果婆媳发生矛盾,我不会站在婆婆一边。这真是个巨大的判断失误。可以说那只是她没看到妈妈拳头的厉害之前,自己做的一个推测罢了。玩笑先打住,严肃地说,事实上,至少姨妈在那天和第二天晚上说的各种故事,确实对我们的婚姻大事产生了重大影响。

"我真的很想知道,在死亡的瞬间,最后会看到谁的脸。到底是怎样的一张脸?肚子里的孩子应该也这么想吧?出去的话,首先看到的到底是谁的脸?胎儿在羊水里翻来滚去的时候,应该会这么想吧?"

"只有像姨妈这样的小孩才会那么想吧?"

"胡说。总之,如果那样的话,我会贴着肚皮跟那个孩子说话的。不是说胎儿们都能听得见么?说爱他们,他们就高兴;说讨厌他们,他们就生气。我会这样告诉他们:'最重要的是先要健健康康地出来,出来之后,不管喜不喜欢,你都会看到一张脸,她就是你妈妈。妈妈死的时候,最后看到的应该就是你的脸。'人生就是这么公平,只要你妈妈的一生没有太多的痛苦和眼泪。所以啊,如果在死亡的瞬间看不到自己一生最爱的人,那么,不管那个人一辈子是怎么过的,都只能说他是不幸的。所以,一定要结婚,然后生孩子。我想说的就是这些。"

"那您之前说的那些都是什么啊?"

"你活腻了?"

两年后,我们利用年假去纽约,不论是妻子还是我,彼此的外激素分泌都明显减少,已经再没有什么气力租车飞奔到佛罗里达去了。美国可不是庆尚道。因为日程很紧,我一个人勉强挤出时间坐飞机去了一趟塞巴斯蒂安。如果说我的目的是去喝葡萄酒,那么正如听到这话的妈妈所说的那样,人们一定都会认为我是个不可救药的酗酒者。但有什么办法呢?事实就是如此。我和珍京拜访姨妈一年后,听到了保罗癌症复发的消息。据说姨妈打电话给妈妈时放声痛哭,说保罗的眼白都黄了。我一走进塞巴斯蒂安那幢白色的房子,姨妈就赶紧拉着我的手去地下酒窖,给我看还没喝完的葡萄酒箱子,叹着气说:"人这一辈子真短,一个人出生后,连这么点酒都没喝完就要死去。"当时,我就决定要把剩下的酒全喝掉。如果那天我把那些剩下的葡萄酒都喝了,估计我的人生就真的十分短暂了。那天,我们坐在玄关柱廊里的椅子上,一边看星星,一边喝葡萄酒,姨妈说这个石柱撑起的柱廊在他们下决心买下这幢房时起了决定性作用。喝醉了的姨妈突然从椅子上站起来,开始用演员的发声方式大声朗诵道:"O dark dark

dark. They all go into the dark, the vacant interstellar spaces, the vacant into the vacant（啊！黑暗，黑暗，黑暗。他们都走进了黑暗，空虚的星际之间的空间，空虚进入空虚）。"人们可能以为她在背诵序言诗，讲述一个十分冗长而离奇的故事。其实，它是 T. S. 艾略特《四个四重奏》的一部分。

I said to my soul, be still, and wait without hope

For hope would be hope for the wrong thing; wait without love

For love would be love of the wrong thing; there is yet faith

But the faith and the love and the hope are all in the waiting.

Wait without thought, for you are not ready for thought:

So the darkness shall be the light, and the stillness the dancing.

我对我的灵魂说，别作声，耐心等待但不要寄予希望，

因为希望会变成对虚妄的希望；

耐心等待但不要怀有爱恋，

因为爱恋会变成对虚妄的爱恋；纵然犹有信心，

但是信心、爱恋和希望都在等待之中。

耐心等待但不要思索，因为你还没有准备好思索：

这样，黑暗必将变成光明，静止也将变成舞蹈。

姨妈说，她给每天只能靠麻醉药来维持生命的保罗念过这首诗，还说她绝对不是已经实现自己愿望的人。因为姨妈的愿望并不是要嫁给美国佬。她的愿望很简单，就是要在临死的瞬间能够看到所爱的人。但是姨妈所爱的人都在姨妈之前离开人世，他们看着姨妈那张饱含了太多太多痛苦和泪水的脸死去。姨妈给躺在病床上的保罗读的这首诗，她参演的那部电影的导演曾经让她读过。他最先死去，然后就是姨妈肚子里的孩子，还没来得及发现这世上除了黑暗还有光明就死了。最后，保罗也死了。现在，姨妈临终时想要见到的人一个都没有了，她就像一个一出生就发现自己的人生里没有妈妈的孩子。在保罗咽下最后一口气的瞬间，姨妈觉得自己成了一个又凄凉又不幸的孤儿。

"妄念烦忧生轮回，这点佛教教诲你也知道吧？"

跟我讲了一阵保罗临终时的事情后，姨妈问道。我点了点头。我还知道"八正道"。

"保罗对这句话深信不疑，佛祖说的，应该对吧？"

"怎么？姨夫信佛吗？"

"临终前稍稍有一点吧。"

"有一点？"

"临终前老是说要去西归浦，那时他自己一个人连隔壁病房都去不了。问他为什么，他说想去好好看看那个城市有多大，都是些什么样的人在那里生活，地形如何，城市给人的整体感觉怎么样，说是得仔细看好了才能在那里投胎转世。嗯，对，就是还要再活一次。原来，他看了一本以前我看的书，是一本柬埔寨僧人写的佛学书。他完全误解了里面那句'妄念烦忧生轮回'，以为自己有很多烦恼，所以一定能获得重生，还说从那天开始就要信佛。我真想对他说，保罗先生，人的肉身只有一次，一个肉身是绝对不可能活两次的。我们今生来这世上走一遭，然后就会永远地死去。这些话都到了嗓子眼，还是咽了回去。看你的眼睛我就知道，你也是那种如果别人不爱听，即便是对的也绝对不说出口的人。所以，我对他说：佛祖是这样说的，对，你有很多烦恼，也有很多妄念，所以一定会投胎转世。我会等着你转世重生的，是不是很好笑，这事儿？然后，他就说，自己会投胎转世，带着年轻健康的身体跟我亲热。天哪，他一个人变得年轻健康了怎么办？我还是个干瘪的老太太。"

"可为什么偏要到西归浦转世啊？"

"前年，你和你现在的妻子用两天时间，每天开车十个小时从纽约跑到我家的时候，我也想起了过去，然后跟保罗说：好像是我演的电影上映的那天，我和导演在忠武路的一家咖啡厅，导演突然抓住我的手说要一起去个地方，我就跟着走了，结果就到了西归浦。对，应该算是私奔。如果是现在的话，可能会跑到巴塔哥尼亚或者马其顿这样的地方吧？那个时候不能出国，我们也算是去了我们能去得最远的地方了。在西归浦正房洞136—2号，就那样天天看着大海度过了三个多月。我们住的是一幢白铁屋顶的房子，细雨敲打在屋顶上，那声音别提多好听了。我们刚去的时候是四月，听到的大概是'咪'，后来渐渐升高，到七月听到的差不多就是'嗦'了。要不是导演的妻子带着孩子找来，估计会升到'西'吧。三个月里，我每天晚上都躺在导演的怀里听雨声。那个时候，我觉得就算被他妻子打死也无怨无悔，可是，他的妻子却异常冷静，只是紧紧抓住自己丈夫的手腕，把他带走了。我、导演、导演的妻子和孩子，我们四个人一起在我和导演经常去的德盛园中餐馆吃完饭就分开了。那是一场十分宁静的离别，我就像一个旅店老板，送走来度假的一家人。可能是因为小时候总是挨姐姐们打，我愈发感到伤心，觉得他们似乎都没把我当人看。我看着他们一家人离开，疯了似地挥手告别。一个人回到西归浦家里，感觉世界上似乎就剩下我一个人，我不知道哭了多久。后来才知道他那时已经生病了。难怪，他本来胆子很小，眼睛像狍子眼一样，很会看别人眼色，可能是因为知道自己将不久于人世，所以才有勇气跑到西归浦吧。那就不要动真感情啊。"

后来发生的事情，妈妈和姨妈都讲了一些，妈妈边讲边说姨妈是个疯子，姨妈边讲边说妈妈比红豆女还坏。综合一下她俩讲的，故事大概是这样的：妈妈按照外公的命令把姨妈带到妇产科医院，姨妈大步流星地跟着走到医院门口，却抱着电线杆怎么也不肯进去，弄得妈妈很难堪。妈妈没有用拳头打不听话的姨妈，这是第一次也是最后一次。妈妈说她跪在地上无数次求姨妈，姨妈也一样跪在地上求妈妈。姐妹两个跪在妇产科医院前面的电线杆下互相哀求，想来就让人心酸。总之，两个人就这样僵持着，后来，姨妈先妥协了，妈妈把她扶起来，带进医院。姨妈不能原谅外公和妈妈，还有家里的其他帮凶。后来，姨妈去银行工作，她就像《奥德赛》中的佩涅洛佩一样，拒绝了无数求婚者，拼命地攒了几年钱后，通过中介收到了来自美国的邀请函。从那时开始，她就从车静信变成了帕梅拉·车，完全地告别过去。很长一段时间里，姨妈都没有回韩国，也不主动和家里联系。即便是外公去世的时候，她也只是说自己会在佛罗里达为父亲祈求冥福。

"这疯子居然说在佛罗里达祈求冥福，呵。"

妈妈是这么跟我说的。

"我嫁给美国佬都是因为谁啊？凭什么说那是我的愿望？"

帕姆姨妈是这么跟我说的。

姨妈跟我说，去年夏天回韩国，在济州岛待了差不多一个月，在西归浦中文旅游区附近的猊来洞发现了一套中意的房子。那年秋天，姨妈结束了在佛罗里达的生活，重新回到韩国定居。妈妈发牢骚说："我这辈子真是为这个反复无常的丫头操碎了心。"妈妈和外公家的亲戚们轮番去西归浦帮助姨妈安定下来。给姨妈打电话的时候，常常能听到大家大声唱歌，喝得醉醺醺的。这时，我只能对着电话大声喊："让我妈接电话！让她回家！"姨妈说她好像开始过上了第二次人生。听上去的确是这样。姨妈的回国可以说很成功。通过见一些以前的老朋友，她回国的消息渐渐传开，甚至还在电影杂志上登了出来。就这样，冬天过去，又是新的一年。有时我也会好奇究竟是西归浦的冬天更冷，还是塞巴斯蒂安的冬天更冷，只是无暇过多地去关心姨妈了。妻子怀了老二，我也升职当了科长。过了35岁以后，本来像旋转木马一般田园牧歌式的生活开始像过山车一样匆忙飞驰起来。有一天，姨妈突然打电话来问我为什么不去西归浦玩。自从去年秋天和妻子一起去过一趟之后，我整个冬天只给她打过三四个电话。姨妈的声音听起来非常忧郁，所以我没有说什么一定会去或是太忙了这样的话，而是先问她是不是发生了什么事。

"没什么事，我每晚都和保罗在一起，在这儿过得很好。"

姨妈回答说。

"您这么说，分明是发生了什么大事啊。到底是什么意思啊？您是说和已经去世的姨夫过得很好吗？"

"嗯，这，这是个秘密，你来的话我告诉你。还有，你下周六能来吗？有个人要来看我，想到要自己招待，有点担心啊。"

"啊，为什么啊姨妈，又有谁要去啊？都是我不好，我会去的。"

"你应该也知道……就是，以前那个郑导演……"

"姨妈！西归浦难道成了天堂了？"

"就是啊……这么好的地方你怎么不来呢？下周六一定要来啊。我一个人真是没办法见郑导演啊。"

就这样，一周后的周六，我和妻儿一起去了猊来洞。那是一幢为外地人建的二层别墅，位置在村子一角，看得见大海，可以说是非常完美了，就是那建筑风格看起来很不顺眼，完全看不出是哪国的，估计只有那些乡村建筑工人才能理解吧。门前像希腊神殿一样立着四个石柱子，远看就像上了白漆的乡村会馆一样。

"这是什么希腊尤涅斯库风格的石柱吗？"

我指着工艺粗糙的水泥石柱问道。石柱内侧摆放着铁制的桌椅，桌子上铺着白色的桌布，上面摆着插了水仙花的花瓶和果篮。

"你说的尤涅斯库不会是法国戏剧家的名字吧？石柱的话，应该是爱奥尼柱式吧。"

珍京奚落我说。她现在也会用我们家的说话方式了。

"你们去过塞巴斯蒂安的家，所以应该知道保罗特别喜欢这样的柱廊。他一辈子的愿望就是能够坐在这下面，喝喝葡萄酒，看看杂志，打个小盹儿，就这样度过余生。可谁能想到，我们刚在佛罗里达买下那幢漂亮的房子，他就得病了。真是世事无常啊，我们连明天会发生什么都无法知道。还记得那些葡萄酒吧？我把酒又卖给了那家常去的店，装走了一卡车，就留了一箱，别的全卖了。"

那是多明纳斯酒庄1984年产的葡萄酒，商标上画着美国画家拉里·里弗斯的男子素描作品。姨妈和保罗是1984年结的婚，保罗买了一箱那年产的葡萄酒作为纪念。整个冬天，每当孤独的时候，姨妈就会坐在柱廊下，看着院子里的华盛顿椰子树，喝那些葡萄酒。一个人很难喝完一瓶，她就拿出两个杯子，保罗一杯，自己一杯，这就是她说的整个冬天都和保罗在一起，过得很好。她好像是在和保罗做最后的告别。现在，还剩下两瓶。我们到那以后，姨妈开了其中的一瓶。在姨妈看保罗写在纸上的葡萄酒生产年份信息时，妻子和我开始喝了起来。

"冬天的降水量只有35.68英寸,有点少,可是11月和12月下了25英寸。5月、6月和8月气温适宜,7月和9月却十分炎热,有20天超过了华氏一百度。其中7月6天,9月8天,这样加起来一共是14天,其余6天哪去了?我也不知道。1984年9月2日开始收获,1984年9月12日收完。"

姨妈断断续续地用韩语翻译着,听着她读1984年美国加利福尼亚纳帕谷的天气信息,那年夏天的炽热阳光似乎都进到了我的嗓子眼。姨妈说,当年的她非常美,光彩照人,几乎没人敢正眼看她。虽然得问问妈妈才能知道姨妈说的到底是不是真的,但可能是因为在不知是尤涅斯库还是爱奥尼柱式的颇有异国风情的石柱下喝了名贵的葡萄酒,我有生以来第一次觉得"自恋"的姨妈说的那些是真的。我只看过一张姨妈年轻时的照片,那是姨妈和妈妈、外婆一起在金浦机场拍的。在登上去往美国的飞机之前,姨妈坐在妈妈和外婆中间,身子微微前倾,好像是要说什么。姨妈像唐老鸭的女友黛丝一样,头上戴了个大大的粉红蝴蝶结,撅着嘴巴。即便如此,也能看出那时的姨妈有多美。

很快,我们三个人就喝完了一瓶酒。我和姨妈坐在那儿看孩子和他妈妈在院子里拿水管喷水玩。孩子已经四岁了,他喷出的水柱上形成一道小彩虹,时隐时现。我正要打开最后一瓶酒,姨妈抓住了我的手。

"舍不得了?"

"不是,这瓶是给另外一个人留的。"

"我问您刚才是不是哭了?"①

姨妈咯咯地笑了,说我真会说笑话。这个笑话很冷,要是在别人面前,一定拿不出手,姨妈却笑得很开心。这也是我喜欢姨妈的原因。

"我的外甥,我跟你保证,以后不哭了。"

"您养一只狗怎么样?院子这么宽敞,房子又大。"

---

① 韩语中"舍不得"和"刚才哭了"是同音。

"嗯……要是有那种像你一样会开玩笑、又能随意坐飞机去纽约的狗,我倒是真想养一只。"

"因为房子大而养的狗,没有必要非得和我一样吧。"

我喊道。

"要养就养只好的嘛。"

"家里养的狗只要是只狗就行了。还有啊,忘了姨夫吧。您不会真是因为姨夫说会重生,所以来西归浦的吧?"

"你觉得呢?是么?"

"按照妈妈的话来说,姨妈绝对有可能这么做。"

"你也结婚了,应该知道的,我们也都一大把年纪了,所以啊,如果人生能够重头再来,肯定要另外选一个人一起过呀。"

"所以姨妈是说当不成春香①了?"

"我的年纪比春香她妈都大,哪有时间像她那样守寡?"

如果人生能够重头再来,姨妈应该会去正房洞136—2号那幢白铁屋顶的房子吧。一对不可能有将来的恋人在那生活了三个月,我曾问姨妈住在那里有什么好的,她说那里的雨声很好听,他们刚刚租下来住进去的四月听到的是"咪",七月就升到"嗦"了。那天傍晚,我和姨妈去西归浦见"郑导演",顺便去了趟那里。姨妈说屋顶已经修缮扩建了,不过房子的整体结构没什么变化。唯一遗憾的是,本来薄薄的白铁屋顶换成了彩色钢板。但是,对姨妈来说,跨越半个地球,活了半辈子以后,那幢房子还能存在,已经是个奇迹了。我问姨妈当时的雨声是不是真的四月像"咪",七月像"嗦",她微微抬头看着天空,似乎陷入了沉思。然后,她点点头说,真的,雨声确实变了。那以后她再也没有听到过那样的雨声。每天晚上,她都会整夜枕在郑导演的胳膊上,担心天一亮他就会消失不见,睡一会就醒过来,盯着他的脸看,然后就再也睡不着。因为担心一动身子会吵醒他,就一动不动听窗外的雨声。那雨声就像昨天才听到的一样记忆犹新,现在却再

---

① 出自《春香传》,该作品讲述了艺妓成春香和贵公子李梦龙之间迂回曲折的爱情故事。

也听不到了。

　　从那离开,我们走着来到那家德盛园中餐馆。姨妈说"郑导演"在那里等我们。她说,大概两周前的一个晚上,她听到电话响就随手接起电话,一个中年男人问道:"车静信女士在吗?"姨妈说听到那个声音以后,自己的心跳都要停了。那就是死去的郑导演的声音,没错,就是他。姨妈怎么会忘记他的声音呢?被吓到的姨妈马上挂断电话,把电话线都拔了。第二天早上插上电线,看到通话记录中有一个010开头的号码,这不可能是一个从天堂里打来的电话。但是,姨妈没有勇气去拨打这个号码,等了一整天电话。到了晚上,电话又打来了。接起来后,还是那个声音:"车静信女士在吗?"就是那个姨妈曾经爱过的声音。"我就是车静信。"姨妈的声音哽咽了。"我是郑吉成导演的儿子郑志云,之前我们在西归浦见过一次面,您应该不记得了。我是从杂志上得知您回国的消息的。"这时,姨妈才确定自己并没有疯。姨妈想起自己在中餐馆和他们吃饭时的场景。姨妈和郑导演夫妇,还有他们的儿子,四个人坐在四方桌子上吃海鲜辣汤面。姨妈觉得对不起他的妻子,再想到即将到来的离别,眼泪止不住地流下来,她低着头,根本不知道面是怎么吃下去的。而他们夫妇俩就像是平时出来吃饭一样,还谈论起一位生病的长辈的身体状况,这些姨妈至今都记得。

　　这个郑志云导演我也知道。到目前为止,执导过四部电影,全都广受好评,票房也不错。我还在一档介绍新电影的电视节目中看到过对他的采访。大眼睛,长相清秀,第一眼给人的感觉就像是一个敏锐的艺术家,声音低沉且温柔。可以想见姨妈曾经爱过的是怎样的一个男人。他对姨妈说,他很珍惜父亲的最后一部作品,也十分欣赏姨妈在电影里的表现,所以很想见姨妈一面,还说有些东西要送给姨妈。姨妈问是什么东西,他说在整理父亲的资料时,看到了姨妈的剧照和照片。为了客观地记录父亲的一生,他仔细整理了那些胶片,现在想转交给姨妈,所以决定在德盛园见面,就是姨妈最后一次和郑导演吃饭的那家中餐馆。从那幢郑导演和姨妈住过的白铁屋顶房子到德盛园,走路十分钟左右就到了。我正要进去，姨妈拉住我。说自己有点激动，等一会再进去。过了一会，姨妈说没事了，我们便走进去。我们走进门，环顾店里，坐在一边角落里的一个四十出头的男人站起身来向姨妈打招呼。姨妈走过去，从容地点点头，但声音中却带着颤抖。我也跟他打了招呼，一起坐下。尴尬地寒暄几句之后，他从包里拿出一个袋子。袋子里装着录像带和照片。

"现在都混在一起了。有的是拍电影的时候照的，有的不是。这个是片场，这个就不知道是哪了。"

"是西归浦啊。"

姨妈看罢便说。他指着的那张照片里，二十岁出头的姨妈一头短发，手握拳头，双臂展开，好像正要朝相机冲过来的样子。下一张照片中，姨妈坐在小炕桌边，托着下巴，转过头来看相机。照片里的姨妈非常年轻，一副无所畏惧的样子。姨妈看着这些变成帕梅拉·车之前的车静信，她那时并不知道自己正在度过人生中最幸福的时光，她枕着导演的胳膊，静静地躺着，整晚听着雨声。她一张张地仔细看着这些年轻岁月的碎片，过了好一会，摘下眼镜。

"做梦都没想到我还能看到西归浦时的我。那时我长这样，真是好看。现在，我外甥该相信我有多漂亮了吧？"

"您年轻时候可是个大美人啊。现在也有很多人谈起您呢。"

他看看我，好像在说，还是外甥呢，这都不知道。

"不是啦，姨妈属于那种西方美人的类型，可我是国文系毕业的啊。"

他又看了我一眼说，我们点菜吧。他拿起菜单，给姨妈介绍各种菜肴。看他这么贴心，姨妈索性把椅子挪过去，一起选起菜来。

"你是国文系，那就吃米饭配泡菜吧？"

姨妈对我说。

"国文系也学很多汉字的。"

吃饭的时候，他谈起27年前从这家中餐馆出来以后一直到郑导演在医院去世期间发生的事情。然后又谈起姨妈在西归浦生活的日子和第一次见到郑导演时的事情。因为他要收集有关父亲的资料，所以他把姨妈说的话都录了下来，必要时还反复提问确认。他们聊完的时候，我的肚子都要撑爆了，但是，两个人还说要再吃一碗海鲜辣汤面。他让服务员再上一份辣汤面，分成两个碗装。

"那天吃辣汤面的时候，我一直在看您，您一直都没抬头。我一直看着您的头顶吃面，心里莫名地感到很伤心。我脑子里很乱，因为我爱妈妈。就是在那时，我看着您的头顶，第一次萌生了想要创作一些东西的想法，不管是电影还是小说。不知道辣汤面还会不会有当年的味道。"

和他道别后，在回猊来洞的路上，和郑志云导演开心地喝掉最后一瓶多明纳斯葡萄酒的帕姆姨妈坐在后排座上自言自语地说着：父子俩怎么那么像啊，长得像，说话的口气也像，就连一举一动都那么像；还说什么看到他儿子以后感觉自己爱过的是一个值得爱的人，真是幸运；又说明天马上就得去看郑志云导演的电影。我没搭话，姨妈自己嘟囔一会儿就睡着了。我看着车大灯照出的柏油路、偶尔被路灯照亮的路面和灯光之外的黑夜，想象着黑暗中的大海、树林和山峦，还有湖水、雾霭、白云，又想到台风、阵雨，还有雨滴，想到四月的"咪"、七月的"嗦"，想到海鲜辣汤面，想到姨妈说的那句话：这样加起来一共是14天，其余6天哪去了？我也不知道。我模仿姨妈的声音，也自言自语道：

"这样加起来一共是14天，其余6天哪去了？我也不知道。"

姨妈以为我是在跟她说话，好像回答我一样，说：

"所以啊，韩国电影肯定是前途一片光明啊！"

虽然不知道韩国电影的前途会怎么样，但可以确定的是，我们的路是光明的。夜晚的道路沿着大海，绵延地翻过黑暗的山丘，通向灯火通明的中文旅游区。

眩　晕

金世喜

1

直到今年6月，媛熙还在十字路口的一家银行工作。她步行上下班，每周五会在回家的路上买花。她把买来的花——有时是一小束绣球，有时是一支向日葵——插在没什么装饰的玻璃瓶里，放在餐桌上。这是专属于她自己的一个仪式，她想借此让周末变得与其他日子不同，香气四溢。

即便在不上班以后，她也没有放弃在每个星期五下午买花。有一次，尚律跟她说现在和以前不一样，这样每周都买花有点奢侈。当时她说：

"可是，花多美啊，我需要这些美的东西。"

她现在在培训班学半永久化妆。她喜欢这样的工作，手也利落，就是资金是个问题。她的积蓄很快就花光了，不知道还要等多久才能拿到资格证书，找到工作。为了节省午餐费用，她要带饭，饭盒给包里留下一股饭菜味。

今天，她也在车站前的花店买了花。今天是1月的第一个星期五。她到家时，屋里黑着灯，尚律不在，看来还没下班。她往花瓶里倒了些水，插上三朵浅粉色的郁金香，放在餐桌上。她用扔在椅子上的围裙抹了抹手上的水，然后四下看了一圈寂静的屋内。想到马上就要离开这里，心里有点不是滋味。他们定好明天上午去房产中介，这件事让她很头疼。

尚律一再坚持搬到两居室的房子去住并非没有道理。他必须得保证良好的睡眠，所以晚上10点就要躺下，可晚上10点对媛熙来说太早了。

一天晚上，本以为他睡着了，结果他突然起身，摘掉眼罩，低声说道：

"这样的日子，我真是过不下去了。"

他说受够了，在一居室里实在住不下去了。他说，一个人想玩的时候，另一个人要可以在另一个房间里安静地睡觉；早上一个人睡早觉的时候，另一个人得可以啪啦啪啦地吃早餐。媛熙有点伤心，因为这话听起来让她觉得他似乎不再像以前那样爱她了，但她没说出来。如果她说出来，他肯定会生气，要不就会叹着气跟她说不要说傻话。于是，他们去找房子，最终找到了他想要的房子。这房子是他们在附近的房产中介找了几个星期才终于找到的。中介经理一打开玄关门，尚律就难掩兴奋地说："这儿太好了！"

这是一套小屋、厨房和大屋像火车一样一列排开的房子。房间不太亮，阳光从大屋那边照过来，才下午2点，厨房和小屋就挺暗的。更成问题的是，这里一件家具都没有，连燃气灶都要自己买。但这里正是尚律想要的那种有空间隔断的房子，各方面对他们来说都是最佳选择，这一点她也看得很清楚。尚律说他会出钱买家具，她没办法再说不同意。怎么能说不同意呢？怎么能对一定要搬家的尚律说"我觉得现在这样挺好"或者"是因为我妈妈"呢？她自己都觉得这话毫无说服力，甚至有些强词夺理。因为妈妈？她妈妈并不理解他们这种生活方式，也没能对他们的生活产生过任何影响。

他们早早关灯躺下，媛熙却睡不着。她耳边回想起妈妈说的话。妈妈上午来过电话，她平常不在这个时间给她打电话。

"媛熙啊，妈妈做了个梦，梦见你站在一块大石头上。"

妈妈的声音颤抖着，充满不安。妈妈这个时间来电话从来都没有好事。媛熙忍着心烦，闭上眼睛吸了口气。

"是在一座山上，好像是阳乙山。石头有些摇晃，很危险，你却不知道，站在上面看着我笑。你都不知道有危险，还开心地笑。我想跟你说小心点，快从那儿下来，可是很奇怪，就是说不出话来。心里着急，却怎么也说不出话来，就折腾醒了。你没什么事吧？现在在哪儿呢？"

妈妈的焦虑沿着电话机传过来，融进媛熙的血液里。她按捺住自己的情绪。不能让妈妈察觉到自己的动摇。

"妈妈，不是我有什么事妈妈才做那样的梦，而是因为妈妈觉得我有什么事才会做那样的梦。"

"是吗？"

妈妈不大相信，问道：

"是吗？要是那样的话最好……"

"是的，求求你别再担心我了。"

尚律在旁边睡得很安稳，她听着他的呼吸声，躺在黑暗中。我心里这么乱，他倒睡得挺香。她心里埋怨起尚律来：非要搬家吗？搬家后妈妈会来看的，一个人住那么大的房子，得怎么跟她解释啊？辞职以后生活拮据了许多，为什么要搬到更宽敞的房子，哪有钱啊？她的家人不知道她和尚律住在一起。想到这事她就头疼得厉害。这件事——和男人未婚同居——已经超出妈妈所能想到的不幸的范围。但妈妈不知道的不只这些。

为了和尚律住在一起，媛熙付出的代价远远超出尚律的想象，但她从来没能把自己的感受向他解释清楚。倒是不知从什么时候起，她开始将自己的痛苦隐藏起来。她不想让他感到内疚，觉得没必要那样。"我是成年人"，她反复对自己说。但她非常清楚这对妈妈来说意味着什么。一想到这些，她就打不起精神，走在路上或是给模特贴假睫毛时也会一下子泄气。她曾经有一次想跟尚律说一下这事，结果尚律说：

"跟父母正式见面的时候再说吧,他们应该会理解的。现在客观情况这样,能有什么办法?你父母到底知不知道你是怎么交房租的啊?"

他说得没错,解释一下,争取他们的理解吧。这是一个正确又合理的方法。尚律考虑问题周全合理、看事客观,她也正因为这一点而喜欢他。但她的家人并不是那种能够进行合理思考和判断的人。他们不会客观看待自己的处境,也不会承认。尚律相信问题可以通过这种方式来解决,是因为他不了解她的家人。左右她家人的,是他们那个圈子中共有的一种对于信任、禁忌和评判的强烈意识。这些东西错综复杂,交织在一起,造成一种常态化的恐惧,对生活的恐惧。妈妈被这种缥缈的恐惧束缚。一直以来,媛熙都在努力从这种恐惧中逃脱出来,也许她的整个人生就是一个不断试图逃脱这种恐惧的过程。所有这些,她都无法跟尚律解释清楚。

这种逃脱是从来首尔开始的,为此,她不知斗争了多久。离开妈妈让她感到心痛。但是第一天晚上,当她从宿舍出来,穿过开阔的校园去便利店时,她觉得这一切是值得的。在此之前,如果没什么特别的原因,她从没在晚上出去过。

在夜里呼吸让人心动的空气,是以妈妈每天清早的晨祷为代价的。只要她一次不接电话,就会在妈妈的想象中遭遇车祸,正在送往医院的路上,要么就是遭遇更凶险的事,已经死了。

"你可不知道这世界有多邪恶,多可怕!"

电话终于接通时,妈妈在哭。这让她发疯。发现她安然无恙后,妈妈又会非常生气。当发现她更加生气,妈妈就会不知所措,吞吞吐吐。妈妈常说:

"都是因为担心你,都是为你着想。你不知道,这世道就是这样。"

四年级暑假,她背起行囊独自去欧洲旅行。其间有一次,在巴塞罗那的一个宾馆,她趁周围没人的时候给家里打了个电话。妈妈哭着跟她说不要随便出门乱跑。

"妈妈,我是来旅行的。要是不去外面走走,干嘛要来欧洲啊?"

虽然是笑着说的,但眼泪都要流出来了。其实,她并不喜欢旅行,也不是一定要旅行。但她早早起床，疯了似地游走，一直到太阳落山。她想向自己证明，只要她愿意，哪儿都能去，就算这样也什么都不会发生，那些不祥的预感或梦都没什么力量。原来，她的内心深处也有这种恐惧。她最终也没能享受旅行，但也没死。

2

第二天，他们去了地铁站前的房产中介。中介经理接待了他们。中介经理是个女人，看起来有35岁左右，她把头发扎得紧紧的，露出像乒乓球一样圆的头。她总是皱着眉头，媛熙起初不太喜欢她。但是上次一起看了半天房子，媛熙发现她是个非常仔细又很有能力的中介经理。

他们要签的那个房子必须还得经手另外一家房产中介。经理出发前给那边打电话。上次看房子的时候，他们也先去那家中介看过。福地不动产（中介公司的名字）的中介经理看起来和公司的外观一样年老而保守，她在那儿经营了20年，和那个房子已经去世的老房东也打了20年交道。

"您提前把合同写好！等我们去了再写可不行。一定啊！我可跟您说清楚了！"

中介经理半离开座椅躬着身子打电话，口气听上去很生硬，甚至感觉有点没礼貌。媛熙和尚律并排坐在沙发上，主管站在净水器旁边，一边喝纸杯里的咖啡，一边开心地看着他们。

"那位老奶奶不会用电脑。"看上去快50岁的主管慢悠悠地对他们说。

"估计现在只有他们家不用电脑。"挂断电话后，中介经理拿起手机和厚厚的记事本，说道。

"她说把合同写好吗？"主管问。

"说是会写，去了才知道。"

经理不耐烦地笑了。

"主管,您现在要出去吧?带上我们,我们在福地不动产下车。"

"好,好。"

主管拿起车钥匙。尚律和媛熙跟着主管朝门口走去。

"等一下,我连杯咖啡都没喝上呢。"经理把记事本夹在腋下,在门边的净水器上急匆匆地冲咖啡。尚律和媛熙坐在后排,看着她拿着纸杯匆匆地走出来。

"哎呀,真是的。"

中介经理坐在副驾驶座位上,发了一声牢骚。可能是咖啡洒了点。

"您可以去那儿喝啊。"媛熙关切地说。

她从后视镜看着后座说:

"我们这些干中介的绝对不喝别的中介公司的咖啡。"

"那是。"

主管一边开车一边兴致勃勃地附和:

"坚决不喝。"

"啊,看来是有什么说法啊。"尚律说。

"当然,你打听一下就知道了,哪个没心没肺的中介会去喝别人家中介公司的咖啡。"

"对了,福地有净水器吗?"经理突然想起来,问道,"主管,您在他家见过净水器吗?"

"不知道啊,好像没有。"

主管在十字路口的人行横道给他们停车,他们走进超市旁的房屋中介。

"合同写好了吧?"

中介经理盛气凌人地打开门,也没打招呼,直接尖声问道。

"欢迎欢迎!"

老奶奶中介端端正正地坐在自己的办公桌前,笑眯眯地欢迎他们。上次就感觉到这位老奶奶中介那慈祥的微笑和从容是不被任何东西左右的。她就像对待奶凶的小狗一样宽容地对待这个比自己小三四十岁的中介经理。即便嘴巴不笑,也能透过金属框眼镜看到一双弯弯的眼睛。铺着玻璃板的办公桌后面是一组老式柜子，书架上插满泛黄的文件袋。

"写是写好了。"

他们的中介经理拿起文件，隐约露出一丝笑意。那是一张用圆珠笔和尺子划线制成的表格。尚律和媛熙要住的是一栋建了近20年的三层红砖小楼，是老房东夫妻俩用毕生积蓄买下的唯一房产，也是支撑两人晚年生活的收入来源。老房东规定月租金不能超过30万韩元。"如果再多收的话，年轻人怎么攒钱买自己的房子啊。"老奶奶中介说这是老房东的原话。

"真是个了不起的人啊，那位老先生。"

老奶奶中介看了看天空，像悼念故人一样低吟道。两年前的夏天，老先生去世了，老婆婆把房子和租赁管理都交给了大儿子。可大儿子背着母亲降低押金，把月租提到50万韩元，老婆婆最后还是知道了。说到这，他们的中介经理露出一副不耐烦的表情，不过老奶奶中介没往她那边看，对中介经理的表情不屑一顾，完全不为所动似乎觉得给新租户讲房子的历史是自己作为房产中介的使命。

最后，三儿子一家搬进之前老两口住的四楼，老婆婆房东搬到一楼。离门口最近的101号住的就是老房东。

"本来老先生就最信任三儿子，他人品好，还会修理一些机器。"

"哦。"

对他们来说，月租便宜总归是好事。这时，门开了，一对中年夫妇走进来。他们就像对待家里的老人一样向老奶奶中介深深鞠了一躬，然后走向尚律和媛熙。他们就是三儿子夫妇。

"我们明明跟母亲说好星期六签约，但她好像去澡堂了。"

他们觉得十分不好意思。

"哦，看来是去洗澡了。"老奶奶中介咂咂舌头，说道。

"是啊，昨天还说了呢，看来是一会儿就忘了。我们应该带母亲过来的，您要是觉得不放心，就下次……"

他们好像犯了什么大错似的轮番看看尚律和媛熙，一副不知该如何是好的样子。尚律和媛熙说没关系。

"对,老婆婆不在也没关系,反正都是儿子签字。"

老奶奶中介给三儿子夫妇介绍尚律和媛熙。

"你们都知道,我从来不随便介绍租户。万一介绍个不靠谱的,到时候拖欠月租,那我还有什么脸面跟老婆婆交代,你们说是不是?那肯定不行啊。这二位我一看面相就相中了。人品好不好,会不会拖欠月租,能不能到日子就踏踏实实交租金,我都看得出来。"

三儿子夫妻俩微笑着点头表示同意。媛熙突然觉得抬不起头来。

从刚才开始,这个场合就让她觉得不舒服。她再也听不进去中介的话,感觉自己越来越渺小,正在渐渐迷失。很久没有这种感觉了,它来得太突然,让她不知所措。她感觉自己似乎成了一个毫无气力的小孩子。在有威严的长辈面前,她偶尔会这样。当站在一个家庭背景优渥、受过良好教育的无可挑剔的人面前,她就能够预感到马上会被问到什么问题,她得提前让自己的表情和心情有所准备。

媛熙看着三儿子在合同上签字的那只厚实的手——很会修理东西的手。他用圆珠笔写下自己的名字——姜俊模。那只握圆珠笔的手让人感受到一股强大力量。尚律也在留心看他的手。最后,老奶奶中介在铺着玻璃板的办公桌上并排摆好两份合同,让尚律签字。

办完所有手续后,老奶奶中介郑重地问:"两位是……是刚结婚吗?"尚律放下圆珠笔,抬起头。

这时,媛熙回答道:

"对,刚结婚。"

尚律抬头看了看媛熙。他们的中介经理坐在另一边圆椅上,抬头看了看尚律和媛熙。她没有向他们问过这些事。

走出福地不动产,他们和中介经理道别,坐公共汽车走了四站地后下车。尚律没有提起刚才的事。他没有问她为什么那样回答,似乎并不在意。尚律不是那种把一些小事——这件事对他来说肯定是小事——放在心上的人。他会觉得那些问题怎么合适就怎么回答,也许他都忘了。

卖二手家电和家具的店铺在离大街上不远的地方，他们已经提前打听好了，有地上一层和地下一层，家电在地下。一个围着围巾、系着腰包的中年女人带他们走过陡峭的楼梯来到地下。地下又阴冷又昏暗，不像一楼那样又明亮又温暖。这里如果不看招牌都不知道是家二手店，冷冰冰的水泥地上零零散散地摆放着一些大件家电。

东西乍一看都还不错，似乎挺干净，一件件仔细打量一下就不一样了。像洗衣机和冰箱之类的，型号比较新和比较干净的都已经贴上了售出的标签，剩下的都是些太老旧或者太脏的。总之，每个都有比较明显的瑕疵。估计是他们来晚了。

女店主站在一旁让他们挑选，必要时做一些说明，不过语气不怎么友好。

"我们需要洗衣机、冰箱、燃气灶。"尚律说。

店主和尚律站在一台老式滚筒洗衣机前说着话。尚律看看媛熙，希望她也说说，不过她没有参与。

媛熙在离他们远些的家电之间徘徊，心情突然很不好。每一台洗衣机和冰箱都有自己的故事，就像收容所里的动物一样，它们曾经在什么地方和什么人一起生活过呢？她发现自己想得太简单了。不，其实是什么都没想过。之前只考虑到怎么应对母亲，还没有考虑到要给家里置办东西。尚律说打听好这家店，她没多想就同意了。可当亲眼见到时，就觉得似乎不行。她无法接受这里的水泥地面和这些年久变色、磕碰得凹凸不平的东西。

"这个是从延禧洞一家豪宅里搬来的。"

店主似乎看懂了媛熙的心思，说道："这是我们进去搬出来的，他家生活太好了。那时候，这种14公斤的滚筒洗衣机只有最有钱的人家才用。买就买个大容量的，方便，还能洗被子。"

媛熙意识到店主把他们当成了新婚夫妻，这让她感到很丢人。从店主眼中能够看出她是怎么想的，这对新婚夫妻没钱布置新家，只能在这昏暗的地下看看二手家电。这就是他们的样子。

"等一下，我有话跟你说。"

媛熙拉拉尚律的衣袖，尚律不明白怎么回事。她用充满渴求的眼神盯着他的眼睛。

"我们出去一下再回来。"

尚律对店主说。媛熙出去的时候没往女店主那边看。他们走过陡峭的楼梯，媛熙走在前面，穿过一楼的床和餐桌，推开玻璃门，来到人行道上。天色比进来的时候黑了一些，车辆在四车道的马路上行驶。

"怎么了？"

尚律跟出来，说道。

媛熙知道现在应该跟他好好谈谈，却想不出来该怎么说，不知道怎么开口。他不知道我心里怎么想的吗？可他的嘴闭得紧紧的。这样签合同租房子、打听二手家具店、跟店主讨价还价，对他来说也不是件容易的事。

"下次再来不行吗？"

她只开口说了这么一句。

"什么？今天得买完啊，今天不买的话，我也不知道还什么时候有时间再来。"

显然，这个突发状况让他很心烦。

"我不想这样。"

"怎么了？不满意？我看还行啊，质量应该可以吧？"

"都是些破烂。"

尚律勉强笑了笑。

"能用就行呗，管那么多干吗？"

"你要花光积蓄买这些又大又笨重的东西？不喜欢都没法扔，这些家当买一回至少也得用三年啊。我们这样真是对的吗？"

"都到现在了，你突然说什么呢？"他控制着自己的表情，说道。

"你不知道我们已经签好租房合同了吗？别像个小孩子似的。"

他一个人大步流星地走回店里。玻璃门开开又关上，摇摇晃晃地反弹回来。女店主上一楼来了。

"燃气灶在这。"

店主看看无奈地跟在后面进来的媛熙,一副不在乎他们谈话的样子,只顾说自己要说的话。

"燃气灶只有这一个,要拿就得拿这个。本来一个燃气灶都没有,刚好昨天来了一个,大概就想跟着你们。"

燃气灶从远处看就黑乎乎的,好像不是在室内用过的东西。

"我把管线也拿过来了。"

店主拿起一个装零件的塑料袋给他们看。

"这个要想单独买的话也很贵,所以我特意拿来了。"

尚律说要买。

"您得擦擦再用哦。"

女店主说。他们又回到楼下,尚律和店主商量着选好了冰箱和洗衣机。他最后想砍价,却碰了一鼻子灰。店主说自己在这里做生意已经第八年了。

"价签上多少钱就是多少钱。小伙子,我们可不随便要价。"

3

回去的公共汽车上,他们找空位分开坐下。她看向窗外,却不是在看外面渐渐黑沉的风景。

人有时会瞬间感到一阵眩晕,那是必须面对现实的瞬间。就像一处还不被接受、还没被发现的场景突然被光照亮,赤裸裸地展现出来,你根本来不及闭上眼睛或转过头去。现在就是那样的瞬间。她意识到自己现在和尚律所做的意味着什么。他们正在安家,这和结婚没什么区别。找房子,置办家电填满房子,这就是结婚的意思。这次搬家不是以前生活的延续,不只是搬到多一个房间的屋子里去。

媛熙感觉自己还没准备好就被推上了舞台。不应该是这样的,她的内心有一种力量在顽强抵抗。在她的脑海中,结婚不是这样的。她本来以为如果到结婚的那一天,她会怀着激动的心情去看房子,会不厌其烦地经过一番幸福的纠结以后再决定该买什么家具。她想起曾经在电视上看过的那些场面，婚纱店的枝形吊灯灯光下，白色的帘幕拉开，身着婚纱的新娘露出光彩照人的脸庞。她使劲闭上眼睛。不是这样的。她万万没想到自己会在既没钱又没工作单位的情况下准备结婚，没想到自己的心情会如此糟糕。

他们走出地铁站，朝家走去。他们默默地爬了四层楼梯，开门进去，走进现在住的房子。家里很冷，却充满熟悉的气息。透过窗户可以看到对面楼房亮着灯的阳台。他们谁也没开灯，所以家里一片漆黑。他们在这里和和美美地生活了两年。她的父母来过三次，每次他们都把他的衣物装进两个行李箱，鞋子放在一个大纸箱里，然后藏在通往屋顶的楼梯旁边。他的东西少，所以能够这样做。

"我们就住在这里不行吗？"

明知这是不可能的，她还是说了出来。她不知道自己为什么在这种应该理性地谈一谈的时候却表现得像个小孩子。黑暗中，尚律在餐桌旁的椅子上坐下。刚才，他拿出自己的全部积蓄买了家电。她也知道，但她却想哭。

"我讨厌把那些旧货搬回家。"

一阵沉重的沉默过后，他开口说道：

"你清醒点，好吗？"

黑暗中，他的声音听起来很可怕。

"你是真不明白咱们的情况吗？"

她不看他的脸，等着他继续往下说。似乎每过一秒、两秒，她都在向黑暗的中心一步步靠近。那里面有什么呢？

"过日子就得量入为出，谁不知道买新的好？要是有钱，我也想买新的，我也想给你想要的一切。可是我们的情况不允许啊，我们现在只能做到这些，你说能怎么办？"

他把目光转向餐桌。他们两个人都在看插在花瓶里的花，彼此也都感觉到对方在看花。她知道，如果他对这三朵郁金香加以指责或是说些什么，他们之间就无法挽回了。

过了一会儿，他发出一声吞咽声，然后长长地叹了一口气。

"该放下就得放下啊，怎么能什么都如你所愿呢？"

她也知道，要根据自己的情况过日子，生活不会处处随心所欲。但是……我并没有憧憬什么了不起的事情啊，我从来没有想过要什么了不起的东西。我想要的是微不足道的东西，有那么不切实际吗？我连这点愿望都不能有吗？这点愿望就让我成了没有自知之明的人吗？

她又把鞋穿上，走出门厅，下楼，来到街上。她在岔路口犹豫了一下，然后经过几栋楼房，走向公园。她在哭，所以不想去明亮的地方。她在公园角落里的一条长椅上坐下。

当遇到困境的时候，内心深处的小孩子就会跳出来。她怨恨尚律。本来可以就这样过下去的，那样的话就什么问题都没有了。我不想搬家，我还没有准备好开始新的生活。

这时，她想起很久以前的一件事，她听到尚律的母亲说起她。当时，尚律正在和母亲打电话。房间很安静，所以说什么都能听见，不过她并没有特别在意。但尚律突然说道：

"妈，您也有女儿，怎么能这么说呢？"

尚律一脸严肃地从座位上站起来走进卫生间。但在卫生间门关上之前，她还是听到从电话那头传来尖声的方言。"是，所以我没让女儿离开家。结婚之前一直把她带在身边，然后风风光光地把她嫁出去。"

奇怪的是，她却很淡定。不过，她确实感到很意外，她本来还非常羡慕尚律，以为他的家人不在乎那些事，所以尚律才是那种满不在乎的性格。

她没有受伤，可能是因为她当时觉得听到这样的话很正常吧。至少她能够理解说这些话的中年女人。她从初中开始就一直听人说起那些和男人同居的女孩子们。可能妈妈身边有很多那样的女孩，所以妈妈听了她们的故事以后就回来跟她说。

"女孩儿们只要被送到首尔上大学，就会和男人同居。老天爷，这些丫头们真是胆大，她们可不知道这世界有多可怕。"

年幼的她对这些话都是一笑而过。因为她觉得这些事绝对不会发生在自己身上，所以都是左耳进，右耳出，没放在心上。但是现在，她成了那样的女孩，成了那些传闻的主人公之一。

她坐在长椅上，情绪很激动。她在生尚律的气。是啊，就你是对的，你总是有理。我什么能耐都没有，只会伤心地像个孩子一样说些气话。但这并不全是因为我懦弱，而是因为你是男人，是儿子。

他只是个外人，随时都能分手，分手了就什么都不是。我不能和他一起承受这样的事情。是啊，也许妈妈说的对。可能无法挽回了。

泪水流下来，很悲惨。已经忍受太久了，能坚持到现在已经是个奇迹。她突然对所有事情都没了信心。不知道还有多久才能赚钱开店。她大致算了算今后考资格证和完成培训所需的费用，还需要一年。太不现实了，自己现在这么做对吗？这都是因为钱。她觉得没法再坚持下去，可一想到要向家人求助，她的心就崩塌了。辞掉银行的工作是对的吗？想到这里，她蓦地叹了一口气。当她说要辞职时，妈妈说什么了？"要辞掉堂堂大银行的正式工作，去给人家接假睫毛？绝对不行，你让我怎么跟亲戚们和朋友们说？"

"我不是妈妈想的那种正式员工，就算是正式员工，也不会像以前那样能在银行干一辈子。"

"别人会怎么说啊？他们都会认为是你哪里不好，干不下去了，都会觉得是你能力不够才不干的。"

"您是在为我着想吗？如果是为我着想，应该让我辞职。"

妈妈一个月没跟她联系，就这样渐渐放下了对独生女的期待。然而，学会放下的不仅仅是母亲。她也学会了放下对自己的期待，放下那些曾经以为自己会享受到的东西，那些曾经以为到时候就会拥有的一切，那些从小就从课本和电视看到的、学到的女性形象和生活方式。她接受了自己无法成为一个优秀女儿的事实。越想变优秀就越不幸，也许不应该当个优秀的女儿。她得竭尽全力让自己不优秀。

要不是尚律，她可能还在沉重的工作压力中煎熬，把一半的工资都献给防脱发诊所。是他支持她，鼓励她克服茫然的恐惧，专心做自己喜欢的事。

她以为自己都放下了，其实还没有，还有要放下的东西。

她坐在冬夜的公园里思考着，冻得全身瑟瑟发抖，直到尚律走遍整个社区，最后找到她。

4

他们在春节长假期间搬家，因为尚律只有那时有时间。用云梯车往楼上运行李时，装着冰箱、洗衣机和燃气灶的货车从巷子尽头开过来。两名戴手套的工人把它们抬到带轮子的宽板上，走楼梯一件一件搬了进去。房东夫妇早早就穿运动服出来，像自己的事情一样帮忙。他们叫媛熙"新媳妇"，叫尚律"当家的"。上次没见到的房东老婆婆也穿着一身粉色的秋衣秋裤，拿着扫帚打扫玄关和楼梯。

"你看看。"

工人们走后，尚律走进来说。燃气灶擦得干干净净。

"是那个店主给擦的？"尚律问道。

"只要有点良心，肯定得给擦啊。"媛熙说道，接着又说一句：

"当时真是太脏了。"

他把装着胶皮管和阀门的塑料袋扔在燃气灶上。

"这怎么安哪？燃气灶我可一次都没安过。"

大家都回去后，关上门就觉得浑身都没劲儿了。他们决定先休息一下。虽说最累的活干完了，接下来还要整理行李，摆放家具。冰箱里的隔板好像都得拿出来擦洗。还是先吃午饭吧。尚律说来的路上看到一家卖盒饭的店，便出门去买饭。

他刚出门，手机铃声就响了。是妈妈打来的，好像一直在盯着他们一样。媛熙像往常一样心里一沉。

"喂！"

媛熙若无其事地接起电话。妈妈的声音不大正常，又是那种像憋了很久才说出口似的声音，在不安中颤抖的嘶哑的声音。

"你知道跟妈妈一起工作的善姬阿姨吧，她丈夫在放射科工作。"

妈妈说。

"他家小女儿大学毕业后,一个人在光州租了间一居室准备就业。不久前开始不让家人去光州,家里觉得不太正常,于是她大姐就突然去看了一下,没提前告诉她。"

媛熙做好了心理准备。

"结果,天哪。"

"怎么了?"

"天哪,说是屋里坐满了人。"妈妈喘了口气,似乎是为了平定一下颤抖的声音。

"开始,她姐姐还不知道都是些什么人,可一看有很多书和传单,才发现他们像是在她家做礼拜。说都是年轻人呢。"

妈妈的声音在颤抖。

"媛熙,你没参加过这种活动吧?听说在首尔非常流行。"

媛熙松了一口气,但听后便觉得又可笑又心烦。可能是因为从早上开始就很紧张,很敏感,她的眼泪开始在眼圈里打转。

"后来怎么样了?"

"姐姐突然进来,那些人就都走了,姐姐就让那丫头坐下来谈谈。屋里都是传单,到处都是。结果那丫头说要去洗手间,趁机跑了出去,就穿着一双拖鞋。现在你善姬阿姨在公司里就是哭,饭也不吃。"

"哎呦,那可怎么办。"

"结果昨天那丫头来电话了。"

"说什么?"

"说去旅游了什么的,让她别担心。什么旅游啊,纯属骗人。"

"怕妈妈担心,总算还打了电话。"妈妈用嘶哑的声音说。

"媛熙啊,你真没听说过那些吧?我昨天晚上想了一夜,为啥我的乖女儿春节都不回家啊……听说那些人会让教徒远离家人,不让和家人见面。"

她的忍耐到了极限。

"妈妈,拜托了,我非要听这些事情吗?您那么没有需要担心的事吗？我不是说了要搬家嘛？为什么我说什么您都不信，却往别处想？我现在很忙，以后再聊吧。"

媛熙没再说什么就挂断了电话。她把椅子拉到洗碗池边坐下。上午11点了，厨房却黑漆漆的，四周一片寂静。什么福音圣徒会，她一个人坐着，扑哧一声笑了。妈妈害怕那些？我就算被打死也不信那些。就在那一瞬间，曾经认为自己绝对不会和男人未婚同居的想法在她脑海中一闪而过。是啊，世事难料，人生中没有什么事能一口断定，没有。

她发誓，如果以后有孩子，一定不要为他担心。因为孩子的现实会离她所担心的事情很远很远。

"石头有些摇晃，很危险，你却不知道，站在上面笑，不知道有危险，还在笑。"妈妈的声音在脑海中回荡。"这世界多可怕啊，你不知道，这世道就是这样。"

她深吸一口气后，屏住，再呼气，这样反复做了几次深呼吸，然后从座位上站了起来。透过洗碗池旁的窗户，她看到对面楼房的红砖墙反射出耀眼的阳光。最终还是搬家了。她环顾四周，看了看到处都是箱子的新家。不知道多年以后她是否会记得这次搬家和现在这一瞬间。

窗外的冬天

崔恩美

她是我的堂嫂，堂兄奎第一次带她来时，我正在院子里清理轮胎上的雪。那是大年初一的下午，我本打算在返城高峰之前出发。奎打电话来说要带未婚妻来串门儿，母亲放下电话，拿出妹妹结婚时的礼账，一行行找着。一连下了几天的雪，那天，冬日的阳光照在积雪上，到处都闪烁着耀眼的光，地面开始泥泞。我在花坛那儿弹土，这时听见奎的声音："大妈！"

我一抬头，突然觉得刺眼，就闭上眼睛。一秒，两秒？当我睁开眼睛，适应光线后，看见了奎身边的女人。她正站在院子中间摘手套。原来是手套上的装饰链，它闪闪地晃动，射出跳跃的光。我差点儿摔倒。

母亲一手牵着奎，一手牵着她，带他们走进客厅中央。她把一条腿压到另一条腿上，侧着身子坐下。虽然穿着厚厚的连裤袜，她的脚脖儿还是很细，脚趾间的斜线很大。母亲端来姜水柿饼汁，女人似乎在奎的家里很紧张，连一口水都没能喝似的，连着喝了两口，可碗上却没有染上唇印。我觉得特别好奇，看看她喝过的碗，又看看她的嘴唇，琢磨她是化了妆，还是本来嘴唇就很闪亮。看着看着觉得难为情，便把目光转向奎。他头发耷拉着，皮肤还那么粗糙难看。可能是乳液没涂好，刮过胡子的地方泛起了白皮儿。记不清是说到哪了，奎说自己已经戒了一个月烟，笑个不停。女人也一起笑了，接着母亲也笑了，可我看到了母亲笑容里那掩饰不住的疼痛。后来，他们两个起身道别，邀我们在婚礼上见。女人弯下腰穿靴子，她的脚伸进长长的靴子。雪已经化了不少，可她就像是轻盈地凌空飘过来的一样，鞋跟没有沾上一点儿泥土。

一个不染唇印，也不沾泥土的女人。

这就是堂嫂给我留下的第一印象，我感觉她不像个凡世间的女人，这让她和奎越发显得不般配。

这小子怎么能娶到这样的女人？他这样的家伙，怎么可能？

在返城路上的服务区，我站着狼吞虎咽地吃了一碗乌冬面。

几个月后的春天，他们俩结婚了。我坐在结婚礼堂门口负责男方的礼金签收。两年后，奎生了个女儿。我一年差不多见他们两次。她——一个孩子的妈妈，奎的妻子，每次见到我，都叫我小叔子，但我很久都没叫过她嫂子。

*

父亲说，忘不了那天。在一旁的叔父静静地笑了。奎把草拢在一起，我倒了酒。"那时真好啊，真是好啊。"我把头靠在通勤车窗户上打盹儿，睡梦中总会看到父亲。忘不了那天。父亲就像挂在车窗上的旗子一样随着我晃荡。车在信号灯前停下来时，母亲就会在某个座位上挥动塑胶手套。当车又加速开起来，父亲就会晃着黑黑的脸敲窗户。我使劲儿不让窗户被打开，结果一头撞醒。那天也一样。巴士静静地停下来，人们匆匆地过马路，我看着前面的座位上不停地更换着乘客，从包里拿出报纸。

*

照片里，一个女人坐在窗边。她肯定不是堂嫂。奎的女儿差不多三四周岁了，堂嫂肯定忙着照顾孩子，是不可能出现在报纸头版上的。

女人坐在窗户里面，往这边看着。玻璃上模糊的雾水开始往下流。女人靠在座位上，茫然地望着窗外。凝在一起的水滴流过女人的额头、两颊和脖子。她像是在封闭的玻璃窗里休息，又像是无意间看到窗外发生的事情后走过。照片下面附有如下说明：

"窗外的冬天——24日上午，中部内陆地区发布寒潮预警。通勤车上的上班族透过雾蒙蒙的车窗，看着窗外。据气象厅预报，气温将于26日起逐渐回升至历年平均水平。"

一上班，就看到群件公告栏里已经上传了女人的照片，下面是一堆欢呼的跟帖。女人和我在一个单位上班。我虽然没跟她在一个部门待过，却认识她，而且知道她的名字。可能在走廊里碰见时，还谈过几句业务上的事情。可我怎么也没想到报纸上的女人和她是一个人。几个星期后人事调整，我和她调到一个部门，这让我感到十分惊讶，就像惊讶奎和堂嫂真的结婚了一样。

女人坐在我的对面，我们中间是宽敞的过道。如果女人低头，我就能看见办公桌隔断那边把她头发梳起来的发绳或者发卡。她看电脑时，眉间就会在隔断边上若隐若现。每当她进入我的视线，我的脑子里就会同时跳出"寒潮、潮湿、窗外、看到"等字眼。

我和女人虽然分到一个部门，却很少一起吃饭。她在附近的单位食堂吃清淡的汤，我和几个男同事出去吃有肉的浓汤或者解酒汤。不过，每周初，我们部门中午都会聚餐。在饭店里，她坐下后便给每个人拿汤匙，这似乎是她的习惯。走出饭店时，她会拿着结账吧台边儿上的糖，像个亲切的大姐姐一样分给新来的职员——他们在她给大家摆放筷子和汤匙时，只顾自己玩手机。

沿着摆满传统物件的街道往前走好远，再穿过马路，才是我们办公室。从新年到春节，街上都摆着各种配饰。虽然也有男人们用的斗笠带子和玉鹭帽饰，可女人们的饰物更抢眼。簪子、发带、戒指、各种腰佩，还有在史剧中才能看到的各种发簪和步摇。吃过午饭，在回单位的路上，同事们在那些摆配饰的摊子前嚷嚷着，互相给对方比着，试着，笑着。那是一个步摇簪，弹簧一样的簪子末端有个小鸟装饰。1

月的第一周、第二周、第三周、第四周，每周我都能看到她在头上试戴那个步摇簪。她戴上那个步摇簪开心地笑，再摘下来放回原处，然后敛起笑容无心地转头往这边看一眼。只有在那一瞬间，我才能看到报纸头版中的她，平时她很少显露出那张照片里的感觉。

我脱下外套，感觉办公室又冷清又昏暗。这里采光不好，房子还漏风。她和我共用过道上的衣帽架。除了一个小时的午饭时间，从早上9点到下午6点，她的大衣和我的大衣总是肩并着肩、胳膊挨着胳膊。有时面对面挂在一起，有时从先挂上的大衣后面裹着挂上去。那段时间里，那个衣帽架成了最让我揪心和感到凄凉的东西。

下午开始工作之前，我看了一眼奎写的帖子和上传的照片。最近，奎发照片都是为了炫耀他的女儿。女儿在画纸上画条线，奎的同事们就会跟帖说她将来会是个大画家；女儿脸上沾满饭粒儿，他们就会跟帖要求结亲家。在奎上传的照片里偶尔也会看见堂嫂，虽然只是她的手或下半身，或一点点后脑勺。但我知道那是堂嫂，能清晰地回想起初见时她的脚。生了孩子以后，堂嫂连遮瑕妆都不化了，头发也没烫，蓬蓬地散着。谁看都知道她是个孩子妈妈，但脚脖儿还是那么细。

"不冷么？"

一个男主任拎着个电暖风走过。一个大男人真想把滚烫的暖炉放在身边吗？身体没事儿吗？我关掉奎的照片，上网看了几篇报道。暖风加热的声音传了过来，有人接了满满一杯热水后走过去。没有任何防备的我坐在电脑屏幕前，面对着检索窗口中、广告条中、报道目录中那句专门给我准备的话，那句让我伤心却不能不打开看的话。

"您阴部瘙痒吗？"

*

痒。不管春夏秋冬，总是很痒。春天和秋天痒得一塌糊涂，夏天痒得受不了，冬天还是痒。怎么挠才能不挠破呢？怎么挠才能不被人发现呢？天气一热，我便专心琢磨这些问题。在办公室坐着，可以把手放进裤子口袋里，怎么说还能挠到。可如果在人多的地方痒起来，我只能使劲儿碾着脚趾头，然后起身离开，除此之外没别的办法。医生们说久坐不好，但我却觉得有隔断挡住下半身的办公室可比外勤舒服多了。

瘙痒让我很难熟睡，睡着了以后的无意识挠痒也让我十分郁闷。疯了似地挠醒后，才发现皮肤已经冒水儿、出血。出血的部位常常覆盖着鳄鱼皮似的硬痂。盛夏里，哪怕坐上一两个小时，很快就满是汗，走上几步皮肤就会火辣辣地疼。流出的水儿把内裤染黄、弄硬，变硬的布再刺激皮肤。还总有一种说不出来的酸臭味儿。

瘙痒症状加重都是因为奎。办完父亲的丧事以后，我就入伍了。瘙痒就是从那时开始的。但我以为在部队里可能都这样吧。训练时总是泡在汗水里，又没法及时洗澡。就算偶尔洗澡，不等干就得马上穿上不透气的军服。休探亲假和奎喝酒时，他向我推荐了一款软膏。他说那是自己在内务班时所有人都说好使的药膏。还说入伍期间这病绝对好不了，唯一的办法是每次休假出来都买这种强力药膏带回去，坚持涂抹。

退伍后最先去的地方是桑拿浴，真想好好洗洗。洗完桑拿，我站在穿衣镜前擦身子。我用毛巾仔细地擦着，发现那里已经黑了。又看了好几遍，那不是普通的黑色，似乎是夹杂着浑浊的异物，正在腐烂着的黑色。不久前毛下皮层明明还是红色的呢……我转过身去看了下，又转回身来看。有什么东西从中心部位开始，到肛门，再到大腿根，一直蔓延到肚脐下边。那不是简单的黑斑、血痂或者死皮。还有一些不明来历的白乎乎的什么东西张牙舞爪地在那里啃噬我的命根子。中年男子们看看20多岁的我，再看看我的身体，皱起了眉头。管理员把我用过的毛巾装进塑料袋，扔进垃圾桶。

在我洗完桑拿浴后去的第一家泌尿科诊所，医生说：

"注意清洁，保持干燥。"

我拿出在部队用过的药膏。医生咂着舌头说：

"您这不是普通湿疹，而是阴部长了霉菌。得用抗真菌制剂，您一连几年涂这种药性十分强的类固醇，症状只能越来越严重。乱用药膏会出大事的。"

医生又习惯性地咂咂舌，就像有些人习惯性地抖腿一样。这让我很反感，就换了家诊所。这家诊所的医生说：

"注意清洁，保持干燥。"

这里护士态度不好，我不满意，又换了一家。那里的医生说：

"知道地球上最适宜霉菌生长的地方是哪里吗？"

"……"

"就是男人的阴部。"

我觉得他这样说是因为他是泌尿科医生。如果是搞建筑的，一定会说地球上最适合霉菌生长的地方是容易结露的阳台。如果是头皮护理师，一定会说是头皮。如果是次氯酸钠消毒液公司的营销部部长，就会说所有地方都适合霉菌生长。从那以后，我放弃泌尿科，开始去皮肤科。

"简直要痒死了。"

医生默默地点点头。我不想再这样浪费时间了：

"这个病，会不会影响性功能呢？"

我终于说出一直以来最困惑的问题。可问完我就发现，其实这个问题更适合在泌尿科问，而不是在皮肤科。

"嗯……霉菌要靠吞噬坏死的组织和变弱的东西生长，但您身体强健些肯定有好处的。要想变强壮……您得戒烟戒酒，做做运动，在家里吃饭，减轻压力。"

"……"

"霉菌在高温潮湿的地方会迅速生长，知道吧？请您注意清洁，保持干燥。"

医生在电脑上开着处方，又说了句：

"这将是场持久战啊。"

"……"

"霉菌可是这个世界上繁殖能力最强的生物哦。"

这家诊所我也没再去过，因为我觉得最后一句话是在藐视我。

*

从早上就开始的全国秘书长会议一直开到午餐时间。因为今年将举办两项国际活动，公司从年初开始就接连跟各个相关地区联盟开工作会议。举办活动的地点是完州和平昌。

"你怎么看起来脸上皮肤有些糙啊？一个人生活，可更要注意好好保重身体呀。"

江原联盟的姜处长递给我一杯自动售货机咖啡，说道。乍一听好像是在关心我，实际上他是在贬我。地区联盟审计时，我手里攥着他的把柄。现在我换了部门，得处处郑重地向他寻求业务支持，而且他手里还掌控着平昌活动的实务工作。平昌比完州纬度高，海拔也高。平昌活动在冬天举办，完州活动在夏天，完州是我应该回避的地方。

姜处长随后走到她那里去。几句话过后，两个人都笑起来。比起总是挑刺儿的我，他一定觉得一起合作很久的她要舒服得多。他和她说话，却一直注意我这边。每一笔高管赞助他都动了手脚，把本应该发给队员的奖金拿去修笔记本电脑，还以已经离职的后辈之名领取劳务费，这些他自己应该都是清楚的。他也应该不会忘记，是我帮他瞒住了这一切。

姜处长和全北联盟秘书长一起进了部长室，她又转过身去工作。我觉得，她在部门做的事情是最多的。虽然活动还没有正式启动，部门的重要联络几乎都是在她的分机上完成的。但她在会上并不多说话，和部长或总裁也没什么特别交情。主任们可不认为是她理顺了主要工作脉络，反倒常常流露出不满，说她一个人把活都干了。其实，她并不是那种喜欢出风头抢事儿做的人。

对这次人事变动，我有很多不解的地方。我本来一直负责财务和审计等总部的主要行政事务，为什么会被调到跟出苦力没什么区别的活动主管单位？是不是地方联盟中谁和我有过结，动了手脚？不管别人背后怎么议论，我一直苦心布局，躲开外勤，这局面难道就这么毁了？我胡乱想着。虽然有大型活动时，所有总部职员都要行动起来，但做业务支持和在活动主管部门肩负着责任做事还是不一样的。她是这个部门里干得最久的人，我却刚调过来，不过她和我的级别和责任范围都很相似。如果成立完州组和平昌组，她和我就得各负责一组。我有必要先和她成为相处融洽的同事，可我还是放不下报纸头版中看到的她。我就像个做坏事时被发现的孩子一样，不敢看她的眼睛。我还怕她误会我，以为我的态度是出于无谓的自卑或是对她的牵制，这让我很伤脑筋。

下午加餐，比萨送来了。可能是因为开了长会，大家都不停地吃着。聊了几句业务上的事情以后，话题便转向前天告破的杀人案。一两周里接连发生惨案，提出分手的女友遭乱刀砍死的案子，奸杀幼儿园女童的案子，女子在回家路上被砍死的案子……所有的受害人都是女人。

"要杀也杀男的啊，这些杀女人的家伙都得断子绝孙。"

不知是谁喝口可乐后嘟囔了一句。杀人事件在部长的口中随即便与工作挂上了钩。

"每年少女队员人数都在下滑，知道吧？大家都动动脑筋，想想怎么筹措活动基金吧。这些地方联盟天天嚷嚷着要求增加活动经费，可这钱从哪儿出啊？"

杀害女人的男人是我们联盟的敌人，这是确定无疑的。我们是民营非盈利团体，用那些少女队员的报名费发工资，女性的减少威胁着吃我们这碗饭的人。对我们来讲，没有什么比将要生下女孩儿的育龄女性和将要成为育龄女性的少女们更为重要的了。

研究开发优秀的培训计划，以此来招募新队员加入，或者开展资金筹措活动，从而使集团运转摆脱完全依赖报名费的可怜命运，这些工作的重要性每年年初都会被强调一遍。这些工作固然重要，但是我们人力有限，每年举办那些固定的活动就已经很忙了。那些干活还可以的新员工们，当把他们教得差不多的时候，就说找到了新工作，不干了。而那些不知怎么错过脱身时机，在这儿待到像我这个年头的，都疲沓惯了，没有一点儿生机和活力。

两个新来的女职员吃完比萨，就拿起手机和化妆包说笑着去了卫生间。桌子上扔满了盛过可乐的杯子和沾着调料的纸巾。这时收拾残局的是她或者新来的男职员们。我讨厌这些新来的女职员，她们脸蛋儿白皙，觉得自己好像本不该待在这儿，晃晃当当地混几个月就辞职。炎热的盛夏也要穿着开衫坐在咖啡厅，啜着滚烫的咖啡看窗外的街道。看到这种女人，我就有种想过去把她们暴打一顿的冲动。我在社会培训团体里大汗淋漓地干活，而培养出来的少女队员们将来却可能变成这种让我讨厌的女人。想到这儿，我就面临考验，真的想辞职离开。

她轻声叹了口气，转身回到自己的座位。在不知道他们干得长干不长之前不能给这些新来的好脸子，这一点她不可能不知道。

将在完州举办的夏令营，她以前经手过几次。通过前几期的活动，工作已经步入正轨，只要不出什么大的差错就行。而平昌活动却牵扯到许多问题，虽然是在冬季奥运会申办成功之前决定的，冬奥会的申办成功还是让这次活动更受重视，到处都挂着我们联盟总裁和平昌活动组织委员长在签订赞助协议仪式上握手的照片。平昌活动还关系到资金规模上亿的行政安全部竞标项目。不能让人觉得我们联盟仅仅是个赞助单位，要充分体现出我们的存在和分量。总裁肯定想把平昌交给她，这是自然的，因为能做好的人和一直操心的人都是她。

我又想起了那次业务支援，它让我从此再也不想去夏令营，不管找什么借口。潮湿的盛夏修养林，突袭帐篷的阵雨，还有蚊子。发育良好的少女们穿着汗水湿透的T恤走来走去。我的那些霉菌菌丝们一到夏天就更加猖獗，想到我站在一万名来自三十个国家的少女面前挠大腿根儿，真是场灾难啊。

*

寒潮还在继续，可冬天正在渐渐过去。春节假期以后开始着手准备活动的时候，天气便会渐渐转暖。冬天瘙痒症状较轻，要更仔细地涂药膏。因为霉菌不是消失，不过是以孢子形态暂时藏了起来。有好几次，我以为它们已经消失，便放了心，后来却痒得更严重。这是一场相当持久的拉锯战，我渐渐不再把希望寄托在"根治"或者"消灭"这些词上。世界上没有任何一种药膏能彻底消灭霉菌孢子。

晚上七点刚过，她一个人坐在过道对面，外面已经黑了。

"还不下班吗？"

我故意用非常轻松的语气问。我的大衣一整天都和她的大衣叠挂在一起，领子上散发出我很久没闻到的味道。

"我想再过一会儿走。"

她桌子上摆着本季度的联盟杂志。上面登了一篇对一位老奶奶的采访报道，60年代时她也是个少女。杂志旁边是完州和平昌的宣传册，平昌宣传册上印满了像小星星一样的"Happy 700"字样。

"听说这是让人类感觉最幸福的高度，海拔700米。"

她淡淡地笑着说。封闭，潮气，还有窗户，我一直透过这些去看她。现在她就在我眼前，又像是隐身在雪砌冰凝的城堡里，若隐若现。她是想住在平昌，还是想负责这次平昌活动？或者是想追求幸福？不知什么时候，她冲了一杯茶走过来，站在我身边递给我。黑暗的办公室里，下班时间的忙碌气氛渐渐沉静下来，石油炉上加湿用的水壶慢慢变凉。会议桌上平铺着报纸，桌子那边是文件柜，破旧的门都有点关不上了，铁质书架上插着陈旧的文件夹，过道尽头的复印机闪着幻影一样的灯光。

"以前，我能看出来，一个人会留下来还是会走。"

她看着办公室，说：

"可现在却看不出来。"

她看着脚尖，浅浅地笑了。我明白，她在这里一晃待了十多年，看过太多人的去去留留。她一定试着挽留过，自己也动摇过。单独工作是很危险的习惯，可为了保护自己，这可能是不得已的选择。

我又问她一遍要不要下班，她说再待一会儿。我回到家，煮了两袋儿速食炸酱面，拿出母亲寄来的越冬咸菜，狼吞虎咽地吃了几口，扔了一大半。然后把指甲剪得更短些，再用抗菌香皂洗手，穿着T恤和宽松的平角内裤，坐在电脑前。我左手放进内裤里开始挠，不时拿出手闻一下，右手抓着鼠标，一头扎进有关瘙痒症的检索词里，一晃就到了12点多。这样熬夜上网检索的结果是我试着在命根子上涂獾油，穿用蓝桉提取纤维做的内裤。看到有人说给小孩儿屁股上擦的爽身粉有用，我猛然想起了奎。奎都好了吗？堂嫂难道不烦吗？

这样胡乱想了一会儿，我习惯性地打开联盟群件。在线名单中居然有她的名字。这么晚了，难道还在办公室？我打开留言框，写道："还不走？干吗呢？"然后又改成"还不睡？干吗呢？"随后又删了。我把留言框就放在那儿，开始在部门公告栏中找她写的帖子，结果弹出来一大堆。在什么什么会议录和这样那样的过程报告中，我看到了一个最短的标题，那是去年8月29日17点45分写的帖子：

"格外炎热的一周过去了，可能是因为地球真的在无声地转动吧。大家都辛苦了。"

我又看到她凝望空办公室的侧影，还看到她慢慢走回自己座位的背影。我在其他部门经历四季变换时，她像现在一样，一直都在那里照顾着部门同事，默默做事。我打开那个帖子看了很久。用眼睛看完，再出声读。地球在转，所以，汗水淋漓的夏天过去就是不怎么流汗的冬天。会过去的，帖子这样安慰着我。想见她，哪怕就跟她说一句话。我再打开在线名单，可她已经不在线了。

我打开门户网站，就像是搜索想念的人一样，在检索窗口里输入："窗外的冬天"，然后又改成"窗外的冬天通勤客车"，结果真的看到了她。她坐在公共汽车里，前面应该是红灯，好像马上就要变灯了。感觉夜好长，还要好长时间才能天亮。

我把电脑桌面上杂乱的文件夹进行了清理，然后把全屏背景换成她的照片。我枕着胳膊躺在床上看她，然后进入了梦乡。

春节长假前的最后一次午餐，她从自己碗里盛出一些饭，放到银色的碗盖儿上给我。从那天晚上以后，她的每一个动作都让我觉得比以前更有意义。和她在一个锅里舀豆渣汤喝时，我可能还会想象我们是一对夫妇，同在一个公司上班，她愿意为我考虑，为我做出牺牲，让我负责平昌活动。

同事们拿着蘑菇礼盒纷纷回家了。我第一次开始好奇，她会和哪些家人在一起，怎么过年。我告别了之前看的皮肤科诊所，又换回泌尿科诊所。

*

母亲说，世界很脏，但我们有次氯酸钠消毒液。

热爱消毒液的母亲和以前一样，依然是节日里的指挥官。她把婶子和堂嫂要做的活儿分好，不让她们多做别的。一连几天，母亲都在稀释消毒液煮抹布，擦拭家里的每一个角落，勾画着来拜年的亲戚们的移动路线。奎4岁的女儿在擦得铮亮的地板上跑来跑去。"咱们家长孙也得赶快找个对象，嫂子才能放心啊。"婶子今年依旧拍着我的肩膀说道。

堂嫂生完孩子三四年了，现在看起来比以前轻松了许多。她开心的笑容有时让我感觉她好像不属于我们这个家族。我愉快地看着她笑呵呵地叫着"大妈，大妈"，向母亲问这问那。当看到她和婶子笑成一片时，我才从梦中醒来，想起她的婆婆不是我的母亲，而是奎的母亲。

母亲说："别的都不重要，父母感情好，在充满爱的家庭里长大的女人最好。这样的女人懂得付出，也会好好抚养小孩儿。"这就是母亲所说的妇德。有双亲，双亲感情和睦，这样的父母自然会给女儿种下信任的种子，使她相信世界，相信他人，散发出自己的光彩。我身边好像曾经有过这样的女人，不过她们总是和我不同班，不同系，不同小区。即使在同一个地铁站下车，也会走进不同的楼里上班。每当见到笑脸盈盈的堂嫂，我就会想起那些曾经交往过的沉闷的女人。

婶子和堂嫂开始煎饼。母亲调好鸡蛋液的咸淡后，一边歇口气，一边逗孩子玩。奎来短信说在和叔父钓鱼，让我过去。我正要起身出去，给孩子擦屁股的母亲说：

"孩子小屁股味儿太大了。"

堂嫂正在翻明太鱼煎饼。

"孩子有点感冒，没给她洗澡，一会儿洗洗就好了。"

"这可不是没洗的味儿。"

说着，母亲从浴室里拿来消毒液。

"在开水里放点消毒液，一洗就好了。"

"大妈！"

瞬间，堂嫂扔下锅铲，径直跑过来从母亲手里把孩子抢了过去，好像是从火堆里救孩子，又像是把被绑架的孩子从犯人手里抢过去。堂嫂看向母亲的眼神中瞬间闪过一丝厌恶。没有吵嚷，她给孩子拿来手机，让她坐在身边，然后赶紧忙完活儿。婶子好像也见得多了，转过脸去，什么都没说。

我看不下去母亲一个人尴尬地坐在那儿，就出来了。如果是自己婆婆，她也会用那种眼神看么？我心里很不是滋味儿。母亲对消毒液如此痴迷，这让我又吃惊又心痛。

一到院子，我就看到祖坟山。在村子里，不管藏在哪儿，都能看到祖坟山。同样，在祖坟山，不管在哪儿，都能看到村子，看到横贯村落的小河和那些河岸高地上的房子。

人们都说父亲和叔父是"弟不如兄"。叔父总是一副让人捉摸不透的表情，默默观望。父亲却很爱笑，重情义，还喜欢喝酒，所以身边有很多朋友。他气度很好，常把我和妹妹挂在胳膊上，像甩毛巾一样转圈。父亲没有把豪放的性格遗传给我，几乎都给了妹妹，可我也不反感人们来向父亲倾诉琐碎的心事，或者来给我们家送好吃的。和父亲关系好的人都半开玩笑地说，他们对父亲唯一不满的就是他的兄弟。

父亲和叔父每年都带他们的独生子——我和奎上祖坟山扫墓，这成了我们四个人每年夏末都要举行的仪式，也是一次野游。扫完墓，奎整理杂草，我从背包中掏出酒和水果摆上，父亲和叔父并排坐在祖坟前落汗。他们看着山下那条从上游树林中流淌出来的小河，它穿过村子，流向原野，在原野尽头展成一条水平线，仿佛给原野戴上了一条光带。这样坐着看着小河喝马格利酒，几杯下肚，父亲一定会提道"那天"："忘不了那天，真是好，真好。"

这是在说阳光。在离村里河边不远的地方，有一块平整的大石头。那里没有茂密的树林，又是一块凹进去的避风港，所以采光好，而且风轻雅静。父亲说，他和叔父二十七八岁的时候，脱光衣服躺在那块大石头上晒日光浴，那种又热乎又舒爽的感觉特别好。我当时不明白那有什么好的，因为我们小时候开始就光着屁股在大石头那儿玩，我们也常常脱光衣服躺在那儿。"就那么一天，后来再也没机会那样晒过太阳，日子一天天、一年年地过，转眼就老了。"父亲咯咯地笑着说。

我抬头看着白雪皑皑的祖坟山，父亲躺在那儿。长大以后，当我的命根子能真正发挥作用了，我再也没让它晒过太阳，它总是被封裹在黑暗里。我还没拥有过"那天"，就飞快地霉烂起来。

"家里还是要有小孩子。"

孩子穿着韩服，戴着福袋，在屋子里走着。她像小青蛙一样趴下拜年，把大家都逗笑了，笑声淹没了屋里的尴尬气氛。孩子喜欢跟爸爸玩儿，吃完饭就到爸爸背上骑马。她模样一点儿也不像奎，可能是随妈，和堂嫂长得一模一样。奎为一个跟自己一点儿都不像的孩子，在地板上又哭又笑地爬来爬去，这让我多少感到些安慰。

虽然有太阳，天气还是很冷，奎和堂嫂在后院分要带回家的干菜。孩子爱笑，也不认生，很快和我就混熟了。尽管有点儿感冒，她还老想到外面去玩儿。

"咱们去看那后面的大棚啊？那儿暖和，还能玩土。"

孩子兴奋得抓住我的胳膊。堂嫂给她辫了小辫子，很配她的韩服。我抱着她穿过后院，对奎和堂嫂喊：

"我们去大棚里玩！"

孩子在我怀里对爸爸妈妈挥手。就在我正要回头那一瞬，嫂子从奎手中拿过干菜，用下巴冲着我们点了点。虽然离得远，但我一眼就看明白了，是让奎跟着我们的意思。奎摘下手套，没精打采地站了起来。孩子晃着我的肩膀让我快点走，可我已经看到了堂嫂的表情。堂嫂可能从我变僵的表情中感到了不对劲，她过来抱走孩子。孩子哭闹着要去大棚，然后就被妈妈抱回了屋。

我一进大棚，奎也跟了进来。

"什么意思？"

我绷着脸问。

"孩子还小，要是尿尿什么的……怕你麻烦……"

奎垂着眼睛吞吞吐吐地说。从小就这样，我一瞪眼睛，奎就不敢顶撞。他虽然比我大一岁，可我生日大，我们一起上的学。无论体育活动、打架，还是学习，他都是手下败将。

"别扯别的，直说吧，什么意思？我还能把孩子怎么样么？"

"不是，现在家有女儿的妈妈都这样。不让孩子和任何男人独处，除非是亲爸。你不也看新闻么，最近闹得人心惶惶的事儿可不止一两个。"

"什么？胡扯！"

肚子里就像有条蛇在蠕动，昨天开始就有什么东西积压下来，现在一下子蹿到了嗓子眼儿。堂嫂怎么能这样？她怎么能这样？

"嫂子怎么能这么对我？"

大棚微微一颤，回声停了下来。风打破沉寂，吹向外面。我看到奎的表情发生了微妙的变化。

"你嫂子怎么了？那她得怎么对你？"

奎瞪着眼睛看我，我扭头看向空中，笑道：

"你！别那么养孩子！"

"呵，我们怎么养孩子了？别扯太远了！你理解家有女儿的父母吗？"

奎扬起下巴。

"我他妈不理解！我他妈就算知道女孩子们心里想什么，也不懂你们！我怎么知道你们想什么！"

我一脚踢起大棚里的土，土块飞到奎嘴边。奎一副强忍住想要挥拳过来的表情，气汹汹的。真是贼喊捉贼，倒打一耙。他以前可不敢跟我这样，结婚生孩子后，平添了一种让我十分反感的自信。奎没出手，而是把脸凑过来说：

"你那儿还没好？别老像个变态似的偷偷挠，你以为谁都看不见么？"

我揪住奎的脖领子。

"都是因为谁？让我到现在还受这分罪？要不是一直抹那个药膏，我也不会……"

"别逗了，当初谁哭唧唧地说是你爸传染的？我看不下去你休假出来老那么赖唧唧的，才给你那个药膏，赖谁啊？瞅你那衰样儿。"

奎推开我走出去。

父亲？啊，是啊，是父亲。我傻笑着坐在大棚的地上。

*

父亲只喝了保佳士功能饮料瓶盖那么点。"百草枯"，一种哪怕用嘴唇沾上一点就会死人的除草剂。没人知道父亲是不小心喝的，还是气头上喝的。母亲埋怨叔父明里暗里的挖苦，叔父埋怨母亲不露声色地拱火。

倒下的父亲被发现以后，送去医院做了形式上的洗胃，可村里所有人都知道父亲肯定活不成了。村里每隔一段时间总会有人喝百草枯死去，那是一种烈性除草剂，可以消灭任何拥有顽强生命力的东西。它给劳动力不足的村里立了大功，一般除草剂跟它没法儿比。村里到处都喷洒了百草枯，大人们一遍遍告诫孩子不要随便揪田埂上的艾草吃，说那样会出大事的。可当他们走投无路时，却要用百草枯了断。

喝百草枯自杀的人，在临死前的最后几天，虽然胃肠道已经被腐蚀，意识却是清醒的，所以十之八九都在死前痛苦地央求救命。看过的人都说，要喝就多喝点儿，快点儿死更痛快。

从医院回来的父亲坚决不同意去里屋，这也许是他最后一次为家人考虑了。家里几年前扩建房子时，给我弄了间书房，父亲就躺在那里。亲友们像探望病人一样，来看看就走了。母亲已经病倒，妹妹借口说要准备升学，坚决不靠近父亲，照看父亲便成了我的任务。

父亲刚从医院回来时，感觉还不像马上就要死的人。但过了两天，父亲就开始捶胸喘粗气。医生说，毒素会和氧结合，造成肺纤维化，接触的氧气越多，肺纤维化越快，所以不能利用吸氧的方式来辅助呼吸。

从那以后，又过了十天。毒药完全融进身体，父亲为了呼吸折腾，却不能正常呼吸，不断地在痛苦中痉挛。父亲身体本能地吸气，可吸进去的气体却折磨他的呼吸道，让他痛苦地挣扎。

"嘶呵，嘶呵……"

父亲嘴里挤出的声音就像有沾湿的习字纸贴在小舌上，有时还发出喷火一样的声音，父亲每次张嘴都让房间充满百草枯特有的难闻气味。炎热的天气还在继续，父亲还有气，为了不让他生褥疮，我努力给他翻身，吹风扇。

那是一个连续闷热了三天的晚上，我用凉水沾湿毛巾，走进父亲房间。他什么也没穿，就盖了一个单被，仰面躺着，溃烂的后背和臀部已经散出味儿了。我走近父亲面前，他充满黑红色血丝的瞳孔动了一下。父亲还活着。

"爸，我给您擦一下。"

我小心地掀起单被。开始我以为那是灰白色的粪便，但不是。缠绕在父亲中心部位的，是一种比蜘蛛丝还细几十倍的丝，有点像烟，似乎一口气就能吹散，定睛一看又好像什么都没有。

"呵呃，呵呃……"

父亲张着裂得像用刀割过一样的嘴唇。药直接接触过的上颚和舌头一片惨状，再也看不到父亲的风度和强健体格了。他就像被喷洒了除草剂的草，一时间就枯了。

"爸。"

我抓住父亲的手。

"爸，您能听见我说话吗？听见就握一下我的手。"

父亲握了一下我的手，我微微感到了他的手劲儿。我低头看他变得黑青的脸很久。屋外，夏日的草虫开始使劲儿鸣叫。

"爸，您当时是想要死吗？"

我没感到父亲手上用力。

"爸，您想活下去吗？"

父亲的手还是没用力。我看着父亲一点一点儿地扭腰，下身在抖。

"爸，痒吗？"

这时，父亲握紧我的手，好像用尽了全部力气使劲儿握着，不再松开。马路上传来车子驶过的声音，我等待着深夜的来临。手推车在仓库边上，我把车拉过来，将父亲放到车上。虫鸣声一下子都停了下来，我听见小草在晚风中摇曳。我推着父亲沿着小河走，顺着弯曲的小河，随着推车轱辘一起走着。偶尔停下来，我看到时刻斑斓变幻的夜空漂向远方，星光映在黑色的水面上，又照耀着蜿蜒的地面。那块大石头就在那儿。我收起单被，让父亲光着身子躺在石头上，把他的两手和两腿都伸开，摆成一个"大"字。听着大石头下面流淌的水声，我蜷缩在父亲身边，睡着了。

感觉有什么东西扎脸，我睁开了眼。清晨的阳光照在大石头上，父亲已经停止了呼吸，他那不用再呼吸的身体静静地躺在阳光下。好像是在等我看一样，耀眼的阳光一下子都倾泻到父亲的中心部位上。就像一接近大蒜就生气的吸血鬼德拉库拉一样，盖在父亲中心部位的巨大菌丝体开始发神经似地飞扬。我坐在父亲身边，不停地挠着。

葬礼期间，我们烧掉了父亲的所有东西。父亲临走前用的枕头、褥子，就连父亲去世前那间屋子里的桌子和椅子也都烧了。但我还是痒。母亲用消毒液擦了那间屋子一个多月，墙和棚顶都擦了。消毒液瓶儿像烧酒瓶儿一样在屋里到处轱辘。风一刮，被化学液体腐蚀的橡胶手套挂在晾衣绳上挥着手。母亲像酒精成瘾患者一样往家里买消毒液。从那以后，苹果、生菜、内衣上，都有一股消毒液味儿。

但是，母亲和我都犯了一个错误。该烧掉的不是父亲的物品，而是父亲的遗体。盖在父亲身上的丝状菌肯定已经从父亲的棺材里钻出来，在地上生了根。也许即便在我死以后，它都会在这个地球上生气勃勃地存活下去。每次仰望祖坟山，我眼里都能看见吞噬了父亲的菌丝体正在嘲笑我，它已经汲取了大地的养分，占领了祖坟山。

父亲去世后，他的很多东西都被叔父拿了去，包括家族的大事小情，还有父亲的朋友。他们的儿子呢？叔父的儿子娶妻生子，父亲的儿子却变成有性侵儿童倾向的潜在性犯罪者，在大棚里笑着。

*

我决心不再见奎一家子。我以为不见他们就会忘记，甩甩头上了班。可我忘不了堂嫂的表情，很久以前对叔父的不满也一点点想起来。这些都挤到了喉咙眼，只要谁稍微一提，我就会爆发。

她没有长假综合征，很忙。我伸开腿，靠在椅子上坐着看她拿着夹有等待领导审批文件的文件夹走过。"你觉得消毒液怎么样？"我想叫住她这样问问。哪怕她用一丁点儿感到奇怪的表情回头看我，我好像都难以控制自己的心情。

部长叫我和她一起吃午饭，"在部门工作会议之前，我们之间先大致计划一下吧"。部长开了口，没多长时间就说完了。

"负责平昌就叫昌组长，负责完州就叫州组长。现在开始这么叫就行吧。"

部长张嘴笑了，脖子上的皱纹上下动着，很难看。部长曾经也是一名少女队员吗？她给我和部长各盛一碗汤，放在我们面前，一副开心的表情。

部长结账时，我和她一起从巷子里走出来。街道上卖配饰的小摊儿都收了，很冷清。穿校服的少女们跑向路对面面包店的巧克力盒前。

"嗯，……"

她和我并排站着，同时开口说话。她好像不自然地笑了笑，然后转过头来看我。我们就这样对视着，几秒钟过去后，她先开了口。

"我们好好干吧，州组长。"

部长从巷子里走出来，她又朝我笑了一下就跟了过去。如果我对她说，去完州也许会让我变成变态，她会露出什么表情？她们俩走在前面，我跟在后面，心想要是她回头看一眼多好。如果她再回头看一下，我也许会改变内心的决定。

我放慢脚步，给姜处长打了个电话。

去年9月5日19时20分写的高城活动预算执行报告，去年11月29日21时40分写的补贴执行现状报告。我打开部门公告栏页面，整个下午都在做要发给姜处长的资料。发完已经到了下班时间，我努力不往她那边看，走出办公室。

夜晚的街道黑漆漆一片，寒风刺骨。好多女人从我前面匆匆走过，手机拿在耳边走过的女人，咯噔咯噔地走地下通道楼梯的女人，钱包贴在公共汽车刷卡器上的女人。女人，女人，这些女人都要去哪里？这么多女人中，就没有一个愿意和我为结婚生子而认真交往的吗？我的梦并不大，我只想找一个有德的女人，生一个像我的儿子，一个像她的女儿，在海拔700米左右的舒适地带，过着在家里做饭吃的日子。她会百分百地相信我能够保护她，不让她被世上那些潜在的罪犯伤害。这样的信任，只有两个人的基因相似度达到99%以上时才可能存在。我希望有人这样信任我，哪怕就一个。

我在家门口的大排档点了碗喜面，喝了一瓶烧酒。到家酒劲儿就上来了。我看看收纳箱，发现只有一瓶消毒液了，就坐在电脑前，感觉如果现在不买，好像连几分钟都忍不了。我打开网购页面，看到静静坐在检索窗口里的那句话："男性阴部瘙痒，解决方案？"

每次面对这句话，我都会动摇，期待打开这个窗口，也许会把我带到另外一个完全不同的世界，不是男性洗液，也不是功能性内裤。也许是关于阳光的故事，或者是关于冬天的，也可能是一个非常干净的故事，我希望自己总有一天能够走进那样的故事。

我从最后一个字开始逐字删掉那句话，然后把要买的东西写进去。

我感到胸部酸痛，看来睡了很久。办公室打来的未接来电有几十个，从卫生间一出来，电话又响了，是主任。

"组长，您到底在哪儿啊？"

声音很急。

"现在不是道级审计期间嘛，江原道联盟那边好像出事了，可奇怪的是这又和中央办事处搅在一起……我们组长现在状况不妙，部长也急了……您得快来啊。"

主任说的"我们组长"是她。看来姜处长还是难以拒绝我的建议。照我的计划，她是免不了要受到内部处分的。挂断电话后，我关掉手机电源。四面都静了下来。最终还是这样了，我呆呆地蜷坐在床上。

门铃响了。打开门，一个大箱子被推进来。到现在为止，我似乎就在等这个快递箱子。我把箱子拉到浴室，然后把浴缸塞上。箱子里塞满2升装的消毒液，我一瓶瓶拿出来，然后往浴缸里倒，一直倒到可以坐浴的量。我想用纯消毒液泡下身，看清楚吞噬我身体的家伙们在浴缸里挣扎的样子。我沉浸在这样的想法里，丢了魂儿似的倒着消毒液。

打开最后一瓶瓶盖时，我发现眼睛里看到的东西倾斜起来。扁桃体像被针扎了一样，嗓子很疼，感觉恶心，开始空呕。我勉强抓住洗面池站起来看镜子，浸了毒气的眼睛里流出眼泪。我打开淋浴，热水浇在消毒液上，泛起蒸汽。镜子渐渐模糊，浴室里充满氯气。我大口喘着气，瘫坐在浴室地板上。

我呻吟着，头靠在墙上，身体似乎丧失了知觉，渐渐陷入朦胧。眼前摇曳着浴室的灯光，水珠在湿润的睫毛上模糊成几层。在这连环一般的水珠尽头，我似乎看到有什么东西若即若离：一个冬天的中午，街道上空气很凉，天空晴朗，她站在镜子前试戴发簪，那是一个过去女人们在好日子里佩戴的饰品。圆圆的白玉板上闪耀着多彩的玻璃装饰，她头一动，银丝制的鸟状摇坠就震颤颤的。地球在无声地转动，冬日的阳光映照着每一颗珠子，光芒四射。

她回头看我。发布寒潮预警那天,就在被拍进相片的那一瞬间,你透过窗户看到了什么?她敛起笑容,转过脸去。绿灯亮了。听声音就知道浴缸里的水马上就要冒出来了,我伸出胳膊去够浴室的门把手。一次,两次,三次,每次手滑下来,我都捶地痛哭。

没　治

姜英淑

　　振旭过得很好，生活中似乎不会发生什么坏事。直到有一天，他偶然在一个十分寻常的晚餐聚会上看了一次手相。给他看手相的是那天一起吃饭的朋友的同居女友，女人圆润的肩膀和过度从容的气场让人感觉有些压抑。朋友身材单薄，两个人乍一看似乎不般配，再一看却又很般配。大家互相碰着红酒杯，一个个轮流把手伸出来给女人看。大家也不是没有工作，都过得好好的，还想知道些什么呢？都是经常见面的朋友，却让他觉得很陌生。不管怎样，振旭本来不怎么相信这种根据统计做出的推论，不过他也不打算扫大家的兴致。轮到他了，女人把他的左右手来回端详了好久，看得朋友们都开起了小差。然后，女人说了句话，振旭记得那句话好像跟手相的定义差不多：和自己人生毫不相干的朋友或者家人的事会在手上留下一条线，这就是手相。发生在别人身上的事，为什么会在我的手上留下印记？

　　振旭打算赶紧把手收回来，他不想看了。必须得有个人说点什么来结束这荒唐的局面，看来得他来说。"就到这吧。"他对正在看手相的女人说道。他其实是想冲着朋友所在的方向说："你这个家伙，把她带走，滚！无缘无故看什么手相？"刚才那些用来碰杯、烘托气氛的红酒杯也没什么用了，都堆在桌子中间，大家都在把啤酒和烧酒混在一起喝。这时，女人又开口说道："怎么什么都看不见呢？什么都没有，一片空白。"虽然不能说是因为这句话，但现在他酒也喝不动，菜也吃不下，又不能起身先走。他打算就那样若无其事地坐着，装作什么都没听见。后来，他感觉耳朵要喷出血来。"看不到未来。"因为这句话，他什么都听不下去了——笑声、咀嚼食物的声音、服务员上酒的脚步声、噪音般的音乐、手机铃声、打电话声，这一切都让他难以忍受。然而，最令他难以忍受的是惊慌失措的自己，他突然觉得自己好像正在被一种无比广漠而残忍的东西淹没、碾压。不管怎样，他还是像其他朋友那样，从女人那里接过名片随手扔到包里，然后第一个走出餐厅。

*

振旭在 H 银行工作很久了。他并不是一个静静地坐在那里明哲保身的普通职员，他在工作上总是积极进取，是别人的榜样。他很自信，自认为不会出现任何问题。

几年前，新年过后没几天，天空飘着雪，银行楼前的停车场里传出车轮在地面上打滑的吱吱声。银行门里走出一个人，就会有两个人走进去，柜台职员们忙着接待不断增加的顾客。这时，一位身穿黑色大衣的女人走进来。穿黑色大衣的人很多，但她的黑色很奇怪，就像沥青一样，又黑又亮。振旭坐在柜台后面的桌子边，一看到她就不由自主地起身来到大厅，把她带到有空位的柜台前。女人坐下来，好一会没说话，只是呆呆地低头看自己的手。她十指相扣，指甲上涂着透明指甲油，看上去既干净又素雅。过一会，女人开口说了起来。奇怪的是，他越听越认真。女人说想让他帮忙最大限度提高银行账户透支额度，因为她马上要出国。

"我要去国外常住一段时间，所以需要一笔钱。不过，现在我有点忙，我下次再来吧，您看着帮忙办一下。"说完就站起身，把存折和印章放在柜台上。那副理直气壮的样子，好像是来取自己存在银行的钱一样。振旭在电脑屏幕上看了一下她的信用状态——太糟糕了，没有固定收入，也基本没有存款。真不知道她用什么钱出国，他莫名地感到很好奇。不管怎样，就在女人从椅子上站起来准备出去的时候，他大声对她说：

"需要您亲手写点东西，请等一下签了字再走吧。"

银行大厅里的顾客越来越多，女人坐着等的时候打了几个电话，都是说要离开首尔的告别电话。振旭又朝她那边看了看，她静静地坐在那里，几乎一动都没动。振旭耐心等待业务专员把前面顾客的业务都办完，鼻子却一直嗅着一股奇怪的香味——一种很奇妙甚至有些刺鼻的香味，完全不符合她素雅的形象，让人感觉那素雅的外表背后似乎晃动着老虎的影子。后来他才知道那是她很喜欢的一种香水的味道。他不怎么喜欢这种给人一种很老练的感觉的味道。他当时根本没预料到后来会有许多事情跟着这股香味一同向他涌来。柜台职员刚处理完前面客人们的业务，振旭就让他快点办一下女人的业务。上司的突然介入让这个刚过试用期的新职员感到很不解。女人准备起身离开，他急忙从上衣口袋掏出一张名片递过去。名片上有他的电话号码，他是不随便给人的。他很清楚，像这样的擦肩而过是很平常的事，人们并不会因此而成为恋人。尽管如此，他还是和这位女顾客——秀妍交往了很久。

*

秀妍坐在传统市场中央的一个小摊上吃了一碗刀切面。一个人逛街吃饭也是最近的事情。记得一本杂志做过一份问卷，调查人们死之前一定要吃的食物，有一个知名老艺人说想吃红豆刀切面。她想象红豆刀切面汤水在白布上慢慢浸染的画面，不知为什么，那画面在她脑海中久久不能离去。她记得每当跟妈妈问起小时候的事情，妈妈都会不厌其烦地说起面条："你小时候，我们总吃面条，不过不是挂在松板上的又干净又长的好面条，都是切剩下的边儿。把那些面条边儿收起来，煮熟，然后拌上酱油和芝麻盐吃。除了面条，什么都没有。我总是害怕你们光吃面条会不会死掉，担心我生下的孩子光吃面条会吃死。"奇怪的是，秀妍一想到妈妈说的这些话，嘴里就会流口水。

　　经过传统市场，再往斜坡上走十多分钟就是秀妍住的公寓。不过，秀妍出门办完事，一般不直接回家，经常要在市场边上转一转。买完名牌手袋或名牌化妆品后回来，她也不直接回家，而是去市场里转几圈。在百货商店购物都不能填满的空虚，一定要靠吃点炸蔬菜或炒年糕才能填满。她买上一堆卖剩下的红薯或生菜，装在黑塑料袋里，随便放进购物袋，然后就像看别人的房子一样抬头看看自己的家。公寓旁边还在建公寓，城区旁边还在建城区。除了那些在新城区开发中建起的高层公寓，所有房子都看起来又矮又破。小商店里，男老板在电视机前低头看报纸，不时地往上推推眼镜。他总是那么坐着，不过秀妍一来，他就立刻站起来和她握手聊天。他总是很自豪地炫耀自己是如何努力工作供孩子们上大学的。秀妍一进来，他就和她握手，也不问一声就拿出一瓶矿泉水，拧开盖子后递给她，然后又去看报纸。秀妍坐在圆木凳上，嘴对着瓶口喝水。她像嚼食物一样嚼着嘴里的水，心想，我为什么又坐在这个满是铁货架、又黑又有味的小店里？为什么又坐在这个圆木凳上？老人抠抠鼻子，抠出来的东西被他搓了搓后扔在报纸上。这时，几个客人推开玻璃门走进来。

　　"有糖精吗？"

　　"有安东烧酒吗？"

　　"红糖上次还有呢，怎么没了？"

　　"我来买点儿粉条。"

　　一有人进来说话，老人就像拧开了水龙头一样滔滔不绝："我凭这个小店供三个孩子上大学，一个还去美国留学，现在定居在那。""哦……"秀妍点点头："您上次不是跟我说过孩子的事了嘛，别说啦。"老人听她这么一喊，瞪了她一眼。开小店养孩子和供孩子上学是他的一生，而秀妍不过是来小店的黄色小圆凳上一动不动地坐一会的人。秀妍呆呆地低头看着漆黑的水泥地板，偌大的纸购物袋里装着名牌包。这时，老人又开口说道：

　　"这帮白痴不知道首尔人口正在减少，谁都不愿意生孩子吗？干嘛还是不停地盖房子？哎，报纸上这不都写着嘛。"

公寓建筑工地里传来挖掘机的噪音。因为地下石头很多，所以声音特别大。秀妍本想再说些什么，不过没说，闭上了嘴，然后露出一丝苦笑。其实，她一整天都在想振旭，争吵，争吵，不停的争吵让两人之间的信任消失殆尽。她脸色很难看，身体也很累。她希望振旭死掉。

"你知道我所做的一切坏事，去死吧，赶紧消失。"

秀妍坐在黄色小圆凳上，像个话剧演员一样自言自语。小店老板头顶上方的电视机里播出一条新闻字幕，说一个男人因为生活费和妻子吵架，结果把刚出生十个月的孩子扔到地上。接着，播音员说他是瞬间把孩子当成了布娃娃。婴儿出生时不知道自己的父母没有钱，就算知道，母亲的子宫不断收缩，向下挤压，孩子也不能不出来。秀妍能够理解孩子，却理解不了振旭。她是因为振旭是银行职员才喜欢上他的，她不过是希望一个银行职员能够帮她控制过度的消费欲望，把银行账户恢复正常，解决债务问题。

*

"你们挺能喝的嘛。"

坐在邻桌的四个人正在吃肉。这句话是看起来像妈妈的女人对孩子们说的。振旭和高中同学坐在邻桌，也在就着烤肉喝酒。朋友用自己的筷子翻肉片，然后不断往振旭盘子里放。

"所以你把银行的工作辞了以后干什么？你小子，你以为你才30多岁吗？说不干就不干。"

振旭不喜欢D市的空气。在这里，人们连别人家有几个汤匙都知道，所有地方的空气似乎都是同样的颜色、同样的重量，这让他感到压抑。所以，他总是不愿回家乡。

"哎，行了，小子，别拿你自己的筷子翻肉了，脏死了。"

振旭一边跟朋友气呼呼地说，一边忍不住往邻桌看。

"女人就要有女人味，这么能喝酒可不行。"

看起来像妈妈的女人对看起来像她女儿的女孩说道。女孩头发扎得很紧,她一口喝完杯里的酒,又从坐在面前的男人手里接过一杯。说他们是普通的四口之家,总感觉有些不对劲。朋友不管振旭烦不烦,还在用自己的筷子翻肉片。

"会喝酒挺好,会喝酒就没有女人味?怎么会。"

男人的 D 市口音很重。

"你们别吃肉了,吃点饭吧。"看起来像妈妈的女人对孩子们说。

"说什么呢?再吃点肉。"男人说。

"肉就别吃了,还是吃饭吧。"看起来像妈妈的女人不服输似地坚持道。

"再吃点肉。"男人很固执。朋友也偷偷瞄了一眼邻桌,然后继续用自己的筷子翻肉片。

"老公,别吃肉了,孩子们都饱了,吃不下了。"看起来像妈妈的女人皱紧眉头说道。她刚说完,男人就大声喊道:

"不行!老板娘,再来 4 份排骨肉。再吃点肉,你们多吃点。"

女孩趁机把杯里的酒喝了。

振旭从烤肉店出来抽烟。白天气温还是零上,晚上却很凉。振旭站在人行步道边上抽烟,听见电话铃声,就转过头去看。刚才坐在邻桌的女孩推门出来,转过饭店一角,走到墙边停下来,拿出烟点燃,叼在嘴里,然后拿出电话。振旭装作没看见,继续抽烟。

"最便宜的肉就是排骨,撑死也用不上 10 万块(韩元),请人吃还这么寒酸,真是小气,气死我了。"

对面超高层公寓楼群后面的山坡上有一片非常明亮的灯光。现在那个社区全部是重新改造区域,却还有人住在那儿。过去,兄弟们匆忙吃完早饭,就会每人带个饭盒往胡同下面跑,就像从一个小罐子里蹦出来的一样。振旭曾想把那个几乎要挤爆了的小房子和小胡同从脑海中抹去。进入银行工作并一直晋升是他的目标,他每天都默念几遍:"我要去银行工作,我要成为一个国际银行家!"

"那个不知是电影演员还是导演的伍迪·艾伦?放心吧,不是那种人。不过，什么他妈的伍迪·艾伦，就是个巷子里的老大爷。"

女孩边用运动鞋尖在地上碾烟头边说。

"我得进去了。"

她从兜里拿出口气清新剂喷了几下，走到门前瞟了一眼站在那的振旭，眼里充满叛逆。

回到桌上，朋友又开始说道：

"你是不是疯了？都四十多了还提前退休。"

邻桌那个看似是妈妈的女人也没闲着：

"哪来一股烟味？"

女孩还是低着头。这时，振旭下意识地对那女人说：

"啊，不好意思，我刚才出去抽了个烟。"

女人马上给了他一个灿烂的微笑。

每当坐在前面的朋友数落振旭的声音变大，邻桌的女高中生就会转过脸来往这边看。振旭一看她，她就转回脸去看自己面前的桌子。

"孤独吧？孤独吧？别人孩子都大了，快上大学了，你小子婚还没结呢。我给你找个人一起睡一晚？孤独吧？很孤独吧？臭小子，傻透了。"从饭店走到酒店大堂不过五分钟的距离，朋友紧紧抓着他说话，满是大蒜味的嘴巴在他脸上蹭来蹭去。不管怎样，两个人互相拥抱了半天。振旭把酒店的窗帘拉开一半，躺在床上。从汽车噪音、高楼大厦和灯光强度来看，D市现在也算是超大型城市了。振旭的兄弟们都离开了D市，在别的城市定居。父亲去世的时候，兄弟们和他们的孩子都来到D市，他们并不伤心，就像压根就没有父母的人一样。看到父亲的遗体，也是一副茫然的表情，好像把什么重要的东西落在了家里。当然，他也没哭。从隔壁房间传来房门和衣柜门打开的声音，还能听见脚步声和门的吱扭声。振旭没有困意，就穿上大衣来到外面。他绕着空空的酒店大堂和没有客人的咖啡厅转了一圈，又去了一趟地下桑拿洗浴区，桑拿开放时间已经过了。本打算还是回房间，却推开酒店大门，来到外面。他买完烟，从便利店外面往里看——孩子们在吃杯面。

没治

"那个……大叔……"

振旭从便利店出来,正要推开酒店大门进去,刚才在烤肉店前抽烟的那个女孩对他说:

"您能给我点钱吗?"

听了她的话,振旭笑了:

"下次吧。"

他觉得要说点什么,又没什么话说,就随口说了句"下次吧"。女孩没有就此罢休,要跟到酒店大堂里来。他打开钱包,把所有现金都掏出来递给女孩。女孩一脸兴奋,打开翻盖手机,走了。

振旭脱掉皮鞋,坐在桌子旁的沙发上,从西服内兜掏出一个白信封。信封里面是一张白纸,上面印着一个蓝色手印。他学着给他看手相的女人的样子,用干净的湿巾擦擦两个手掌,吹口气——把水气吹干似乎很重要。然后,从包里拿出在文具店买的印泥,用海绵沾好涂在手掌上。他高举双手,甩了甩。他想找那张纸,却没找到。他看到床上铺得平平整整的白床单,便把手轻轻地按了上去。他低头仔细盯着床单看,希望那看起来白白的地方能出现一条细线。

*

到处是白茫茫的雪。车一驶上国道,振旭就拿出在便利店里买的盒装烧酒,插上吸管,像喝保健品似地喝起来。公路下面的铁网上,很多像锥子和树枝、又像是刺的东西从白雪覆盖的风景中穿透出来,很多鸟落在上面。信号灯前停着一辆红色的可口可乐货车,只有"可口可乐"四个字是黑色的。他跟着可口可乐货车跑了很久。突然,导航停了。他把车停在信号灯旁边的空地上,看着那辆印着"可口可乐"牌子的货车消失在白雪茫茫的风景里。他漫无目的地走起路来。

几个身穿蓝色开衫毛衣的女人一起站在一个干涸的水坑前,她们穿着一样的连衣裙和厚底拖鞋,应该都是护士。她们瞄了一眼站在对面抽烟的振旭,扒下罩在紫红色塑料桶上的塑料袋,捏着鼻子把里面的东西倒进大坑。振旭又拿出一支烟点燃。护士们在坑前并排坐下，露着大腿。地面很湿，鞋差点掉了，振旭踉跄着朝护士们走去。一阵风夹着雪花吹来，女人们前面的头发都朝天竖起来。"我下个月存款到期。"一个护士向后捋着头发说。"那你请我们吃披萨。"护士们你一言我一语地聊着。"跟院长说一下，再冻冻吧。看，还动呢，真恶心。"一个护士指着坑里说。

"喂！喂！您不能进来，出去！这里是医疗垃圾处理场。"一个戴口罩的男人出来，挥着手臂对振旭喊，就像一个独自站在空地上的防疫站员工一样，非常负责。这片空地用途不明，用灰色围墙围着。墙的尽头停着两三辆卡车，旁边整齐地堆放着塑料瓶和纸箱。振旭慢慢走出围墙，经过聚在卡车前的护士们。他想和她们说点什么，却觉得十分难为情。"要想当护士得学好数学吗？"他突然问道。护士们咯咯地笑了，笑得前仰后合。

*

朋友家的房子就在路边，孤零零的。振旭得见见朋友的母亲。她老得耳朵和鼻子都不灵了，但奇怪的是，说别的她都听不清，儿子的名字却一下子就能听清楚。不过，仅此而已。振旭很快打消了和她聊天的念头，干脆躺在暖乎乎的地板上睡觉。睡了一会儿醒来时，老太太就坐在那里，低着头，呆呆地看着他。振旭觉得朋友怎么看都不像老太太。如果说像，可能就是她略微低着头，静静地坐在那里的侧面。振旭满身是汗，口渴得嘴唇都要裂了。老太太一直都不说话，坐在他身边缝袜子，择长得像虫子一样的野菜，一边干咳一边抽烟。他接着睡。一时间，感觉好像是秀妍在身边和他面对面躺着，她一边把嘴唇贴向他的嘴唇，一边用凉凉的手抚摸他的肚子。这虽然只是想象，却让他觉得很温暖。但是，当他努力地去贴她的嘴唇，却怎么都碰不到她的脸，抓不到她的手。突然，秀妍不见了，感觉好像是老太太在抚摸他，他一下子睁开眼睛，不知为什么，感觉身体就像一张纸一样轻飘。

　　醒来的时候，衬衫都湿了，屋里多了一个人坐着。振旭一下子坐起来。"我是他叔，我哥去世得早，他要是在这就好了。"他好像是在说K，不过K的母亲还是没说话。K的叔叔和母亲面对面抽烟，振旭费力推开哐当作响的门，来到外面。路、山，眼前的一切都笼罩在黑暗里，让他感到窒息。"嫂子，躺下睡吧。我走了。"过了一会，叔叔出来了，穿上鞋朝黑暗里走去，边走边说："明天我拿瓶酒过来，一起喝一杯。今天别走，再待一天。"叔叔的身影消失在黑暗里，只听见一串嗒嗒的脚步声。振旭拿出一个信封放在墙角，里面装着K让他转交给老母亲的钱。

*

　　秀妍站在地铁站出口。一出站就开始下雨，她一时走不了。和她打电话的女人说，"很快，用过的人都这么说"。秀妍无法相信她的话。"人死了以后又活过来这么说的？""不是，不是，人家都做过动物实验了，就是说都做过严格的实验，这一点可以保证。"不管怎样，秀妍打算见见这个女人。也不是说买了药就要马上吃，她不过是想如果振旭再说一些特别过分的话，怕不知怎么应付，先买来备着。"我只知道钟路，我在地铁站外边等你。"女人很坚决。

　　秀妍和工地工人们并排站在移动通信代售点的遮阳棚下。工人们在抽烟，烟直接喷到秀妍身上。工人们的手上、衣服上、鞋上满是灰色的灰尘，他们使劲地抽烟。"ashy brown 怎么样？应该很适合您。"她突然产生了幻听。去美发店染发时，发型设计师总这么说，她根本不知道 ashy 是什么意思。不过现在，不用解释她也能理解了。工人们的头发就是那种颜色，不过不是染的，而是因为头发上总是落满灰尘，所以自然就成了那颜色。工人们在一旁抱怨着。

　　"这个月又有好多信用卡还款。"个子略微矮些的工人抽着烟说道。

　　"每天这么挖，都是在成全信用卡公司。"

站在旁边那个个子高些、头发是自来卷的工人说道。

"埋在地里死了算了,要不,去把信用卡公司炸了?"

矮个子用下巴指着地铁扩建工地说道。工人们身上的灰味、泥味和掺杂着地下湿气的油味扑鼻而来。

"太累了,真是活不了了。"

不知道是谁说的。秀妍急匆匆走到街头小店买了一瓶水喝起来。她喝着有点温的水,怔怔地往地铁扩建工地上看。灰色集装箱围起来的工地上堆满钢筋和木材。突然,工地晃动起来,秀妍扔掉拿在手里的水瓶,就地蹲下。爆炸声、人们的惨叫声从工地那边传来。刚才站在遮阳棚下的工人们从蹲下的人群中挤出来,朝工地跑去。秀妍又往前摔了一下,她用双臂抱住头。她没见到那个女人。

*

"您的头发染成灰棕色会很好看。"美发店的设计师用手指卷着她的头发说道。秀妍说:"随便。"然后就把头发和肩膀都交给美发师,闭上眼睛静静地坐着打盹儿。一会儿,她膝盖一抖,把自己吓醒了。看着镜子里的自己,她又吓了一跳。她常常用这种改变形象的方式来寻求挣脱自己的刺激,她喜欢这样。只有在自己所熟悉的形象和所期许的形象之间,她才能勉强呼吸。回到家,她倚着三米多宽的螺钿衣橱静静地坐下。衣橱就像一个巨大的瀑布,似乎要在一瞬间从身后把她吞没。她用腰一点点地用力顶衣橱,一股似乎马上就要倾覆的重量让她感到不知所措。她放松身体,把两条腿架在衣橱上躺下来,伸开双臂。泪水好像上了眼药似的,从两个眼角簌簌地滑落下来。

她来到客厅,打开电视,有舵雪橇选手们正在准备比赛。

"当时速接近150千米时,巨大的重力会让身体非常痛苦。可赛季一结束,我又会马上怀念这种可怕的痛苦。"

秀妍下意识地使劲闭上眼睛。观众席上,观众们站起来观看双人座或四人座选手们以多快的速度冲下冰道。那个被采访的选手在他头盔上的摄像头里翻转回旋，冲下冰道。

秀妍家离新城公寓建筑工地很近，整天都能听见往地里打桩子的声音。秀妍感觉噪音似乎都是经过自己的身体再传向公寓。每当声音变大，她就用双手捂住耳朵。她梦见自己和振旭掉进河里，她从水里出来后找不到振旭，坐在河边放声痛哭。梦里，振旭不见了，只有她自己从河里走出来。没有比这更可怕的噩梦，她不停地哭。不过，因为是在梦里哭，所以并不像真哭时那么难受。

*

秀妍拿着振旭给她的看手相的女人的名片，坐上地铁4号线。她去过果川大公园和赛马场，但记不住4号线朝安山方向行驶时要途经哪里。看手相的女人的工作室在果川市中心的一家商务公寓里，狭小的房间里有两张桌子，门口整齐地摆着为客人准备的拖鞋，门厅旁边是饮水机，上面放着名片盒。棚顶上的五彩线条让房间显得清新明亮，同时又有些神秘。秀妍不想说自己是谁女朋友之类的话。女人端来一杯茶以后，就像给振旭和其他人看相的时候一样，给她擦了擦手掌，然后涂上蓝色印泥，再印在干净白纸上，印了几张以后，从里面选出一张印得最好的放在桌上，开始睁大眼睛仔细察看。看了很久，她拿出签字笔，有的掌纹用红线画，有的用蓝线画，很快就画出一个形状。

"如果觉得不好，那就是不好。但如果提前知道不好，加以防范就行了。"女人摸着摆在桌上的玫瑰花瓶说道：

"有些人的掌纹里什么都看不到，那就是死亡，就是没有未来。跟那种客人得好好多聊一会，聊一聊有时就会发现问题，如果把问题解决了就没事。"

秀妍问了她很多，可女人就说了一件事：

"回家后，别开电视，别听音乐，也别开手机，最好是在家里没有别人，只有自己一个人的时候。如果有人的话，那就在半夜里。自己在家静静地坐下来，察觉身体上的反应。不管有什么反应，都是发生在你身上的事情，是你的神经所做的反应，不要去管它，也不要自责。"

她从女人那里拿了一本分析与个体无关的某种精神影响的原版英文书。女人问她能不能读英文书，她说："书不都是可以读的吗？"就拿了回来。

等电梯的时候，她遇到一个养乐多售货员。不知为什么，她觉得她很亲切。售货员在那么短的时间里，把带轱辘的箱子里的养乐多数了一遍。秀妍鼓起勇气，说："那个……您看我怎么样？"售货员马上回应说："什么？您说什么？"秀妍笑了："不是……就是……我看起来有些奇怪吗？"售货员笑了，仿佛在说怎么有这么奇怪的人，然后递给她一个养乐多："喝这个吧。"秀妍不知道原来养乐多推车是电动的："这样就不那么累了吧。""真是奇怪，今天怎么都说这些奇怪的话。看起来怎么样？看起很好啊！""我看起来很好！"秀妍上了电梯，到地下坐地铁。很多肩膀都被整整齐齐地推进地下。不知为什么，那些肩膀看起来都很遥远。关于振旭的命运，秀妍一句都没问，也什么都没听到。

*

刷完牙洗完脸之后，秀妍坐在客厅中央的沙发上。按照女人说的那样，把所有出声的电器都关掉了。女人让她全身放松，她做不到。手该放在哪里？双臂抱在胸前，还是静静地放在膝盖上？这么弄一下，那么弄一下，她感到窗外的时间在流逝。她就像来到一个为纪念一些不知名字的人而准备的供桌前，不知如何是好。她想知道自己的心在哪里——她的心滚落在客厅的地板上。她并不想念振旭，也没有因为分手而伤心。一切都很可怕。她一直对窗外的噪音很敏感，现在却听不到任何声响。一时间，好像工地上的噪音也都消失了。随后，她听到了一点声响，她以为自己终于听到了心的声音。那声音好像是有一段时间她喜欢的一个爵士乐歌手的拟声吟唱，可能是因为她看过那个和她年龄相仿的歌手的所有表演，所以才会在幻觉中听到那个歌手在唱歌。她朝妈妈的房间看了看，这才发现原来她听到的不是爵士乐歌手的吟唱。她从沙发上起来，打开妈妈的房门。又不是大夏天，窗户却半开着。妈妈缩着肩膀，发出让人联想到爵士乐歌手吟唱的呻吟。她好像受到了惊吓，从喉咙眼里发出呻吟声。秀妍平生第一次听到这种悲伤的声音。她先把窗户关上，放下窗帘，面朝妈妈后背站着，76岁老妈妈的后背瑟瑟地颤抖。秀妍看着妈妈身后的螺钿衣橱，就像一个过了几百年之后才发现妈妈活着的人一样，呆呆地站着。

"秀妍，我想吃面条。"妈妈说。

药的历史

吴玹宗

每次在机场出境大厅候机,我都会买些维生素、蜂胶、欧米伽3和红参之类的药品。一来是因为无聊,二来也是因为这些药的确用得上,也有可能是因为这就是我的一种习惯,而这种习惯就缘于我期待这些药能够缓解最后一天的旅途疲劳。我不喜欢画彩妆,所以不用像其他女人那样在化妆品柜台前算计汇率。香港赤鱲角机场不仅药品丰富,还很便宜。每次转机经过这里,我都会买些维生素、膏药、软膏,还有白花油,装上满满一塑料袋,然后再登机。我喜欢拉开登机箱拉锁把药瓶装进去时的那种安心的感觉,很显然,这种感觉比拿起那些含糖量很高的巧克力时的罪恶感要好得多。

*

我不记得自己出生以后第一次吃的药是什么,但是听说我两岁左右的时候吃过炖甲鱼。他们告诉我,我没有吃甲鱼壳里面炖得软烂烂的肉,只是喝了汤。我那时连勺子都用不好,肯定不是因为好吃才吃的。我是把它当成药来吃的,是药,也可以说是补品。

长大以后,妈妈也跟我说过几次在铁桶里煮甲鱼的事。小时候,我睡觉出汗,经常早上起床后发现枕头上有一圈湿印。外婆听说吃甲鱼好,就买来做给我吃,然后我就好了。不过,每当我问起当时到底买了多少甲鱼，妈妈和外婆都含糊其辞地不告诉我。

"你小时候身体真是太弱了，不然起名社的人也不会让在你的名字里加上个表示'延续'的'承'字。你能出落成这样，真是不容易啊。"

我又问甲鱼大不大，妈妈一脸不屑地小声说："小。"

"那是甲鱼崽吗？汤里面的肉呢？炖好的甲鱼呢？"

"不知道，谁会吃那个呀？"

谁会吃那个？那我这个2岁小孩算什么？虽说没吃肉，可我把汤都喝光了啊？铁桶里的甲鱼把自己的身体熬成汤，睡觉爱出汗的小孩用这汤治好了病。虽然很庆幸自己的身体变得干爽了，但不知为什么还是觉得有点别扭。为什么偏偏要用甲鱼做药呢？而且，我怀疑那些在汤里面煮得烂烂的甲鱼肉说不准就是被爸爸吃了。

我隐约记得，大概是上小学的时候，一个假日的下午，我和爸爸那边的亲戚们一起从鹿场回来。我还记得汽水公司赠送的那些细长的玻璃杯和可口可乐瓶，不知是大伯还是别的男人喊了一句：鹿血可得和可乐兑在一起喝。那天，我们家那个铺着翠绿色草坪的院子乱哄哄的，就像农村家里摆宴席时，村里的女人们都坐在一起做绿豆煎饼似的。男人们粗犷地笑着谈论鹿茸、补药、鲜血。奇怪的是，我记不起鹿血有多红，只能想起男人们又期待又兴奋的说话声，那声音就像黏在袖子上的血迹一样久久不能褪去。

我和妈妈面对面坐在餐桌前，妈妈切完蒜片，站起来走到燃气灶前。挂在天花板上的白炽灯似乎耗尽了它所有的生命，发出昏暗的光。吊窗外，2月的太阳早已落山。要是不赶紧换个灯泡，这个灯就会像行将咽气的老人一样，闪几下就不亮了。

"哪天休息时得让我哥来把灯泡换了。"

"他那么忙，算了。把灯泡买来我就能换。"

妈妈打开操作台的辅助灯，把大蒜和口蘑放到平底锅里用橄榄油一炒，一股呛鼻的蒜味和油味马上就在屋里飘散开来。

几年前，年逾花甲的妈妈去大学附属医院看病，医生说她患有轻微糖尿病和反流性食管炎。绝经以后，妈妈好像经常在百货商店的地下商场里买用月见草籽油做成的药。爸爸也吃一些治疗高血压和关节炎的药。以前，每到换季，爸爸都要买些牛尾和牛腿骨，天天熬汤，连着吃上半个月。不知从什么时候开始，爸爸不再喜欢油腻的菜，说闻到味儿都烦。如果看到我给自己做的煎火腿肉，就会用筷子把碟子推开。自从电视新闻里经常提到口蹄疫和禽流感之后，爸爸干脆变成了素食主义者。爸爸把公司交给哥哥后，就基本上退休了，所以在家的时间也多起来，对饭菜也更加挑剔了。端上餐桌的菜都是用从有机农产品协会买来的各种有机蔬菜和菌类做的。冰箱门上的饮料盒里放满了黑蒜浓缩汁、野生水芹菜汁、石榴汁和红参切片等。爸爸妈妈觉得这个年纪吃这些东西很正常。餐桌上的盐罐旁、电视柜的抽屉里、卧室的梳妆台上，到处都是各种药瓶和药膏，其中有不少生产日期都是很久以前的了。

我好像听说过，那些针对老年性疾病的药物，只要一服用就没有办法停，只能遵照医嘱调整服用剂量，直到生命完结。如果算上维生素，爸爸最近的服药量每天得有10片左右。1天10片，1年就是3650片，10年就是36500片。

如果把这36500片花花绿绿的药片都倒进浴缸，能不能倒满？再打开水龙头，放些热水，这些药片应该就会像方糖一样一点点地化掉吧。

"可以关火了吧。"

我一边把胡椒粉递给妈妈，一边插嘴说。要是把大蒜和蘑菇烧糊可就麻烦了。爸爸说过很多次，烧糊的东西吃多了会加大致癌风险。不知是因为胡椒，还是因为油味，半天没咳嗽的我又咳了起来。

咳咳咳咳……咳……咳……

一直咳嗽就会咳出像狗叫一样的声音。身体不舒服时，全身的感觉就像昆虫的触角一样变得非常敏锐。这时，我会觉得自己不再是买咖啡喝和换乘地铁的都市人，而是个长着腰子、肠子和鸡眼的动物。

咳咳……咳咳……感觉自己越来越像条狗。

药的历史

"今天晚饭会吃得晚一点,你别在这儿咳嗽了,进去躺一会吧。"

抽油烟机一开,排风扇就嗡嗡作响,吞噬了咳嗽声和做饭的油烟味。

"没事儿,都半个月了,应该快好了。"

我从餐桌上抽一张纸巾擤了一下鼻涕,擤完一看纸巾,发现鼻涕里还掺了红色的血。

"检查了吗?"

"医生说就是感冒和支气管炎,不是甲流。"

"什么病也得休息才能好啊,你这感冒的时间也太长了,好好吃药了吗?"

我走出厨房。高压电饭锅里散发出焖饭的香味。爸妈消化不好,要吃焖得软烂的米饭,所以我就单独用小电饭锅做劲道的米饭吃。虽然本来也很少和爸妈一起吃饭,我咳得厉害之后,爸爸除了吃饭时间几乎都不出卧室了。他也不坐在客厅沙发上读早报或看电视了。当我咯吱咯吱地踩着楼梯往楼上走的时候,才能听到爸爸的卧室门打开的声音。他房间的门框旧了,门板有点向下坠,开关门时就会刮到门槛,发出刺耳的声音。

*

我头一次见到在卧室里不放床却放药柜的人,他就是燮。他的房间里摆着我跟妈妈去韩医院针灸或开补药的时候才会看到的那种药柜,药柜是用黄杉木做的,有好多个抽屉,像衣服口袋似的一个挨着一个。虽然燮现在还不是,不过再有一两年,他就会成为一名韩医大夫。这样看来,似乎也没什么奇怪的了。

我没带口罩,用毛围巾把脖子和鼻子下面都围起来,跟在燮身后半步远。这时,人行横道对面有人叫他。我们在他们学校附近,那些人叫他"哥",看来应该是他们系的师弟或是同学。燮复读两次后才考上生物学专业,中途去服兵役,退伍后又重新高考,上了韩医大学。

虽说韩医大学里有不少人是工作一段时间后再来上学的，但同级的同学大部分还是比燮小。

带塑框眼镜的男同学走过来，瞄了一眼站在几步之外的我，问燮要去哪，还问他放假期间都在干些什么。

"老家的朋友家里有人去世了，刚从那边回来。"

"去参加葬礼了？"

"嗯。"

"那今天不能开方子了。"

"对。"

"这是……"

塑框眼镜很不自然地笑着朝我这边看了一眼。

"哦，师妹，跟我挺熟的，我给她抓了点感冒药，她来拿。"

他们俩站在解酒汤店的招牌前说话，我就在旁边不停地搓戴着连指手套的手。马上就到三月了，风还是很凉，直往衣缝里钻，就像我那要好不好、没完没了的感冒一样。感觉地球不是在变暖，倒像是快要毁灭了一样，越来越冷。我用戴着手套的手捂住嘴巴"咳、咳"地咳嗽起来。

"真是感冒了啊。"

隔着镜框，我看到了塑框眼镜男的小眼睛。

当然是真感冒了，感冒还能有假的吗？我在心里嘟囔道：你这个缺心眼的，没看到因为你站在这我都快冻死了吗？我正在发烧！

燮拍了拍他的肩膀说，快开学了，开学之后大家一起喝一杯。燮放假期间在江南一家有名的韩医院帮忙，还跟年迈的院长学开方抓药，不过他对此只字未提。塑框眼镜轻轻地挥挥手，然后跑回到路对面的朋友身边。

"参加葬礼就不能给人开药吗？"

我们在解酒汤店里的桌前坐下，我一边等豆芽解酒汤端上来，一边问燮。鱿鱼酱先端了上来，我吃了一口，很咸。

"嗯，本来是有这么一说。"

"晦气吗？年轻人还迷信？"

"这怎么是迷信呢？"

燮看起来不大高兴，夹起一块红色的萝卜块咔吱咔吱嚼起来。他可能是觉得我这个什么都不懂的英文系研究生，伤了他堂堂大韩民国韩医专业大学生的自尊心。

想法怎么这么迂腐？而且还没毕业，怎么能给别人开方抓药呢？就算是问过老师后再开方也不行啊！还有，那些找学生开方的人都算什么啊……我本来还想说很多，不过还是没说。因为我并没想不拿他帮我抓的药，白给的药是没有理由拒绝的。从认识他到现在，我从他那拿的药可不只一种两种，有改善体质的汤药、助消化的丸药、被哥哥吃了的琼玉膏，等等。认识他以后，我总有不舒服的地方。所以，我需要他，不，应该说是需要药。当然，吃过药之后也并没有什么明显的效果。也不是说像他这种半吊子郎中开的药不管用，其实吃什么药都是一样的。不过，吃总比不吃好。对我来说，这样就足够了。

饭馆大妈大大咧咧地喊着小心别烫着，把呼呼冒气的砂锅端了上来。燮的表情一下子温和下来，他把砂锅推到我面前。

"快吃吧，饭就是药。"

*

外婆的枕边总是放着一个扁扁的纸盒。小时候，外婆经常带着巧克力派和礼物套盒来我们家，每次来都会在我楼上的房间里打地铺和我一起睡。我盖好被子躺下，过一会就会听到窸窸窣窣的声音。我睁开眼，发现外婆在黑暗中打开纸盒，从里面掏出什么东西吃。外婆蹲在那吃什么呢？是什么东西非得自己一个人吃呢？我想了很久也找不到答案，然后就睡着了。在那样的夜里，我总是把自己裹得严严实实，手脚都不敢露在被子外面，所以经常会做噩梦。我害怕恐怖片《传说的故乡》里那只吃人心肝的老狐狸来拽我的脚，所以即便热得出汗，也要把被子掖好再睡。

上幼儿园之后，我开始识字，从字母音节表到妈妈、爸爸、我家等。慢慢地，我就能看懂纸盒上写的字了。

脑鲜（Noesin，一种退热止痛药）。

我清清楚楚地读出这两个字，就像在大人面前读童话书的标题——白，雪，公，主——一样。

脑，鲜。

这两个字似乎和月亮、星星、云、棉花糖不一样，好像是大人们才说的词。

我用小手小心翼翼地一点一点打开纸盒盖。盒子上画的人头看起来很吓人，我有点害怕，不敢直接把里面的东西掏出来。那个人就像爸爸平时教训我时一样，好像在说"小孩子得早点睡觉"，"孩子不能和大人顶嘴"。

我又摆弄了一阵子纸盒才把里面的东西用手指抽出来。那是一个小塑料袋，里面装满了小纸包。我打开塑料袋，从里面拿出一个扁平的白色小纸包，它和我在小区儿童诊所里开的那些药粉包一样。竟然和我流鼻涕和肚子疼时吃的药一样？我突然有些失望，把纸包略微打开一看，里面果然是白色的粉末。

看完药粉，我像折彩纸一样又把纸包按照原来的折痕折回去，错了一步，只好打开重新折，结果有一点白色的药粉就像砂糖一样撒在黄色的地板上。我用食指沾了点唾沫，然后把撒在地上的粉末沾起来放到嘴里。舌头好苦，好苦。

"所以当时我就想，外婆是不是每天都头晕、每天都肚子疼呢？"

我跟燮说。他在卧室里的药柜前趴着，我在他对面的墙边盖着毯子规规矩矩地平躺着。这个房子四处漏风，我的左面脸上可以感到明显的寒气。我打量着天花板壁纸上的一个个花纹，和他说着话，而他基本不怎么说话。这让我很舒服，所以我很喜欢和他说话。

"我买了橘子，要吃吗？"

听到他说话，我把头转到右边。他从趴着的地方轻轻爬起来。

"嗯，那就吃一个吧。"

他去门外地板上拿过来一个黑塑料袋。我侧身躺着,他把三个橘子放到我眼前,自己靠着药柜坐下来剥橘子皮。

我的目光盯着他的手指,他怕把橘肉戳破,小心翼翼地剥着。他的手心是凉的还是热的?我把毯子往上拉,盖到鼻子下面。毯子上有一股淡淡的动物身上的味道,这是氌的味道吗,我想。

他剥好两个橘子,伸长胳膊把其中一个递给我。我掀开毯子,起身伸出右手。橘子到我手心里的时候已经不那么凉了。我突然想起傍晚时他对我们在路上遇到的那个男同学说的话——师妹,跟我挺熟的。

"橘子好像冻了。"

他说。

我把一瓣剥好的橘子放到嘴里。

"没事儿,挺甜的。"

"甜吗?我怎么觉得没什么味呢。"

"这就算甜的了。"

"师妹,跟我挺熟的",他说的没错。他比我大两岁,所以不能说我是他的朋友,说我们是恋人也不太合适。虽然我跟他不在一个大学,也不是一个专业,但说我是"一个挺熟的师妹"或是"一个认识的师妹",听起来是最合适的了。我们认识很久了,我们在一起聊彼此的家人、正在读的书,还有我们的童年时光,但是,我们却连手都没有牵过。

他靠在药柜上,我靠在漏风的墙上吃橘子。感觉这就是我和他之间永远无法缩短的距离,再次确认这样的事实虽然有点凄凉,却也让我感到很放心。谁的手我也不想牵。

墙的冰冷传到后背,我又咳嗽起来。也可能是因为讲了太久外婆的事情,嗓子有点受不了。

咳咳咳咳……

感觉不是嗓子里有痰,倒像是身体深处有什么东西火烧火燎地往上涌。

"我这样会死吗?"

"死什么啊？你这样的人反而活得更久。没听过'病怏怏活得长'吗？"

"这又是从哪听说的？你怎么每天说话跟个老头子似的。"

他问我要不要喝点热茶，我一边咳嗽一边点点头。一会儿，就听见他在屋外烧水的声音。

我们总是这样。我说我病了，他就给我开药，他给我开药，我就拿来吃。我喜欢这样的关系。他以前说过，他是"少阳人"体质，我是"少阴人"体质，我们在一起很合适。他说得似乎没错。不过，如果我不生病，不需要吃药，那我还能有什么理由来见他呢？

一天晚上，燮坐在药柜前用铡刀切药材，我靠在墙上舔着冻得硬邦邦的冰淇淋。我好像故意使性子专门吃这些对身体不好的东西，然后早点死掉，因为他说我的体质不宜吃冰淇淋。那天晚上，他好像讲了自己的故事。他说起自己上中学时就独自一人从乡下来到首尔，说起当时住过的房间，以及在那里偶然窥见到的事情，还有当时感受到的那种类似于恐惧的东西。

"可是男生不是都很喜欢那种事情吗？不是喜欢得不得了吗？要是不喜欢就不正常了吧。"

"不是不喜欢。"

"那是什么？"

"不是不喜欢，我不是那个意思。我是一个非常健康的男人，身体没有任何问题，就是……就是以前对那种事情有过一些负面的反应，以前。"

我盯着他的脸，他故意跟我开玩笑说：

"怎么了？你要跟我一起看个成人片吗？"

说完他就笑了。他打开电脑放了些音乐，电吉他声从连到电脑上的喇叭里传出来，贪婪地吞噬了切药材的声音。他一边跟着"集体灵魂"的歌声哼唱，一边切着那些不知道是甘草还是当归的药材。咔嚓，咔嚓，他在为配药做准备工作。

那天回家的时候，我坐在公交车最后一排，想起很多事情。我想起小时候每次去小区理发店剪头发，都会偷看破旧的女性杂志后面的问答内容。就像我不能完全理解燮小时候感受到的那种兴奋和恐惧一样，燮可能也不能完全理解我所看到的那些问答内容吧。

问题1：上司请我一起吃饭……去医院一看，说是怀孕了……我以后该怎么办呢？

问题2：每次和男朋友见面都会发生关系……我不想吃避孕药，所以中间……

问题3：我喜欢我的家教老师，他是个大学生……有一天他摸了我的胸部……

我想起那些用纸张挡住脸、躲在厚厚的女性杂志后面提问的匿名读者，还有她们颤抖的嗓音。

妈妈总是说学生梳荷叶头最利索，所以我经常去理发店。杂志上那些细小的问答声渐渐在我这个梳荷叶头的女中学生扁扁的肚子里生根发芽，孕育成一个"男人＝禽兽"的公式。坐上司的车或者和上司一起吃晚饭，会被侵犯；单独和家教老师在家，会被侵犯；男人请喝酒时给多少喝多少，会被侵犯；觉得哥哥的朋友人很好，和他一起玩，会被侵犯；晚上穿超短裙出门，会被侵犯；怀孕之后告诉男朋友，会被甩；新婚初夜时丈夫试探地问起过去，如果实话实说，会被甩，这时一定要像一个在严刑拷打面前也绝不屈服的独立运动斗士一样，坚定地声称绝对没有那回事。

每次从理发店回来，一进玄关门，妈妈就会对我说：

"来，转一圈我看看，转过去看看。看，剪了头发看起来多利索。不过，你的裤子是不是太紧了？"

如果我把这些都告诉燮，他会说什么呢？他会像我听完他的故事后数落他一样，说我有些不正常吗？但是，这样的事是不会发生的。因为这些事我不会和他说，也不会和任何人说。我已经在很久以前就把这些事都装到胶囊里一口吞下去了。

还有一件事，我也不会和任何人提起——就像我没有牵过燮的手一样，我也不记得自己牵过爸爸的手。

*

　　外婆给我和哥哥嘴里各喂了一片动物形状的维生素片，然后带我们去小区游乐场。外婆每次给我们吃维生素的时候都会说，吃了这个以后不会感冒。如果我们哼哼唧唧地说胸口闷，外婆就会给我们吃像老鼠屎一样的"救心"丸。如果肚子疼，就吃从卧室的药箱里拿出的消食片或者正露丸。小腿疼就涂安提普拉敏按摩油，膝盖摔破了流血就涂水银红药水。我七岁的时候去游乐场玩还总摔跤，所以常常戴护膝。外婆和妈妈在厨房做菜时会小声嘀咕说，她是因为腿上没劲儿才经常摔跤，鹿茸也吃了不少，怎么还这样？听说有一家看得好的韩医院，要不要带孩子去那儿看看？

　　不知道是不是因为外婆带我去玩的日子都不是周末，小区游乐场里几乎没什么小孩。周六周日的时候，外婆却总不在家。哥哥在远处和一个同龄男孩玩扇画片游戏玩得正起劲。那天好像天气很好，很暖和。其实那些细节我也记不太清楚了，只能想起我坐在秋千上，一个女人带着一个跟我一样大的女孩，坐在秋千旁边，和外婆聊了很久。

　　女孩的妈妈说自己不想活了，但是因为有孩子，所以不能死，只能勉强活着。是啊，孩子们多可爱啊。

　　我没有把秋千荡起来，只是坐在秋千座上看着脚下的沙子。沙子里有一块闪闪发光的玻璃渣，看颜色好像是汽水瓶碎片。外婆忙着和那个陌生的阿姨聊天，我把运动鞋支在地上，试着晃了晃屁股。秋千座一动，绑在两边的铁链就发出难听的吱呀吱呀声。每次荡秋千，外婆都告诉我要小心，说如果荡得太高，容易从秋千上掉下来。可我每次都是想象着秋千高高地荡在空中的样子，还有我从秋千上摔下来的样子，却把秋千荡得很低，所以，我根本不会摔下来。

　　"别看丫头年纪小，可伶俐了。"

　　"对啊，有孩子，怎么也得活下去啊。"

　　"外婆……"

药的历史

外婆没听见我叫她。我从秋千上下来，蹲坐在沙地上，用一个小石子在平坦而柔软的地面上挖，挖了几下，沙子下面的黑土就露出来。我继续挖，下面的土很黑，看起来好像特别苦。

外婆常说良药苦口。每次我流鼻涕的时候，她都会用汤匙盛些糖水，再把从医院开回来的药粉小心地洒在里面喂我吃。我嘴里含着放了药的糖水，快要哭的时候，外婆就会说不苦怎么是药呢，然后给我剥一颗沾着花生碎的糖球。

"把药咽了外婆就给你糖吃。"

我在食指上沾了点唾沫，然后蘸了点黑土放进嘴里。苦，还有点酸。我又捏了一点土放到手心里仔细看了一会，然后就像吃药面儿一样倒进嘴里。"哇"的一声，我不由地大哭起来。外婆听到哭声后赶紧跑过来把我抱起来。

那天晚上，我老是想小便，直跑卫生间。奇怪的是我尿不出来，却特别想尿。我坐在马桶上和外婆说了之后，外婆说小孩子在慢慢长大的时候都会这样，没关系，很快就会好的。听到大人这样说，我才放下心来。

我提起紧身裤，回到楼上的房间里，打开放秋衣秋裤的抽屉。长长的抽屉里，右边有我以前藏的橘子、油炸甜面包和鱿鱼头干，散发出一股奇怪的味道。我把这些东西全都拿出来放到地上，然后把手伸到抽屉最里面，拿出堂姐以前来玩时折的两只纸鹤和一个牛奶软糖盒子。我从黄色盒子里拿出一个折得像纸鹤一样平平整整的纸包，打开。外婆的药箱里有很多药，所以我偷吃一些她也不会知道。我在手指上沾点唾沫，然后蘸着方形纸上的细药面儿吃。

我相信，我也会像外婆一样，很快就好了。

*

我对他说，虽然我还不到30岁，却总觉得自己早就老了。

"你要出来一下吗？我还没吃晚饭，我发现一家店泡菜汤做得特别好，猪肉放得特别多。"燮没理会我的话，自顾自地说道。

"我咳嗽还没好，不是还没好，简直是更重了，头也很晕。今年冬天还得把论文写完，这可怎么办，真是一团糟，烦死了。"

现在，我厌倦了我们之间这种突然打电话一起去吃解酒汤、烤鱼套餐、烤猪皮、肥肠火锅的关系。和总也好不利落的感冒比起来，这样的关系更加让我厌烦，不过这些话我并没有跟他说。我一边听着电话那头传来的慢吞吞的、了无生趣的声音，一边想象着在提前预定好的餐厅里和人面对面坐着吃牛排、喝红酒的情景，想象着跟那个人的关系：我不会提起甲鱼汤、脑鲜止痛药、鸡眼膏、晕车药这些，我会挑全世界最好听的话细语柔声地讲给他听。

我想象着在那样的晚上谁会坐在我面前。不是燮，却也不是一张很清晰的脸。那张脸上没有眉毛、鼻子和嘴巴，就像一个剥好的熟鸡蛋。

咳咳咳咳。

我一直咳嗽，燮也没有挂断电话。我问他是不是得去吃晚饭，他说一会儿去吃也行。

"我给你的药吃了吗？"

"吃了也没用，药吃得太多，都不管用了。"

挂电话之前，燮说他和老家的父母通了电话。听他说完，我回答说，这不是好事嘛，没什么不好的，听你妈妈的话，好好想想吧。

"是吗？我还没想好，头好疼。"

挂了电话，我盖上厚厚的被子。身体一躺平，就止不住咳嗽，我把身子侧过来，紧紧地蜷缩着，像复盘一样回想刚刚的每句话：燮妈妈认识一个很踏实的女大学生，她父亲是做房地产的。开一家韩医院需要两亿韩元现金。

即便燮再提起这件事，我也只能回答说"是好事啊"。他是不会辜负别人的期望的，以后会有更多的好事发生在他身上。

我还是咳个不停，就从床上坐起来。燮以前用空维生素瓶给我装过一些决明子，我琢磨着泡一壶决明子茶喝。也许喝下一杯热呼呼的决明子茶，吞下几粒强效药，能暂时止住咳嗽吧。

咳咳咳咳。

咳着咳着，感觉一团软乎乎的东西涌了上来，我抽了三四张卫生纸。咳嗽一下子止住了，我把卫生纸打开，接在下巴前，把嘴里的异物都吐了出来。我仔细地端详着白纸上的东西，不知道咳出的是什么。那是一团黑乎乎的、黏黏的东西，掺着唾沫，我用食指捻了一下，很奇怪。

土，是黑色的土。

我把包在卫生纸里的土丢进垃圾桶，打开衣柜上装药的抽屉。抽屉里整齐地摆放着感冒药、综合维生素片、钙片、红参丸、创可贴、牛黄清心丸、抗过敏药膏、鼻炎喷雾、滴眼液、抗生素、老虎药膏、阿司匹林、消食片、泰诺林和仙特敏等等。

我打开一瓶消化剂（瓦斯活命水），用它漱了漱仍然感觉有异物的嘴。我仔细想了想接下来该吃什么药，结果还是没想出来。要是吃点以前外婆床头放的药粉，肯定会好的，但是抽屉里偏偏没有那个药。如果我给燮打电话告诉他我快死了，他会说什么呢？我从抽屉里拿出四片抗生素，和剩下的半瓶消化剂一起倒进嘴里。我需要一些比以前喝的都更强效的药。

"是我……"

燮马上接了电话。

"怎么了？有什么事吗？"

我并没跟他说如果他不接电话我就会去死。不过，可能因为他是医生吧，虽然我没说自己病了，但从他的话来看，他已经知道我不舒服了。我用不知道是否能传到电话那头的非常非常小的声音说：

"我，需要药，药。"

不知道电话那头的他能不能听到我挤出来的这句话。他不做声。我想追问他，你在吗？在听我说话吗？但我并没有开口。不知道为什么，他既没挂电话，也不说话，只是静静地、静静地听我哭。

所以，我似乎可以再多哭一会儿。

密茶苑时代

金东里

一过釜山镇,火车就不断地减速,好像是怕掉进海里似的,慢了下来。从草梁站到终点站更是磨蹭得不行,几乎是一步一步挪过来的。

李重九看了看腕上的手表,六点二十分,昨天差一刻三点上车,整整用了二十七小时三十五分钟。二十七小时三十五分钟,是的,在这段时间里,重九的脑海中似乎只有一个念头——"尽头"。尽头的尽头,无路可走的尽头,仿佛再向前一步就会掉进"虚无的时空",重九的思绪完全被这个"终点"般的事物占据着。这不仅仅是因为几乎所有乘客的目的地都是终点站釜山,也不仅仅是因为釜山既是这条铁路线的终点,又在地理上是紧邻大海的陆地尽头,亦不单是因为这是从首尔出发、开往港口城市釜山的最后一趟列车。在所有这些理由之上,似乎还有一个更加迫切、更加根本的理由。

不过,重九不知道它到底是什么,甚至连想都不愿想。他就这样下了车,因为下车并没什么难的,这是离开首尔时就已经定好的。火车也没有偏离路线,而且为了不掉进海里,一过了釜山镇就哀号着,一路小心翼翼地爬过来。

直到走下站台之前,重九身边还有近两千名同胞乘客同行,至少到1951年1月3日这个最后的时间点为止,他们还是住在一个城市的市民和同胞,是在同一时间坐上同一列火车,又在同一目的地下车的"命运共同体"。在离开站台之前,那一张张或是凶煞,或是威严,或是谄媚微笑的面孔上都还留有"同志"的影子。

可是，一从出站口走出来，进入破烂不堪的站前广场，那些人就像是约好了一样，脸上的"同志"感一下子消失殆尽。过了出站口，"同志"们自动解散。解散也意味着获得新的自由。

获得"新的自由"的重九被推出出站口，呆呆地看着那些从前的"同志"瞬间都变成陌生人离去。

大家怎么都有地方去呢？重九觉得真是不可思议。重九敢肯定的是，他们并非都在釜山有亲戚。当然他们更不可能原本都是釜山人，那他们都要去哪儿呢？为什么他们一出出站口就都有地方去呢？他们怎么就能瞬间脱离"同志关系"，勇敢地活出自由呢？难道他们不知道釜山已经是"尽头的尽头""无路可走的尽头"吗？从这个"尽头的尽头""无路可走的尽头"再往前挪动一步，就会葬身大海或者掉进"虚无的时空"，难道他们忘了？假如不是这样，来到这个"尽头的尽头""无路可走的尽头"的，只有重九一个人吗？即便如此，这1500多人中怎么没有一个人像重九这样踌躇不定、东张西望呢？大家怎么都那么勇敢，那么有地方可去？真是奇迹，不可思议的奇迹。重九没有多想，心里暗自嘀咕着，不觉地已经跟着拥挤的人群往前挪着步子。"不觉"，是的，也许这就是跟"同志"们在一起时生出的惯性吧。

重九"不觉"地，或者说是跟着"同志的惯性"被卷进"奇迹"的队伍中，正要穿过电车道时，一个声音从左耳边传来："李兄！你有地方去吗？"是K通讯社的尹，他围着紫色围巾，拎着一个手提包——那个包看上去比重九的更亮、更鼓些。重九习惯性地用戴着卡其色毛线手套的左手挡住嘴，示意说没有，然后朝着拥挤的"同志"大军努了努下巴，问道："大家这都是去哪儿啊？"尹只是紧闭双唇，意味深长地笑道："估计都有地方可去吧。"过了电车道，重九又问："尹兄，那你要去哪儿？"这不是一句普通的问候。虽说刚才尹先跟重九打招呼时问的那句是熟人之间一句不打紧的问候，但现在重九说明自己的处境后再这样问，里面就包含着"我能不能跟你一起走"的意思了。尹和先前一样嘴唇紧闭，露出一丝苦笑："我们这些人能有什么好法子？只能厚着脸皮到通讯社分社去看看了。"这句"厚着脸皮"或许是说给重九听的，却反倒对重九起了反作用，因为他正打算"厚着脸皮"给"厚着脸皮"助把力。尹第三次露出刚才那般苦涩的笑容，仅此而已，没有同意，也没有拒绝。所以，重九就行使了自己的"自由"，认为尹同意了，默默地跟在尹身后。

K通讯社分社在宝水洞。尹和重九被带到看上去有三四间房子那么大的分社办公室。尹说："没办法，只能在这儿睡了，还能怎么办？""是啊"，重九应和道。尹又问重九要不要出去吃晚饭，重九说不要。尹吃完晚饭回来的路上买了一小瓶烧酒，问重九要不要过来喝一杯，重九再次说了不要。

重九把四张桌子拼成乒乓球台的形状，外套也没脱，戴着毛帽子，躺在上面。一阵不知是风吹过门缝纸的声音还是笛子的声音在屋里回荡。

分社长送来一根点燃的蜡烛，说道："睡觉的时候吹灭吧。"尹替重九说了声"谢谢"。

房间里仿佛有一大块黑黑的冰，重九自顾自地想着，至少那蜡烛周围的冰块会被烤出个窟窿吧？或许那堵冰墙也能慢慢融化呢。他抬头看了看玻璃门，然后就在下一秒，那块矗立在黑暗中的大黑冰就忽然变成一只大黑熊，给重九唱起摇篮曲。

半梦半醒间，重九几次感到自己来到悬崖边，身子紧贴在千丈崖边，掉下去就是五十丈深渊。又一下子来到火车上，火车在相当陡峭的下坡路上奔跑，无论如何都无法让它停下来，以比失控的自行车下坡更可怕的速度朝大海冲去。就在这时，在火车就要掉进海里之前，重九的意识与潜意识就会搅成一团，感觉到身体就要从不知是悬崖还是桌子的边上掉下来。这种迷迷糊糊的状态一晚上不知重复了多少次。

不过，重九在意识和潜意识交替往复的过程中，却完全没有觉察到自己已经到了釜山，现在和尹一起睡在K通讯社分社的办公室里，可见他的身心是何等疲惫不堪。

天快亮了，连门帘都没有的玻璃门——就是进出办公室的门——

笼罩在一片灰蒙蒙的晨光里，重九这才回到现实中来，就像有一束光闪过一般迅速，他瞬间意识到身边躺着尹，意识到这是 K 通讯社分社办公室，意识到自己躺在桌子上。不但如此，几乎是在同时，他突然意识到首尔苑西洞尽头的一座老房子里，年迈的母亲还孤零零地躺在冷炕上，咳喘得厉害。还有他的妻子，拖着孩子到忠清南道论山去投奔娘家。母亲差不多两天没吃饭了吧，现在一定是喉咙里呼噜着痰，躺在那里等死。年幼的女儿在拥挤不堪、你推我搡的车里被人踩着、被行李撞着，也不知会不会掉下车去摔死。重九一直觉得釜山是"尽头的尽头""无路可走的尽头"，现在才发现，他过夜的这个又冷又难受的 K 通讯社分社办公室还不是"尽头的尽头"。这时，不知从哪里再次传来一阵不知是风声还是笛声的声音。

"李兄，你在文坛上也算有些名气，不会连个熟人都没有吧？"尹一边系鞋带，一边问重九。"嗯……一时间还真想不起来……今天得去一个叫密茶苑还是什么的地方看看……"重九自言自语似地答道。其实，并不是"一时间"想不起来，他已经想了好几天，在车上也一直在想，还是没什么着落。他这个人本来就不太擅长人情世故，而且跟釜山这边也的确没任何关系。要不是早上听到分社长那句"听说从首尔来的文化人都到密茶苑去呢"，他现在都没法这样挺起胸脯走出分社大门。

"密茶苑"是一家设在二楼的茶馆，从光复洞环岛往市政府方向走不远就能看到。一楼的一边挂着"全国文化团体总联合会"的牌子。推开紧挨着牌子的门进去一看，矮个儿黄脸的评论家赵贤植和大高个儿红脸的许允正站在桌前，一见到重九，他们都高兴地伸出手来。赵贤植说"你也来了"，许允说"大家都来了"。重九第一次发现，原来有朋友这么好，握手居然能像香甜的美酒一样让人全身温暖起来。

行李放哪儿了，家人在哪儿，怎么来的，昨晚睡哪儿了……两个人连珠炮似地询问，重九只是简单地回答，然后把手里那个装着毛巾、牙刷、一套内衣、一张母亲照片的旧手提包举了举，告诉他们这就是全部家当。

贤植带重九上二楼的茶馆,上到一半,人们的说话声就像蜜蜂嗡鸣一般传来。重九的心扑通扑通悸动起来,他停了一会儿,思忖着是什么让自己这般快乐和兴奋。

　　"怎么像个乡下人一样磨磨叽叽的?"先走进茶馆的贤植嗔怪道。重九又用戴着卡其色毛线手套的左手捂一下嘴,似乎要把贤植的嗔怪挡回去。

　　茶馆里很亮堂,因为东南面都是玻璃窗,又没有高楼挡住阳光。屋子正中间有一个很大的汽油桶炉子暖烘烘的,收银台前和东北角各放着一棵常青树。一眼望去,大概有差不多二十张桌子,那些嗡嗡叫的蜜蜂们围在桌边,几乎都是重九认识的面孔。重九不好意思过去一一问候,只和坐得近的几个朋友和几个起身过来打招呼的朋友握握手,对坐得远的人,他只是用目光或点头问候一下。

　　"你怎么这么快就成乡下人了?老是站着东张西望什么?"贤植第二次嗔怪他。

　　重九和朋友们握完手后坐了下来,紧接着画家宋时明和女作家吉善得也挤到这边桌子来一起坐下。什么时候来的、家人怎么安排的等等这些又被询问一番。重九和刚才一样一并简单作答。咖啡端了上来,贤植没跟重九说一起喝吧之类的客套话,拿起放在自己面前的杯子就先喝了一口,然后从大衣兜里掏出香烟。他好像根本不会说什么客套话,也不顾及面子,甚至连一些原本必需的礼仪都能免则免。这是他的习惯,也是他的性格。然而,让人意外的是,他这种非常危险的"习惯"和"性格"并没有招来许多误会,也许是他那张蜡黄的脸上看不出一丝贪念的缘故吧。

　　"哎呦,这世道可真是人心刻薄啊!"老家是庆尚南道的吉女士用家乡方言开玩笑地说道。众人也跟着"哇"地大笑起来。"这可不行,这样下去我们也都得饿死。"说着,吉女士按人数又点了六杯咖啡。大家都说趁还没凉快点喝,重九也跟着把一杯还冒着热气的焦黄的咖啡拿到嘴边。五天没喝咖啡了,他就像在西伯利亚过了十年流放生活后喝到第一口咖啡一般,积闷在心中的所有伤痛似乎都被这一口咖啡一扫而光。重九不由自主地咧开嘴，傻呵呵地笑起来。人呐，到底是一种什么样的存在啊。这句话几次窜到嘴边，不过他都强忍住了。

又端上来六杯咖啡，贤植默默地把第二杯摆在自己面前的咖啡推到桌子中间，意思是自己不想再喝了。重九也对第二杯咖啡表示推辞，但这回吉女士却不让了："评论家请的就喝，我请的就不喝，太不公平了吧？"听到吉女士的抗议，宋画家摊开手掌做出个"快喝吧"的手势附和，重九也把手挡在嘴边，回应他的手势。重九的这个手势已经很出名了，有时候表示为难，有时候表示拒绝，有时候表示不好意思，有时候表示对不起，除此以外，还表示害羞、反感、不客气等这些情感和含义。

"茶馆开到了哪天？"咖啡爱好者宋画家一边喝咖啡一边问道。不记得是二十九号还是三十号了，反正从月末开始街上就几乎看不到人了。后来就有担架和手推车把病人和老人们转移出来。哎！重九又把手挡在嘴边，想到自己哪怕用那种方式，也应该把母亲带出来，一时间心里就像针扎一样。

这时，许允从"文总"办公室上到二楼。"许兄，到这边来！"贤植叫道，好像他有什么好法子似的。许允虽然不知是何缘故，还是微笑着走过来。贤植说："你们俩正合适。"大家都不明白怎么回事，他解释说："许兄在路上和孩子们走散了，一个人过来的，这不，李兄把母亲一个人留在了首尔。"意思就是两个人处境差不多，相互间是个安慰。同座的音乐家安定浩和宋画家笑了一下，许允和重九却笑不出来，吉女士也只是模仿重九的样子，把左手挡到嘴边。吉女士已经五十多了，曾多次去夏威夷和美国其他地方旅游。她会毫不犹豫地动用笨拙的动作和社交辞令，哪怕自己吃亏，也尽量不破坏现场气氛，不伤害他人的感情或面子。从这一点上来看，她和评论家赵贤植怎么说都是正相反的，虽然贤植也没什么恶意，是抱着近乎善意的心态去戳别人的痛点。

到了中午，吉女士说要请大家吃乌冬面，一共六个人——赵贤植、许允、宋画家、朴云森、吉女士，还有被大家拥为主宾的重九。安定浩因为有约先走了，朴云森加入进来。朴云森是个诗人，起初，他就像一幅壁画一般一个人坐在一个很不起眼的角落里。他本来和这帮人关系就挺好，再加上他一脸惆怅地坐在那里很让人挂心，重九特意把他拉了进来。

不管是在乌冬面馆里，还是吃完乌冬面以后，朴云森自始至终都沉默不语。虽然他的性格本来就有点阴郁，但在战争之前，他并不是这种像哑巴一样一言不发的人。他像个失意的人一样坐在那里，似乎经历了什么挫折。不过对于他的"挫折"，谁都没有特意表现出好奇或是想知道什么。

那天晚上，重九跟赵贤植回去睡的。赵贤植住的是南浦洞的一座日式建筑，上面挂着"港都医院"的牌子。贤植有个朋友是"庆南女中"教员，经他介绍，贤植住进这个医院二楼的一间病房里。房间大概有7平方米，能铺四张半榻榻米，东面和北面有日式壁橱，是个相当不错的地方。

北面的壁橱里放着被褥、衣物包裹、旅行箱、书箱子，还有脏乱的逃难行李，东面的壁橱则是亲戚们的"卧室"。

赵贤植一家一共八口人，他们夫妻俩和两个孩子、母亲、寡妇姐姐和她的孩子，还有贤植的侄子，除此之外，他的表弟也时不时来这睡。

重九跟贤植进去时，这间房子的主人——是个医生——的儿子也在，就这样男女老少十几口人坐在房间里，年幼的孙儿们在叽叽喳喳地听奶奶讲故事，年轻人在闹哄哄地玩掷柶[①]游戏。

他们进屋后，大家就把掷柶收了起来。重九和贤植的妻子在首尔时就很熟，但和贤植的姐姐和侄子、表弟都是第一次见面。不过，贤植并没有因此而跟他们一一介绍重九，他觉得大家所从事的领域各不相同，不过是偶尔碰一次面，没必要做那些形式上的表面功夫。没办

[①] 掷柶：朝鲜民族的传统游戏。通常有两名以上参加者，通过掷出四个特制的木块，来决定各自在棋盘上所走的步数。

法，可能这就是赵贤植的性格和秉性吧。

"去买一瓶白酒，再买点鱿鱼。"贤植给已经是小学生的儿子一千韩元，说道。

"母亲现在在哪儿呢？"

贤植妻子看着酒桌——也是饭桌——问重九。"在首尔。"说着，重九瞥了一眼贤植母亲。贤植母亲肯定被这句"在首尔"吓了一跳，她看了一眼重九，像是在问他是不是把母亲扔在了首尔。这时，重九突然发觉嗓子疼得厉害。贤植妻子又问重九妻子在哪儿，他说她带着年幼的女儿去了忠清道哥哥家。然后，贤植妻子又说，那母亲是一个人在首尔啊。审问就这样结束了，在重九听来，她仿佛在对自己宣布，你是个不孝之子。

赵贤植本来酒量就小，不过他的表弟倒挺能喝，重九和他表弟把一瓶烧酒几乎都喝了。开始时嗓子还一阵阵疼得厉害，两杯烧酒下肚就一点都不疼了。只是也不知是出于什么动机和目的，他的嘴里发出一阵阵牢骚："要是有钱，我其实也能带母亲来釜山。我挣的那点稿费，只够每天糊口，又赶上战争，再加上'九二八'，就落得个两手空空。能怎么办？其实，我也想卖苑西洞的破房子，但从腊月初开始，大家就开始慢慢南撤，怎么卖？腊月二十几了，妻子说要带女儿去忠清道的娘家哥哥家，可她父母都不在了，平时和哥哥关系也不怎么好，她说实在没法子，冒死也要求一下哥哥。这种情况下，还怎么让母亲也跟着去？就算能跟着去，哪有钱啊？赵兄啊，你也知道，我母亲有哮喘的老毛病，根本走不了路，火车或者汽车又挤又乱、你推我搡的，母亲估计连五分钟都呆不了，要是弄个小推车，让母亲坐在上面，我倒是能推着拉着，但凭我这点能耐，想要弄一个小推车简直就是上天摘星星，而且母亲一见风就咳个不停，喘不上气来，还不得很快就死在路上……母亲也死活不肯动弹，说干嘛非得费尽力气把她拉出来，让她死在路上，既然要死，在家里盖着被子舒舒服服地躺着死多好，家里还有柴火和粮食，着急的话也能自己起来煮饭吃，干吗要出去找死……"所以，重九也是因为不放心把母亲一个人丢下，才一直在首尔等到最后的撤退日才出来。

　　酒桌收拾完了，东面的壁橱已经变成了双层卧室。贤植的姐姐母子住在下面，他的侄儿躺在上面，然后壁橱门就关上了。

　　重九躺下来，闭上眼睛，外面传来的船笛声似乎要拨开如雾霭般笼罩的悲伤。这时，他才发现，原来这船笛声就是昨晚躺在K通讯社分社办公室的桌子上时听到的那阵不知是笛声还是吹过门缝纸的风的声音。

　　第二天吃完早饭，重九又拎着那个装着毛巾和牙刷的旧手提包，和贤植一起来到密茶苑。赵贤植说："今天吴兄会来，估计你的住处有着落了。"重九问道："在釜山的文人都有谁啊？"

　　当然，他指的是那些在首尔文坛比较出名的人。"有倒是有四五个人，但都指不上。"赵贤植回答。"也是，我这副样子过来，谁愿意搭理我啊。"重九反倒安慰起贤植来。虽然贤植和重九都是从首尔逃难过来的，现在却成了主客关系，这不仅仅是因为贤植先来釜山找到了住处，还因为贤植妻子是这里人，而且他还管着"文总"秘书处，在各地有很多常常往来的同志。

　　"你认识全弼业吧？"贤植问道。"我就认识全弼业和吴桢洙两个人。"重九刚说完，贤植就像审犯人一样问道："你和全弼业关系特别好吧？""嗯，挺好，跟吴桢洙也挺好的。"贤植听罢，就不再说话，喝了一口咖啡，然后点燃香烟叼在嘴里，斜靠在椅子上。

　　"你见过全弼业了？"听重九这么问，贤植又抽了一阵子烟，直到站起身来抖烟灰时才回答说一周前在这见过。"提起我了吗？"重九问。贤植没有直接回答他，说："那天我也正好坐在这，无意中抬头一看，他就站在那边的门口盯着我看。开始我还以为他是因为太高兴了才愣在那不动，可他一直都没动弹，就站在那儿盯着我看。我笑着朝他摆摆手，叫了一声全兄，结果他还是就站在那点点头。我就想，这家伙真有意思，没再理他。后来他就过去和一帮我不认识的报社记者们坐了一会，然后也没打招呼就走了⋯⋯就这也还好，可又过几天，他和许兄（许允）说的话简直就可以说是登峰造极了。他说，目前为止，文坛上一直都是首尔那帮人领导，现在釜山成了首都，该轮到釜山的文人们抓住主导权了，所以要坚持等到那些首尔文人们在釜山文人面前低头问候。"赵贤植淡淡地说道，蜡黄干瘦的脸上没有一丝表情。说完，把烟捻灭。

重九问道："什么主导权？""不知道，可能说的是在报纸、杂志上发表文章的权利吧。""也是，这对全弼业是有用，我们又没什么要发表的文章，让想发的人发吧。""那谁跟我们约稿，我们也不能为了全弼业而拒绝或推迟啊？""当然了。""那问题就又复杂了。因为如果我们写了，全弼业也写了，大部分有点眼光的读者都会看我们的，那怎么办？""那就没办法啊，能怎么办？""归根结底，问题就在这儿，全弼业要抓住主导权的意思就是说如果我们和他都写了文章，要让社会上去看他的文章。""让？谁让？怎么让？""如果不这样做，他说就要把事情整成这样。""整成这样？怎么整？""你想知道？那就去看看全弼业出刊的《港都文学》周刊，在他的期刊上，从首尔南下的能写的文人中有几个没挨过骂的？还有那些更有影响力的文人们，要么被骂吃白饭，要么被骂私吞'文总'公款，都是些难以启齿的谎话和人身攻击。"一时间，两个人都成了哑巴，呆呆地相视而坐很久。

"这样的人有几个？"重九先开了口。"那就不知道了，除了全弼业，好像还有几个跟着他的年轻人。""那应该没什么问题吧？哪里都有这样那样的人。""那可不一样，就算这世上什么样的人都有，也不能让他们这样胡来。在这种家破人亡的战乱时期，推倒以前那些无形的精神权威和标准也许是大众的一般心理倾向吧。"赵贤植说完，又点着烟叼在嘴里。重九也自顾自地在心里思忖最近几天在他脑海中一直挥之不去的"尽头的尽头""无路可走的尽头"，他回头看了看在弥漫的烟雾中如同蜂群一般嗡嗡作响的茶馆。

吴桢洙身穿钉着洁白宽领边的黑色棉毛混纺长袍，人中看起来有点长，嘴边隐约露着一抹腼腆的微笑。他走向重九，用带着釜山腔的首尔话问道："什么时候来的？"他紧紧握住重九的手，连珠炮似地问道："一路辛苦了，家人们都来了吗？住处定了吗？"一直到问完了，也没松手。

"吴兄,这下可好了。"赵贤植笑嘻嘻地给吴桢洙让座。吴桢洙没明白什么意思,看着赵贤植说:"好什么?""李兄一直在等你啊,望眼欲穿啊。""为啥?""你问李兄吧。"吴桢洙又露着那抹腼腆的微笑看重九,重九用左手挡住嘴表示不好意思。"听说李兄昨晚也是在这个茶馆里睡的。"赵贤植又接过话茬。"真的吗?"吴桢洙的表情严肃起来。"不信你去问问茶馆老板娘。"赵贤植一副一本正经的样子。"那怎么没早点来找我啊?""我们怎么知道你欢不欢迎啊。"吴桢洙这才发现赵贤植在逗他,他像邻家大妈似地斜了一眼赵贤植:"哎,你这人真坏!"然后转过脸来看重九:"真的,今晚一定要到我家住。""这……多不好意思……"重九挠了挠头,赵贤植在一旁说道:"这不挺好。"

"真是太好了!"一边的宋画家也跟着说。接着,宋画家说:"今天吴先生也难得出来,咱们去吃绿豆煎饼吧!我带路。"他早上刚拿到插画费。

一共去了五个人,吴桢洙、赵贤植、李重九、宋画家等四人,加上作曲家安定浩。绿豆煎饼店位于一个叫做南浦洞船头的码头,店前就是碧波荡漾的大海。在这片影岛和松岛间的空旷海边,天晴的时候能清楚地看到对马岛。现在,雾霭般的云朵在空中漂浮,咸涩的海风从云端掠过,一群海鸥扇动白色的翅膀在空中盘旋。

借着酒劲,宋画家和安定浩开始你一言我一语地发起了牢骚。说的都是韩国歧视艺术家之类的话。"韩国的艺术家们都得死!都得死!"宋画家这样喊了好几次,他说:"钱都哪里去了?国家印了几亿、几万亿的钱,这些天文数字的钱都到哪里去了?要是把那些钱都堆起来,比影岛都大,是不是?钱都到哪里去了?怎么事变一爆发,我们马上就都成了穷光蛋?现在来到釜山的艺术家中,有几个能和老婆孩子一起正经吃顿饭的?那些钱都堆到哪里去了?韩国一共也没有几个艺术家,难道都要变成乞丐掉到海里一死了之吗?"宋画家抑制不住情绪,两眼直冒火。"钱都哪去了?"安定浩也开始抱怨起来,嗓音有些沙哑："我妻子的舅舅本来是做贸易的，你知道他手里现在有多少条船吗？一旦出事，不管是去济州岛，还是去对马岛，还是去日本、去美国，他都随便。你以为这是他自己能做到的吗？都是那些有钱人和有权势的家伙们串通一气，互相勾结，都是定好了的。"他含着眼泪说道。从他那沙哑的嗓音和眼里噙着的泪水可以推断，大概他也是想借妻子的光跟着捞一把，结果一败涂地。"所以啊，我们就都死了算了，都跳进这海里，都死了算了！"宋画家跟着附和道。

"对了，云森怎么了？怎么像变了个人一样？"重九为了转移话题，提起昨天见到的朴云森，"一句话也不说，也不笑，像个傻子似的干坐在那，是吧？"重九话音刚落，宋画家接着说道："怎么了？能怎么了，得了相思病呗。"他似乎很了解，"事变前，他不是经常带着一个女的吗，那个女医大的学生。""对，他和那女的分手了？""算是吧。""什么叫算是吧？""意思就是，不管过程如何，结果就是分手了。"大家听罢都"哇"的一声笑起来。宋画家似乎从这一阵笑声中得到了勇气，接着说道："不是他们愿意分手，是客观现实让他们不得不分手。""客观现实？""因为那女的不想跟着男朋友一起变成乞丐，跟着父母出国了。""那也并不是没有本人意愿啊。""至少朴云森相信她是不得已的。"说到这里，大家都不言语了。过了一会儿，重九又问道："那女学生的父亲是外交官吧？""也不是外交官，本来好像跟'驻日部'关系密切，常常坐飞机往来办事。"重九和宋画家的交谈也就此告一段落。

重九转头向大海望去，略带醉意的眼中映出蔚蓝的海面，也映出海面上一群正在俯冲的白色海鸥。这时，他的脑海中再次浮现出奔驰在下坡路上的火车。那是最后一列火车，走到陆地的尽头就会掉进海里。为了不掉进海里，火车嘶哑地哭号，别弯了脚腕，但是一路疾驰冲下坡路的可怕惯性，必定会让它冲到海里去。重九的眼中又映出那群白色海鸥，他感觉自己好像已经掉进海里，已经和那群海鸥融在了一起。啊，啊，海鸥啊，海鸥！他像个诗人一样呼唤海鸥。他的脑海中浮现出刚才在密茶苑里如同蜂群一般嗡嗡私语的艺术家们。他们都很快乐，不论是两眼中冒着怒火、说要掉进海里死掉的宋画家，还是被妻子的舅舅看不起、声音哽咽的安定浩，还是被波涛汹涌的现实夺走女友、失魂落魄的朴诗人，还有在路上跟年幼的孩子们走散、一个人每天靠三块打糕苟延残喘的许诗人，还有把老弱多病的老母亲交给死神、一个人逃难过来的李重九自己，他们都很快乐。他们在茶馆里像蜜蜂一样嗡嗡鸣叫，在海面上像海鸥一样展翅飞翔。纵然经历了生离死别，还在饥寒交迫中流浪，居然还会因为看到一张熟悉的脸庞、有一杯咖啡而感到快乐！居然还会快乐！是什么让他们快乐呢？这句话已经到了重九的嗓子眼，他却深深吐一口气，把它咽了回去。

吴桢洙的家在凡一洞，是一座单层的日式建筑。有一个暖炕房和两个榻榻米房，吴桢洙的妻子和孩子们用暖炕房，一个榻榻米房是吴桢洙的书房，另一个榻榻米房里住着吴桢洙一家的逃难亲朋。不大的院子里有冬青树、松树、碧梧桐之类的庭院树，还有丁香、瑞花等开花的树。檐廊边上整齐地摆放着七八种盆栽，有兰花、仙人掌、棕榈、栀子、玉兰等。

"不养鸟吗？"重九问道："嗯。"吴桢洙点了点头，也不知道是养还是不养，只见屋檐下挂着一个空鸟笼，可能是本来养，后来不养了，也有可能是换到别的笼子里去了。"在这摆弄摆弄花草，无聊的时候看看大海，这样一个人也能过得挺好。"重九模仿吴桢洙的语气说道。吴桢洙又跟刚才一样点点头："是啊。"

晚上，酒桌摆上了。吴桢洙把酒杯递给重九："本来我给李兄（重九）和赵兄（贤植）留了一个房间。"重九说从赵兄那里听说了。吴桢洙说："挺好的，李兄就一个人，和我一起住这吧。"嘴角又露出那抹又腼腆又温和的微笑。"多不好意思……"重九把酒杯递过来，含糊不清地回答道。

吴桢洙的夫人进来打招呼，她个子很高，身子有点胖，脸色黝黑，声音有点粗，不过从那眯成一条缝的眼睛里，还能看到一股少女的感觉。"吃好喝好啊，虽然没啥吃的。"她行了个礼，然后就出去了，接着又把饭桌端上来。"等一会儿再端过来吧"，吴桢洙让妻子把饭桌端回去，又朝里面喊道："我们还得再喝点酒。"

"这个是荠菜吧？很好吃。"重九又学着用方言说道。荠菜是用各种调料加上小银鱼酱拌的。"嗯，多吃点啊，这菜家里有的是。"吴桢洙也夹了一筷子荠菜放到嘴里，回应道。"吴兄，你酒量不行啊！"重九又用方言开玩笑道。"哎呦，你可真是的，就给我一个人灌酒。"吴桢洙像邻家大妈似的笑着瞥了一眼重九。外面不时传来"嘟—嘟—"的船笛声，和上次在宝水洞听到的"笛声"不一样，和昨晚在赵贤植家听到的"嘀—嘀—"声也不一样。这船笛声还真有点像是离别时听到的那种让人心酸流泪的声音。"我真是受不了这破笛声了。"重九连着喝了几杯，好像有点醉了。吴桢洙好像没明白他指的是船笛声，其实那声音不能算是"喇叭声"或者"笛声"，或许说它是重九醉酒后的心声更合适些。"好啦，再来一杯吧。"吴桢洙又给重九倒了一杯酒。重九用喝得有些麻的手接过酒杯。突然，他双眼中涌出两行热泪，忍不住哭起来，喝得热乎乎的脸都能感受到泪水的温度。虽然喝多了，他瞬间还是觉得很丢人，简直是无理取闹。他立刻起身打开房门跑出去，却在准备从檐廊下到台阶上时滑倒了，把两个花盆弄掉在台阶上。吴桢洙拿着煤油灯跟出来，重九倒是没骨碌到台阶上，不过有一个花盆却齐齐地碎成三块。

第二天早上，饭桌刚撤下去，重九就借口说和赵贤植有约，拿起那个装着牙刷和毛巾的旧手提包起身要走。"怎么了，也不好好歇几天？"吴桢洙挽留道。"这回天天都会来的。"重九回答道。"是啊，天天来，隔两天来都行，我随时恭候啊。""你就是不这么说，我也得常来烦你。"

重九就像真有什么急事似的，几乎是跑着去的电车站。连他自己都不知道为什么这么急，总之就是得先去密茶苑看看，好像必须得赶紧先去看看赵贤植、宋画家、安定浩、许允、朴云森、吉女士等等这些人才能喘口气。电车逢站就停，人们上上下下，急得他直跺脚。

到了密茶苑，上楼梯上到一半，就开始听到蜜蜂般的"嗡嗡"声。重九发现自己又像前几天那样心跳加速起来，连他自己也不知道为什么这么着急，心这么跳。

在角落里写稿子的赵贤植抬头看着重九说："吴兄家里舒服吧？""是啊，真是太舒服了。"重九强调了"舒服"两个字，除此之外就没什么话说了。他不是刚刚像从监狱里逃出来一样从那个"太舒服"的吴桢洙家里逃出来的吗？吴桢洙正直、善良，他家有安静舒适、甚至很雅致的书房，有干净的铺盖，还有美味的新鲜鲍鱼和裙带菜、拌荠菜和各种鱼酱虾酱。所有这些都不知道该如何称赞和感谢。这些话怎么能一起说呢？

那天晚饭的时候，重九一边跟赵贤植一起吃吐司，一边说："今晚，我还得到赵兄家去过夜……"早上就想好的话，终于说了出来。"怎么不去吴兄家？"赵贤植惊讶地看重九。开始，重九不知怎么说才好，犹豫了半天。"太远了。"这是他说出的第一个借口，连他自己也觉得很无奈，扑哧一声笑了，然后接着说："如果能让我随便选，要是能晚上睡在你家壁橱里，白天一整天都到这密茶苑来坐着，就太好了。主要是你家离密茶苑很近。"重九一口气都说了出来。让他感到意外的是，赵贤植听罢并没感到惊讶，反倒觉得理当如此，也跟着笑起来。重九似乎从赵贤植的笑容中得到了勇气，继续说："我觉得睡在这个茶馆的角落里比睡在吴兄家好得多，冷我是一点都不怕了，难不成还能比上次宝水洞的桌子上睡觉时冷吗？""从吴兄家到这里用不上一个小时吧？""那也不是，我觉得很远，感觉就像一个人去了西伯利亚，心里面发烫，受不了。哪怕离密茶苑再远一步，都让我很害怕、很不安、心里热辣辣的。不跟这些逃难的人在一起就会让我感到难受，凡一洞在哪？好像是在万里之外。"

重九的牢骚只能先告一段落，因为在那边角落里打盹的朴云森坐到这边来了。朴云森像有什么事一样，到重九和赵贤植对面坐下，却什么话也不说，还是和在角落里坐着时一样，像"壁画"一样静静地坐着。赵贤植觉得他很可怜，先开口问道："朴云森，这些日子住在哪里？"但朴云森还是望着墙，一动不动。赵贤植又问了一遍同样的话，他这才回过头来，反问道："你跟我说话？"赵贤植笑着又把同样的话问了第三遍。这回他才说："在朋友那里，不过他昨天结婚了。"也不知他说这话是什么意思，说完又和先前一样变成了"壁画"。

又过去大概一个小时。其间，宋画家和许允过来坐一会儿走了，吉女士也过来聊了一大阵后走了。吉女士说，如果战火烧到釜山这边怎么办？这个问题在大家心中一刻都没有消失过，所以谁都没搭话。宋画家倒是很积极，他大叫道："我们打算在战火烧到前就都跳海死了。"他一说完，不光他们几个人，连坐在邻桌的人也都跟着"哇"地一声笑了。"好的，我知道了。"吉女士一脸严肃地合一下掌后就出去了。于是这边桌上又剩下重九、赵贤植和朴云森三个人。天渐渐黑了，赵贤植拿起桌上的烟盒放进大衣口袋，准备起身出去。就在这时，"壁画"（朴云森）突然转过头来叫了一声："赵先生。"可能是因为他今年29岁，比赵贤植和重九小七八岁，所以才加上个"先生"。正要起身的赵贤植又坐下来。"今天晚上我能不能去您家啊？""壁画"说道。"已经有人先报名了。"赵贤植笑着指了指重九。朴云森听罢什么都没说，又转过头去，变成之前那幅"壁画"。赵贤植站起身，犹豫一下，说道："你也一起去吧。"于是，"壁画"就像电动装置中会动的机器人一般立马僵硬地站起身来。

在赵贤植家吃完晚饭，朴云森打开随时都带在身上的天蓝色布包（里面装着他的所有财产，跟重九那个旧手包一样），里面是装着洗漱用品的橡胶袋和两个笔记本。朴云森把两个笔记本递给赵贤植，说："这个能帮我保管一下吗？"赵贤植接过来，递给他的妻子，说道："把这个放到我包里。"然后转身对重九说："李兄，今天不喝酒，能忍住吗？"就在这时，朴云森就像被什么东西刺中了一样突然站起来说，昨天结婚的那个朋友那里有几瓶加拿大威士忌，他得去一趟，说完就走了，然后就没再回来。

第二天，重九和赵贤植去密茶苑的时候，朴云森已经来了，静静地坐在火炉边。他俩走到火炉边，他还是一动不动，也不知道看没看见他俩。赵贤植先开口问他昨天晚上怎么回事，他简单答了一句"后来时间太晚了"，然后就站起身，又像"壁画"一般坐到角落里他一直坐的"专座"上。

大约中午时分,吉女士来了,说有急事和重九和赵贤植商量,要一起出去一下。他们去了前几天去的乌冬面馆。点完三碗乌冬面,吉女士先开了口。先是问现在形势如何,然后又提起和昨天差不多的话题。"战火好像不断向南蔓延。"赵贤植轻描淡写地接着说。重九也说:"好像已经到原州乌山了。"这是他上午在路上见到K通讯社的尹时听说的。吉女士低下头,又双手合十。赵贤植也郁闷地说:"就是啊,还说防卫有如铜墙铁壁,最后不还是被攻陷了,今后也不知道会怎样。""总之是不容乐观吧?"吉女士说道,重九用相同的话做了肯定回答。赵贤植用沉默表示承认。吉女士小声问有什么对策,说现在有钱人都做好准备以防万一,我们却没有任何准备,就这样天天挤在茶馆里,万一形势恶化,那就惨了。正好有一艘船去济州岛,会在四五天内出发,如果她托托人,能多坐十几个人。如果赵贤植和重九赞成,她可以着手去办。"二位仔细考虑一下吧。"吉女士补充道。过了一会儿,赵贤植开口说的第一句话是:"我们到那边靠什么挣饭吃?""得先活命,挣饭吃都是其次啊。"吉女士答道。"可连个生活保障都没有,太盲目了吧?""其他难民不也去了很多吗?"赵贤植和吉女士一问一答地说着,重九自己在心里想着一天前在吴桢洙家里感受到的孤独的可怕。他觉得不管怎样都不能离开密茶苑到更远的地方去,他要和其他所有留在密茶苑的朋友们一起坚持到最后一刻,宁愿像宋画家说的那样去跳海,也没有勇气另起炉灶。蜜蜂要在蜜蜂群里,海鸥要在海鸥群里,他差点嘟囔出来。

"小说家李重九先生,您也发表一下意见吧。"吉女士在这种情况下也没有忘记幽默。"我怕是不行,我害怕,害怕离开密茶苑。"被重九明确拒绝后,吉女士再次合掌回答道:"您可要记住,机会只有一次啊。"这句话让赵贤植心里一颤,他回想起战争初期在首尔几次差点被打死的事情,又开始纠结起现实情况:"有几天时间考虑呢?"吉女士说最晚也要在五天内决定,赵贤植听罢,出主意说:"那就再给五天时间,我们再研究一下吧。"吉女士也赞成:"请相信,二位如果反对的话，我自己也没有勇气单独行动。"说罢便站起身。

三个人又回到密茶苑，正要上楼，音乐家安定浩满脸焦急地从上面下来，慌张地问道："你们从哪里来？"赵贤植回答说从乌冬面馆来，安定浩听罢用手指着二楼说："朴云森吃药了。""吃药？""安眠药。""怎么吃安眠药了？""什么怎么啊，人都僵了。"瞬间，赵贤植的脸吓得铁青，吉女士吓得嘴唇直哆嗦。"吃了多少？"重九问道。"好像吃了很多，一共吃了60片苯巴比妥和5片安定，还说什么啊。""大家都不知道吗？""怎么知道？他总是一个人坐在角落里，都以为他就是在那儿打盹儿呢。"安定浩说去请医生，跑出去了。

三个人走进茶馆时，人们都黑压压地围在西北角。"你怎么这么混呢，怎么这么傻呢？"宋画家晃着朴云森的大衣袖子放声痛哭。吉女士责备茶馆服务员为什么没发现。服务员说："他不总是一个人坐在那儿吗？"还说，看到他好像在写东西，大家就都没靠近，后来看见他闭着眼睛、头靠在墙上，还以为他总这样，就没管，让他好好睡一会儿。

许允哽咽着走过来，递给赵贤植一张折叠的纸，正面上写着标题"告别"。

我服下事先准备好的60片苯巴比妥和5片安定。

真是好久没有这么清醒了，我现在很平静。

现在，我看见女朋友在波涛汹涌的大海那边朝我微笑，看到我亲爱的朋友们都在我面前。此时此刻，他们都在守护着我，而我却不想再让我的生命延续下去。

再见了，我所思念的人们。

1951年1月8日

朴云森

朴云森的自杀给密茶苑带来不少变化。茶馆门上贴上"内部维修"的纸条，很多天没有营业。楼下也要修，所以"文总"办公室也被责令搬走。

人们几乎是被赶出密茶苑的,然后就纷纷去了光复洞环岛周边的其他茶馆。以环岛为中心,有的去了南浦洞的星光茶馆,还有一半去了昌善洞的金刚茶馆。

金刚茶馆比密茶苑面积小很多,也没有任何可以称作茶馆设备的东西,就是一间跟乡村简易候车室差不多的地方。可能也是因为这个原因,每当重九坐在金刚茶馆那硬邦邦的木凳上,就算是在大白天,似乎也常常听到船笛声。可能是因为刚刚经历过死亡,每当听到船笛声,重九似乎就会想到应该已经过世了的母亲的尸体,不由得浑身起鸡皮疙瘩。尽管如此,他们还是一直去金刚茶馆,因为茶馆对面的现代报社里有他们的朋友。

就这样又过了五天,赵贤植跟吉女士约好的五天期限到了,他们心里也都做好了决定。但由于战势发生了改变,因此就不需要"对策"了。

经 K 通讯社的尹介绍,重九从 15 号开始到现代报社去做评论员。赵贤植也经重九介绍,于 16 号把"文总"的牌子挂在了现代报社二层一角的一个房间里。

重九工作三天后,《现代新闻》的文化专栏登载了一篇赵贤植的评论——"朴云森其人和艺术",以及一首附有宋画家摄影作品的朴云森遗作——《灯塔》。

傍晚时分,
海啸似乎就在眼前,
我,独自站立在海边。
蓝色的海浪,
像个孩子似地撒娇纠缠,
我,心终于开始塌陷。
远海那边,
白衣新娘有如灯塔,
我,是否要用身体将灯火点燃?

骨灰的庆典

朴赞顺

小溪在三岔路口停下车，犹豫起来。她要去五浦公园墓地，可一上坡，眼前却是个三岔路口。这才想起刚才忘记看路牌，路牌好像是被路边那些似乎还滴着黄色水滴的树隐约遮挡住了。都怪坐在副驾驶上的人话多。她打开车窗，探出头去看四周有没有别的路牌，顺便透透气。结果，没看到路牌。从车窗吹进来的凉风让她轻松了许多。她和这个男人虽然很久前就认识，却绝对算不上好朋友，突然这样关在一辆车里，这让她很郁闷。他在长途客运站坐上她的车以后就忙着回忆和她丈夫小时候的趣事。她并不感兴趣，听也罢，不听也罢。她或是点头，或是简短地回应一声："哦，是吗？"或是挖苦两句："真拿你们没办法。""你们可真厉害！"他不停地说那些年轻时的故事，可能是出于礼貌，不好意思白白坐她的车吧。不过她还是觉得他话太多了，从侧面瞪了他一眼。

她猛然间想起刚才在长途客运站停车场，她坐在驾驶座上和他稀里糊涂地握了一下手。"快上车吧。"后面的车不停鸣笛，她只说了这一句，就忙着把车开离停车场，没来得及仔细看他的脸。夕阳西下，阳光透过挡风玻璃照进来，贤宇坐在副驾驶上，落日的余晖映在他的脸上，让她莫名感觉有些陌生。这个老同学还是老样子，双眼皮，大眼睛，高鼻梁，不过现在不像出国工作前那般土气了。可能是因为长期在欧洲生活的缘故，皮肤变得更加白皙透亮，在晚霞的照耀下显得有点梦幻。不过，就算他化身成希腊神话中的美男子回来，她也不会对他感兴趣。只是心里还是有些悸动不安，她后悔刚才握手的时候没仔细看一眼。

小溪不久前接到贤宇打来的电话，他说要从远在南部的小城赶过来，去朋友的墓前看看。她有点为难，跟他说都五年了，不用了。可他还是执意要来，说因为当时在国外工作，没能参加葬礼，既然已经回国，理应来跟先走一步的朋友做个正式道别。他说的日子偏偏就是今天，星期六。昨天，K突发心肌梗塞去世，她本来打算今天去参加他的葬礼。说实话，她真想第一个跑到K的灵堂去……从听到噩耗的那一刻起，他的脸庞就一直在她眼前萦绕。K对于她来说是一处可以安歇的港湾，他能解开她的心结，让她从无尽的紧迫和令人窒息的紧张中完全解脱和放松。她和K上学时不在同一个系，两人在社团活动室认识的，然后开始交往。后来也不知为什么没能修成正果，但即便和丈夫结婚之后，她依然觉得K是自己的初恋，在她心中占据着不可动摇的位置。两个人都结婚几年后的一天，他们在街上偶遇，她还清晰记得他当时说的话："真是世事难料。"他很无奈地笑了，她也微笑着默默点头。之后，两个人都忠实于自己的家庭，却也常常见面。他们之间的爱没有戴上现实的枷锁，所以谁都不会受伤。他们就这样一直保持着朦胧的距离，直到今天。

下午3点，小溪和组员们开完浓汤新品企划会议，准备去高丽大学九老医院殡仪馆，贤宇打来电话说刚到长途客运站。他确实说过很快就会来，谁知偏偏是今天。就这样，小溪来到了三岔路口：一个是去世五年的丈夫——去世一周年以后就再也没去看过，一个是丈夫的朋友贤宇——要去向丈夫表达迟到的悼念，一个是K——昨天刚去世的初恋情人。她犹豫不定，不知该把心思放在谁的身上。

小溪很少像今天这样又尴尬又纠结，所以心里很不舒服。正值赏枫时节，又赶上周末黄金长假，从长途客运站到盆唐就开了两个半小时。这样下去，估计得半夜才能去吊唁。听说最近有些殡仪馆为了让家属们休息，深夜都不接待访客，那就惨了。而且大半夜的没有别人吊唁，就她一个人气喘吁吁地跑去灵前，谁看了都会觉得奇怪。明天凌晨出殡，小溪本想今天站在其他同学中间默默地在心里跟他告别，现在贤宇一来，就很难赶上了。她心里越发焦急起来，索性朝右边有山的那条路开去。开到坡上，看到西边开阔的天空里，夕阳的余晖照耀着右面的群山，公园墓地应该在那片洒满阳光的山间。贤宇看出小溪有些迷路，说了一句：

"慢慢找吧，偶尔来一次，很难记清楚吧？我也是，每次去家乡给父亲扫墓都会迷路。"

"其实一周年以后我就没再来过。走走看，不是就返回来呗。"

小溪坦率地说。她觉得没有理由拐弯抹角，这些年忙着偿还丈夫生前四处欠下的债，又要独自抚养孩子，哪有心思大老远跑到山里的墓地去。而且她和这个突然造访的贤宇之间还有一点无法言说的秘密，不知道他还记不记得。如果是她想的那样，他一定会记得。事情发生在小溪刚结婚后不久。赶上丈夫生日，顺便为了温居，他们邀请朋友们来家里庆祝。晚饭后，朋友们围坐在一起玩扑克牌。贤宇说要抽根烟，去了阳台，回来时正好和去酒桌上烤鱿鱼后出来的小溪撞见，他用迷离的双眼看着围着绣花围裙的她，抬起胳膊拦住门口。当时还是傍晚时分，他肯定没醉。丈夫和别的朋友都竞相装出一副牌很好的样子，谁都没心思注意别的。他明明是小溪夫妇的同学，可就在那一瞬间，他好像脱离了这层关系，成了另外一个男人。她感觉到这一点，赶忙避开他的视线，去了客厅。她很惊讶，难道是他忘了她是朋友的妻子，把她当成了另外一个女人？还是她把他当成了另外一个男人，忘了他是丈夫的朋友？她怎么也想不明白，不管怎样，虽然只是一瞬间，两人之间确确实实有过片刻的尴尬和紧张。

从那以后，小溪从未和他单独见过面，总是和朋友们一起，就像什么事都没发生过一样。但她并没有忘记那个瞬间，不，是忘不了。因为她觉得虽然那只是一时的冲动或是孩子气，但也许他们自己都不知道，那可能是冥冥中注定的某种生命的呼唤，看似已经随着岁月的流逝而不见踪迹，可就在见到他的一瞬间，它又重新浮现在她的脑海里。

小溪沉浸在纷纷扰扰的思绪里，也不知开了多远，终于发现确实走错了路，哪儿都看不到五浦公园墓地的云鹤图案标志牌。错就错在以为过了台岘岭就能找到，所以出发时没开导航。她打开导航，女声导航音提示她掉头。她跟着导航绕了好一阵山路，到墓地时太阳马上就要落山了。她从后备箱里拿出地垫铺上，从袋子里掏出在公司前面的便利店买的烧酒和纸杯。贤宇把烧酒倒在纸杯里，用手拿着，面朝骨灰墙第三格上的朋友照片站好。那覆膜处理过的照片一周年的时候还挺好的，现在都泛黄了，看起来不像五年前去世的，倒像是五十年前去世的。

"承熙啊，是我啊，是我，贤宇。来，喝一杯吧。那时我在巴黎分公司工作，没能参加你的葬礼，对不起啊。承熙，你真的走了吗？真不敢相信啊。不过我也不怕先走一步的你笑话，不知道为什么，活着太累了，最近总觉得先走的你和还在这世上挣扎的我好像没什么两样，生不如死啊。来，干一杯，再来根烟吧，这是你特别喜欢抽的牌子。"

他把酒撒在骨灰墙之间的草坪上，然后点燃香烟，把它靠近贴在朋友骨灰盒盖上的照片，说道：

"来，使劲儿吸一口吧，深深吸一口，吐个烟圈。你抽烟的样子挺帅的，咱们那些朋友里，数你最酷了。你把烟夹在食指和中指之间，猛吸一口，然后把烟咽到肚子里，再用鼻子呼出来，那样子特别帅，像电影明星一样。"

他等烟在遗像中的朋友嘴边燃出长长的烟灰，再把它叼在自己嘴里叭嗒叭嗒抽起来。也许他就是想用这种方式悼念朋友吧。小溪坐在墓园里给家属们准备的方形大理石凳上，在慵懒的下午开几个小时车，现在突然觉得很累。她闭上眼睛，想休息一会，让贤宇一个人尽情和朋友告别。猛然间，白天听的一支曲子又在脑海中回荡起来，是她吃完午饭靠在休息室的沙发上闭眼休息时，调频电台里播放的音乐。她当时可能在半睡半醒间，不知是因为打算下午去参加K的葬礼，还是因为受到音乐或是别的什么东西触动，心中突然涌上一股思念之情，醒来时感到一种想要触摸一个人的强烈欲望。她很害怕，因为自己从未有过这样的感觉。那是一种她永远都无法忘记、一定要铭记在心的情感，是她对自己的一个全新发现。接着，她听到主持人介绍说，那首曲子是勃拉姆斯的第一大提琴奏鸣曲38号，演奏者是大提琴家杰奎琳·杜普雷和新伦敦交响乐团。她不是第一次听这首曲子，只是今天的感觉很不一样。主持人又说，这是一首浪漫的曲子，杰奎琳用深沉而温柔的琴声把作曲家的拼搏精神和激情展现得淋漓尽致。英年早逝的天才大提琴家的演奏让曲子听起来更加哀切。小溪知道，勃拉姆斯曾经暗恋恩师的妻子克拉拉，因为不能说出口，只能在心里煎熬。她觉得今天自己听到他的作品后的切身感受恰恰印证了勃拉姆斯那种被压抑的冲动和情感。她对K的死感到十分惋惜，也不知道这种特别的情感和白天听这首曲子时的身体感受是否类似。她自己也不清楚。

贤宇吸完烟，从口袋里掏出口琴吹起来。吹前奏的时候，小溪没听出来是什么曲子，跟着旋律听了一会儿才大概想起歌词。"我的爱，请你留在我身边/这世界上唯一的、独一无二的你/在艰难的日子里，若是连你也离我而去/不知何去何从的我，可以依靠何方？"

这句"不知何去何从的我，可以依靠何方"让她记起了前面的歌词。她觉得他的吹奏虽然时而跑调，但是在这山里却有一定的感染力。低沉的琴声犹如一首献给所有沉睡在这里的人们的歌，悠远绵长地回荡着。它让四周变得更加幽静，似乎有一丝久违的温暖和安慰萦绕其间。她从没想过给丈夫哼唱什么歌曲，不论是在他生前，还是去世后。在葬礼上迎接来悼念的亲友时，甚至在入殓时，她都沉浸在对日后带孩子们一起生活的担心和自我怜悯中。吹完曲子，贤宇拿出手绢把口琴擦好后放进口袋，然后对着沉默无言的朋友说道：

"承熙啊，也不知我的演奏入不入得了你的眼。唱歌当然要你来。以前要是你边弹吉他边唱金贤植的《爱过》，那我们就都没了底气，谁都不敢唱了。"

小溪不解地摇摇头，他唱歌好听？而且还能边弹吉他边唱自己最喜欢的金贤植的歌？结婚后好像从没听过丈夫唱歌，头一次听说他会唱歌。也难怪，她们婚后过的根本不是那种轻松愉快的生活，怎么能不由自主地哼歌呢？贤宇又接着说了很多：

"你小子怎么不等到我回来啊？本来想回来以后好好请你喝一杯的，我欠你那么多。我那时忙着搞乐队，结果错过了英文诗考试，差点被后备军官训练队除名。我都不知道是你带着几个朋友跪在教授家门前央求好几天，教授才让我用结课论文代替考试。那位教授是出了名的严格，却也拗不过你们对我的友情。我这才能留在后备军官训练队，还能在就业时享受到优待。你小子这么好的一个人，为什么，为什么那么着急就走了啊？"

像小溪这样只关心自己、从不知道照顾别人的个人主义者，简直无法想象他说的都是真的。天天聚在一起逃课、去台球厅混日子的"小混混们"居然也有这么仗义的一面。不过现在说这些又有什么用，她有点生气，把头转了过去。他还在不停地唠叨，她不再听。说实话，她不想逐一细听那些琐事，宁愿沉浸在自己的思绪里。难道就这样和K分开了？她本来以为只要有K在，哪怕被丢在世上的任何角落，自己都会有力量活下去。

小溪沉浸在对K的思念中，突然听到贤宇啪啪地拍起手来。她回过神来，发现他开始讲起一件十分荒唐的事情。

"你知道我为什么拍手吗？我是在为你不被认可的台球水平鼓掌啊。你要是还活着，一直打台球，没准能在台球桌上做出几何学上的重大发现呢。你把期末考试复习都抛在脑后，去学校前面的台球厅，一边画图一边研究打台球的角度计算方法。我当时就觉得，孩子们都应该像你那样生活。最近越来越难看见十几岁的孩子和朋友们在游乐场或操场上玩耍了。偶尔看到他们和朋友们一起玩足球、棒球、篮球，才觉得那才是他们该有的生活，不用考虑任何人生目标和策略，就像你在台球厅时那样。那时，你的生命还是鲜活的。"

小溪只觉得可笑，这又是什么鬼逻辑？居然在美化那些把学费都交到台球厅去的淘气包们。要知道她和他都已人过中年，快五十的人了。她有些不高兴。他继续说着"拿球""角度线""三库"之类的话,好像要把死去的朋友拉起来拿球杆打球一样。

"你还说要把台球里的日语都改成韩语,编一本台球词典。我们当时都笑话你就忙活那些没用的事,现在看来还真不是,现在台球运动很受欢迎啊。那时你压低身子、手握球杆、盯着球的样子,简直像个球神。"

他追溯着台球往事,告别仪式丝毫没有要结束的迹象。小溪觉得自己的忍耐已经到了极限,不过还是强压住内心的烦躁,委婉地说:

"太久没来了,想说的话很多吧?一次怎么能都说完啊?要不,下次再来和他聊吧?他应该更希望你再来。到客运站还得挺长时间,是晚上10点的车吧?"

他根本不在乎夜色渐深,接着絮叨,好像不继续聊下去是对死去的朋友大不敬似的。

"为了准备就业,我们天天带着托业、营销原理、会计学之类的书学习。从那时开始,我们就死了。你知道吗?自从你说准备就业,不再去台球厅,你就没了生气,脸色阴沉沉的。我真想现在就把你的骨灰放到之前经常去的那个台球厅里。"

小溪现在真是忍无可忍了。就因为这个胡言乱语的贤宇,本应该今晚去的吊唁怕是来不及了,她越想越生气,真想大喊一声"够了"。都说男人就算长大也是不懂事的孩子,她现在觉得这话说得真对。约翰·列侬就是对此太了解,才写出"女人啊,你是理解男人心里的小孩的人,请记住,我的生命掌握在你手中"这样的歌词吧。小溪只好再一次回到自己的世界里,任凭这个男人随便告别。不过,这个不懂事的男人好像有什么话要说,朝小溪转过身来,刚才还连珠炮似地说话,现在突然结巴起来。

"小……小溪,我……我有事情跟你坦白。"

小溪一听,感到很惊讶。她避开他的眼睛,把头转向山那边。现在只有他们两个人在这山里,而且还是在死去的丈夫墓前,她怕听到什么不合适的话,心里直发麻。要是能离开这里,真想马上离开。她想捂住耳朵,不管他说什么,都不想听。但是怎么说他也是客人,她还是把头转过来。他抬起头，望着天说起来。他似乎也在努力不与她对视。

"还记得我们大一时，系里去京畿道大成里郊游，晚上有人跑到女生帐篷，往睡梦中的你手里放一条宽鳍鱲鱼的事吗？"

她似乎隐约记得，漠然答道：

"嗯，有这回事吗？然后呢？"

"那个抓宽鳍鱲鱼，然后把它放在正睡觉的你手里的人……"

说到这，他停下来稍等一会，然后低下头说：

"是我，都到现在了，还有什么可隐瞒的，真对不起。"

小溪倒觉得他突然提这桩她都不太记得的事情很傻。

"都是二十多年前的事了，小时候不懂事闹着玩的。"

不过这件事对他来说好像非常重要。可能是因为当时小溪大声尖叫，惊醒所有睡梦中的同学，引起一阵骚乱。不过，她不以为然地说：

"就是当时挺害怕的，这么点小事你怎么还记着？"

然而他似乎并不这么认为，低头用右脚在地垫上胡乱画着，说道：

"可是，我当时没承认，直到现在都心里过意不去。真是对不起，不过我只想让你知道，我当时就是想让你体会一下宽鳍鱲在手里蠕动的感觉，宽鳍鱲不是生活在清澈的小溪里嘛。"

小溪这才明白他往自己手里放鱼是因为她的名字。想到这，她扑哧一声笑了。但这件事并没有让她记住，如果不是他执意要说出来，她已经把它当作一时间幼稚的恶作剧忘得一干二净了，可他就像犯了什么大错一样跟她道歉。这时，她突然觉得，如果说他们之间还有没解决的问题，那更应该是新婚温居那天他的异常举动——明明是丈夫的朋友，却像一个陌生男人一样用那种暧昧的眼神看她。难道他真的把那件事完全忘了，然后为比那更早的还是大一新生时的、天真烂漫的宽鳍鱲事件来道歉？她甚至觉得他是不是为了掩盖那件更严重的事情，故意拿这件不起眼的恶作剧来说事。要不就是只有她自己还把温居时的事偷偷藏在记忆里，如果是那样，是不是说明她的想法有什么问题？她在心里嘀咕着，他又开始跟朋友嘟囔起来。

"承熙啊,你如果在那边觉得郁闷或无聊,就想想二年级时那个秋天的晚上,大半夜的我们一起在人文学院到校门口的那段银杏路上裸奔。是你提出去裸奔的,真是太刺激了,我们当时就像拥有了全世界。"

本来不想再听,可"裸奔"一词还是让小溪上了钩。大半夜的在校园里裸奔?她似乎越发难以理解男人们的世界了,却也有点后悔自己怎么没做过那些事就毕业了。但现在不管他再说什么稀奇古怪的事情,她都不打算再听下去。她干脆不再理他,开始自己收拾东西,准备回去。和一个男人单独待在山里让她渐渐觉得阴森森的,总觉得好像有些黑影在他们周围晃。就在这时,她的大脑突然感知到某种意想不到的动静——好像是他的持续诉说和低吟使周围的事物都一反常态,恢复了生机。骨灰墙之间的枫树在晚霞的映照下似乎更加鲜亮红艳,山风在墓园里游走回旋,吹在她身上。这时,好像传来一阵她完全意想不到的声音,正如一位诗人说的那样:"死去的人们在地下沉吟""他们的指甲和头发静静生长"。这是在流于形式的祭奠——为了尽义务,按照既定程序敬酒、行礼,然后把祭坛打扫干净离开——中无法感受到的。刹那间,她觉得这里的骨灰似乎都动了起来,好像要举行一场它们自己的庆典。

这简直太荒唐了。大学时,小溪一直觉得贤宇是个没分寸的人。现在,他来到丈夫墓前,虽然还是这般絮絮叨叨,却把她带到了一个奇妙的地方。她闭上眼睛,不知不觉间,墓地变成了学校前的台球厅,从骨灰盒里走出来的承熙点完炸酱面,开始和贤宇打台球。台球案上有白、红、黄三个球。左撇子的承熙俯身在台球案上,右手架杆,左手握住杆柄尽力向后拉,鹰一样犀利的眼睛盯着球。他击打白球,白球撞到红球,随即撞到左库边,有力地滚到右库边撞到黄球,继而刚才撞击的红球也缓缓地滚动着撞到黄球。小溪喜欢那些球的光滑质感,感觉似乎摸到了它们,浑身麻酥酥的。贤宇高举双手摆出投降的姿势,承熙露出会心的微笑。这时的承熙好像在脑海中轻松地解出一道肉眼看不见的台球几何题。他说这个方程式的解法是物理学家们多年来的梦想。把这道题算出来的承熙看起来无比愉快，小溪差点伸出手去和他击掌。也是在这时，她想起法国的拉雪兹神父公墓。从巴黎留学回来的朋友说，公墓是逝者与生者进行交流的空间，每当写论文遇到问题或是想家、感到孤独的时候，她都会去巴黎近郊的墓地，与埋在那里的诗人、小说家和音乐家们交谈。无论是多么富有的人，就算是伊迪丝·琵雅芙、伊夫·蒙当、肖邦、马塞尔·普鲁斯特等知名人士也只能拥有一个同样大的小空间。但她说，几百年的合抱之木和鲜花遍地的庭园氛围让这里成了市民们常来休闲的景点。难道肖邦、伊夫·蒙当和普鲁斯特等等名人的骨灰复活了，能够跟人们聊天吗？

死者的骨灰重新活过来举办庆典，这样的怪诞景象或许可以从小说《蒂凡尼的早餐》的作者杜鲁门·卡波特身上找到一些影子。他的骨灰分为两部分，分别由他的朋友和一生的合作伙伴保管。30多年后，两个人都去世了。前不久，有新闻说他的骨灰在拍卖会上以高价成交。也有人担心，这样拍卖骨灰是不是太不敬、太商业化？但听说，杜鲁门的友人们说杜鲁门绝对不希望自己的骨灰盒被放在架子上睡觉。想到拍卖会上人们竞相出价买骨灰的情景，小溪忍不住想笑。那不是拍卖，而是在追忆他，不，是为了让他的骨灰复活而举办的一场庆典。听着那则新闻，小溪似乎看见卡波特在拍卖场上从自己的骨灰盒里走出来，带着微笑的面具跳起舞。因为他生前就才华横溢，走到哪里都希望能够引领潮流。

思量着卡波特重新火热起来的骨灰，小溪的脑海中突然又浮现出几年前在城南火葬场接过丈夫温热的骨灰盒时的情景。是的，温热的，可能那正是小溪心里的温度。然而，就连这温热的感觉也被她很快就忘记了，因为她急着赶去墓地下葬，亲戚和朋友们都在那里等着。把骨灰盒放进像抽屉一样的骨灰墙的龛位里，封上盖子，然后听僧人诵经，行两次礼，安葬仪式就这样简单结束。葬礼并没有像别人说的那样缓缓进行，小溪也没有用充满爱意的手抚摸骨灰盒，或是深情地凝望它，她什么都没有做。对小溪来说，骨灰盒就是用来装骨灰的盒子，墓园只是一个存放骨灰的物理空间。可是，丈夫朋友的出现让这个她原本不太在意的地方逐渐成了一个骨灰庆典举办地。实际上，她觉得这一切倒像是"骨灰的复仇"，只是不是发生在"圣灰星期三"，而是在无辜的星期六。

用台球证明完自己的技术后，承熙的骨灰像卡波特一样兴奋起来，好像要给小溪呈现另一个庆典，他突然脱掉衣服，光着身子晃晃悠悠地热起身来，似乎要再表演一次当年的"裸奔"。小溪睁开眼睛，她实在不想看到那一幕。贤宇还在跟朋友的骨灰小声说着什么。小溪把祭台上的酒瓶收起来装进塑料袋，卷起地垫。她卷的劲儿有点大，带起一阵凉风，可他还在继续跟朋友念叨。

"我先去车里，你跟他告别后过来吧。"

说完，她有些不耐烦地转身朝停车场扬长而去。又过了30分钟，还是不见他出来。没办法，她只好又去一趟他那边。刚走进丈夫墓地所在的松树区，就看到他双手插在裤兜里晃晃当当地走出来。她暗自庆幸，就站在那里等他过来。可他明知她站在那儿，却像不认识一样擦身而过。拖了这么久，连一句抱歉都没有。天还没黑到看不清人脸的程度，他好像新婚温居那天她对待挡在面前的他一样，隐秘而坚决。他上车后一屁股坐在副驾驶位置上。她觉得怪怪的，他是不是误会了？以为今天她对他有什么别的心思？怎么会？不管了，她劝自己再忍一会。可他又唠叨起来。

"你知道承熙有多在乎你吗？他下决心一定不要像父亲那样一生只为事业疯狂，不管家人。他说要把家庭幸福放在首位，所以就开了一家小店，结果生意却不好，让你吃了不少苦，他一直都觉得对不住你。"

小溪想，要是他嘴上有个麦克风，她一定要把它摘下来关掉。现在谁还想听这些话？突然雨声大作，敲打着车窗。本来就很晚了，真是雪上加霜。从盆唐方向到首尔的市内高速路上车很多，到良才交岔路就用了一个小时。从这里开始，堵得更厉害，前面就是长途客运站，车子却在30分钟里一动没动。他似乎也发现问题很严重，不再说话。后来他又说了一句：

"首尔的交通真是让人痛苦啊。"

小溪觉得现在任何语言都无法让她得到安慰，她只想对他说，你就是我今天痛苦的根源。她几乎是以爬行的速度把他送到长途客运站，然后就像终于摆脱一个大麻烦一样心情轻松起来。她重新启动导航，打开交通广播。广播上说，奥林匹克大路交通流量大，车辆严重拥堵，推荐走南部环路或者显忠路。她还没想好要去哪，又来到了三叉路口。

她思量着哪条路车会少一些，不觉间又想起刚才在客运站下车的贤宇。他坐在旁边的时候，总觉得他就是个累赘，走了却觉得他好像把什么东西抛给了她。明明是他引发骨灰的庆典，最后在墓园里却故意对她视而不见，这让她心里很不舒服。不过她打算不再理他，还能怎样呢？可脑子里却一直有什么东西隐约地萦绕着。最后，她居然开始觉得是自己的生活出了问题，虽然不知道具体是什么问题，却让她对整个人生都产生了怀疑，包括今天。她想了很久，脑海中终于有了答案。她从未认真做的事情，今天贤宇用一整天的时间做了，那就是"哀悼"。贤宇用哀悼证明了丈夫像少年一样不谙世事、却无比鲜活的一生，就像承熙今天举办的骨灰庆典中呈现的那样。突然间一个疑问涌上心头，那么，在和自己一起生活的那段日子里，承熙难道是死的吗？

实际上，今天贤宇说的那些丈夫的为人、习惯、真正喜欢的事情等等，小溪都一无所知。他的抽烟习惯、练歌厅拿手曲目和台球几何学、还有校园裸奔，所有这些都是她难以想象的。他和小溪是同班同学，可自从结婚以后，两人的脸上都被对方刻上"责任"和"义务"的字样。他没能成为一个出色的一家之主，惹来小溪的挖苦和唠叨。现在想来，他的朋友贤宇似乎比她这个妻子更了解他。在这片给予他生命的土地上，他本来应该过一种什么样的生活？她有点后悔没看完承熙的骨灰庆典。也许，那一幕会时常在她眼前重演，让她一生都无法忘怀。她突然想要不要像贤宇说的那样，现在就把他的骨灰盒放到台球厅去。原来需要敬重和珍爱的不只是卡波特的骨灰盒。

不管怎样，今天贤宇所做的那种哀悼，小溪从未对任何人做过，即便是在母亲的葬礼上。母亲做完大手术后，经过几个月的住院治疗，身体轻得可以单手抱起来。但她只是按照葬礼程序哭丧和行礼,从未去仔细琢磨母亲身体变轻的意义。母亲19岁年纪轻轻就嫁给八兄妹中的老大,每天累得手指关节都疼,腰不知怎么就累弯了。母亲最后虚弱得只剩一副骨架,小溪却从来都没有紧紧地拥抱过母亲。

"哀悼"二字让小溪又想到现在正要去吊唁的K。车窗上映出他的脸。每到这样的黑夜,呈现在小溪眼前的总是他二十几岁学生时代的脸庞。和他在一起,她似乎永远都不会老去。她实在想不通,到底是什么要这么早就把他带走。不久前,他还健健康康地和她一起去看柏林爱乐乐团的演出,那居然成了最后。他们一起吃美味的晚餐,一起看演出,一起喝茶,整个晚上,两个人的脸上都洋溢着幸福的微笑。和他见面总是让她很激动。为什么呢?想来想去,原因可能只有一个,她和他之间从未有过一同陷入困境、痛苦挣扎的记忆。他们之间没有任何黑暗和创伤,那种新鲜的心动和兴奋让她感觉很美好。他们在环境优雅的地方享受彼此都喜欢的东西,然后各自回到自己的位置。只有一个问题困扰着她。去看演出都要在音乐厅大厅汇合,每次他都要故意从远处走过来,伸出胳膊跟她握手。可能这是他与人见面时的社交习惯。不过,她却觉得,他这样做似乎是为了告诉周围人,他俩平常并不在一起。这总让她在内心感受到一股苦涩的空虚。但她还能奢望什么?为了让两人之间的关系不至破裂、能够一直延续下去,也许这是她必须要接受的条件吧。雨刷器迅速摆动,却依然不能阻挡大雨倾泻在车窗上,她反而有点庆幸现在正在堵车。这时,又一个疑问掠过心头,她的生活是不是过颠倒了?这种颠倒就像在暴雨中突然上涨的河水一样向她扑过来。那些她不屑一顾的日子、那些狼狈不堪的日子,每一个瞬间好像都在向她复仇。她觊觎别人的生活,把品味新鲜当作人生座右铭,实际上却像在家里烹制快餐一样,日子过得一团糟。

她的眼前掠过和丈夫在一起时的结婚生活。两个人只有谈恋爱时面对面坐着静静地喝过茶,除此以外都是冷漠麻木的日子。然而,他朴实的微笑和叹息,第一个孩子出生后,两人给孩子洗澡时他发出的"哇,好嫩啊"的感叹,他的每一丝呼吸都是比任何声音都珍贵的音乐。她现在才隐约感受到一个曾经完全不知道的事实——生活并不是什么远离烟火的大不了的东西，它就是那些平平淡淡的寻常日子——在他遭遇失败和挫折时，守在他的身边，静静地沉浸在美好的音乐中，让身体的每个细胞都在温暖的阳光中充盈起来，而这些瞬间都被她白白浪费了。她想大声喊冤，为了生计，我有什么办法？我难道不想周末和丈夫去台球厅，点炸酱面外卖，一边吃一边打球，情意绵绵地聊天？可现在怎么辩解都没用。一切都像石榴籽一样四散在空中，她不知道该怎样收拾这一片狼藉。包括今天贤宇的事，这世上为什么到处都是烦心事？雨水还在猛烈地敲打车窗。她在堵得一塌糊涂的三叉路口停下来，闭上眼睛。做好热身的承熙光着身子和朋友们一起并排站在校园里的银杏路前，还要再来一场骨灰的庆典。

面　条

金　息

1

对，现在是和面的时间。往纷纷扬扬的面粉上一点点地倒水，搅一搅，揉成个面团，再使劲揉揣，直到本来像脚跟一样干裂粗糙的面团变得如同涂了乳液的小孩子脸蛋一样光滑……

不过是要找找紫苏油在哪里，一翻橱柜却偶然发现了一个面粉袋子。看到这个用黄皮筋扎住口的4千克装面粉袋子的瞬间……一股想煮碗面条的冲动如潮水般袭来，那得亲自动手和面，擀面，一刀刀切出面条……我赶紧拿出一个黄铜盆，把袋子里的面粉全都倒出来，还抖了抖袋子。看上去做三四大碗面条是足够了。不知道这么多面粉能揉出多大个面团，能擀出多少根面条来。若是没看见红辣椒粉和粉条袋子后面像幽灵一样蜷缩着的面粉袋子，现在我可能在做着米粥吧——把一把米倒在锅里，用紫苏油翻炒几次，然后倒上干净的淘米水，用饭勺不停地搅，免得糊了锅，直到米粒儿都翻滚着浮起来，就像那些无用的思绪一样，全部都浮起来，全部都……

我在等水中的盐粒融化，不过是几颗沙粒儿大小的盐粒，却像岩石一样沉在玻璃杯底，没有一点融化的迹象。印着"七星汽水"的玻璃杯里，水就像凝固了一样，无比安静。盐粒可能在一点点地融化着，可这速度太慢了，我那双愚笨而焦急的双眼根本感知不到。难道就这样傻傻地等下去？一直等到盐粒自己消融得不留一丝痕迹？可现在已经没有时间了……我最终还是从筷子筒中拿出筷子，那是一双上端画着凤凰的筷子，我用它搅杯里的水，直径大概五厘米的窄玻璃杯里便形成一个漩涡，盐粒都浮了上来……往漩涡里看让我感到头晕，好像整个人都要被吸进去一样。

盐终于化了，我把盐水往面粉里倒，一点一点地，几乎到了吝啬的程度。然后开始搅拌，湿漉漉的面粉开始粘在一起，也粘在我的手指上。我把粘在手上的面粉都揉到一块儿，并拢手指使劲儿揣，揣得关节都像球茎一样突出来，再把像口香糖一样粘在盆上的面都用手指刮下来……是啊，也许我也曾隐隐地想象过自己有一天会这样和面，这样不断地并拢、张开我笨拙的手指，忍受这和面的时间。午后的阳光就像被碾碎的柿子一样洒满厨房的窗户……我淡然地背对窗户坐着，使劲揉按着面团。

我一边揉面团，一边环视厨房。黄色无纹地板革刮破了好多处，都翘了起来，灰色的橱柜，紫色的花壁纸，年代久远得好似百岁老人一般的电冰箱，只有煮饭和保温功能的电饭锅，种着芦荟的蓝色塑料花盆，淡绿色的垃圾桶，从农协要来的挂历和福笊篱①，擦得整整齐齐的黑锅，画着十长生②的米缸，折起桌腿靠在冰箱旁的小圆桌……和面的时间一定是不同的，它不同于择菜，也不同于从小黄鱼身上刮去鳞片，它和往铺开的海苔上抹紫苏油不一样，跟啪啦啪啦地揉搓清洗泡发的裙带菜也不一样，又不同于捣一把蒜、切萝卜丝儿、剥牛蒡皮、在炒锅上炒苏子。世上的所有阴影都渐渐变浅的下午五点……如果是平时，我可能在超市买菜，或者在叠洗好的衣服。但是，昨天、

---

① 笊篱，用细竹篾编制而成，形同筛子，平时用于淘米。福笊篱指夏历除夕夜至元旦凌晨之间，在走街串巷的商贩处买来的笊篱。相传将福笊篱用红线悬于墙壁可全年纳福。

② "十长生"就是十种象征长生的自然物像，通常包括：日、云、山、石、水、鹤、鹿、龟、芝、松等，体现对健康长寿的渴望。

面 条

前天、大前天，我都觉得像是在你的厨房里和面，这是为什么呢？

面团怎么也揉不光滑，总是疙疙瘩瘩的。想把它揉好，还需要一阵子，可我似乎已经闻到了煮面条的味道。好像在家里的某个角落已经有一锅面条互相缠绕着煮开了。煮面条的味道……得怎么形容它呢？煮用纯面粉和面擀出来的面条时，散发出来的味道淡淡的，好像没什么味，却又有一种隐隐的清香，它会让人不觉间想起原本忘却的饥饿……那味道和把用机器做出来的面条煮熟后晾干时散发出的味道也不一样，怎么说呢，就像风琴和钢琴在音色上的区别吧。我又想起当年面条锅放在饭桌旁的情景，锅敞着盖儿略微倾斜地放着，熏得黑黢黢的锅底下垫着一沓报纸，锅旁的镀镍碗摞成塔的形状，锅把儿上搭着白色的棉抹布，镀镍勺盛起的面条冒着白气，默默地将挂在镀镍碗边的面条收进碗里的手指……

怎么看都觉得面还是和硬了，得再加点儿水。就一下……不，不行，两下……好了，就两下吧……加了水的面开始变得湿乎乎的……是的，会变软，可如果面和得太软了，费劲擀出的面条就会软塌塌的。

面终于揉成了团儿，虽然感觉还是有点儿硬。我想起当年你像个客人似的蜷缩着坐在地板一角和面的样子，你使劲儿揉面团，我都有点儿担心你手上的掌纹会不会被磨掉……你那么使劲儿揉面团，难道是想要把什么东西偷偷地掺在面团里吗？……那是什么呢？已经是29年前了？你刚来和我们一起生活时，正是我现在这么大，43岁，现在72岁了。当时我14岁，现在43岁……你来那天，我听家里的亲戚长辈们聚在房间里偷偷议论，说什么"石女"……因为不能生孩子，所以被迫离了婚。可能是因为听到了这些，在我眼里，那时你就像个来做保姆的人一样，一点儿精神都没有。当时在中央市场做工具生意的父亲把你带到家里后，便出去办事儿了。亲戚长辈们走了以后，你走进厨房，拿出镀镍盆，那个原本用来装蒸红薯和泡菜，或者用来洗米的镀镍盆里，现在装着面粉。整个下午，你都在使劲儿揉按面团，直到撒满阳光的地板都成了阴凉，你擀出一根根面条，再把它们煮熟……那面条里，别说鸡蛋丝了，连土豆或角瓜，甚至连块儿葱都没有。你把盐都没放的面条盛出来，一碗碗地端到我和弟弟们面前。不知是什么让我觉得那么不对劲儿，那么生气……我用汤匙把你费劲儿擀好的面条都弄断……碗里的面条全部都……

手腕都麻了。还要揉揣多久，面团的软硬才能恰到好处呢。还要多久……多久……感觉如果再这样揉下去，自己就要无奈地变老。若是到了唰唰地撒面粉，用擀面杖擀的时候，我可能真会像你一样无力地老去。冷若冰霜的丈夫死了，养子养女们也都离开了家……你一个人守着这个家，曾有过多少次这样和面的时间啊？"想煮碗面条吃，就想起你了……"啊……你偶尔给我打电话的时候，总会这样嘟囔一句。面条？你难道不知道么？我随爸爸，不怎么喜欢吃刀切面这类的面食，而且，身为长女的我，性格可是像极了刻薄的父亲啊？即便如此，你还是因为没让我吃到你亲手和面煮出的面条而感到那么遗憾。

我用手指揉着面团，可为什么感觉手指那么陌生？像是暗地里从别人那儿偷来的一样——那是你的手指啊，是我从睡梦中的你那里偷来的，我装模做样地用它们和面，就像用自己的手指一样。话说你第一次摆在我们面前的那碗面条，上面如果有些鸡蛋丝的话，我还会用汤匙把它们都弄断吗……哪怕是些碎海苔呢……

"舌头……"

"舌头怎么了？"

"舌头……"

"……"

火辣辣的刺痛让吃着面条的你停了下来。

"……？"

"舌头一碰面条就刨子刮了似的疼……"

"………"

"大夫让去大医院查一下……"

我突然变了主意，真想把面团扔了。超市里有的是面条，比自己这么和面擀出来的又劲道又柔软，我这是装什么可怜？拼什么命？我对自己感到不耐烦，真想把面团和镀镍盆都摔到一边去。我使劲按捻

面 条

住内心的冲动……使劲……使劲……也许……也许我是在用一种想要还债的心情忍受着和面的时间,强忍着。因为不知从什么时候开始,一想到你,我就感觉自己似乎在背着一辈子都还不完的债逃跑。

"舌头……"

"……"

把我舌头割了吧。

凌晨 2 点,挂断你打来的电话后,我非常担心。但我担心的并不是疼得让你想要割断的舌头……我担心的不是你的舌头啊……我是在过了两个月以后才让你来首尔,带你去医院做检查。验血、验尿、超声波检查,还有各种各样的检查,三个多小时的检查,把你和我都折腾成了一摊泥。可能比做检查更让你遭罪的是要挨个找科室,然后排队。因为就像你说的,这里可真是患者的天地,每个科室都挤得跟车站似的。从医院出来,我带你去了一家面馆。为了做检查,你从前一天晚上开始就没吃饭,似乎只有那家面馆是我能带你去的最合适的饭馆了。点完菜 10 分钟左右,盛在不锈钢碗里的面条端了上来。这可和你煮的面条不一样,同样是面条,却是两种完全不同的饮食。7000 韩元一碗的面条,冒着白气,牛腿骨汤里泡着一根根又扁又细的面条,上面放着角瓜和牛肉浇头……你只喝了几勺汤,就放下了。

你做的面条……我只有两次特别想吃,一次是刚来首尔上班、自己租房子住的时候。有一天,我从公司回来,从家门口的超市买来面粉,开始和面。没有合适的黄铜盆,就把一袋面都倒在小锅里,一点点往里倒水。我蹲坐在电视机前面和面,黏糊糊的面粉粘满手指。因为是自己租房子住,没有擀面杖,就把费了好大劲儿才和好的面团装在塑料袋里包上,扔进了冰箱的蔬菜层。后来,我在整理冰箱时发现了那个已经变得跟石头一样硬的面团,上面长满了绿乎乎的霉。我把它扔进垃圾袋里,现在那个面团一定跟个石头似的,不知在哪里滚着呢。它一定会在这个世界的某个角落,骨碌骨碌地滚着……滚着滚着就碎成渣儿……像沙子一样散落……记得我在一篇文章里读到,有的沙子能飞到大气层以外的火星上去。现在想来,那个面团好像又跟火星很像——听说火星上有时会刮沙尘暴。其实,那天我被公司解雇了。可能是因为那是我第一个工作单位,而且才上了五个月的班,所以当我在自动咖啡机前面听别人转告被解雇的消息时,我只有一种想法:想吃面条——你亲手擀的那种面条,放嘴里一筷子,像牛一样嚼。又过了九个月,我才找到新工作,而我从没跟你说过这些事情。

好安静啊!好像这里只有和面的我和睡得沉沉的你还活着。还要揉多久,才能揉出适合擀面条的面团呢?你往盆里倒盐水,揉了揣,揣了揉,我突然觉得,难道你揉的不是面,而是时间?……啊……真的,我怎么会在你的厨房里揉面?

使劲揉,再使劲,再使点劲……

2

你只来过我家一次。我结婚第八年好不容易通过人工授精怀上孩子,却流产了,卧床在家。丈夫要去釜山出差几天,他给你打了电话。第二天大清早,你就坐长途客车来了。"他说你想吃面条……"你在我陌生的厨房里,和面、煮面条。你就像嫁到我家第一天那样,蹲坐在餐桌下面和面。面条泡在提前用一只整鸡煲好的鸡汤里,你把嫩肉挑出来撕得细细的,用苏子和芝麻油好好拌匀,然后放在面条上……那是一碗吃了以后自然就会大补的鸡汤刀切面,你没用调料酱,而是把从家里拿来的萝卜片水泡菜和面条一起摆在了桌子上。

"放宽心,等等就会怀上的,等等就会……"

你走以后,我把泡胀的面条都倒进马桶,可能你在15层坐的电梯还没到一层呢。我一边诅咒着你和我的命运,一边不停地按冲水按钮,直到把马桶里的面条冲得一根都不剩……就这样,我把自己怀不上孩子都怪罪到你身上,虽然我和你没有任何血缘关系,我们之间没有一丝血肉相连。可能我想要相信,是你的命运支配了我的命运,就像本来应该分开的两根面条,熟了之后却稀里糊涂粘在一块儿一样。我和你的命运好像也粘在了一块儿……

等等又会怎么样呢？

可能是因为我早就明白了，有时候，有些事情是永远都等不来的。我的母亲，说去开洗衣店的舅舅家，晚饭之前就回来……可我最终都没能把她等回来，直到傍晚过去、霉烂般的黑夜来临，直到白昼如同霉烂中的白色霉菌一样照亮黑暗……你来我们家那天，我好像还在整日整日地等待母亲，因为那时的我似乎以为，等着等着，母亲就会回来，只要苦苦地等……也许在你代替母亲照顾我们的日子里，我还在等母亲。我从来没叫过你母亲，可能就缘于此吧。虽然我曾经那么不能接受你，那么绞尽脑汁疏远你，可我还是以为，如果吃上一碗你煮的面条，能抚慰我痛失孩子的身心。什么蛤蜊刀切面、红豆刀切面、土豆刀切面、饺子刀切面、越南米线……刀切面的种类很多，可我要的就是你煮的那碗素得不能再素的面，那碗甚至有点儿让人觉得可怜的面……你放在我厨房里的擀面杖……我在搬家时并没有带过来。

我得怎么跟你说呢？医生说你舌头大部分都已经癌变，不得不切除。静静地等你哪怕是吃上三四口面条后再说好呢？还是……啊。

面好像开始变黏了，感觉我现在不是在揉一个面团，而是在揉一个疙瘩。我就像在和一个又硬又黏的疙瘩较劲：我就看看是你赢，还是我赢。不知是哪里来的一股傲气……我的手指已经完全被激怒了，使劲揉着，可越揉，这疙瘩就越黏。但是……和这个疙瘩正相反，感觉心里好像有什么东西化解开了，那个本来像个疙瘩一样堵在心里的东西……除了疙瘩，我似乎找不到更好的词来形容它，它渐渐地变软了……也许你和面的时候，也是在化解心中的疙瘩吧。

可能是因为这个面团和一般人的脸差不多大吧，它好像不是用来擀面条的，而是用来捏东西的，揉来揉去，什么形状都行。如果真用它捏东西，那我捏的不就是你的脸吗？欣喜与嗔怒，悲伤与快乐，各种截然不同的感情交织在一起，让人猜不出内心情绪的，绝望而单纯的脸……好像只要把面团放在那儿，上面就会浮现出你的脸。是的，面团自己会慢慢地、慢慢地呈现出你的面孔。

我想象着在这个跟你长得一模一样的面团上抠个洞，然后呼呼地往里吹气。

呼——

这块面到底能擀出多少根面条呢？你擀的面条总是不那么粗，也不那么细。

"给你做碗面条啊？"

我听到像撕干明太鱼一样的声音，吓了一跳，回头看了看。难道是产生了幻觉？可我分明……你不在推拉门那边的客厅里，可能真是幻觉吧。

一个小时够吗？我是说饧面所需要的时间。如果把面团就放在那儿，不再反复揉它，它就会变得更粘、更软。以前，你揉一会儿面以后，就会把它放在镀镍盆里用保鲜膜包好，上面盖上包布，推在一边。一个小时，两个小时，有时候很快半天就过去了，你就像把它忘了一样，看都不看一眼。大概是因为你知道，就这样把面团放在一边不去管，它自己就会饧好。饧面，怎么说呢？就是沉淀的时间……隔离的时间……内心清净的时间……我记得曾经在哪里看过，从科学上来讲，饧面四五个小时是比较合适的，还说不应该放在室温下，要放在冰箱里。四五个小时……可我没时间把面团放在那儿那么长时间。今天晚上，我得坐长途大巴回家，最晚也得在 8 点之前出门，才能在晚上 12 点之前到首尔。那你又要一个人呆在这个家里了。索性真想马上拿出面团，用擀面杖擀，用刀唰唰地切出面条……可我还是想把面团放那儿饧一会儿……哪怕就一个小时……就一个小时。面团已经揉了这么久，凑合着应该也能擀出面条，但我还是用保鲜膜把它包上了……你应该把包布放在厨房的某个地方了——在橱柜的抽屉里，整齐地摆着那些叠成巴掌大的包布……豆绿色的，金色的，橙色的，紫色的。还是紫色的包布比较合适，我用包布把盆包上，想到要把它推到一边的黑暗角落里，心里徒然生出一丝伤感和空虚……

面团独自在紫色的包布里饧着，我得干点什么呢？我的右手麻了起来，它抖动着，就像一块荒芜的土地地震了一样，麻酥酥地，似乎一时间停不下来。我静静地用左手攥住右手，难道是和面的缘故么？

感觉右手不像是我的手，而是你的手。也许……你第一次给我和弟弟们做的不是面条，而是别的，那又会怎么样呢？如果不仅仅是一碗面条，而是表面看上去挺像回事、挺有面子的那种饮食，比如说什锦炒菜或者是炒牛肉，紫菜包饭……哪怕是煮一锅丰盛的猪肉泡菜汤也好啊。就算是面条，上面哪怕是像回事儿似的有点牛肉浇头也行啊！或者用鳀鱼和海带煮出汤，切点土豆和葱放在里面煮好后端上来也行啊。

我和面时，手机上来了五个未接来电，三个是丈夫打来的，两个是妇产科打来的。我没告诉你我已经决定再尝试一次人工授精，也没告诉你今天是约好住院做人工授精的日子。上午10点左右，我从家出来，要去医院，坐上了一辆经过长途汽车站的公交车。我在车站等了一个小时才坐上长途大巴，是什么让我突然到你这儿来？反正6天后，你就会来首尔。你就像知道我会来看你一样，什么也没问。你两颊深陷的脸，让我大概能猜到你的舌头所承受的痛苦。

以后，我还会这样毫无计划地突然来看你吗？

我曾在一家饭店见过一个独自吃面的老头，那并不是一家专卖面条的店，而是一家主卖汤饭的饭馆。那老头坐在角落的一张桌子上，一个人吃着面条。颤抖的手让我怀疑他是不是有手颤症，他正用哆哆嗦嗦的手握着筷子，挑起面条……放到张得像个酱油碟子似的嘴里。他就像从地里往出拔树根一样，费力挑上五六根面条……可好不容易挂在筷子上的面条，等到老头嘴边时，就剩下一两根了。

他是多么地想吃，才能那样一个人来到店里点面条吃啊……我之所以觉得他应该不是单纯为了吃顿饭而来吃面条，可能是因为他挑面条的样子，让我看到了一种垂死的挣扎。也许是因为觉得老头的样子很寒酸、很可怜吧，如果可以，我真想把一碗你擀的面条偷偷地放在他面前。我本来是要吃嫩豆腐汤的，脑子一热就跟着点了碗面条。面条汤里一股人工调料的味道，那碗面太令我失望了，让我觉得花5000韩元都可惜，尽管我并没有对那碗面抱有多高的期待。上面漂着的三四块角瓜还是生的，一股金属味。蛤蜊可能是冷冻过的，里面的肉就像嚼过的口香糖一样干瘪得可怜。就算不计较这些，那面条别提有多差劲了……不劲道，也不软，也不会一拉就变长，它又硬又滑，就像是用地板革切出的条……怪不得呢。感觉老头仍然在饭店角落一个人吃着面条，仍然在费力挑起泡胀了的面条。这碗好不容易点的面条，我吃剩了一大半，直到我从饭店出来，老头儿还在静静地吃着面条。

我不能就这样傻坐着，现在得做拌在面条里吃的调味酱，差点把它给忘了。我打开冰箱，看有没有你做好的调味酱，可里面只有粗豆腐汤和三四样小菜。你做面条最拿手的不就是调味酱吗？煮面的时候什么都不放，所以吃的时候如果不拌调味酱，除了面香，什么味道都吃不出来。你怎么会不知道咸淡对于饮食无比重要呢，就算用再新鲜再丰富的食材，如果咸淡不合适，都不会好吃。所以，你特意准备调味酱来调咸淡……必须得盛上一两勺你做的调味酱，放在碗里搅一搅，拌一拌，才能吃出你做的面条的真味。啪啪切碎的香葱和辣椒、辣椒面、芝麻、糖稀、紫苏油、朝鲜酱油……我在脑子里厘清所需要的材料，看来得去超市买放在酱油里的香葱和辣椒。我拿好手机和钱包，走过客厅时，往里屋看了看。你脸朝墙躺着，一动不动。我走向推拉门，找到你的拖鞋穿上，刚要出大门，突然站住——我看到了门口的户牌……父亲已经去世多久了，还挂着父亲的户牌……也是啊，这房子的产权是弟弟的，不是你的。而且，这是个老旧小区，过几年就得拆迁。我是在去开户籍证明办结婚登记时才发现我家的户口本上并没有你的名字，你就这样连户口都没登，过着幽灵般的日子。想着要洗手后再出来的，结果忘了。和面时，手指、手背和手掌都沾上了面，现在都起了皮。犹豫了一下要不要回去洗洗手再出来，但还是就那样走进了巷子。其实，就算放了糖稀、芝麻和紫苏油，我还是不喜欢用朝鲜酱油做的调味酱。它不仅比被称作日本酱油的酿制酱油苦，颜色还太深，我不喜欢那种带着苦涩的香味……不喜欢在乳白色的面条汤里加上黑褐色的调味酱，也不喜欢面条上挂着辣椒面和香葱，还有芝麻……

我买了一捆香葱、一包辣椒、一袋一公斤装面粉、一箱豆奶、一斤草莓，又去超市边上的精肉店买了一斤做汤的牛肉。西饼店也不能

面 条

就那么过去，进去买了些蜂蜜蛋糕和羊羹。西饼店的店员和我大概年龄相仿，给我找钱的时候，她吓了一跳，应该是因为看到我和过面的手吧。我也不知怎的，嘟囔了一句："和面擀面条就……""哎呦，现在还有人自己和面擀面条吃呐！"店员的大惊小怪让我红了脸，我赶紧离开了。可能是因为感觉她觉得我是个陈腐又另类的人……也可能是出于一种无谓的自卑吧，因为我在和面时，脑子里有一个想法一直都挥之不去：这么做是不是有点过了……我还没考虑过，虽然也不愿意去想，你走后，我该把你葬在哪里……父亲的墓旁边已经葬了母亲，生了四个子女的母亲早就在那里等着父亲了。如果我们四姐弟中哪怕有一个是你亲生的，会怎么样呢？

是啊，我是不是有句话想厚着脸皮来问你，所以才这样……突然来看你。也许我想在你的舌头还完整的时候听你回答……一个女人，没生个一男半女，怎么过一辈子？在这个60亿人生活的地球上，一个你的骨肉都没有……孩子是能让人不由自主地说出"我的宝贝"的存在，是人类绝对迫切的希望……是纽带一样的存在。我曾听朋友说，子女就是纽带，它不仅能把自己和丈夫连在一起，还能把自己和世界连在一起。我那朋友就像西饼店店员说的那样，不像现在的女人们，她结婚早，生了四个子女。这样看来，面条的样子还真挺像带子啊，又细又长，又有点像白色的运动鞋带……或许你做的面条就是纽带？你虽然没有孩子，却用面粉和面做出纽带，你不想让这些纽带白白地坨了、胀了，你把它们都狼吞虎咽地塞进嘴里。你从不咬断面条，我是什么时候发现的呢？你从不咬断面条，一直用筷子挑起来……拉上来……吸溜到嘴里，直到滑溜溜的最后一根……我把面条都用勺子弄断……全都……"你当时很难过吧？"记得我曾这样问过你，应该是父亲的忌日吧，你把切好的萝卜丝放在炒锅里，用紫苏油翻炒着。

"难过什么……根本没有的事……"

你自语似的嘟囔了一句，往锅里放了一勺做米饭时留下的干净淘米水，看着汤没过五成熟的萝卜丝。我觉得你并没有说真话。怎么会不难过呢？一股冲劲儿突然上来，我质问似地问道："真的吗？"

"有什么难过的呢……"

也许对你来说，这辈子抚养我们四姐弟是最好的出路。已经有三个儿子和一个女儿的父亲不会再期待你为他生儿育女，你作为女人，也不必担心再被抛弃。虽然现在时代变了，人们理直气壮地宣布不想生儿育女，但你年轻的时候哪里敢那么说啊。大概是你来我家四年以后的某一天，你母亲来过一次。她像走街串巷卖紫菜和鳀鱼的小贩一样突然光临，吃了一碗你煮的面条后就走了。你让她到里屋，她偏不肯，就在地板上吃，那样子我现在还记得很清楚。她用黑豆粒儿一样的眼睛打量着我们四姐弟，连连用勺捞起面条……一根根……一根根……也许她在心里期望着我们是你亲生的。临走前，她给我和弟弟们每人1000韩元……不知怎的，那皱皱巴巴的千元纸币就像她的肉一样……一块块从她身上割下来的肉，我们马上跑向商店，把它换成了饼干。后来过了两三个月就传来她去世的消息，你回到全罗北道一个叫做镇安的地方，去给她张罗葬礼。5天以后，你才回来，头上别了个白色的小蝴蝶结。我跟你说过吗？那五天里，我是多么担心啊。因为，我怕你也不再回来……就像我的母亲一样，再也不回来……你的母亲，她和你一样，跟我没有任何血缘关系，而我为什么这么久还没能忘记她？这是为什么？而和我骨血相连的亲外婆，我早就记不清她的样子了。

3

我掀开紫色的包布，用手指按了按面团……揭去包在外面的保鲜膜，试着感觉一下软硬。后来又放点水揉过了，可还是有点硬，已经饧了一会儿了，应该比之前更黏更劲道了啊。看来是我从一开始就把面和硬了，这可能是老是担心会把面和软的缘故吧，怕好不容易和的面太软了，最后只能用来下面片汤；怕还没等放进开水锅里，面条就都粘在一起。是啊，下面片汤的面还好和，擀面条的面哪儿那么容易就和好呢。可现在也不能再往这饧好的面里放水了，因为面团已经饧过，现在放的话，水不能均匀地渗透到里面，都会浮在表面，那么面团可能会变得湿漉漉的，没法用擀面杖擀了……况且，在饧好的面团里再放水，怎么都觉得不太合适，就算称不上什么遵循自然规律，也不能违背事情正常的自然顺序啊。但现在也不能重新和面了……因为重新和面的话，你有可能会醒来，而且我也没勇气再……

哪怕是一根面条，是啊，就一根，如果你的舌头能毫无痛苦地吃上……别说饭粒儿了，即便是碰到水，你的舌头都会火辣辣地疼。

管它硬了还是软了，得赶紧擀了。真想擀出丝线一样的面条啊，那就得把面团擀得跟纸一样薄。我得像叠尿布时一样，把擀平的面皮叠得整整齐齐……然后用拇指、中指和食指的指尖轻轻按着切。

我想起你擀面条的样子，你擀啊擀，把面擀成包布那么大，唰唰地撒上面粉，叠上。你竖起一个膝盖，紧贴菜板坐着切面条……头稍稍倾向一边……

"一碗面条……"

你七十寿辰的时候，我和弟弟们带你去一家火锅店吃晚饭，那时我们才知道，有很多种饮食你连见都没见过，更别说吃了。你说平生头一次吃这种把各种蔬菜和牛肉即涮即吃的火锅，也没吃过大家常吃的辣炖鲛鳒鱼。那拉皮呢？五香酱肉？金枪鱼生鱼片？河豚清汤？荡平菜①？牛排？

厨房暗了下来，得开灯了。感觉好像听到了唰唰切面条的声音。我找来干净的棉包布，垫在厨房地上，上面放上木菜板，拆开从超市买来的面粉袋，抓出一把面粉，均匀地撒在菜板上，然后把面团放在上面揉……就像以前你那样……你在擀面之前，会把面团放在菜板上，轻轻地拍一拍，揉一揉，按一按，揉出合适的形状，就像抚慰一个紧张的孩子。

我似乎看到镀镍托盘上铺满了沾满面粉的白面条，还看到面条跃动着下到煮开的水里，看到本是白色的面条，熟了以后就像受了惊吓

---

① 主要以凉粉、牛肉、芽菜、野芹菜、蛋黄、葱花及紫菜作主料，朝鲜历史名菜。

的脸一样苍白，看到煮开的白沫翻滚着似乎就要从锅里冒出来……

胡思乱想间，面都硬了。我跪着挪到菜板边坐下，拿起已经在你手里滚动了 30 多年的擀面杖，放在面团上轻轻地按着往前推。以前你擀面时，本来攥在擀面杖中央的双手，会随着擀面杖向前滚动滑向两头。就像阴阳两极的同性相斥，你的两只手总是渐渐地彼此远离，直到擀面杖的两端，你再让双手回到中间，继续往前擀……然后再稍稍撒一点点面粉，就像下起了毛毛雨，再擀……你不时地转着面团，把它擀圆……

你用擀面杖擀面的样子，不知哪里有点像是在五体投地地拜佛。如果我这样说，你一定会连连摇头的。

我偶尔去大超市买菜时，看到有一个男人把小货车停在超市附近路边卖生面条，他一身中餐馆大厨的打扮，站在路边，用力地擀面、切面条。这个男人为什么会落到今天这个地步，得开着小货车擀面条卖？不卖利利索索煮好的面条，而是卖生面条？也就能卖个四五份？总之，一袋面条 5000 韩元，虽然没多少人来买，但是每次我看到他时，他都在那儿认真擀面条，在噪音、废气和杂乱中，默默地用擀面杖擀面条。

不知为什么，手腕用足了力气，可面团还是很难擀开。它不像个面团，好像是个不知从哪里弄来的铅块，我却要把它擀平。要擀出像丝线一样细的面条，这愿望似乎有点太不切实际了，我已经使出吃奶的劲儿，可还是擀不开，这应该不单单是因为面和得太硬了吧？因为我的身体还没擀出节奏啊！你擀面条时，是有节奏的，不仅是手和手腕，从头到脚都是有节奏的。你总是跟着慢慢加强的节奏，用擀面杖把面团一点点擀开。

你擀的面条不粗不细，不硬不软，不容易断，也不容易坨。

我擀的面皮不平也不圆，就像是东拉西扯抻开的。看来就算切得再好，也很难切出粗细长短都一样的面条了。怎么能把面皮擀成这幅模样，我又自责又失望，怎么办呢……虽然不想放下手中的擀面杖，可我还是往面皮上撒了些面粉，折成一半大小，再撒上面粉，再折……就这样，一直折到半拃宽……我竖起右边膝盖，坐得离菜板再近一点……唰……唰唰……感觉我用菜刀切的好像不是面团，而是草板纸之类的纸张。

我把面条铺在镀镍托盘上，还得像梳理没剩几绺的头发一样，用手指轻轻地把面条抖落开。我翻拨着面条，用手指抖落着……切的时候按得太用力了，面条都叠在一起了，得一根根用手抖开。低头看着面条在飞散的白面粉之间，感觉就像一根根带子……就像连在那边的你和这边的我之间的纽带……不管是长的、短的、粗的、细的、瘪的，一根根都是……都是……

一种想把这么费劲擀出的面条都重新揉在一起的冲动突然闪过。

还是赶紧拿出锅来煮水吧，煮面条的水，在面条被我善变的手揉在一起之前。厨房里回荡起火苗在燃气灶中燃起的声音，现在，只要等水开之后把面条下到锅里，不让它们粘在一起就行了吗？我拿起靠在冰箱边的小饭桌，支开四条桌腿儿，用抹布擦好，再找出盛面条的碗，冲洗一下，放在一边沥干……再在提前切碎的香葱和辣椒里放两勺朝鲜酱油、半勺糖稀、半勺辣椒粉、半勺苏子、半勺紫苏油，拌好。看样子今天晚上我是说什么都回不去了，已经8点多了。

身后传来水开的声音，你还是没什么动静，面条都变硬了。厨房窗户外边传来人们回家的脚步声，你的厨房里这样煮着水，别人的厨房里应该也在煮着水吧，别人的……厨房。感觉这水开的声音就像是从我的身体里传出来的，从很久以前开始，好像就有什么东西在我的身体里沸腾着，不经意间已经达到沸点……我拿着托盘起身，一掀锅盖，热气就像一群刚羽化的白蝶一样飞出来，让我想起曾经在电视里看过的一个画面：一群蝴蝶就像烟雾一样从一个光秃秃的树桩中飞散出来……我呆住了。一个被砍得光秃秃的树桩，长不出树枝了，发不出新芽了，当然再也不能开花结果了，可里面却能飞出蝴蝶！那场面，真是震撼！在那些乌云密布、狂风怒号的夜里，它把数千只蝴蝶紧紧地拥在怀里，直到有一天放飞它们。如果……那是一棵完整的树，如果那仅剩的树桩没有空如巢穴，怎么能怀抱那么多蝴蝶呢？是啊，对我们来说，你不就是那个树桩吗？不就是那棵只剩下树桩的树吗？在那些蝙蝠萦绕、浑浑噩噩的夜晚，你把我们全力拥在怀里……任凭我们使性子耍脾气，你都把根深深地扎进土里，毫不动摇……那些从树桩里飞出来的蝴蝶，都向着深蓝色的黎明飞去，头也不回。

等蒸气稍稍散去些，我抓起一把都已经风干变硬了的面条，撒在开水里，用勺子搅动，免得粘在一起，然后再放一把……面条摇摇摆摆地跳着舞，白色的浮沫呼噜噜地泛上来，好像就要冒出来……我把火调小点，然后用勺子不停地搅……

和面、擀面、煮面，好像过去了很长时间，不是短短的三四个小时，而是更长。不是说人类从公元前2000年就开始做面条吃了吗？记得曾经听说在黄河流域发现了公元前2000年的历史遗迹，那是能够推断面条产生的最古老的遗迹了，当时做面条不用小麦，而是用高粱面。

4

从公元前2000年到现在，那令人难以想象的茫茫岁月似乎都盛在这一碗面条里。

真想赶紧再煎个鸡蛋显摆显摆，可我使劲儿忍住了。本来不就是想要给你做一碗和你最开始给我们做的那碗面条一样的面条吗？不能比你那碗更素，也不能比你那碗更丰盛。我用力端起只摆了面条和调味酱的小饭桌，跨过厨房门槛。小饭桌的一角擦到了推拉门，半透明的玻璃窗晃动了一下。

你不知什么时候已经醒了，呆呆地坐在里屋一角。也许你一直都没睡着……盐粒在水中融化的声音，盐水倒在面粉上揉面的声音，反复揉面的声音，用擀面杖擀面时木菜板晃动发出的咯吱咯吱的声音，用刀切叠成尿布一样的面团时发出的唰唰的声音，面条煮开的声音，支起一个个小桌腿的声音，也许你都在静静地听着……

"面条都煮好啦？"

你用手理了一下凌乱的头发，坐到小饭桌前，拿起勺，盛点调味酱放到面条碗里。你搅了搅面条，把里面的调味酱搅匀，再拿起筷子，搅了三四下，然后开始挑面条。五六根面条挂在筷子上。

还没等你张开嘴，你费劲儿挑上来的面条都突噜噜地掉了下去，连勉强挂住的最后一根也滑了下去。我觉得你的舌头一定没法吃这么长的面条，就拿起勺，开始用它切断面条。就像很久以前，我用它切断你给我煮的第一碗面条时一样。但很显然，我的心情在那时和现在，应该是不一样的，完全……不一样的。

西山那边

金采原

我给住在纽约的堂姐打电话,让她帮我打听一下那边的服装设计学校,她很爽快地答应了。一个跟我比较要好的师妹说要去学服装设计,求我帮个忙。我记得以前也有几次拜托在纽约生活的堂姐帮忙,每次她都爽快地答应,可事情却没怎么办好。仔细想来,其实那些事儿大都办得挺好,但却不知为何给我留下没办好的印象,这可能是因为我知道她总是想全心全意地帮我吧。她有心要帮我,却没怎么办好,这让我印象中觉得那些事拜托她是不行的。"行,我打听打听",爽快的回答背后,我总感觉到她得费很大劲儿去做。所以,即便有什么想问的,我也很难开口了。

这次也一样,她把打听服装设计学校的事儿拖了将近一个月,最后还是没打听出来。她说,她交待给了她儿子,她儿子问了一个对这方面比较了解的朋友,那个生活在海边、拉大提琴的朋友说自己会尽量打听一下。她儿子还问了一个社交面很广、总是很忙的朋友,那个朋友说好像在第几和第几大街之间,有纽约最好的服装设计学校。堂姐说,她估摸一下那个在第几和第几大街之间的学校的位置,想亲自去看看。

"就问这么一件事有那么难吗?换做是韩国的话,不就是想知道首尔有哪些大学或者专科学校,学校有什么特色,在哪里学什么好之类的么?这些不是想打听就能打听得到的么?在纽约生活了那么久,让孩子们在电脑上敲几个字，不就会出来什么什么服装学校、每个学校不都有简介么？你还记得我们小时候的承俊哥吧？那时，战争刚结束，真是信息闭塞的时期啊，可承俊哥不知怎么弄到了很多美国大学的地址，可能是从美国大使馆那里打听到的，他给那些美国大学写信，后来不是陆陆续续地从那些学校收到了招生简章和报名表什么的么？"

"是啊。"她也这么想。

那种来自美国的特有的纸张味道，印着英语的资料，虽然算不上什么物件，但它们是从那个叫作美国的国家来的，这让它们就像礼物一样奢侈而新奇。俄勒冈、加利福尼亚、佛罗里达，这些地方盛产橙子，纽约有地铁，有世界上最高的帝国大厦，还有自由女神像。这些都是承俊哥在填写和发送入学申请的那段日子里说的。

"好吧，我再好好问问，也再让小昌上网好好查查。"

那次通话以后不久，堂姐又来了一次电话。她说很对不住我，说如果是自己到处跑跑、自己找找就行的事还能办好，可要是问别人或者让别人做，即便是自己儿子也很难，她不停地抱歉说自己白白耽误了时间。

"小昌找到两所学校，一所是纽约大学，另一所是在某地方的什么学校。我也觉得奇怪，怎么能就两所呢。我跟小昌说了，就因为这事儿，我还在午饭时间去他们公司附近跟他见了一面。"

"真是奇怪了，会用电脑的话，名单一下子不就出来了吗？我听说那些学校都头疼抢不到学生，怎么这打听学校的事情这么难呢？"

"并不是在纽约生活就什么都知道啊，真的什么都不知道。孩子们也一样，在这里从小学一直上到大学，却总搞不清入学日期和开学日期，很费劲。怪了，就是不知道，孩子们不知道，给学校打电话也问不出来。"

"搞不清学校开学日期"，听到这儿，我一下子感觉一切都能理解了。这样的事儿在自己国家的生活中也经常发生，我也曾经在孩子初中毕业典礼时跑到了高中毕业典礼的礼堂。在礼堂后面看着高中生们的背影站了好长时间，后来才知道初中毕业典礼在小礼堂，等找到那里，典礼已经结束了。这样的情况可不少，生活中，像什么问卷调查、产品说明书、存款介绍等，即便读了也不懂的东西不是有的是吗？世界是怎么一回事，什么事得怎么办，可能大多数人也都不知道吧。

什么都不知道……

就连我们是谁、我们生活在怎样的一个地方，都不知道……

堂姐接着说，似乎只有苏格拉底说的那句"认识你自己"才是真理。她说着，笑了一下，我也跟着笑了。就这样，我决定不再让她帮我打听服装设计学校了。

后来，我才对"第几和第几大街之间"这样的地名有了真切的感觉，那句"就因为这事儿，我还在午饭时间去他们公司附近跟他见了一面"也真实地向我走来。我试着想象这样的画面：在公司上班的堂姐的儿子，也就是我的侄子小昌，穿着藏青色正装，留长的头发绑在脑后，手里拿着写着地址的纸条，从街边的咖啡厅或者麦当劳走出来。他站在阳光照耀的高楼大厦间，宽敞的人行道上偶尔能看到通风口，地铁里的风从那里吹出来，刮起路人们的裙角或者巴宝莉风衣下摆。应该就是那样的大街。

那么，除此之外，其他东西就不真实吗？好像是的。拨通电话，总是听到堂姐用英语或者韩国语说"喂，你好"。但不知为什么，这总会让我联想起上好发条、打开盒子就能听到同样歌曲的音乐盒，那种会唱《圣母的珠宝》或者《你的歌声仍在耳畔回荡》等歌曲的小盒子。

随着岁月的流逝，我越来越有种奇妙的感觉：她真在那个遥远的地方？她写信来说自己坐在市中心哈德逊河畔的一个长椅上看我的信，这也是很久以前的事了。那时，我们常常互相写信。我们觉得打电话时不能说别的，只能说一些急事。打国际电话除了正事，还能说什么呢？

现在，我和堂姐不写信了，而是煲电话粥，语速要比市内通话慢。这真是一种讽刺：在通话费累加的时间里，我说得很慢，而且最后一个音节要用降调。也许是昂贵的电话费让一种奇怪的紧张感无意间起到了这种反作用。不过，现在电话费已经比以前便宜多了，生活方式也发生了变化，而且各家通信公司都争着推出打折时段，所以用打电话代替写信，便成了一种习惯。

她和我不一样，说得比较快，用的还是从前说完要紧事就挂断的语速。我们有时一边在纸上记录一边说，有时不假思索地想到哪儿就说到哪儿，没什么头绪。这可能是因为我们想尽量有效利用每一秒通话时间吧，虽然语速很慢很慢。

别人常常回国看看，可她自从走了以后，一次都没回来过。同样，别人常常出国转转，可是我却一次都没有离开过家。

堂姐有时会邮来邮包。打开礼物时，感觉似乎能够闻到美国邮给承俊哥的招生简章所散发的味道：新鲜的、富足的、年轻的、有能力的、坚强的、绅士的、时髦的……新世界……我总是在这种感觉中打开包裹。虽然现在生活中充满了进口货，但我依然能从包裹中体会到第一次看到招生简章时的感觉。

我也常给她寄东西。我不知道祖国的物品是以一种怎样的感觉走向堂姐的，什么样的味道、什么样的颜色。她大都说："奇怪，从韩国寄来的东西都那么精致，而且更漂亮，这边没有这样的东西。"

我给她寄过被褥，也不知道为什么要寄那么大的东西，那边应该也有的。从美都波百货商场买完被子出来，正赶上反对维新示威游行，游行队伍好像是在明洞天主教堂集合后出来的。我被催泪瓦斯赶着跑到地下通道躲避，后来好不容易才流着泪到了中央邮局。还记得邮局职员贴好邮票、在单子上哐哐盖章时，那股滔滔江水一泻而下般的痛快。

"对，应该还有别的办法打听，我还是让那个师妹在这边直接找精通电脑的人问问吧，让她去网上聊天室看看，网络的确能把整个世界编织在一起。"

"嗯，那应该更容易些。话说回来，小俊还没回来。真不知道这是怎么回事，我老是觉得这个世上的生活很奇怪，你没这么想过么？孩子不回来，还要担心，所有这些事情……"

隐约听见电话线那边传来汽车在纽约的柏油路面上飞驰的声音。橙黄色的路灯，疾驰的车辆，稀少的人群……再过一会儿，清晨就会撕破黑暗降临。我感受着远处那沉沉的黑暗，觉得堂姐在遥远的电话线那头向更远的地方漂移。

堂姐带着两个年幼的孩子和丈夫移民美国那天，我也去了机场。堂姐的丈夫想尽一切办法去纽约，想在世界的心脏实现梦想，却中途遭受挫折。在没有任何依靠的环境里，堂姐的丈夫因为工作和学习过度劳累，最终一病不起，离开了人世。

丈夫死后，堂姐找各种活干，从蔬菜店到服装店，再到汉堡店。现在，她大概有两年没干活了。她遇到两次持枪抢劫的黑人劫匪，每次都想办法活了下来。"我有两个孩子，你们什么都可以拿走，就是别杀我。"她说自己这样祈求劫匪，两次劫匪都放了她。

记得曾经在一篇随笔中读过一段文字，写的是那些面对可以忍受的痛苦时也叫苦不迭的人。虽然我也曾有过相似的想法，却没能把那种想法进一步提炼出来。那段文字让我又一次觉得事实的确如此。然后，我自然地想到了堂姐。她总是觉得，如果自己也有伤痛，那伤痛一定是不足以给外人看的，这种想法可能源于她谦虚的生活态度。她说，不工作了以后，偶尔画画。事实上，她的确在包裹中寄过一两张小插图之类的素描。我一直以为多愁善感的她一定会成为一名作家或者画家，觉得她去美国的时候，心中也曾怀着那样的期许。她说现在有时画画，看来我的感觉没有错。

她还说，如果有作家来离家不远的哥伦比亚大学做讲座，她想去听。约翰·厄普代克也来做过讲座，可惜她错过了。

"你还记得桑德拉·狄吗？"

电话线的那头又传来堂姐的声音。

"演过《畸恋》的那个演员吧？我们上大学时一起去看的吧？"

"刚刚电视里播放了用她的自传翻拍的纪录片，节目里不时地有个人出来做解说，我还以为是谁呢，原来就是桑德拉·狄本人。她说她曾和母亲、继父在一起生活。节目中有一段是她的继父说'我和两个女人结了婚'，可能说的就是这个意思吧。节目里说，桑德拉·狄这样的演员走红的时间非常短暂。主演《雌雄大盗》的那个女演员叫什么来着？是费·唐纳薇吧？节目里说可能是因为当时需要像费·唐纳薇那样演技比较自然的演员。我们可能都觉得不红就不红呗，并不知道是演技不自然的缘故。"

"啊，是吗。"

"刚才看的时候，我又在想，人的能力有限，都摆在那儿呢，所以，像事情原委啊，隐情啊，这些东西不用给人看，自己负责就好了。现在把自己的生活给人看，有什么用呢，反倒会让人觉得只有被看到的那些才是真的。"

堂姐还在等孩子回家，她会怎么度过这个晚上呢？我思索着，眼睛盯着照在玻璃窗上的太阳。玻璃是磨砂的，所以太阳并不刺眼。

太阳现在在这儿，昨天晚上它去哪儿了？堂姐那里现在为什么是黑夜呢？她的太阳去哪儿了？是因为它在我这儿，所以堂姐那儿是黑夜吗？我想起堂姐刚上小学时写的一首童诗。

西山那边，

夕阳挥着手，

"我走了，我走了。"

真是神奇，我居然没有忘记这首诗，到现在还能背下来。除了这首，我又想起一首她背过的童诗。

想起姐姐，

在和风细柳间，

梳理着长发。

这首不是堂姐写的，是她在书里看到后背给我听的。堂姐上小学时就读中学生看的杂志《学园》，也许是登在那上面的诗吧。

我想起了小时候听堂姐背这首童诗时脑子里描绘的画面：一个人怅然地梳理着长发，梳子是用非常硬实的木头做的，不知是栎木、梧桐木，还是松木，原木上面涂着清漆，她微微弯着腰，侧着头，梳理着乌黑的长发，一下一下缓缓地梳着，浓密的发间散发着清香。

和风、细柳、姐姐……美国也有柳树吗？美国也有姐姐吗？西山是不是只有韩国才有啊？

后来，我才想起电影《伊甸园之东》中，詹姆斯·迪恩扮演的主人公被爸爸骂了以后，就会跑到一棵柳树下哭。我们在初中英语课本中也学过"sister"这个单词。为了把音读准，老师让我们跟读了好几遍。所以，这些是美国都有的。

但是，那里的柳树和韩国的柳树应该是不一样的，那里生活的姐姐和韩国的姐姐应该也是不一样的。而且，西山也并不仅仅指"西边的山"，它的意义应该也是不一样的。

西山，红日，每当日落西山的时候，天边都会洒下淡淡的晚霞。随着黑暗的来临，晚霞越来越浓，像火一样燃烧。当西边漫天的晚霞褪去，夜便来了。所以，太阳是那么恋恋不舍，它用尽全身气力将晚霞洒遍天边，只为留下最后一点光亮。

夜在黑暗的吞噬中降临，渺远的西山那边，太阳消失了踪迹……第二天清晨，圆圆的太阳再次放射出清净明亮的光芒，微笑着从东山升起。

当又大又圆的太阳升起，整个世界都充满了喜悦，似乎太阳本身就是喜悦，就是幸福，她把一个满意的梦送给了世界。

"你喜欢月桂树旁，溪水之上，圆圆的太阳从前面那座山边升起，放射出明亮干净的光芒？还是喜欢听到雪夜里的叩门声后，推开门看到久违的远客站在皎白的月光里？还是喜欢秋风中，院子里的落叶被吹到不知名的地方，永远地消失？"

小时候，我和堂姐常常玩这种互问互答的游戏。我们忙于描绘各种逼真的场景，然后在这些本就很美的景色中选出一个最符合自己心境的。选了就行。好像只要选了，那个场景就会成为送给我们的礼物一样。

堂姐和我从小在一个屋檐下长大，我们曾经玩着这样的游戏一起度过漫漫长夜。在朝鲜战争的炮火中，堂姐失去了母亲和兄弟，我失去了父亲，我们生活背景相似，所以感情上比较投缘。现在想来，我们互相给对方邮包裹，可能就是这种游戏的延续吧。我抓着电话想着。

是啊……太阳从西山落下，直到第二天早晨才再次升起，它是普照那个遥远的国家后回来的。我就像明白了一个新的真理一样，原来太阳一刻都没有停歇，即便在我们都睡着的夜间，它还要去普照西方。它挥着手说"我走了，我走了"，其实是去了堂姐那里，并没去别处。

太阳从这边升起，就在那边落下。从那边升起，便在这边落下。这样的往复就像一场盛大的音乐演出一样走向我，再向无限广袤的夜空散去。

我又想起圆圆的地球。伽利略因支持哥白尼学说受到审判，因为当时人们以为地球是方的。听说伽利略受审之后出来时还孤独地自语："地球就是圆的啊。"

"也许有人会说一边是左。这世上的一切总有一个前提，然后再利用科学、宗教或哲学，不管用什么，把已经设定为前提的东西推翻，说是右边。不就是这样嘛。即便已经把地球是方的作为前提定好了，还是有人来揭示地球是圆的，有自转和公转。一切都是这样不断变化，具有可变性，什么都无法定义……"

可能是偶然的巧合，就在我的脑子里想象着太阳的盛大演出时，堂姐回应了我。

"哦，这话得怎么讲啊？"

"就是不管什么时候，什么东西，不都有个前提吗？然后，这个世界好像就充满了解释和反对它的声音。当人们说'怎么，不是吗'，试图解释自己所说的话时，先说一个前提'不是吗'，再从这个错误的前提开始说。世界上充满这种人。"

我笑了。一个我以前认识的人，总是用"我们不是都会死吗？总归都会死"来劝人。有谁不知道我们都会死呢？每当听他那样说，我都会感到一种无奈，觉得这就是堂姐所说的"从前提开始就错了"。

"有人说，要以死为诫。那样的话，好像一切都会明了些了。"

奇怪，堂姐正在把我心里想的东西逐个说出来。

恍然间，我的眼前一下子出现电话线那头堂姐的公寓——她坐在屋子里，小儿子还没回来，电视里演着桑德拉·狄——然后消失了。她屋子外边的远处，黑暗中举起单臂站立的自由女神像也一晃闪过。美国是个怎样的国家？承俊哥寄去无数入学申请的国家，有黄色的橙子、帝国大厦的国家，它拥有被称为世界心脏的纽约——纽约有哈德逊河，矗立着自由女神像，有用数字编号的大街，有堂姐生活的公寓，还有堂姐。从为了把音读准而跟老师背 sister、sister 的那一刻开始，几乎所有孩子都有了长大后去美国的梦想。而那时的那些孩子们长大后，应该会有人梦想成真，到美国工作或者嫁到那里。像堂姐的丈夫一样为了学习而走上移民之路的人也应该有很多。

一个不管是总统还是一般市民都一样吃汉堡的国家，一个按劳取酬、有博爱精神的国家。"美国之所以伟大，是因为所有人都不是为了自己的生存而奋斗，而是为全人类的生存负责"，这段大学时代的讲义内容还留在我的脑海里。这大概是我曾经印象中的美国，但现在不是了。现在，繁盛的美国在我眼中就像被围上了一堵钢筋做的城墙。堂姐说，美国让人活得有尊严，在韩国，人们被歪曲的价值观肆意对待，相比之下，美国则比较公正。虽然她这样说着，可我听到的却是电话线那头汽车行驶在柏油路上的荒凉，感觉手拿电话的堂姐好像更加遥远。不过，似乎堂姐大体上在美国生活得还好。

在曼哈顿、格林威治村，和受邀去法拉盛的侨胞家里做客时和儿子们一起照的相片中，仍然能看到堂姐还像过去那样带着几分朦胧的梦想，一点儿也不像一个在世间饱经风霜的人。

几家人聚在海边烤海贝吃的照片，草坪上的野餐——现在不怎么去了，她刚移民到美国的时候，辛苦工作整整一周的人们一到周末就按照当地习俗搞个简单的聚会。人们互相交流信息，打听新工作，没什么感情基础的男女也能谈情说爱。夫妻在外人面前也能毫不避讳地吵架。有的夫妻甚至拳脚相加，那么丢人现眼，到下个周末照常去参加聚会。因为人们除此之外没什么别的办法打发日子，所以常在海边、草坪或者别人家的客厅度过周末。

直到35岁成了寡妇，堂姐一定也是那样过来的。现在，她快60

岁了，应该不会没有过浪漫史。其实，堂姐跟我讲过几个人，有一个男人的故事还很离奇。那个男人因为妻子在交通事故中离开人世而独自一人生活。堂姐说，他曾邀请自己去他海边的别墅，还在某个餐厅订过位子，可她一次都没去，他也没来找过她。不过，堂姐还是看见过他几次的。一次是在她生日那天，和孩子们看完电影、在饭店吃完晚饭出来时，那个男人在一辆黑色的车前，直愣愣看着她们一行人走过。

后来，他们曾在美术馆的扶梯上互相对视着经过，也曾在超市收银台前擦身而过。堂姐说，总有一天，他们会去找对方的，不管是那个男人还是她自己，她虽然恐惧，但也等待着那一天的到来。

"如果有恐惧，要想想为什么，然后一直看着它，直到把它化解。无论如何都要自己去化解恐惧。天已经亮了，小俊现在该回来了，因为他得上班。我还是去沏杯茶喝，坐着等他一会儿吧。"

"好，我会再打给你。"

也不能一直拿着电话不放，我们突然发现已经聊了太久，就赶紧挂断了电话。

我给师妹的单位打电话，告诉她堂姐正在努力打听有哪些学校、各所学校有哪些特点、有什么奖学金制度等，也许还会把入学申请表也用附件发过来。我还随口告诉她堂姐会亲自去第几大街和第几大街之间看看那所最好的服装设计学校。

之后又过了两三周，换句话说，在这之后的两三周，纽约遭受了恐怖袭击。不论是堂姐还是我，可能任何人都没料到，就在几周后，发生了那么轰动的事件，我们小时候所经历的战争又开始了。

其间，我能清楚记得的事情似乎只有去部队探望儿子。孩子的部队在三八线附近，我换了好几次车才找到孩子说的探视地点，申请了探视。虽然是星期日，孩子还是出去干活了。听到有人叫自己名字，孩子的耳朵一下子就灵了起来，"难道是？"一听是妈妈就高兴地跑过来。我和孩子坐公共汽车去邻镇的旅馆住了一宿，第二天中午左右和孩子告别后回了家。

部队对面的邻镇满是休假出来的军人，走到哪里都是。练歌厅、网吧、饭店、面包店、澡堂，到处都是……这个小镇就像一个与世隔绝的世界，完全为出来休假的军人而存在。虽然那里有一般人生活中所需要的一切东西，但还是让人生出这样的想法。我甚至怀疑，那里使用的语言是不是也不一样。

原以为街边的公用电话是和镇外世界相连的唯一通道，可和孩子一起走进网吧后，我大吃一惊，原来这里也有走向世界的通道啊。也难怪，因为我第一次去网吧。

刚在部队过完成年礼的儿子坐在电脑前，打开网页搜自己的名字，但那里没有任何他所期待的东西。

他的名字旁边应该有什么呢？我们希望我们身边有什么呢？我们为什么而活？我又想，孩子在搜自己名字的时候，其实搜的只是他的名字，并不是他自己。我们是一种存在，然而，它在哪里？我只觉得，它不和任何东西在一起，不在我们的名字里，也不在某个地方。孩子坐在打开的电脑前，没有任何东西能证明他的存在，他就那样坐在那儿。

从孩子身上，我似乎看到了人类的孤独，一种无法读懂、近乎恐怖的孤独。我的心就像掉进万丈深渊一般，"啊，怎么办，怎么办才好"。我嘟囔着这句常在我的生活中出现的话。

弄错地点，慌慌张张跑到初中毕业典礼礼堂，从政府机关邮来的各种公文、问卷调查、读不懂的文件，还有隐藏在生活中的很多琐事——比如，不知洗衣机是不是坏了，按钮不听使唤，洗不了衣服，每当这些时候，我首先会想，"啊，怎么办才好？"后来，我开始明白，其实没什么大不了的，这些都在我能力范围之内，只要我辛苦些就能完成。或者在盆里接好水倒进洗衣机里，或者手洗，哪怕熬夜洗出来也行，总之是有办法解决的事情。我只要负责自己应该做的事情就好了。可是，有些事情是不论怎么努力都无法办到的，是超出自己能力范围的事情，就像堂姐所说的那些事情："如果是自己到处跑跑、自己找找就行的事还能办好，可要是问别人或者让别人做，即便是自己儿子也很难……"

孩子在闪烁的电脑前坐着,他的孤独是我无论怎么走近他,无论怎么想办法帮助他都无法解决的,那是我能力范围之外的事情。

生活不是一场梦吗?这里难道不是那个人们说死后才会去的来世吗?不是吗?也许今生和来世是一样的啊!那么,今生的事情最终不就会永远地延续吗?

我就像突然想起来一样,啊,来世也会去探望儿子,也会在看到他高兴地跑来时像做梦一样高兴啊。又想,居然在来世还能重逢,到那时不知得流下多少激动的泪水呢。

有种莫名的东西一直在流淌着,那是一种无法解释的东西,人们无法阻止它,无法跨越它,只能把自己交给它,束手无策地生活。

就在那样的一天,师妹打来电话告诉我,纽约遭受了恐怖袭击。她让我赶紧打开电视看,然后就挂断了电话。当我打开电视时,一架飞机正在穿进林立的楼群中那两幢更高的楼——纽约世贸中心大楼。楼里马上就喷出火焰,冒出黑烟,简直就像动画片里的场景一般。大楼看上去就像一组模型或一幅漫画一样,许多失去重力的人从高楼上坠落,看起来就像总统经过时从楼上洒下的五彩纸屑一样,都成了一个个小小的点。

可是,就在这一幕发生时,我这边是晚上,那边是早上。按照太阳落山后升起、升起后落下的规律,那边应该是太阳升起的早上上班时间。当意识到现在那边和这边都在经历这一时刻的时候,我连忙跑到电话机旁。

跟新闻中报道的一样,电话打不通。我只能通过师妹勉强知道堂姐家离发生恐怖袭击的世贸大楼有多远,然而让我坐立不安的是,我不知道侄子们是不是就在世贸大楼上班。

电话从四面八方打过来,正在和公司同事们聚餐的丈夫和在图书馆准备就业考试的女儿也打了电话。把儿子送到美国留学的朋友好不容易和她儿子打通了电话,跟我说会让她儿子帮忙联系我侄子。

突然间,感觉自己和周围与美国有关联的人团结在了一起。我相信堂姐会用有力的双臂保护两个儿子,我相信堂姐身上有一种力量能够阻止厄运降临,就像让她两次在持枪抢劫的劫匪手中活下来的那种力量。

　　而且,我还沉浸在一种奇怪的感觉里——距离到底是什么?距离是什么,即便那边一片混乱,这边却悄无声息,没有任何迹象。这世界到底有多大?这世界真有那么大吗?而那个让太阳都看起来像个小球似的宇宙,它到底有多远?宇宙的距离到底是什么?宇宙里有无数的星星,地球只是无数星星中的一颗。科学家说,气体和灰尘聚积在一起,有一天就会变成星球——当然,他说的不是我们所理解的意义上的气体和灰尘。对于这些,我都不想知道。我只希望太阳能永远照亮地球,早上冉冉升起照耀大地,晚上挥着手暮落西山。

　　我在电话机旁苦苦熬了几个小时后,终于和堂姐打通了电话,得知小俊的公司就在世贸大楼旁边,他在上班路上看到飞机撞进大楼,人们像秋风中的落叶一般掉下来,紧接着大楼轰隆一声坍塌下来。堂姐说,小俊是在街上给自己打的电话,当时说话声音都变了,还说小俊的好朋友就在世贸大楼上班。

　　堂姐和堂姐的家人都平安,周围与美国有关联的其他人也都纷纷打来电话报平安。

　　世界的心脏——纽约,堂姐的丈夫就是想到这个心脏部位去实现自己的价值,年纪轻轻就去了。一旦这个心脏受到攻击,世界似乎都摇晃起来,战争开始了——我和堂姐小时候都经历过的战争、让我们和无数人都失去亲人的战争——又开始了。

　　每天晚上,我都从新闻中看到战争场面。无数炮弹从空中落下,在这里却什么都听不到,也感受不到摇晃。距离这东西,越来越让我感到神秘。

　　最终的底线就是杀人。战争不是别的,就是杀人。先进的武器为杀人而诞生,若是仔细琢磨恐怖袭击的一切手段——生化武器、天花病毒,其实也是为了杀人而研制出来的。整个城市都充满了恐怖。为什么恐怖呢,就是因为死亡。

　　我反过来又想,人那么重要吗?花那么多钱,经过那么多研究,那么多人辛苦付出，用尖端科技研制出来的东西，不是别的，不过是用来杀人的武器。

而后，我从新闻中看到各国的人们——阿富汗、巴基斯坦、北方联盟、俄罗斯、伊拉克、美国、欧洲、日本、中国、韩国——看着他们，感觉生活并不是个人所能主宰的，不是一个人的事。我曾经信奉的那句"我的人生我做主"，像个稻草人一样散了架。

恐怖袭击以后，我和堂姐之间的通话更频繁了些。最后一次通话让我似乎更加了解她了，不，也许该说更加不了解了。可以确定的是，与以前相比，好像有什么东西更加贴近了。人们在一生中互相说那么多话，若要说很了解对方，却一定都会有些迟疑。说"最后一次通话"，感觉怪怪的，说不定我们之间的通话很快就会重新开始呢……

她有快一个月没接电话了。暂时去旅行了吗？那侄子也该接电话啊。可一打电话，再也听不到像从音乐盒里放出来的"hello"或"喂"，只有长长的铃声不断地响。

世贸大楼倒塌时，侄子公司的大楼部分受损——新闻中说附近大楼也有倒塌危险，实际上也倒塌了——难道是公司关门了，堂姐和侄子利用这段时间去了之前计划了好久的旅行？也有这种可能，只不过现在并不是出去旅行的好时机，况且，如果去这么久，不可能不跟我说就走的。即便是去了，也会在旅行地给我邮来明信片或者堂姐的写生。

随着时间的流逝，我变得越发焦急。但是，除了听着空房子里传来的电话铃声，我别无办法。我后悔没有把搬出去住的小昌的电话号码要来。我试着回想堂姐说过的话，揣摩她最后一次通话时说过的话。

"奇怪，最近好像又开始来月经了。"

"妈呀，怎么会呢？去医院看看怎么样？"

"这边一个和我比较熟的朋友子宫出了问题——有一件事我真不愿意说，不知从什么时候开始，我感觉自己在替她生病。我真这么想，可能别人听起来会觉得奇怪。可实际上，我身上真的出现了症状。"

"哎呀，为什么要替别人生病啊？"

"我也没办法啊,没办法,不是我想这样才这样的。听说有人腰疼,我也腰疼了一段时间。这事儿只有我自己知道,也没法告诉你,后来,腰就自己好了。这次应该也一样吧,到时候就会好的。听说,我腰一疼,原本腰疼的那个人就好了。这次也想给那个子宫出问题的人打电话,问问她好了没有……还没问呢。"

"为什么要那么做啊?为什么?"

"有人说,要成为光的通道,通道必须由光构成。哪怕是一点点光亮,也能赶走黑暗。"

我清晰地记得她说的"光的通道"——我去部队探亲时和儿子住在邻镇的那个晚上,曾觉得公用电话和网吧是通往世界的唯一通道——就是那种通道。

那天从网吧出来后,我们去找住处。所有的汽车旅馆都客满了,每间房子都住着出来休假的军人。路上,儿子遇到同一部队或小队战友时,跟他们打招呼或敬礼。一群军人告诉儿子他们订好的旅馆名,说如果我们找不到住处就去那里。

儿子和我找住处找到了半夜12点多。镇子虽然看着很小,可一个一个巷子地找,有时去过的地方又去一遍,时间就那么过去了。"真的就这样找不到了吗?今天晚上真的找不到住处吗?"简直就像一场梦。

儿子说,要不是因为我,自己去网吧熬通宵也行。他说,如果去网吧玩通宵,困了就趴在桌子上睡一下就行。其实,一个晚上不睡觉也行的是我,儿子明天还要回去训练,多少也得睡一觉才行。

我想再加把劲继续走着找找。邻镇应该不是一个孤立的镇子,总会通向另一个邻镇。沿着一条路一直走,应该不是死巷子,总会通到一个地方,那应该就是另一个邻镇吧。如果那里也没有旅馆,邻镇还会连着另一个邻镇,我们就到那里去找。只要脚步不停歇,最终会到达一个地方。那天我就是这么想的,我相信,走着走着,就会从一个镇子通向另一个镇子,这大概就算是通道吧。

我还感受到了她的子宫。平时,我也觉得她的子宫特别深。她说又开始来月经，我觉得这不正常。而且，她说她感觉自己的子宫在替别人生病，这更让我觉得奇怪。感觉堂姐现在似乎已经离我所知道的堂姐越来越远了。

最后一次通话内容，我记得更清楚。堂姐说要爱自己。这样的话，在书店随便翻翻书或者转转收音机旋钮就多的是，但她说出来却让我有了新的感受。

她说，要认真审视自己的内心深处，仔细反省羁绊自己的东西，然后考虑一下自己说的话是因为害怕，还是没什么理由。这样，就会更正直些。举个简单的例子，儿子的朋友来了，我们说"挺累的，要躺一会吗？"的时候，是因为孩子真的累了？还是因为自己害怕，想要给孩子留下好印象，想表现得亲切些？只要仔细审视一下就知道了。如果是因为和自己的恐惧有关的"自己"而做的事情，就尽量不去做。而且，自己的羞耻、后悔、缺点等，不管是什么，要在心里抓住它、审视它，直到把它化解。

"不管怎么样，都得把它化解，然后能轻松自由就好了。最近，我常常静静地坐着听身体的声音，我现在知道身体里流淌的声音了。血流声、心脏跳动声，还有其他的声音也都听得见。"

本想要挂断电话的，她好像突然想起了什么，调整语气后说起一个关于世界上最古老的大树的故事。

"电视里演过一棵在加州什么地方的大树，说是地球上有史以来最古老的大树。科学家在节目中的解说简直就是一首诗。怎么能够在经历了恐龙时代、冰河时代、洪水时代、火山熔岩以后，还依然活着？真是不可思议。镜头中，这棵大树站在晚霞中，连年轮都没有，树干就像劈开的柴火，里面都裸露着。树叶也是黑黢黢的暗绿色，而且只在大树的一边长了一点，就像有些朋克青年，把一边的头发都剃掉，只留另一边。后来，主持人说，这棵树并不在加州地区，节目组故意给出错误信息，是因为如果说出地点，人们是不会放过这棵树的……"

堂姐笑了，我也笑了。

"感觉不是那棵大树在地球上扎根、生长，而是大树在拥抱着地球。"

我重新回想堂姐说过的每一句话,所有她说过的话都想起来了,我想从她的话中找到一些线索。

后来,我还想起一个我当时没太在意的传闻,是从美国那边听来的。也许是因为想忘记,所以听完就忘了,都没跟堂姐问起过。

那个传闻说,堂姐曾两次被持枪抢劫的劫匪强奸,说是强奸之后才放她一条命。我觉得这话也许也是真的。她的子宫那么深——我又突然觉得,她所说的话都是从她的子宫里传出来的。我似乎明白为什么电话线那头的她听起来好像在渐渐地飘向远方了。

我似乎知道一直贯穿在她话中的东西了,那是她迫切地想说出来的东西。我觉得它和当兵的儿子在网吧电脑中想要找的东西是一样的,孩子自己不知道它是什么,却分明在寻找它……寻找一个可以将它实现的世界,一个新世界……

儿时的我们一定在从美国寄给承俊哥的信件中感受到了一种气息。支配这个世界的力量到底是什么?是什么支配着我们?战争、恐怖袭击、黑暗、扭曲的光线,这样的历史是因为什么而产生的?我们的潜意识中到底有什么?这扭曲的世界背后到底隐藏着什么?

"是最喜欢这个?还是这个?还是这个?"在玩问答游戏度过的童年世界里,我们好像相信只要从选项中选出一个东西,它就会成为一个送给自己的礼物。可现在看来,即便在那个童年世界里,也早就隐藏着一丝凄凉。

堂姐说给我寄了一个包裹。现在看来,那是和堂姐的最后一次简短通话了。她说是从邮局回来的路上,还说正是炭疽杆菌肆虐的时候,从邮局一出来就后悔寄包裹了。她告诫我收到包裹后,要戴塑料手套拆开,后来又说,还是先用塑料布包上放起来,等炭疽杆菌失去活性后再打开。包裹到了以后,我就照堂姐说的,用塑料布包起来,放到储物间了。

我把包裹从储物间里拿出来。拆包裹时,我感到了太阳的移动。在这边升起,就到那边落下,从那边升起,就在这边落下——太阳如此往复，演绎着壮观的景象，将音乐洒向遥远的天空。音乐在广袤的夜空中回响。

我变得十分伤感起来。小时候，堂姐看着落山的夕阳写下童诗：

夕阳挥着手，

"我走了，我走了。"

难道她已经预知了遥远的未来？预感到了多年以后的凄惨漂泊？

活了一辈子，打听一所学校都那么艰难；半夜孤独地等孩子回家；看着电视节目，感慨人的当下最重要，没必要解释原委；恳求劫匪放自己一命；在恐怖袭击中用双臂护住两个孩子；替别人生病……

我感觉所有这些都是堂姐向这个极度扭曲的世界抛出的气球。她去哪儿了呢？

我不知道该去祈求谁。突然，那棵生命之树像闪光一样掠过。

它站在晚霞中，怪异无比，却战胜了一切世间痛苦，成为地球上有史以来最古老的生命之树。看上去不是树在地球上扎根、生长，而是树在拥抱着地球。那棵树还在那里，感觉这成了我的救赎。

我想，哪怕是为了找堂姐，我现在也真的该去太阳落下的西山那边看一看了。心急的我放下本来要拆的包裹，拿起电话，去咨询旅行社如何办理去纽约的手续了。

破　户

金度延

　　我摘下沾满雪的手套，点燃一根烟。雪地里搭起的这个月亮屋（为在正月十五看月亮而准备的篝火堆）看上去还挺像那么回事。我用了不少稻草和木柴，它看上去像是秋收后打谷场上的谷垛，又像是僧人们举行荼毗仪式时用的柴堆。我把冻得硬邦邦的手套和烟头都扔进月亮屋。月亮屋一搭完，所有准备工作也就算告一段落了。抬头看看，天气似乎也不会发生什么特别变化。先回家暖暖身子，下午再过来查看一遍就行了。我把木锨、镰刀、锤子之类的都装进车箱，发动拖拉机，一股浓浓的黑烟随即喷了出来。

　　"过去大家都挺忙的，这次聚一聚吧，全都来，怎么说咱们也是兄弟姐妹嘛，你要准备的是……"

　　我放下勺子，听着大哥从听筒那边传过来的谆谆教诲。大哥好像确实很怀念在老家度过的童年时光，虽然现在身体再也无法回到那个年代，但心里却依然充满向往。我不时简短地回应，大哥在言语间不断提到"聚一聚"，二哥和姐姐们应该是已经答应了。这让我想起小时候的一个冬日，下雪了，兄弟姐妹们一起聚在院子里滚雪球，堆出好几个大大小小、表情各异的雪人。

　　"我把做准备要用的钱汇到你存折上，不够的话给我打电话，时间还充裕吧？"

　　拿着电话的左手汗津津的，搞得我懒得再去动筷子吃饭了。我看了看刚才边听大哥说话边记录的那张纸，拿过酒瓶和酒杯。那张纸被我揉成纸团，从掌心滚落到电视机前。我倚靠在随便叠好的被子上，拿起遥控器调换频道。没什么好看的节目，都是些重播。窗外的风景也一样，被雪覆盖的农田、房屋、道路、山峦都像静默的影子一般，一动不动地守在那里。杯里的酒还没喝完，我就咳嗽起来，看来不能半躺着喝酒。我一边抽烟解闷，一边盯着电视机前的纸团。它就像孩子们打雪仗时没瞄准而扔进房间里的雪球，一个掉在地板上、不会融化的雪球。我慢悠悠地爬到电视机前。

大哥给我汇了很多钱，用来准备三天两夜的活动绰绰有余。我在邮局对面的土茶馆叫了一杯双和茶①，然后打了一个电话。几天没下雪了，今天却像故意使坏一样，大雪瞬间就把我买的东西都盖住了。一辆辆汽车亮着尾灯在茶馆和邮局之间慵懒地穿梭。

"我们现在也是中产了！"

我没应声，点燃一根烟，琢磨"我们"里面都包括谁。双和茶上漂着三颗松子。

"雪够吗？"

本想说有点怕暴雪会影响活动，却还是打住了没开口。李小姐坐在我对面，手里拿着酸奶杯，大口嚼口香糖的声音听起来有点瘆得慌。我用手指示意她安静些，她立即翘起嘴角。

"姐姐和姐夫们呢？"

"不用你操心！你好好准备就是了，喂！你可别忘了气枪！"

我从厚厚的信封里掏出钱来结双和茶和酸奶的钱。李小姐见状眼睛都圆了，挽着我的手臂走到雪花飞舞的门口，撒娇说道：

"哥哥，你有那么多钱，晚上请我吃生鳟鱼片吧！好不好嘛？"

"我给你买生鳟鱼片吃，你给我什么？"

"嗯……哥哥要什么，我给什么！就这样，一定要打电话哟！"

---

① 双和茶可以补充气血、调和阴阳，在缓解疲劳、治疗心神衰弱、恢复元气、温体祛寒方面有显著的疗效。

感觉自己下身变沉了。我坐到农用拖拉机驾驶座上,打开雨刷器,刷掉如同夏夜里粘在车窗上的飞虫一样落在车窗上的雪花,开着突突作响的拖拉机,缓缓驶进扇子一般开开合合的灰色街道里,驶进人行横道、停驶线、中央线都被雪覆盖的街道里。其实很想带李小姐去买东西,又怕左邻右舍瞎议论,就强忍住没带她去。

雪一会大一会小,连下了两天,现在居然停了。夏天的暴雨和冬天的暴雪在这一点上很相似。不出所料,虽然两天里乌云密布,但月亮还是露出了圆圆的脸,非常适合举行三天两夜的聚会。姐姐们不断打电话来发泄不满,搞得我很疲惫。我也不是不能理解她们走一趟不容易,所以就像簸簸箕一样,适当地听一听。不过也不是完全没有难关。老姐在电话里说着说着就哭了,让我一时间想干脆撒手不管了,最后还是靠一瓶烧酒勉强按捺住情绪。我知道老姐为什么伤心。

"不能这样,我们都是傻子吗?"

老姐的声音在脑海中萦绕,我努力不去想它,用木锨铲去随风飘落在地面上的雪花。虽然算不上严寒天气,但夹着雪吹来的风依然刺骨。要想让私家车从大路上开到家门口,就不得不对付这场风雪。老姐的哭声说明抗争的火种还在,那是在雪中也依然不会熄灭的火种。我背着风在雪地上小便,大路上前往滑雪场的车子络绎不绝。

甥侄们吵吵嚷嚷地从屋里闹到屋外,仿佛一下子就能把覆盖在瓦房顶的雪都扫掉。雪球四处乱飞,到处传来孩子们在雪地上滑倒的尖叫声和欢笑声。姐夫们早早就摆起酒桌和牌桌,姐姐和嫂子们忙着又煎又炒,厨房里散发出一阵阵饭菜的味道。本来一个人住的房子一下子来了二十个人,我手忙脚乱,都不知道该做什么了。到处都在叫我,问这问那,光回答他们的问题都足以让我心烦。

"辛苦了。"

我在屋后的烧柴锅炉房里烧火,即便是一个人也连抽烟的空儿都没有。大哥拿着鱿鱼干和烧酒瓶进来,坐在旁边。鱿鱼放在炭火上还没烤好,就被跟在他们爸爸身后挤进来的甥侄们叽叽喳喳地抢去啃起来,他们把鱿鱼身子都放在嘴里后就跑出锅炉房,门都没关。又是一阵暴风雪。

"取暖还是要用木头才有气氛！还能出炭火，在这上头架上荆条烤的青花鱼，那味道一辈子都忘不了，也没烤多少，我们却都为吃到那一小口，瞪着眼睛坐在饭桌前等……"

大哥嘴里叼着一根鱿鱼须，回忆起童年。我端起灯光摇曳的烧酒杯一口干了。

"可大哥是长子，带饭时都装的大米饭。"

"你要赖说不给你带大米饭就不上学，还在家里一圈一圈转悠，害得我根本没法安心吃！"

我又喝了一杯烧酒，炭火上的鱿鱼须冒起烟。是啊，小时候，我每天早晨都会执拗地坐在锅台旁，守在那口大圆铁锅周围，看着母亲用勺子在玉米碴饭中间放上一点点大米饭。

"不公平嘛，你说，咱家那么多孩子。"

我开玩笑似地批评起母亲对长子的偏爱。

"老弟说得对，那玉米碴饭一凉都像沙砾似的，大哥小时候也该尝尝的。给我也来一杯。"

老姐把小外甥哄睡着后，也走进来，手里拿着一支烟和打火机。老姐三十好几才结婚，好像因为养孩子挺累的，偶尔打个电话，好几次都从听筒那边传来小外甥的哭声，我就不得不匆匆挂断电话。

"你是老幺，有时候撒娇耍赖还管用。要是我们那样，扫帚和烧火棍早就飞过来了。"

"这些都是回忆啊，回忆！进去吃午饭吧。"

大哥被老姐的烟熏得皱着眉头走出锅炉房，风雪从没关上的门口吹进来，呼呼作响。

"回忆……是啊……回忆……"

"把烟戒了吧，喂奶的孩子妈抽什么烟啊？"

"我不怎么抽。对了，下午坐爬犁？肯定有意思！"

"姐，求你了……咱们消停一会吧，嗯？"

我往老姐的空杯里倒酒，低声恳求道。一丝似懂非懂的微笑随着烟雾从老姐脸上掠过。我又加了几块木头,然后把锅炉的炉灶门关上。

山脚坡地上的积雪都没过了小腿,事先铺好的雪橇道一直延伸到下面结冰的小溪,四周反射出刺眼的阳光。甥侄们早早地坐在我改造的爬犁上,催着赶紧出发,哥哥们和姐夫们蹲在篝火周围,烤着干玉筋鱼当下酒菜。我一口干了杯里的酒,朝爬犁走去。坡地的坡度相当于滑雪场的中级跑道,只要不偏离我定好的路线,速度应该挺快的。爬犁是父亲留下的物品之一。

"在下面故意翻一下,那样孩子们才记忆深刻。"

大哥走近握着扶手的我身边耳语道。雪积得很厚,就算爬犁翻了,也不会有受伤的危险。姐夫们在后面推,我在前面拉,爬犁终于滑动了。爬犁渐渐加速,我赶紧坐上驾驶座,姐夫们就像推船似的松开手。甥侄们一起欢呼起来,我也跟着喊出小时候喊的出发口号:

"开路——!"

爬犁在结冰的雪橇跑道上越跑越快,越跑越轻盈,在两块田相接的堤上,轻轻颠一下,孩子们在身后发出一声声尖叫。我的两只脚放在雪橇两侧弯曲的冰刀上,抽筋似地抖动,下面那块地比上面那块地更陡。阳光很强,像暴风雪一样一股脑儿地倾泻下来。我眯着眼睛寻找一个合适的地方,打算按照大哥说的那样故意把爬犁弄翻。斜坡变缓的地方有很多积雪,正好可以把呐喊和尖叫声埋在那里。小时候,有一次我和老姐坐着装满木柴的爬犁,掉进路旁的雪沟里,被压在翻了的爬犁下面动弹不得。直到父亲把爬犁和木柴都卸掉,我们俩就像盖了一层很重的被子一样,哭一阵笑一阵。很快,我突然打了个转向,又招来孩子们一阵阵尖叫。

篝火旁的雪渐渐融化,玉筋鱼都烤熟了,变成了金黄色。

"那是父亲用过的爬犁?"

面色红润的老姐可能是脚凉,拄着树桩把两只鞋轮换着在火上烤。我点点头。村里人大部分都换成了烧油锅炉,父亲却舍不得油钱,坚持留下烧柴灶。要把木柴从积雪覆盖的深谷运到卡车很难行驶的路上,没有比爬犁更好的运输工具了。冬季没什么别的事情,一般要在这时把一年要烧的柴火都准备出来。因为母亲天天吵嚷着也要像别人家一样有足够的热水用,父亲就决定做个烧柴火的锅炉。父亲年纪大了,砍柴一定挺费力的,但他说自己很开心,坚持砍柴。家人们都说这可不是乐趣,是辛苦,父亲也听不进去。就这样,爬犁留了下来,虽然现在沦落成我带甥侄们玩的雪橇。

"姐,你也坐一坐吧,能让你回想起过去。"

"我不想坐了。坐上它,可能爸这次真会把我带到很远的地方……"

"爸?"

哥哥和姐夫们都有些醉了,和甥侄们一起玩爬犁和塑料雪橇,原本干净的雪地被他们闹腾得一片狼藉。我从侧面偷偷看了一眼坐在树墩上喝酒的老姐,不知怎的,感觉非常陌生。为了缓解突然的尴尬,我折了些干松枝放到快要熄灭的火上,用嘴吹出一股股烟,火花很快就冒出来。眼睛被烟呛得流出眼泪,我尴尬地笑了。老姐递给我一个酒杯,酒水在杯中晃动。

"你不害怕、不孤独吗?"

"什么?"

把人都甩到雪坡上的爬犁孤零零地往下面滑去,追过去的大哥没走多远就陷进雪里,大家抖着沾在衣服上的雪,用手指着爬犁嘎嘎笑。我硬吞下还没嚼碎的玉筋鱼,忍痛让没嚼断的刺划过食道。我看了看表,"雪橇"时间即将结束。

"现在没人保护你了……你知道的。"

老姐没有走大路,径直朝家里走去,她张开双臂,在没过膝盖的雪地里艰难行走。我用雪把烧得正旺的篝火盖上,拿着还有一半没喝完的酒瓶,踩着老姐的脚印跟过去。她的意思是说,现在父母这把保护伞没了,我得找一个女人成家。从阴冷的松树林深处吹来的寒风推着我的后背,让我老是走偏。我陷进更深的雪里,即便张开双臂也拔不出来。

"我们兄妹几个也定期聚一聚怎么样?"

大哥右手拿着包好的五花肉,左手拿着烧酒杯提议道。姐姐们似乎不感兴趣，干了杯中的酒以后，递过杯子，心不在焉地翻烤五花肉。大哥赶紧把目光投向姐夫们，希望他们能够赞成，不过怎么说也是隔着一层关系，他们帮不上什么忙。我从座位上起身，打开窗子散散屋里的烤肉味和烟味。外面的灯光映出点点雪花，得把这个消息告诉大家，顺便也安慰一下备感尴尬的大哥。

"下雪了！"

"哦，是吗！"

"大冬天下雪有什么好奇怪的！"

大哥虽然语气有些生硬，不过很快表情就没那么严肃了。这里的雪从我们出生前开始，每年冬天都会落到我家的屋顶和院子里，从未缺席，而且从来都是洁白无瑕。夜里悄声无息飘落的雪更加神秘，一瞬间下得越来越大，大家都被迷住了，露出开心的表情，就像咿呀学语的孩子一样。我打算把这个消息也告诉在里屋看电视的甥侄们，虽然这可能会招来一阵喧闹。话音刚落，孩子们就一股脑儿地冲出门外，留下我一个人站在空空的房间里，出神地盯着挂在墙上的镜子看。

"去堆雪人吧……"

二哥说。家里唯一不喝酒的二哥烟抽得特别多。他把烟头扔进烧柴锅炉的灶坑，戴上红色的线手套。我也把几根木头放在烧红的炭火上，关上灶坑门。孩子们在院子里打雪仗，闹成一团。二哥团了一个足球大小的雪球滚起来。雪很黏，雪球很快就滚得很大。二哥不爱说话，我滚着雪球跟在他身后，甥侄们也都嘴里吐着白色的哈气，争先恐后地滚着雪球走出院子。把雪团滚成一个大雪球没有想象中容易，体积越大，越不容易滚动，一直弯着的腰还疼得厉害。甥侄们一不留神，雪球就会像西西弗斯的石头一样，自己滚下山坡，撞个粉碎。把一个雪球放在另一个大雪球上也不容易，几个甥侄回到屋里央求大人们来当救兵。结果，大哥和姐夫们也被拉了出来。我抱来一捆干柴，在他们堆雪人的房前园子里生起火来。小时候，每当下雪的时候，这块园子里都会堆起雪人。

只有眼睛的六个雪人在园子里堆好了，它们大小不一，表情各异。

数码相机亮起闪光灯，鹅毛大雪像花粉一样四处飘散，柴火冲着黑色的天空熊熊燃烧。这时大嫂递过来的咖啡就像一块烧得温热正好的石头一样，让肚子里暖暖的。

"要是没什么别的事做，就好好种种地试试？"

"地是谁都能种的吗……"

"要是连你都走了，这里的房子和地马上就会没了。种地你也不是一点不懂吧？农具都还在。"

说完，二哥把烟熄了，也走进屋去。园子里只剩下我和那些雪人，火也渐渐弱了下来。我琢磨着二哥的话，缓缓地在雪人之间徘徊。这些回家的雪人幸福地站在雪中，它们离家太久了。父亲和母亲一共生了六个孩子，却一个农民都没培养出来。孩子们在院子和园子里堆堆雪人，长大后就陆续离开家。我把抽剩的烟插在我做的雪人嘴里，还想给它来一杯酒，又怕它会在雪地里晃荡一整夜，就忍住了。要是这个雪人打开玄关门，胡说自己明年开始要种地，可就麻烦了。我摸了摸它的头。

雪夜里的最后一环当然是打花牌。我的钱很快就输光了，于是坐到摆在旁边的酒桌前。大哥总是咋咋呼呼，大姐夫一有机会就捣鬼，二哥还跟以前一样，把大姐夫偷的牌放回原处。嫂子和姐姐们揶揄起哄，不过也都是一阵子，大家基本上都是新手，只会关注自己手里的牌。他们总是一拿到高分就兴奋得不得了，连已经亮打[①]或是皮秃[②]都不知道，根本顾不上别的。在这四十八张牌中，他们的性格一览无余。

"我给你出本钱，继续玩吧！"

大嫂一边给我倒酒一边说。

"我不喜欢打牌，嫂子。"

"就是玩嘛，没关系的。话说回来，你什么时候带女孩回来啊？"

[①] 若某位玩家手中持有 3 张相同月份的牌，而该月份剩余的 1 张未出现在桌面上时，该玩家可以将手中的 3 张牌亮出，然后进行正常出牌，出过"亮打"的赢家，最终分数翻倍。

[②] 若赢家分数中有"皮"的分数，同时输家的"皮牌"张数未到 6 张，称为"皮秃"，该输家应支付相当于赢家总分双倍的钱。

"嫂子都不给我介绍，怎么带回来啊？"

"哎哟，我看人家都自己谈着谈着就带回来了。"

大哥递过空杯子，插话道：

"现在的姑娘们都不愿意嫁到乡下，要不，你还是回首尔吧。"

"我不喜欢首尔。"

"那干脆找个外国姑娘？你觉得怎么样？"

大哥把一杯酒一饮而尽，又插话道。

"不是说她们动不动就跑吗，大哥！"

大姐夫也拿着花牌跟着帮腔：

"跑了就再找一个呗。"

"听说越南姑娘绝对不跑。"

"兄弟，一个人过挺好的，一结婚，你的幸福生活就得画句号了。"

老姐夫这局不玩，也凑到酒桌前，开始宣扬他的结婚无用论。我连连点头，连着几口干了一杯。

"万岁！总统！①"

上一局中拿第一的大哥还一张牌没打，大姐的喊声已经让热闹的牌桌和酒桌瞬间鸦雀无声。她把四张八月空山都抓到手了，这虽然让我松了一口气，手握花牌的人们却傻了眼，笼罩在大姐亮出的满月光辉里。在这个大雪纷飞的夜晚，那可真是一轮光辉灿烂的圆月。

"这到底给多少钱啊！"

"每人得给三万韩元！"

"不对，是一万！"

"喂！这局不算，不算！"

大哥把牌一扔，跑到外面去了。

"不给钱，往哪儿跑？真丢人！"

"这局不算，不算！"

大哥在门外把头伸进来，又说了一句。牌桌上的嘘声齐声朝那边

---

① 当某位玩家的手牌中包含任意月份的 4 张牌时，计 5 分，游戏立即结束。

飞去，大哥却毫不在意。大姐好像故意要让大嫂听到似的，提高嗓门喊道：

"真小气，这才几个钱，跑什么跑！"

"她姑，你说我和这么小气的人一起过日子得多郁闷！这钱我出，你们接着玩！"

"嫂子，快拿回去。是大哥没风度，哪是钱的事儿啊，赢了使劲儿要，输了就跑，也不是一次两次了。"

"你拿着吧，他姑，这样我才能跟他要啊。"

我听着夜里的雪声，去查看鸡舍的鸡和牛棚里的牛，满身是雪的两条狗看到我后都蹦起来。没想到父亲和母亲离开后留下这么多麻烦，还没来得及理出头绪，冬天就这样来了。等到春天，会有更多东西需要打理。我不想面对那些从冬眠中醒来寻找主人的东西，说实话，那些储藏在库房里的各类种子和冰封在院子地下等待春天的东西，还有藏在这座老房子和房子四周田地里的一切东西，我真的没信心去面对它们，我无法跟哥哥姐姐们讨论它们的未来。在他们眼里，老家不过是避暑和郊游的去处而已。

我在炉灶前抽烟，听着从屋里传出的叽叽喳喳的笑声。没什么下酒菜，就吞几口苦酒。门外的鹅毛大雪可怕而孤独。夜深了，我想起刚才孤零零地滑落下去的父亲的爬犁，灶坑里的火似乎也困了。

"爸爸，打一只老虎回来！"

第二天，在留下来的家人们的送别声中，雪中的猎人们出发了。我背着借来的气枪，走在前面，深深的脚印在雪地里踏出了一条路。下了一夜的雪停了，灿烂的阳光下，美丽的风景让人不禁发出感叹，我们仿佛行走在一片被冰雪短暂封存的仙境里。没有女人们和甥侄们，这是男人们的山行。我们在没过膝盖的雪地里艰难行走，没走几步，就听见大家急促的呼吸声和吐痰声。大哥放下枪，让枪口朝下，在队伍最后催促道：

"还要翻好几座山呢，现在就这样怎么办？老弟，加快点速度！"

"不是，这冰天雪地的山上能有什么啊？"

在城里出生的大姐夫丝毫没有减轻怀疑。

"去看看就知道了！我难不成还会故意让你们遭罪？"

刚下完雪，兔子应该不会跑出来，就算出来，用这种威力很小的气枪也基本打不到，除非兔子、狍子、獐子掉进雪坑里挣扎不出来。两天前在各个岔路口布下的用细铁丝拧成的套子也都被雪盖住了。所以，能用这两把气枪收获的也就只有鸟了，希望我们能打到野鸡。

"好，现在才是开始。我们得仔细观察周围动静，只要发现目标，迟早会猎到。"

"大哥的话我是不信，他小舅，真能猎到吗？"

"野鸡之类的应该能猎到。"

"运气好的话，还能猎到野猪呢，你怎么不相信我呢？"

一说话就一股酒味的大哥端着气枪转圈儿瞄准。带来的零食和酒很快就被我们吃光了，酒壮英雄胆，我们六个大男人借着酒劲儿没理由猎不到一头野猪。不过，想要猎野猪的话，这雪还是下得太少。路渐渐延伸进狭窄的山谷，这回姐夫们的表情严肃起来，他们每人手里拿了一根父亲以前砍来要做镐头或斧头把儿的老铁树棍当拐杖。我和大哥给气枪装上了子弹。

"我怕是要被野鸡抓住了！"

"老是感觉雪地里好像有什么东西在抓我的脚，还是回去吧？"

"还野鸡呢，连只麻雀都没有！"

姐夫们不停抱怨，不过我们没有停止前进。呼哧呼哧的喘息声在雪地上回荡，却没能打破雪山的沉寂。不出所料，的确没有獐子和野猪的脚印。野兽们一般会在雪停了以后过一天左右才出来活动，而且它们也不像家畜一样有固定的住处。当然，也有可能遇上挨不住饥饿出来到处找食儿的野猪。但这也是个问题，因为按照野猪的习性，它们会成群出来，根本不会害怕我们这两支气枪。要是它们见了我们不逃跑，反倒扑过来，那结果就不好说了。我们也有可能突然去和那些古老的故事中在山里遭遇狗熊的主人公握手。总之，虽然才翻过两座山，姐夫们的状态已经足以让我这样胡思乱想了。我也害怕在山谷里遭遇危险，便调转方向，朝越过山脊的山路走去。汗早就湿透全身，偶尔有挂在松枝上的雪花簌簌飘落，却依旧没能让我凉快下来。

"到底要往哪儿走啊？"

"还不如不跟来，在家喝烧酒烤五花肉吃。"

"到现在还一枪没开呢。"

站在山坡上观察下山路线的姐夫们又开始抱怨起来，大哥没搭理他们，打开背包准备煮咖啡。对面的山谷宽，里面阳光充足，丛林茂密。我咽了咽口水，向大哥和二哥点点头。

"这才是开始，从现在起大家都要尽量小点声，喝完一杯咖啡以后，我们马上就能尝到鲜血的味道。"

"鲜血？"

大姐夫瞪圆了眼睛。

我把手指放在气枪的扳机上，慢慢走下山路。父亲是山路的主人，小时候，我和哥哥们跟着父亲上山下山，抓兔子、砍柴，摸清了山里哪儿有山梨树、山葡萄和软枣猕猴桃。还有那能淘到被用作接骨药的自然铜的泉眼，也是必须得走山路才找得到。但这些父亲曾经背着背架、手持镰刀走过的山路却一年不如一年，被那些似乎不再畏惧什么的杂乱草木蚕食。每当要把陷在雪中的脚拔出来时，脚腕都会被荆棘之类的东西像绳套一样套住，还得忍受灌进登山鞋里的雪沫的冰冷。

突然，仿佛有一块冰放到手腕的血管上，我感到一丝麻酥酥的凉意，我蹲下来，朝后边的人做了个手势。站在最后面的大哥迅速走到我身边。我用手指了指野蔷薇丛，大哥立即轻声感叹道：

"野鸡！"

一群野鸡正忙着在阳光明媚的野蔷薇丛里找吃的。虽然气枪上有瞄准镜，但距离还是太远，不在射程之内。我和大哥让其他人留在原地，我们两个屏住呼吸，几乎匍匐着朝野蔷薇丛靠近，边走边打开气枪的保险环，仅仅十几米的距离却好像焦急地走了几个小时。终于，我们两个做出了射击姿势。野鸡们都聚集在一起，所以必须得同时拉动扳机才能一下子捕获两只。我调整好呼吸，把瞄准镜里的十字对准野鸡头，轻声数道：

"一……二……三！"

也不知道气枪子弹的速度有多快，只是能从瞄准镜中清晰地看到本来在野蔷薇丛中觅食的野鸡头耷拉下来，像被一股220伏的电流击中一样。其余野鸡一下子四处飞去。我和大哥朝野蔷薇丛跑去，在雪里跌跌撞撞地跑得两条腿都软了，也没停下来。很久没有这种全身紧张发抖的感觉了。

"哇，还是温乎的！"

姐夫们好奇地摆弄已经闭了眼、断了气的野鸡，大哥从背包里掏出折叠小刀和登山用杯子迅速动起手来。他拔了拔野鸡脖子上的毛，然后用小刀割开野鸡脖子，我蹲在一旁把杯子递过去，黑红的血像春天的老铁树树液一样滴下来。

"要喝这个？"

"要是鹿血还行，野鸡血怎么喝啊？"

"好喝。"

我从背包里拿出一瓶宝佳适倒进杯子，用木筷搅了搅。大哥和我一看就是一对默契十足的搭档。两只被放血的野鸡像两块很久没洗的抹布一样被扔在雪地上，现在就等着拿回家剁碎包饺子了。和宝佳士混在一起的野鸡血很快就被除了老姐夫之外的几个人喝没了，染红了他们的嘴唇。大哥用烧酒把杯子上沾的血冲了冲，然后喝个干干净净。

"打野鸡现在开始。"

"在这里等，那些跑掉的野鸡还会回来吗？"

"要不怎么说是鸡脑袋呢？"

"忘得太快……"

"哇！那边真来一只！"

我们坐在松树林里喝烧酒和爽辣的拉面汤，不觉中大哥已经放下筷子，拿起气枪，像一只猎狗一样朝野蔷薇丛爬过去。这只最先返回的野鸡毫无顾忌地在雪地里觅食。

"忘得快和忘得慢，哪个更不幸？"

老姐夫干了杯中烧酒，露出忧伤的眼神喃喃自语。这时，随着一声枪响，野鸡倒下了。大哥短促的欢呼声一时间震荡山谷。嘴唇上还沾着血的大姐夫回答道：

"现在这种情况下，忘得快似乎更不幸。"

"也有可能不是忘了，而是因为肚子饿才回来的，冬天没什么吃的啊。"

"在开枪之前问一下？"

"又来了！小舅，把枪给我，这次我来打一枪试试看。"

我们刚要忘记，野鸡又飞回野蔷薇丛，得擦亮眼睛去打到它们。现在对我们这群猎人来说，忘不忘已然不重要，我们只关心混着宝佳适的血，还有野鸡肉。出于礼貌，我又让老姐夫尝一下野鸡血，不过没有用。

"他小舅，你以后怎么办？"

我没回答。我想说要像野鸡一样，不过忍住没说。

"……怎么办才好呢？"

就像一只被困在远远高过自己身高的雪坑里的獐子，我用一种渴望的眼神反问道，嘴里吐着血腥味。山影从西边延伸过来，已经临到野蔷薇丛边。正是寒气渐渐驱散酒劲儿的时间，真想在暖暖的炕上烙烙后背啊。总觉得自己似乎被困在一部沉闷乏味的话剧里，真不知道这三天两夜的聚会到底会怎么结束。

"简直就是一幅画啊！"

老姐夫停下来等走在后面的我，他吐着烟，指着山坡下的风景说道。甥侄们正在家旁边的小溪上滑冰，烟囱里冒出的烟是直的，随后慢慢飘散。栽在路边的白杨树在昏暗中伸展着蜘蛛网般的树枝，迅速投下暗影。

"是一幅用冰雪画的画，不知什么时候就会融化……"

"他小舅，能守着这幅画似乎也不错啊。"

"……"

一进屋我就躺下睡了。矗立在雪地上的一棵棵黑树陆续走进我的梦里，随后又离开。落在树枝上的鸟儿们被不知是谁射出的子弹击中，啪哒啪哒掉下来，每次掉落都让我的额头、背部和大腿冒冷汗。人们围坐在我身边，有说有笑地喝鸟血，染红了嘴边。喝完血，他们互相看了看眼色，犹豫片刻，然后就露出贪婪的眼神，嘴里叼着吸管向我一步步走来。我突然觉得脖子痒痒的，动弹不得，尖尖的吸管就像扎气球一样扎进我的脖子，发出一丝细细的风声、口哨声。我就像吃了太多头痛药一样感到一阵眩晕，他们还在嘬着吸管，身后依然是可怕而孤独的鹅毛大雪在黑夜里飘落。

"果然没有什么饺子能比得上野鸡肉饺子。"

"爸爸，我嚼着石头了。"

"不是石头，是骨头，骨头，野鸡骨头吃了也没事。"

"野鸡肉饺子爸妈都喜欢……"

老姐一句话让热闹的晚餐桌一下子沉寂下来。大哥好像不爱听，生气地放下筷子。

"这谁不知道？你这么说他们就能回来吃饺子喝汤吗？"

"大哥没资格这么说，你连断七的时候都没来。"

"别再提这事了！我都说过多少次了，我那都是提前定好的事，没办法啊！"

大姐这么埋怨，大哥也提高了嗓门。姐夫们赶紧把饭吃完，拿着烟往外走，甥侄们也都悄声散去。我低下头，又就着一个饺子喝了一杯烧酒。

"对不起啊，他姑，我不是给你打电话了嘛，要是取消，之前交的钱就都白交了。"

"你别插嘴。"

"不就是舍不得那点钱，连断七都不管，去东南亚旅游了嘛？就是舍不得钱！"

"说到钱，我也说一句，爸妈这么多年辛辛苦苦赚的钱都哪儿去了？"

老姐也帮大姐说话。

"他小姑,你这话说得有点过啊,怎么说得我们好像贼一样啊?"
"不是告诉你别插嘴嘛!"
"我是这个家的大儿媳,我有资格说!"
"是我对不住你们,别说了。我们这样,爸妈能高兴吗?断七的时候的确是我们做得不对,是我们没考虑周到。以后的祭祀都挪到我家来好好办,你们不用担心。"
"哥,那这房子和地怎么办?"
老姐红着脸,晃着上身问道。凌乱的餐桌上摆满酒杯,酒刚一倒满就被喝干。我站起身来。
"你去哪儿?别走。"
老姐抓住正要出去的我。
"我得去准备烧月亮屋。"
"说完一起去,你不也是这家的人吗?"
我坐在长长的饭桌一角。哥哥姐姐们都像是代表着子女、妻子、丈夫一样不甘示弱,我摆弄着不知是谁喝剩的酒杯,想起刚才梦里那场可怕而孤独的鹅毛大雪。插进我脖子的吸管七零八散地去寻找新的猎物。大哥先小心翼翼地开了口。
"怎么办才好呢?"
"我们也别吵,得处理得公平点。"
"你是说卖了以后均分吗?"
一直保持沉默的二哥听了老姐的意见后皱着眉头问道。自从确定附近要建一个大度假村以后,地价似乎从漫长的沉睡中醒来一样一路飙升。这块从前农民们根本不稀罕的山脚农田,以前用铁锹一挖,石头比土还多,现在却是风生水起,十分火爆,谁能想到呢?
"这是我们的家乡,我们不能把家乡卖了啊!我们都在这里出生,是那块地把我们养大的!"
大姐坚决反对卖房卖地,二姐和老姐都转过身来。
"大姐你是不愁吃穿,才这么说。"
"这地今年开始不就没人种吗?"

"老弟种不就行了？"

大家那充满好奇的目光都朝在饭桌一角摆弄酒杯的我投来。我不知该往哪儿看，最终把视线藏到了挂在墙上的照片中。相框中的父母表情有些僵硬。很快，我就被拉了回来。

"你要种地吗？"

"……不知道，你们看着办吧，我怎么都行。"

院子里的雪正在结冰，每走一步，脚底下都发出冰雪被碾碎的沙沙声。我提着装了废油的桶往屋后的田里走去。蓝蓝的夜空里升起一轮圆月，姐夫和甥侄们正忙着在我搭好的月亮屋旁边玩，他们把炭火和碎木块放进一个满是窟窿的铁罐，挂在铁丝上甩着玩。我们小时候把这个叫作"鼠火戏"，是元宵夜里玩的游戏。熊熊燃烧的火球在雪地上转出一个个大大小小的月亮，绳子一断，火球就会猛地飞上夜空，过一会就在满月下凄凉地坠落，掉在雪地上，然后冒着烟渐渐熄灭。

"都说好了，他小舅，喝一杯吧！"

"对不住啊，大家好久没见，看到吵架的样子……"

"没事，这就是过日子，谁家都一样。"

"哇！月亮是真大啊，我得有多久没见十五的月亮了！"

月亮屋上落了一层前一天下的雪，我往上面泼废油，混着油的雪地上散发出油味，居然还挺好闻，我抽动着鼻子吸了吸油味。父亲在的话一定会生气，怪我浪费这么多柴火，母亲会怪我一天弄湿这么多件衣服。房子的内部结构都改了，能烘干湿衣服和鞋子的大锅盖和灶台早就没有了。哥哥姐姐们长大后都离开家，就剩下我一个人。地里是去年夏天种的胡萝卜，绿油油的一片。现在这个月亮屋像个巨人一般孤独地站在这里，我就像绕着一座塔一样围着它转圈，把剩下的废油都泼在上面。

"都来了吧？他小舅，现在点火吧！"

"你们每人许一个愿，知道了吗？"

"好！"

刚开始没着起来的篝火在甥侄们的呐喊声中冒着黑烟，吐出熊熊火焰，简直是冬夜里雪地上盛开的一朵巨大火花。大家拍着手围在燃烧的月亮屋周围，明亮的火影在他们脸上晃动，十五的月亮一时间隐到更加深远的天空里去。

我缓缓地绕着月亮屋逆时针转圈，左边脸烤得太热，就转过身来倒着走。家人们的脸团团升起，渐渐远去，后面跟着甥侄们还稚嫩的脸，房子在火焰中忽隐忽现。我接过老姐夫递过来的酒喝完，边走边嚼鱿鱼须，突然被埋在雪下的什么东西绊倒，惹来大家一阵哈哈大笑。这燃烧的月亮屋里有很多东西，火焰塑造出各种形象，很快又将它们摧毁。月亮屋的一角被火烧得塌掉了，星星点点的火花冲向夜空，然后就消失了。哥哥姐姐们尽量露出一副淡然的表情，我在这淡然中却看到了燃烧的火焰。父亲和母亲走后留下很多东西。"现在要去哪儿？"我左右看看，却不知这声音来自何处。"问你呢，你要去哪儿？"我停下脚步，盯着火焰看，每走近一步，脸上就变得更烫，眼睛都睁不开了。我好像走进了火焰里。这时，有人急匆匆地抓住我的肩膀，是二哥。

"种一年地吧，大家说看你今年种地的情况，再做决定。"

"房子归你。"

"地先归大家共同所有。你可一定好好种地，多赚点钱。"

月亮屋一点点塌下来，刚才远去的圆月又回来了。我晃晃荡荡地走出雪地，又孤独，又害怕。

"辛苦了。"

大哥的私家车最后一个驶出山谷，我又成了一个人。我手里拿着大哥给的信封，掏出里面的东西一看，是办这个三天两夜的聚会的辛苦费，大哥给了很多。进屋后，我拿出手机给土茶屋的李小姐打电话。

"晚上干什么？"

一片幽幽的沉寂像暴雪一样笼罩着整个房子。

"要不要我请你吃生鳟鱼片？"

4号登机口

奇俊英

继父是在大中午去世的,那天他喝得烂醉,气得大喊大叫,又蹦又跳,突然间就不省人事了。那年,我17岁,妈妈39岁。那些喜欢对别人的事情说三道四的人,哪怕跟他有一丁点关系,十有八九都会说,好好的一个大男人被一个不知从哪儿来的女人给克死了。在无情的命运面前,我和妈妈是那么弱小可怜。就算妈妈不能带我从这片茫茫的人生荆棘中挣脱出来,我也没有任何资本可以拿来痛痛快快埋怨一番。

妈妈和继父一起过了差不多两年八个月。我多希望那是一段乐曲般恬静的时光啊,可这不过是我的奢望而已。那是希望和绝望此消彼长的三十二个月,继父的不幸猝死让那些希望和绝望都如云烟般散去,我在陌生的新生活中将自己勉强拼凑起来,只落得一道道怪异的伤痕。妈妈、哥哥(继父的儿子)和继父一起开了一家洗衣店,这能撑起一个17岁少女的生活吗?答案是"能"。哥哥经常光着膀子在客厅里走来走去,炫耀自己的身材。除此之外,他就没什么可以炫耀的了。他拿把椅子放在门口,呆呆地坐在那儿,和路过的人们寒暄问候。"哎,这得多伤心啊?"别人这么说,他却总是说些毫不相关的话:"阳光真好,真是春天了。"

妈妈和哥哥差11岁,我和哥哥也差11岁。哥哥28岁,他个子高高的,站在妈妈和我中间,仿佛要展示自己那宽宽的肩膀和发达的背部肌肉，显得很突兀，这种突兀也有点危险。人们觉得哥哥正值精力旺盛之年，最感兴趣的就是女人，如果他所感兴趣的女人是继母和继母的女儿，这里该有多少有趣的推测啊。哥哥好像是故意迎合这种推测一样，总是对来到家里和洗衣店的人们说很多超出他们预期的话。

"我啊，男人嘛，所以没什么关系。但女人们不一样嘛。我继母也有一件这样的风衣，但其实这种宽松的衣服不适合她，我爸总是让她穿一些像麻袋一样的衣服，我就不一样。才玉那个爱使小性子的丫头，总有一天会听话的。别看她现在抱着胳膊、耷拉着眼皮站得远远的，总有一天她会学会低头感恩的。"不知道这个突然死了父亲、在葬礼上不得不站在最前排的青年有没有在没人的角落里独自哭泣过，反正在我们母女面前从没流过一滴眼泪。动不动就男人怎样、女人怎样的说话方式，怎么都和他这样一个二十几岁的青年不相配，让人觉得又傻又可怜。不过我从来没歇斯底里地叫嚷着让他闭嘴。三十二个月的时间并不足以让我们去适应和接受新的家人，我们自己也说不出现在结束的是什么。

一些叔叔开始从家里进进出出，妈妈似乎想要动员所有认识的人来打开局面。我对着那些不是亲叔叔的人喊叔叔，努力让畏缩的自己冷静下来，以便去了解更多男人和女人之间能够分担悲伤和相互安慰的方法，以及如何应用这些方法。

我常常把脸贴在我房间的门缝间，偷偷看一会儿在客厅里徘徊的叔叔和妈妈，然后再静静地退到窗边，从那能看见哥哥在门外举杠铃。为了不打扰妈妈和叔叔，他会离开屋子，却不走远，就在附近。他举着杠铃，换脚后运气，努力保持平衡。

日子在即将逝去的春天里虚度，不能往前也没法往后，不能结束也无法开始。就像血管和神经都搅和在一起了一样，我感觉身体没来由地又酸又疼，即便是一个很简单的问题也会让我感到晕头转向。如果有人现在让我立刻伸出一只手，我都不知道伸哪只，就像得了眩晕症一样。我也不知道自己出了什么问题，就是迈不出自己的房门，但当我呆呆地站上一会儿之后，有时也会回到现实中来。这时，我就会听见门外那些沉闷的对话和叹息，还有刺耳的笑声，这些都让我焦躁不安。我想做点什么，却什么都做不了。当我想着还是把心思放在学习上时，已经开始放暑假了。妈妈留下一封信之后就离家出走了，没有血缘关系的哥哥和我就像新婚夫妇一样留在那个旧仓库一样的房子里。妈妈的信是这样写的。

贵成和才玉：

一切都那么痛苦。我不在的时候，相信你们能好好照顾对方。我需要点时间来想一想。忙碌的生活让我一直都没有时间思考，猛然间打起精神回头看时，才发现一切都已经到了无法挽回的地步。夏天对于我来说太残忍了，一切不幸都是从夏天开始的。所以，这个夏天我不想开始任何事情。可能到了秋天，我们都会好一点吧。

妈妈用蹩脚的圆形字体写的那封信。我想，说不定妈妈还单独给我写了信，所以把床单下面、化妆台抽屉、挂在衣柜里的外套和裤子的口袋都翻了一遍。然后，我拿出并排写着我和哥哥名字的那封信出声读了三遍，琢磨有没有什么别的意思。最后，我才鼓起勇气，把哥哥叫来一起看那封信。

"哥哥的名字写在前面。"

"等一下。"

"妈妈不是这样和我说话的。"

哥哥搓了一下手掌，然后把手放在眼睛上。

"她说需要点时间去想一想，但并不是说要在这儿静静地盯着天花板和壁纸。"

"我也识字，你先别说话。"

"妈妈做了她最擅长的事，不假思索地去找个新人家。"

哥哥把手从脸上拿下来，转过头来看我。

"我没说'等一下'吗？"

"我知道你在想什么，你想让我们都滚，对吧？"

"一次就想一件事不行吗？你说的根本不对，都是放屁。别多想了，这里写的就是全部事实，其余的都是放屁。"

没过多久，哥哥就打着内部整顿的幌子，给洗衣店挂上停业的牌子，开始出去闲逛。我只能等待，就像在妈妈回来之前什么事情都不会发生一样，就像在夏天这个季节里，只能在闷热中等待下雨一样。不管是好消息还是坏消息，在它成为现实出现在我眼前之前，我无法和任何人、任何命运说话。日子就像一张张不同季节的照片，浮现在被揉皱了、撕坏了的日历上，相互张望着。

"好多人说，如果我在，事情就好办。"

哥哥半夜敲门走进我的房间，开始跟我说话。他没有义务关照我的状态和心情，却还是强装笑颜，露出八颗上牙。

"他们说，只要我穿着笔挺的西服站在那儿，就算什么也不干，事情都会进展得很顺利。"

他朝我晃了一下装钱的信封，站在那里眨眨眼，然后就出去了。再进来的时候，西装上衣和领带不知扔哪儿去了，他只穿着裤线笔直的西裤和白衬衣，衬衣一角露在外面，手里拿着一瓶喝剩一半的威士忌。我坐到床边。

"要尝尝吗？"

哥哥先喝了一口，问我。

"不要，我也不喜欢看别人喝醉的样子。"

哥哥靠着衣柜前斜站着，问我。

"你，之前幸福吗？"

"怎么了？"

"别老是想一些不靠谱的事。"

"哪有不靠谱的事？什么事都有它的原因。"

"我不是你想的那样，所以，你不用担心。"

哥哥举起威士忌瓶又喝了几口，然后说：

"是谁说的来着，说孝子是天生的。我不这样想，这得看有没有决心，我不喜欢下决心，下决心也没用。"

然后，他摇摇头，过了一会儿又说道：

"爸爸一辈子都没那么痛快地发过脾气，他应该会觉得挺痛快的。"

哥哥的身影从我的视野中消失，脚步声也渐渐远去。他不是我的亲哥哥，也不是我的亲生父亲，却是在我的亲人们都无法陪伴我的黑夜里，和我站在一起的人。那种想法、那种想法的蔓延，还有我自己的模棱两可，让我感到害怕。一些人敲门进来问候，他们的热情很不自然，我打算同时保护我和他两个人。我对那些带着一副担心的表情来搭话的人撒谎说，妈妈由于身体太虚弱去住院了，哥哥有时去看望她。

"那就你和哥哥两个人住这儿？"

我已经能非常自然、非常圆滑地回答这类问题了，可能是因为我的下意识比他们的好奇心更加黑暗和深不可测。

"哥哥的女朋友有时会过来，她人很好。"

妈妈没有给我打电话，所以我也没打。我把继父在世的时候给我和妈妈买的同款 T 恤和其他春装一起放在箱子里，堆到房间的角落。来到这个家以后，我们就一起出过一次门。那天，我们一起拍了照片。我没有期待过一切都会重新变得越来越好，因为那种美好是只有体会过的人才能想象出来的东西。想哭的时候，我甚至会找来一些把别人的平淡故事拍得像精致套餐一样的六点档人文纪录片，边看边哭。我不知道自己应该怀念什么，就学别人的样子去怀念。但最终我哭的应该还是我自己。哭过之后，我就有了点力气，去搓洗一个小时衣服，洗完会感觉手腕变得更结实了。然后，我又想着要让腿也结实些，这样才匀称，就使劲地甩胳膊伸腿跳一通舞。偶尔有两三个朋友打电话来说些他们的事情，我却没什么事情可以和他们分享，所以电话也渐渐少了。

日子就这样一天天过去，一天傍晚，一个比哥哥大两岁的美甲师找到家里来，说自己是哥哥的女朋友。当我随口说的一句谎言变成现实的时候，我竟然惊讶得差点以为自己当时不是在撒谎，而是在祈祷。

"哥哥没说过我们家的咸菜好吃吗？"

我深情地上下打量一番家里那台老旧的冰箱，仿佛它是一位颇有来头的管家一样。

"贵成没说过咸菜的事啊，不过他本来就不怎么提吃饭的事。"

"那尝尝吧。"

然后，我和那个美甲师就在昏暗的灯光下坐到餐桌前。她说我做的牛肉清汤比咸菜好吃，我虽然不信，但还是装出一副很高兴的样子。

"妈妈是个什么样的人啊？"

她问我。看来哥哥不跟她聊吃饭和咸菜，也不聊妈妈，不过她却像一个在我家呆过很久的人一样咂着嘴。感觉她挺喜欢我，没什么其他用意。

"就是个很普通的人。"

之所以这样回答，是因为我想不出该说什么。吃完饭刷碗的时候，哥哥回来了。他用手掌捂着一只眼睛，说今天自己眼睛下面缝了六针，还嘟囔着："不可能总像昨天一样。"他一把推开洗手间的门，用橘色的漱口水漱了漱口。健康的牙齿和紧致的肌肉一样，也是他的骄傲。他要是一匹马的话，一定会过得很奢侈。

哥哥的女朋友跟到洗手间门口，不停地追问为什么搞成这副样子。听到他说没什么大事后，就没了兴致，开始说起自己的事情。她说自己要是每天都像昨天一样，肯定会疯掉，说着伸出右手在半空中使劲儿抓了一下。她说是因为昨天遇到了一个疯女人，那个精神不正常的女人这也不满意，那也不满意，最后钱都没给就走了。那女人头发做了发型，脚底却很脏。她说要是自己以后在一个好地段开一家店，会在窗边安上盥洗台，让大家都在门口把手脚洗干净后再进来，还给每个人发一个号码牌。号码牌会做成紫色的，因为店面的招牌也会是紫色的。说完，就仰着头哈哈大笑起来。看着她我才发现，原来这世上不只我一个人在疯掉，便感觉轻松了一些。说不定哥哥也有这样的感觉吧。

哥哥的女朋友又来过我们家五六次，其中有一次，她在哥哥的房间里住了四天才走。有几次她还给我做饭，做的都是油炸食品。她给我买食用油、煎炸粉，还有淡紫色扇叶的电风扇。轻浮的笑声、镶着复杂花边的衬衣、说不完的废话、没什么主见的软耳朵，这些都能让我想起她，感觉一时间我和这些东西成了朋友，似乎很久都不会把它们忘记。这种感觉有些模糊，却很迫切，但也许正是这种迫切的感觉让我被这些东西所吸引，特别是她的味道，那似乎是一种蕴含着悲伤的味道，又甜又酸，还很刺激。

"嗯，那妈妈说什么时候回来？"

"过一阵子就会回来吧。"

"你会帮我说说好话吧？咱们把洗衣店卖掉，开家美甲店，还可以兼开美发店，以后再开分店。咱们在店里天天喷好闻的香水，放音乐，心情不好的时候就叫人看店，咱们出去开车兜风。这对谁都好，特别是对妈妈更好。"

"好，我好好说说。"

我并不觉得她以为家里的大权掌握在我和妈妈手里有什么可笑的，所以很认真地回答了她，就像全世界大大小小的洗衣店都臣服于我们一样，就像我们会给那些额头被骄阳烤得如同擦干净的烤箱般发亮的人们发等位号码一样。这时候，她就会开心地说我和哥哥太像了，说我们噘着嘴不说话、抽动鼻子的样子简直就像一个模子刻出来的一样，谁都会以为是同胞兄妹。她还会大赞一番过世的父亲老来得女，实在精力充沛。可能是出于礼貌，她还说，父亲突然去世的确很令人伤心，但我们应该用快乐战胜悲伤。我回答她说，要是爸爸还在，一定会和她很谈得来，真是可惜。或许是因为她那又尖又高的笑声能让人想起突然脖子上突起青筋、气得直跺脚的继父，所以这话也不是毫无根据。如果用一种颜色来形容她，大概应该是由蓝色和红色混合而成的紫色吧——让人疯狂的紫色，让人排队等待的紫色，让人哈哈大笑的紫色。我甚至可以为她在从玄关到我房间的过道上铺上紫色的地毯。对于无处可去的我来说，这里必须能够变成另外一个地方。但是，这段有如麻醉剂般的缘分没过多久就重新回到现实中来。一个夏天的晚上，她突然拨通我家电话，执拗地吵嚷道：

"我和贵成在喝酒，他老是说些奇怪的话。"

"说什么？"

我在黑暗中眨着眼睛慢慢问道。

"他说他的亲妈现在在坟墓里。"
"那都是他喝醉了说的胡话。"
我冷静地回答说。
"他还说洗衣店卖了还债就和他再也没关系了。"
"是吗?"
这事我头一次听说。
"他还净说一些奇怪的狗屁哲学。"
"什么啊?"
"他说无儿无女就是福。"
她哭了起来。
"他是不是在故意耍花招,想要甩了我?"
"你,怀孕了吗?"

虽然我不可能当上姑姑,但万一呢?这让我能够暂时想象一下万一当上姑姑的自己。然后,我听到这样的回答:

"没有,没有,比这还严重。我就是撒了个谎想试试他,结果他就在这跟我讲什么狗屁哲学。他以为我这三十年都白活了吗?这个王八蛋。"

紫色招牌上的灯熄灭了。

我曾听收音机的深夜广播说,人们在无可奈何的情况下会根据自己的习惯做出选择。这些发生在我身边的纷纷扰扰的事情,虽然都是他们为了生活而做出的挣扎,却都是一种逃避。妈妈相信自己是因为没有找对男人、没有系好人生中重要的第一颗纽扣,才成了一个命硬的女人,所以她遇到问题就会去找一个新的男人。死去的继父常说他这辈子都在像打仗似的去争取生活中属于自己的那一部分,哪怕是很小的东西。妈妈是他没怎么费劲就带回来的,因此,他扛不住妈妈的年轻和尚未消却的激情。他怀疑过,却还是全身心地投入到这场战斗中,直到精疲力竭。哥哥,继父的儿子,那个唯一让我在黑暗中暂时感受到手足亲情的人,虽然是个肌肉发达的混混,虽然经常说一些很蠢的话,但这就是他无可奈何的人生。他不怎么提问,也不爱作答,他把身体各处的健康和能量,以及新陈代谢的规律看得很重要。他不可能成为孝子,也不喜欢下决心。他是我所做的噩梦中唯一不祈求救赎的一个人。所以,当听说他在 33 岁那年的一个寒冷的冬夜,在一个只亮着一半霓虹灯的酒馆招牌下,替那些背信弃义的人挨刀子时,我甚至觉得这就是他该有的遭遇。黑暗成了我最信赖的东西,它弥漫在我无法预见的人生的边缘。

"你迷信吗?"

"不。"

"那你相信魔咒吗?"

"不。"

"我信,我讲给你听?"

"不要。"

我并不觉得哥哥为了我做了什么努力,在一段努力也不会有答案的时间里,我们只知道用一种无法应对的方式消耗彼此的感情和关切。我们抱膝坐在他已故的父亲——在很短的一段时间里,也曾是我的父亲的那个人过去常常坐过的地方,就像一对还没有出生的兄妹,我们的影子隐约映在墙壁和地板上,混作一团。

"好吧,随便你,听不听都行。我每年第一次把冬天的大衣拿出来穿时,如果发现口袋里有钱,就得新交一个女朋友。"

"荒唐。"

"必须得给新朋友花钱,然后就会觉得又穿上了一件新大衣。"

"没意思。"

"你不管在哪都会重新过上好日子的,我呢,要去个好地方。"

"什么意思?"

"什么都是,不可能每天都和昨天一样。"

"你说什么呢?你自己要去的好地方是哪儿?"

"女人就是麻烦!简直烦死了。"

我发现,像他这样的人也能给人一种特别的安慰。他没什么想法,也什么都不是,对我却始终如一。他对我来说什么都不是,却很特别。

我在等妈妈，开始就是等妈妈回来。妈妈是在我和陌生世界之间架起桥梁的人。因为我，她有得也有失，而这得失之间便是她的人生。后来，我又用另外一种方式去等待。我想，如果妈妈回来，我要开始一种不一样的生活。那时，哥哥可以是哥哥，也可以比哥哥更亲密或更疏远。如果他不是人类，哪怕是一个不用思考的动物，生活在那些用眼罩遮住眼睛两侧不停奔跑的马的世界里，他的人生可能会更加丰富。人若想把悲伤化为生活的力量，就必须竭力承受住更多的悲伤。我需要下决心，需要盲目地下决心，我想把我的决心和意志到处张挂起来，想用血去盟誓。因为我从来没有找到适合自己年龄的感觉。

我从衣柜里找出妈妈的连衣裙，从抽屉里找出哥哥的太阳镜，打扮一番之后，一个人游荡在过去常和爱玩的朋友们一起逛的大街上。我遇到一个人，一个不认识我，也不想了解我的男人。不过，这个四十多岁的瘦男人懂得运用目光和语言表达对我这样的女孩儿的好奇。在看懂他的眼神之前，我一直出神地坐在长椅上看着来来往往的行人，似乎他们是这世界上最后一抹风景。所以，当发现自己也成了别人眼中的风景时，我慌张得把钱包掉到了地上。当我低下头去捡钱包的时候，我的发梢碰到地面，卡在鼻尖上的大号太阳镜也掉到地上。

"你没事吧？"

夹着文件袋、穿着牛皮凉鞋的男人这才缓缓地走过来跟我搭话。那天虽然很热，他却穿了一件亚麻材质的淡蓝色长袖夹克，里面套着一件白色T恤，T恤的胸口位置有一些水滴似的小洞。他一走动，浅灰色的窄腿裤脚下端就会隐约露出脚踝。他鼻尖高挺，眼角微微上扬。他又问我：

"你看上去好像有什么心事，这让我老是往你这里看，我可以坐这吗？"

我把腿收回来，整理了一下衣服，回过神来。当他走到身边坐下来时，我并没有躲开。我想让自己看起来像个老练的女人，我不想再让自己迷茫，不管在什么场合，不管和谁。

"您是做什么的？"

"嗯，这个也做，那个也干，你不饿吗？"

我任由他一直说下去。他 20 多岁时曾是地方广播电台主持人，目前和几个合伙人一起做网上商城，正在推进三四个项目，还准备打入中国市场。他爱好广泛，保龄球打得好，台球堪称专业水平，正在学高尔夫，最享受速度感。他说，他生活的世界里吹着干燥的风，如同沙漠一般，但是如果我这样的少女在那里留下湿润的泪水，那里就会开花，即便只有手掌般大，它也能成为一个非常漂亮的秘密花园。如果有人将那扇门推开，他的人生将打开一扇新的窗户。

"是吗？"

"嗯，过段时间我休假。"

"是吗？"

"你笑得真好看，让人心动。"

许多看似正常的人在灼热的阳光下行走，将瞬息万变的世事连接起来的电话线和林立的楼群如同迷宫，他用一种奇怪而神奇的能力，发现我有迷失在这人群和迷宫中的危险，截下了危险即将爆发的信号。我想要给他一个奖励。

"把您的电话号码给我吧。"

他低下头，隐隐露出笑意，翻了一下文件袋，撕出一块纸，在上面写下自己的电话号码。边缘被撕皱的方格纸上拘谨地斜着写着一串很小的数字。

"等等吧，我可不是一个随便的人。"

我用很冷静的声音说，做出强忍着泪水的样子。就像在跟他说，我会给你哭一次的，但是你得先等一等。我学到的和天生就会的，我的行动和我的语言似乎达到了一致，这让我感觉身体里的血液好像在快速流动。我精神恍惚地走回家，脚都走肿了。哥哥已经好几天没回家了，也没有哥哥的新女朋友按门铃。我把食用油倒在煎锅里，把所有可以炸的东西都炸了一遍，炸完，扔掉，炸完，扔掉，炸完，扔掉。

人们说，人们总是说，人生有苦有甜，人生说长也短，门会在不可预知的地方关上又打开，有光的地方也有黑暗，有眼泪的地方也有失声一笑，时光就是这样流逝、碰撞，然后成就一些东西。一个时期的气息就跟那个时期的广播台词一样，有时也很通俗。所以，我有时会放下自己的一切，聚精会神地不分白天黑夜地在各个频道之间来来回回，游荡在别人的欢笑、诉苦、告发、指责、痛苦的独白中，有时我也会被卷入其中。其余的一天、两天或是更多的时间里，忽强忽弱地敲击我内心的那些感觉让我无法承受，却又不得不承受。有时，我会不吃饭，饿到不知是我在承受饥饿，还是饥饿在承受着我。我猜想会不会有人按响门铃向我问好，有时还会去想象那种无法猜测的安宁、不安、绝望是什么感觉，又把它们抹掉。我开始觉得那些或远或近的人可能都只是一时的错觉。我仿佛成了这种无法轻易了断的生活的不在场证明。我下定决心独自留在家中，即使在外面闲逛，也会常常想着回家，回到那个不是我的家的家。当发现这样的不断忍耐并不是我所追求的价值后，我生气地打电话给哥哥，那个不是我亲哥哥的人。

"你和妈妈抢走了属于我的东西。"

"你怎么了？我生了一场大病。"

"你们抢走了我的位置。大病一场离家出走的人应该是我，你们都太过分了。"

我不停地擦着鼻涕，边哭边说。

"怎么会哭的女人都到我这儿来哭啊？"

哥哥说：

"女人啊。"

"你哪儿不舒服？"

他抢走了我的位置，我却为他生病而担心，就像承认本来就不存在属于我的位置一样。看着一个肌肉发达的男人生病是一件很伤心的事，看着一匹健壮的赛马倒下也是一件伤心的事。因为这会让人想到某种行刑，想到枪声，却想不到呻吟声。在无法去亲眼核实的地方，想象那种情景是一件比伤心更加凄惨的事。就像现在，我压住心中的恐惧，问他是否还好。

"没有消息就是好消息。"

我想起哥哥笑的样子，想起他闪着光泽的牙齿和脸颊。

"我是不知道还有人那么担心我，所以……"

"奇怪吗？这很奇怪吗？"

我砰地一下挂断了电话。

嗓子像被堵住了一样难受，是饿到了嗓子眼？还是因为只有嗓子那里还有知觉，所以痛苦只能在那里呐喊？我煮了些大麦茶喝下，然后在那些整理好擦干净的东西中间，蜷缩着身体骨碌骨碌滚起来，仔细去感受身体触碰到什么、离开什么。我把头发散在地上，缠在脖子上，又盖在了脸上。

离秋天还有很长一段时间，我不要把机会留给秋天，我不会去原谅，也不会去求原谅。我站起来去找包，拿出钱包，从硬币格里找出塞在里面的方格纸片。我把皱巴巴的纸片展开，看了看写在上面的芝麻粒大小的数字，慢慢地拨通电话。

铃声响了五次后，男人才用很小的声音接通电话。

"您是？"

他的话音末了有些沙哑。我不知道他的名字，所以我的话只能像从远处吹来的风和被风吹来的气息，萦绕在从某个车站一起下车的陌生人中间一样，在我和他之间，隐晦地告诉他要把我们互相对视的长椅、那天下午的阳光、生活给我们的所有提示都对上号。

"想起来了？"

男人稍稍顿了一下，然后就像念书似的说他正在等我电话。这句很明显的谎言让我很受用。

"要见个面吗？"

一件事情进展得非常顺利的时候，总感觉好像有一缕不祥的电流在流动。我把我家地址跟他说了两遍，再让他一字一句地读给我听，以确认那个地址听起来对不对。不得不承认，不管是我所生活的地址，还是别人口中的地址明明是正确的，听起来却是那么奇怪。

"不过今天可能不行。"

他后退一步，附上了条件。这个一手捏着地址，一脚往后退的男人。

"哦?"

"今天是我母亲生日。"

他轻飘飘地说。

"她现在在疗养院。"

"我也是。"

"什么?"

"我妈也在医院。"

"是吗?"

"嗯,我最近一段时间是一个人。最近一段时间可不是很长时间,对吧?"

"对。"

"您觉得我在说谎吗?"

"你怎么会说谎?"

"是吧?我也今天过生日,22岁生日。"

"正是好时候啊。"

"您不会因为疗养院而扫了好时候的兴致,是吧?我现在心情很好。"

"嗯……"

"蛋糕就算了,买束花带过来吧,紫色的。"

"好。"

"我等您。"

男人让我等了一阵子。我洗澡,化妆,梳头发,然后安静地坐下来等待门铃响起。跟我所经历的其他等待相比,这次等待是最简单和轻松的。

男人买来了紫色的花,一圈白色的花围着唯一一朵折弯了的淡紫色的花。虽然不太满意,但我还是高兴地收下了。我和这个瘦男人一起过了夜,却并没有别人说的那种销魂的感觉。他好像有些吃力,我担心这种事情会不会让我怀孕,后来就睡着了。那天晚上的梦里,我们家的房子被火烧成灰烬，我在梦里还在想人家都说梦见着火是好梦，然后就醒了。我瞪着眼睛等到天亮，又睡了一会儿，听到男人起床的沙沙声，又醒来。

"您疗养院没去成呢。"

"嗯。"

男人把窗帘拉开，光线照进来，我看到他干瘦的后背和后背上那条细长的脊柱。

"有条蛇，在您的背上。"

"是星星。"

"不是啊，就是骨头嘛。"

"是星座。"

他左右扭动给我看他的后背，逗我笑了一会儿。

我和他没交往多久。即便如此，有一次，我、哥哥，还有他还是一起坐到了家里的饭桌前。他发挥惊人的应变能力，成了我的家教。

"哪门课？"

听到哥哥漫不经心地提问，我们好像都笑了。

"美术。"

当时是中午，在我的记忆中，光线总是从那个节点开始消失，一切都静谧下来。

妈妈回来了，我转学到了寄宿学校。印象中，哥哥和妈妈之间似乎没有红过脸，也没有吵过架。十个月后，妈妈又和另外一个男人再婚。我高中毕业后就开始到美发店上班，虽然能力有限，但工作十分认真踏实，这让我能获得短暂的休假。我常常觉得自己好像就是为了那些短暂的休假而努力工作。然而别人完全不这么看我，他们觉得我这样努力工作一定有什么原因。每当这时，我就会像个被戳穿了的人一样不好意思，同时也会觉得别人和我其实都不了解我自己。一有时间，哪怕是很短的时间，我就会花光口袋里所有的钱去旅行。我像一个无足轻重的人，轻率地飞到另外一种生活中去，再重新回到自己的生活中来。

和哥哥偶尔也会通电话，有时候是他打来，有时候是我打过去。我们不会聊很久。好久不联系，我就会想，没有消息就是好消息。有一天，我在街上偶遇了那个喜欢紫色的美甲师。她和以前不一样了，没化妆，穿得也很朴素。她牵着孩子的手过马路，孩子开始哭闹，她对孩子喊了什么，然后就一个人快步走在前面。孩子坐在地上，不依不饶地大声哭闹起来。有个人看不下去，抱起孩子，哄着送到她跟前。原来那些曾经让我十分窘迫的东西，现在依然穿着平凡生活的外衣，在另外一个地方不断延续着。不过，这一点并不是新的发现。

　　妈妈告诉我哥哥手术的消息时，我正在仁川机场，刚刚为我的三天北京之行办好出国手续，就接到妈妈的电话。妈妈很伤心，说几年不见，现在竟然要因为这样的事去见哥哥。

　　"说是他最近通话记录上的第一个人是我。谁知道会变成这样啊。有一天他突然打来电话，就跟我聊了几句你，然后就挂了。他本来就那样所以我也没太在意……"

　　妈妈说哥哥当时失血过多，非常危急，好在现在已经脱离了危险。妈妈还说她的血型和哥哥不一致，但是新继父的血却是可以输给他的。登上飞机之后，我生平第一次觉得也许真的有神灵存在。并不是因为我预感到了哥哥会康复，也不是因为想到新继父躺在哥哥身边给他输血的场景很感动，而是因为昨晚收拾行李时，我在从前背过的包里发现了一张画。

　　"哪门课？"

　　"美术。"

　　"美术？"

　　那天，就在那一瞬间，哥哥看了看我，我看了看他，他——家教的扮演者轮番看了看我们俩。

　　"是。你们两个面对面坐一下。"

　　"这样吗？"

　　哥哥问。

　　"对，这样。"

他答道。

"您要画吗,现在?"

"对,想给你们画下来,现在。"

"画完要挂在哪儿?"

"要不,当作礼物送给你们?不过,我得带回家修改一下,下次再送给你。"

他应该是为了避免我们再说话,所以才让我们摆姿势的。我乖乖地按照他说的坐了下来。后来,他真的把那张画送给了我。画的内容虽然是个恶作剧,但他的绘画水平却出乎意料地好。

画里,哥哥和我相视而坐,在一侧有一扇半开的门,门外非常亮。我们在黑暗里,我是裸体,哥哥穿着便服。虽然实际上是哥哥喜欢在家里无所顾忌地脱光上衣走来走去,但是画画的人只会画我的裸体。我用双手把头发在头顶拢成一束,哥哥微微弯着身子,一只胳膊伸开放在桌子上,掌心朝上。下一个场面会是什么呢?我会放下双手,让头发散下来,我会静静地把一面脸颊放到哥哥的掌心上。没有画出来的画会和画出来的画放在一起。

"像变态吗?"

不是画家也不是家教的他问道。那个不能再真实的我用哽咽的声音回答道:

"不,我很喜欢。"

第一次看到那张画的那天,我流下了眼泪。如今,我不再像那天一样流泪。不知道是不是因为我已经在那段天天说谎的日子里把真实的泪水都流尽了。在曾经所经历的黑暗中,我裸露着身体,很危险,却很美丽。在不见天日的谎言和痛楚中,一定会有一些比真实更真实的东西,但时间过去了就不会再回来。而我有时虽然已经远离,却依然只能在那种深渊里才能感受到完全的解放。

街头魔术师

金钟沃

男雨摔在地上的时候,大家都挤在走廊的窗边看,她也在其中。所有人都尖叫起来,手也抓得更紧了,不管手里抓的是窗框、窗台,还是朋友的手、其他人的手。没有东西可抓的人,就使劲儿握紧了拳头。也许在那一瞬间,大家都以为是自己摔了下去。熙秀也一样。后来,她觉得当时的感觉也许并不是瞬间的错觉。这并不只是从比喻角度上说有什么东西从他们内部摔落,或者说他们无法从那可怕的一幕中释怀。也不意味着他们后悔自己没能阻止朋友跳下去,甚至因为怀疑自己把朋友逼上绝路而感到自责。事实上,的确是他们所有人都摔在了地上。

熙秀突然意识到自己的这种想法多么荒唐。然而,她觉得这就是实际发生的事情。她记得在看到男雨跳向空中,看到他分明经历了某种失败,看到他在自己的尝试中永远坠落的时候,她感到那么恐惧、那么痛苦。但是,事情发生后,周围却是一片难以想象的静寂。男雨制造出的最后的声音从地球上永远消失了,大家都闭上嘴巴,停止了尖叫,连喘气的声音都听不到。她想起在那一瞬间所看到的东西:墙面上的黑色裂纹,路边叶子不停地被风吹打的大树,跑在路上的汽车,每天早晚都要走过的天桥,还有小区、公寓楼、蓝天、白云……那一刻似乎那么短暂,但她相信,在那一刻,一定是有一件魔法般的事情发生了。那是一种可以让世界在转瞬间完全恢复平静的魔法。这魔法让那些看着男雨摔在地上的学生们都在瞬间进入一个安静祥和的世界，仿佛让他们获得了同一双眼睛、同一个灵魂。她记得当时所看到的一切，这个世界那么美丽，一定是因为男雨代替所有人摔在了地上。换句话说，是他们所有人都和男雨一起摔了下去，整个世界都摔了下去。所以，在那一刻，他们的手去抓任何东西都是没有用的。

"阿姨，我可以抽根烟吧？反正您也不是警察。"

熙秀从包里掏出烟和打火机，把烟叼在嘴上，点上火，缓缓地吐着烟，斜着脑袋抬头看着面前的女人，说道：

"怎么样？看起来像个坏学生么？"

"你不是坏学生啊。对你，我还是知道些的。"

"是吗？"

女人穿着一件驼色薄夹克，颜色不错，面料看起来也很好。女人半坐在窗台上，双手交叉抱在胸前，看着坐在桌旁的熙秀。

"那泰永呢？他也不是坏学生吗？"

"我不知道你在问什么。"

"您不是律师嘛，这是跟法律有关的问题啊。"

"这可不是法律问题，没这样的法律。"

"那就是说这里没法律喽？"

"法律？"

"对，法律。就是这里，阿姨和我之间。"

律师放下胳膊，两手拄在身后的窗台上。

"法律当然是哪里都有啊，但我并不觉得它现在和我们这里有多少关系。我今天不是以律师的身份来见你的。你也知道，我们小区小得跟你们学校似的，消息传得很快。是泰永妈妈拜托我来的，我和他妈妈是司法研修院的同学，她很担心泰永。这是肯定的，换作是我也会很着急。你问我泰永是不是坏学生，这我不太清楚，但可以确定的是，他还是个孩子。"

"对，他还是个孩子，我们都是。但马上就会长大，只有一个人不能了。"

"谁？"

"男雨。"

律师默默地看着熙秀，熙秀把抽了一半的烟在玻璃烟灰缸上小心地捻灭，静静地看了一会儿烟灰缸，然后抬起头。

"阿姨，您说得不对。"

"哪里不对呢？"

"要是您不是律师，班主任是不会让您来找我谈话的。"

"你不想说的话，可以什么都不说。我再说一遍，这次谈话真的跟法律无关。"

"有人哭吗？"

"什么？"

"我是问跟您谈话的学生里，有没有哭的。"

"没有。那你说说，那天有人哭吗？"

"有啊。"她回忆道，"大多数人都没有见过这样的事，吓也吓哭了"。

"你呢？"

"您是问我哭了吗？"

"不是。我是问你见过这类事情吗？"

"死去的人？还是死的过程？"

"随便哪一个。"

熙秀身子靠在椅子靠背上，看了看律师，手里攥着那个一次性塑料打火机，轻轻地敲打着桌子。

男雨走路的样子有点奇怪，虽然说不出具体是哪里奇怪，总之有点不自然。就像一部机器，可能这样说是最贴切的了。所以，有些同学称他是"机械战警"，当然实际上没有当着他面那么叫。大家没有叫过他"机械战警"，也不叫他"男雨"。那在让他做什么或者别做什么的时候，大家都怎么叫他呢？熙秀不知道。她只能记起很久之前，自己曾经喊过他的名字。那时，他们在海边，她咯咯地笑着，那是一种只有小孩子才能发出的尖尖的声音。可是，男雨不那么笑。他从来都不怎么笑，也不怎么和人对视。叫他，他也不怎么回应。所以，她就一直"男雨，男雨"地叫。大人们回头看看他们，帮她叫道："男雨，熙秀叫你呢。"也开始"男雨""男雨"地喊他，可他还是不回头看。她就不停地叫，也不嫌累，满脸欢笑，跟开始一样，一副有什么特别开心的事情必须要男雨过去的样子。终于，男雨回过头来，看着她，脸上没有一丝笑。是的，在男雨的脸上，没有一丝可以称为"笑"的东西。但是她知道，男雨是开心的。男雨脸上的微笑，只有她能看得到。

可是，这段记忆是假的。熙秀觉得，自己不可能记得那么小的时候发生的事。这段记忆源自一张照片，一张两个小孩儿蹲坐在海边的照片。所以，也不能说全部都是假的。照片里，两个小脑袋凑在一起，正在低头看着沙滩上的什么东西，或者就是在看沙子。从照片里可以稍微看到些男雨的侧脸。她仔细端详照片很久，想要看清当时男雨的表情。她们家还有几张和男雨家一起去旅游的照片。和男雨家的旅行只有那一次。后来，熙秀的父母不再和男雨家一起去旅游，而且不知从什么时候开始，也不再提起男雨和他们家。为什么呢？在那些正脸看相机拍的照片里，还有和大人们一起照的照片里，男雨都是面无表情，隐约中微妙地看向别处。肯定有人喊过好几声"看这里"的。熙秀觉得，只有那张在海边拍的两个人脑袋凑在一起的照片里，男雨是笑着的。

有一天，熙秀看到教室黑板上乱写的一些东西。是用汉字写的"男人"的"男"字和"雨水"的"雨"字，旁边用英文写着"Rain Man"，还画着一幅雨滴从云里落下的画。"男雨"="Rain Man"，简单明了，发现这一点的人真有才。同学们看到以后都惊叫起来，紧接着捧腹大笑。当然，这是因为那部名为《Rain Man》的电影。电影中的"Rain Man"是一个患有自闭症的人，走路滑稽，言行举止都很可笑。熙秀也笑了。

男雨一直在走着。"机械战警""Rain Man"，同学们实际上并没有这样叫他，也不叫他的名字。那么是怎么叫他的呢？学校走廊，教室后面，挂着大穿衣镜的楼梯口，天桥，人行步道，公寓楼之间的小路……男雨一直在走着，她跟在他身后。她记得自己喊"男雨"的声音，不过那只是萦绕在她的心脏和喉咙之间的声音。所以，男雨没有停下脚步。

"男雨没有被孤立，只是没有朋友而已。是的，'被孤立'本来就是'没有朋友'的意思。但是，有点不同的是，男雨并没有受到特别的欺负。有什么区别吗？没有朋友，或是没人搭话，已经是十分痛苦的事了吗？不懂的人才这么说。这世上有痛苦的事，还有更加痛苦的事。"

"男雨是个稍稍不正常的孩子，有点自闭症倾向，他的确不愿轻易走出自己的世界，不过好像不是完全的自闭。他也许有点自闭，也许就是那种沉默寡语的孩子，大概介于两者之间吧。所以，很难判断没有朋友到底是不是一件让他感到痛苦的事情。"

"同学们不欺负他，很大程度上是因为这一点吧。也许大家是觉得他有毛病。在同学们的眼里，他可能就是教室角落里的鞋柜或者清扫工具，谁都不会欺负那些东西的。他已经超出了不起眼的程度，干脆可以说是隐身人。我不是打比方，可能有的同学真的连他长什么样都不知道，如果在学校外面遇到，或者在照片之类的东西上看到，根本认不出他。因为男雨总是低着头，谁都没办法见到他的正脸。"

"说不定那就是他所期望的。"

"期望什么？"

"只生活在自己的世界里，像蜗牛一样，待在一个坚硬的壳里。"

"蜗牛？"熙秀笑了，"您真这么想吗？"

"你说的不就是这个意思么？"

"是的。"她想了一会儿，"对，不是我们孤立男雨，应该说是他孤立了我们。这是他所期望的。"

熙秀看了看律师。现在，律师和她面对面坐着。稍后，熙秀转过头去，看着被夏日的阳光照得亮亮的窗户。保持着这样的姿势，她说：

"我有时会思考这个世界。"

"世界?"

"您不是刚刚说了吗?男雨期望只生活在自己的世界里。"

"对啊。"

"但您也知道,'自己的世界'只是人们的一种说头。不是吗?世界在那里,它不在自己心里,其实谁都无法做到在他自己的世界里。"

"那你觉得男雨很痛苦吗?"

熙秀低头看桌子上自己的手,摆弄着手指。

"律师阿姨。"

"嗯?"

"您相信神是存在的吗?"

"你是问我有没有宗教信仰吗?"

"不是,我只是问您相不相信神的存在。"

"这有什么差别吗?"

"虽然我没有宗教信仰,但我相信神是存在的。"

"这与男雨有关吗?"

"这是有关神的,和我们所看到的一切有关。"

熙秀靠在教室前面的窗边,俯视窗外。一群学生在操场上踢球,影子被拉得很长。球向高空飞去,再落到地上。学生们围着球,一会儿聚在一起,一会儿散开,反反复复。就像一台不断重复同样工作的永动机。

那是很久前的一天,扫除结束后,桌子都已经摆放整齐,掉在地上的纸屑都扫干净了,黑板也擦得很干净。负责值周的同学在拿着书包走出教室之前,嘱咐熙秀走的时候一定要把门关上,他问熙秀:"在等人?"熙秀说:"没有。"熙秀回忆起当时那个值日生站在门口看她的表情,看上去好像有什么话要说,却又什么都没说。

影子渐渐地越拉越长,开始模糊起来。熙秀发现天色已晚,踢球的学生渐渐少了,让人觉得他们似乎永远从这个世界上消失了一般。她想,是不是应该事先数一下踢球的学生人数?不,应该有人提前都数好了吧?是不是某个地方总是有个人记得他们的人数呢?

男雨站在值日生最后走的时候站过的地方——开着的门前，就在教室前面离她最远的地方。熙秀看看男雨，又看看空空的桌椅，然后再次看向男雨。他像平时一样低着头，不知道在看什么。她不知道他为什么会出现在那里，教室里只有他们两个人。一时间，她觉得男雨也许会跟她说话，她有点想跑掉。时间就在她的不知所措中慢慢溜走。她想叫一声"男雨"，可话提到喉咙，最后还是什么也没说出来。后来，男雨抬起头看了她一眼，然后就转身出门离开了教室。

熙秀关上窗户，慢慢穿过教室前面，走到门前。然后，又回头看了一眼空荡荡的教室。不知为什么，感觉教室比有人在的时候显得小了。她探出头看了看走廊，男雨已经不见了。这让她感到非常奇怪，她开始不敢确定自己刚才在教室是否真的见过男雨。过了一会儿，她想，也许男雨是回来找什么东西，看到自己在，就走了。看似很合理的猜测——因为我在，就走了。她走到男雨的座位，到处看了一下，什么都没有。抽屉也空空的，什么都没有。他在找什么呢？她又回到教室前面，走到窗边。金黄的阳光已经在不知不觉间消失了，地面上开始笼起一层昏暗的灰色光影。还有几个学生在踢球，不过，昏暗中已经看不清球了。他们就像中了邪恶的魔法一样，仿佛和幻影一起跳舞。而这样的景象似乎也在眨眼间就消失了，和那个数人数的人一起。她离开教室，没有忘记关好教室的门。

"可后来情况出现了变化，是吧？"律师说。

"对，您是听别的同学说的吧？"

"你是说安娜吧？"

"您见过安娜了吗？"

"没有，她拒绝了，理由是没时间。"

"真是胡说八道，是吧？"

"你是说她拒绝和我谈话这件事吗？这个……我倒是觉得她好像真挺忙的，连学校都不常来，我哪能见到她啊？"

"不是，我是说那个传闻。"

"好像是有很多种说法啊。"

"还有人说安娜喜欢他呢。"

"是真的吗?"

熙秀想了一会儿。

"安娜长得好看,连我们女生都觉得她很漂亮。不过,这就是全部了,是我们关于她所了解的全部。从这一点来看,他们俩是有共同之处的。因为,对于男雨,我们也一无所知。不对,也许这话得反过来说,是我们对他们俩了解得太多了。谁都知道男雨是一个什么样的人,对安娜也是一样。您应该也比我更了解安娜。她很少来学校,就算来学校,我们班同学也很难好好看看她。一到休息时间,一年级学生、其他班学生,还有学长们都挤在教室前面,想看她一眼。她做什么事都和我们已经了解的完全相符,和我们在电视中所看到的那个熟悉的她一样,不知道这对她来说是困难还是简单。我觉得就算很难,也应该可以忍一下的,毕竟那样的时间总是很短暂。但男雨不是,即便是被欺负得最过分的那天,他都坚持留在教室里。那是一件容易的事吗?如果安娜在外面遇见我们班同学,她能认出几个?这真是可笑。如果我们班同学在外面碰见男雨,又有几个能够认出他?但是,我敢说,安娜能够认出男雨。

"感觉这就像童话,就像安娜经常在电视连续剧中演的那样。我们曾经很了解安娜,可不知从什么时候开始,我们完全不了解她了。对男雨也一样。情况出现了变化。安娜在上课的时候举起手,所有人都把目光投向那只举起的手,除了男雨。"

老师停下正在黑板上写字的手,看向安娜。安娜站起来,说看不清黑板,能不能往前坐坐。她的座位在教室的后面。老师看了一下前面的位置,安娜用手指向一个座位,就是男雨旁边的位子。同学们开始小声议论起来。他们都大吃一惊,原因却很奇怪。他们好像头一次发现男雨旁边的座位是空的,仿佛那个座位是在安娜用手指的瞬间突然空出来的一样。老师点了点头,安娜就拿起书和笔记本走向那个座位。熙秀清楚地记得那天的异常氛围,她觉得不对劲儿。最戏剧性的是安娜贴到男雨耳边不知说着什么的瞬间,那是上课时邻座同学之间经常会做的事。男雨看看黑板，然后低下头看看桌子，再抬头看黑板。接着，他的头就非常微妙地倾向了安娜。可以毫不夸张地说，当时全班同学都只在盯着他们看。安娜再次把嘴贴到男雨耳边，然后，同学们就看到男雨对她说了什么。甚至还有同学说看到男雨是笑着说的，虽然在那个同学的位置上是绝对看不到那一幕的。老师有好几次把手里的书放在讲桌上，看向坐在座位上的学生们，奇怪他们今天怎么这么安静。一下课，男雨马上就离开座位，走出教室。同学们看着男雨经过摆着讲桌的讲台，走向教室的前门。他们仿佛第一次见到男雨，第一次见到这个以低着头、微缩着肩膀的奇怪姿势走路的男雨。

下一节课，安娜还是坐在男雨旁边。过了中午，男雨旁边的座位才空出来，就像平常一样。但是，没有人这样想，仿佛他旁边的位子是那时才刚刚空出来的。同学们知道这种想法与事实不符。他们都陷入一种奇怪的感觉里，后来才知道，那种感觉叫作不快。看到男雨旁边的位子空出来，他们感到不快。

泰永是第一个直接表现出这种不快的人。也就是说，泰永不是第二个、第三个，也不是最后一个。

熙秀点上第二根烟。

"您了解泰永吗？"

"你指什么呢？"

"您不是说和泰永妈妈是朋友么？泰永小时候，您没见过他吗？"

"那倒没有。"

"看来也不是非常要好的朋友啊。"

律师没说话，只是看着她。

"您应该知道，泰永本来不是一个问题学生。他成绩在班里排在前面，老师们也不烦他。不过，他混得很好，女生们很喜欢他。他隐约间有点儿女孩子气，却和教室后排的同学也合得来，晚上有时还和他们一起出去玩。有人说他女朋友是大学生，甚至还有人说他女朋友曾经开进口车在校门口等他。也许这都只是些传闻，那个人或许就是他的亲姐姐。有一些男生开始羡慕他。他没有向人借过钱，也没有欺负过谁，但他总有办法在不经意间让人为他跑腿。"帮我去邻班借下运动服"，"去小卖部时顺便帮我买个面包"……这样的要求一般人都会答应，就像这些事儿根本不会让人不高兴一样。

"所以，那天课间泰永打男雨的时候，大家都大吃一惊。就那么无所谓似地打了。男雨坐在桌前，泰永从他旁边走过，好像把他当成了布娃娃或是假模特，冲着后脑勺就是一巴掌，然后就像什么事都没有发生过一样走了过去。事情发生得太突然，课间班上又很吵，没有多少人看到那一幕。但是，很快教室里所有人都意识到刚才好像发生了什么事。怎么了？怎么了？到处传来大家小声议论的声音。男雨还是坐在自己的位置上，一动也不动。后来，我从别的同学那里听说了泰永那么做的原因。他说，不为什么。他说不是因为想那么做才从男雨身边走过，就是走着走着，突然看到了男雨，然后就想打他一下。"

"他说不为什么？"

"对，不为什么。"

熙秀拿起桌子上的水杯，喝了一口水。

"那天的事就是一个开始。不知道泰永打他是不是因为他和安娜的传闻，也不确定接下来发生的事是不是因为泰永的一句'不为什么'。但可以肯定的是，从那以后，同学们开始注意起男雨来。之前他绝对不是个引人注意的人，或者应该说是他太显眼，导致同学们都觉得他和他们毫不相关。突然之间，大家开始真切地感受到男雨和我们坐在同一个教室里！男雨就在这里！但是大家都很清楚，他和我们是不一样的。更讽刺的是，在这个教室里，男雨和安娜是一样的。其实，也有很多同学讨厌安娜。但不管怎样，安娜不在我们的教室里。准确地说，是安娜的世界不在这里，而是在外面，在那个演艺界里。同样的道理，大家本来以为男雨的世界也不在这里。可是，这种想法需要改变一下，因为男雨一直都待在教室里。他和安娜不一样，就算他的世界在其他地方，大家也不知道那是哪里。"

"刚开始，同学们似乎不知道该怎样对待男雨，或者应该说是不知道该怎么对付男雨。男雨已经进入到大家的意识里，可没人知道这是为什么。大家开始谈论他，却又不知道该怎么叫他。但是，大家很快就知道了。困惑收起来了，犹豫也消失了。大家开始知道用一个词去形容对男雨的感情，那就是'憎恶'。"

熙秀顿了一下，接着说了下去。

"谁也说不清到底为什么会变成那样。也许只能就像泰永说的那样，不为什么……。因为，男雨什么都没做，他还和原来一样，没有任何差别。不，不能这么说。一定不是'不为什么'，肯定有什么原因！或许是因为有太多原因，大家不知道哪一个是真正的原因吧。其实，所有的一切都是造成这种局面的原因。不但包括和安娜的传闻、和泰永的事情，还包括这些事情发生之前，男雨这个人本身。更重要的是，谁都没有把事情想得那么严重。就好像所有人从一开始就讨厌他一样。虽然原因不明确，结果却很明显。突然之间发生了什么，仿佛之前就存在那样自然，就像风或者阳光。"

熙秀在树林里等男雨。像杆子一样又细又高的大树挡住了她的身影，在小区楼后的小路上看不到她。不记得什么时候下的雨，但能闻到一股潮湿的泥土味道。男雨一来，他们俩就慢慢地朝树林里面的小路走去。熙秀的手里拿着一支点燃的烟。猛然间，她感到烟头的火光太亮，好像路上的人会看到，便停下来坐在一块合适的石头上，抽了最后一口，然后扔在地上踩灭了。男雨站在离她一步远的地方，好像在盯着什么看。其实，那只是他平时的一种习惯而已。

那天，男雨跟熙秀说起了街头魔术师。

"街头魔术师？"她问道。

"嗯，街头魔术师。"

"他干了什么？"

"变魔术。"男雨说，"把不可能的事变成可能。"

男雨给她讲魔术师表演的魔术：猜纸牌、变换纸牌、把空的可乐罐装满、用读心术猜别人心里想的数字或东西……还能浮到半空中，尽管只离地一点点。

"浮到半空中？"

"嗯，虽然脚离地不是很高，维持的时间也不是很久，但是的确是浮到了空中。"

"这个很神奇啊。"

"都很神奇。"

"但是那些都只是魔术，不过是些骗人的障眼法。"

"是吗？"

"嗯，不是实际发生的事。"

"可是看起来很真实啊。"

"那是因为那个魔术师很厉害。"

"那你也能像他那样变魔术么？"

"练练的话应该能表演几个。"

"那我也能吗？"

"嗯，你也能。"

男雨不再说话，好像在想街头魔术师的魔术。就是障眼法，把不可能发生的事情变得跟真的一样，这就是魔术。

"男雨"，熙秀说，"我刚刚在学校看见你了，你是和几个同学在一起吧？离得远，我不太确定"。

她说了几个名字。

"是他们吗？"

"不知道。"

"男雨……别上学了，你没有必要非得待在这个学校啊？"

男雨还是什么都不说，就站在那里。其实，她也知道，这样的事情不是第一次，也不会是最后一次。就像地球进入间冰期，只会在很短的一段时间里出现某种平静。她开始思考这个世界。在她所思考的世界里，总是有一群追着足球跑的学生，还有一个数人数的人。男雨走着，像平常一样低着头，像机器一样迈着呆板滑稽的步子。突然，他抬起头来看她。

"有必要。"

"为什么？"

男雨笑了，但在黑暗中无法看清他的笑容。她站起身走向男雨，男雨向后退了一步。

"我会给你变个魔术。"

"什么魔术？"

"就是魔术，障眼法，虽然不是真的，却能看起来像真的。"

说完，他就转身穿过林间小路，走出了树林。

"大人们只会说，为什么不寻求帮助啊？是啊，是该寻求帮助的，换做我就会那么做，因为我是坚持不下去的。当然这并不能完全解决问题。就算转了学，曾经被孤立的事情也很快就会传开。现在什么都很快，根本没有秘密。对了，还有特殊学校，不知道有没有用。不过，当时肯定是有解决办法的。总会有一个非常安全的地方，一个奇迹般的世界，那里会充满和平。我不是随便一说。我觉得会有某个人，某种力量，某种善的力量，去打造出一个那样的地方，而且能够守护它。它可能不是永恒的，也可能并不完美。但我相信，既然这个世界上存在某种不合理的欺凌、莫名的憎恶、蛮横狂虐的邪恶，那就也应该存在某种与之相反的东西。可笑吧，我觉得这件事和发生在他身上的事……"

熙秀低下头，去控制某种情绪。

"是的，在经历这件事以后，我反而更加坚信善是存在的，因为有恶，我才看到了善。我不知从哪里听过这样的话：恶存在于看到恶的眼睛里。现在，情况正相反，如果没有目睹过恶，就看不到善。不通过恶，就看不到善。一切都在眼里。但是，双眼却总是被蒙蔽，看不到事实。比如看魔术，虽然我们知道那不是实际发生的真事，眼睛却不知道。但我们也不去计较，嘴上还说什么因为知道都是骗人的。但是，就这样反反复复，一遍又一遍，到最后就真不知道什么是真，什么是假了。甚至连自己的想法都不确定了。不知道自己是个什么样的人，做过什么，正在做什么，日后得怎么做。在这种情况下，怎么向别人寻求帮助？我不是在说男雨，而是在说我们自己。其实，需要获得帮助的人不是男雨，而是我们，是我们班的同学们。您明白了吧？

所以，从某种意义上来说，那是不可能的。能够让它成为可能的人，能够让它成为可能的地方，律师阿姨，您能想象吗？"

过了一会，律师开了口：

"这是和法律有关的问题吗？"

熙秀笑了：

"当然不是。这些话不是关于法律的。"

"那就是关于神的了？"

"不是，就是关于魔术师的啊。"

"魔术？"

"您应该听说刀的事了吧？还有血。"

"对，学生们说看到了刀。"

"是的，我也看到了。当时，男雨拿着刀。"

最开始，熙秀看见男雨站在教室门口，就像那天值日后，她一个人留在教室里站在窗边往外看，猛然回头时看到的那样。如果说和那天有什么不同的话，那就是这次教室里坐满了学生。她还像那天一样，看看男雨，再看看教室里的同学们，然后又看看男雨。她的心跳得厉害起来，也不知道为什么。她以为男雨会抬头看她一眼，不，是希望他能这样做。她想拽着男雨离开教室。海边，两个孩子脑袋凑在一起蹲坐在沙滩上。那是哪儿？她这才想起他们俩当时在沙滩上看什么。男雨走进教室，根本没往她这边看，径直走向自己的书桌，从抽屉里拿出一样东西，一种能用一只手握住的东西。她感觉教室好像突然变得嘈杂起来，她赶紧四处看了一下，却没看到什么特别的事，就觉得可能是自己太敏感了。男雨握着那个东西朝教室后面慢慢走去。她的视线比男雨更早到达他的目的地。在那里，泰永脚踩着凳子，屁股贴着桌子背对着坐着，和坐在邻桌上的一个同学说话。那个同学是谁来着？她后来再去回想那一幕也想不起来。只能清楚地记得当时男雨狠狠盯着泰永，然后用脚踢开泰永坐的桌子。泰永连着桌子一起趔趄着，差点儿摔倒在地上，好不容易才站稳。桌子倒了，抽屉里的东西哗啦啦地散落一地。响声使同学们一下子都朝那边看去。本来在泰永旁边的同学们都吓了一跳，往后退去，桌椅也被挪得嘎吱响。所有声音消失后，就显出死一般的沉寂。而这种沉寂就像伤口裂开后露出的骨头，稍稍一碰，就会让人撕心裂肺地叫起来。开始，泰永没看到男雨手中的刀。是她最先看到的，她看到了仿佛是从男雨手里长出来的白色刀刃。不过，那刀是他刚刚从抽屉里掏出来的，好像是一种折叠刀。泰永伸出右胳膊，打算去抓男雨的头，可速度却没想象得那么快。男雨不慌不忙地后退一步，又凑上前来。男雨举起左手挡住泰永的视线，右手放在泰永腰下面，嘴里嘀咕着什么，可谁都没听懂。泰永还是没能看到男雨的右手，手在空中白比画了一下。同学们又往后退了一点。结果，又一张桌子倒了，椅子也被拽得哐当响。响声淹没了一个声音，但那声音一会儿又响了起来。不知是谁喊了起来：刀！泰永这才看清男雨的右手，他感到肌肉都僵了。男雨的眼睛直直地盯着他，他也看着男雨，仿佛那是一张从未见过的脸，一张阎王信差的脸。他想要动起来，想要把腿向后挪，身体却不听使唤。男雨的左手还在泰永面前晃，泰永想着自己看到的东西和看不到的东西，想着看不到的东西和看到的东西。腿在动。泰永明明感觉自己是在一点点向后退，可是和男雨之间的距离却没有变化。他多希望有一个人快来拦住男雨，哪怕是一个人也好。不知不觉间，后路被挡住了。是什么挡在后面？是墙？还是鞋柜？

泰永终于听清楚男雨嘴里嘀咕的话，也意识到自己之所以能听清楚，是因为男雨已经离得很近了。男雨用左手遮住泰永的眼睛。黑暗中，泰永感到什么东西一下子插进自己的肚子，火烫火烫的，仿佛插进来的就是火。"不为什么"，这就是男雨嘴里嘀咕的话。泰永感到自己在黑暗中燃烧。

"但是，没有刀。"

"对，现场也没有。警察来了以后，把教室仔细搜了一遍，没看到刀，也没发现任何和刀相似的东西。"

"泰永就是昏过去了。"

"嗯，身上一点儿伤都没有。"

熙秀笑了。

"您知道吗？还有同学说看到血了呢。"

"嗯。"

"有的同学还胡扯说自己看到血一下子喷出来，说是自己看到的。您见过那个同学了吗？"

"没有，听说那个同学从那以后就没来学校。我给他家里打电话，一提学校的事儿，他父母就把电话挂了。"

"真是一场了不起的表演，大家都被骗了，他到底是怎么做到的呢？"

"我想知道的是之后发生的事。男雨怎么会站上走廊的窗台呢？"

"这个您应该从其他同学那里听说了吧？"

"那些就是全部吗？"

"您听说了什么啊？"

"他们说男雨跑了。那么是谁去追了他？"

"所有人。"

"你没去吧？"

"我不是那个意思。同学们都以为泰永真的死了，以为是男雨用刀刺死了泰永，谁还敢去追这种杀人犯？实际上，该逃跑的不是男雨，而是同学们。"

"那怎么会发生那种事呢。"

"但是，男雨举起双手给大家看，手里什么都没有。他把头抬得高高的，脸上甚至还隐约露着一丝微笑。从来没有人看到过这样的男雨，这竟然让同学们都静了下来，就像是用一个约定的动作把他们从催眠中唤醒了一样。男雨就那样走出了教室。这时，有一个离得最远的人喊道，要抓住男雨。然后，同学们就开始追男雨。男雨一直往前走。您可以想象一下，一个学生举着双手、面带微笑地被一群人围着往前走。然后，就有人真要去抓住他。也有可能是一个完全不了解状况的其他班学生，只是想要问一下发生了什么。从这开始很多学生都想抓住男雨。男雨就不停地甩开他们往前走。我不知道发生了什么事，也不知道他要走向哪里。过了一会儿,同学们完全从梦中醒来。现在,他们的目的已经不是要抓住男雨了。而是想要像一直以来他们所做的那样,推倒他、打他、踢他、骂他、啐他、嘲笑他才是他们的目的。这一次,一切都有了正当的理由。男雨真的成了一个有足够理由被那样对待的人。男雨没办法往楼梯那边走,他必须要找到另外一个能够离开学校的办法。也许这才是他打开窗户站在窗台上的原因吧。"

"你是说他想下楼?"

"对。"

"有些学生说他看上去好像要去死啊?"

"自杀?"

"嗯。"

"那可能是因为他们在看到那一幕的时候,都以为泰永死了,以为是男雨杀了泰永。这样,男雨自杀的理由就很充分了。但是,那只是一场表演。就算别人都不知道,男雨自己是不可能不知道的。他知道自己没有杀泰永,泰永也没有死。他为什么要自杀?"

"后来,他们也知道了。那他们是不是觉得,除此之外,男雨还有别的自杀原因呢?"

"律师,您也这么想吗?"

"他在被大家孤立之前,好像过得也不怎么开心。"

"生活不开心、痛苦、害怕,就要自杀吗?"

"内心脆弱的人有时会相信死亡是一种解决方法,有时会希望死去。"

"我理解不了。生活再可怕,会比死亡可怕吗?谁会希望去做一件连自己都不清楚是什么的事情?"

"我们这样说好像没什么意义,这是一个只有听了死者的话才能解答的问题。"

"不,如果一个人想要去死,他应该是一个知道死亡是什么的人。有些人像个死人一样生活,因为他在生活中看到的是死亡。但是,男雨并不是,他是一个能够在死亡中看到生活的孩子啊。"

律师像是在仔细思考她说的话，然后，从座位上站起身来。

"看来，好像没必要再问什么了。就算像你所说的那样，不是自杀，是事故，也不会有什么改变。毕竟是他自己从窗台上抬脚的，没有人把他赶到那儿，也没有人不让他从那儿下来。不是吗？"

熙秀两只手搁在桌子上，抬头看着律师。

"那些欺负过他的学生们会怎么样？"

"你不是说了吗？你说需要帮助的是他们，还说那是不可能实现的。"

熙秀木然地点了点头。律师站在门口，又看了一眼还坐在桌旁的她。她脸朝窗户那边看着，好像在看窗外的什么东西。但明亮的光线让窗户看上去就是一片白色。她又转过头来看律师。

"也有可能会实现，说不定男雨已经做到了。"

暮色朦胧的商业街街头，熙秀遇到了一个街头魔术师。她环顾四周，似乎没人知道他是一个街头魔术师。商家们都陆陆续续地点亮招牌里的灯，刚刚路过的一家卖小菜的店里散发出煎饼的香味儿，前面一家新开张的超市里，一遍遍传出大叔在麦克风前高声宣传今日特价商品的叫喊声，一群大妈提着篮子和塑料袋弯腰挑拣摆在外头的蔬菜水果。

街头魔术师给她表演了一个卡牌魔术。果然像男雨说的那样，手法令人称奇，她不断地大声赞叹。魔术师满意地微笑着，一连给她表演了好几个魔术。再来一个，再来一个，她不停地催促着。魔术师表演的最后一个魔术是这样的：

他给她一支笔和一个笔记本，让她走到离他很远的地方。然后，让她在纸上写下一个对她来说真正重要的人的名字，但要注意别让他看见，哪怕是笔杆移动的样子都不要让他看见。必须得是真正重要的人，魔术师说。她照做了。魔术师让她在那儿把写了名字的纸撕下来，反复叠成一小块。她也照做了。然后，她回到魔术师那里，把纸团递给他。

魔术师问她有没有打火机，她从包里掏出打火机递给他。随后，魔术师就点燃了纸团。暮色渐深，火光很亮，很快就烧到纸团上。可叠成几叠后的纸团很厚，没有一下子烧起来，就烧出一些黑色的灰，很快就灭了。魔术师又反复从各个部位点燃后烧了几次，几片黑色的灰烬飞向天空。她呆呆地看着。魔术师似乎觉得这下纸已经都烧好了，把打火机还给她，用指尖捏着没有烧到的纸片，隔着衣服在自己肚子上揉搓纸灰，就像是一种献给死者的仪式。

然后，魔术师慢慢地掀起衣服，只见他的肚皮上有一个用黑色的灰烬写出的名字，就是她在纸上写的那个名字，是用她的字体写出的一个大大的名字，就在魔术师白白的肚皮上。她心痛起来，好像有什么东西堵在了喉咙和心脏之间。

魔术师朝她走近一步，把手放在她的喉咙和心脏之间，静静地站在那儿。

"这个名字在这儿"，魔术师说，"永远都会在这儿"。

她流下了眼泪。一只手拿着打火机，另一只手握着烧过的纸片。

街头魔术师转身开始往前走。她看着魔术师的背影渐渐消失在黑暗里，看着自己的泪水消失在黑暗里。"男雨！"她喊道。刹那间，男雨回过头来。

真像一场魔术啊，她想。

宣陵漫步

郑容俊

1

银色轿车到达约定地点——宣陵站附近的咖啡厅时,时间是上午9点。约好9点见面,一分不差。很准时,这是他们给我留下的第一印象。我也因此预感今天会很痛快,不会出什么岔子。身穿白色衬衫和蓝色短裙的中年女人抓着男人的手腕从后座下了车。那男人又瘦又高,像麻杆似的。他站得不太稳,视线固定在11点钟方向。他个子差不多比我高一拃,体重却好像连60公斤都不到。我虽然知道他20岁,但如果只看脸,还是很难估计他的年龄。他就像一个发育不正常的小孩子,脸上还是一副天真无邪的表情,身体却长得飞快。看他被晒黑的手臂上干瘦的肌肉、像鸟嘴一样突出的喉结、凹陷的脸颊和眼角的皱纹,应该和我年龄差不多。女人仔细看完我的简历,微微点点头,然后熟练地折两下后放进手袋。

"就照之前说好的,帮我照顾到晚上6点就行。还有一件事要好好拜托你,就是一定小心,别让他受伤,他偶尔会自残。"

她摸了摸他戴着头盔的后脑勺。这就是那个难对付的头盔啊。现在亲眼看到,让人莫名其妙。大夏天的,要和一个戴头盔的男人在首尔市中心游荡一整天,那画面真是难以想象。

"还有,午餐和零食用这个买……"

女人把一张借记卡放在我手上。这时，男人往地上吐了一口唾沫，不是小心翼翼地吐，而是故意使劲"呸"的一声。女人和我都没做声，一阵寂静过后，她镇静自若地把原本背在右肩的手袋换到左肩上，说：

"听宇镇说了吧？他吐口水，不过他没有什么别的意思，就是一种习惯。"

女人本想再说点什么，可是抬手看看时间，眉间皱起一条细长的竖纹，好像很忙的样子。她跟我做了简短的道别后，把男人交给我，轻轻拍了两下他的后背，就上了车。

2

女人走了，剩下男人和我。"到没人的地方转悠。"我想起宇镇哥的话。总得去个地方，可是怎么才能把他带走呢？他连看都不看我一眼，站在我身后大概五步远的地方扭动着身子，不停地用脚尖敲打着地面，用一种难以描述的复杂方式摇晃着脑袋。单眼皮，细长的眼睛。嘴很小，上唇有点往上翘。纽扣一直系到脖子的草绿色格子短袖衬衫，米色七分裤，藏蓝色运动鞋，齐踝短袜。他的穿着从上到下都很整洁，无可挑剔，一眼就能看出他受到的是无微不至的照顾。但是，他头上的头盔和看起来沉甸甸的紫色背包怎么看都怪怪的。

现在是 9 点 15 分，还剩下 8 小时 45 五分钟。路上的行人用手遮挡着头顶的阳光，每个人走过时都会望向我们，满眼的好奇与惊讶。他们直直地盯着我们，似乎是想要弄清楚我们的状况。他们的关心让我很不自在。得先走起来。虽然并不期待我在前面走，他就会跟过来，但我还是试着向前走了几步。他一动没动。我不知道该怎么办，茫然地站了一会儿，然后掏出宇镇哥给我的纸条。

韩斗云。

到没人的地方去。

公园、幽静的社区小巷、小游乐场之类的地方都不错。

下午的时候，社区到处都没什么人。

大小便能自理，但吃饭的时候需要有人在旁边帮忙。

贪吃。

偶尔会大喊大叫，或者在路边躺下。

这时，不要哄他或者跟他说话，必须直接用力把他拽起来。

教训他一下，让他不再喊叫，也是好办法。

经常吐口水。人们绝对不会理解。

（为此，我有好几次差点和人打起来。）

一直跟他说话，他会变得友好些。

（会开始自言自语。）

　　让他变得友好些吧。得跟他说话。"斗云，有没有想去的地方啊？"他不回答，也不看我。我很尴尬，但还是继续跟他说话。一直跟个没有回应的人说话，每句话的结尾还都用升调，我觉得很奇怪，于是就自问自答起来。"很热吧？想去有空调的地方，可是那样的地方人多，应该不行吧。你吃饭了吗？我还没吃呢。"后来就想到什么说什么。"平时都做什么啊？啊，说是上特殊学校吧。和宇镇哥一起做什么了？他对你好吗？不过有点奇怪吧？他对人很好，就是有点烦。"他的态度略有变化，开始把身体转过来听我说话。"那我往那边走了啊。"我快步往前走。他好像有些为难，犹豫了一会儿，终于迈开步子。

　　我们朝没有高楼、道路越来越窄的方向走去。渐渐地，人越来越少，也看不见车了。越往社区里面走，周围越安静。我们紧贴着背阴的墙边走。韩斗云迈着小碎步跟在我身后，与我保持大概三步远的距离。他好像被什么说不出的东西吸引，不知道在看什么。如果我突然停下脚步，他就会乱了步点，像转速越来越慢的陀螺一样左右摇晃。我觉得很好玩，就这样重复了几次，结果每次他都像跳舞一样左右摇晃，露出一副不知所以的表情。

　　应该走了大约两个小时了吧？9 点 54 分。真不敢相信，才过了 30 分钟。

3

怎么能说宣陵站有宣陵呢？应该是先有宣陵，所以才有宣陵站吧。不管怎样，我就像发现了这个城市的一个秘密一样，觉得很陌生。我们朝宣陵和靖陵的所在地——宣靖陵的方向走去。售票处职员看到挂在他脖子上的标识后，默默点头示意我们直接进去。

韩斗云好像喜欢这里，一直呆呆愣愣的脸上渐渐有了生气。他甩开步子一口气爬上成宗大王墓所在的山坡，用诧异的目光看着巨大的坟丘，仿佛它变成了一只庞大的食草恐龙一样。然后，他翻过防止人们靠近的栅栏，进到里面。我站在栅栏外着急地说："不能进去，斗云，快点出来，出来。"他根本不听，在陵墓周围趾高气扬地走着，在武人石和文人石之间来回转悠。他对动物雕像特别感兴趣，用手指轻轻地敲打或者抚摸它们。他在石虎前发出咆哮般的喊声，又轻柔地抚摸石羊的额头。他在石马前面犹豫起来，好像在琢磨着要不要爬上去。然后，他端端正正地跪在地上，抬起头来仰望马头，扑哧一声咧嘴笑了。我抓住他的手腕，好不容易才把他拉到外面。虽然无法理解他为什么这么喜欢这里，但因为他喜欢，我也觉得开心。感觉这一天好打发，自己真了不起，一切都挺顺利。还剩七个小时。

我们走上石板路。"这条路是参道，死去的王走神道，活着的王走御道。"我打开宣传册，开始读景区介绍，当起了导游。"左边是魂灵走的地方，很神圣，不能上去，我们要走右边。不对，不对，不是那儿，是这边。"韩斗云走上了神道。"下来，斗云。下来，快下来。"他停下脚步，斜着身子站了一会儿，然后朝神道上吐口水。我很想理解他，却无论如何也理解不了。每次看到他吐口水都觉得不舒服，心情都会变糟。我压低声音说道："别吐口水。"他呆呆地看看我的眼睛，好像偏要做给我看似的，又连吐两口。"呸！呸！"那声音就像足以砸破玻璃窗的两颗钢珠，猛烈地敲打在我的内心深处。我的太阳穴青筋乱蹦，耳朵好像都能听见那"突突"的跳动声。我默默地瞪着他。一开始，他还看我，和我对视，不过马上就把视线避开了。

这时，来了两群人。一群是日本游客，另一群穿着款式统一的登山服，颜色花花绿绿的，看上去好像是登山俱乐部的会员。我躲到一边说道："斗云，下来吧。"他没动弹。我抓住他的手腕拉他，却只能勉强把他从神道拉到御道上，然后就怎么也拉不动了。他却向反方向使劲儿一甩胳膊，把手抽了出去。人群分成了两拨，我俩夹在他们中间，进也不是，退也不是，只能暂且在原地站着。

那时间很短，却过得很慢。15 秒？20 秒？最长也不会超过 30 秒。仿佛有人故意给这个场景一个慢镜头。我能清晰地感知到周围所有人的表情、眼神和窃窃私语声。每个人都在看我身边这个戴头盔的男人的脸。韩斗云像一张飘在分界线上方的薄膜一样，在他们中间微微颤动着。他的十个脚趾头用力蜷缩抓住地面，运动鞋的鞋面都鼓了起来。

韩斗云那原本像感叹号一样挺直的身体，像个问号一样弯了下来。

4

两天前，宇镇哥发来短信。

"星期六上午 9 点到晚上 6 点，照顾孩子，你要做吗？"

"做什么啊？时薪一万韩元？"

"不累，不过值这个价。"

"我哪里会看孩子啊？"

"不是普通孩子。"

听完介绍，我拒绝了。宇镇哥似乎很不解。一天能赚 9 万韩元，这份兼职很有诱惑力。即便如此，我还是不想干这种说不清性质的差事。像我这种缺乏灵活性的人，很难适应任何新的工作。我通常搞不清该做与不该做之间的变数，就算听完介绍也搞不明白。更何况这种既没做过又没有把握的事情，我肯定做不来。宇镇哥试图说服我，接着又恳求我帮帮他，声音里带着迫切。他说这份周末兼职他一定不能丢掉，可这周末有事做不了，又担心被别人抢去。

"可为什么偏要让我做啊?"

"你现在好像也没什么正事做……不是吗?"

"接着说。"

"而且,我身边没有比你更正直、更善良的人了。"

我不太明白这句话的意思,又不知道还应该问什么,就暂且没说话。宇镇哥说:

"而且这个事情并不难,但不管怎么说都是跟人打交道,很多事会让你烦。这孩子不是有点特别嘛,要是把他交给一些奇怪的家伙,他可能会吃很多苦头。"

他好像思考了一会儿,继续说道:

"有人把安眠药放在可乐里,让他睡一天。还有人把他带回家,关在房间里,然后去做自己的事。听说还有人干脆用绳子把他绑起来,不让他动,给他穿上纸尿裤,或者把一次性雨伞的塑料套套在他的下体上,然后让他躺着。这些人就连带他去洗手间都嫌麻烦,所以就把他放在那儿不管,去做自己的事,还照样收钱。父母当然不知道,孩子又说不明白。所以不能把他随便交给别人。就算给我一个面子,帮个忙,带他一天吧。去哪儿都行,干坐着也行。"

宇镇哥带他去过哪里呢?做过什么?说过什么?我猜不出来。韩斗云,他一生中遇到过几个像我这样的人呢?他周六周日做什么呢?我想象了一下他在家的样子和他房间里的景象,不知道为什么,心情一下子就不好了。

他把僵硬的身体轻轻靠在长椅上坐着,发出模糊的"啊啊"声,手指微微动着,偶尔还用拳头"咚咚"地敲头盔。我坐在长椅另一端,离他有一些距离,眺望前方。风景还不错,平缓的山坡上覆盖着修剪平整的草坪,让人联想起微波荡漾的江水。"斗云,你在想什么?"他根本不听我说话,斜歪着头,呆呆地看着给魂灵走的石板路,脸上是一副让人无法判断想法和情绪的神秘表情。"有死去的王在上面走吗?"我开了个玩笑,说完却把自己吓得起了一身鸡皮疙瘩,因为他的目光好像正在跟着一个物体慢慢沿着石板路移动。他举起食指在空中画画，一个仿佛用清水画的透明图形出现在空中，随后又消失了。他的眼睛能看到什么特别的东西吗？比如普通人看不见的东西、死去的东西，或者无形的东西。想到这里，感觉刚才他在坟墓周围做出的那些像僵尸一样的动作，有点像梦游患者梦游——一个睡梦中的男人，灵魂不知丢在哪里，拖着只剩下空壳的身体出来散步，摇摇晃晃走在醒来就会消失的路上和风景里，享受着富有诗意的一天。当然，这些都是我突然冒出来的奇想。

还剩五个小时三十分钟。现在该做些什么呢？"斗云，我们干什么呢？嗯？你说什么？想回家？我也想回家，真的。"突然，韩斗云转过头来，直勾勾地看着我的眼睛说话了。我根本没想到他会回答我，吓了一跳。我又问了一遍："什么？"他用非常清楚的声音说道："饭。"

"饭？"

我不敢相信，忍不住笑了。

"好，好，饭，才想起来，还没吃饭呢。"

他皱着眉头从座位上站了起来，似乎在怪我怎么现在才想到。我们走进宣靖陵附近的一家日式餐厅。

5

怎么办？

看韩斗云吃饭时，我一直在思考这个问题。开始我还坐在他身边，试图想办法控制他，后来干脆放弃了。只要我拿开他的食物或者抓住他握叉子的手，他就会兴奋地大叫。整块的炸猪排他用手拿起来就咬，根本不考虑处理要滴到脖子和衬衫上的酱汁和汤。嘴都塞满了还往嘴里塞，塞不进去就硬塞，塞得发出怪叫声，直到马上就吐出来。我不再管他，只是呆呆地看着他。餐厅里的人都朝我们这张桌子看。店员开始还带着一副无可奈何的表情拜托我让他安静些，后来就表现出一种讥讽的态度，再三要求我让他安静。没办法，我只好抢下他手中的食物，把盘子收走。他躺在地上大喊大叫，我蹲在他身边哀求他安静些，几乎要哭出来。然而他并没有停止喊叫。无奈之下，我只好把手伸进他的腋下，假装要扶他起来，偷偷地使劲掐了一下。他的身体瞬间就像蜗牛的触角一样蜷缩起来，眼里充满惊恐，安静下来。我们赶紧离开了餐厅。

吃饱肚子的韩斗云又成了那个小心谨慎的孩子。虽然还是吐口水，时不时打一下自己的脸，但都不过分，现在已经能很听话地跟在我身后了。而我的精力却因为刚才的事情损耗了近一半，心里的从容和温暖也只剩了一半。他却好像什么事都没有发生一样，一脸纯真地盯着墙上的污渍看。他是一个什么样的人呢？我想简单地概括总结一下，却做不到。感觉吐口水、贪吃、大喊大叫的他和躲避人群、蜷缩身体、紧张、看着神道用手指在空中画画的他，是两个完全不同的存在。

他也有"自我"吗？

不知道。还剩四个小时。琢磨了半天该去哪，结果又去了宣靖陵。因为刚才发生的事，我没有勇气带他去人多的大道。在大门口，他停下脚步。一只没栓狗链的吉娃娃站在那里。他的脸突然僵住，露出恐惧的表情。竖着两只耳朵的小狗露出牙齿汪汪地叫了起来。貌似是狗主人的年轻女人站在十来米远的地方，只是漫不经心地反复说了几声"别叫，别叫"。因为是别人家的狗，我既不能骂，也不能用脚踢，只好静静地站在旁边。韩斗云后退着躲到我身后。他感受到的恐惧似乎被我的肩膀和胳膊吸收了一样，原原本本地传递给我。我往主人那边瞥了一眼，她正忙着看手机。我迅速伸出脚踢了一下狗的后腿，吉娃娃发出"唧"的一声惨叫，转身朝主人跑去。韩斗云似乎对此非常满意，他直勾勾地盯着我看了半天，然后一把握住我的手。

他似乎不想放开我的手。我试图把手转一下抽出来，可我一用力，他就会用差不多大的力气往反方向转。有什么办法？牵着手走吧。宣靖陵步道上有不少老人。一个老奶奶穿着说不清是哪国的奇异服装，像个鹈鹕一样挥舞着双臂做体操。一个穿着得体的老先生把婴儿车放在身前，坐在长椅上看书。两个大叔在亭子里相对而坐下象棋，我们坐在离他们有些距离的地方。我小腿有些疼，掌心不停地出汗，想擦擦手。我假装从口袋里掏东西，迅速把手抽了出来。韩斗云看看自己的手，又看看我的手，来回看了几遍后，挺直腰板坐下，往前面望去。执蓝棋坐在"楚"方的大叔把手中的炮放在棋盘上，抬头看韩斗云。执红棋坐在"汉"方的大叔也把双手抱在头后，好奇地看韩斗云的头盔，似乎很感兴趣的样子。接着，他慢慢地走过来搭话。"你是干什么的？"韩斗云连一根眉毛都没动，还是看着前面。大叔"嗯？嗯？"地继续问，然后转过头来又问我："嗯？"我嫌烦，低声说："您别这样。"大叔突然提高嗓门说："我怎么了？嗯？"我一下子就烦了。另一个大叔不知什么时候已经站到韩斗云面前，很认真地伸出手掌，掌心向上，说道："拳击，拳击。"就像跟外国人说话一样手脚并用地解释着这个词。韩斗云默默地站起身，岔开双腿，略微降低身体重心，打出两记重拳——无比干净利落的左右开弓。两声犹如安打时球棒击球的清脆声音回荡在步道上空。打完，韩斗云又坐回座位。大叔们吓了一大跳，愣愣地看看韩斗云，然后故意露出牙齿朝我笑了笑。

6

你练过拳击？

韩斗云目视前方，脸上露出一副不好意思的表情。头顶的树冠枝叶茂密，阳光在枝叶的缝隙里时隐时现。

"喂，你怎么除了'饭'什么都不说？"

他噘着下唇，眯着眼睛，晃动着肩膀，好像哪里不舒服。他不停地摸着背包的肩带和腰带，"啊啊"地叫着，用拳头轻轻地敲打头盔。我给他解开腰带的塑料扣，把包拿下来。包很重，放到地上时都能感到地面微微一震。我拉开拉链看看里面：三瓶水，七本精装书，还有一个两公斤重的粉红色哑铃。书是旧版韩国文学丛书，好像是按照书名的字母顺序随便从书架上拿下来塞进背包里的。这时，宇镇哥来了电话。

"在哪儿呢？"

"宣靖陵。"

"哈，果然如你。"

"我怎么了？"

"没有，我说你很用心。看你带得很好，我就放心了。"

电话那头，他好像慵懒地滚在床上吐着烟圈，似乎还能隐约听到身边女人的声音。

"哥，他练过拳击吗？"

"这个嘛，听夫人说，抱着也许能有点儿帮助的想法，她什么都让孩子学过。听说为了帮孩子稳定情绪，夫人还让他学过剑道。不知道学没学过拳击。怎么，他打人了？"

"没有。不过，你说的那个夫人，她虐待孩子吗？"

"什么虐待？"

"你看过背包吗？"

"啊，背包，不是你想的那样，都是有苦衷的。他得在外面累得筋疲力尽，回家才能马上就睡。这样夫人会非常满意。把它想成锻炼就好，而且因为他总是不安分，用重东西在身后压一下，会让他心里觉得安稳些，好处挺多的。"

宇镇哥似乎听出我话音里的疑惑，就百般解释来安抚我。核心内容是监护人的苦衷。她不是韩斗云的妈妈，而是姨妈。他不是她的亲儿子，她却把他当成亲儿子一样养大，很了不起。我们根本没法理解她……。我默默地听着。宇镇哥又说了一句，就挂断了电话。

"差不多就行，天也挺热的。"

卸下背包的韩斗云缩着肩膀坐着，一改刚才那样像长竿一样挺直身体的姿势。我能隐约听见他的呼吸声，他时不时地长出一口气。他看着我，"啊……啊……"叫着，用拳头敲打自己的脸。我刚想说"干嘛总这样啊"来阻止他，突然，我似乎明白了。如果是自残或是生气，不会这样有气无力地"啊……啊……"地喊，应该像打沙袋一样"啊！啊！"地边喊边打。

我带韩斗云去残疾人卫生间，把他脖子上的标识和脑袋上的头盔摘下来。他两颊通红,一脸痱子,还有些小米粒大的小包,像是有炎症。我手拿头盔,一动不动地呆站了一会儿。我看清了他的脸,它就像一粒又黑又干瘪的小种子。头发被压得打了很多绺,许多已经发白,像一块块硬币。我轻轻抓着他的后脖颈,用手捧些水淋在他脸上。每次碰到水,他都把拳头攥紧一下,攥得两个拳头像成熟的果实一样红。"好了,好了。"我像哄小孩一样,极尽温柔地说。洗脸的整个过程他都很乖,没有发出任何声音。他打开洗手池的水龙头,把手放在水流下面,静静地呆着。我扯了些卫生纸,叠成手绢大小的形状,小心翼翼地、一点一点地蘸去他脸上的水,结果他的额头和后脖颈黏上了一片片雪花一样的小纸屑。我又用卫生纸把头盔里面擦干。这头盔该怎么办呢?想了一会儿后,我把它放进背包,背在肩上。"天热,就摘下来一小会儿。你可绝对不能干坏事啊,知道了吧?"我把贴在他圆圆的额头上的湿头发捋了捋,轻轻拨开,再把手指伸进湿头发里,轻轻抖了抖。

7

韩斗云的脚步变得又快又轻盈。他东瞧瞧西看看,观察周遭的事物。然后,他用手指指向一个东西,我一看也没什么特别的,就是一只往捕获的小虫身上缠蛛丝的蜘蛛。他就这样不断地让我看一些东西,我根本不知道那些东西为什么让他觉得特别。别人丢下的绳结,摞在一起的石头,碎了一边的耳机……在一个壳里干干净净的蝉蜕前,他坐了很久,好像真的觉得它很稀奇,突然开口说:

"蝉。"

他只是把蝉叫作蝉,却着实让我很吃惊。他呆呆地看看我,微微歪着头站起身来,一脸骄傲的神情,好像在说"怎么连这都不知道?"话匣子一打开就停不下来。他说起话来就像播放已经录好音的文件,始终是一个语速和声调。好像一段诗,又像一首没有旋律变化的歌。他小声嘀咕,听不太清楚,不过好像在说树的名字。

"赤杨树。"

正好树上有名牌，我看了一下，还真是赤杨树。

"真的？你真的认识这树？"

他不回答我，走在我前面十步远的地方继续说树的名字。卫矛，合欢树，杉松……他好像对待朋友一样，亲切自然地叫它们的名字。这怎么可能呢？我跟在他身后，在手机上搜索"自闭证""精神发育迟滞"这些词，还一并查了相关检索词中出现的"天才自闭症"和"学者症候群"。例子很多，我没有相关知识，看不太懂，反正都是"可能"。这些患者可能钢琴弹得很好，可能画画得很好，可能很擅长背诵。他知道很多树的名字，虽然不知道这是不是更了不起，但不管怎样，他说树名时的声音很好听。虽然几乎没有高低变化，很单调，但却蕴含着感情，像半瓶水晃动时发出的那种重复而模糊的声音。他会说着说着突然停下来，用手指着什么让我看。当然不是什么特别的东西，只是折断的眼镜腿、半埋在泥土里的像是紫色毛线帽的东西等。等我看完以后，他就又带着一副满意的表情朝前面走去。

逆时针行走的人们与顺时针行走的我们不时地相遇。散步的男人，慢跑的女人，像连体人一样挽着胳膊的恋人，停在原地看起来像在琢磨该去哪里的外国人，自己一边生气一边哭着嘟囔的神秘老人……每当和陌生人正面相对，韩斗云就会紧闭嘴唇，变得紧张起来。他眯缝着眼睛，上身左右晃动，然后迅速地一步一步让开，艰难地向前走。他如同一个游戏玩家，身处一场碰到别人就会立即死掉的游戏，慎重地迈出每一步，脚步轻盈，上身有节奏地左右灵活扭动。他谨慎地独自努力着，犹如一个站在拳击台上的游走型拳击手，迅速移动脚步，奋力搏斗。像蝴蝶一样飞舞，像蜜蜂一样攻击。我无意间说出一个词：

"巴比龙。"

他停下脚步，回头看了看。巴比龙？我这是多久没说法语了？明明是法语系毕业，说一个简单的单词居然如此陌生。想当年，一说起法国，就会莫名觉得很时髦，要是能成为一个学法语、说法语的人，好像会更时髦。当时虽然不知道未来会是什么样子，但总觉得学法语会拥有和别人不一样的未来。怎么说呢，也许可以说是个法式的未来吧，一个像埃菲尔铁塔一样美丽的未来：看着蓝色的眼睛切面包，行走在回响着法国民谣的街头，过着悠闲而奢侈的生活。即便不是这样，我也以为自己至少会过上一种和法国有关的生活，比如从事跟法国相关的外贸工作或成为一名翻译，把法文书译成韩语。我还想象过自己在巴黎第八大学或第九大学学习的样子。但是，我毕业后成了一名英语辅导老师，后来还在小学生补习班教过国语和数学，为此还不得不把国语语法和数学公式重新学了一遍。然而，这样的工作对我来说也并不容易。不管做什么，我都会和一起工作的人产生矛盾。总听人说我顽固、死脑筋，还有许多人苦口婆心地说我一个学法语的人怎么这么不懂得灵活变通。我开始琢磨法语和灵活变通之间的关系，还没有弄明白我就辞职了。然后就是现在这样，给以前在补习班认识的宇镇哥当替班，做起了日薪九万韩元的兼职。

我和韩斗云肩并肩地走着。

"我大学是学法语的，你会说法语吗？绷如和！萨瓦？"

他只是瞟我一眼，没什么特别反应。

"反正就是学了这些，我是法语系拳击代表队选手。"

我压低重心，摆出架势。背包太重，身体一下子没稳住。他好像有点吃惊，瞪圆了眼睛。

"现在想想也觉得挺无语的。大学运动会上怎么会有拳击？当时的学生会主席迷上了格斗，所以强行安排了这个项目，简直太糟了，那水平真是没法睁眼看。不过赛场上的风景还挺酷，助威也很有趣。想象一下那个场景吧，一群瘦弱的选手代表俄罗斯、西班牙、德国、阿拉伯、中国、日本、法国站在拳击台上搏斗，场下飘着不同国家的国旗，唱着因为蹩脚的发音而搞不清是哪个国家的助威歌。代表法语系出场的选手是我，不是因为我拳击打得好，而是因为只有我一个男生。本来外语系男生就少，法语系情况更严重，新生里加上我才三个男生。师兄们要么是执行部的，要么是什么干部，都肩负重任，忙着筹备运动会，没有一个能参赛。新生当中有一个已经一个月没来学校了，另一个有严重的鼻窦炎，一戴上拳击护齿就不停吸鼻子，说是喘不过气来，直接放弃了。能怎么办呢，只能我上了。我的对手是俄语系的，一看就是个好对付的病秧子。我当时想，就算我再不会拳击，应该也能赢他。不过他好像也像我这么想，脸上写满了自信。"

突然，山坡上吹过一阵大风。我们暂且停下脚步，看了看天空。我们看到了风。风吹过的地方，树叶、沙子、不知名的飞虫，还有黑塑料袋都一起飞起来，半空中仿佛悬着一条透明的路。韩斗云张大嘴，伸出舌尖去品尝风的味道，露出陶醉的表情。风停了，我们又迈开步子。我说：

"这是一场不相上下的比赛，双方打得不相上下的烂。因为水平差不多，谁都没有力气使出足以击倒对方的重拳，所以直到敲钟，都只是不停地挥舞拳头，打一拳，挨一拳。现在想想还是觉得糟透了。其实，真正的比赛是在拳击台外，世界冠军赛也不会有那阵势。助威战非常疯狂，非常激烈。双方为自己选手助威的声音简直能把耳朵震破。法语系一喊巴比龙、巴比龙，俄语系就喊乌比乍、乌比乍。我是巴比龙，对手是乌比乍，最终裁判判定巴比龙落败。我最后流了鼻血，我觉得这对比赛胜负起到了决定性作用。你知道法语里巴比龙是什么意思吗？是蝴蝶。喊这个口号好像是因为希望我能跟拳王阿里一样，像蝴蝶一样飞舞，像蜜蜂一样攻击。这都是什么啊？怎么能说拳击选手是蝴蝶啊？现在想想，我输掉比赛纯粹是因为那个助威口号。后来我才知道，乌比乍在俄语里是杀人犯的意思。啊……绰号应该起个这样的才对啊，蝴蝶是什么啊？蝴蝶怎么打赢杀人犯啊？看到你走路的样子，我想起了那时候的事。"

韩斗云盯着我看了看。是心情所致吗？不知道。不过他的脸上确实掠过一丝反应，一丝稍不注意就会错过的微笑静静浮现，又很快消失了。我做了一个毫无根据的判断：他是看透我的心思以后才笑的。虽然自己也觉得这么想有些不合情理，但还是觉得他对我做了回应。这种想法让我突然觉得心情怪怪的。

"你笑我？"我用左手打了个刺拳，他微微歪歪头躲开。我又用右手打了一个刺拳，他又轻而易举地避开。这回我用力打了个直拳，他身体向后一拉，又避开了。他表情严肃，眼睛盯着我的拳头，敏捷地保持着拳头和他之间的距离，好像这是一段必须保持的距离一样。我来了兴致，想跟他闹着玩，接连打了几个随意的组合重拳。结果一拳都没打着，全被他躲开了。我突然感觉有人在看我们，就回头看了看。一对手拉手坐在长椅上的恋人正在看我们，很难分清他们是在看我，还是在看韩斗云，还是在同时看我们两个人。我感到很扫兴，放下拳头，深深地埋低了头。

树林里，白天正在消失。树荫的范围越来越大，空气灰蒙蒙的。盛夏的下午怎么会这么暗？没有云，也没有风，骄阳似火。树林里为什么这么暗呢？韩斗云背靠着树，他没有影子，没有轮廓，也没有模糊的斑点。细细一想，这一路也没看到他的影子。我们在同一条路线上绕来绕去，从宣陵到靖陵，再到宣陵，他好像一直在离地面一拃高的半空中滑行，没有重力，也没有阻力。

8

五点半，我们走出宣靖陵，绕着社区转了一圈。社区公园旁边的便利店前有一排塑料椅子，我们就坐了过去。我喝了一瓶运动饮料，韩斗云吃了一个冰淇淋。我本想说"斗云，我们该说再见了"，却没说出口。他低着头，用舌尖舔着哈密瓜味的冰淇淋。我打算坐上差不多十五分钟，然后起身去约定地点——7号出口。这时，来了一条短信，是韩斗云的监护人。

"突然有事，麻烦你再带三个小时。"

我回复："恐怕不行，我晚上有约。"

过了五分钟，没有回复。打电话，不接。三分钟后又打，关机了。我盯着那条短信看了很久，想知道这到底是什么情况。"突然有事。突然有事。"我慢慢地把这句话小声嘟囔了两遍。这都是什么事啊？

拖着两条腿走在人行道的地砖上，力气和热情都见了底，身体越来越重，越来越空，这种感觉很奇妙。韩斗云迈着拖拖拉拉的步子，跟在我身后三步远的地方。公园里散发出一股怪味，弥漫着湿气。原来是草丛中发出的气味，白天刚割过草，有一股浓浓的草木被碾碎的味道。深呼吸时，鼻子和喉咙就会很痒。韩斗云感知到了我的心情变化，一直斜眼揣摩我的脸色。我坐在只剩下树桩的枯木上，打算好好想一想。怎么能这样呢？这是不管了吗？我给宇镇哥打电话，说明现在的情况。他却没当回事，让我晚上没有急事就接着带。我跟他说不是那个问题，他却若无其事地问我那是什么问题。我挂断了电话。

我已经提不起精神了。九个小时里一直在走，现在天也黑了，再也没有地方可去，还能做什么？干脆6点去约定地点，把韩斗云放在那儿一走了之？可我马上又觉得不能那么做，左右为难。韩斗云突然开始说起树的名字来，还不时地偷偷往我这边看，观察我的脸色，好像是在让我听他说。我突然烦了，喊道：

"闭嘴！"

我自己都被吓一跳。我的声音里藏着愤怒。韩斗云立刻闭紧嘴唇，紧张得不知所措，像一根长竿一样直挺挺地站着。我看着树林里的阴暗处，又说了一声：

"太吵了！"

我把后面还想说的话强忍了回去，韩斗云却像听到了我没说出口的话一样，低下了头，脚在地上碾着，像一个坏掉的机器人一样嗦嗦地动了几下，然后就慢慢走远了。我看了看他的背影，扭过头去。一股隐约的惭愧涌上心头，因为被他看到了心里的阴暗。我没有力气去追，也不想追。我把肩上的背包扔到地上，瘫坐下来。

9

当我回过神时，发现韩斗云不见了。"斗云，斗云！韩斗云！喂，喂！"环顾四周，没有一个人，也没有人回答。一盏盏路灯接连亮起，周遭一切都笼罩在黑暗中，辨不清事物和风景。我又焦虑又担心，往巷子里走了？还是往大路走了？是又去了宣靖陵，还是……还是……有太多种可能，想得我头都快麻木了。不管他在哪儿，只要是一个人，那里就会变成一个危险的地方。我拼命地跑着到处找他，结果看到游乐场那边围了一群人。瞬间，直觉告诉我，被围在正中间的就是韩斗云。同时，我预感他已经被牵扯进一桩麻烦事里。

韩斗云在里面。四个小青年围着他，一看就是些流里流气的危险分子。我从他们中间挤进去，站在韩斗云前面，看看周围，急切地说："发生什么事了？怎么了？"

"这小子冲我们吐口水。"

我跟他们说他有病，请他们理解。因为不知道该跟谁说，就一会儿看前面，一会儿看右边，还回头看着后面说。"他虽然吐口水，但不是因为有情绪，就是一种习惯。"这时，韩斗云在我背后吐了一口口水。口水越过我的肩膀，落到我身前的学生的耐克运动鞋鞋带上。穿耐克的瞬间就叫嚷着把我推到一边，挥着拳头打韩斗云。韩斗云避开了，不慌不忙地、很轻松地避开了。旁边的穿彪马和锐步的也伸出拳头打过去，他又躲开了。他们不可思议地哇哇直叫，发出一声声惊叹。后来好像是因为气不过，就使劲挥舞着拳头来真格的了。有几个过路的人看到了，却没有人出面帮忙或阻止。有的绕着走开，有的就站在那里看热闹。

坐在秋千上的光头少年放下抱在胸前的胳膊，站起身来，脚下一堆抽了一半就扔掉的烟头。他一摆架势，韩斗云也跟着摆好架势。他和那几个小子不一样，出拳速度很快，拳路精准，挺像那么回事。他咬紧牙，打了一记纵深重拳，却被韩斗云灵活地躲了过去。韩斗云的移动躲闪近乎完美，宛如一个用精巧工程学设计出的机器。他像跳舞一样，迅速地前后移动脚步，"嗖嗖"，虽然不知道这声音是从哪里发出来的，但的确有"嗖嗖"的声音。突然，少年像冻住了一样停下来。他看到了什么，我也看到了——摆出防御架势的韩斗云用充满杀气的眼神盯着他。

少年突然一转身，说："走。"那帮小子脸上露出不情愿的神色，跟他走了。这不可思议的转折让我惊讶不已,我不敢贸然走近韩斗云,就在旁边试探着说:"没事了,没事了。"他喘着粗气,瘫坐在地上,仿佛一个断了线的牵线木偶。这时,沙土从黑暗中飞来,打在我们脸上,弄得头发、嘴唇、眼睛和衬衫里都是尘土和碎石子。他捂住脸蜷缩起身体,香蕉牛奶和可乐,还有拳头大小的石块朝他后脑勺飞过来。那帮小子像往人脸上吐口水一样破口大骂。

"你他妈的脑残!"

他们一边往灌木丛后面跑,一边不停地叫嚷,同一句话伴着他们的嘎嘎笑声在黑暗中反复回荡,响彻草丛和天空,滑梯、跷跷板、树木和整个公园都跟着学舌。

韩斗云瘫坐在地上,把脸埋进膝盖,仿佛一个把脸浸在水里憋气的人。我拂去他头发上的泥土和脏东西,用手掌揉搓他的肩膀,帮他冷静下来。他的身体在颤抖,那颤抖很特别,好像不是身体抖,而是身体深处的引擎在启动。一会儿过后,我发现那是心跳声,不过不是扑通扑通的心跳声,而是出故障的机器发出的那种突突声。我把手伸进他的腋下,想把他扶起来,就像从水里往上拖尸体一样。他用双手推开我,自己站了起来。

他挺起上身呆呆地站着,目视前方,瞟一眼被他推倒在地的我,然后举起双手,摆好架势。他摆的不是防御架势,而是试图向前冲的短击架势。我紧张起来,他要跟我打吗?

韩斗云开始击打韩斗云,不是轻轻地击打,而是想把对方击倒的精准重拳。

一拳,啪。

双拳,啪啪。

三连击,啪啪啪。

他的脸瞬间就花了。脸颊淤红、眼周肿胀,颧骨边破裂出血。我跑过去抓他的胳膊,但他就像一个已经站在拳击台上的拳击手,我不是他的对手。他的身体刚硬坚实,板栗一样结实的肌肉像钉子一样钉在他的胳膊和躯干上。他不停地出拳,我从后面抱住他的腰,用脚把他绊倒。我用双手搂过他的脸,大声叫喊。喊了什么呢?好像骂了人,撒了气,还哀求他千万不要这样了。渐渐地,他平静下来,我抱紧他,在地上躺了一会儿。我们回过神来的时候,保安大叔正在用手电筒晃我们的脸。

10

沮丧。该发火却发不出来,该委屈又没心情。韩斗云像树一样呆呆地站着,半闭的眼睛看着前方。我们一动不动地站在匆忙来往的人群中,站在黑暗中、路灯下、闪过的刺眼的汽车大灯里,站在人们的喧闹声中、咖啡店和面包店里传出的音乐声里,站在人们的视线、好奇心和充满疑惑的瞳仁里。

9点,韩斗云的监护人来了,脸上带着愧疚。不知道这十二个小时里发生了什么,她的脸小了一半。不知道是光线太暗的缘故,还是我的眼睛出了问题。她一步步走近我们,我下意识地把头埋得越来越低。她看到韩斗云的脸以后,马上走近我,用愤怒的声音问道:

"怎么回事?"

我不知道该怎么解释。她没给我思考的机会,马上又问:

"头盔在哪儿?"

这才发现,背包不见了,好像落在公园里了。"不对啊,我一直带着啊,不知道怎么没了。"我胡乱说着,感觉说什么都那么苍白无力,索性不再解释,闭上嘴巴静静地站在那里。我的心里五味杂陈,不知道是愧疚,还是委屈,是生气,还是难过。她瞪着我和韩斗云,低声嘀咕:

"我不是嘱咐你别让他受伤的嘛?特别嘱咐了啊。"

她的声音有一点点嘶哑,随后,她好像再也忍不住了,突然提高嗓门喊道:

"这算什么呢?你知道我这样活着有多累吗?这让我怎么办啊?为什么都欺负我,你考虑过我的感受吗?"

是的，是对我说的。韩斗云蹲下去，身子颤抖着。他紧闭双眼，噘着嘴唇。我好像都明白了，明白她有多辛苦，明白她为什么这么生气。但是太吵了。

"你没看见你外甥被吓得浑身发抖了吗？"我说。

女人惊讶地看看我，以为自己听错了。我又说道：

"小声点。"

本来想说对不起，却说了这句。

头真的太疼了，脑子里好像有一面玻璃窗，每听到一句话就碎掉一块。我想洗去手上的血，也想快点换身衣服。她瞪了我好一会儿，然后从包里拿出手机，背过身去，走到不远处给人打电话。她说什么我不知道，只见她不时恶狠狠地瞪我一眼。韩斗云回过头来呆呆地看看我，我也那样看看他。一时间，我们就像雨天里没有犬齿的动物一样，静静地互相看着、呆着。他的眼睛里没有了刚才的恐惧，也没有了一起漫步宣陵和靖陵时的透明。

我握紧拳头，低着头，紧闭双唇。手机从刚才开始就响个不停，生气的宇镇哥每隔十分钟就给我发一条短信。韩斗云走上前来，像个蜗牛一样悄悄地蹭到我身前，像影子一样无声无息，一下子就来了。他的脸惨不忍睹，虽然不是我打的，可就像我打的一样，光是看着都觉得喘不过气来。我把拳头攥得更紧。这时，有个东西钻进我的拳头。是他的手指。握着它，就像握着一根又暖又细的骨头。渐渐地，手上的劲儿小了，我放松下来。韩斗云说：

"巴比龙。"

我抬起头来看他，苦笑一声。真是不可思议，他的发音太好了。他的表情丝毫没有变化，盯着我看了一会儿，然后抽出手指，走回到原来的位置。我们就像刚见面时那样分开了。女人抓着外甥的手腕走在前面，韩斗云迈着奇怪的步子跟在一步远的后面，歪歪扭扭地走了。

我看了看宇镇哥发来的短信。

"我是因为相信你才求你帮一天忙，你居然给搞砸了？这也不是什么难事，我说什么了？孩子受伤了？看到短信赶快回电话。"

本来想打电话，又不知道打电话说什么好，决定干脆不打了。道歉也不是，发火也不是，左右为难。实际上，我既不愧疚，也不生气，就是太累了，实在懒得再说什么。

真是奇怪的一天。分明是发生在我身上的事，我却觉得很不真实。好像被骗了，又像被什么迷惑了。在往家走的路上，我想了想韩斗云。或许是人们误会和曲解了他的生活。不，说不定是他在骗我们。他就像一个文笔精湛的作家一样，把真的写成了假的，把假的写成了真的。不知道他是不是把灵魂安放在舒服的床上躺着，让身体牵着我的手，像幽灵一样逛了一整天，现在回去了。都有可能，谁知道呢。他不说话，谁能知道呢？留下的只有他的背影，完美的移动躲闪，和能区分赤杨树与合欢树的奇怪知识。我今天见到的韩斗云到底是一个怎样的人啊？他真的学过拳击吗？

不知道。我右手轻轻握拳，"啪"地打了一下右颧骨。真疼，疼得我不由自主地"啊"地叫出声来。

大家都喜欢少女时代

李暎勋

11月的天空，雨不停地下。挂在拱廊街入口的鞋业集团大型广告牌上，七条秀腿正朝天空踢去，每条腿的顶端都穿着不同的鞋子，在灰色的天空背景衬托下，更是显眼。广告牌下端，夸张地画着几个花花绿绿的字母，我随口嘟哝了一下这些字母连成的句子：

"We, are, the, shoes."

就是说，你们都是鞋子？

怎么可能？这些腿的主人是少女时代！我想起不久前一个公司同事跟我说过的话："现在，不知道少女时代才更丢人。"同事唾沫横飞地夸少女时代："对工作也有帮助哦！光谈工作多死板啊，哪怕就在说话间偶尔插上几句她们的事，工作都会谈得更轻松。"虽然是句玩笑话，却也不能完全不当回事。实际上，每次和年龄相仿的男同事们在一起喝酒聊天，少女时代总是必谈的话题。只要提起少女时代，气氛就会变得更加融洽。

我打量着这几条伸得笔直的小腿，试着挨个背出它们主人的名字：俊，雅英，维妮，诗丽，闵熙，成儿，还有……

还有一个人的名字怎么也想不起来了。叫什么来着？我又看了看广告牌：少女们使劲向上踢着腿，按知名度排名站成一排，灿烂地笑着。最前面的是俊，笑得非常灿烂，让人一眼都看不出她的本来模样了。她后面依次站的是诗丽、维妮、雅英、闵熙、成儿。站得越靠后，笑脸也越小。我记不起名字的那个站在最后，就算是眯起眼睛仔细瞧，也只能在队尾勉强看到一点点脸的轮廓。看着那丁点大的脸，我所能想起的不过是一些陌生的音节。

我不再去想她的名字，往四周看了一下：这个地下通道与三成地铁站相连，不时有人经过。拱廊街入口很冷清。我打开手机看了一下时间，刚过七点。然后，直接拨了她的电话。铃声响了几下以后就断了，随后来了一条信息：等一会儿给您打电话。看来她的工作还没忙完。就是条简短的信息，可我似乎应该感到庆幸，因为她没有不理我的电话。

我和她是通过婚介公司介绍认识的。虽然没有特别规定，但这种通过婚介公司介绍的相亲一般要进行三次约会。三次约会之后要决定是继续交往，还是更换约会对象。选择继续交往，那么和婚介公司的合约就结束了。若是要再换一个约会对象，就得额外支付费用。我通过婚介公司见了五六个女人，可结果都不怎么样。也不是没有看上的，只是我想要继续约会的拒绝了我。有时也有喜欢我的，我却没看上。每次选择继续相亲，额外费用都会乖乖地从存折里溜走。

就在对这种婚介公司介绍的相亲开始产生怀疑的时候，我遇见了她。第一印象挺模糊的，可第二次约会时就觉得，嗯，这样的女人就算可以了。没什么特别的想法，就是一个简单的决定：这样的女人，差不多就可以了。长得算不上特别漂亮，但也不至于让人讨厌。她也没什么能让我们之间发生冲突的兴趣嗜好。她是家里的老幺，有个姐姐，这是我能够接受的。而且她姐姐定居在国外，这就更好了。在公司办事员当中她的年薪算是不错的了。这工作结了婚之后也能继续干，我觉得挺满意。虽然家里不怎么富裕，却也能凑合着帮得上忙，这让我挺放心的。而且，我也不想再往婚介公司交额外费用，又不愿意一无所获就解约。虽然不是突然要开始一段热烈的恋情，但如果就是想选一个对象交往几个月的话，她挺合适的。在我看来，她也没表现出特别的不喜欢，似乎现在做决定挺好的。

我把第三次约会时间定在11月11日，地点是她公司附近的三成地铁站。我在地铁站附近的拱廊街里预定了一家不错的餐厅，从我的衣服中选出一套最体面的银色西装穿上。今天，我打算正式向她表白，开始交往。

我看了一眼广告牌上的少女时代。俊的大眼睛亮闪闪的，嘴角向上翘着。诗丽微笑着露出陶瓷般洁白的门牙。性感的维妮身材很好，雅英笔直的长腿也很美。我情不自禁地微微笑了。如果她们中的一个向我走来，也许我会直接坠入爱河吧。不过，要是想和少女时代中的一个约会，大概得缴多少额外费用呢？重要的是，她们会希望和我这样一个连普通小学老师和会计都拒绝的男人约会么？

手机响了，我接起电话。她努力压低声音说："您打电话了吧？"

"对，是因为今天的约会……"

"啊……是这样的，我们能下次再约么？"

"下次？为什么啊？"

"突然有点事，好像有什么地方算错了。"

一时间，我不知该说什么好。有事？感觉像个拙劣的借口，即便是真有事，还是让我觉得不痛快。

"这个……有点儿不好推到下次啊，因为我已经提前订好了餐厅。"

"您订了餐厅？"

这回，她沉默了一下。

"这样的话，"她说，"那我过去吧，不过，大概会晚一两个小时。是三成站吧？"

"对，在那边的拱廊街里面。"

"现在那儿没事吗？"

"什么没事？"

"那儿不是在交通管制吗？"

"交通管制？"

"对啊，今明两天，那里不是要举行二十国集团峰会嘛。"

我这才看见挂在拱廊街入口的告示牌。我慢慢地看了看告示牌上的通知。上面说全面交通管制将在明天实施，也就是12号，今天只对部分设施实施管制。我开始担心起来，往拱廊街里看了一眼，通道里的商店中，有几家关着灯。看来是有些店营业，有些店不营业。按说，餐厅是提前订好的，应该不用担心会不营业，但这也是说不准的事。我也考虑是不是得把约会取消，不过，这种约会一旦推迟就很难再约，而且也枉费了我这身精心准备的衣服。犹豫再三，我开口说："应该没问题，就算晚点也过来吧。"

我在电子屏的位置图上找了一下，发现餐厅在拱廊街的最里边。我给餐厅打电话问了一下今天是否营业，女店员明快地回答说："当然啦！"

拱廊街里有些地方关着灯，已经不能用冷清来形容了，简直就是阴森森的。走廊里亮着昏黄的灯光，低沉的脚步声在远处回荡，空气中飘着一些营业的餐厅里散发出的油烟味。我突然间觉得十分心烦，干吗偏偏选个这样的日子，干吗非要挑这么个地方表白！当然，主要是怪我没有好好看看日子。可是，日子是在两周前定的，那段时间公司里事情特别多。更重要的是，谁会有那么丰富的想象力，把约会和世界领导人峰会联系在一起？约会和领导人峰会有什么关系？

可是，到了预订的餐厅，烦躁的心情就好些了。餐厅很干净，还挺有情调的。最让我满意的是这里客人少，不嘈杂。不知怎的，感觉和她也能谈得不错。只要她在来这儿的路上别被拱廊街阴森森的气氛吓跑就行。

在收银台确认好座位后，我跟女店员说好像得推迟一下时间，她冷淡地回答说没问题。我也想过要不要坐下来等她，可又不愿意呆坐在那儿浪费时间。于是，我走出餐厅，想去寂寥的拱廊街走走。

然后，肚子就开始疼了起来。

起初，小肚子里传来隐隐的咕噜声。也许，这声音早就开始了，只是我没意识到罢了。走了几步以后，感觉就像肛门里卡了一块小石子。同时，我感觉肚子里微微地颤了一下。这种颤动马上就扩散到整个腹部。火辣辣的痛感在全身蔓延开来。我回到餐厅，在收银台问店员卫生间在哪儿。她皱起眉头说："出门右拐有一个卫生间……"话尾她说得很含糊，不像之前回答我时那样明确痛快，"不知道现在能不能用，听说今天晚上到明天下午会关闭这些卫生间"。

我赶紧从餐厅出来，顺着店员指的方向走去。转过右边的拐角，是一家韩餐店和一家饰品店，都没营业。两家店之间是一条狭窄的通道。通道对面画着卫生间标志，可门已经上了锁。门前贴着通知：二十国集团峰会期间将关闭拱廊街卫生间，请使用拱廊街附近的其他卫生间。拱廊街附近？好吧，那是哪儿？还没来得及感到慌张，肚子里又传来咕噜声，疼痛再次在身体里蔓延。我原路返回餐厅。"拱廊街附近的其他卫生间在哪儿？"我问店员，尽量让自己表现得很淡定，但从店员近乎惊恐的表情可以看出，我的表现并没那么淡定。

"如果那里关了，附近就没有卫生间了。"

"那这里的人都去哪儿用卫生间啊？"

"我们也不知道啊。是啊，我们得去哪儿啊？"

她居然反过来问我，真令人无语。

从餐厅出来后，我朝那间关闭的卫生间的反方向走去。难道得去地铁站？可我已经走到了拱廊街的最里面，不想忍着肚子疼再原路返回去。

我四处张望，寻找画有卫生间标志的指示牌，可满是店铺的拱廊街里居然什么标志都没有。每走一步，都觉得卡在肛门里的小石子变得越来越重了。我走进附近一家开着门的服装店。店员原本坐在椅子上，一副百无聊赖的样子，被我吓了一大跳，站了起来。不知道是因为我突然跑进来，还是因为我凶煞的表情。我再次用冷静的语调一字一句地说："请问……这里……哪有……卫生间？"店员的表情有点难看起来，没好气地说："出门以后一直往前走，然后就能看到一个大餐厅，再往前走一点后右拐……"不用再听下去了，她说的是那个关闭的卫生间。

走出服装店，又路过十几家商店，我来到一块空阔的地带。这个地方一侧立着一对质感粗糙的大理石柱和一座女神雕像。大理石柱之间有一扇门，上面挂着整形外科的牌子。整形外科的门旁立着一个真人大小的人形广告牌，广告牌中一个女人抬起一只胳膊站着——原来是少女时代中胸部最丰满的维妮。

广告牌前站着一个穿警察制服的男人。

警察正目不转睛地看着广告牌上的维妮。我朝他走去。他感觉有人，就转过头来。看到我的脸之后，他吓了一跳，向后退了两三步。我急忙举起手，试图让他放心。可这个动作似乎让他更加吃惊，他又向后退了几步。天哪，这种人居然能当警察！

我没时间慢慢解释。"请问……这里……哪有……卫生间？"我艰难地开了口。眼睛瞪得溜圆的警察这才弄明白怎么回事，不再往后退，吃惊的表情也放松下来，说：

"这个区域的卫生间应该都关闭了。"

他的嗓音很低沉。

"那……我必须得去……地铁站吗？"

不知是因为肚子疼，还是因为绝望，我几乎呻吟着说。警察晃了晃头。过一会儿，他谨慎地说：

"那倒不一定。"

"什么？"

"因为关闭的是这一区域的卫生间。嗯……这个得跟您稍微解释一下。"

实际上，我根本没功夫听他解释。可他才不管我状态如何，自顾自地向我解释起来。

"这个拱廊街分为几个区域，每个区域都由不同的部门管理。会议期间关闭卫生间应该是这个区域管理办公室的决定，但是其他区域也有可能不关闭。"

警察指着背后说：

"朝那个方向走一点点，就是另一个区域，说不定那边的卫生间就开着门呢。"

我好像看到了一线希望。和煦的微风从警察手指的方向吹来。

"那边比地铁站近吗？"

最多五分钟的距离。当然比地铁站卫生间近得多。只是，路有点复杂。

"路不好走？"

"那边岔路多，有几条岔路是去商店、剧场还有水族馆的。如果走错，就会走进别的区域。虽然任何区域的卫生间都有可能开放，但问题是不同区域，布局不同，布局不同，本该有卫生间的地方就有可能被改造成管理室或者杂货店什么的。您不太清楚这个拱廊街的布局吧？"

我点了点头。

"那就不好办了，这里是商店和通道组成的迷宫，您十有八九会迷路的。所以……"

警察一甩头。

"跟我来吧，我给您带路。"

天哪，居然有这么优秀的警察！

莎士比亚说，对于不幸的人来说，唯一的解药便是希望。我想再加上一句：对于腹痛的人来说，希望也是解药。跟警察走着走着，肚子渐渐不那么疼了。

肚子好些了，我慢慢地回过神儿，突然一股火气涌上来。细想的话，本来今天也没什么特别的，只不过是和她约会的日子，如果顺利的话，可能还会开始交往。只不过是偶然和领导人峰会的日期和场所撞上了而已，怎么能让人这么为难？拱廊街停止正常营业也就算了，到底为什么要关闭卫生间？这是反恐措施的一环？也是，这世上也许会有在进行恐怖袭击之前得先大便的恐怖分子。也有可能是因为卫生间是炸弹的温床，所以要提前关闭？就算是这样，怎么也得保证人们的正常生活啊！难道各国元首们连卫生间都不去吗？

我仔细回想了一下从早上到现在吃过的东西。因为早就想好晚上要和她好好大吃一顿，所以中午就没怎么吃。倒是喝了一袋从家带的梨汁，难道是梨汁出了问题？不可能啊，梨汁昨天和前天也喝了，不可能一天之间就坏了啊，让我肚子里这么闹腾。要么就是早上开会时喝的可乐有问题？还从没听说过谁喝罐装饮料以后肚子疼呢。除了这些，进到嘴里的东西就剩下抗疲劳功能饮料和速溶咖啡了，根本没有什么能引起腹泻的食物。

不知不觉间，我们两个就走到了拱廊街中央，这儿有几条岔路。警察转身对我说：

"这边。"

近看这位警察，才发现他长着一张娃娃脸，很年轻，最多也就二十五六岁。想到比我小十岁的小伙子在给市民提供帮助，这么优秀，看来不论是这个国家，还是我的肚子，都还有希望。

"现在能忍住了？刚才看起来可是急得不得了啊。"

"是啊，我也很奇怪，肚子突然就不疼了。"

警察突然站住：

"肚子，不疼了？"

警察转过身来仔细看我的脸。

"您着急的不是小便，是大便？"

我点了点头。警察的表情僵住了。

"这下可真是麻烦了，我们得赶紧走了。"

警察加快了脚步。我不明白是怎么回事，静静地跟在他后面。一边赶路，警察又开了口。

"小便的话，不好忍。就算忍着，也一直会感到尿意，至少想要解手的想法是不会消失的。可是，大便还是可以忍一忍的，尤其是腹泻。就算肚子疼得不得了，只要强忍着，有时候肚子就会突然间不疼了。问题是……"

他担心似的又回头看了看我。

"过一会儿，肚子还会疼，而且，会加倍地疼。"

"加倍"这个词就像一记飞镖扎进我的耳朵。肚子里的咕噜声好像是在等待时机，又开始响了起来。我急忙说：

"赶紧走吧。"

警察带我走进拱廊街的一个角落，尽头是低矮的台阶，走下台阶，是一条从拱廊街公共空间分出的细长通道。通道里灯光温馨，墙面上糊着木质感的壁纸。

"这条通道通向附近的宾馆，卫生间在通道尽头。"

警察用手指着通道对面。肚子里发出的声音开始渐渐变大，我急了，想快点跑过去，又怕身体的剧烈运动会造成难以挽回的后果。好不容易才走到通道尽头，这时，警察深深地倒吸了一口气，表情很难看，好像什么地方疼得很厉害。我从他的表情看了出来，这个卫生间关闭了。

然后，肚子又疼了起来。

几倍？不，是几十倍。

刚开始，感觉就像有一只小狗在肚子里蹦蹦跳跳地玩耍。过了一会儿，小狗就长到珍岛犬和杜宾犬那么大。然后，就变成了狮子和老虎。后来，又变成了长颈鹿和张着大嘴的河马。这个畜生在肚子里的每次成长，都让我的臀部承受着不同寻常的压力。疼痛折磨着整个身体。脑海中响起两个声音，一个逼我继续忍耐，另一个又劝我不要忍了。我突然间发现"忍耐"这个词是多么可笑。难道忍耐痛苦就是感觉不到痛苦么？或者是忘记痛苦？都不是。忍耐痛苦就是痛苦。如果感觉不到痛苦就不需要忍耐，忘记是不可能的。当肚子里的畜生变成了抹香鲸和霸王龙那么大时，我能做的，只能是紧闭双眼，把全身的力气都集中到屁股上。膝盖自然地弯了下去，我用双手拄地，喘着粗气。

警察走过来：

"站起来吧。"

他用低沉的嗓音说：

"先别绝望，有一个卫生间肯定开着呢。"

不是卫生间的问题，就算全世界的卫生间都开着，我也动不了了。

警察走近一步：

"您今天怎么到这儿来了？"

说的就是啊，我到底为什么要来这儿啊？

· 347 ·

"肯定不是您一个人吧？应该有一起来的朋友，要不就是约了人？"

我费力地抬起头看看他：

"我约了人。"

"约了什么人啊？"

我想了一下要怎么回答他，脑海中浮现出几个复杂的理由，可都没法用语言表达出来。肚子里的声音越来越大，我忍不住呻吟起来。然后，不知怎地就从嘴里冒出一句：

"要求婚的人。"

一直没说话的警察伸出手来：

"那就更不能就这样待在这儿啦。"

我抓住警察伸过来的手，借他的手劲勉强站起来。刚想直起腰站好，剧痛再次袭来。我大口喘气，拱起后背，勒在脖子上的领带碍事得很。警察搀着我：

"小腹用力，我会慢慢走，那个卫生间肯定开门。"

我扑哧一下笑出了声，慢腾腾地说：

"警察先生，现在小腹用力的话可是会出大事的哟。"

警察看看我，笑了。我靠在他身上，挪动着脚步。

跟警察走着走着，感到手心里好像多了什么东西。我的手本来是抓着警察的手的，我松开手，看到手心里有一个小小的手指。

"我的，您先拿着吧。"

警察在我眼前晃了晃他的手，右手食指那儿光秃秃的，什么也没有。

"是义指。买的是便宜货，所以稍微用点力就掉。"

"怎么弄伤的？"

"服兵役时弄伤的，执行任务时走了神。不过，因为这个手指头，我比别人早退伍了。"

警察满不在乎地笑着。我急忙把义指放进西服里兜。警察说：

"本来，从那个通道往上走，能用宾馆的卫生间。但现在不能用，都封上了。"

"宾馆门口都封上了？"

"有个类似检查站的地方，来往的人都得接受盘查。如果不是宾馆的房客，很难通过检查的。您来的时候没被查问吗？"

"没有啊。"

"真的？怪了，在拱廊街门口和从地铁站出来时，没人拦您么？"

"没有啊，一个人都没有。"

"不知道您这是幸运，还是不幸啊。"

的确，真不知道现在这种情况是幸运，还是不幸。如果只就当前的状况来讲，我是相当不幸的。但在这种情况下，却遇到了一位可信的警察，和我一起找卫生间，这难道不是幸运吗？和女人的约会也是幸运的。万一女人准时来了，那我说不准就得在她面前出丑。因为拱廊街没有正常营业，我能在一家氛围不错的餐厅里订到好位子，还没让来往的人看到我肚子疼。相反，当初要是没把约会定到这里，这所有的一切就都不会发生了。所有的事情都有幸运和不幸，它们搅在一起，在我的肚子里翻腾着。

走进另一个店铺区，周围明显暗了下来。四面都是关了门的店铺，连灯都没怎么开。

"这个区域可能在峰会期间干脆全部关闭吧。"

这个店铺区主要是一些大牌服装店。每家商店里都挂着漂亮的模特照片，他们穿着各种风格的衣服，摆着夸张的姿势。店铺里没开灯，玻璃窗上映出我们的样子——一个穿制服的警察和一个穿银色西装的男人。乍一看，有点像动作电影里的一个镜头，但现实很悲惨。肚子里的鲸和恐龙在决斗，屁股那边不断收到危险报警信号，必须得分散一下注意力了。我问他：

"为什么当警察啊？"

他不好意思地笑了笑，说：

"因为制服很帅啊。而且能帮助有困难的人，也挺有意义的。"

他好像有些不好意思了，不再说话。走了几步，我又问：

"这里，有多少个卫生间啊？"

"每个区域有五六个吧。"

"可我们怎么一个都没看到啊?"

"卫生间大多在店铺区的后面。拱廊街中央是服装店和鞋店,往角落里走是饰品和杂货店,然后就是餐厅,餐厅后面多半是医院。卫生间主要在往医院去的通道里。"

"有医院?在拱廊街里?"

"嗯,大多是整形外科。刚才咱们俩见面的地方不就是整形外科吗,有意思吧?"

"有意思?什么?"

"人们开始来拱廊街都会先被衣服鞋子吸引,然后去挑选饰品。但是,走到拱廊街边儿上,总会遇到整形外科。"

"整形外科开在那种地方能赚钱吗?"

"想不到吧?很赚钱。整形外科都在拱廊街边儿上,所以离停车场很近。毕竟去整形外科这种事情让人看见的话不太方便,稍留点心就能通过店铺后面的通道,来往于医院和停车场之间。平白无故地把路弄得这么复杂,不就是为了避人耳目么?"

警察意味深长地笑了,我正肚子疼得厉害,不明白这事为什么好笑。

手机在里兜里震动起来,应该是她吧,可我根本没办法接电话。就算接了,得怎么跟她解释才好呢?虽然能随便撒个谎敷衍一下,可是就连敷衍我都觉得麻烦。我没理这个电话。

"电话不接也没事吗?"

警察可能是听到了震动声,问道。

"先把,要办的事办完再说。"

"不是您女朋友吗?"

"对,所以得先去完卫生间。"

我们两个人默默地走着,警察好像特别担心,问我:

"您女朋友是什么样的人啊"

什么样的人?这个……我也还不太了解啊,但是,总不能说不知道吧。他为什么要问这些呢？这时，肚子又疼得厉害起来，我随便答了一句：

"就……挺普通的。"

"普通？"

"嗯，就是挺普通的，还有……"

肚子里的怪声再一次逐渐大了起来。

"还有，很纯朴。"

一阵绞痛顺着后背往上蔓延。

"咱们说点别的吧！"

"别的？说什么？"

"啊……对……倒不如……"

漆黑的通道对面有一家鞋店亮着灯。它就像一道灵光，照出伸向天空的那七条秀腿。

"说说少女时代怎么样？"

警察停下脚步，开心地翘起嘴角：

"少女时代，您喜欢吗？"

这个总会谈起的老话题又被聊了起来。我们聊到俊端庄的外貌、维妮丰满的胸部，又说到雅英的唱功和诗丽的舞姿、爱运动的闵熙和可爱的成儿。我们像个少年似的，害羞地边笑边说。少女时代真是奇迹般的存在！聊着她们，不知不觉间肚子都不那么疼了。

"不愧是少女时代，真了不起！"

"大家都喜欢少女时代啊！肚子好些了吗？"

"又不疼了，卫生间离这儿还远吗？"

"没多远了，走吧。"

我已经不用搀着走了，我们加快了脚步。

"那……您女朋友……"

警察突然又问起来。又聊她？

"长得怎么样啊？"

我试着去回想她的脸。长什么样来着？我想不出一个合适的词，确切地说,是我记不起她的长相了。除了"寻常"和"普通",我没有别的词去形容她了。一开始想她,感觉肚子好像又渐渐疼了起来。我没回答,反问道:

"少女时代一共七个人吧?"

警察点点头。

"俊、维妮、诗丽、闵熙、成儿、雅英,还有一个是谁来着?"

"您不知道?"

"对啊,隐隐约约地,可怎么也记不起来了。"

"是惠英,孙惠英。"

警察偷笑了一下。

"看来您是喜欢那种类型的啊。"

"啊?"

"惠英就是那种类型啊,很普通的那种。"

我往通道对面看去,少女时代高抬着腿站在那儿。不管我怎么努力,还是看不清惠英的脸。虽然能零星地想起一点儿她在电视节目中的样子,可她的脸就像一个灰白的点,马上就不见了。

"意外的是,她好像也挺有人气的!"警察说。

"叫惠英的那个?"

"对,因为她最普通。"

"普通?她可是少女时代啊?"

警察停下来,直直地看着我。

"您这话说得很奇怪啊!"

"我吗?"

"您刚才还说您女朋友也很寻常、很普通啊?"

是啊,就算她很普通,可那个叫惠英的女孩再普通,也是少女时代啊……

"最初,大家喜欢少女时代不就是因为这个嘛。"

"嗯?"

"因为纯朴才喜欢啊,因为身边的人都不纯朴。您打算向您女朋友求婚，不也是这个原因么？上年纪的人喜欢少女时代也是一样的，她们虽然年纪小，却很善良、漂亮，所以大家都喜欢。"

警察背光站着，脸遮在影子里，看不清楚。原本以为他就是个年纪轻轻的小伙子，可说不定年纪还不小呢。肚子里又传来信号，我弯下腰。黑暗中，警察露出牙齿，笑了起来。

"您的西装，很闪亮啊。"

警察转过身，重新迈开脚步。

"本来呢……"

警察说："本来，这里随处都能大小便的。"

警察挥挥手："难道不是吗？本来这里随便在哪儿大小便都行，您也没有必要向一个普通的人求婚。本来就是这样的啊，可现在却不能那么做了，不是吗。所以，大家才喜欢少女时代，不是吗？所有人都不普通，这个那个不能做的事情太多，但喜欢什么是免费的，所以大家那么喜欢少女时代，不是吗？"

"免费"这个词让我印象很深。警察又说：

"因为是免费的，所以，既然喜欢，还是用点心的好。"

警察转了个弯，拐过去就是楼梯。他毫不犹豫地开始上楼梯。

楼梯通向地面，警察站在楼梯尽头，后背紧靠墙面，向我招手。我站在他身后，肚子又疼了起来，一开始就疼得头发都要立起来了。我没空儿想别的，用尽全力夹紧屁股。

警察指着离楼梯不远的大厦，它高得简直不能和周围的楼房比，笔直地耸入蒙蒙的夜空。

"那就是贸易中心，第一次从后面看吧？大多数人可能都只熟悉它的正面和侧面。"

我又看了一下那座大厦。据我所知，贸易中心大厦的每一层都是棱角分明的。之前听说过，它的设计理念来源于韩国经济增长指标。可眼前的建筑却没有任何曲折，笔直地耸入夜空。警察走近我：

"开放的卫生间现在只有那一处了，知道什么意思吧？除了那个卫生间，您没别的选择了。"

肚子已经疼到了极点，就像警察说的那样，没理由再拖延时间了，必须得去那座大厦的卫生间。

"大厦里虽然有警卫，但不是警察，只要说明一下情况，应该会让您进去的。问题是如果碰上在附近巡逻的警察，就麻烦了。所以……"

警察的脸变得凝重严肃起来：

"我帮您争取时间。"

警察凝视着我的眼睛，好像在问我听懂了吗。我点点头。他伸出手来，像是要和我进行最后的告别。我们紧紧握了一下手。该分开了，警察在我耳边悄悄地说：

"办事吧，要痛痛快快地！"

他直起身子。

"那个……"

警察回过头来看看我。

"您为什么要这么帮我？"

问完，不知怎地觉得自己好像成了个傻瓜。为什么？难道不是因为他是警察吗？警察扑哧一声笑了：

"咱俩不是都喜欢少女时代吗！"

虽然忍着肚子疼，我还是笑了出来，差点把用在屁股上的劲儿松下来。警察走到楼梯尽头，站在外面，看了一下四周。然后……

"啊……啊……啊……啊……啊……"

他尖叫着向前面跑去。

我简直傻了眼，他明明说要帮我争取时间的。我以为他会去跟外面别的警察搭个话什么的，没想到他会这样尖叫着四处跑来跑去。尖叫声在四周回响起来。他从右跑到左，从前跑到后，不停地跑。虽然听到有人制止他，可他并没有停下来。肚子疼得更厉害了，我没时间愣在那儿，硬撑着爬上了楼梯。

雨淅淅沥沥地下着。楼梯旁有一座巨大的手型雕塑，被雨浇得光溜溜的，它对着贸易中心双手合十，好像在祈祷。铺了地砖的路上到处是雨水积成的浅水洼。警察可能还没被抓到，尖叫声还在回响着。

我朝贸易中心走去。从没经历过的痛苦席卷着全身。每迈一步都是在服苦役，每走一步都感觉有棍棒在肚子上乱打。即便如此，我还是在走。现在，除了走，我什么都做不了。

抬起头，我看见贸易中心。它纹丝不动，蜿蜒的曲线藏在它的背面，它的下面是拱廊街的世界，冗杂繁复，永远隐藏着什么。我一边紧捂着肚子往前挪，一边自己嘟囔：

"有什么了不起，站得跟条直线似的。"

不管怎样，还是得努力生活，我想。

要努力生活，努力！如果不想再像今天这么悲惨，除了努力生活，什么都做不了。努力工作，努力奔走，就是要努力。西装里兜里传来振动声，应该是她。对，也得努力对她好。当我把手伸进里兜去掏手机时，指尖碰到一个陌生的东西。掏出来一看，原来是没来得及还给警察的义指。

脑子里突然闪过一个念头，没有食指的人能当警察吗？大概连枪都开不了。当然了，可能用中指也行吧？不过，……

"哦啊啊啊啊啊啊！"

雨中传来警察的尖叫声。可能是走远了，声音从建筑外面传过来。警察真的能这么做吗？还这么努力？我想起警察在拱廊街里说的话：可现在却不能那么做了。我把义指攥在手里，那个硬挺挺的假指头戳着我的掌心。今天的事情，似乎很久都不会忘记了。忍受地狱般的痛苦折磨，像是被人追赶着一般穿过昏暗的拱廊街通道，这样的感觉很久都不会散去吧。

贸易中心的大门就在眼前。身上的西装被雨淋湿了，很重。一杆又直又粗的标枪扎着我的肚子。为什么要忍受这样的痛苦？我，还有我们，为什么要这样？手机不再振动了。现在，她退出了。没关系，她也得努力生活啊。我走进大门，坐在桌前的两个警卫站起身来。

桌旁立着的一个广告牌映入眼帘，七名少女各自摆着造型，围在一起。广告牌中间夸张地写着几个字。我读了一下那几个字：

"预祝,二十国集团峰会,圆满成功!"

你们也这样干吗?

一个警卫走过来:"您有什么事?"

我根本无法把视线从广告牌上移开。美丽的俊、性感的维妮、唱得好的雅英、跳得好的诗丽、健美的闵熙、善良的成儿。可是,普通的惠英到底在哪儿?仔细看了一下,原来她弯着腰站在中间,脸被文字遮住,看不清楚。你们,这也太欺负人了吧?

警卫走到我身边,把门口堵住:"您有什么事?请出示身份证。"

一股火气冒了上来,有什么事?这事还得我用嘴说出来吗?我羞耻又惭愧,怎么也开不了口。都这么大的人了,自己连个大便都解决不了,捂着肚子跑来跑去,成什么样子?我全身疼痛,怒火中烧。怎么会这样?到底为什么?我做错了什么?警察的话又一次在耳边回响:本来,这里随处都能大小便的。

可现在却不能那么做了。

不能?为什么不能?我为什么不能那么做?

警卫板起脸:"您再这样,我就要叫警察了。"

警察?好啊,我直到刚才都是和警察在一起的。你要是知道我和他之间发生的事,会大吃一惊的!肚子里的战争几乎到了最高潮。

警卫近乎威胁地下了最后通牒:"请马上出示身份证。"

我的耳边响起刚才警察低声说的话:

"办事吧,要痛痛快快地!"

我闭上眼睛。然后,放松了屁股。

身份证从身体里甜美地流了出来。

广场酒店

金美月

决定去哪儿是妻子的事。这回,她说去广场酒店。我马上打开电脑,因为预定酒店是我的事。

妻子第一次说起酒店游的事,大概是在四五年前了。当听到她说想要去市里的酒店度过即将到来的夏季休假时,我咯咯地笑了起来。怎么说也是休假啊?不去找个很好的度假村,而要去闹市中心的酒店,而且这家酒店就在每天上下班都要横穿而过的闹市中心。到底要去那儿干什么啊?

不过,我最后还是听了妻子的话。仔细想来,这也不是什么让人嘲笑的事。因为我相信在家睡个懒觉,把以前没看成的英超联赛看个够才是最好的休假,对我来说,去附近的酒店远没有去遥远的度假村那么麻烦。

就这样,我们夫妻两个就开始了酒店游。不觉间,这样的酒店游延续下来,似乎成了每年的例行活动。喜来登华克山庄、小公洞乐天、新罗、希尔顿千禧……凡是去过一次的酒店,妻子就不会再去。每到假期,妻子就开始考虑这次要去哪个酒店,她倒是很享受这个选择的过程。这让看在一旁的我感到很奇怪,怀疑她真正想要的并不是单纯的在酒店度假,而是像武林高手踢馆一样,要把所有酒店都住一遍,直到把它们都征服为止。

最低等级的高级客房和高一等级的豪华客房差四万韩元。鼠标箭头自然地滑向豪华客房预订按钮。站在背后的妻子把手搭在我的右肩上。

"亲爱的，你知道么？你有点变了。"

"我，是吗？"

我的眼睛没离开电脑屏幕。

"你以前不是总发牢骚吗？说去什么酒店啊！"

一个晚上32万韩元，加上税金和服务费，差不多得花40万韩元。

"不记得了么？你不是说，世界上最可惜的就是住酒店的费用么？"

我这么说过吗？好像是吧。都说酒店的设施和服务这么好那么好的，可到头来不就是去睡个觉吗？觉在哪睡都一样，干吗白白地花这么多钱？四五年前的我是肯定理解不了的。

"对，我当初是这么说的。"

我慢慢地点了点头。

"真正可惜的……可不是住酒店的费用啊……"

说完，突然觉得自己好像老了很多。

20岁时，我觉得世界上最可惜的是打车费。来首尔上大学之前，我从没离开过巴掌大的家乡小镇，去镇子上的任何地方，坐出租车只要起步价就够了。令我惊讶的是，在首尔，要是喝酒喝到公交车停运，就得打车回家，打车费居然要花上2万—3万韩元。为了节省打车费，我就一直喝到凌晨首班车发车，结果酒钱比打车费还多。可我并不觉得酒钱花得可惜，因为酒是喝到自己肚子里。后来，我工作了，自己开车上班，就觉得停车费怎么那么可惜。什么都没做，就停一会儿车，居然也要交钱，简直就是强盗。喝酒的话，酒会留在肚子里。读书的话，书会留在脑子里。停一会儿车什么都留不下啊？按照这种不合逻辑的逻辑，我慷慨地付着10万韩元的酒钱，却为1万韩元的停车费气得发抖。

如今，不觉间已经到了三十五六的年龄。我没有刻意地想过现在觉得什么最可惜。但显然不是打车费，不是停车费，也不是酒店住宿费，那到底是什么呢？

"其实应该在世界杯的时候去这……"

我抬起头，盯着她看，不明白她为什么这么说。

"那就能从这俯瞰市政厅前挤得满满的红魔拉拉队①了。"

市政厅前？等等，酒店名字是什么来着？我又看了一眼电脑屏幕，原来是这啊。预定酒店时都没反应过来这次休假的目的地是这——首尔广场酒店。走到市政厅附近，谁都会抬头看它一眼，它威风凛凛地矗立在那里，仿佛在守护着马路对面的首尔广场。我倒吸一口气，似乎感到一股刺骨的寒风突然从鼻尖掠过，那飘散在清冷空气中的慈善募捐摇铃声在我耳边清晰起来。

学长们的表情都很无奈。也不是入学典礼，只是新生报到日，居然有三个新生穿着正装来了。三个人都是从地方考上来的"留学生"。虽然一开始就让人看出是乡巴佬很尴尬，但我还是挺起了胸脯，因为我确信，我的西服一定是最贵的。这套西装是学校公布录取名单那天，爸爸去镇上唯一一家西装店给我定做的，不算马甲还要30万呢。可是，引起学长们注意的却是另外一个家伙的西装。

"阿玛尼啊，好像是正品哦？"

"那多少钱？200万？"

李白？应该不会是杜甫的朋友李白②。

"不到，100万出头。"

听了那家伙的回答，我才发现他们说的是价格。天哪，世上竟有这么贵的衣服？这么贵的衣服也有人买来穿，还有人能把它认出来！我感受到的不是气馁，而是不可思议。而对那个说自己的父亲在地方是名人的家伙，学长们的反应却很冷淡，这也让我感到很意外。还有一个学长直截了当地责难说，在这个令人绝望的黑暗时代，还穿奢侈品，真是恬不知耻。虽然我不懂什么令人绝望的黑暗时代、什么奢侈品，但是，我上大学以后的第一个感悟便是：

啊，首尔真是个让人惊奇的地方！

---

① 韩国国家男子足球队的拉拉队。每当大赛来临之时，红魔拉拉队就会爆发巨大力量，给予该球队强力支持。

② 韩语中"二百"与"李白"发音完全相同。

让我惊奇的不只这些。大学里没有班主任,也没有固定的课程表。新生们都呼啦啦地拥到机房选课。自己要上的课自己选,为了最大限度地行使这个自己作为学生平生头一次获得的权利,我悠然地比较教学目标和课程设置,权衡哪个课更有意思。可就在某一瞬间,我四下一看,发现机房里只剩下三个人。三个人都穿着西装。我后来才知道,原来选课这种事,如果不快点,名额马上就会被抢光,所以,大家都是火急火燎地选完课就去吃饭了。最后,我们几个穿西装的只能不管什么课都选上,才好不容易凑足19学分。虽然搞不懂新生人数是30人,规定听课人数也是30人,为什么如果不快点选,就会因没有名额而选不成,但是,看着"哲学入门""人文学概论"这些让人感觉很有学问的课程名称,仿佛自己也变成了知识分子,马上就飘飘然起来。

先到学生食堂的新生们把几张桌子摆成一长排,面对面坐着吃饭。我也挤在桌子的一端坐下来,这才发现自己的旁边和对面都是女生。在过去的六年中,我上的都是男子中学,同学是男的,老师也都是男的,一米之内从没有过女生。我头也不敢抬,根本吃不出来汤的咸淡、饭的软硬。大家谁都不说话,只有夹筷子的声音在桌子上空回响,我也小心翼翼地夹着筷子。这时,坐在对面的女生说:

"同学们,别吃拌豆芽,馊了。"

我正好夹了满满一筷子豆芽往嘴里放,和她的视线撞在一起。瞬间,我想总得说点什么,

"嗯,没觉得啊,好像还行啊。"

虽然不是为了证明自己的主张,我还是下意识地咕噜一声咽下嘴里的东西。紧接着就听见大家在旁边说,"我说味道怎么这么怪啊""一开始就知道这是坏了的""我吃一口就吐出来了"。妈的。

"你第一次吃豆芽吗?"

她冷冷地吃着,脸上却带着笑。瞬间,我拿筷子的手就软了。这是我第一次如此近距离地看女生笑。她的脸只有拳头般大小,白皙的皮肤,乌黑的眸子,红红的嘴唇。总之,就像白雪公主一样漂亮。这么漂亮的女孩居然坐在我对面!还在对我这个新生报到日穿西装的乡

巴佬、课也选得乱七八糟的傻瓜、豆芽坏了也吃不出来的笨蛋笑。就这样，我认识了允瑞。

她说自己复读了一年，已经 21 岁了。而我生日大，7 岁上小学，19 岁。不过，她说我们同年级，不用说敬语。所以，每次允瑞，允瑞地叫她的时候，我都像被人多找了零钱、小赚一笔横财一样开心。不过，发横财的机会向来就不是常有的。允瑞动不动就逃课，经常能看到她泡在系活动室和学校门口的小酒馆里。一群同是 21 岁、复读之后考上来的男生总在她周围晃。那些男生隐约间把没复读的同级同学都当成小孩儿，以为只有他们自己是大人，装模作样。就因为他们，我很难接近允瑞。

臭小子们，真是晦气，复读有什么好得瑟的。

真站在他们面前时却什么都不敢说的我只能默默地踢着路边毫不相干的小石子。

不知不觉间，春天就匆匆地过去了。我看看这个社团，又看看那个社团，结果一个都没加入。本以为允瑞对什么都不感兴趣，可她竟成了校广播台制作人。在校园里偶尔听到广播时，我就会站在那儿，闭上眼睛。虽然听不到她的声音，但一想到播音员读的稿子是她写的，就仿佛看到喇叭中传出的句子后面浮现出她的脸庞。就这样，虽然是偶尔才能听到一次广播，每当见到允瑞，我都会跟她说一堆广播很好、内容新颖、选曲很棒之类的话。在她看来，我可是个忠实听众，所以，她提议让我上节目也算顺理成章。

"上节目？我？怎么上？"

"就十分钟，是录播，所以你别有压力，拜托啦！"

她说，在这次改组中，为了能使节目更贴近同学，策划了每周一次的和同学面对面的访谈专栏。这是谁在求我啊，我怎么会拒绝？从那天开始，我立即每天吃一个生鸡蛋，在金健模的《错误的遇见》、Roo'Ra 的《失去翅膀的天使》和 R. ef 的《离别公式》中犹豫该点哪首歌。为表示诚意，我在录制当天还提前到了十分钟。

但是，我录的部分整个都被剪辑掉了，连一秒都没播。我能理解。

我是以一种去郊游的心情去的，却被问到一系列像世贸组织成立、豪门家族变相世袭、补习班自由化等这些关于这个令人绝望的黑暗时代的问题。我被问得不知所措，估计谁都会认为我是个低能儿。还有一个长得比教授还老、说是台长的家伙就像看着一个破碗似的看着我，一脸为难，甚至还对我咋舌。那天，我的选曲没播，取而代之的是"寻歌人"组合的《枯叶重生》。

像话吗？枯叶怎么重生？神灵吗？

听着广播，我又开始踢起路边无辜的小石子。

第二天，允瑞来跟我道歉，说本该事先告诉我一些访谈内容的。我趁机约了她。事实上，这次录播被剪事件竟成了一只给我衔来幸运种子的小燕子。我们在明洞吃炸猪排、喝扎啤，然后决定一起走走。明洞的巷子纵横交错，允瑞却都很熟悉，进出自如。满大街都是像GET USED、NIX、BOY LONDON这样的品牌店，让我大饱眼福。摩天大楼、华丽的橱窗、三五成群的青年男女……我迈出的每一步都是新世界。如果是在家乡，走在街上，十分钟之前和十分钟之后的风景是一样的，但是在这里，每分钟都在变化。我们走过地铁乙支路入口站，一直朝市政厅方向走去。走到哪里都是陌生的面孔，这也是件神奇的事情。

啊！首尔真是个让人惊奇的地方！

我再一次在心里呐喊。更重要的是，此时此刻这个世界只属于我和允瑞两个人，我兴奋得不停地胡乱显摆：初中时只要参加辩论赛就能拿第一，高中时去野营徒手抓住过蛇……都是些微不足道的经历，连块饴糖都换不来，可她还是微笑着听着。不过，她心里好像在想别的事情，我刚说完，她突然说：

"我很久以前就想，一定要去那看看。"

"那儿？在哪？"

她这句毫不相干的话虽然让我有些不快，但还是勾起了我的好奇心。允瑞手指的地方，是市政厅前岔路口处喷泉对面的一幢高层建筑。镶在楼顶左侧的招牌在灯光下闪着金色的光：首尔广场酒店。

广场酒店

房间在16层走廊尽头的左侧。一打开门，整扇落地窗便映入眼帘。不知道是因为玻璃上贴了膜，还是因为外面下着雨，天空就像用怀旧褐色模式拍摄的照片一样，透着不真实的紫光。妻子连拖鞋都没换就走到窗前，惊叹道：

"哇，这里还能看到德寿宫呢！"

她看德寿宫的时候，我环视了一下房间。大致一看就知道，这里的房间结构、家具和摆设基本上和我们之前去过的其他酒店没什么区别。我在床边坐下，对面梳妆台的镜子里映出一个迎来休假第一天的上班族的脸。那张脸似乎知道在这里度过的时间，绝对不会比看完因为太忙而没看完的《越狱》全集更有趣或更有价值。

在酒店度假通常都是一个样子：登记入住，在酒店西餐厅吃晚饭，去顶楼酒吧喝酒，回到房间睡觉。这就是全部了。第二天出去顶多也就是做个水疗、去趟健身房或游泳池。所以，对我来说没有什么特别印象深刻的假期。酒店也一样，去年的酒店和前年的酒店就像冰箱里的鸡蛋，都差不多。

床垫很有弹性，床单也很柔软，还散发着一股被阳光晒过的毛巾味儿。我干脆躺下来。空调里吹出温度合适的凉风，落在脸和手臂上，很舒服。我闭上眼睛，感受着这完美的温度、完美的湿度、完美的清洁、完美的服务，以及被完美招待的满足。或许是因为喜欢这种完美的感觉才一直来酒店度假吧！

妻子把带来的化妆品摆在梳妆台上。以前，就算只在外留宿一晚，她也会像卖东西的小贩一样提一个大大的包，可这次她带的化妆品看上去挺少的。结婚以后，我感到最惊讶的一件事就是女人化妆品的种类之多。没想到化妆品可以分得这么细。护肤水、乳液和面霜这些我是知道的，我也能理解精华素和精华液。但这还没完！眼霜、颈霜、护手霜、护脚霜、身体乳、润唇膏等，在各种不断增加的化妆品面前，人体被分解得支离破碎。脖子、手和脚都是身体的一部分，这样区分开来，好像如果把护脚霜涂在脖子上的话就会出什么大事似的。这些只是基础护肤品而已，当听说还有很多彩妆的时候，我只能摆摆手，不想再去了解了。

　　过日子也是一样。加湿器、空调、暖气、空气净化器、净水器、修毛器、食物垃圾干燥器、洗碗机、智能马桶、牙刷杀菌器……生活中需要的东西越来越多。以前没有这些东西也可以好好生活，但不知道从什么时候开始渐渐变成有了这些电器才能更好地生活，或者离开它们就无法生活了。以后的生活将更是如此。这样一想，来酒店或许可以让自己暂时从这些东西中脱离出来，也算是休假了。

　　我睁开眼是因为周围太安静。我看到了妻子的背影。她可能是整理完了梳妆台，抱着胳膊又一次看着窗外。

　　"看什么呢？"

　　"卢武铉。"

　　"什么？"

　　我站起身，妻子正在俯视德寿宫大汉门那边。

　　"我在想卢武铉，灵堂不是在那边嘛。"

　　不过是几个月前的事情。那天，卢武铉总统逝世的消息在线上线下都闹得沸沸扬扬。已经很晚了，妻子还没回家，电话一整天都打不通。结果，我在9点晚新闻中看到了她的身影。长长的吊唁队伍沿德寿宫外墙排开，妻子手拿白菊站在队伍中间。特写镜头下，她的眼里充满了泪水。不知怎地，我觉得她除了悲伤，看起来更显疲惫。后来才听说她为了参加吊唁，足足等了五个小时，难怪会看起来那么疲惫。

　　我从裤子口袋里掏出香烟，却没有找到打火机。刚才从家里出来的时候明明带了啊。难道没放在衣服里，放在包里了？

　　"知道我打火机在哪吗？"

　　她瞥了我一眼，开始翻找已经收拾到角落里的行李箱。16层高的窗外依然是透着紫光的天空。脚下遥远的人行道上，各种颜色的雨伞相互碰撞后又分开。意外的是，其中黑色系的雨伞竟是最多的。雨下得小些了么？我看到首尔广场入口处有一群没撑伞的人在来来回回地走动。他们好像约好了一样，都穿着黑色的衣服。

　　"找不着了，要不问前台要点火柴吧。"

"嗯，好，那也行。"

妻子向电话走去。越过她的肩膀，我看到从市政厅向光化门方向伸展开去的太平路：熟悉的建筑、熟悉的街道，闭上眼睛就会浮现出来的风景。我从包里拿出雨伞。

"不用了，我出去买吧，顺便透透气。"

妻子放下听筒，露出喜悦的神情。

"正好，那回来的时候帮我买一杯冰美式吧！"

床头柜上的数字钟正从17点14分走向17点15分。

酒店前的人行横道正中间，停着一辆红灯时没来得及停下来的旅游巴士。乘客们都把头倚在车窗上打盹儿。不知道从什么时候开始，我发现这世上的人们常常看起来很疲惫。为什么呢？我打开雨伞，雨点已经小了许多，但还没到不用打伞的程度。我向德寿宫旁边和乙支路方向的建筑张望，平时多到随处可见的便利店却一个都看不到。我心想，可能往酒店后面走会有。转身往回走的时候，无意间瞥了一眼那辆坐满疲倦乘客的旅游巴士。巴士后面是市政厅大楼、地铁站……十字路口和喷泉……在某个地方，似乎还有允瑞和我。

第一次约会之后，我们还有过一次二人世界。那是5月的时候，在要求查明光州民主化运动真相的示威中。因为一位平时很照顾我的学生会师兄极力劝说，我才不得已去了。我混在人群里，直到走出学校正门时还觉得没什么大不了的。可一到明洞，我就被吓得目瞪口呆。示威队伍规模非常大，好像全首尔的大学生都来了。我想找机会半路跑出来，但是众人一起挽臂示威，很难逃跑。我试了好几次，才好不容易从队伍里逃出来。人行步道上挤满了看热闹的市民。就在我前脚刚刚踏上人行步道的瞬间，突然听到背后传来巨大的喊声，简直是震耳欲聋。我看向刚才坐过的马路：在远远的队伍前头，出现了一个用稻草做的真人大小的全斗焕人像。有人喊道要对这个杀人魔实施火刑。我的后背上不禁渗出冷汗。看热闹的市民们都争先恐后地踮脚往前看。

我在人群中挤着走向地铁站，只想赶快回去洗掉这一身臭汗。在走到队伍后面的时候,我发现了几张熟悉的面孔:说他是教授也会有人相信的那个广播台台长,两个举着照相机的男生,还有一个站在他们旁边的女生。

"允瑞!李允瑞!"

她回头看我。催泪弹炸开,防暴警察涌上来,挽臂示威的游行队伍被冲散,到处都是尖叫。所有这些,我不知道哪个在前、哪个在后。等我回过神来,才发现自己正拉着允瑞的手疯了似地跑,一直跑到腿软,再也跑不动。我们在献血中心前停下来,喘着粗气径直走了进去。

"请进,欢迎光临。"一位护士笑盈盈地带我们进去。屋里安静祥和,和外面完全是两个世界。首尔果然是个让人惊奇的地方。

我们都被告知不能献血。也是,刚才那么拼命地跑,血压怎么可能正常呢。允瑞的血型是A型,我是O型。听说A型女生和O型男生是非常相配的,一想到这儿,我的脸就开始发烧。允瑞没说话,只是用酒精棉按着凝了血的食指尖。过了好久,她突然问道:

"我们以后年纪再大些,也会像刚才那些市民那样吗?"

"怎么了?市民们怎么了?"

"悠然地看热闹,边看边在心里想,我以前年轻气盛的时候也参加过示威。"

"不会吧?不会有人那么想的。"

"不,我刚才听到的。一个大叔说,年轻的学生们懂什么啊?反正毕业后走进社会都会忘掉,总搞什么示威啊?到头来只会弄得到处都堵车,可这世界并不会改变。"

允瑞表情凝重,把沾了血的棉球扔进垃圾桶。我撕开桌子上的巧克力派包装,这次是我先问她:

"说到全斗焕,真的能把他杀掉吗?"

"就是因为杀不了才烧稻草人偶的嘛。"

"我是说,万一真的能杀的话,你会怎么做?"

"我……做不到,怎么能去杀人啊?"

"是啊,怎么能杀人啊。"

"……"

允瑞也拿起了巧克力派。护士们并没有把我们两个没献血还一边蹭零食吃，一边笑着说些极其危险的话的大学生赶走。

那天，我们也走到了地铁市政厅站。在走过韩国银行时，允瑞就像问一个初次见面的人一样问我在首尔过得还好吗。这样想来，不觉间这已经是我在首尔生活的第三个月了。虽然和小时候听赵容弼的《首尔，首尔，首尔》和李勇的《我们的首尔》时幻想的首尔有些不同，但也不错。允瑞说，首尔是她的老家。

"我讨厌这儿。人太多，太吵。路上只有长得一模一样的公寓，空气混浊。晚上太亮，都睡不着觉。"

我倒是喜欢人多嘈杂，因为这样我也会跟着兴奋起来。在首尔，走到哪里都不会有一样的地方，只要有心，一年365天能制定出365个不同的约会路线。晚上也很亮，这样，即便一个人也不会感到那么孤独。不过，我没必要一定把这些反对意见都说给允瑞听。确切地说，任何事情我都宁愿被她说服。我看到广场酒店的一个侧面。

"那天，你为什么说想去那儿？"

允瑞的表情认真起来。

"如果，我是个20年前被父母抛弃，被领养到国外的孤儿的话……"

"你？真的吗？"

"哎呀，真是，不是说如果嘛。"

她声音低沉。感觉刚才我们逃离炸开催泪弹的明洞大街已经是很久以前的事儿了。我想，虽然天上没有星星，地上也没有鲜花，但如果和她一起走的这条夜路永远没有尽头就好了。

"等到20岁时，第一次回到祖国，就是来寻找亲生父母吧。然后，就住在广场酒店。因为它在首尔中心，很有象征意义嘛。还就在市政厅前面，离POINTZERO也近。总之，就在约好和父母见面的前一天晚上，在酒店里俯瞰祖国首都的夜景，陷入沉思。"

说完，允瑞看了看天空。

"然后呢？这就完了？"

"嗯。我就是想知道那会是一种什么样的心情,所以想去。"

"可你说的是如果啊,你又不是被领养的。"

"在那种情况下看到的首尔一定是陌生而新鲜的吧,就像我一次也没去过的地方一样。不是二十年来都辛苦谋生的熟悉的故土,而是平生第一次见到的异国他乡,一个充满魅力的地方,却也是一个将我抛弃的无情都市。我就是想看看那样的首尔。"

我放慢了脚步。想要帮她,想为她完成心愿。在广场酒店住一晚得多少钱啊?有什么大不了,能贵到哪儿去?钱吗,攒就行呗!我清了清嗓子。

"你圣诞节干什么?"

她哈哈大笑起来。离圣诞节还有足足七个月呢。我没笑。慢慢地握了一下拳头又松开,手心都出汗了。

"如果没什么事……和我约吧?"

这可是使出了我平生最大的勇气,感觉就像在求婚一样。等待允瑞回答的那几秒钟简直漫长得可怕。

"好啊,和你约。"

她开心地笑着,就像在学生食堂第一次见她时那样。我忍着狂喜,咬紧牙不让自己叫出声来。我踢开一个脚尖碰到的小石子,那个小石子飞出很远。

一个一次性打火机要 300 韩元,真是很久没买过了。现在 300 韩元还能买到东西?一包口香糖也要 500 韩元啊。我低头看了一眼透明的绿色打火机。以前上大学的时候,这个要 100 韩元左右?那时觉得世界上最可惜的就是不得不自己花钱买打火机了。因为那时三天两头就去台球厅和酒馆,从那些地方随手拿来的各种一次性打火机全放在书桌抽屉里,多的时候能有 30 多个。

我又回到酒店门前。现在该去买冰咖啡了。妻子虽然不挑咖啡品牌,但还是最喜欢喝香啡缤的美式咖啡。我想起以前好像在首尔金融中心附近见过香啡缤的店。于是,我就站在信号灯下等红灯。

人行横道对面,首尔广场入口处的一群黑衣人闯入我的视线,他们没打伞，站在那里。仔细一看，好像就是刚才透过酒店窗户看到的那群人。他们站成稀疏的一排，最前面站的是一群女人。她们都穿着丧服。女人们的左边站着一个男人，不知是在野党的政客，还是市民运动家，总之，好像在哪儿见过几次。在他们后面还有一个穿着祭服的老人，留着乱蓬蓬的白胡子，用拐杖支撑着身体站着，他手里拿着横幅。虽然下着雨，横幅上的字仍能看得很清楚。

"请总统向遇难家属道歉，彻查龙山惨案！"

龙山惨案？难道年初发生的惨案到现在还没解决么？当时，不清楚是五个还是六个，反正有好几个动迁户死了。我之所以还能记得，是因为那天晚上我和妻子正巧经过事故现场。我们开车去妻子的娘家二村洞。警用大巴、武装防暴警察、记者都守在地铁新龙山站一带，道路十分拥堵。妻子在车里一直念叨着这可怎么办这可怎么办。也不知道说的是龙山惨案怎么办，还是堵车怎么办。那天，我们比预定时间晚了一个小时才到达目的地。

远处，市政厅大楼外墙上的大钟指向5时30分。穿丧服的女人们突然伏在地上。看起来像政客的男人和白胡子司祭，还有六七个市民分别在旁边和后面一起迈开脚步。走三步就跪拜一下，再走三步，再跪拜一下。原来，他们正在"三步一拜"。

绿灯亮了。一时间天空好像翻滚起来，随后就下起暴雨，接着又刮起大风。我马路还没过完，停下来费了好大劲儿才把吹翻的雨伞整理好。硕大的雨滴挡住前方的视线。有人给那几个穿丧服的女人递过雨具，可她们没有接。暴雨中，她们没穿雨衣也没打雨伞，就那样围着广场三步一拜地转着。跟着走的人没几个，也没什么人围观，光景凄凉。我马路过了一半，就折返回来。冒着这么大的雨往返一趟香啡缤，实在是太远了。况且妻子对咖啡也不是很挑剔，应该也会喜欢德寿宫旁边那家唐恩都乐的美式咖啡的。

我的袖子和裤腿全湿透了，吧嗒吧嗒地往下滴水。门童很有眼力见儿，一边递过干毛巾一边笑着用日语说：

"您好！"

我懒得去解释自己不是日本人,一边把毛巾递回去,一边也用日语回答:

"谢谢。"

他一定想不到一个韩国男人会在假日里来首尔中心的酒店度假,他也有可能会把我当成一个因为业务需要而从地方来到首尔出差的韩国人,但是,我一身天蓝色的椰子树花纹T恤和短裤,光脚穿着皮拖,人们十有八九都会以为我是个日本游客。

一进到酒店大厅,全身都感受到一种就像回到自己家里似的舒适。外面潮湿闷热,让人直喊"啊",这里却凉爽惬意,让人发出另一种"啊"的感叹。电梯门关上了,就剩下我一个人,我不由得叹了一口气。刚从16楼下电梯,才发现手里没拿冰咖啡。刚才在大厅用毛巾擦身上的水时,暂且把杯子放在旁边,忘了拿就走了。我又转向电梯,已经晚了。15,14,13……显示运行层数的数字按钮板上,按键灯从高到底一个个亮起来。我瞟了一眼周围,走廊里一个人也没有。这让我想起以前在周末名片电视栏目中看到的一个外国电影场景:在空无一人的酒店走廊里,一个胖男人向着墙壁全速冲去。

"我要让你看看,我就是我!"

男人这样喊着,在撞上墙壁的瞬间就穿了过去。我凝视着眼前的墙壁,就像在看男人穿过墙壁后留下的洞。准确地说,是在看摆在墙前的桌子。说得再准确点的话,其实是看桌子上的电话。我知道拿起那个听筒,能听到什么。因为很久之前我曾经拿起来听过一次。"谢谢您,请问有什么可以帮助您的吗?"应该是类似这样的内容,但那时的我完全听不懂听筒那边前台接待员说的日语。其实这样更好。因为我并不是想和谁说话,只是想确定一下这世上不是只有我一个人。

那天,偏偏是个气温骤降的日子。在市政厅大楼前大概有六七个像我一样等人的人。手都冻僵了,身子在发抖,牙齿也在打颤。即便如此,我还是禁不住嘻嘻笑。这是我人生中第十九个圣诞节。再过一会儿,就会有一个即将迎来人生第二十一个圣诞节的女孩到来。为了这一瞬间，我不知道精心准备了多久。一边等待喜欢的人，一边看着令人惊异的清冷和美丽勾勒出的首尔夜景。人们走过市政厅门前人行横道一侧的慈善募捐箱时，纷纷往里放钱。身穿制服的男人摇出的铃声在十二月的冷空中清晰地回响。

"我给你预订了广场酒店。"

这就是我给允瑞准备的圣诞礼物，一个惊喜。当然，我也会一起去，但并没有别的意思。若说我连她的指尖都不想碰，那肯定是谎话。但我真正想要的不是这个。我只希望，她能在酒店的房间里，感受到一个被领养的人时隔20年第一次回到祖国时的心情，希望那陌生的首尔风景映在她的眼里，让她久久不忘。

已经过了30分钟了。我给她家里打电话。在那个没有手机也没有呼机的年代，我一边在公共电话亭里打电话，一边担心万一她来了见不到我，不断地回头往后看。一个小时过去了，还是没人接电话。又过了30分钟，终于有人接电话了，是她妈妈，她说允瑞中午就和朋友们一起出去了。允瑞完全忘了和我的约定。我一个人有气无力地走到酒店。那时候怎么就没想到预定是可以取消的呢。

透过16层高的窗户，我俯瞰着首尔的夜晚。从市厅通向光化门方向的太平路上，汽车开着大灯穿梭来回。白色的车最多。虽然被喜欢的人放了鸽子，可我所看到的首尔夜景依然清冷美丽，也很凄凉。七个月来，我什么活都干，用打工攒的钱买到的一夜就那么过去了。那天的事，我没有对任何人说起。说什么呢？一个人待在酒店房间里，一直看着窗外直到睡去，半夜醒来像个被领养的人初次回到祖国一样，忽然感到孤独和委屈，茫然地在走廊里徘徊，然后看到电梯前桌子上的电话，听到前台接待员的声音。

后来，我跟允瑞说起过那天在市政厅门前冒着严寒等她，但没提酒店的事。当时，我只想独自拥有那天晚上的回忆。就算跟她说，她也不会相信。因为，那时一个晚上的酒店住宿费可是笔巨款，相当于我三个月的房租。

十几年过去了，现在跟她说那天的事，她会相信吗？她还会记得那件事么？还能证明我就是那时的我，我们还是那时的我们吗？

　　我想着在给妻子递过冒雨买来的冰咖啡时，试着说一说。就算她不相信或者不记得也无所谓，其实，这都不重要。因为，这才只是休假的第一天，我们还有很多天的时间。

一半以上的春夫

李章旭

1

我有一个日本朋友,名叫高桥春夫。和别的日本人不同,他特别喜欢旅游,因此他的朋友遍布世界各地。春夫这样说自己:"我,高桥春夫,外国朋友比日本朋友还多。"

虽然他说没有真的数过,不过我觉得他说的大概是真的。他说自己一年里待在国外的时间比待在日本的时间还长,待在日本时,他就会过得"像个死人一样"——不见任何人,也不参加任何活动。他并不是故意要那么做,而是日子久了,自然就那样了。"像一条深海里的鱼或海龟那样待着,然后,突然有一天就坐飞机到国外去。这就是我——高桥春夫的生活方式。"他说。

"那你哪来的钱过日子,哪来的钱去旅行啊?"

这是我提的问题,但它很快就被证明是一个愚蠢的问题。他说:"旅行就是我的职业,我靠旅行维持生计。"

他说的是实话。他的网页上刊登了很多知名跨国企业的横幅广告。我还在网页的一角看到我们公司的广告。我们公司是一家外资企业,我在营销协调组工作,负责管理国内为数不多的几家代理店的联合营销宣传业务。我虽然工作没多久,不过也许今后能去国外发展。这是我所期望的。

春夫的网页是英文的，他正在上面连载自己的旅行见闻。他的旅行见闻似乎很受欢迎，在全世界拥有广泛的读者群。点击量一般在1万次左右，有的文章点击量会超过10万次。他也因而能够在世界各国的各类杂志上发表文章，据说还出了几本书。就这样，不知从什么时候开始，对他来说，旅行不再是兴趣爱好，而是成为了一种职业。

我常常浏览他的主页，就当是学英语。春夫写的句子大都很短，基本上也没什么太难的单词。可能是因为英语对于春夫和我来说都是外语，所以我感觉他写的东西比较易懂，虽然这么说有点奇怪。

他写的不是那种旅行信息类的文章。比如，去巴黎的话一定要在露天酒馆吃海虹料理，圣彼得堡的俄罗斯国立美术馆比埃尔米塔什博物馆更值得去，或者是强烈推荐晚上去一趟新奥尔良的波旁街等这些，他都不写。他也不写那些和日本比起来，这个地方怎么样、那个地方怎么样的内容。不介绍景点，也不刻意以一个日本人的视角去写作。那么，他写的是优美的随笔或者比较能够展现知性和感性的游记吗？也不是，都是些平淡无奇的文章，我简直难以理解这种文章怎么会如此受欢迎。而我就是在呆呆地看着他写的东西，这实在很神奇，我都有点怀疑他是不是在文章里施下了什么中世纪的魔法。

其实，他不过是通过文章和照片来暴露自己的行踪。这里的"暴露"并不是说通过揭露私生活来获得快感的意思，准确地说，他就是把自己所处之地的自然生活写出来。不管是纽约时代广场，还是清孔的偏僻小巷，都无所谓。在纽约时代广场，他就活得像个纽约客，在清孔，他就活得像个在清孔土生土长的泰国人。就这样，春夫的旅行——如果可以称为"旅行"的话——就是"生活"。

旅行中总会有些陌生而新鲜的东西，可春夫似乎并不在乎这些，最多就是突然间感觉不知道自己在哪儿了，如此而已。一个旅者，却对陌生的东西毫不关心，这简直就像一个公交车司机每天都觉得路边风景很新奇一样不可思议。

这些都是我的想法，可是春夫说，自己还和一些读者真的成了"朋友"。有的朋友是先通过网上的文章认识的，后来在旅行中偶然发现他就住在当地，便见到了。有的是在旅行途中遇到的，后来他们通过他的网页互相联系。

说起我们——我和她——和他的相识，则是属于后者。我们在旅途中相识，后来我去浏览他的主页，成了他的读者。

2

与春夫的相遇是在几年前，在从德里开往瓦拉纳西的夜班火车上。那是我认识她以后，第一次也是最后一次和她一起去旅行，而且是出国旅行。

实际上，出国对她来说已是轻车熟路，而对我来说却很难得。那时，我还是个整天穿着运动服，夹着托业书的待就业学生。虽然直到高中为止，我都希望将来能当一名飞行员，但说到出国旅游，我却只去过中国，就连这也是因为父亲当时组织了一次社区老人协会的团体游，非要让我一起去。"男人就应该了解广阔的大千世界"——这是父亲把我塞进那次老人团中国行的理由。他没说自己是第一次坐飞机。我当时在"中原"的广阔世界里唯一所做的事情，就是在保健品店里听着售货员枯燥的讲解，把商品拿起又放下。

她却不一样。因为她是航线覆盖全世界的外国 N 航空公司的空乘。我梦想成为一名飞行员，实际上却将成为办公室职员，坐在办公桌前用布满血丝的眼睛盯着电脑屏幕看。她梦想成为一名工作稳定的公务员，却成了在 9 千米高空之上工作的空姐。虽然才刚入职，可她的人生前途一片光明，她会以仁川为基地，往返美洲等地。她将有资格拿着住宿津贴，住在美国境内的酒店里。

"所以说啊，这么一大块金属居然能飞上天！一根轻轻的羽毛都飞不上去的地方，这么重的金属却能往来自如。"第一次飞行结束后，她说出了自己的感想，脸上露出激动的神情。你这感想还真挺科学的——我差点就这样取笑她。不过，她并没有察觉。

"坐整整一晚的飞机飞向遥远的城市，待在那儿的酒店里，然后再回来，这就是我的生活。飞到大海对面的摩天大楼虽然只用二十个小时，日期却过去两天。回来的时候正相反，飞二十个小时，时间却只过去两个小时。感觉就像把时间放进口袋里又掏出来一样。"

她喝着刚从咖啡机里接出来的咖啡，饶有兴致地说道。那天，我们没喝酒就分开了，这是我们认识以来头一次。

她也知道我的梦想是当一名飞行员。我从小就搜集爱德美鬼怪系列和长谷川公司的飞机模型，以为自己肯定会考上航空大学。家里当然也不反对，可问题出在视力上。高中时，我视力明显变差，不得不带上眼镜。这可是严重不符合要求的，但我并没有放弃梦想。在我的哀求下，父母让我做了近视眼激光手术。

就是这个手术，让我的所有梦想都如肥皂泡般破碎了。后来才知道，这个近视眼手术才是让我梦想破碎的致命理由。体检时，医生说：飞机这种机器不仅前后左右移动，还会上下移动。因此，飞行员必须承受急剧的重力变化。但是，近视眼激光手术要对视网膜进行切削。那么，如果气压突然发生变化，视野就会变得模糊，最惨的情况就是眼球都有可能破裂。

我曾无数次地想象眼球在空中破裂的场景：飞机在云层中穿梭，突然遇到强台风。飞机上下左右强烈晃动，然后突然进入风眼。风眼里一片寂静。就在这片寂静中，我的眼球突然砰的一声破裂。然后，视野消失。不是视野变黑，而是整个视野都不见了。我这才知道，原来想象也能扼杀梦想。我蒙上被子，反复地想象着，最后欣然地放弃了梦想。

最近，每次出差，当我走进机场的时候，都会有一种奇妙的感觉。在那里，所有人都拉着两三个自己身体般大小的行李箱，去往遥远的地方，或是从遥远的地方回来。他们身穿正装，在那儿换登机牌、托运行李、两眼茫然地排队等待出关安检……看到这些，我就会感到非常无奈。世界上所有的目的地都是怎么来的？不是人需要目的地，是目的地需要人，不是吗？或许，不是人们在离开或者归来，而是出发地和目的地在把人们送来送去？这些想法就像用花花绿绿的书皮装订的西方箴言集中的句子一样在我的脑海中浮现。所以，我跟她提议说一起去旅行。

火车很破旧。卧铺车厢不是封闭式的，开放式隔间里有两对面对面的上下铺位。地板上散落着垃圾，一股类似于烂水果的味道飘散在车厢里。我和她毫不在乎这种味道，来回看着窗外和车内的风景。"出发时韩国都大冬天的，这印度还是早秋呢。"她自言自语地说着可有可无的废话。"这才叫地球啊。"我也用可有可无的废话回答了一句。"可不是么。"她点了点头。透过车窗，我们看着走到哪个国家都会遇见的风景，不论是白天多情的田园风光，还是夜晚的一片黑暗。

火车经过西塔普尔的时候，车厢里有人开始清扫地上的垃圾。他本来静静地坐在那些睡觉和无聊地打发时间的人中间，突然站起身，不知从哪里拿出扫把和拖布，一边轻轻地洒水，一边打扫起地面来。他是个中等个头、身材偏瘦的青年。谁都能看出他并不是列车员，因为他穿着很不起眼的衣服——破旧的棉料裤子、宽松的灰色 T 恤。

"那个人，在干什么？"她用下巴朝那个男人点了点。其他乘客好像也觉得奇怪似地看着他。他一边笑着和乘客们打招呼，一边继续打扫卫生。当他走近以后，我们才发现他长得和印度人不一样。

他来到我的座位前，让我抬一下腿。这可以说是个能自然地跟他搭话的机会，可我却从嘴里挤出来这么一句英语：

"你，在干什么？"

他抬起头看看我，然后理直气壮地回答道：

"我，在扫地啊。"

听到他平淡的回答，我又问道：

"我是说为什么你在扫地？"

我强调了一下"你"这个字。他面无表情地看着我，回答道：

"我为什么不能扫地？"

他也强调了一下"我"这个字。我一时语塞，只能悻悻地笑了。这时，她接过了话茬：

"这里是印度，我们现在坐在夜班火车车厢里，不是别的什么地方。印度的火车本来大体上都是这么脏乱陈旧,这很正常。可以说,它本身就是印度的一部分。你是乘客,不是列车员,所以,我们觉得你没必要打扫卫生。"

听了她这番近乎演讲的话,他的脸上露出了纯真的微笑,然后,说了一句让我们感到多少有些意外的话:

"你们和我,做个朋友吧!"

这就是和春夫的初识。

从那以后,我们真的成了"朋友"。她和我看了看春夫,又互相看了看对方,然后都扑哧一声笑了,露出一副我俩自己也不明白为什么笑了的表情。

3

春夫提着行李坐到我们这边来。那天晚上,我们像老朋友一样在车厢里聊了很久。说来也是奇怪,从刚见面开始,我们就没有感到一丝尴尬。春夫就像空气一样,很自然地融入我们中间来。

说起来,就是这样一种感觉:来旅游的我和她在这边,当地的风景和人在那边。两边对望,中间却隔着一个无法穿越的玻璃屏障。我们观赏着玻璃那边的世界,那边的世界也以各种形式从我们这里收取手续费。这是因为,说我们是旅游也好,观光也好,却不能说我们是活在那片风景里。

可是现在,两个世界中间突然来了一个春夫,打通了两边的边界。那块玻璃屏障般的东西突然消失了,外面的空气涌了进来,就是这样。

清晨,我们到达瓦拉纳西,又住进同一家旅店。我们一起在露天酒吧喝印度啤酒,在机动三轮车轰隆飞驰的集市里徘徊,坐在恒河边的台阶上闲聊。春夫就像从开始就和我们在一起那样无拘无束,我和她也很自然地觉得事实就是这样的。

我似乎后来才发现,这是春夫特有的才能。和他一起喝啤酒聊天,那种自己是在用外语说话的感觉常常会消失。和他一起走在集市里,我会产生一种错觉,以为他才是我的老朋友,比认识她的时间还长。我跟她一说,她说也有同感。当然,我没提"比认识她的时间还长"这句。

不过,春夫并没有天天跟我们在一起。这可能就是春夫自己的旅行方式吧。他经常会消失。有时在外边逛一整夜,早上回来时累得像条狗似的。有时会不知从什么地方借来辆机动三轮车,一个人在尘土飞扬的乡间小路上狂飙。有时会把几个陌生的印度朋友带到旅馆里来喝茶,他们围成一圈坐在那儿的时候,几乎没人会觉得几个印度人中间坐了一个日本人。

春夫做事总是泰然自若,旁若无人,有时会让人觉得春夫已经不是春夫了。有一次,在经过旅馆附近的市场时,我们看到一个卖印度饰品的人,看着看着就发现那个人有点眼熟。过了一会儿,她和我都惊呆了。那个在喧闹嘈杂的市场上摆饰品摊的不是别人,正是春夫。他说自己是从印度朋友那儿拿货来卖的,说得那么坦然,简直让我们觉得他就是这里土生土长的人。

有一次,我跟他说,你和我所了解的日本人不一样。当时,他愣愣地看看我,还像以前一样微笑着说,你也和我所了解的韩国人不一样啊。言语间似乎在说,这不是很正常吗。站在身边的她说我这是一种偏见,也许这也很正常。她指的是"春夫和其他日本人不同,很喜欢旅游"这句。我在故事的开头的确是这么写的,所以,我也没什么话好说。

而且,严格来说,春夫并不是一个典型的日本人。他的外祖父是美国人,母亲是土生土长的冲绳人。

"冲绳是不是日本最南边的那片岛?"她说。他点了点头。

"听说不能说冲绳人是日本人,也不能说不是日本人呢。"她嘟囔道。

当时,他说了这样一句玩笑话:

"说起来,一半以上的春夫是有些不同的春夫呢。"

在冲绳出生长大的春夫搬到东京的伯父家以后,遭遇了各种不幸。

首先是他一到东京，在冲绳的父母就离婚了，再就是他在学校遭到了同学们的孤立。他长得和一般的日本人有些不一样，又不爱说话，所以，让他适应教室这个宇宙般的空间，是最困难不过的事了。而且，他还没考上所报考的大学。

春夫说，离开伯父家以后，他就开始了漫无目的的旅行。"就是一种'自杀之旅'吧。因为对生活不报什么希望，所以对死亡也不特别排斥。"他解释说。

春夫打算在临死前花掉所有积蓄去旅行，俨然是一个陷入绝望的青年，他盲目地希望去北极，但是因为经济状况等原因，他最终选择了离得较近的韩国。路线是从釜山出发，途经首尔、春川、束草，再沿7号国道返回釜山。

春夫说，第一天感觉很奇怪。他在釜山一个小巷的旅馆里——应该是汽车旅馆或一般小旅店之类的，她帮他更正说——睡了很长时间，他从来没有过这样踏实的睡眠，醒来时感觉自己在一个陌生的房间里，好像这一觉睡过去了好几辈子一样。那天早晨，他仰望着天花板躺在床上，起来时，莫名地感觉自己似乎是刚刚从海底逃离出来。他打开窗户，俯视嘈杂喧嚣的街道。那里有柔和的阳光，无数的车辆驶过，冷空气夹杂着汽车尾气涌进窗户。他轻轻地"啊"了一声。不知为什么，这似乎是一个新的世界。

在去吃早饭的路上，春夫遇到一件奇妙的小事。一位年轻女子从路对面走过来，问道：

"请问……你信道吗？"

他愣愣地看了一眼女子，脸上露出一副不清楚自己信不信道的表情和一抹不经意的微笑。女子看了看他的脸，也跟着笑了。就这样，不知为什么，两个人似乎都发现彼此不用再说什么了。

从女子身边走过以后，春夫忽然感到很奇怪。他发现女子和他说的不是英语，当然也不是日语。从发音上看——他说能清楚地想起当时的发音——绝对是韩语。

"我知道的韩语只有咸菜、烤肉，还有你好、再见之类的问候语。"

他补充道。

和女子分开后,春夫走在寒冷的街上,发现自己想要死的想法居然消失了踪迹。他是这样说的:"说起来,就是一瞬间的事情,就像我移动五厘米左右后就来到另外一个世界一样。也许是真的悟了道呢。"

"不管你信不信,这确实是在冬天釜山南浦洞街道上发生的事情。"他认真地说。

4

在离开瓦拉纳西的前一天晚上,我们坐在旅馆的房间里喝酒——是春夫拿来的葡萄酒。她和我聊着所有旅行者都会聊到的印度和恒河。什么当今印度就是恒河的神秘与信息技术产业的结合啊,乔治·哈里森在恒河边等待死亡时想了什么啊,都是些无聊的话题。春夫只是偶尔笑笑。

聊着聊着,我好像恍惚睡着了。感觉夜更深了,自己好像淹没在深深的水中一样。大概是凌晨两三点的时候。就这样,酒还没喝完,我就躺在床上睡着了。

黑暗中,隐约听到春夫和她说话的声音,就像在水中听到的声音一样。我费力地稍稍睁开眼,看到春夫和她。窗外微弱的灯光照出两个柔和的身影,两个人并排坐着,手牵着手,静静地聊天,自然得就像一对交往已久的恋人。

那一幕,我想,就像在黑夜、黑暗和心脏微弱跳动的水中的景象一样,看起来温馨而静谧,我不敢弄出一点声响,生怕他们知道我是醒着的。

我又像一条鱼一样睡了。

第二天早晨,天阴沉沉的。我们决定最后再去一次恒河。

我们漫无目的地走着,在火葬场停了下来。阶梯之间的石板祭坛上放着柴堆,旁边依次摆着等待火化的尸体,都用布裹着。另一边,已经有一些柴堆烧了起来。

我们在岸边走着。星星点点的黑色灰烬随风从我们身边飘过，落在头上、肩上。我和她就要去德里坐飞机回仁川了。春夫说要在离开瓦拉纳西后，途径尼泊尔去孟加拉，在那里回日本，还补充说两三个月后要去南美转转，再绕道古巴去北美。他就是在那时对我们说，自己在日本时过得"像个死人一样"。

火葬场后面，偶尔可以看见一些放在推车上的布裹尸体。雨点开始落到上面，浸湿了裹尸布。我身边推车上的尸体渐渐露出轮廓，我呆呆地看着：胸部和腰部的曲线、纤长的双腿，透过橘红色的裹尸布渐渐清晰起来，应该是个年轻女人的尸体。我一直盯着那具尸体的轮廓看，直到她扫了我一眼，裹紧衣服嘟囔着说："今天挺冷啊！"我才回过神来。

寒冷的雾气弥漫在水面上，早晨的体感温度很低，让人难以相信这是印度，空气中似乎夹杂着冰凌。只有几个印度人把身体泡在河水里冥思或轻轻地清洗身体。

河对面是一片荒凉的沙土地，没有人，也没有房子。旅馆老板说，人们把那里叫做"死亡之地"。因为火葬场里烧剩的灰烬最后都会流到那里。

我和她坐在台阶上，在星星点点的小雨中，看着恒河和对岸。我们好像也没想什么，就那样看着漂在水面上的灰烬，或者可以说是那些灰烬在看着我们。

这时，水面上有一个东西引起我们的注意。那东西在水里漂着，仔细一看，发现是一个男人的头。是一个男人漂在水里，头露在外面。开始，我以为是一具尸体，后来发现他有时会伸出胳膊来划水，看来，他一定是在游泳，而且肯定是仰泳。

虽然偶尔也见过有人在恒河里游泳，可在这样一个冰冷的早晨，还下着小雨，居然有人在仰泳？不过，我们俩的表情很快就由呆愣变成了惊讶。因为，那个游泳的男人是春夫。不知什么时候从我们身边消失的他，居然跑到河里去了。

春夫把头露在外面，仰脸朝天地漂在水中，偶尔用手划一下水。那速度只能用"漂浮"来形容，他可能是要到河对岸去。他的身边漂着尸体焚烧后的灰烬，形成没有规则的形状。我们坐在岸边，呆愣愣地看着他漂浮在那里。

她自言自语地说：

"春夫……漂走了。"

我也自言自语地回了一句，可这句从我自己口中说出的话，却把我自己给弄懵了：

"可能是因为……那是一半以上的春夫。"

她回头看了我一眼。看来是我的语气有些生硬了。

5

回到韩国之后，我开始通过春夫的个人主页去读他那些不像游记的游记。我还记得自己那时近乎沉迷般的热情。

在一篇文章里，他提到了我和她，说我们是在印度认识的"朋友"。这不是漠不关心，也不是过度热情。感觉他既没把我们当作描写的对象，也没当作主人公，我们不过是在他的文字间呼吸罢了。从加德满都到吉大港，春夫从没有感叹过那里辽阔而荒凉的风景。他在游记里记录的都是些琐碎小事，比如遇到了哪些人，和他们做了什么，在吃什么东西的时候想到了什么，等等。不久后，他突然放了些古巴音乐，却说那只是音乐而已。墨西哥街头目击的一场抢劫案在他的笔下好像就发生在成田一样。奇怪的是，所有这些游记让我回想到的都是和灰烬一起漂在恒河上的春夫。

时间过得很快，我浏览春夫主页的次数明显少了。虽然感觉是因为时间长了，自然会这样，但实际上，可以说是我对他的文章渐渐失去了兴趣。春夫依然在各种各样的地方生活，而他的游记给我的印象却越来越模糊。

读他的文章时感受到的那种莫名的痴迷也基本消失了。我想，大概是因为无论是某种心情还是所谓的专注力都有一个产生和消亡的周期吧。我和她的分手也是一样的。

一天，她把我约出来。她拉着双层拉杆箱站在我办公室门口，好像刚下飞机交班后路过。她两手放在前面，抓着行李箱手柄，静静地站在那看着我。

我一步一步地朝她走过去，感觉似乎有什么东西正在从心里掠过。也许是一缕清风，也许是老树上掉下的最后一片叶子。它让我意识到我和她的关系已经成了过去。她似乎也有同样的感觉吧。那天晚上一起吃饭，当四目以对的时候，我们的脸上都露出了尴尬的笑。感觉就像有一个堕落天使坐在我们中间，往我们脸上各放了一块沉重的石头。石头掉下去，我们的脸上才露出笑容。可是，顽皮的天使马上就会再放上一块。我想试着像春夫那样自然地笑一下，却做不到。

我在想，怎么说呢，这就是一件很平常的事。所以现在不会对我造成什么直接影响，没关系。和她分手后，我就会回家睡觉，明天照常上班，什么事都不会发生。我和她面对面坐着，心里就这么胡思乱想着。我们就像长颈鹿和鹈鹕一样坐在那里，相对无言。

第二天晚上，她打电话给我，说起最近新交的美国男友。那语气就像是跟我介绍自己新学的乐器或外语一样。她说两个人在同一家航空公司工作，也不知道怎么回事，很自然地就在一起了。

"也不知道这是和你分手的原因还是结果。"她笑着说。我手拿电话听着，然后点了点头。

人生似乎有时会"很突然"。当时，我和我们公司的一名女实习生走得很近，各方面都在向典型的恋人关系发展。不久后，我们就把独自生活在老家的父亲接过来，打仗一般地举办了婚礼。就像一场一时冲动的旅行，所有的一切都从身边匆匆而过。结婚以后，我的生活并不顺遂。我老是往外跑，妻子受不了我这样。我似乎觉得一半以上的自己生活在另外一个地方，妻子应该也是一样吧。

我本来希望能够被派到国外去，却未能如愿，还是负责管理国内代理店。这也是因为当时美国公司本部陷入困境，国内分公司开始裁员，进行全面改组。我觉得一切都不如愿，而实际上，我都不知道自己的愿望到底是什么，感觉就是原因和结果胡乱地交织在一起。不到一年，我就和妻子协议离婚。可能是祸不单行，就在我办理离婚手续期间，父亲去世了。

父亲是在老家的房子里走的，我觉得，这对谦和一生的父亲来说，算是一个小小的幸福吧。父亲一生都没有离开过那座老房子，他在属于自己的空间里闭上了双眼。村里那些很久以前和他一起去中国旅行的老人现在几乎都不在了。一个原因是一半以上的老人离开了人世，另一个原因是村子附近新开发了度假村，有几个老人在那儿有地，借此大赚了一笔搬到城里去了。父亲和许多当地人一起举行示威反对建度假村，和那几个老人就疏远了。此后，度假村和市政府方面几经斡旋，示威不了了之。时间一下子改变了很多东西。故乡虽然还是故乡，但我对它已经没有丝毫眷恋了。

三天的葬礼简单而朴素，只来了一些住在附近的熟人，我的几个要好的公司同事赶来一起喝了酒。我买了一块私人墓地安葬了父亲。葬礼结束后，我整理父亲的遗物，做了死亡申报……

我把那座小房子和房前没什么用的地都委托给镇上的房产中介，打算卖出去。那家中介的老板也是父亲的朋友，他回忆起父亲生前，非常心痛，说本来好端端一个人，突然就晕倒了，醒来后说："喂，这是哪儿？是那个生我的地方吗？我出生的地方哪去了？"转述完父亲的话之后，中介老板十分惋惜地仰望天空，叹息道："不管怎么说，能在故乡去世，也算是幸运了。"

我给中介老板郑重地行了个礼，然后走了出来。这恐怕也是我最后一次见父亲的老朋友吧。房子和地如果卖出去，我们会通过电话和传真处理。

我铺着父亲的褥子，躺在父亲的房间里，度过了故乡的最后一晚。望着棚顶破旧的壁纸，我一朵一朵地数上面的鸢尾花。数到50左右就数乱了，于是重头再数。数到200左右又乱了，再从头开始数。数到500左右又乱了，再重新数。

和她偶尔还有联系。不是前妻，是那个空姐。有一次破天荒地一起吃了顿晚饭，那天偏偏还是我们的恋爱纪念日。很久以前的那天，在一个喧闹的酒馆里，我就像一个生平第一次聊天的人一样与她聊着。

"那天偏偏"……虽然用了这样的字眼，但是，或许我们都记着那个日子，"偶然"不过是我们见面的借口而已。

"又不是要复合，过什么以前的纪念日啊？咱俩真是够怪的。"

也不知道是谁先说的，说完我们都笑了。可能是沙拉上的猕猴桃沙拉酱有点酸，她皱起眉头。我开玩笑地问：

"天上怎么样？好吗？"

没想到她却低头看着桌子，无精打采地嘟哝道：

"天上……是个孤独的地方，就算往窗外看也没有信号灯，也不能向迎面而来的白云挥手。"

接着，她又自言自语地嘀咕：

"天上，只有人，只有那些需要我去服务的人。"

我调皮地反问道：

"听说飞机时速有900公里吧？你可是在比宣铜烈投出的球还快六倍的机器里给大家端水送饭啊！不会是一开始不知道吧？"

她的脸上露出一抹无力的微笑，然后消失了。她突然说起春夫就是在那一刻。

"我看到春夫了。"

"春夫？春夫？啊，春夫。"

当从她的口中冒出春夫这个名字时，我发出一声轻轻的感叹。这是一个尘封在沼泽般的记忆当中的名字，它现在拨开充斥着沼泽的水草、绿藻和垃圾，慢慢浮出水面。可能是因为距离上次去印度旅行的时间太久了，其间我的生活也发生了很大变化，我甚至感觉他算是老朋友了。

她说起的事让我感到有些意外。她是在底特律机场见到春夫的，"不对，我也不确定那到底是不是春夫。"她含含糊糊地接着说道。

她正在机组人员专用通道排队，身穿正装，两手放在前面扶着之前那个双层拉杆箱。这时，旁边的外国人入境通道躁动起来。

一个男人正在和机场安保人员争吵。男人不时地发出怪声抗议，两名安保人员抓着男人的双臂，要带他一起去调查室。那是个东方男人，穿着破旧的牛仔裤和宽松的褐色针织衫。听声音和语调，好像是日本人，可是那强烈抗议的样子却"不像日本人"。

她觉得那男人是春夫，是在男人争吵时突然回头朝她看的瞬间。在他们眼神交汇的一刹那，她感觉男人的脸上闪过一抹微笑，虽然她觉得这有可能是自己的错觉。

她解释说，美国机场会对乘客进行随机的全身扫描。随机选中的外国乘客会被带进一个巨大的圆柱形扫描室里，然后像个犯罪嫌疑人一样举起双手，接受 x 射线全身扫描。这是"9·11"恐怖袭击之后开始执行的更严格的安检措施，拒绝检查可能会被拒绝入境。

她说自己没能帮上春夫。因为那些蜂拥过来的机场安保人员把他带到调查室去了。因为他的行为已经超越了单纯的抗议，造成了骚乱。她还说，也许会简单地调查一下个人信息，然后就给他办理禁止入境手续。

纪念日都是这么凄凉的吗？我想。饭馆的窗外正在下雪。也许是冬天即将过去的缘故，雪花也不那么讨喜了。"湿雪，湿雪……"我嘟囔着。

她说起自己今后的打算："不久后要和一个航空公司的机长结婚，计划定居在洛杉矶。"还说已经辞去了空乘的工作，就要离开韩国了。"就算是开始一段很长的不会结束的旅程吧。"她说。"那偶尔也要来玩啊。"我点了点头，说了这么一句客套话。

临走时，她顺便说起一件事。

"那次在瓦拉纳西旅馆，我不是和春夫聊了一晚上嘛。"

她望着飘着湿雪的天空说：

"当时你也看到了，应该记得吧？你知道我们聊了什么吗？"

我静静地看着天空，雪越下越大。

"我说春夫很美。"

她凝视着夜空,接着说:

"当时春夫也是微微一笑,可笑容背后隐藏的却是一张十分凄凉的脸。"

她说,面对那样一张脸,她哑口无言。瓦拉纳西的夜晚静静流逝,在黑暗的寂静中,春夫似乎顺口嘀咕了这么一句话:

"除了春夫,一切都是美的。"

春夫说的这句话,让她感觉干巴巴的,就像一缕安静而稀薄的空气,她无法再回答什么。那一瞬间,她感觉怪怪的。

她伸出手去接湿雪,静静地说:

"感觉好像经历了一段短暂的爱情。"

关于春夫,还有一件事。

不久前,我所在的韩国分公司度过危机,各方面都趋于好转。虽然我已经对工作感到倦怠很长时间了,不过,据说新任公司老板在政界很是吃得开,下大决心要发展公司。韩国分公司开始接管东亚和东南亚市场,公司里呈现出一股安静的兴奋。

我参与了一个为促进海外营销而筹备的项目,负责聘用外籍新员工,是从众多亚裔外国人中选拔。

意想不到的是,我在求职者中发现了一个和春夫长得很像的日本人。那张通过网络上传的申请书上写的名字不是春夫,而是原京助。但是我从照片里看到的就是春夫的眼睛、鼻梁和嘴唇。虽然从整体印象来看,申请书照片里的人明显更犀利,但怎么都觉着那就是春夫。我半信半疑,却无法确定。因为这件事发生在春夫的个人主页在某一天突然关闭之后,所以,我无法看到他的近况,更别说他写的东西了。

面试那天,我亲眼见到了原京助。他一身帅气的条纹西装,是一个懂得在嘴角挂着有分寸的微笑的男人。他说自己曾经在日本一家小贸易公司当过实习生,最近交了个韩国女朋友,所以对韩国文化产生了浓厚兴趣。

"原京助先生,你是不是还有另外一个名字——高桥春夫?"

我如此问道。他看着我,一脸"什么意思?"的表情,然后摇摇头，一字句地回答说，自己的名字叫原京助，不知道谁叫高桥春夫。

面试结束后的那个晚上，我独自在家喝酒。喝了一会儿，我找到原京助的电话，打了过去。他好像很奇怪为什么人事主管这么晚打电话来。都十点多了，有这种反应是当然的。我没管他的反应，直接问道：

"京助先生，你真的不是高桥春夫？很久以前，你曾经有一个关于旅游，不，关于生活的博客，你还在印度见过我。"

一阵不明所以的沉默过后，原京助说：

"是的，很久以前我是去过印度旅游，也写过博客，但不是关于旅游和生活的，是关于全球趋势的。当然，全球趋势也和生活相关……不管怎样，我的名字叫原京助，我不认识那个叫高桥春夫的人。"

没等他说完，我莫名地烦躁起来，坚定地说：

"是吧？你的确不是高桥春夫，你不能是高桥春夫，因为高桥春夫还在……"

电话那头的原京助保持着沉默。

"……旅行。"

说完，我径自挂断了电话。然后，一口干了杯中的中国烈酒。

不久后，我辞去了工作。

原因有好几个。项目没什么进展，这一点我和我的团队都有责任，加上公司方面不断施压，团队内部矛盾日益凸显，等等。

我没做什么计划，直接递交了辞呈。反正都是一个人，可以去别的公司，也可以去做一种完全不同的其他工作。但是，我的内心对这两样都没什么想法。

一连几天，我都躺在床上看天花板上的阿拉伯风格花纹。数到300左右后数乱了，便从头再数。数到700左右后又乱了，再重头数。数到900左右后又乱了，再重头数。数到1500的时候，我突然起来，上网买了张飞往印度的机票。

不是因为想去旅游散心，也不是去求经悟道。怎么说好呢，就是觉得必须得去一下才行。或许我会去德里坐上前往瓦拉纳西的夜班火车，安静地坐在那些睡觉和无聊地打发时间的人中间，然后突然站起身来打扫车厢。这样，也许有人会这样问我：

"您认识高桥春夫吗？"

或许，我会微笑着这样回答：

"假如是一半以上的春夫，或许。"

旅人在路上从不停歇

李祭夏

1

那是癸亥年（1983）年底的事了。腊月中旬的一个傍晚，一辆束草市内公交车在汤淄丁字路停了一下，下来三四个人。他们紧裹着棉袄，戴着瓦楞帽，有的背着双肩包，有的就拎了个洗漱包，好像要去爬山，嚷嚷着"冷啊"什么的，快步走向街边小店那边。跟着下来的一位老伯好像是去市里买了做生鱼片用的鱼，拎着袋子蹒跚地跟在后面。只有最后下来的那个男人，好像撞在了电车上似的，呆呆地站在那儿不动。正前方，是一望无际的大海。

从首尔汽车站上车启程，几乎是出于一时冲动。一路上看了不少水景，心里的确有些痒痒。刚才公交车停下来，车窗外突然映入眼帘的大海同之前那些完全不一样。所以，在最后一刹那，他被一种莫名的力量驱使着，赶紧下了车。怎么说呢，感觉就像突然间有峭壁挡在眼前一样。

路面上虽说不像首尔那样车水马龙，可也一直跑着各种观光巴士之类的车。附近是一个柏油广场，有四车道公路三倍宽，广场一端便是大海。他不由自主打了个寒战，犹犹豫豫地开始小心翼翼地过马路，就像是走在悬崖边上一样。

可能是为了方便游人，路上每隔一段就有用水泥砌好的花坛。它们在凛冽的风中显得无比渺小和干瘪。他走下两三尺高的路基,进入看上去有十几米宽的砾石沙滩。在他弯腰放下拎包时,听见有人大喊:"站住!别动!"

"向后退三步!包放那儿!"

"……"

一个哨兵用枪指着他走过来,歪头看了看他打开的包,表情温和了些。

"这是什么?"

"真是……"他说:"看了还不知道么?乱数表和炒面……"

"什么……"

包里面只有几套内衣、洗漱用具,还有一个塑料袋。哨兵蹲下来翻塑料袋的时候,他心想,如果我是间谍,你早就死了。间谍怎么会放弃这样的机会?世上怎么会有把武器放在包里的蠢货?

"这是什么?好像是什么粉……不是石灰吧?"

哨兵把手从塑料袋里掏出来,捻了捻手指头。他不爽地看着哨兵那边,心里盘算好后走了过去:

"不都说了是炒面么?"

"你,骗谁呢?噢,是骨灰啊……"

"……"

"撒完赶紧上去。"

"……"

"……快上去。"

十五六年前,他还是个新兵时,曾经目睹过一个兵拿着拉了弦的手榴弹,却不知怎么办才好,最后胡乱扔出去,炸飞了一个战友的胳膊。周围的人都跺着脚用手指着正确的方向朝那个兵使劲喊,可那个兵就在那儿红着脸原地踏步。他从哨兵那儿抢回塑料袋,感觉自己好像成了那个兵,这让他很恼火。他捡起包,径直往路那边走了上去。

路对面有两三家小饭店,窗户上贴着写有"辣鱼汤"的纸招牌。即便借着远处的灯光,也能看得出吊窗在风中使劲摇晃着。

他推开左边那家店的门进去，刚才一起从公交车上下来的那几个男人正烤着暖炉喝酒，他们回头看了看他。那个背双肩包的男人似乎觉得他有些面熟，半天没转回头去。他没理他们，走到一个角落，坐在凳子上。

"这家伙怎么还不来？是不是没找到？"

"怎么会，这地方有的是……应该是正相反吧。"

"正相反？"

"那些妞可别都跟过来……搞不好会跟来一帮啊。"

"事先给他提个醒好了，金将军可了不得……来多了就一起来呗，嘻……"

"别在那儿穷白话了，我们都老了，算了吧……"

男人们又开始嘻嘻哈哈吵嚷起来。刚才一起下车的那位老伯从他们身后的小门出来，向他走来。

"来碗辣鱼汤吗？没别的了。"

"什么鱼啊？"

"偏口鱼……就这个了，喝酒么？"

"来点酒，就一杯吧，再来点饭……"

他注视了一会儿自己十指相扣的手，然后松开，习惯性地拿出烟。

"你能过来一下么？"

那位老伯又从小门那边走过来问道。这时，他已经吃完老板娘端来的汤和饭，点着第二根烟，正在那儿无聊地闭目养神。旁边那桌男人们等的一行人也都到了，随后他们就一起吵嚷着出去了，店里空空的。那帮家伙好像是借登山的名义来泡妞的，后来的那个戴贝雷帽的男人带来几个年轻女人，数不对，他们吵了起来。

"我不是说了我不需要吗？"双肩包生气地说，

"嘿，你可真能装……真不要？"

"不要。"

"不要拉倒，我来处理。"

"你真招人烦……"

"回家跟你老婆说去吧，公公……"

贝雷帽喊着"英子啊、春子啊"，然后就带那几个故意瞪大眼睛随处坐着的女人们出去了。走在最后的双肩包又回头看了他一眼：

"上山吗？"

他支支吾吾地没回答。双肩包往下拉了拉帽檐儿："要是顺路，来白雪旅馆打会儿牌吧，凑把手也行……"

外面传来男人们叫出租车的声音。他放下勺子仔细听了听，这群女人附和着男人们笑着，她们的笑声听起来可比男人们有活力多了。他搞不懂双肩包为什么两次和他搭讪，呆呆地看着吊窗。

"啥都别说，你就跟我来吧！"老伯说着，拉他走进小门后边的一个房间。这家饭店原来是在一个类似库房的建筑前面加盖出来的房子，走进小门，就是一座屋檐很低的老房子和一个小院。可能是因为没有厨房，檐廊和院子里到处都是破烂的碗，还架着一口冒气的锅。"这间……"说完，老伯打开门。他往里面看了一眼，然后就没想再动，站在台阶前，把头转向老伯。

"把这老人家送到月山附近吧。"老伯说："说给 10 万块，八十多的老人家，都这么待三天了。"

"是个病人啊。"

他又偷偷地往屋里瞄了一眼。真是个倒霉的日子……他想，打算起身离开。

"为什么让我去啊？"

"都等三天了，也没一个靠谱的人。你能去吧？"

"不是有出租车么，找我干吗？"

"往月山去走不了车，也没路……还不知道是停战线的那边还是这边，真是……"

"……"

"说哪怕是那附近，也要去看看，应该能走到瑞和的。"

老伯说的"靠谱的人"，显然是"有劲的人"的意思。

屋子里，一个老人瞪着双眼，歪着头躺在那，让人一看就觉得心里咯噔一下。一个穿着护士服的女人倚靠隔墙坐着，面无表情地看着这边。

"您送他去呗。"

"我能背得动他么？"

老伯生气地说："不都说除了车费，再给10万块么？"

"我得上山，不行啊。"

"大家都是出门在外，你也太不好说话了。大兄弟，多少钱能去吧？"

"您这是干吗？"

"真不行？"

"您还是找别人吧！"

"这位大哥，您不用勉强。"

穿护士服的女人在房间里淡淡地说。他猜不出这钱是由生病的老人出，还是说话的女人出。转身出来后，他还是觉得心里不痛快。

他站在小店前，向路对面张望。本来墨绿色的大海，已经变成深暗的蓝灰色。哨兵不见了，可只要他的脚迈进沙滩一步，哨兵一定会晃着枪从什么地方一下子冒出来。

在丁字路口，他搭上了开往山里的公交车。透过车窗望着被黑沉的暮色吞噬的大地，他还是不能从刚才的感觉中解脱出来。如果说是因为拒绝了生病的老人而觉得别扭，也许还情有可原，可他这种感觉，似乎是从穿护士服的女人那里来的。他实在搞不清她是20多岁的姑娘，还是有三四十岁了。屋子里的盒式收音机低沉地吟唱着盘索里①调子，灯光下，他却怎么也看不出那张脸的年龄，这莫名地让他反感。老人穿着厚厚的外套，戴着奢华的毛围巾，看这行头，就知道他应该是个有钱人家的当家的。可能是在山里疗养期间病情恶化，打算回去。这命也是够好的……其实，一眼就能看出他是中风。要是老伯不说停战线什么的，要是他没看到那双瞪大的眼睛，他也许会答应下来的。

---

① 韩国传统音乐形式，"盘"意为在大庭广众下游乐，"索里"的意思是声音或歌声。

他来到旅馆集中的地带，找到"白雪旅馆"。刚才那个双肩包就像知道他会来一样，背对着二楼窗里的灯光，向他挥手示意。

"上来吧，不会错的……"

他要上去时，双肩包站在楼梯口，好像正要下来，说道："别再要房间了。"

"四个房间足够了。我们说要三个，店家非让我们再要一间。每次都来这儿，真是……他们坐在那儿要通宵呢，我对打牌没兴趣。明早要不要去看瀑布？就当晨练。"他说。

"不是说让我来打牌吗？"

"打两三个小时就睡吧，那个没什么意思。走的时候怎么也得头脑清醒地下山呢，真是，成天成宿地……"

他看了一眼双肩包带他去的房间，却还是拎着包跟了出来。下一个房间可能是双肩包的，打牌在第三间。每个男人身边都坐着一个女人，她们说说笑笑地帮着倒酒、喂菜、数钱，可能他们觉得有女人这样伺候着更有意思才叫她们的。"喂！姑娘，今天你别管我，照顾好这位客人……吃晚饭了么？"双肩包招呼着把一个女人拉到他身边坐下。"既然要坐在一起，就要像年糕一样贴紧了。"另外一个女人给他做了一个微妙的示范。

"不管输赢，12点前一定要睡，玩得太嗨了可毁人啊。明早我叫你……我还是回房间练会儿瑜伽吧……"

双肩包看他摆出了打牌的架势，扔下这句话就出去了。

"真不知道这小子为啥来登山，总是这样……"贝雷帽撇了撇嘴："有五鸟、缺皮，有全套月梧桐（既有'光'又有'双皮'，可与其他牌组合成高分），还有'再规'……知道了？五个'光'……"

"'再规'是什么啊？"

"翻开'光'，如果没有对的话，每人抽一张，取什么都行，条和点都行……就是'光'不行，那就白欢喜一场了。"

"什么叫白欢喜？这就不错了。"另一个男人说："被抢牌的时候不能叫停，得等转完一圈以后……如果有人出来，就完蛋了。"

"什么人出来?"

"就是另外一个人叫停的意思,那就罚两倍,没这么玩过吗?"

他没回答,拿出钱包,但他看出来,这局不小。一个"光"就五千,一个点一千……而且,如果再被翻盘,弄不好旅费都会输光。

虽然他们说赌钱的乐趣就是看赌徒们原形毕露,可是牌一打起来,他们一下子都静了下来,就像被泼了水。似乎是为了玩大的才定出各种规则。只有女人们不时地在说话之间笑起来时,他们才抬抬头。坐在他身边的女人看起来年纪很小,但妆容很成熟。她得空就给他喂菜、倒酒,却一句话都不说。都说没人要的女人在酒吧也不受待见。她没有主,可能这让她很失落。虽然没有一开始就定好跟谁,但是双肩包躲了出去。

快到9点时,一直在一旁抽头的女人从每局抽的钱里拿出一些,起身出去了。她很快就回来了,站在门口说:"金先生,电话。"

"这么早?"那个叫金先生的男人瞪着烧红的眼睛,皱着眉看了看女人。一旁的男人们跟他说,别让她等着了,快去快回,男人起身出去,过了一顿饭的功夫,两个人一起回来了。

11点,又一个男人被叫出去接电话。半个小时后,又叫出去一个。这时,他大概明白接电话是什么意思了,下意识地看看眼前的钱。他身边的女人站在门口说"接电话",大概是在十二点半多。

他跟着静静地走在前面的女人。一进最边上的房间,女人就开始在铺好的被窝前脱衣服。

"我不要。"他说:"我也没输多少,接什么电话?"

"真不要?"女人的手搭在裙子上,面无表情地看着他。

"我没兴致,算了。"

"我帮你,来吧。"

"妈的!"他说:"不都说不要了吗?"

"真的?"她说:"太好了!"

看不出来她是高兴还是生气,还是原来的样子。她走过来用胳膊抱着他的腰,亲一下他的后脑勺:"一会儿回屋,就说'什么电话打这么久？国际长途么？'一定要这么说，一定哦。"

　　长时间的国际长途……他半蹲在女人身边，一阵倦意突然袭来。虽说就赢了一点，但就是再坐上半个小时以后回去，他们也不一定生气。

　　他起身离开赌局是在 2 点 45 分，一回房间就呼噜睡了。大概过了两三个小时，天亮时分，他被晃醒，睁眼一看，是双肩包在低头看他，表情诡异地闭着嘴站在那儿。

　　"起来吧，出事了。"

　　一个女的四点半多点时开始吐，后来倒仰过去，就那么死了，好像是心脏麻痹……他听着听着，想起坐在自己身边的女人，不由得紧张起来。

　　"是叫小崔的那个姑娘吗？"

　　"你发现什么不对了么？你和她打过电话吧？你当然……"

　　他本想说"没有"，转念一想又算了。他看看双肩包："所以，她吓着了？"

　　双肩包认真地看着他，似乎觉得很不可思议，勉强挤出笑容。

　　"看来你也吓着了！你先下山吧！"

　　"……"

　　"警察要来，我们报了案……不管怎么说，我们都是公务员。不能把你也卷进这是非里。"

　　"……"

　　"你先撤吧。"

　　他问善后怎么处理，医生是否来过，但双肩包只说，好像就是心脏麻痹，基本没错，其他都闭口不谈。这让他觉得不知该说"谢谢"，还是"不好意思"。他心情复杂，没精打采地离开了旅馆。另外几个男人好像是聚在房间里仔细讨论着对策。在那种场合中互相介绍的名字，他都记不起来了，后来发现他和双肩包都没能打声招呼。他决定先不下山，索性朝山上走去。大概走了一程，汽车旅馆区和瑞士风公园酒店映入眼帘。一群学生可能是来郊游的，头发梳得跟半大鸡似的，让人看到就皱眉头，站在旅馆窗边往外看，还有一些学生在不营业的纪念品店前吵嚷着。青灰色的天空就像被什么挤压过似的，一缕红色向这边徐徐飘来。这里是个溪谷，堵在两面的山阴让周围萦绕着阴冷的寒气，白雾还没有散去。酒店的庭院里，一个硕大的外星人雕像好似在嘲笑他的矮小。小溪那边传来阵阵几乎要冰冻的水声。他心生悚然，看着那个来自几十万光年之外的宇宙星球怪物。

"不管怎么说，我们都是公务员。"这句话在他的脑海中挥之不去。双肩包这句话是什么意思？因为是公务员，所以得对这事负全责？还是说因为这个身份，可以简单了事？他不得而知。如果一个不是一伙的第三者搅进来，处理时会平添许多麻烦。这种类型的公事，不管当事人是否讨人嫌，都会越搅合越乱。就算尸检结果很明确，警察们还会不停追问，这个人是谁？为什么在这儿？一旦死因和赌局扯上关系，那事情就会变得更复杂："聚赌嫖娼？真不知你们脸皮有多厚，好好漱漱口，到法庭上说去吧，没人会相信你们。"

双肩包看起来40多岁，眼神挺温和，但青黑的络腮胡子中央偶尔露出的牙齿让人感觉冷冰冰的。虽然非常感谢双肩包让自己脱身，免得难堪，可双肩包那些许自以为是的态度，让他觉得不舒服。可能也是因为这个，前一天晚上他强忍着疲倦，也没按照双肩包的建议早睡。"公务员"这个词其实是应该从他的嘴里说出来的。

他在缆车附近转了转，等着酒店咖啡厅营业。喝完茶，再回到旅馆时，都快11点了。旅馆里一个人都没有。

"那些文化部的人呢？"店家本来还装做没那么回事的样子，后来可能发现他是昨天晚上的客人，突然发起火来："真是，那帮该死的家伙居然是文化部的，真是恶心……都一起下山了，和巡警一起。"

"去哪儿了？"

"警察局呗，还能去哪儿？"

"医生来了吗？"

"来了又能怎样……那个女人太可怜了。你们为什么要她干这事？你也参与了？"

店家一直在嘟囔着"文化部"什么的,他猜不出说的是报社还是广播电视台。店家说的警察局,一定是束草的警察局。

他坐上公交车,本想去束草,中途又改变主意,在沕淄下了车。可是,打开哐啷响的窗户,却发现店里空空的,一个人都没有。他进屋随便找个地方一屁股坐下去,打算一直等到老伯回来。他猜想老伯所说的月山,应该是内雪岳①一角某处的一个村子。有一次路过麟蹄附近,记得好像听说过类似"月鹤""月山"之类的名字。就算在停战线的那边,虽然不知道有多少不通车的路,但如果快点的话,尽量把老人送到那附近,再在昭阳江坐船,今天之内也许能回到春川。到了春川,大清早就能回到首尔。

他朝小门后面喊了一下,老伯这才出来,一幅不认识他的表情,冷冷地看着他。

"他们还在么?那位生病的老人?"

"走了。"

"找到人了啊?"

"哪有……说是要去元通等,大清早就走了,坐出租车走的,可那儿更不好找人哪。"

"……"

"有钱又能怎地?还是回不去……你去那儿问问吧!怎么,你改主意了?"

"不是说能走到瑞和么?今天之内,能从那儿回到春川么?我得去春川……"

"够呛吧?现在查得太严……"

就算巡查得再严,也不会查上一天吧。他焦急地看着老伯,舔了舔嘴唇。

"不行啊……我明天得上班。"

---

① 雪岳山地跨江原道束草市、麟蹄郡、高城郡、襄阳郡等四个市郡,以最高峰大青峰为中心,东面称外雪岳,西面为内雪岳。

"无论如何也得……""我是公务员……"这两句话提到嗓子眼，他强忍着没说，点了些吃的。

2

他2点在小店门口坐上开往江陵的公共汽车，4点多又在江陵改了主意，朝镜浦方向去了。他在湖边下车，毫无目的地向海边走去。

不是因为舍不得妻子的遗骨，只能说是没地方扔，所以一拖再拖，一直留到现在。本来在火葬场或者哪个山脚早就该处理掉的东西，当时不知为什么觉得腻烦，就拎了回去，和一些破烂堆在一起，快三年了，竟忘得一干二净。

"我老家不是元山。"

妻子因为患有什么"心瓣膜病"，卧床不起五年多。一天，无意间嘟囔过这么一句。他偶然间记起这句话，才想起把装骨灰的塑料袋找出来，可他心里也不知道妻子出生的地方是不是东海岸的什么地方。

虽然问过不是元山是哪里，妻子却答不上来。就算从一出生便走南闯北，过着颠沛流离的日子，但对于自己出生的故事或生活的村子应该是有些记忆的，妻子却什么都不知道。有时湖南方言和岭南方言一起冒出来，有时还很自然地说出平安道方言，妻子的口音可能是在证明她凄凉的人生历程。她曾在市场上干过流动商贩，后来，他与她在酒馆巷子第一次相识。他那时是被她的那股聪明劲吸引的，可妻子却对老家在哪全然不知，他简直难以理解。若是在孤儿院长大，总会有人跟她说起些传闻吧？哪怕是胡乱说的。即便没人给讲过，自己的潜意识里也会有一两个地名吧？可妻子就像突然成了个结巴，红着脸费劲地胡说八道一通，最后转过脸去。

妻子说，之所以说老家是元山，是因为他说自己是开城人，所以只好随机应变那么说的。当时，他只是笑了笑，而此刻，就要消除妻子留下的最后痕迹时，唯独这件事在脑海中浮现，挥之不去，他觉得很奇怪。

镜浦，他们只在十几年前度蜜月时来过一次。那时和现在都不是旅游旺季，当然一片凄凉。都说这里是"举杯邀月"的好地方，却照样冷清。简易生鱼片店都收摊了，只剩下些干瘪的残骸，石板瓦屋顶低着头、顶着风。只有一两家能干的店营业。屋檐下的水泥鱼池大白天也开着灯，几条鱼在灯光下，有的蜷缩着，有的游着，让他联想起荒凉的沙漠。

他指了指一条嘴巴都被剪掉的鱼，然后上二楼，点了酒。没想到，地板还挺热乎。店家说那是水针鱼，因为总刺别的鱼，所以把嘴剪掉了，可这家伙剪了嘴巴也比别的鱼看起来欢实。倘若它不只刺别的鱼，还有毒，能用尖尖的嘴巴攻击比自己还大的鱼，一下子就戳中要害，让大鱼麻痹沉到水底，那它可能会更贵、更好吃吧。想到这儿，他看了看大海，打开窗户，拿出兜里的塑料袋。他以为南部地区的晚风会转向，吹向大海那边，可一倾袋口，骨灰一下子都旋风似的吹回来，越过屋顶，飘到反方向的湖那边去了。他把倒干净的塑料袋扔在风中，看着像墨汁一样升起的水平线。如果是在旺季，他定会按捺住心中的那丝烦躁，先抓紧出去找个住处。

他趴在桌子上，酒醒时已经是晚上了。得回去了，得回市里，这些想法在脑子里反复折腾着，可他并不想起来。他问店家店里能不能住宿，凌晨几点有去首尔的大巴，然后就去楼下洗了脚上来。"没来得及准备住宿登记啊！"店家一边说一边抱着被褥上来，又说道："有小姐。"他摇了摇头，准备铺被褥睡觉。

他以为这样就罢了，可已经关灯躺下了，放在角落里的电话响了："先生，有漂亮小姐。"

他没回答，使劲挂断电话。可大概10分钟以后，电话铃又响了，他下意识地坐了起来。为了打断店家长长的解释，问道："就一会儿多少钱啊？""我还得睡一会儿，我不喜欢磨磨唧唧，一会儿10点左右打电话给我，按小时结账，快点吧。"

由于长期不能和妻子进行正常的夫妻生活，他已经习惯了一个月一两次找人缓解生理上的紧张。这期间，他还靠自学通过了公务员五级乙类考试，也许这也是一个必然的结果吧。白天忙完生计，不再喝酒，坐在书桌前却觉得头昏眼花。想到自己又不是什么复读生，他就出去散散心，从此成了习惯。当意识到这样偶尔的出轨还有助于集中精力的时候，他就别无选择了。这样做并不比自慰好到哪儿去，对方肯定是酒馆或巷子里的小姐，他是一直都采取防护措施的，可今天却没准备，难免感到有些忌讳。10点，他被电话铃吵醒了，这时也不好意思再让人家准备东西，就决定算了。可能是因为这个缘故，女人一来，他很快就完事了。给钱送走小姐，他又关灯睡了。

　　天阴沉沉的，湖面好像有一部分结冰了，闪着光。湖面就像个圆形操场，他在沿着湖边走，前面是一条又出去的路。在离他十多米远的路中央，一个女人往前走着，只看得到后背和肩膀，步幅和他差不多。他是清醒的，却很难分辨这是梦境，还是自己刚从梦中醒来，走在要坐车去市里的路上。路上只有他和那个女人在走，周围所有背景都像模糊的远景一样退去，犹如慢镜头画面一般，罩在朦胧中，感觉前后所有动作、所有声音都在一瞬间停了下来。

　　"您怎么在这么冷的时候来这儿？"

　　"嗯，为什么来着……现在想来，今天好像是老婆的忌日……"

　　是女人在问，自己在答，可走在前面的女人根本就没有回头。而且，耳边还响起在汹淄饭店小门里听到的那段模糊的盘索里。他这才感觉到不合逻辑，发现这些话是昨天晚上和女人抱在一起之前说的。话就说了这么多，女人觉得十分奇怪，就躺下了。可这些话就像被剪录了一样，现在又在耳边响起，再加上不同时间和地点听到的收音机声音也掺和进来，他想，这一定是幻听。突然，他感觉眼前好像展开一个荧幕，视野变窄，空气变得混浊起来，就像炎热的沙暴。女人的后背迅速向他贴过来，越来越大，步伐从走变成跑，非常恐怖。女人冲向一辆由远及近渐渐变大的车。他不敢往下想，拼力收住要转身往大海那边循环路走的脚步，蹲坐在山坡一边的老松树下，精疲力竭。即便不抬头，也能想象出尖叫的人们和跑向那边的孩子们。他看到那个昨晚和自己上床的女人流着两行鼻血死了，看到巡警用一双大手给她盖防水布。

"是她自己成心撞上的。"傻了眼的司机站在撞向一边的车前，颠三倒四地说着。他拼死站起身，犹豫着要不要再去确认一下女人的脸。圆脸、咖啡色格子外衣——虽然昨晚关灯前和完事后出去时明明都看清楚了，但出了这种事，可能就会条件反射似地犯糊涂。

眼前什么都没有：脚下还是那条路，刚才背对自己的女人和从她身上开过去的车都不见了，从远处跑过来吵嚷议论的人们也不见了踪影。他晃了晃头，这才发现原来是几年前妻子的死猛然间如幻影般真切地扑向自己。他用汗津津的手摸索着找烟。妻子出事一天后，他才接到电话，在不清楚缘委的情况下，去医院太平间里见到了妻子。可能是因为找不到逃逸车辆，妻子的死仅仅被处理成单纯的交通事故。

来到江陵市里，他下错了站，朝客运站又走了一程。他在那儿又一次改变主意，犹豫着是重新买一张去束草的票呢？还是就这样去襄阳那边的内雪岳呢？又想起束草，可能是因为心里还挂念着双肩包和那个陪酒女的事。如果可以，他打算先去趟警察局，然后翻过陈富岭去元通。

他暂且买了去襄阳的票。他拎着买来当作早饭的面包和牛奶，心情就好像没刷牙一样不舒畅，茫然地看着车窗外。来度蜜月时看起来那么干净的街市，时隔十多年后再看，完全是另外一副模样。很快他便发现，城市之所以变成完全不同的样子，完全都是自己心情所致，并不是城市本身发生了什么变化。可在这说短不长的岁月间，为什么他的内心陷进了深深的泥沼？他无法知晓。或许是因为对妻子的怜悯，抑或是因为自己对这个没有妻子的世界的负面情绪。虽然重病在身，妻子的生活能力和对生活的渴望却像紫芒草一样坚韧、顽强。她多次流产，可还是希望怀孕。就在摔倒前也没放下手里拿的东西。后来病到只能躺在床上，一年又一年，她渐渐对每件事情都越发神经质，可能这也是执着的另一种形式吧。"这样活着，还不如出去一下子了断……"她这么瞪着眼睛找茬时，他也没好气地斥责说："行，去死吧……"他说这样的话，如果从来没有一次是有心的，妻子怎么会有心思做出这么绝的事情？

"今天没车了，只能到药水里。"

在襄阳客运站下车，他把钱塞进卖票窗口，听到里面的姑娘这么说后，还是丢了魂似的傻傻地站在那。

"发布了大雪预警，去不了。我得说几遍，您才能听懂啊？马上就要下雪了。要不给您来一张去五色里的？"

"有去首尔的吗？"

"那得去江陵坐长途，可那里从下午开始也会停运吧！"

雪能下多大？怎么能这样……被困到这的话，就等于哪都去不了。最保险的方法是赶紧回江陵，然后回首尔……他一边避开那些嚷嚷着"便宜"拉客的出租车司机，一边问自己：为什么非要勉强去元通？已经耽误一天了，弄不好还要耽误三四天。若不是那个该死的老头子瞪大两只眼睛，若不是老头子脖子上豪奢的围巾和外套让他恶心，若不是那个傲慢的女护士用清高的眼神下流地勾搭……即便这些事情搞得他心情很坏，也不足以成为他在这种情况下不去的借口。不是想去帮病人做点什么，而是无论如何都无法带着这种心情回去……这就是他的心情。

"我不是说了么，就是到元通堵车，我也送您去。"

"就因为这汽车停运么？说是能到药水里呢。"

"那您就别想了。知道有多少人下山么？一群一群的，到时候司机们都随便喊价……"

"到麟蹄能坐船么？"

"下雪船开不了吗？"

虽然觉得司机是想到什么说什么，他还是想好了要去，便跟着一个贴过来抢生意的男人停下脚步。

他知道，到元通也就不超过两三个小时的路。若是边走边看倒无所谓，但他担心中间又出什么差错，呛呛着定好包车费用。他始终也没信司机的话。到了五色药水里，果然能从车窗里看到些星星点点下山的人。

"看看，像不像下雨前跑出来的蛤蟆，都下来了？"司机停下车，放下车窗，把胳膊伸向窗外，"下得可不小"。

虽然觉得司机的夸张有些出格，可不知为什么，他这时好像终于从不停转动的轮子中解脱出来，感到一种奇妙的解放。"这些过了周末还能从容地来登山的人，真是命好。可就连这些悠闲的人都被赶下来的山路有什么好的，我还要上去？……"他切身感受到气压的压迫，可能是这种气压变化让他的心理也发生了变化。

好像转了好多道弯，一上寒溪岭，突然刮起旋风，雪花飘落下来。他反倒放下车窗，拿出了烟。

雪真正开始下起来，是在出租车基本到达元通入口以后。开始下大的雪，加上让人睁不开眼的大风，瞬间变成暴风雪，两三个小时就在四面垒起白色的墙，他和他到达的村子都被困在里面。

3

他琢磨着是不是得发封电报，问端汤上来的店家邮局在哪里。店家没回答，浑身上下扫了他一眼，嗖地就进里屋去了。那表情的意思好像是：真缺心眼，在这地方还找什么邮局。他愣在那，感觉像被羞辱了一样，不再说话。若是非得去麟蹄，可能就更没辙了。暴雪导致交通中断，缺勤三天……如果是一天，也许还说得过去，一个底层小职员的那些解释不知怎的都让他感到多余。他傻傻地看着风雪就像打耳光似的拍打着窗户。这里是丁字路口，似乎也是村子中心一眼望去的房子中，能看到的旅馆大概最多也不到四五家，可一想到要挨家挨户去找，还是有点儿犯怵。就算直接就碰见老人和女人，得说点什么呢？

等他冲进饭店对面的商店，买了一个登山用塑料雨衣穿上出来时，已经是下午3点左右了，风似乎小了些。大多数旅馆虽然招牌上写着旅店或旅馆，但其实都是普通住户家的房子或院子，里面有些散客，都是被困住不能下山的人，他们看上去心烦意乱，闹哄哄地拍打着雪。空的房间全都黑得像洞穴。

第六家看来是最后一家了。探头问了一下，也没见女人和老人。可在那里，他遇到两个和他做着同样事情的男人。

"他们也在找同样的人。"听店家这么一说，透过飘洒的雪花，他看见两个坐在地板边上的男人正往这边看。

"您在找崔太太么？"那个瘦高个的男人站起身。

"……"

"这儿的旅馆都找了么？"

"……没见着。"

他下意识地这样模棱两可地回答，困惑地看着走到近前的瘦高个。

"我们是从瑞和一直找到这来的。"瘦高个走到屋檐下语气温和地说，又抬眼看着他咂了咂嘴："……没见着。"

他们理应用一种发难的语气质问他为什么找他们，可直到一起走到丁字路口，拉他一起进到咖啡馆儿里坐下来，他们也没说什么。

"瑞兴、月鹤里……都找遍了。那帮小子可真能找麻烦。"

"那帮小子"说的好像是那些进行盘查的哨兵。瘦高个喝茶之余不时伸脖子看看外面，咂咂嘴。垂眼窝着坐的大块头男人好像是司机，始终没说话。

"我在束草见过那个病人一面，然后跟了过来。"

他大概从瘦高个自己随便嚷嚷的话中猜出一些，见机不得不把自己来这的缘委简单地说出来。

"哦！"瘦高个略带感叹地说："是么？想离老家近点也是人之常情啊。"

他不知该怎么附和，仔细看了下瘦高个。瘦高个现在的回答和刚才的话对不上——刚才还说那个叫崔太太的护士自作主张，带着快要死的老人出来，想要逃走。一定要抓住，必须得带回去……"这是我的名片。"瘦高个递出自己的名片，然后坐在椅子上，名片上写着"S公司执行董事"。

"崔护士负责照顾老人家么？"

"从公司下属医院里选的丫头。太不像话……太放肆，所以才敢这么干。"

"崔太太""丫头"……他觉得这称呼很奇怪，又不好问，就转过头去看窗外。

"怎么办？"

大块头男人这才说了一句话。

"怎么办？去麟蹄呗……肯定在那里。"

"那里我们来的时候不是大概看过了么？不会是上百潭寺了吧？"

"开什么玩笑？"瘦高个突然发起火来："董事长身体都什么样了，怎么能上那儿去？肯定是路上错过了，在我们去瑞和的当口下山了，这个死娘们……我一定会逮住她。"

他们可能是开着车从洪川那边过来的。就算没看在车站买的简易地图，他也知道经由外加平去百潭寺的路现在应该已经变成让鬼都浑身发抖的地狱。瘦高个假装咬牙切齿地叫着"死娘们"的样子，不知怎么的看起来就像个在演孩子角色的演员，他忍住了笑。

"您也一起走吧。反正也是回首尔的话，还能给您省点路费。"

"这大雪天怎么走啊……十分感谢，不过……"

"应该能走的，能走。如果到明天还回不去，董事长那边就麻烦了。"

能猜出刚才的董事长指的是老人，现在的董事长指的大概是老人的儿子。也许这个瘦高个执行董事是董事长的一个侄子吧。他很为难，不知该怎么回应瘦高个的好意。事情到现在这地步，就算找到老人，如果护士坚持己见，他的处境也许会更尴尬。可以明显地看出，护士和他们不是普通的雇佣关系。如果是普通意义上的关系，女人再不像话，也不敢自己做出这样的事。他能隐约感觉到老人和儿子之间有很深的矛盾。他跟这两个人走了，希望去麟蹄也是白跑一趟。

他们开来的奔驰车在看似完全不可能通行的路上神勇前行，风好像小了些，但雪片仍然像白蒙蒙的暴雨一样一直簌簌地落下。车身在雪中平稳地向前行驶，而这种平稳反而令他感到沉沉的压抑。司机和瘦高个都不再说话，外边天已经开始黑了。他下定决心：即便麟蹄也白跑了，也一定不和他们一起回首尔。如果夜间雪小了，明天应该会开船的。

"等一下，我去看看……"

车在刚进麟蹄的第一家旅馆前停下，瘦高个进去看了一下，出来居然背对着路灯朝这边挥手说："找到了，在这，过来……"

这时，奇怪的事情发生了。司机放下车窗，却没打算听他的。

"干吗呢？还不下来？"

司机对一脸怒气的瘦高个说："咱们还是走吧。"

"你这混蛋说什么呢？"瘦高个在车窗外扇了司机一个耳光。司机用手掌捂着被打的脸，低着头乖乖下了车。看着他们一起进去的背影，他一时间不知道该怎么做，犹豫了一阵子。

现在，他完全成了局外人，可如果吵起来，他还是能劝劝的。所以，他下了车，慢吞吞地跟到旅馆。从脱下的鞋子能猜出是哪间屋子，他在门前呆呆地站了一会儿，反而觉得更加尴尬，就蹲坐在一边的地板上。一个看上去像是店老板的女人打开里屋门看了一眼，可能觉得他也是一起的，又把门关上了。

"收下这个，然后把协议给我。"虽然能听到瘦高个说话，意外的是那声音很小。"这样就行了么？"女人的声音也很小。"董事长也很佩服你。""我只能这样做，请转达我的谢意。"他听到了女人的声音。正要回避一下的时候，房门开了，背着老人的司机和瘦高个走出来，女人站在门框边送他们。

"啊，这位大哥。"护士还是用那种淡淡的语气说："您怎么在这儿？"

背着老人的司机好像趔趄了一下，他自然地做着帮忙扶着的样子跟他们出去了。病人还是瞪着让人心悸的两只眼睛。感觉老人好像下半身和两眼周围都瘫痪了。

"您不上车么？"

他远远地站着，瘦高个可能看出来了，上车后回头问。他点点头表示不上车。车往前走了十几步以后停下来，瘦高个又探出头。

瘦高个嘴里咆哮着骂起来。他下意识地想往那边走，瘦高个却把头缩回去，车开走了。

女人从旅馆出来，朝他走来。他慌张地看着女人，实在不明白瘦高个为什么那样破口大骂。

"您没走啊。"女人说："您怎么来这了？"

他很为难，像个被赶出来的孩子一样支支吾吾。这是女人第二次问他了。

本来可以回答说因为觉得拒绝了老人很愧疚……所以跟了过来。可现在老人不是都走了么。这时，她好像结了账，拎着包出来，站在那。尽管她白色的帽子贴在脑后，护士服的外面整齐地套着黑色的大衣，在灰白的黑暗里仍然能清楚地看出她疲惫得像被人打了一通。

"你不是让我送你们到停战线附近么？"

女人无力地笑了："您晚了一步，昨天来的话，情况就不一样了……"

"不是说在元通么？汤淄饭店的老伯说……"

"是在元通呀。"女人说。

他诧异地看着女人，猜想她是不是在说谎："没有旅馆说你们住过那啊？"

"没在旅馆，租了一间房，因为不想被来往的人看见。后来想着算了，就来到这。您要是昨天来，我们就见不到了。怎么也没想到我们住在别人家里吧？"

他感觉女人的语气中略带一丝嘲笑，就没说话。

"该见的人总会见到。"她好像是看了出来，又笑了："我们去别的地方吧，我请您吃晚饭。您明天回首尔吧？"

"嗯，不知道船能不能开……"

"我得去江陵，从那儿去旌善。得去看看父亲再回来。"

"老家是那么？都是江原道这片的啊……"

"您也是江原道的吗？我家不在旌善，在余粮……您没听说过合川河么？"

他本想说不是他，是死去的妻子……但没说。"合川河？"

满身是雪的女人走在前面，她去的不是饭店，而是另一家旅馆。

他很为难，停下脚步。女人回头对他说："这地方一家像样儿的饭店都没有。还不如就在这吃呢，您吃过晚饭后去别的旅馆睡。"

女人说要去拍掉外套上的雪，点些吃的，又出去了。地板上铺着两三个坐垫，他把手伸进坐垫下面，可能是因为昨天和今天连续疲劳奔波，眼睛都睁不开了。回去怎么跟单位说呢……

"刚才那家伙走的时候骂什么？"女人回来时可能还洗了手，脸干净利落了些，她在靠墙的一边坐下来，看着他。

"你没听见么？"

"听见了，就是听得不太清楚。"

"……"

"他说什么？"

都是些骂人的话，干吗要问呢？他愣愣地盯着她的脸。

"我就知道，你这个杂种……什么的，大概这么说的吧。"

"……我知道，和那个婊子快活吧……是吧？"女人清清楚楚地念叨出来。

"……"

他就像看到不该看的东西一样，偷偷扫了她一眼，然后把头转到一边去了。

"这么骂都是便宜了我。"

"……"

"我干了那档子事，还备好了材料……"

"就是他们说的协议吗？"

"是。"女人垂下眼睛。"我护理了那老头两年，医院派我去的。要么照办，要么辞职，因为是公司的医院。不光要给他洗澡、伺候大小便，还要做些特别的，问我能不能干。大概是社长的堂姐吧，是个开排骨店的。听她这么一说，我猛地觉得怎么也得签个协议，虽然没把那种事写得那么清楚……"

"80岁老头有那个能力吗？"他不知怎的产生了一种不知是生气还是厌恶的感觉，问道："而且，不是中风了么？"

"您知道热水袋么？就是……给患者做热敷的水袋……也叫热宝。日本人用的和我们的热水袋有些不一样……我做了他两年热宝，协议上写的是特别护理，那也是我执意要求才写上去的……他们现在开始觉得那个协议不合适了，就是那个社长……我都把协议的事忘了……真是傻透了……"

"所以就跑了？"

她点点头，然后诧异地抬起头："他们都知道我们来这里，老头除了这，还能去哪？生病之前就天天喊着想去月山里，他们也总因为这事吵架……'既然是在首尔白手起家，就应该把首尔当成老家！'社长一味威逼，老头就是固执地不肯就范……都是借口吧，社长不过是用这种方式报复父亲曾经让他受的罪。您知道老头年轻时的绰号是什么吗？珍岛斗牛犬……珍岛犬加上斗牛犬，可想而知吧？后来，今年冬天又发病，看样子可能过不了年，就逃了出来。老头就算说不了话，要是闹腾起来……"

"忙乱中还带着协议？"

女人怅然地笑了："谁知道会摊上什么事？因为贪心，就算起不来床也要变着法地折磨自己，这种人我在医院见得多了。社长想借这个机会解雇我，一直在找借口……刚才那个执行董事老是说让我放过他们，说什么别的医院不也有的是么……社长明年要竞选国会议员，得把这些八卦都解决……"

晚饭端了上来，女人给他倒了杯啤酒。他没心情喝，放下杯子，拿起筷子。就这样被人随便地叫着"崔太太"，这个女人也是够能忍的。她应该拿着一级秘书级别的工资吧……

"看来我是什么都不知道，就跟过来了……"

"可我知道您会来啊。"忙着盛饭盛菜的女人抬起头，做了个暧昧的表情："本来想到雪岳山休息几天，可是太累，实在走不动了。又想起以前在面牧洞听一个算卦的说的，所以就在那等了，就是汤淄……30 岁时在水边肯定会遇到背着三副棺材的人……这个人就是你前生的丈夫……"

"……?"

"有时算卦的说的也挺准的。"

"护士也信这个?"

女人的表情变得调皮起来。

"您看看,"她把筷子放到一边,伸出手掌:"您看过这样的掌纹么?"

他默默地瞅了瞅像是被刀胡乱划过似的掌纹,然后用一种令人生厌的口吻问道:

"难道没有一个在我去之前和走之后收十万块送你们走的么?那就不是我了。那个背三副棺材的人什么的……"

"谁说是您了?可别自作多情,我只是说知道有人会来的意思……来,让我看看您的掌纹,说不准是呢。"

就像对待病人一样,她把双手伸到他面前。他愣愣地看着这个开始和他玩小孩子游戏的女人,很显然她是放松下来了。

"那,你还是个处女?"他把胳膊放到身后,无意间问道,问完就后悔了。

"处女能随便说这些话么?刚去首尔时,连拌饭都不会吃,以为菜和饭是分开吃的……那时候才是处女啊。"女人的语气突然变得沮丧起来:"不是处女了。"

他感到很不自在,低下头,开始硬往嘴里塞饭。女人也不再说话。女人帮忙把饭桌撤掉后回来,从制服兜里掏出一张纸。

"刚才我拿到退职金了。这支票怎么办?"

他没搞明白怎么回事,抬头看了一下,女人站着说:"撕了吧?"

"疯了吗?"

"把干那种事挣来的钱撕掉,就是疯了吗?300万……虽说能给父亲置办一间房子……"

"别犯傻了。"他说:"撕了能解决什么问题?只能使你成个傻瓜。你到底多大?"

"还是撕了吧,还是当傻子更好。"

女人拿着支票的手开始颤抖起来,她哭着说:"我撕不了……"

女人的身体空然地垮下来,他在茫然间托住她,把她拥入怀中,听着女人沉沉的呜咽声,他瞪大了眼睛。要是在路上这样子,这个女人也会死……

他不知道自己是怎么从那个房间出来的。他开始抚摸女人的后背,她很快就不哭了。他模糊地记得女人边哭边说"一个人再也撑不下去了……"虽然他确实无数次把自己的脸贴在女人脸上,却不确定自己是说了明天早上来接她,还是问了是否一起回首尔。

他一出巷子,发现手里拿着一瓶啤酒。真不知自己在那种情况下,居然还能从屋里拿酒出来。

他看到一家旅馆就进去了,定好房间,铺好被褥,然后就穿着内衣坐在上面。他将门开了道缝,看着飘落的雪花,喝起那瓶酒来。

他没点早餐,店家还是搬了饭桌进来。店家出去后回来传话说十点半开船。大概是隐隐约约的鼓声吵醒了他,他仔细听了听。

"这不是超送亡灵的恶鬼祭么?"店家说:"去年有个孩子在雪地里滑倒,掉到水里,就是过一道岭那边第一家的孩子……"

他谢绝了要帮着拿行李的店家,去找女人。她好像已经做好了准备,开了门就出来了。两人觉得不好意思,谁也没看谁,出了巷子便朝船那边快步走去。沿着堤坝走过去,大概五分钟的路,两个人一句话都没说。

他看着远处向这边转过来的巫师船,这才把写着地址和单位电话的纸条递给女人。

"从余粮回来就来找我?"

"好。"

"你得有心理准备,可能咱俩都得上班,要想买个房子的话……"

"现在就这么说?"

"我该上船了。有车么?"

"会有的,我看见在扫雪。"

虽然就昨天下午停航一次,但可能是因为下山的人多,船栏边都站满了乘客。他们两脚轮番跺着，满脸紧张地嚷嚷着。他以为亡灵都超度完了，可从停在船头那边的船上下来的巫师又开始拿瓢舀水到处泼洒，然后扔掉瓢，从长鼓手和鼓手那里接过扇子和摇铃。她一开始摇铃，鼓声就响了起来。

"路上小心。"女人说。她呆呆地站在防波堤上，一直看着船上的他，突然笑了。也许是因为阳光刺眼，他转过脸去看别处，拿出烟。

"东海东方海龙神

西海西方地藏神

无间地狱风尘世

俯首看哪俯首看

快显灵啊快显灵……"

巫师身边点起篝火，送完船的人们和村里的孩子们围了过去。

他突然回过神来，想看看出了什么事，才发现巫师已经跳着舞走到女人身边，还把扇子递给她。

"接着！"巫师大喊：

"……不料又见碧波万顷杀冤魂，

啊，我的女儿，可怜的女儿，

黄泉路九万里，你为何现在才来……"

"接着！"背着咒语的巫师瞪着眼睛又喊了一句，女人脸涨得通红。巫师一直用扇子往前推，女人的身体顺势晃晃当当地往后退。

他看见女人扔掉包，双手抓住扇子，身体扑啦啦地抖起来，脑后的帽子掉了下去。

"啊，这是怎么了……不是神灵附体了吧？"

"哇……是个护士啊……"

挤在船栏边看热闹的人群中传出感叹声和咂舌声。他听见不知从哪儿传来"老公！"的呼叫声，不知是死去的妻子喊的，还是女人喊的。

他正要跨步从船上下来，这时，女人眼神变了，她一只手抓着衣服，另一只手挥舞着扇子，开始跳起舞来。

415

他还没反应过来,船开了。他听见海浪哗啦啦地从船底流过,看见对面白雪覆盖的山峰上挂着巨大的手掌。

他分不清这是梦,还是幻觉,瞪大眼睛看着自己的掌纹——直到今天都不曾在意过的掌纹:那些线正在画着三个方形,胡乱地交错着。

老鼠的诞生

金 息

星期四上午 11 点左右,他们来到她家,都穿着统一的蓝色制服,这让他们看起来很像专家——捕鼠专家。

大约在他们按响门铃 30 分钟前,她接到丈夫打来的电话。他说很快会有人来家里灭鼠。他连说了三遍"他们是捕鼠专家"才挂断电话。她知道这世界上什么稀奇古怪的专家都有,却不知道还有专门抓老鼠的专家。不管怎样,既然是捕鼠专家,她希望他们很快就能把老鼠抓住。

手电筒、锤子、铁棍、铁钎子,这些是他们带来的捕鼠工具。他们看上去很从容,一副自鸣得意的样子,好像有了这些工具就肯定能抓住老鼠。他们在她的注视下友好地分配工具。脑袋奇大无比的白最先选,他毫不犹豫地拿起锤子。铁钎子被习惯性地吭吭抽鼻子的具拿去。凸眼的矮胖子金瞟了她一眼,悄悄地拿起铁棍。

"手电筒每次都是我的啊。"额头秃顶的瘦子朴嘟囔道。

"你知道吧?一只 10 万韩元。"

"10 万……韩元?"她有点惊讶,顺口反问了一句。

"都是这个价。"具吭了吭鼻子。

"谁说的?有人要得更多呢!"

抓一只老鼠 10 万韩元,她觉得好像有点贵,不过还是点了点头。她只能相信他们说的话:都是这个价,有人要得更多。

家里可能有一只老鼠，也可能有两只、三只，或者更多。因为到现在为止只看到过一次，所以很有可能只有一只。

她跟他们说家里有孩子，因为她觉得应该让他们知道孩子的存在。

"有孩子吗？"金转了转眼珠，问道。

"不过，孩子……睡着了……"她嘟囔了一句，忍不住盯着白手里的锤子看。锤柄前端的锤头圆溜溜的，颜色就是生铁本来的颜色，适度的磨损反倒让它亮光光的。光是想象一下他们用它打老鼠的情景就已经足够可怕了。一想到老鼠，她就会起鸡皮疙瘩。老鼠是地球上最让她恶心的生物。

他们分为两组在家里四处查看。白和朴一组，金和具一组。

白和朴查看阳台。阳台晾衣架上挂着晾了三天还没收的衣服，中间还有她的内衣。黑色的胸衣像蝙蝠一样吊在晾衣架上，她很尴尬，但也只好这样了。

她走到沙发边坐下，愣愣地看着他们进屋之前就开着的电视。他们按门铃的时候，她正在一边看电视一边绣十字绣。十字绣的图案是挂在葡萄藤上的葡萄串，她正在用紫色的线绣其中的一颗葡萄。绣葡萄粒很无聊，却是个打发时间的好活计。白天，当一个人孤零零地坐在沙发上绣葡萄粒的时候，她会觉得有好多没绣的葡萄粒一串串结出来，多到她到死都绣不完。

没用多长时间，他们就把房子都查看了一圈。她家是一套60多平方米的公寓，结构很简单，就是两室一厅，加上厨房、浴室和阳台。客厅和厨房之间隔着不透明的玻璃推拉门，是以前住在这里的人装修时加上的。

他们没有查看孩子睡觉的卧室。卧室的门关得紧紧的，才九个月大的孩子在摇篮里睡着了。她不希望孩子醒来，因为孩子一旦醒来就很难再睡着，而且可能还会妨碍他们抓老鼠。

具和金从浴室走出来，来到她面前，朴和白也过来了。具吭了吭鼻子，问她："那个，第一次看到老鼠是什么时候？"

她有点为难，因为看到老鼠的人不是她，而是她的丈夫。"哦……

是……"

丈夫第一次发现老鼠是在三天前,是他半夜12点多去厨房喝水的时候看到的。他说自己进厨房的时候,老鼠正在燃气灶上慢悠悠地爬,身后垂着又细又长的粉红色尾巴。那老鼠和他四目相对,一下子就跑到燃气灶后面不见了。吓得他都忘了自己是去厨房喝水的,赶紧把厨房推拉门关紧,以免老鼠跑到客厅里来。他回到卧室,她正忙着哄哭闹的孩子,很疲惫。他对她说:"厨房里有老鼠……!"

他嘴里嘟囔着:"居然有老鼠!嗯,还有老鼠啊……"然后就上床躺下睡着了。

这就是全部经过。

她跟他们讲的时候,稍稍变了一下,说是她发现的老鼠,没说是丈夫发现的。他们听过以后,看上去很失望。金转着眼珠子说道:"那不就一只嘛!"

"是啊!"朴附和道。

"抓住就知道有几只了。"具吭了吭鼻子,鼻涕都吭了出来。

她非常希望只有一只老鼠,可又担心那样的话他们会失望。一只老鼠十万韩元,对他们来说一定是老鼠越多越好。但是,就算只有一只老鼠,那也不是她的错,她没有必要感到对不起他们。她尽力这样安慰自己。

直到昨天,她还在心里期待丈夫能自己把老鼠抓住,想着他能一下班就直接回家来抓老鼠。可是,丈夫在过去的四天里每天都加班,加完班又和同事们一起喝酒,一直喝到凌晨才回家。她不想埋怨丈夫,因为她猜想也许丈夫也像她一样觉得老鼠恶心。不管怎样,自从丈夫在厨房看到老鼠以后,她只有在给孩子冲奶粉的时候才迫不得已地进出厨房。一想到自己在烧水冲奶粉的时候,老鼠会藏在什么地方看着自己,她就觉得后背发凉。

在开始抓老鼠之前,他们开了一个作战会议,主要由具发言。金转着眼珠连连点头,白紧握锤子一声不响地听着,因为太用力,手背上都起了青筋。朴撇着嘴,不时地斜着眼睛瞄瞄电视里播放的三四年前的热播剧。

"要是有一百只该多好。"

听朴这么说，她开始想象一百只老鼠在家里乱窜的景象——沙发、餐桌、床，还有孩子睡觉的摇篮，到处都是老鼠。她一开始就不喜欢朴。实际上，这些人她都不喜欢。

"我们最多抓过多少只来着？"

"不是五只吗？"

"啊，就五只？"

"五只当中有三只是还没长毛的老鼠崽儿。"

"一定要一窝端了！"白高举着锤子说道。

他们自顾自闹哄哄地挤进厨房，好像根本不用老鼠药或者老鼠夹子。他们一定是想只用锤子、铁扦子和铁棍来打死老鼠。

他们一挤进厨房，她就赶紧把推拉门关紧，希望他们能马上抓到老鼠。

她好不容易才静下心来，拿起十字绣，但又放下了，她怕他们很快就把老鼠从厨房里抓出来。推拉门关着，不知道他们到底在厨房里干什么，但肯定是在瞪大眼睛找老鼠。她时刻努力让自己不要忘记他们是丈夫请来的捕鼠专家。

厨房推拉门那边传来一阵喧闹声："啊啊""抓住！""在那儿，在那儿！""呀""哎呦"。她悄悄把头转向厨房，仔细观察他们的影子在推拉门的磨砂玻璃上晃动。磨砂玻璃上的影子扭曲交错，荒诞不经。他们就像在舞台上表演行为艺术一样纠缠在一起，好像在互相用锤子砸、用铁扦子刺、用铁棍打。手电筒的光在磨砂玻璃上晃来晃去，更添了几分光怪陆离的戏剧效果。

他们挤进厨房20来分钟以后，厨房里传出哐当哐当的声响。应该是叠放整齐的不锈钢锅一下子散落时发出的声音。这让她不得不想起放在橱柜里的那套德国不锈钢锅。那套锅是她不久前瞒着丈夫偷偷在电视购物上买的。一阵哐当声平息后，她听到他们兴奋的喊叫声。

终于抓到了老鼠？用锤子砸到的？用铁扦子扎到的？还是用铁棍

打的？

推拉门哧溜一声开了，朴扭扭捏捏地走出来，朝她晃了一下手电筒。她吓一跳，从沙发上站起来，手电筒的光闪过她的左眼珠。她一挥手，朴就把手电筒关了。

"急啊，憋不住了……"他话没说完，就忙不迭地迈着小碎步向卧室门走去。

"浴室不在那边，在那边。"她用手指着浴室门说道。

"不是那边，是那边！"几乎在朴用手抓住卧室门把手的同时，她突然大声喊道。

"那边？"

朴一进浴室，里面就传来哗哗的尿尿声，尿液浇在马桶里的水中，发出的声音真切得让人尴尬。她不满地朝浴室那边瞪了一眼，结果惊讶地发现浴室门都没有关好。浴室里传来马桶冲水的声音，几乎是在同时，浴室门打开了。

朴从浴室出来，走到电视机前。他默默地看了看电视，撇了撇嘴："这不是那个老婆喜欢得要死的电视剧吗？"

"……？"

"这女的在家里闲得整天看电视剧，不像话。"朴像吐口水似地说了一句，然后就大步流星地走进厨房去了。她很生气。孩子睡着的时候，她除了看看重播的电视剧、绣绣十字绣，或者玩玩智能手机之外，没什么可做的。

他们好像还没抓到老鼠。厨房里传来开关橱柜门的哐当哐当声，她很担心他们是不是要把橱柜门都砸碎。她真想立刻跑进厨房看看有没有被砸碎的橱柜门，不过还是忍住了，只是透过磨砂玻璃观察里面的动静。

这时，推拉门磨砂玻璃上映出他们都纠缠在一起的身影，他们扭打着、挣扎着，乱作一团。

突然，一个问题闯进她的脑海：老鼠是怎么进到家里来的？家里时常会有蜘蛛、蚂蚁、蟑螂之类小虫出现，但发现老鼠却是第一次。

在丈夫亲眼看到家里有老鼠之前,她做梦也没想到自己家里会有老鼠。她丈夫应该也是这样想的。而且,她家在十九层,这套公寓才建成五年,跟其他大部分公寓一样,它就像密封容器一样安全。她也曾怀疑过老鼠是不是从玄关门跑进来的,但是玄关门除了有人进出时以外都关得严严实实。因为玄关门上有全自动锁,门关上以后就会自动上锁。她还怀疑过阳台和浴室的排水口,可那些地方都堵着不锈钢网。

她绞尽脑汁地琢磨老鼠到底是从哪里进来的。这时,一阵玻璃破碎的声音传来。

她再也忍不住了,从沙发上站起身,稍稍犹豫了一下,然后朝厨房推拉门走去。她真想立刻打开推拉门,不过还是忍住了。她怕自己一开门,他们几乎就要抓到的老鼠会跑掉。

她犹豫着。磨砂玻璃上的那团身影一条一条地散开,分成了好几个。

推拉门哧溜一声开了,他们挥舞着手中的工具跨过厨房的门槛。她期待他们几个当中有人手里拿着老鼠,但他们手里拿的只有手电筒、锤子、铁棍和铁扦子。

经过一番折腾,他们的眼里没了自信,眼神游移不定起来。具吭着鼻子,朴撇着嘴。

厨房里一团糟。橱柜的门都开着,锅和碗碟都散落在地上,土豆和洋葱在地板上滚来滚去。

他们根本不理会她有多烦,自己吵起来。

"不在厨房。"

"好像有三只老鼠。"

她不明白他们到底凭什么那么确信,但既然是捕鼠专家,这样说总归有些根据的吧。

"难道藏在浴室里?"

"对啊,上次不也是在浴室抓到的嘛。"

"是我用锤子把那个正在啃香皂的家伙打死的。"

他们气势汹汹地朝浴室门那边冲过去,仿佛要抓的不是一只小老鼠，而是一头野牛或野猪。

她偷偷地往浴室里看，看到他们围在马桶周围，好像马桶某个地方真藏着老鼠似的。朴用手电筒照亮马桶里的水，那水便像一块淤青一般发出蓝色的光。具用铁扦子乱捅马桶的后面，金用铁棍使劲搅动水箱里的水，白把紧握在手里的锤子举得老高。

她今天早上没能打扫马桶。本来每天早上都要喷洒消毒液，把每个角落都仔细擦一擦，结果今天被孩子折腾得忘记了，她很担心马桶会不会不干净。

"老鼠会藏在马桶里吗……"她小心地嘟囔了一句，结果招来朴的一番数落："不懂就别乱说，我们在马桶里抓到过两只老鼠呢。"

"黑黢黢的老鼠就在这里面游泳来着。"金用铁棍搅动马桶里的水。

他们把马桶仔细检查十多分钟后，终于有所发现——不是老鼠，而是一条裂纹。

"裂了？"朴就像发现了老鼠一样兴奋地大呼小叫。

"哪儿？"他们蹲下身子，撅着屁股查看那条裂纹，姿势十分滑稽。他们不像是来抓老鼠的，倒像是来换马桶的。

他们把盥洗台、浴缸、抽屉柜、还有装洗浴用品的篮子检查一番，随后就从浴室里走出来。

她看了看他们的眼色，然后走进浴室，关上门，开始查看马桶。她看得两只眼睛都要冒金星了，才发现水箱旁边的一条小裂纹。与其说它是一条裂纹，倒不如说它是一小条划痕。

她开始埋怨丈夫一点都不和自己商量就叫这些人来家里。她甚至觉得他们还不如老鼠，老鼠会偷偷地躲起来，他们却一窝蜂似地在家里胡乱折腾。

"真是不如老鼠！真是！"她嘟囔着。当她突然意识到他们是一群男人的时候，她闭上了嘴。这是一群手里拿着工具的男人，他们的工具在眨眼之间就能变成可怕的凶器。

转眼已经是下午1点了，他们是上午11点左右闯进她家的。他们并没有像她所期待的那样捉到老鼠，倒是把家里搞得乱七八糟。

"我饿了!"

白用锤子砰地砸了一下客厅的墙壁,把墙上挂的相框震得倾斜了差不多十五度。相框里面是他们在孩子出生百天纪念日那天照的第一张全家福。孩子戴着小熊帽,坐在丈夫的膝盖上天真地笑着,丈夫也开心地张着嘴笑,她看着丈夫和孩子,可满足了。

"我饿了!"

白又用锤子砸客厅墙壁,相框又倾斜了差不多十五度。倾斜了三十度左右的照片里,丈夫的表情变得很茫然,孩子也皱紧了眉头,一副马上就要哭出来的样子,而她,正非常不耐烦地斜眼看着丈夫和孩子。

"他可是个饿了就会不管不顾的人。"

听具这么一说,她没办法,只好给他们点了炸酱面、海鲜面和煎饺外卖。白三四口就把一碗炸酱面吃完了,金不停地用手抓起滋滋流油的煎饺啊呜啊呜地往嘴里塞。朴还没吃完海鲜面就拿起电视遥控器,来来回回地调频道。

他们拿着她给他们用纸杯泡的速溶咖啡,挤进阳台,俯视着十九层以下的风景,嘻嘻哈哈地笑着。

看到具把还带着火星的烟头扔到空中,她觉得或许马上把他们打发走会更好一些,虽然他们一只老鼠还没抓到。捕鼠专家有的是。

他们回到客厅,可能是困了,在房间里转转悠悠,又是打哈欠,又是伸懒腰。她也很困。

她不知不觉地打起瞌睡,醒来时却被围在身边的他们吓了一跳。她用充满恐惧的眼神看着他们,他们仿佛把她当成了老鼠,正在对她举着锤子、铁棍和铁扦子。

"真的看到过老鼠吗?"具问她。

"老鼠,老鼠!"金逼问道。

"看……看到了……"她自己听起来都觉得声音抖得厉害。

"真看见了?"金突然把铁棍杵到她下巴下面。

"看,我说过看到了……"

他们一步一步逼近，仿佛要把她围起来。

"真……真的……看到了……"当她艰难地把话说完，他们已经把她完全围住了。

她听到白把槽牙咬得咯吱咯吱响，不禁陷入了错觉，似乎自己变成了三天前丈夫在厨房里看到的那只老鼠。她赶紧把嘴捂住，生怕自己会在刹那间发出"吱"的尖叫声。

无论如何都要摆脱他们，想到这里，她一下子跳到沙发上，锤子在她的额头正上方闪闪发光。她用双手捂着头"呃啊！"地大喊一声，完全忘了自己的孩子在卧室里睡得正香。

当她放下抱着头的胳膊，悄悄抬起头时，看到他们正自己吵了起来。

"说是看到老鼠了啊。"

"应该是看到了，所以才说看到了吧？"

"是啊。"

"好像还是藏在沙发后面了。"

金话音刚落，他们立刻都冲向沙发，把沙发从墙边推开，结果本来整整齐齐地摆在沙发靠背上的纸尿裤散落了一地。他们无所顾忌地踩着纸尿裤仔细查看沙发后面，可是没发现老鼠。

"等等！"具一发话，他们都停了下来。

"什么声音？"

她和他们一起仔细听声音是从家里的什么地方传出来的。

虽然他们都十分希望那是老鼠发出的声音，可惜不是，那是她的孩子发出的声音。

"孩子……好像醒了……"她看了看他们的眼色，自言自语道。她万分希望孩子能接着睡，可孩子却嚎啕大哭起来。

"吵死了！"白发牢骚说。她赶紧从沙发上下来，跑进卧室。孩子哭闹得脸色发青，在摇篮里挣扎着胳膊腿，她张开双臂把孩子抱起来。一走进客厅，他们就像在等她似的一下子围过来，把脸凑到她胸前看孩子。孩子一脸茫然地挨个打量他们，好像很好奇。

"长得挺像你啊！看这小厚嘴唇。"朴对白说。

"什么？跟你很像啊！"金说。

"我倒觉得像你，看这鼻子，都有拳头大了。"具对着金的脸吭了吭鼻子。

她觉得孩子长得并不像他们中的任何人，他们却硬说孩子像他们。怎么可能？孩子怎么能长得像他们？这根本就是不可能的事啊，她想。

"你觉得孩子最像我们四个人里的谁？"

她瞪大眼睛看着具："什么像谁……？"

"我问你觉得孩子最像我们四人里的谁？"

之前一直觉得孩子和丈夫是一个模子里刻出来的她重新仔细看了看孩子。她把孩子的眼鼻嘴仔细端详一番后，又抬起头依次看了看他们的脸。这么一看，孩子的确好像和白、具，还有金，甚至和朴都有点像，一下子说不出长得更像谁。

"那个……"

"我最讨厌孩子了。"白发起了牢骚。

"胖得圆嘟嘟的。"朴捏了一下孩子。孩子胖乎乎的，肉嘟嘟的，大腿胖得圆滚滚的，比她的手臂还粗。

"是啊，胖得像小猪仔一样。"金一下子从她手里抢过孩子，把这个才九个月的孩子放在自己脖颈上，原地转起圈来。孩子开始吓得瞪圆了眼睛，随后咯咯地笑起来。他把孩子往高里悠，像是要抛到空中，每悠一次都把她吓得从嗓子里发出尖叫。

孩子现在被金交给具，又被交给朴。朴正想把孩子交给白，结果白抱着胳膊嘟囔道："我讨厌孩子，我都说了，是孩子我就讨厌。"

这时，电话铃响了。她就像等来了救星一样赶紧拿起听筒。她希望打电话的人是丈夫，结果是净水器管理员。管理员说要在星期六上午11点来家里检查净水器，说完就挂断了电话。净水器管理员每个月来家里一次，给净水器换滤芯，再宣传一番智能马桶盖或者软水机等产品，然后就走。和管理员通完电话后，她马上拨通丈夫的手机。

孩子还在朴的怀里，朴就像把玩橡胶娃娃一样揉搓孩子的胳膊腿。

老鼠的诞生

孩子的脸上露出一副出生以来从未有过的怪异表情，可能是因为那个表情，孩子看起来还真有点像他们中的某个人。然而，她的孩子不可能像他们中的任何人，他们不过是丈夫叫到家里来灭鼠的人而已。丈夫没有接电话，可能是有重要的谈话或会议。

"会藏在那个房间里吗？"具话音刚落，他们就把孩子扔到沙发上，一股脑地冲向次卧。她赶紧跑过去把孩子抱起来。

他们打开次卧门，冲进去。房间里堆满了杂物。

"老鼠！"他们中的一个人喊道。白不由分说地用锤子砸向地板，他砸得太用力了，她很担心地板会被砸裂。她紧紧地抱着孩子，一脸茫然地望着白疯狂乱锤，脑海里不禁浮现出被砸得浑身是血的老鼠的惨状。她摇了摇头。

可是，在被砸烂的地板上瑟瑟发抖的并不是浑身是血的老鼠，而是一个带发条的塑料玩具鸭子。玩具鸭子的头和一条腿掉了，样子十分难看，它身上掉下来的碎片散落一地。

"跟老鼠一模一样……"从她背后传来白泄了气的声音，她这才发现，那玩具鸭子乍一看是挺像老鼠的。

她把玩具鸭子捡起来，给它上发条。发条还挺好上的，她就一直上，直到上满。她一松手，发条就转起来，玩具鸭子一抖一抖地踢着剩下的那条伤痕累累的腿。孩子可能是觉得很有意思，跟着摆动起双臂，还不停地抖一只腿，好像是在跟玩具鸭子学。要是丈夫知道玩具鸭子坏了，一定会很伤心。丈夫喜欢把玩具鸭子上满发条后放在孩子胖乎乎的大腿上。她清晰地记得丈夫这样逗孩子玩时那幸福的样子，玩具鸭子在孩子的大腿上摇摇晃晃地走三四步后一摔倒，孩子就会兴奋得直撅屁股。

不过，她必须得认识到现在的问题不是玩具鸭子。

看着他们一眨眼的功夫就打碎的空气净化器，她开始怀疑他们可能并不是捕鼠专家。别的不说，单说他们手中的工具就既不中用又不靠谱。与其用那些工具，还不如买点黏胶纸之类的东西在家里到处放一些，可能更容易抓住老鼠。

427

空气净化器是她一个月前通过电视购物用十个月的无息分期付款买的，想到自己还要为这个被打碎的空气净化器支付九个月的分期付款，一股怒火就涌上心头。

她现在又急又恼，想着哪怕是叫警察来也要把他们从家里赶出去。她拿起听筒，想要打电话报警。这时，手电筒的亮光照到她身上。

"是有急事要打电话吗？"

"有急事要打电话就得打啊！"

她用颤抖的手指按丈夫的手机号码，结果接连按错，只好重新按了两次。电话打过去了，可丈夫还是不接。

"我丈夫不接电话啊……我想告诉他……老鼠挺不好抓的……"

"马上就帮你抓住，你就放心吧！"朴笑嘻嘻地说。

"这老鼠到底藏哪去了？"

他们又开始急火火地抓老鼠，把鞋柜里的鞋都掏了出来。她四下打量着被弄得乱七八糟的房子，想起当初为了买这个房子，他们从银行贷了不少款，现在每个月都要从账户上扣掉不少贷款利息。

家里会不会一只老鼠都没有？这个不祥的想法突然间像闪电一样掠过她的脑海。

看到老鼠的那天晚上，丈夫喝得酩酊大醉。她从没在家里发现过老鼠屎，所以很有可能是丈夫喝醉了，看花了眼。而且，丈夫是在三天前看到的老鼠，那么老鼠也有可能在这几天里跑到别人家去了。

她把孩子放在客厅的地板上，把玩具鸭子的发条上满，放在孩子够得着的地方。

她悄悄走进厨房，关紧厨房推拉门，查看燃气灶后面。她看到了拉面渣和干瘪的泡菜碎片，但没有看到老鼠屎。她把燃气灶抬起来，看下面的地板，结果看到一个黑乎乎的像老鼠屎一样的东西。她多么希望那是老鼠屎啊，不过很遗憾，那不是老鼠屎，只是一粒发霉的、干瘪扭曲的饭粒。

当她耷拉着肩膀从厨房出来时，他们正在翻卧室的衣柜。就那么一会功夫，柜子里的衣服和被子都被掏出来扔在地板上。她真想给他们一人手里塞一张 10 万韩元的支票，赶紧把他们打发了，就当他们每人都抓到了一只老鼠。

把卧室搞得一片狼藉之后，他们还是没抓到老鼠，又一股脑地回到客厅。

"老鼠……"她咽了一口唾沫，因为她的声音抖得厉害。她还是没有勇气跟他们说出"也许家里根本就没有老鼠"这句话。

"什么时候能抓到呢……?"

这时，本来还在开心地玩着坏掉的玩具鸭子的孩子突然哭闹起来，她哄着孩子进了卧室。

他们唯一没有翻过的摇篮看起来比任何时候都温馨和安稳。如果可以，她真想和孩子一起躺在摇篮里睡它一个不省人事。

"这都是因为你爸爸说看到一只老鼠，老鼠！"她把孩子放在摇篮里，说道。孩子张开嘴巴，吐出一滴橡子般大小的口水泡。口水泡破裂开的同时，孩子吐出一个音节。不过，她的耳朵里听到的分明是一个"鼠"字。

"老鼠?"

孩子又张开嘴，吐出一个比刚才更大的口水泡，它越来越大，最后破裂开，孩子又吐出一个音节："鼠！"

"老鼠？你是说老鼠吗？"

"鼠鼠鼠吱吱吱吱……"

孩子一张口说起来就停不下来了。她怎么都没想到，自己的孩子第一次开口说话，说的不是妈妈或爸爸，而是老鼠。她应该感到伤心，现在却没那分心情。

她把坏掉的玩具鸭子放在孩子的肚子上。上满发条的玩具鸭子开始抖剩下的一条腿。

等孩子睡着后，她从摇篮边走开，走出卧室，关紧门。她走向沙发，拿起扔在地上的十字绣，开始绣葡萄粒。一颗，一颗，又一颗……

"嘘！"

"我刚才好像听到老鼠的声音了……"

"我也听到了!"

"好像从那个房间里传出来的!"具拿着铁扦子指了指卧室的门,然后向金、白、朴点了点头。他们悄悄地朝她关紧的卧室门走去,具在最前面。

他们一下子就把睡着孩子的摇篮围了起来,根本没给她拦住他们的时间。她突然想到他们说的老鼠声,可能就是摇篮里的孩子发出的声音。瞬间,她手中的银色十字绣针像鱼漂一样颤抖起来。

到底是继续把这颗快绣完的葡萄粒都绣完?还是马上冲进卧室阻止他们?她纠结不已,甚至忘了他们是丈夫请来的捕鼠专家。

崔美珍去哪儿了?

李起昊

*

上个月中旬,我打算在"二手王国"网站买个移动硬盘,偶然发现有人在低价出售我的书,就是那本两年前出版的长篇小说。在这个账号为"詹姆斯放下卷帘门"的热心会员上传的帖子里,除了卖我的书之外,还卖 50 多本小说和 20 本左右过期季刊。他把小说分成三组,第一组 7000 韩元一本,第二组 5000 韩元一本,第三组 4000 韩元一本。季刊统一卖 2000 韩元一本。

我的书在第三组。

我忘了要搜移动硬盘的念头,开始逐条仔细翻看"詹姆斯放下卷帘门"的卖书目录。他按组分类拍照,让买家看到书的品相,还在照片下方为每本书都写了几句短评。比如对第一组朴常隆的《十人路》的说明是,"绝对是一个传说的开始,所以 7000 韩元"。第一组里大多是赫尔曼·梅尔维尔、约翰·契弗、姜峯楠等外国作家,韩国作家只有朴常隆和李文求。第二组里作家最多,有巴尔加斯·略萨、井上靖、伊凡·谢尔盖耶维奇·屠格涅夫,还有殷熙耕、李承雨等。对第二组作家们的短评也是清一色的称赞,诸如"世上的一切恶根都在这一本书里!""认可失去的力量"之类。

然后就是有问题的第三组……每本卖 4000 韩元的第三组……我滑

动鼠标，首先去看给我的小说写的评论。

49. 李起昊/病味小说，越来越让人失望，就这样还是作者签名本（4000 韩元，在第一、二组买够五本即免费赠送）

我弯着腰静静地看那句话，然后又向上滑，去看那张展示书品相的照片。封皮很干净，好像从来没翻开过，像是刚从书店买的一样。我又把页面往下拉，把这本书后面的那条也读了读：

50. 朴亨徐/同类病味系列小说，病味中也不乏强烈的讽刺，元小说之最（4000 韩元）

我又慢慢地看了看在我上面的作家目录。第三组中一共列出 15 名小说家，除我以外，其他作家都没有写"买够五本即免费赠送"这一条。我松开鼠标，双臂环抱在胸前片刻，又故意"呵呵"笑了笑，只是笑声没持续多久。

退出"二手王国"网站，我打开 NAVER 主页查看韩华鹰队的比赛结果，还仔细看了看每一名选手的击球率和打点，把长达十多分钟的精彩回放也都看完。又看了赵奭、李末年、郭百洙的网络漫画，忍不住轻声笑了几次，还把那些平时不看的网络漫画后面的评论也都一页页翻着读了一遍。意外的是没有多少恶评，更多的是像"今天也没辜负信任""又得苦苦等到下星期，怎么办？"之类的应援。我感到有点不可思议，心里又有点不太舒服，像丢了什么似的。

我把所有网页都关掉，闭了一会儿眼睛，用拇指和食指在眉间按了按。然后，打开 Hangul[①]，长出一口气。我从三天前开始在 Hangul 里创建新文档，"空白文档 1""空白文档 2""空白文档 3"……新窗口不断增加，里面却什么都没写。对着空白的 Hangul 文档窗口看了十多分钟，我拿出一根烟叼在嘴里。用打火机打火时，竟一下子把火石弄掉到地上。我坐在书桌前，低头看掉在地上的火石和拿着打火机的左手。这才发现原来我那抓着打火机的左手紧紧攥着拳，手背上露着青筋，指甲尖发白。就这样还是作者签名本……买够 5

[①] 一款由韩软公司（Hansoft）开发的办公软件。

本即免费赠送……朴亨徐的卖 4000 韩元……看着掉了火石的打火机，我咬住下唇，然后重重地朝桌子砸了一拳。

*

那天晚上，我比平时早些回到卧室床上躺下。床上睡着妻子和小女儿，床边的地板上睡着大儿子和二儿子。今年 10 岁的大儿子像钉在十字架上的耶稣基督一样躺着，二儿子则一副奥运会火炬手的姿势。我尽量蜷缩着躺在小女儿旁边。那是一个雨季来临之前的夜晚，闷热而潮湿，身边的小女儿头发上散发出淡淡的腥味。

"老婆，睡了……？"躺了半天，我小声问妻子。

"嗯……怎么了……？"妻子用没睡醒的声音敷衍地回答。

"没什么，就是看看你睡没……"

"怎么……？又是小说写不出来？写不出来就睡吧。"

妻子帮小女儿把枕头垫好，又翻身面朝墙躺下。妻子的床头放着闹钟，明天早上要 6 点起床给小女儿准备幼儿园野外郊游的盒饭。

"老婆，老婆……我，其实……今天腺得慌……"

"嗯……洗个澡吧。"

"不是洗澡，是腺得慌。"

妻子这才用一只手捋了捋头发，坐了起来。

"怎么了？今天去银行了？"

妻子担心的是用公寓做抵押的贷款已经过了仅还利息即可的三年期限。从上个月开始，她就因为偿还本金的事催我好几次，让我去银行问一下转按揭的事。

"不，不是，不是因为那个……"

看着黑乎乎的卧室天花板，我说起"二手王国"网站的事。朴亨徐 4000 韩元，我却成了买一赠一的赠品……

"脑子里老想这事……那个网站有很多人看呢……说我越来越让人失望……是不是有点过分啊？"

妻子默默地低头看看躺在床上的我,然后又转身面向墙壁躺下。

"别想了,睡吧……反正不管是你的还是朴亨徐的,都不会有人花钱买的……"

"好像是个读过不少小说的人,但也不能那么说啊。什么病味啊,就这样还是作者签名本啊……"

妻子没说话。

"不会……是我认识的人吧?要故意羞辱我……不知怎的,我觉得肯定是这样……"

我自顾自地嘟囔。这是不是得算毁谤啊?无视他人人格,毁人名誉,公然诽谤……听说这会被抓的……

不顾妻子是否回应,我一直念叨着。妻子发出几声叹息,突然转过身来大声说道:

"所以叫你不要上网,要写小说!不写小说当然就只会看到那些!小说家写不出小说还不臊得慌,还有什么比这更臊得慌!"

妻子这么一喊,睡在地板上的二儿子原地直接坐起身来,还是睡时那个右手高高举起的姿势。我赶紧闭上眼睛装睡,心里却一直在想、反复琢磨那帖子是不是朴亨徐写的。

越想越睡不着。

*

第二天,我又登录了那个"二手王国"网站,找到"詹姆斯放下卷帘门"的手机号码,然后给那个号码发了一条短信,说想买第二组的五本书。"詹姆斯放下卷帘门"不到五分钟就回复说收到付款后马上给我发快递。我又给他发了条短信:

——请问,可以直接取货吗?家里没人收快递。

大概过了十五分钟,"詹姆斯放下卷帘门"才回复:

——如果在一山鼎钵山站附近,可以。

——啊,是吗?太好了,我就在那附近,我直接去取吧。

我跟他约好时间——两天后,也就是周四下午 2 点,地点是鼎钵山站 2 号出口乐天百货店正门前。我又发了一条信息:

——对了,您是说如果在第二组中买五本,会免费赠送李起昊的小说吧……

——嗯,是的。那本也会给你带去,反正是赠品。

反正是赠品,反正是赠品……我盯着那条短信看了很久。然后又上网买了周四上午 11 点从光州松汀站出发去幸信的高铁票。反正现在从光州到一山很快就到……都在那附近……我极力控制着自己的情绪,猛然间只觉得一股热流涌上来——反正是赠品,反正是免费赠送,反正朴亨徐……

*

不久以前,大约是在成为作家两年多的时候,我搭朋友车在京釜高速公路上出过一次交通事故。车撞上中央隔离带后侧翻,是个挺大的事故。神奇的是,开车的朋友和坐在副驾驶席上的我都只是额头和手臂受了点擦伤,别无大碍。但我还是拍了 X 光片,考虑到要观察一下,还住了院(在朋友的强烈要求下)。躺在六人间病房里,每当医生和护士进来时,我都要捂着腰和脖子哎呦哎呦地哼哼,几乎哼出维也纳少年合唱团的水平(这也是朋友强烈要求的)。就这样过了大约三天,(朋友苦苦等待的)保险公司工作人员来了。

保险公司工作人员一见到我们就郑重地打招呼,然后把自己的名片放在床边的桌子上。虽然他看起来和我们差不多大,感觉却像是比我们大很多的哥哥或老师,不知道是不是穿着西装的缘故。他轮番看了看朋友和我,用完全不关心也不担心的表情询问我们身体怎么样,还说了些"不知该说些什么"之类安慰的话,然后立即翻开带来的文件夹,询问我们的职业。

"我在巴斯德乳业公司上班,做文职。"

朋友特别强调了"文职"一词,还补充说如果他不在,全国的牛奶配送都可能出大问题，因为他们公司的牛奶是低温杀菌产品，保质期特别短，这下可麻烦了。他一边说，一边不时痛苦地哼哼几声。

保险公司工作人员也问我同样的问题。一时间只觉得躺在六人间病房床上的所有人都朝我看过来，我有些难为情，慢慢地小声答道：

"我……嗯……我是作家……写小说的……"

保险公司工作人员听罢，视线从手里的文件夹上移开，低头瞟了我一眼。怎么说呢，不太清楚……可能是因为我太敏感了，我居然看见他当时一侧嘴角微微地、非常轻微地上扬。他又若无其事地翻阅起文件夹。

"作家，作家……作家们一般都不怎么出交通事故啊……因为也没有几个开车的……哦……在这儿，作家。作家按照打杂日工赔偿……每天是1.8万韩元。"

哦，原来是这样！我在心里这样说着，连连点头。好像必须得这样认真点头，别人才会觉得我无所谓。不知怎的，似乎他那熨得干净平整的西装和领带、手里拿的笔和文件夹，比那1.8万韩元更让我感到耻辱。我竟然觉得自己成了刚被他捕获的猎物。

那天，我乖乖地在他让签字的地方签字，只回答他问的，没有另外提出任何问题。

*

那时和现在有什么不同呢？

站在鼎钵山站2号出口前，我不住地思考这个问题。为什么老是想起那件事呢？那时感受到的耻辱和现在感受到的羞辱有什么不同？坐在从光州到幸信的高铁列车座位上，我发现自己有点不对劲。我连感觉受到羞辱的确切原因都不清楚。是因为在第三组里，还是因为"病味"和"越来越让人失望"的评价？是因为免费赠送，还是朴亨徐？这难道不是单纯的个人喜好问题吗？"詹姆斯放下卷帘门"羞辱的不是我，而是我的小说啊。慢慢地，我开始怀疑让我受到羞辱的

"理由"和"对象"似乎互不相干。但奇怪的是，即便如此，想要见"詹姆斯放下卷帘门"的想法依然没有改变。我可以在龙山站下车，返回光州，也可以在幸信站下车，就此罢休。有过那么多机会，我硬是在幸信站前换乘公交车来到鼎钵山站前。后来，当一切都过去以后，再想想其中原因，发现这可能同恋爱和分手时的情况差不多。即便交往的时候不怎么爱对方，如果对方提出分手，还是会放声痛哭……一定要在这样的悲伤气氛下结束一段爱情……那时的我应该就是处于"放声痛哭"的阶段吧！所以才会一直感觉有一股热流袭来，不能自已……因为只有在那一瞬间，我和我的小说才会看起来还不错，否则我就不得不承认他说得对……

*

"詹姆斯放下卷帘门"比约定时间晚到差不多十分钟。有人拍了拍我的肩膀，我回头一看，是他站在那里。

"是您说要直接取货吧？"

我就像在狭窄的巷子里碰到一条大狗一样慌了神，不过马上装出一副若无其事的样子跟他点头行了个礼。他看上去最多30岁出头，戴着褐色棒球帽，穿一件没有任何花纹的白色棉T恤和一条类似于足球队服的短裤，脚上是三线拖鞋。身高好像还不到1.7米，小腿和手臂像小学生一样细。我竭力去看他遮在棒球帽下的脸———一对大双眼皮，深邃的眼眸，略低的鼻梁，模糊的唇线。很显然，他不是朴亨徐，也不是我认识的人。

"能先看看书吗？"

听我说完，他就把一个印着易买得标志的黄色纸袋递上前来。

书装在里面。

我把书放在百货商店前的花坛上，故作冷静地一一查看书的品相，就像在审查房产登记证。这些书的确保存得很好、很干净，和他上传到"二手王国"网站的照片里一样。书页没有折过，也没有一处画线的地方。

"您经常看小说吧?"

我一边看书前面的首版发行日期一边问。他没有回答我的问题,只是用穿着拖鞋的脚尖啪啪地踢花坛边的石阶。不知为什么,他看上去有些疲倦和无聊。每当有年轻恋人从百货商店里出来,走过我们面前,我们周围的空气好像就变得更加凝重,我和他所在的那块地方也会显得模糊。

我最后拿起自己的长篇小说。橙色的封面非常干净,和其他书一样连一个画痕都没有。我不禁屏住呼吸,翻开封面,封面的后一页上就是我的签名。

——致崔美珍。良缘。2014 年 7 月 28 日于合井。李起昊。

2014 年 7 月 28 日,那时这本书刚发行两周。出版社为了做宣传,在合井的一家咖啡馆举办读者见面会活动。这应该是当时给一位读者签的。记得当时参加活动的读者还不到 20 人……

"这么说,这里这个崔美珍就是……?"

我边问边抬起头。他听罢盯着我的脸说:

"哦,哦……这可怎么办……"

他犹犹豫豫地开始往后退,眼睛却一直盯着我的脸。我一只手拿着我的书——勒口上印着我的照片——又向他走近一步。

"那个,我……"

我一开口,他干脆转身朝湖水公园方向跑去,虽然穿着拖鞋,速度却快得惊人。

他认出了我。

*

不一会儿,"詹姆斯放下卷帘门"又慢腾腾地走回到我面前,没有抬头看我,也没有跟我说一句话。

我们走到乐天百货后面,坐在长椅上。我手里拎着装书的纸袋,他把头埋得很低,灰溜溜地跟在我后面。长椅前面的小空地上,一个推婴儿车出来的年轻母亲站着看书,一个看起来已经上幼儿园的小女孩在蹦蹦跳跳地追蜻蜓。

"要抽烟吗?"

我拿出一支烟递给坐得有点远的他。"詹姆斯放下卷帘门"看看我手中的烟后摇摇头。我莫名有点尴尬,在长椅上磕了磕烟。还不如刚才就那么直接分开了?我有点后悔。如果他不跑开,认出我以后也表现出一副若无其事的样子,会怎样呢?可能我也不会说什么,给他2.5万韩元,然后就去坐开往幸信的公交车。我也许会笑着说一句"还真是作者签名本啊"。我最多就能想到这么多。然而他突然认出我后跑掉,不一会儿又重新返回来,让一切都变得很奇怪。本来以为受羞辱的人分明是我自己,现在却变成似乎两个人都有错,都得互相猜测。邀他一起去喝一杯?这样的想法也不是没有,只是很难开口。一是担心他会拒绝,最重要的是还不想那么做,感觉那样自己似乎有点冤。

"我也没别的意思,就是想看看是不是我认识的人……也的确有想要的书……"

我前言不搭后语,他还是一直默不作声。

"您是作家?"

他听罢轻轻摇摇头,有很短的那么一瞬,我们的视线碰到了一起。我很庆幸,心里又莫名有点儿失望。

"不管怎样,既然定好直接取货……"

我从钱包里掏出3万韩元递给他。他犹豫一下,双手接过我的3万韩元,然后摸索着从口袋里掏出一张5000韩元纸币递给我。我没说话,看看那张5000韩元纸币,又看看他的脸,然后摆摆手,还轻轻笑了笑。"詹姆斯放下卷帘门"直勾勾地盯着那张5000韩元纸币看了一会儿,又把它塞回自己的短裤口袋。

我拎着长椅边的纸袋从座位上站起来。反正账也算完了,我们之间的交易就算完成了。

"那个……"

他跟着我弯腰起身,说道:

"对不起……"

这回,我默默地看了看他的脸。他一直低着头,但从他的指尖和肩膀都能清楚地看出他的不情愿。

"我没想到……作家们……也会去那些网站……"

我竭力露出一丝微笑。我对你没有恶意,真的只是要买一本书。直到最后,我都想让他这样认为。

"唉,作家也没什么了不起,大家都一样啊。"

"可是……"

和他谈话让我越来越不舒服,虽然明明是我先开始的。可能也正因如此,我才非要问他:

"不过,我真的很好奇……为什么只有我的书是免费赠送啊?其他作家的书都不白送……"

他只是把头埋得更低,没有说话。

"真那么让人失望吗?"

我一直等他回答。

"对不起……"

直到最后,他都只说这一句。这让我莫名地感觉受到了更大的羞辱,不过我没有表现出来,反倒更爽快地说:

"没事儿,我不是要追究什么……只是觉得好奇……你不用在意,这也是可以理解的。"

好了,算了,到此为止吧。我心里这样盘算着,因为感觉自己变得越发狼狈和悲惨。

跟他告别后,我转身要走,突然想到一件事,又原地站住。

"哦,对了,那个叫崔美珍的人是谁啊?"

我一说完,"詹姆斯放下卷帘门"用帽檐下那双阴郁的眼睛呆呆地看着我,好像要鼓足勇气跟我说些什么似的,嘴角接连抖动好几下,却没有发出一丝声音。他的肩膀开始微微颤抖起来,还提溜提溜地抽搭起鼻涕。我被他突如其来的反应弄懵了，"不是，我只是好奇……"我小声嘀咕着，没再说什么。不，是没法再说什么。因为他已经朝注叶站方向撒腿跑去，边跑边用胳膊不住地擦眼角……一直低着头……

他没再回来。

*

在回光州的高铁里，我接到妻子的电话。

"在哪儿呢？"

"嗯……出来找点素材……"

我走出车厢，站在洗手间门口和妻子通话，电话里传来老二和老三在妻子身边互相抢着要和我说话的声音。

"今天去银行了吗？"

"啊，那个……打算明天去……想再打听打听手续费的事……"

我用一只手揉搓着额头，心想，又该听一通牢骚了。

"别去了。"

"嗯？"

"我说不用去银行白费口舌了。"

一名军人突然在我面前停下来，可能是要上厕所。我让开路，小声说：

"不去怎么办？马上这个月就……"

"我……已经定好从下个月开始上班了。小区前面的商业街里有一家补习班招兼职讲师，我今天去面试了。"

"不是，那个……还不至于……"

我本来想跟妻子说这次干脆把公寓卖了，搬到便宜一些的罗州或和顺去，再不然就打听打听租房怎么样。不过没能说出口，因为不知道妻子会怎么想。最关键的是，老二在那个节骨眼儿把手机抢去了。

"爸爸，我……就是，我刚才使劲儿拍打你的笔记本电脑，结果上面掉了一个字母。"

我什么都没说，挂断了电话。

到了光州松汀站，我刚要拿着纸袋上出租车，电话铃又响了。我以为是家里打来的，一看手机液晶屏，上面显示的是"詹姆斯放下卷帘门"的号码。我让出租车先走，自己转身往回走。晚上9点多钟的站前广场上只有稀稀拉拉的几个人在抽烟。一辆摩托车朝松汀市场方向疾驰而去。一个流浪汉模样的人穿着一件冬季夹克，步履蹒跚地在广场上转悠着捡别人丢掉的烟头。

电话接通后，"詹姆斯放下卷帘门"半天没说话。我以为电话那头会传来细细的呼吸，结果却是一声声长长的叹息。我也一句话没说。从他的喘息声中就知道他现在的状态，能够猜到他喝了多少酒。

"您……您很了解我们美珍吗？"

他结结巴巴地问，喘着粗气。我只是默默听他说，因为知道任何回答都没有什么意义。

"美珍……就是……我都不知道她现在在哪儿……我们分手了，现在她在哪儿我都不知道……她留给我的只有书……很多书……都扔一些了……可这书架上还有很多……"

我跟他说等一下，停一下，想打断他说话，他根本不听。

"可是……现在我得搬家……得把房子腾出来……她可能连这都不知道……美珍不会知道的……我啊，我没法把这些书都带走……想带走也带不走……"

那个穿冬季夹克的男人朝正在打电话的我走过来。我手里拿着电话，另一只手向他递过一支烟。他静静地看看我手中的烟，转身又朝广场对面走去，继续捡他的烟头。

"大叔……你根本不认识我们美珍……你不认识她，却给她签名写'良缘'……那是你随便写的，对吧？……妈的，你什么都不知道……你不知道我为什么卖书……不知道你写的字让我看了多久……不知道我们美珍在哪里，怎么生活……你什么都不知道……你不知道，就是随便写的，是吧……可是，妈的，我做错了什么……这辈子我说了多少对不起……你也非要听我说对不起……为了听句对不起，你……"

说到这儿，电话突然断了。他没再打来，我也没再给他打。我拿着纸袋子，在那里静静地站了好一会儿。不是等他的电话，而是在盯着看那个拒绝我好意的男人。他靠着站前广场的花坛坐下，叼着烟头静静地仰望夜空。夜空中乌云密布，他目不转睛地望着。从车站出来的一群人好像没看见他坐在那里一样，若无其事地匆匆走过，根本不往他那里看。我也加入到那群人中，跟在最后面，慢慢地走出站前广场。

我害怕我的敌意。

*

从这个月初开始，妻子每周去补习班上四天班。下午2点上班，晚上9点下班。所以，我就得给三个孩子准备晚餐。吃完晚饭后，我也常常穿着拖鞋，和孩子们一起去小区前面的商业街。商业街一楼的文具商店前有个抓弹力球的游戏机，100韩元玩一次，我们一边玩一边等，老三总是抓得最多。妻子从来都不准时下班，不过妻子和我都没有对此表现出不满。"小区的补习班都这样呗。"妻子就随口说过这么一句。我遇到过几次补习班的老板，她也住我们小区，常常硬拉着我家孩子进文具店去买奇趣蛋巧克力。跟她说不用这样客气也没用，我只能把攥着弹力球的双手背到身后，站在后面默默地看着。

我把从"詹姆斯放下卷帘门"那里买的我的书——原本属于崔美珍的我的书——插在我房间书架的角落里，把从他那儿买的另外五本书也插在旁边。萨尔曼·鲁西迪和大江健三郎、裴琇亚的书是本来就有的，岛崎藤村和赫塔·米勒的则是原本没有的。未来某一天，我会把这些书拿出来读吗？不知道，现在还不清楚。虽然不清楚以后会不会读，但是我的书架还有地方存放它们。它们离我很近，我应该随时都有可能去读。希望我会读。

我也曾再次上"二手王国"网站看"詹姆斯放下卷帘门"的帖子。我见他以后的第三天，那帖子还好好的，一周以后再去看时就没有了，消失得无影无踪。这么几天书就都卖完了？恐怕不是。虽然我猜并没有卖完,但还是希望那些书都找到了新主人,因为我觉得这对他来说也是一种帮助。

有时候,我会思索。

思索这样的人生:越是害怕受人羞辱,越容易感觉受到羞辱,并把羞辱带给别人。

真是有点悲惨和惭愧。

当镰刀像狗一样叫

金德熙

"我不识字。"

孩子拿起毛笔,正要记录时,抬起了头。我微笑着看了看他的眼睛。他的眼睛如同精细打磨的围棋子般光亮,那是一双从未怀疑也不曾欺骗过的眼睛。

"怎么了?"

"先生,这是一篇什么文章啊?"

"你会知道的。"

从现在开始,孩子将要记录我过去的一段生活。在那段时间,我整天为人抄写文章,却不知道其中任何一个字的含义。我甚至有可能到死都无法读懂这段用文字写成的记录。孩子不再多问,开始在纸上记录我的话。真是个聪明伶俐的孩子,他明白自己该知道什么,不该知道什么。孩子又停下来,抬起头,表示自己写完了。我缓缓地仔细观察纸上的字,每一个字看起来都很熟悉,但我并不知道它们的意思和读音。我的故事真的就是这样开始的?我把孩子手中的纸拿到近前,仔细端详了一会儿——每个字都墨汁饱满,沉甸甸的,纸上散发出优质墨汁特有的隐隐清香。

本来在院子里溜达的黄狗走过来趴到檐阶下,我的故事也算多了一个不起眼的小听众,这让我感到一丝安慰。从哪里开始讲呢?故事的开头和结尾,我曾想过数百遍、数千遍,但一看到这些从笔尖流淌出来的文字，脑子里却是一片空白。

我从小就是一个家奴，这样的身份不允许我学习写字。但随着年龄的增长，我很自然地发现了文字的用处。听说它能够记录世间万物，能够把零落在空中的每一句话完完全全留住，还能够在那些像雪花一样飘落到脑海里的想法融化和消失之前，将它们保存下来。我想要学习写字，但父亲却叫我连写字的边儿都不要碰，要是发现我拿着棍子在地上胡乱写字，他就会揪着我的后脖颈狠狠教训一通。他每次都会唠叨起我们不能学习写字的身份和宿命。我无法理解父亲，心里还有些埋怨。写字应该是不归某人专有的，可父亲说起来却好像是我对两班贵族们的东西起了贪念。我并没有屈服，虎视眈眈地偷偷寻找机会。然而，没有任何人教我识字。我能说得上话的大人都不识字，而那些不能随便搭话的人会像驱赶一只在厨房边探头探脑的狗一样把我赶走。

我不得不打消学习写字的念头，但这丝毫没有减弱我想要用双手呈现世间万物的欲望。于是，我开始在地上画画。我画鸟和树、牛和犁，我画狗和猫、老鼠和蜈蚣、花和蜜蜂、蝴蝶和青菜。一天，父亲干完地里的活，累得筋疲力尽，回来看到我蹲在院子一角在地上比划着什么，又像猛兽一样冲过来，把我手中的木棍抢去。但当他发现我在地上瞎划拉，并不是写字，便渐渐消了气。那天，我察觉到父亲似乎被什么吓着了，就像做了一个非常可怕的梦一样。父亲当时嘴里嘟囔了一句听起来像是某种预言的话："画画，应该没事吧……"

在父亲的默许下，我一有空就画画。我的画一天比一天有长进，画把镰刀就像真的能割草一样，画只狗就像真的会叫起来一样。如果在画画时发现有人来，我就赶紧擦掉。没有人会称赞一个成天不干活玩泥巴的家奴。虽然我还小，受到的监视少些，但我看到过很多成年家奴因为偷懒而挨打。

有一天，我去跑腿送信，回来时在路上捡到一块撕坏了的告示纸片。不知为什么，我觉得那张纸片上的东西并不像文字，而是画。我还像以前一样蹲在地上画纸片上那些字。可能是因为很久没有碰过有文字的东西了，而且头一次看到像告示这样写着很多字的东西，我好像完全陷了进去,直到被一个映在我和地面之间的巨大身影吓了一跳,直接跌坐到地上。主人和两个男护卫正在像老虎一样盯着我和我画的东西看。我赶紧起身,合起双手,低下头。这时,正巧父亲干完活走进大门,看见主人一行站在我面前。他急忙把背架脱下来扔到一边,慌慌张张地跑过来看发生了什么事。一看到地上的告示纸片和写在旁边的字,他立刻就在主人面前跪下来磕头。

"都怪小的没管好孩子,求大人饶了小的这一次吧!"

我偷偷往上瞄了几眼,看到主人背着手、歪着头,一直盯着地面看,父亲在一旁不停地把额头砸在地上。我只能使劲攥紧手中的小棍。"啪"的一声,小棍断了,掉在地上。这时,主人开口说道:

"嗯,你在地上写的这些是什么意思啊?"

我一时间没听懂主人的意思,支支吾吾答不上来,旁边的男护卫瞪大眼睛催促起来。听说他们都是大力士,武功高强,一个人都能轻松对付五六个士兵。

"大人问你呢,快说!"

其中一个护卫说。父亲越发不安起来,他用只有我能听见的声音嘟囔道:

"你什么时候……你什么时候……"

父亲虽然没说完,但很容易就能知道他想说什么。无非就是"我管得那么严,你什么时候学会识字了?"不过父亲猜错了,我根本不识字,不管别人怎么说,我这只是照着字的形状画画而已。弄明白大人们因为什么而误会以后,我终于知道该说什么了,可还是不敢抬起头来跟主人说话。刚才在主人旁边大声呵斥的护卫又催道:

"这小东西真没规矩,非得挨顿打才张嘴说话吗?"

听到这话,从小就经常目睹家奴被卷在草席里挨打的我只觉得大腿根发麻,真想一屁股坐下。虽然已经口干舌燥,却不能不把脑子里的话一点一点说出来。

"我……不知道这些……都是什么意思,就是……觉得有意思……画着玩的。这个也是捡的……然后就照样子抄在地上了。小的也知道……这些是字，但我并不知道我抄的是什么字。就是，纸上写的肯定是字，但这地上画的绝对不是字。就像地上画的镰刀不能割下一根稻草、地上画的狗追不上贼一样。"

我一说完，站在主人身边的一个护卫又大声喊道：

"这小子以为这是什么地方，竟敢瞎说八道？非要把你们父子俩都宰了才说实话吗？"

父亲干脆趴在地上：

"饶命啊！大人只要饶小的不死，就算打断这小子的手，也绝不让他再这么干了。"

父亲拽了一下我的裤子，把我拽得趴在他身边。我感到很冤枉，又没做错什么，就被这么审问，而且就算犯了什么错，我也难以忍受让父亲这样跟我挨骂。我痛恨那些所谓的身份和宿命。不知道父亲担心的是不是就是这些，还是有什么比这更严重的，我有些害怕，决定再也不画画了。

"孩子就是玩玩土，就要打断他的手，你这个当父亲的可够严厉的啊。这孩子叫什么名字啊？"

主人的声音似乎在空中回荡，父亲把脸贴在地上，答道：

"小的这些下人哪配有名字，我们就跟街上看相的说能让他捡条命就行了，结果看相的说让叫'修福'，小的就那么叫了。"

主人听罢，掀起宽大的袍子下摆，蹲在地上。父亲以为是要打他，缩着身子爬着往后退了退。主人捡起刚才我折断的小木棍，在地上写起字来。

"那个看相的是这么写的吧？"

父亲静静地端详主人写的两个字。我看着这两个字，思量着我的名字原来这样写，人们叫我"修福"的时候，那两个字长得就是这样，一时间感觉自己好像爬上了云端。过了一会儿，我看见父亲扶着双膝的手在瑟瑟发抖，虽然抖得不厉害，但很显然父亲一定是在努力强忍着什么。

"对，对……正是大人写的这两个字，小的虽然还不如个畜生记性好，但因为是儿子的名字，所以仔细看过……没错，大人写的这两个字的模样和看相的写的那两个字很像。"

父亲的声音像他的手一样颤抖。我才发现主人原来是这么可怕的人，也被吓蔫了。主人听罢父亲的话，突然笑出声来，站在他身边的两名护卫也好像忍不住了一样哈哈大笑起来。

"咳，我开了个玩笑，这个字的意思正相反，不是'保命'的意思。咳，真是，我一时有失体统了，你可不能这样记你儿子的名字。"

主人把刚才写的字擦了，重新写了起来。我看得很清楚，他的每一笔都写得张弛有度。木棍每一次划过地面发出的声音都是轻快悦耳的，仿佛撕开了挡在我面前的厚重帐幕。看到主人重新写的两个字后，父亲颤抖的身体终于平静了一些。

"这才是你儿子修福的名字，我会把字写在纸上派人送过去，你收好了。"

"哎哟，这怎么使得呢，小的怎么配拿您写的字啊？这可是狗脚上钉马掌，不合适啊。您这么说，小的已经是担当不起了，大人还是收回成命吧。"

"咳，你也真是，就两个字有什么大不了的，至于把你吓成这样？虽然听说我的字在那些货栈里卖得挺贵，但你应该不会把自己孩子的名字拿到那些地方去挂着吧。我无意间跟你开了个玩笑，有些过意不去，所以才给你写的，收下吧。嗯，修福啊，你明天一早到我那儿去一趟，我打算让你在身边帮着做些重要的事。"

主人看上去心情甚是不错，我却呆愣着说不出话来，只是把头埋得更低。主人和护卫就像看完一场有趣的表演似的悠闲地谈笑着走了。

整个晚上，我都在想主人会让我做什么。那些没事干的、多余的家奴都被卖了。血缘关系对于我们这些家奴来说一文不值，即便有父母兄弟，主人也会像把刚断奶的狗崽交给别人一样把他们卖给别人。我还小，还赚不出自己的饭钱，应该是因为送信或买东西这些跑腿的活都干得很利落，所以才得以留在父亲身边。父亲生怕我被卖到别处去，为了赚出我的那份饭钱，总是像一头牛一样卖力干活。我必须得有一分自己的活干。所以当主人说要吩咐我做事时,我虽然有些担心,心里却高兴得不得了。

父亲却看不出一丝高兴,只是紧锁着眉头坐在那望着摇曳的油灯。晚风中,不知从哪里传来几声狗叫。我们熄灯躺下,本来天一黑倒头就睡的父亲却翻来覆去睡不着。

"老爷会让我干什么啊?"

我问父亲。黑暗中,父亲先是发出一声长长的叹息,然后回答道:"不管让你做什么,你都一定不要忘记你的身份地位,让你做什么就做什么,别听不该听的,别看不该看的,也什么都别想。"

为了揣摩主人的心思,父亲左思右想,转来转去,结果却依然是原地踏步。过了一会儿,他的呼吸声平稳下来。那一天对于父亲来说一定是非常痛苦和漫长的,这让我感觉很对不起他。

之后,我还是久久不能入睡。望着洒落在窗户上的月光,我一遍一遍地琢磨自己的各种猜测。我怎么都觉得主人好像没什么事情直接让我去做,只有一种可能性,就是和主人所做的事情有关。主人是两班贵族,不过没有官位,虽然没有俸禄,却从没断过粮食布匹,而且家道渐盛,不时还有新的家奴进来。虽然有应时收获粮食的土地,但与主人家的人口数比起来,那块地就显得微不足道了。

后来我发现经常有一些全国各地的商团首领出入主人家,这才听说主人是怎么发财的。听说那些人有的来自遥远的都城,有的翻山越岭,有的远渡重洋。听大婶们说,他们都是来买主人写的书的。那些书的内容,我们这些下等人看不懂,两班贵族们却觉得十分有趣,争先恐后地买来读。他们用大米或绸缎来换主人的书,不同的书价码不同,很久以前写的书的手抄本能卖一袋大米,新写的书最多能换十袋大米。这样一来,一旦听说主人开始写一本新书了,客栈的客房里就会挤满从全国各地赶来的商团首领。他们买一本回家,制作出许多副本,再以略便宜些的价格出售。从主人手里卖出去的十几本书就这样经过几番复制,变成成百上千本,遍布全国各地。

来跟主人学写文章的人也不断增加,寄居在厢房里的那些年轻两班贵族就是。他们大多出身名门却家道中落，好像听说有的来自都城的大户人家，这些人很早就放弃仕途，梦想着能像主人一样靠写书扬名。主人没有教他们写作，而是让他们去收集一些文章素材，有时会让他们抄录主人的书，制作一些一模一样的副本。

从这些情况来看，我觉得主人应该也会让我做一些跟书有关的事情。我怕吓到父亲，不敢问，但实在猜不出还有什么其他事情我能做。我也知道这样的猜测很不着边际，因为我是一个卑贱的家奴，根本不识字。想到这里，我只能停下来，再重新回头去想自己被发现在院子里画字的那一幕。夜越来越深，我也渐渐累了。我心想"到早上就明白了"，却依然难以入眠。

也不知自己睡没睡着，半睡半醒间听到清晨的鸡鸣。父亲已经出门了。随后，宅院各处传来早晨忙碌的声音，我惦记着主人叫我过去的事情，不免有些心急。

我估算着等到主人应该用完早饭的时间，才来到大厅前报到，但主人不在，已经出去了，等我的是一个在这里跟主人学习写作的门生。他穿着红色长袍，个子很高，乍一抬头看会以为是一根柱子从墙上走过来。看上去他应该是门生中年纪比较大的，眼神十分犀利。他朝站在大厅前的我走过来，问道：

"你就是那个修福？"

"是。"

"师父说让我从今天开始教你执笔法和运笔法，你可知是何缘故？"

我低下头，眼睛盯着石阶上的一双男鞋，说：

"什么是执笔法和运笔法？小的来是因为老爷叫我来。"

"听都没听说过？也是，你这家伙怎么可能拿过笔？那你到底是怎么学会识字的？"

"小的这样的下人怎么会学过识字呢？老爷一定是搞错了。"

"咳！那就怪了，师父到底想要一个既不识字又连笔都没拿过的家伙干什么呢？嗯，师父什么都没跟你说，是吧？"

"老爷就说有事让我做，没说别的。"

我就像和一个阴间小鬼说话似的，心都揪在了一起。门生沉思片刻，不过看上去他脑海里的碎片似乎有点对不上。过了一会儿，他摇摇头，从自己的想法中挣脱出来，然后把我带进讲堂。

父亲说，门生们都被严格的修炼弄得心力交瘁，会随便祸害人，往人脸上泼墨都是经常的事，有人鼻子都被砚台砸塌了，我还见过门生互相揪住脖领子打架。所以，我很害怕挤满门生的讲堂，就像害怕门口站着鬼的巫师家的大门口一样。一进讲堂，我的四肢就被这种一直藏在心中的恐惧束缚住了。正在看书写字的门生们朝我看过来，他们都穿着蓝色长袍，冷冰冰地看着我。红袍门生什么都没说，让我坐在讲堂后面的角落，然后让一个蓝袍门生拿来纸、毛笔和水。

"练字时不能用墨，因为不能把昂贵的纸都浪费在练字上。你用笔蘸水写，不要直接写在纸上，先在地板上练习一百遍，然后在纸上写一遍。纸湿了以后要好好晾干，以便以后再用。好，来拿一下笔。"

笔杆又轻又滑又直，我在地上乱画的木棍跟它没法比。我像拿木棍一样使劲一握笔杆，门生立刻咂着舌头从我手里夺过笔，给我示范握笔方法。

"首先，用拇指和中指末端握笔，握笔时，两指形成一个完美的圆形，这叫'龙眼'。这个圆稍一走样，下笔的力道就会过大或过小，所以要注意。食指在中指上边像中指一样用指尖轻轻按住笔杆，无名指在中指下方用指甲边缘托着笔杆后面，形成推力。最后，小指帮助无名指增强推力。这时，五个手指用力，但掌心是空的，这叫'掌虚指实'。记住，用你洁净的心填满虚空的掌心，要练到握住笔杆的五指能随着千变万化的笔划，自如地增减力度。"

我听不懂门生说什么，什么"龙眼""掌虚指实""千变万化"，听得我云里雾里，我从来没有和人谈论过这些。门生明明在说话，可听上去就像一些用生硬而复杂的笔画组成的字，被挡在了耳边，进不了脑子。我只仔细观察他握笔的样子。刚拿起笔时有些别扭，然后渐渐调整姿势，握住笔杆的五根手指渐渐找到各自的感觉。

"现在用笔蘸些水。"

笔上一蘸好水，马上就能感受到水的重量，本来轻飘飘的笔有了向下的重心，各个手指上的力道也都找到了平衡。门生把起笔、行笔、收笔、按笔、转锋、折锋、藏锋的方法都给我演示了一遍，我学着门生的样子在地上画，水迹随着笔锋印在地上，然后慢慢干掉。看到自己写出来的字迹，我兴奋起来。我一直练到能大概记住都有什么技巧的时候，门生在纸上写下一个字给我看：

"你知道这字是什么意思吗？"

没做错什么，我却不知为什么缩了缩脖子。

"师父说不能教你识字，却要让你会写字，我实在不知其中缘故。我不能告诉你这个字的意思，但这个字里面包含所有的运笔方法，所以你每天都要把这个字写一千遍。运笔不是单纯的技巧，而是一种修养。如果你不只是单纯地练习技巧，而是真正地潜心修炼，那么大概一个月后，大部分字你都能写得游刃有余。这是师父特别吩咐过的，所以一定要努力练习，不要偷懒，否则定会被严惩。听明白了吗？"

我什么也没说，深深地低着头，算是回答了。

我已经来讲堂三天了。这几天里，主人一次都没来过。我一遍又一遍地写门生留下的那个字，全然忘记了门生跟我说的那些执笔法和运笔法的具体名称。对我而言，执笔法就是最有效的握笔方法，运笔法就是从一开始就确定的书写路线。在点完点、画完线后收笔的瞬间都会有许多种变化。起初，前面画的字和后面画的字样子各不相同，所以不容易体现出变化，但随着字渐渐成型，画得很相似，那些微小差异便显现出来。笔上的每一根毛都会影响字形，如果像那个门生一样给每一次运笔都起个名字，可能永远都起不完。这让我觉得这些名字就像一个监狱，把那些一开始就有的上百种变化和以后还会出现的上千种差异关在里面。

门生让我一天写一千遍，但我没有耐心一一去数，只管不停地写。我在写的时候不去想字义，只专注于字形。好奇字义时，我会竭力不去想，这不仅仅是因为主人的命令和红袍门生的恐吓。父亲得知我开始写字以后，一天之间似乎老了许多，但又不能违背主人的命令，只能反复叮嘱我除了按照吩咐做事，其他什么都不要想。一天以后，我吃饭的时候都要像拿毛笔一样拿着筷子练字，父亲看在眼里，给我讲了一个本来坚决不打算告诉我的故事。那是一段关于我的祖辈的故事，听得我又惊又怕。

我的曾祖父跟主人一样，是两班贵族。他不是一般的两班，而是一个能够出入王宫和国王商讨国家大事的高官。曾祖父与国王一同老去，帮助国王成就太平盛世，立下汗马功劳。晚年时，由于年老力衰，他辞官在家，潜心培养后学。后来，老国王驾崩，国王的儿子即位。新王疏于国事，每日游山玩水、放荡不羁。在此期间，宫内的官员都忙于敛财获利，致使百姓们连草根和树皮都吃不上，很多人都饿死了。曾祖父忧心忡忡，度日如年。终于有一天，他毅然拿起笔来，欲劝诫新王速速振作精神，专心国政。弟子们听说新王性情暴虐，便极力阻拦，但曾祖父却心意已决。

曾祖父没有在奏章中直言相谏，而是用自然的道理去影射，有识之士可以通过反复揣摩，知晓其中含义。我不知道"影射"的意思，便打断父亲问了一句。父亲只说那是比在国王面前挥刀弄枪更危险的事，没有再说别的。新王收到奏章后，根本没看，更别说理解其中含义了。他把奏章扔给一个奸臣，然后就去喝酒了。奸臣仔细看了一阵奏章，跑到正在花天酒地的新王那里，说奏章中隐含着曾祖父强烈的逆反之心，曾祖父的众弟子一时间也都成了逆贼党羽。新王扔掉手中的酒瓶，下令立即抓捕曾祖父。

国王亲自来到审讯地点，大臣们对他说，一定要把我们家斩草除根。后来，曾祖父被拷问致死，也没有说出他们所谓的"实情"，儿孙家眷都沦为家奴，四散在全国各地。据说是看在曾祖父曾在前朝屡立功勋的份上，才得以从轻发落。父亲当时只能用稚嫩的眼睛看着家族走向没落，他一边说，一边不断地叹气。他一直给我讲到自己变成家奴后，因为出身于逆贼家族，在连呼吸都要受到监视的日子中一天天长大。为了不引起误会，要竭尽全力忘记自己成为家奴之前学会的文字。父亲长到能给小牛戴上鼻环的年纪，被卖到这里，和同等身份的母亲在近乎于强迫中结婚并生下我。母亲在瘟疫肆虐的那年死了，我成了父亲在这世上唯一的亲人。我问我们还能不能重新变成两班，瞬间，父亲的眼里似乎燃起一团火，他使劲打了我一耳光。

"疼吗？你要记住今天的疼。如果你识字，以后的痛将是今天的一百倍、一千倍。记住，现在还有人在监视我们，你如果识字，就等于把我这个父亲往死里逼，也会让你自己粉身碎骨。"

我暂且停下练字，摸摸那天被打的脸，感觉对不起打我的父亲，对不起父亲的手，我决心尽全力不去想字义。

来到讲堂后的第四天，我还是心无杂念地沉浸在一只毛笔所呈现的千变万化之中。也不知是什么时候，主人来了，站在我面前，静静地低头看我写字。当我直起身来伸伸腰时，正好和主人四目相对，我赶紧跪下来趴在地上。

"好了，可以了，现在来抄写这本书吧。"

主人刚把书递给我，一旁的门生们立刻都冲了过来：

"师父！您怎么能让如此卑贱之人担当抄写重任呢？我们来做吧，您不也说他连字都不认识吗？"

主人狠狠地瞪着弟子们，吐出一声低长的呻吟，就像一只下山来抓狗吃的老虎看见人们的火把时发出的声音。

"正因为如此，我才要用他。他虽然不识字，但会写字，不仅会写，而且比你们这群人中的大部分都写得好。他不识字，不会像你们那样，在自己写的东西里藏有任何私心。他和你们的不同之处何止这些？看，你们几个就算累死，估计也不能用四天时间就把笔写成这样吧？"

主人从我手中抢过我用了四天的毛笔，因为每天都不停地在地上写字，笔毛几乎都磨没了。磨秃了的笔尖存不住蘸上的水，一滴水珠啪嗒一声掉在地上。门生们看着主人手里的笔，似乎要说点什么，但是谁都没敢站出来。

我要抄写的据说是一本非常珍贵的经书，书中写的是古代圣贤的教诲。记得那些剃度的僧人在门口敲着木鱼低声念叨的就是"什么什么经",僧人和我说这念叨很灵,不知道意思也没关系,记住它就能战胜恶鬼,有机会成佛。不过,当时我觉得念叨那些连意思都不知道的经太可笑,根本没放在心上。现在,我奉主人之命,获得了抄写古代圣贤教诲的机会。我想,虽然不能出声背颂,但也要原原本本地抄录,期待哪怕有一丁点福气能降到父亲和我身上也好。

开始抄写之前,那个教我运笔法的红袍门生给我讲了几条规矩,比如书写方向和字间距等。开始我是按照要求抄的,后来突然觉得那都是些没有必要遵守的规则。因为我不识字,所以字之间的关系和方向就不重要。红袍门生告诉我要从纸的右上角开始竖着往下写,然后往左一列一列地写,但对我来说,整张纸不过是一幅画,我只需要用我觉得最舒服的方式依样画葫芦地完成一页就行。所以,门生看不到的时候,我有时从中间往外一圈一圈地绕着写,有时从下往上写,有时从左上角往右一列一列地竖着写。后来,我发现,从左上角往右一行一行地横着写是最方便的。就这样,又过了四天,我抄完一本书。主人看到我的手抄本以后很满意。

"一模一样,一模一样,就连笔划的晃动、点的犹豫、溅出的墨点都一样。"

主人立刻把我带出讲堂,我能感到他似乎要急于去做什么。主人走在前面,我跟在后面,门生们在我身后像一群内急的小狗似的手足无措地跟着。显然,他们知道主人要把我带到哪里。教我执笔法的红袍门生挡住了主人的路:

"师父,您要带他去哪儿?难道是去那儿吗?"

主人的脸色即刻变得很难看:

"你敢在我面前放肆?"

"这不合情理,这里有这么多弟子追随您的远大志向,刻苦修炼,他的突然出现让弟子们的努力变得很可笑。恳请师父明鉴。"

"住口!你不过是在这里待久了,做了师兄,但在我眼里,你那身红袍可笑至极。你的眼里充满奸诈,你以为我看不见吗?那不是一双做学问的眼睛。你最好不要和我作对,否则,还没等我将你怎样,你就会自己害了自己。"

红袍门生没有后退：

"十年了，我为了能进入后院，这么多年来辗转全国收集素材，熬夜整理，抄写师父文章无数，您怎么能这样对我？"

我虽然不知他们在说什么，却能感受到红袍门生到了生死关头。主人双唇紧闭，盯着他看了一会，说道：

"忘了你的师兄们是怎么被赶出去的了？你们这些人中没人能进后院。所以，死心吧，趁着手脚还利落赶紧走，这是我能给你的最后的仁慈。"

主人声音虽温和，却听得我毛骨悚然，因为那声音里充满了愤怒和深深的憎恶。门生咬紧牙关还想坚持，最后还是转身离去。其他门生一句话都没敢说，跟着他走了。不知其中缘由的我只能默默地在一旁安慰自己惊恐的内心。

主人走到宅子后面，打开紧锁的小门。小门对面是一座简陋但不破旧的房子，一进门就看见三个身穿白衣、学者模样的人正在认真地写着什么。看到主人进来，他们停下手中的活，站起来，恭敬地弯腰行礼，等待主人在上座坐好，他们分列在两边面对面坐下。我看到主人点头同意，才跪着坐下来，因为想尽量坐得离主人远一点，脚后跟都碰到了门坎。

"这些年你们三人做那么多事情，一定非常辛苦，现在终于多了一个帮手，你们应该可以稍稍喘息一下了。"

可能是因为刚才外面的事，主人的声音略显疲惫，他继续往下说着。三位学者转过身来，用亲切的目光看看我，我很敷衍地朝他们弯了弯腰。

"修福，我现在说的话，你要仔细听好。这里的这三个人很久以前就开始帮我做一件非常重要的事。外面人都知道，我会把一些非常优秀的门生选到这里来，他们跟我一起讨论我要着手写的新书，书出来以后最先看到初稿，然后进行手抄。你可能也听说了，事情大概是这样，不过这也不是全部。"

主人轻轻闭上眼睛,好像在整理思绪。然后,我听到了一个难以置信的故事。

主人通过来买书的商团跟宫里秘密搭线,收集宫内故事并记录下来。主人的记录中也包括国王的失政,他说宫里记录的实录都是假的,没人敢去记录事实,但必须有人把真相传给后世。通过这种方式写出的书籍由这几名后院学者抄录成册,这些手抄本保管在全国各地由主人的朋友们秘密准备的书库里。

"这三位师兄都跟你一样出身卑微,不识字。但是自从和我结下师徒之缘,他们和他们的家人都过上了锦衣玉食的生活。我对他们委以重任,岂能亏待他们?现在,你父亲马上就不用做苦力了,我会给他安排一个虽然不大却足以安身的住处和一块赖以饱腹的田地。"

我怀疑自己是不是听错了,再一次仔细看了看那几个身着白袍的人。他们和刚才一样,脸上一直带着浅浅的微笑。我想如果我像他们那样,脸会不会抽筋。主人接着说道:

"但你要记住一点:出了这间屋子,一定不能跟人说在这里做什么。如果你还在乎你和你父亲的命,就得这么做。"

我感觉自己似乎被卷进了一个巨大的旋涡,难以呼吸,精神恍惚。我想起一件事情,必须得问一下,便鼓起勇气:

"要是小的其实已经识字了,只是装作不识字来骗老爷,您会怎么做?要是小的跟人揭发您做的事,好让我们父子二人得以赎身成为平民,您打算怎么办?而且,如果我其实不识字,却被人误会识字,我和我父亲会怎么样呢?"

主人沉默了一下,看看我,脸上掠过浅浅的微笑,仿佛在说早就料到我会这么问。

"要是已经识字了,你现在不可能在这里,要么被卖到很远的地方,要么就跟你父亲跑了。还记得我一直让你跑腿送信的事吗?信没封口,你要是有心看,早就看了。信里写的一直是同样的内容——想把你卖了,请人帮忙定个合适的价钱,找个买家。你怎么会坐等着和父亲分开呢?收信人每次回信都要加价买你,不过因为我从很久以前开始就打算要用你，所以都拒绝了。你能经受住那么多严酷考验，实在难能可贵。你在院子里抄字的时候，我以为我错了，吓了一跳，但你却没让我失望。今后跟我做事，你仍然会不断经受这样的考验。如果你识字了，这些考验很可能会让你咬舌自尽。"

我和主人的对话就这样结束了。然后，主人和我就地进行了简单的拜师仪式，我行了拜师礼，师父给了我一杯上好清酒，还有一支顶级毛笔，是用刚过冬的山羊肚子上拔下来的毛制成的。

从那天起，师兄们一直对我很热情，主人对我做的事总是很满意。只有一个人——父亲没有从深深的忧虑中走出来。我和父亲有了一个虽然有些简陋却属于我们自己的家，主人给的田地也很肥沃。我们的生活比以前好多了，但父亲的脸上每天都写着忧愁，这让我感到不解。

"文字有那么可怕吗？我现在根本不想学识字了，能这样和爹在一起生活，不饿肚子，我还奢求什么啊？"

有一天，我这样安慰父亲，然而父亲却非常坚决地摇摇头：

"你怎么下决心，都担不起文字的力量。那些学了很长时间的年轻两班都做不到，你怎么能做到？之前你在主人面前说画在地上的镰刀不能割草，画在地上的狗追不上小偷。但事实并非如此，两班们能用那把镰刀砍人的脖子，能带那只狗去打猎。你以为就这么简单吗？有一天那把镰刀会开始像狗一样叫，那只狗会跳到田埂上去秋收，这时就会天下大乱，就像很久以前，你曾祖父那时一样。"

听了父亲的话，我不知为什么有点想哭，不是因为担心我们的未来，而是因为看到父亲似乎至今都没有从长期的恐惧中走出来，而且看上去是那么虚弱无力。

又过了大概一个月，父亲的担忧变成了现实。教我握笔的红袍门生被打得半死，然后被赶了出去，因为他没能通过师父的考试。师父在考前曾非常严肃地警告说，通过考试就能晋升至后院，不能通过考试就要对以后的事做好心理准备。红袍门生确信自己能够得到师父的信任。

师父给他一本还没有人读过的新作，让他按照原样抄写，说是浪费多少纸都没关系。考试看上去很简单，包括我在内的所有人都觉得他能通过考试。他进到一个单间，两天后拿着原本和手抄本出来，结果却是不合格，因为他写错一个字。师父写的明明是"君者，取膏于民"，但门生改动一个字，变成"君者，赐膏于民"。门生解释说是担心师父是由于笔误才写出这句危险的话，所以思考再三才做了修改。师父大怒，斥责他为掩盖自己的过错恶语中伤师父。

在那么多字里面，门生只改动了一个字，就让自己多年的隐忍劳苦都白白地付诸东流。师父杖罚他二十下，然后让人把昏死过去的他扔到宅子外很远的地方。我虽然没有亲眼看到那句惹出事端的话，但听说这件事后，似乎隐约能够猜出父亲说我担不起文字的力量的含义。而在听到父亲之后的一席话后，我才发现这还不是全部，才知道文字会可怕到让人毛骨悚然。父亲听我说完这件事的原委后，吓得脸色发青，说道：

"真是个可怕的人啊。那门生要是照原样抄写，后果可能会更惨。你以为留有门生笔迹的手抄本放在那一阵子就会自然消失吗？即便消失，也会是原本。如果主人把自己写的文章藏起来，只把门生写的手抄本送到官府，那门生就难逃灭门之灾……真是一个又狡猾又可怕的人。你正在做的事情可能和老爷跟你讲的不一样。记住，千万不要知道真相。"

那之后的几天，父亲大病了一场。

不知不觉间，我进入后院已经十年了。这些年来，慕名来追随师父的门生人数翻了三番。师父一边继续做君王实录，一边更抓紧时间努力写作卖书。现在，一本新书的手抄本能卖一头黄牛的价钱。以和善正直的学者风范给我巨大支撑的三位师兄，如今都成了年过半百的老人，他们渐渐失去的气力都由我来代为填补。

我仍然不识字，但现在已经成了抄录的行家，抄写师父的文章已不需要再去抑制心中泛起的杂念。比如，我会通过回想邻村青鱼行脚商和某家的厨娘偷情的传闻去消磨抄录时的无聊时光，这样，不管师父在文章里写什么，其内容对我来说不觉间都成了男欢女爱的故事。

当然，我的手抄本很完美，分毫不差。很明显，我已经在不知不觉间从文字中超脱出来。这样就行了，再奢求什么就太贪婪了。

到这里，我的故事也该结束了。现在我要去抄写师父交给我的新作。正好听说这篇文章是师父刚刚创作的故事，不是君王实录。我想我可以为读这篇故事读到现在的人略微分享一下我所做的事情。虽然我不识字，但对于一个识字的人来说，师父写的东西有可能是一件非常珍贵的礼物。不是说一篇文章能换一头黄牛吗？这个故事可能比我刚刚讲的故事有趣十倍、百倍，只可惜我无法把它全部呈现出来。

师父的新作是这样开始的：

"我不识字。"

Chinese Translation Copyright © 2023 by the Korea Foundation

ALL RIGHTS RESERVED. The short stories in this collection were originally published in Korean in various literary magazines and books in the Republic of Korea.
Their Chinese translations were published in lightly edited forms in Koreana magazine by the Korea Foundation, Jeju, the Republic of Korea.

Chinese edition is published by the Korea Foundation and China Social Sciences Press in accordance with the arrangement with Munhakdongne Publishing Corp., Moonji Publishing co., Ltd, Minumsa Publishing Group., Changbi Publishers, Inc., Arzak Inc., Korea Literature, Academic works and Art Copyright Association, Kang Publishing Co.

1. 拐角

모서리 Copyright© 2016 by Yoon Sung-hee

Originally published in 『Resting on a Pillow』（베개를 배다）by Munhakdongne Publishing Corp.

Simplified Chinese Translation copyright © 2023 by The Korea Foundation

Simplified Chinese is published by China Social Sciences Press by permission of The Korea Foundation and Munhakdongne Publishing Corp. All rights reserved.

2. 你的蜕变

너의 변신 Copyright© 2011 by Kim Yihwan

Originally published in 『It's Dangerous Beyond the Blankets』（이불 밖은 위험해）by Arzak Inc.

Simplified Chinese Translation copyright © 2023 by The Korea Foundation

Simplified Chinese is published by China Social Sciences Press by permission of The Korea Foundation and Arzak Inc. All rights reserved.

3. 椅子

의자 Copyright© 2019 by Choi Jin-Young

Originally published in 『Winter Break』（겨울방학）Korea by Minumsa Publishing Group.

Simplified Chinese Translation copyright © 2023 by The Korea Foundation

Simplified Chinese is published by China Social Sciences Press by permission of The Korea Foundation and Minumsa Publishing Group. All rights reserved.

4. 谁杀了她的猫？

누가 고양이를 죽였나 Copyright© 2019 by Yoon Dae-nyeong

Originally published in 『Who Killed the Cat』（누가 고양이를 죽였나）by Moonji Publishing co., Ltd.

Simplified Chinese Translation copyright © 2023 by The Korea Foundation

Simplified Chinese is published by China Social Sciences Press by permission of The Korea Foundation and Moonji Publishing co., Ltd. All rights reserved.

5. 花样年华

화양연화 Copyright© 2013 by Koo Hyo-seo

Originally published in 『Master of a Nickname』（별명의 달인）by Munhakdongne Publishing Corp.

Simplified Chinese Translation copyright © 2023 by The Korea Foundation

Simplified Chinese is published by China Social Sciences Press by permission of The Korea Foundation and Munhakdongne Publishing Corp. All rights reserved.

6. 危险的阅读

위험한 독서 Copyright© 2013 by Kim Kyung-uk

Originally published in 『Dangerous Reading』（위험한 독서）by Munhakdongne Publishing Corp.

Simplified Chinese Translation copyright © 2023 by The Korea Foundation

Simplified Chinese is published by China Social Sciences Press by permission of The Korea Foundation and Munhakdongne Publishing Corp. All rights reserved.

7. 夜航

야간 비행 Copyright© 2019 by Lee Dong-wook

Originally published in 『The Light of Fox』（여우의 빛）by Minumsa Publishing Group.

Simplified Chinese Translation copyright © 2023 by The Korea Foundation

Simplified Chinese is published by China Social Sciences Press by permission of The Korea Foundation and Minumsa Publishing Group. All rights reserved.

8. 四月的"咪"，七月的"嗦"

사월의 미, 칠월의 솔 Copyright© 2013 by Kim Yeon-su

Originally published in 『Mi in April, Sol in July』（사월의 미, 칠월의 솔）by Munhakdongne Publishing Corp.

Simplified Chinese Translation copyright © 2023 by The Korea Foundation

Simplified Chinese is published by China Social Sciences Press by permission of The Korea Foundation and Munhakdongne Publishing Corp. All rights reserved.

9. 眩晕

현기증 Copyright© 2019 by Kim Se-hee

Originally published in 『Unremarkable Days』（가만한 나날） by Minumsa Publishing Group.

Simplified Chinese Translation copyright © 2023 by The Korea Foundation

Simplified Chinese is published by China Social Sciences Press by permission of The Korea Foundation and Minumsa Publishing Group. All rights reserved.

10. 窗外的冬天

창 너머 겨울 Copyright© 2015 by Choi Eun-mi

Originally published in 『Life of Mok Ryeon』（목련정전目連正傳） by Moonji Publishing co., Ltd.

Simplified Chinese Translation copyright © 2023 by The Korea Foundation

Simplified Chinese is published by China Social Sciences Press by permission of The Korea Foundation and Moonji Publishing co., Ltd. All rights reserved.

11. 没治

불치 Copyright© 2016 by Kang Young-sook

Originally published in 『Grey Literature』（회색 문헌） by Moonji Publishing co., Ltd.

Simplified Chinese Translation copyright © 2023 by The Korea Foundation

Simplified Chinese is published by China Social Sciences Press by permission of The Korea Foundation and Moonji Publishing co., Ltd. All rights reserved.

12. 药的历史

약의 역사 Copyright© 2017 by Oh Hyun-jong

Originally published in 『I was Both a King and a Clown』（나는 왕이며 광대였지） by Munhakdongne Publishing Corp.

Simplified Chinese Translation copyright © 2023 by The Korea Foundation

Simplified Chinese is published by China Social Sciences Press by permission of The Korea Foundation and Munhakdongne Publishing Corp. All rights reserved.

13. 密茶苑时代

밀다원 시대 (1955) Copyright© 2005 by Kim Dong-ri

Originally published in Korea by literary magazine Hyundae Munhak (No. 04)

This Chinese translation was published with arrangement of KOLAA (Korea Literature, Academic works and Art Copyright Association)

Simplified Chinese Translation copyright © 2023 by The Korea Foundation

Simplified Chinese is published by China Social Sciences Press by permission of The Korea Foundation and Korean Society of Authors. All rights reserved.

14. 骨灰的庆典

재의 축제 Copyright© 2018 by Park Chan-soon

Originally published in 『Slow Train to Amsterdam』 (암스테르담행 완행열차) by Kang Publishing Co..

Simplified Chinese Translation copyright © 2023 by The Korea Foundation

Simplified Chinese is published by China Social Sciences Press by permission of The Korea Foundation and Kang Publishing Co. All rights reserved.

15. 面条

국수 Copyright© 2014 by Kim Soom

Originally published in 『Noodles』 (국수) by Changbi Publishers, Inc.

Simplified Chinese Translation copyright © 2023 by The Korea Foundation

Simplified Chinese is published by China Social Sciences Press by permission of The Korea Foundation and Changbi Publishers, Inc. All rights reserved.

16. 西山那边

서산 너머에는 Copyright© 2015 by Kim Chae-won

Originally published in 『Song of a Little Boat』（쪽배의 노래）by Munhakdongne Publishing Corp.

Simplified Chinese Translation copyright © 2023 by The Korea Foundation

Simplified Chinese is published by China Social Sciences Press by permission of The Korea Foundation and Munhakdongne Publishing Corp. All rights reserved.

17. 破户

파호 Copyright© 2017 by Kim Do-yeon

Originally published in 『Story of a Bean』（콩 이야기）by Munhakdongne Publishing Corp.

Simplified Chinese Translation copyright © 2023 by The Korea Foundation

Simplified Chinese is published by China Social Sciences Press by permission of The Korea Foundation and Munhakdongne Publishing Corp. All rights reserved.

18. 4 号登机口

4번 게이트 Copyright© 2016 by Ki Jun-young

Originally published in 『A Strange Passion 』（이상한 정열）by Changbi Publishers, Inc.

Simplified Chinese Translation copyright © 2023 by The Korea Foundation

Simplified Chinese is published by China Social Sciences Press by permission of The Korea Foundation and Changbi Publishers, Inc. All rights reserved.

19. 街头魔术师

거리의 마술사 Copyright© 2015 by Kim Jong-ok

Originally published in 『Gwacheon, Something We Haven't Done』 (과천, 우리가 하지 않은 일) by Munhakdongne Publishing Corp.

Simplified Chinese Translation copyright © 2023 by The Korea Foundation

Simplified Chinese is published by China Social Sciences Press by permission of The Korea Foundation and Munhakdongne Publishing Corp. All rights reserved.

20. 宣陵漫步

선릉산책 Copyright© 2021 by Jung Yong-jun

All rights reserved.

Originally published in 『A Walk Along Seolleung』(선릉산책) by Munhakdongne Publishing Corp.

Simplified Chinese Translation copyright © 2023 by The Korea Foundation

Simplified Chinese is published by China Social Sciences Press by permission of The Korea Foundation and Munhakdongne Publishing Corp. All rights reserved.

21. 大家都喜欢少女时代

모두가 소녀시대를 좋아해 Copyright© 2012 by Lee Young-hoon

All rights reserved.

Originally published in 『The 3rd Young Writer Award Collection』 (제3회 젊은작가상 수상작품집) by Munhakdongne Publishing Corp.

Simplified Chinese Translation copyright © 2023 by The Korea Foundation

Simplified Chinese is published by China Social Sciences Press by permission of The Korea Foundation and Munhakdongne Publishing Corp. All rights reserved.

22. 广场酒店

프라자 호텔 Copyright© 2011 by Kim Mi-wol

Originally published in 『The Unopened Book』（아무도 펼쳐보지 않는 책）by Changbi Publishers, Inc.

Simplified Chinese Translation copyright © 2023 by The Korea Foundation

Simplified Chinese is published by China Social Sciences Press by permission of The Korea Foundation and Changbi Publishers, Inc. All rights reserved.

23. 一半以上的春夫

절반의 하루오 Copyright© 2015 by Lee Jang-wook

Originally published in 『Everything But a Giraffe』（기린이 아닌 모든 것）by Moonji Publishing co., Ltd.

Simplified Chinese Translation copyright © 2023 by The Korea Foundation

Simplified Chinese is published by China Social Sciences Press by permission of The Korea Foundation and Moonji Publishing co., Ltd. All rights reserved.

24. 旅人在路上从不停歇

나그네는 길에서도 쉬지 않는다 Copyright© 2016 by Lee Ze-ha

Originally published in 『The Wayfarer Never Rests on the Road』（나그네는 길에서도 쉬지 않는다）by Munhakdongne Publishing Corp.

Simplified Chinese Translation copyright © 2023 by The Korea Foundation

Simplified Chinese is published by China Social Sciences Press by permission of The Korea Foundation and Munhakdongne Publishing Corp. All rights reserved.

25. 老鼠的诞生

쥐의 탄생 Copyright© 2017 by Kim Soom

All rights reserved.

Originally published in 『My First Goat』（나는 염소가 처음이야）by Munhakdongne Publishing Corp.

Simplified Chinese Translation copyright © 2023 by The Korea Foundation

Simplified Chinese is published by China Social Sciences Press by permission of The Korea Foundation and Munhakdongne Publishing Corp. All rights reserved.

26. 崔美珍去哪儿了?

최미진은 어디로 Copyright© 2018 by Lee Kiho

All rights reserved.

Originally published in 『Kang Min-ho, the Friendly Church-goer』（누구에게나 친절한 교회 오빠 강민호）by Munhakdongne Publishing Corp.

Simplified Chinese Translation copyright © 2023 by The Korea Foundation

Simplified Chinese is published by China Social Sciences Press by permission of The Korea Foundation and Munhakdongne Publishing Corp. All rights reserved.

27. 当镰刀像狗一样叫

낫이 짖을 때 Copyright© 2017 by Kim Deok-hee

Originally published in 『Vital Point』（급소）by Moonji Publishing co., Ltd.

Simplified Chinese Translation copyright © 2023 by The Korea Foundation

Simplified Chinese is published by China Social Sciences Press by permission of The Korea Foundation and Moonji Publishing co., Ltd. All rights reserved.